한국 교양인을 위한
새 독일문학사

한국 교양인을 위한

새 독일문학사

초판 1쇄 발행　2016년 8월 20일
초판 3쇄 발행　2023년 8월 21일

—

지은이　안삼환
펴낸이　이방원
책임편집　이희도　　**책임디자인**　양혜진
마케팅　최성수·김 준　　**경영지원**　이병은

—

펴낸곳　세창출판사
　　　신고번호 제1990-000013호　주소 03736 서울시 서대문구 경기대로 58 경기빌딩 602호
　　　전화 02-723-8660　팩스 02-720-4579　이메일 edit@sechangpub.co.kr　홈페이지 http://www.sechangpub.co.kr
　　　블로그 blog.naver.com/scpc1992　페이스북 fb.me/Sechangofficial　인스타그램 @sechang_official

—

ISBN　978-89-8411-631-3　94850
　　　978-89-8411-629-0 (세트)

ⓒ 안삼환, 2016

이 도서의 국립중앙도서관 출판시도서목록(CIP)은 서지정보유통지원시스템 홈페이지(http://seoji.nl.go.kr)와
국가자료공동목록시스템(http://www.nl.go.kr/kolisnet)에서 이용하실 수 있습니다.(CIP제어번호: CIP2016019969)

학문의 역사
1

한국 교양인을 위한

새 독일문학사

안삼환 지음

세창출판사

이 책의 저자는 독일에서의 연구를 지원해 준 알렉산더 폰 훔볼트 재단에 진심으로
감사의 뜻을 표합니다.

(Der Autor dieser Deutschen Literaturgeschichte möchte sich bei der Alexander von Humboldt-
Stiftung ganz herzlich für die finanzielle Unterstützung während seines Forschungsaufenthalts in
Deutschland bedanken.)

서울대학교에 독어독문학과가 창설된 1946년을 기점으로 삼는다면, 한국의 독일문학 연구가 일본 제국주의의 그늘에서 벗어나 새로이 출범한 지도 어언 70년이 되었다. 사람으로 말하자면, 고희를 맞게 된 셈이다.

그동안 박찬기 교수의 『독일문학사』와 김종대 교수의 『독일문학사』가 나왔지만, 새로운 시대에는 새로운 문학사가 필요하다. 비단 세월이 흐른 탓만은 아니고, 독일문학을 보는 우리의 시각이 많이 달라졌고 독일문학 관련 전문용어에 대한 우리말 번역도 그동안 많은 변화와 발전을 거듭해 왔기 때문에 이런 변화와 발전의 결과가 반영된 새로운 독일문학사의 출간이 필요불가결하게 된 것이다.

『한국 교양인을 위한 새 독일문학사』― 책 제목에 '한국 교양인을 위한'이란 말을 구태여 붙이는 이유가 있다. 지금까지의 독일문학사에 나온 온갖 용어들과 작품 제목은―심지어는 논지까지도―아직 일제 강점기의 영향에서 완전히 벗어나지 못했다. 일본 사람들이 "젊은 베르테르의 슬픔"이라고 번역했으면 "젊은 베르터"까지는 고쳤지만, '슬픔'은 그대로 답습하고, '질풍노도'라고 번역했으면, '질풍노도'라는 전문용어를 새로 익힌 뿌듯한 기분 속에서 아무런 숙고나 재고도 없이 계속 사용한다. 이것은 초창기 한국 독문학이 대개는 일본 대학의 법문학부에서 교양 독일어를 배운 분들에 의해 출범했기 때문이다. 열악한 환경에서 한국 독문학의 터전을 개척하신 제1세대 독문학자들의 공적을 폄하하려는 것이 결코 아니다. 다만, 이제는 자주적 입장에서 쓰여진 새로운 독일문학사가 나올 시점이 되었음을 선언하고, 『한국 교양인을 위한 새 독일문학사』를 쓰고자 한 것이다.

원고를 쓰면서, 늘 독일이나 일본의 독문학자가 아니라 한국의 독문학자라는 자주 의식과 비교문학적 입장을 견지하고자 애썼다. 내가 아는 것을 과시하기보다는 우리 한국의 교양인들이 꼭 알았으면 하는 내용을 위주로 썼다. 나 자신의 식견이 모자란다고 생각되는 대목이 나오거나, 또는 나보다 더 잘 쓸 수 있을 것 같은 한국 독문학자가 주위에 보일 경우, 부분 집필자로 초빙하여 한국 독문학이 그동안 쌓아 온 역량을 최대한 반영하고자 노력했다. 나도 이미 구세대이지만, 적어도 내 세대까지의 한국 독문학의 학문적 성과만은 가능한 한 집약해 내고자 노력했다. 나 이외의 여러 동학의 글을 '초빙집필'이란 이름으로 이 책에 삽입한 이유이며 동료나 후진의 학문적 성과를 부분적으로나마 반영하고자 한 나의 독문학자로서의 유대감의 표현이기도 하다.

이 한 권의 책에 제2세대 한국 독문학자로서의 나의 모든 여력을 쏟아 부었다. 그래도 부족한 점이 불가피하게 생길 것은 지금 벌써 명약관화하지만 이 부족한 틈을 앞으로 후배님들이 메워 주실 것으로 믿고 미흡한 대로 이제 마무리할 시간이다. 우리네 삶 자체가 미완의 숙명을 지녔을진대 나의 '새 독일문학사'가 어찌 감히 완전성을 기할 수 있겠는가.

이제 감사를 드릴 순서이다. 맨 먼저 일면식도 없는 내게 '독일문학사'를 쓰기를 간접적으로 요청해 주신 세창출판사 이방원 사장님께, 그리고 늘 꾀까다롭기 짝이 없는 내 주문에 성의껏 응해 준 세창출판사 이윤석 실장님을 비롯한 편집부 여러분에게 감사드리고 싶다. 그리고 말도 안 되는 소액의 원고료에도 불구하고 '초빙집필'에 응해 주신 동학 여러분께 충심으로 고마운 마음을 표한다. 본(Bonn)대학의 포르만(Prof. Dr. Jürgen Fohrmann), 발히-파울(Dr. Doris Walch-Paul), 브뤼겐(Prof. Dr. Elke Brüggen), 로슈톡(Rostock)대학의 홀츠나겔(Prof. Dr. Franz-Josef Holznagel) 교수님께도 소중한 글과 자문, 크나큰 도움을 주신 데에 대해 감사드리며, 마르바흐의 독일문학 서고(Deutsches Literaturarchiv in Marbach)와 기타 독일 기관들에도 귀중한 사진 자료를 제공해 주신 데에 대해 심심한 사의를 표하는 바이다.

그리고 마지막으로, 공·사석에서 나를 만날 때마다 이 보잘것없는 책의 생장 여부와 진도, 출간 시기 등을 곡진히 물어 주면서 쇠락해 가는 노인의 기력에 격려와 성원을 보태어 주신 동학 여러분들에게 꼭 말하고 싶다 ─ 고맙다, 진심으로 사랑한다, 그리고 한국의 독문학은 난세에도 자신의 역할을 다하며 앞으로도 계속 발전해 갈 것이라고!

2016년 6월 30일
낙산 도동재(道東齋)에서
안 삼 환

XIII 자연주의(Naturalismus, 1880-1890)

XIV 세기말과 신낭만주의(Fin de Siècle und Neuromantik, 1890-1920)

XV 표현주의(Expressionismus, 1910-1925)

XX 동독문학(Literatur der DDR, 1945-1990)

XXI 현대 독일문학의 여러 새로운 면모들
(Neue Aspekte der modernen deutschen Literatur, 1960-1989)

XXII 통독 이래의 동시대 독일문학(Gegenwartsliteratur seit der Wende, 1990-)

⊥

고대 게르만문화의 편린들

(Bruchstücke der alten germanischen Kultur)

1.   타키투스의『게르마니아』

    우리나라의 역사가들이 우리 선조들의 생활이나 습속을 말하고자 할 때에 흔히 인용하는 것이 중국의 역사책이다. 예컨대,『위지 동이전』(魏志 東夷傳)에 나오는 기록에 의하면, 한반도 동북 지방에 살았던 부여족, 예족(濊族) 또는 맥족(貊族)이 정월 초하루에서 보름까지 "종일가무음주"(終日歌舞飲酒)했다고 하는데, 이것에 미루어 우리는 우리의 선조들이 노래와 춤, 그리고 술을 좋아했으며, 그 기질이 오늘날의 '노래방' 문화에까지 이어지고 있음을 짐작할 수 있다.

    독일인들의 조상이라고 할 수 있는 게르만인에 관해서도 최초의 기록은 게르만인들 자신의 것이 아니라 로마인 타키투스(Publius Cornelius Tacitus, 56-117)가 쓴『게르마니아』(Germania, A.D. 98)라는 책에 적혀 있다. 이에 따르면, 게르만인들은 전쟁수행이 용이한 공동체를 이루어 살면서 100인이 한 집단을 구성해 그 안에서 일종의 군대식 민주주의를 영위한 것으로 보인다. 거기에서는 승리와 충성이 강조되었으며, 방패를 잃어버린 자는 큰 치욕을 감내해야 했고 중벌을 받았다고 한다. 그들은 신의와 충절을 지키고 명예를 존중하며 자유를 사랑했다. 남자들은 전장에 나아가서 용감하게 싸우고 부녀자들은 정절을 소중하게 여겼으며, 남자들은 주사위 놀이나 과도한 음주에 빠지기도 했으며, 게르만인들은 여성을 신성시하고 예언 능력을 지닌 존재로 믿었다. 또한, 보리로 만든 액즙을 많이 마셨다는 대목에서는 오늘날의 독일 맥주가 연상되기도 한다.

라인강 동쪽 지역으로부터 엘베강까지 이르는 게르만족들을 복속시키려던 아우구스투스 대제(본명: Gaius Julius Caesar Octavianus, 재위: B.C.27-A.D.14)의 시도는 기원후 9년 '토이토부르크 숲에서의 전투'(Schlacht im Teutoburger Wald)에서 로마군의 지휘자 바루스(Publius Varus)가 이끄는 3개 군단이 게르만의 대장 아르미니우스(Arminius 또는 Hermann, B.C.18 -A.D.21)에게 패배함으로써 실패로 돌아갔다. '바루스 전투' 또는 '헤르만 전투'라고도 불리는 이 전투에서의 패배로 아우구스투스 대제는 라인강과 도나우강을 게르만과 인접한 로마 국경으로서 만족해야만 했다. 이 국경은 로마인들이 식민을 목적으로 건설한 오늘날의 독일 도시 트리어와 쾰른(이상 라인강 서쪽), 그리고 아우크스부르크(도나우강 남쪽)를 봐도 어느 정도 그 역사성을 보여 주고 있다 하겠다.

게르만족은 단일한 왕조나 국가를 지니고 있지 않으면서 스칸디나비아 지역과 북부 유럽 지역에 흩어져 살고 있었다. 지역에 따라 작센족(Sachsen), 랑고바르덴족(Langobarden), 프랑켄족(Franken), 반달족(Vandalen), 고트족(Gothen), 부르군트족(Burgunden), 알레만족(Alemannen) 등으로 상이하게 불리어진다. 그들의 유일한 공통점은 게르만어를 사용하고 있었다는 사실이다. 타키투스가 『게르마니아』를 썼던 기원 1세기 무렵에 게르만인들은 지금의 중부 유럽 지역으로까지 남하해 있었으며, 그들 일부는 로마제국 안으로 들어가 국경수비 등 잡역을 수행하기도 했다. 로마인들의 입장으로 볼 때, 게르만인들은 로마인들이 개척한 변방 도시 쾰른, 트리어, 아우크스부르크 등의 경계선 너머에, 즉 모젤(Mosel)강과 라인강의 동쪽 지역 및 도나우강의 북쪽 지역에 사는 야만인들이었다.

로마제국이 망하고, 375년경부터 훈족(Hunnen)이 서진함에 따라 이른바 게르만족의 대이동이 일어났다. 그 결과 게르만족 중 가장 조직력이 뛰어난 프랑켄족이 여러 게르만족을 통합하여 중부 유럽에 강력한 국가를 건설했는데, 이것이 이른바 카를(Karl) 왕조이다. 768년 이래 프랑켄족 왕이던 카를 대제(Karl der Große, 재위 768-814)는 800년 성탄절에 로마에서 교황으로부터 황제의 관을 받게 된다. 이로써, 게르만족의 기독교화가 공식화되고 제국의 모든 정치와 문화가 기독교화하게 된다.

기독교화와 때를 같이하여 기원후 1세기 무렵부터 중부 유럽에 라틴어가 전파되어 각종 공공 문서 등이 라틴어로 전달, 기록되기에 이른다. 하지만 게르만인들의 일상적 언어는 여전히 프랑켄어, 고트어 등 다양한 게르만 방언이었으며, 그들의 문학 역시 게르만 방언으로 구전되고 있었다.

---

2.   게르만문학의 편린들

이런 상황에서 카를 대제는 게르만족의 전승 구전문화를 보전하기 위해 게르만족의 영웅가(英雄歌, Heldenlied) 등을 수집하도록 명했다. 반면 그의 아들 경건왕(敬虔王) 루트비히(Ludwig der Fromme, 재위 814-840)는 게르만문화의 완전한 기독교화를 이룩하겠다는 일념으로 영웅가 등 모든 이교도적 잔재들을 불태워 버릴 것을 명했다.

이로써 소중한 게르만의 구비문학들이 멸실되는 수난을 겪게 된다. 하지만 기독교의 전파가 비교적 늦었던 아이슬란드에서는 가인(歌人, skoph → Schöpfer, Sänger)들을 위한 교본으로서 『에다』(Edda, 노래책)를 편찬하였다. 현

재, 1220년경에 기록된 것으로 보이는 이 『에다』로 인하여 게르만문화의 편
린들을 다소나마 유추할 수 있다.

『에다』이외에도 유실되지 않고 살아남은 게르만의 영웅가는 유명한 「힐
데브란트의 노래」(Hildebrandslied)이다. 이 영웅가는 기원후 9세기경에 고대
고지독어(古代高地獨語, Althochdeutsch)[1]로 기록된 것으로 추정되며, 현재 전해
내려오는 유일한 게르만의 영웅가이다. 원래 작가 미상의 텍스트였던 것을
야콥 및 빌헬름 그림 형제[2]가 「힐데브란트의 노래」라 이름을 붙였다.

힐데브란트는 처자를 떠나 게르만족의 영웅 디트리히 폰 베른의 휘하에서
전사로서 싸우다가 부하들을 거느리고 30년 만에 고향으로 돌아온다. 국경에
서 그는 일군의 군대와 마주치는데, 한 젊은 전사가 이끄는 부대였다. 힐데브란
트는 그 전사에게 그의 아버지가 누구냐고 묻는다. 그래서 힐데브란트는 하두
브란트(Hadubrand)라는 이 젊은 전사가 자기 아들임을 알게 된다. 힐데브란트

---

1   독어학의 주요 개념으로서, 중세고지독어(中世高地獨語, Mittelhochdeutsch, 1050-1350) 이
    전, 즉 약 750년부터 1050년 사이의 고지독어를 일컫는다. 여기서 고지독어는 남부 및 중부
    독일 지역의 독어를 말하며, 이에 반하여 오늘날의 네덜란드, 함부르크, 뤼벡 등 저지대의 독
    어를 저지(低地) 독어라 부른다. 독일이 남쪽에서 스위스 및 오스트리아와 국경을 맞대고 있
    는 곳에 알프스 연봉들이 드높이 솟아 있고 라인강이 알프스에서 발원하여 남에서 북으로
    흐르다가 육지가 낮은 네덜란드 지역으로 흘러들고 있음을 연상하면, 고지독어와 저지독어
    의 구분이 비교적 쉬울 것이다. 1350년경 이래의 고지독어를 근대고지독어라 부르는데, 이
    언어가 1522년의 마르틴 루터의 성경 번역을 통해 독일 전역에 걸쳐 일반화, 표준화되었으
    며, 현대 독일어의 바탕을 이루게 된다.
2   야콥 그림(Jacob Grimm, 1785-1863)과 그의 동생 빌헬름 그림(Wilhelm Grimm, 1786-1859)
    은 흔히 동화 수집가 그림 형제로 널리 알려져 있지만, 실은 독어학 및 독일문학, 독일역사
    학, 독일민속학 연구의 기초를 닦은 학자들이었으며, 특히 형 야콥 그림은 인도게르만어
    의 재구성, 독일어 문법 연구 등 독일어학에 관한 학문적 공로가 크다. 오늘날 독일학술교
    류처(DAAD)에서 큰 학문적 성취를 이룬 외국인 독어독문학자에게 '야콥 및 빌헬름 그림
    상'(Jacob- und Wilhelm-Grimm-Preis)을 수여하는 것도 이런 그림 형제의 독일어문학(Deutsche
    Philologie) 분야에서의 선구자적 공적을 기리기 위해서이다.

는 금팔찌를 선물로 내보이며 자신이 그의 아버지임을 밝힌다. 하지만 하두브란트는 선물을 거절하면서 교활하고 늙은 훈족한테 속지 않겠다고 말한다. 뱃사람들이 자신의 아버지는 죽었다는 말을 전해 주었기 때문에, 알 수 없는 사람이 아버지를 사칭하는 것에 속아 넘어간다는 것은 하두브란트로서는 아버지의 명예를 욕되게 하는 배신이라 여겨졌다. '늙은 훈족 놈'이라는 욕설과 선물을 거절하는 행위 자체가 이미 결투에의 도전이기 때문에 힐데브란트는 전사들의 전통에 따라 어쩔 수 없이 결투에 응한다. 많은 전투를 경험한 노장 힐데브란트는 닥쳐올 불행을 예감하고 자기의 무서운 운명을 탄식한다.

"아, 슬프구나, 모든 것을 다스리시는 신이시여!" 하고 힐데브란트가 말했다. "무서운 운명이 닥쳐오는구나!"

양 군대 사이에 아버지와 아들이 마주 섰다. 그리고 이제 결투는 피할 수 없게 되었다.

여기서 텍스트가 갑자기 끝이 나고 그다음 내용은 알 수 없게 된다. 나중에 발견된 고대 북구의 다른 텍스트들의 내용을 참조해 보면 이 결투는 하두브란트의 죽음으로써 끝난다는 것이 확인된다.

「힐데브란트의 노래」의 일부를 담고 있는 이 유일한 텍스트의 진본은 현재 카셀(Kassel)대학 도서관에 보존되어 있는데, 라틴어로 된 성경의 양피지 표지 안쪽 공란에 적혀 있어 멸실을 면할 수 있었던 것으로 추측된다. 이 성경 자체는 830년경에 풀다(Fulda) 수도원에서 필사본(筆寫本)으로 제작된 것으로 추정되므로, 「힐데브란트의 노래」가 이 성경의 표지 안에 고고독어(古高獨語)[3]로 삽입되어 기록된 연대는 9세기 전반으로 추측된다. 이 영웅가의 내용이 중간에 갑자기 끊어진 것은 안타깝게도 뒤쪽 표지의 안쪽 공간이

---

3   고대고지독어(古代高地獨語)의 준말.

「힐데브란트의 노래」

모자랐기 때문이다.

하지만 이 짤막한 서사적 노래는 많은 것을 말해 주고 있다. 무엇보다도 중요한 것은 명예를 위해 아들과 싸우지 않을 수 없다는 양보할 수 없는 명예 관념이다.

> "아, 슬프구나, 모든 것을 다스리시는 신이시여!" 하고 힐데브란트가 말했다.
> "무서운 운명이 닥쳐오는구나!"
>
> ("welaga nŭ, waltant got", quad Hiltibrant, "wewurt skihit.")

여기서 힐데브란트는 비록 "모든 것을 다스리시는 신이시여!" 하고 기독교적 신을 부르고 있지만, "닥쳐오는 무서운 운명"을 예감하는 그 정신은 이교도적이고 비극적인 게르만 정신이라고 할 수밖에 없다.

그리고 힐데브란트의 이 짤막한 외침은 또 한 가지 중대한 게르만문학의 특징을 잘 드러내고 있다. 이른바 머리운(頭韻, Alliteration 또는 Stabreim)을 보여 주고 있다는 사실이다. 즉, 머리운이란 "welaga nŭ, waltant got, wewurt skihit"란 시행에서 자음(子音) W가 단어의 첫머리에 반복되어 나타나는 현상을 말한다. 후일 라틴어 문학과 프랑스문학의 영향이 본격화되면 독일시(詩)에서 머리운은 거의 없어지고 각운(脚韻, Endreim)이 보편화되지만, 현대 독어에서도 "mit Kind und Kegel"(아이와 서자를 데리고 → 온 가족을 다 거느리고)나 또는, "Haus und Hof"(집과 농장 → 모든 재산) 같은 관용구에서 아직도 그 흔적이 남아 있다. 요컨대, 머리운은 음의 조화를 지향한다기보다는 어떤 음의 강세를 통하여 힘과 강조점을 어느 한 대목에 집중시켜 강렬한 발언을 하고 긴장을 조성시키는 데에 적합한 어법이라 할 수 있다. 또한, 강조와 긴장, 그리고 힘을 중요시한 고대 게르만족의 전투적 영웅가에 적합한 운이라 하겠다.

영웅가 이외에도 고대 게르만족 풍습을 전해 주고 있는 여러 가지 문학적, 제의적 형식들이 존재했다. 이를테면 제물을 바칠 때의 짤막한 축문이라든가 신탁을 받을 때 외치는 주문(呪文, Zauberspruch), 수수께끼, 격언, 격언시 따위가 그런 것이다. 노르웨이의 묘석에서 발견된 루넨(Runen ← ahd. runa = Geheimnis) 문자도 게르만족 특유의 문화유산으로 보인다. 이것은 3-11세기에 라틴 글자를 나무, 돌, 금속에 금을 그어 새기기 좋게 선, 네모꼴 또는 세모꼴 등으로 변조한, 기호에 가까운 글자를 말한다. 아마도 비석 등에 제의적(祭儀的) 목적을 위한 징표로 새겼던 기호 문자로 보이며, 길고 복잡한 문장의 글을 쓰는 용도로는 사용되지 않았을 것으로 추측된다.

영웅가에서 「힐데브란트의 노래」가 전해진 것과 마찬가지로, 다행스러운 우연에 의해 옛 게르만족의 주문들이 전해져 내려오고 있다. 이 주문들은 현재 독일의 작센안할트(Sachsen-Anhalt)주에 있는 도시 '메르제부르크'에서

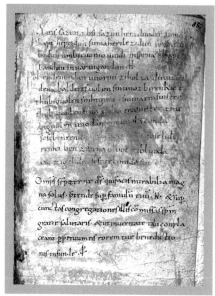

「메르제부르크의 주문들」

(Mit freundlicher Genehmigung der Vereinigten Domstifter zu Merseburg und
Naumburg und des Kollegiatstifts Zeitz, Bildarchiv Merseburg, Cod. 136, fol. 85r)

발견되어 「메르제부르크의 주문들」(Merseburger Zaubersprüche)이라 부른다.
10세기경 풀다(Fulda) 수도원의 어느 승려가 기도서 표지의 안쪽에 8세기경
에 쓰이던 게르만족의 주문을 기록해 놓은 것으로 추측된다.

1841년에 발견된 이 두 주문은 야콥 그림이 처음으로 출판하여 세상에 널
리 알려졌다. 그중 한 주문은 신화적인 여성들이 포로가 된 병사에게 사슬
을 끊고 적들로부터 도망치라는 내용을 담고 있다. 또 다른 주문은 전쟁 중
에 말이 발을 삐어 주저앉게 되자 게르만족의 신(神) 보단(Wodan)에게 말이
이어서 일어나게 해 달라고 도움을 청하는 내용이다.

   "다리는 다리에, 피는 피에!
   사지는 사지에! 풀로 붙인 것처럼 정연하게!"

(Ben zi bena bluodt zi bluoda

lid zi geliden sose gelimida sin!)

보단 신에게 빌고 있는 이 주문에도 어김없이 나오는 머리운(**Ben zi bena bluodt zi bluoda**) 형식도 다 같이 게르만문화의 소중한 편린들이다.

게르만 지역에 기독교가 들어옴으로써 라틴어가 고대문화적 교양의 함양을 위한 필요불가결한 언어로 자리 잡게 되었으며, 성(聖) 갈렌(Sankt Gallen), 엘자스(Elsaß) 지방의 바이센부르크(Weissenburg), 풀다, 프라이징(Freising), 잘츠부르크(Salzburg) 등의 수도원들이 이러한 기독교 내지는 라틴적 고대문화의 중심지로 부상하게 되었다. 그리하여 라틴문화 및 기독교문화로부터 유래한 추상적, 종교적 개념들을 독일어로 번역해 내는 것이 수도원 승려들의 주요 과업이 되었으며, 이런 노력의 결과 게르만문화의 흔적들이 잠시 사라지거나, 또는 기독교적 의상을 입고 다시 나타나게 되었다.

그 대표적 예는 아마도 니더작센(Niedersachsen)의 서사시 「구세주」일 것이다. 경건왕 루트비히는 토착 게르만인들에게 기독교 정신을 전달하기 위해 성경에 나오는 구세주의 행적을 게르만어로 옮겨 보라고 지시하였다. 그래서 830년경에 동남 작센 지방의 한 성직자가 고대 저지독어(고대 작센어)로 서사시 한 편을 남겼는데, 이것이 「구세주」(Heliand, 고지독어 Heiland에 해당하는 저지독어)이다. 경건왕 루트비히의 지시 등으로 미루어 볼 때 그가 이 서사시를 쓴 장소는 아마도 풀다 수도원일 것으로 추정된다. 이 시는 『공관(共觀) 복음서』에 나오는 예수의 행적을 풀어쓴 것으로 머리운이 있는 6000개의 장행으로 된 서사시이다. 예수와 그의 제자들을 게르만적 영웅과 그 신하로 묘사했다든가, 나사렛을 성(城, Burg)으로 번안하고 있는 점 등은 토착 게르만인들의 이해를 도우려는 방편으로 보이지만, 성경 내용이 완전히 게르만화되었다고 말하기는 어렵다. 그 내용으로 평화를 사랑하고 신의 섭리에 겸허하게 순종하는 기독교 정신이 중심을 이루고 있으며, 하느님의 지엄한 권위와 예수의 고통이 상호 대비되고 있다. 고대 영웅가를 좋아하던 작센의 귀족 계층에게 새로운 영웅 예수 크리스트를 주목하도록 하려는 것이 이 새로운 서사시 집필의 목표였던 것으로 보인다.

「구세주」가 나온 직후에 이른바 「고대 작센어로 된 창세기」(Altsächsische Genesis)가 나왔다. 이것은 낙원과 천사의 추락, 악의 근원, 동생 살해, 그리고 이 땅에 예수가 오기까지의 과정을 운문으로 풀어쓴 것으로서, 이 서사시의 작가는 아마도 「구세주」 작가의 제자일 것으로 추측된다.

「구세주」나 「고대 작센어로 된 창세기」보다 한 걸음 더 기독교화된 것으로서 분량과 중요도로 보아 고고독어로 된 가장 중요한 책은 아마도 오트프리트 폰 바이센부르크(Otfried von Weissenburg)의 다섯 권으로 된 『공관(共觀) 복음서』(Evangelienharmonie, 863-871)라고 해야 할 것이다. 엘자스 지방 바이센부르크 수도원의 베네딕트 수도승 오트프리트가 쓴 이 종합 복음서는 신도들이 남부 라인 지방의 프랑켄어로 성경과 하느님의 율법을 알 수 있도록 쉬운 이야기체로 서술한 것이다. 이 책에서 특기할 것은 오트프리트가 라틴어로 된 찬미가를 모범으로 삼아 게르만적 머리운 대신에 어색하게나마 각운과 쌍운을 처음으로 도입하고 있다는 사실이다.

이 책에서 중요한 것은 언어와 형식뿐만 아니라 내용에도 있다. 오트프리트는 이 다섯 권의 책에서 예수의 탄생과 젊은 시절, 그의 가르침과 이적(異蹟)들과 고뇌, 부활과 승천 그리고 최후의 심판을 이야기하되, 이야기 자체보다도 거기에 곁들이는 자신의 비유적 해설과 가르침에 더 많은 비중을 두었다. 그는 여기서 교양을 갖춘 신학자로 자부하는 경향을 보이지만, 당대의 신학적 지식을 잘 섭렵하여 그것을 신도들에게 적절하게 잘 전달해 주고 있는 것은 부정할 수 없다. 그는 희랍어나 라틴어와 같은 '고귀한 언어'로만 하느님을 찬양할 수 있는 것이 아니라는 생각으로 남부 라인 지방의 프랑켄 방언으로 직접 민중들에게 다가가고자 했다. 후일 10-11세기 클뤼니(Cluny) 교단 개혁의 결과로 포교 상 민중어의 가치가 높이 인식될 때까지는 그의 이런 시도가 당시에는 아직 응분의 인정을 받지 못하였다.

현재 빈(Wien)의 오스트리아 국립박물관에 소장되어 있는 필사본(筆寫本, Handschrift)은 바이센부르크 수도원에서 나온 원본이며, 오트프리트 자신이 수정한 흔적까지 지니고 있다. 작가 자신이 직접 쓰고 필사한 책이 그대로 보존되어 전해 내려오는 것은 이 시대의 문화유산으로서는 희귀한 예로 보인다.

3.   라틴어로 쓰여진 문학

오트프리트 이래로는 독일어로 쓰인 수준 높은 작품들이 점점 드물게 되고 그 대신 라틴어로 쓰여진 중요한 작품들이 많이 나오게 된다. 성 갈렌 수도원의 수도사 '눌변자(訥辯者) 노트커'(Notker der Stammler, 840-912)는 강렬한 정신적 체험과 예술적 상상력을 바탕으로 언어와 멜로디의 통일을 이룬 종교적 서정시를 라틴어로 썼다. 하지만 시에서 표출된 그의 자유로운 음악성, 언어의 내밀한 심오성, 그리고 그의 열렬한 신앙 등은 아직도 독일적인 특성을 잘 보여 주고 있다. 그가 만든 세퀜티아(Sequenz, 송가 풍의 종교가)들이 16세기 루터 찬송가에도 편입된 이유이기도 하다.

라틴어로 된 문학으로서 꼭 언급되어야 할 것은 로스비타 폰 간더스하임

(Roswitha (Hrothswith) von Gandersheim, 935-1002)의 드라마 작품들이다. 작센의 귀족 출신으로 브라운슈바이크(Braunschweig) 근처의 간더스하임 수녀원 수녀로 봉직한 로스비타는 955년에서 970년 사이에 라틴어로 된 6편의 드라마를 썼다. 그녀는 '미덕'(Tugend)과 '악덕'(Laster)의 싸움을 대화체로 묘사한다든가, 순교자, 금욕주의자, 성처녀 등의 삶을 성담(聖譚, Legende) 풍으로 극화해 보임으로써 독일 최초의 여류시인이 되었다. 그녀의 드라마는 공연을 상정하고 쓰여진 것은 아니고 읽히는 것을 목적으로 삼았던 것으로 보이며, 작품들의 궁극적 목표는 하느님의 사랑이 모든 세속적 욕망을 이기고 결국 최후에 승리하게 된다는 진리를 입증시켜 보여 주려는 데에 있었다.

이렇게 서기 약 1000년에 이르기까지의 독일문학은 문자로 남은 구전 게르만문학과 기독교 전래 및 그에 뒤따라오는 라틴어 문학이 서로 존립을 다투면서도 병존하고 공존하는 양상으로 포착된다. 오늘날의 독일문화를 흔히들 희랍 및 로마의 고대문화와 게르만문화, 그리고 기독교 정신 등 3대 문화가 융합된 복합 문화로 보고 있다. 이 중에서도 특히 게르만문화의 원류가 안타깝게도 많이 멸실된 것은 사실이지만, 그래도 독일인들은 조상들의 자취를 끊임없이 발굴하고 재해석함으로써 비록 오랜 세월이 걸렸지만, 고대 게르만 정신을 거의 재구성하고 어느 정도 복원해 내는 데에 성공했다고 할 수 있다.

지금까지 살펴본 게르만 정신은 근면성, 용감성, 충직성, 내면성, 열정 등에서 그 두드러진 특성을 보인다. 독일의 역사를 두고 볼 때, 우리는 이런 게르만 정신이 두 가지 극단을 달릴 수 있음을 확인할 수 있다. 괴테시대의 독일 고전주의 문화의 보편성 추구, 20세기 후반 및 21세기 초의 독일 사회가 지향하고 있는 인본주의와 전지구적(全地球的) 생태주의 등은 게르만 정신의 장점이 발현된 것이라 할 수 있다. 하지만 히틀러와 나치 일당들이 인류에게 저지른 가공할 죄행들을 생각하면 게르만 정신의 순수성이 오도될 경우에 생기는 심대한 위험성도 아울러 감지될 수 있다. 이러한 점에서 독일의 작가 토마스 만은 독일과 독일인들의 순수성과 위험성이라는 양면성을 지적하지만, 이에 대해서는 앞으로 후술하겠다.

11

중세 독일문학
(Literatur des Mittelalters, 750-1500)

1.   역사적 배경

카를 제국은 경건왕 루트비히에 와서 쇠퇴하기 시작한다. 843년, 그의 아들들은 제국을 서프랑켄, 중프랑켄 그리고 동프랑켄으로 삼등분해서 다스리게 된다. 870년과 880년의 조약에서는 중프랑켄이 다시 분할되어 기존 서프랑켄과 동프랑켄에 각각 통합됨으로써, 프랑스어와 독일어의 경계선이 정치적 국경선으로 되었다.

한편, 9세기경 노르만족과 바이킹족이 북방으로부터, 그리고 헝가리족이 동방으로부터 유럽으로 침입한다. 하지만 카를 왕조의 황제들은 초기의 카를 대제 때처럼 이들의 침략을 효과적으로 퇴치하지 못한다. 이에 게르만족 지역 군주들은 그들의 영토를 스스로 지키지 않으면 안 되었으며, 그 결과 작센, 바이에른(Bayern), 슈바벤(Schwaben) 등 지역 군주들도 제법 강성한 국가 형태를 이루게 된다.

이런 상황에서 동프랑켄의 카를 황제 가문의 대가 끊어지자 제국의 대공(大公)들이 모여 자신들 중의 한 사람, 즉 콘라트 1세(Konrad I, 재위 911-918)를 왕으로 받든다. 나중에 콘라트 1세의 유언으로 프랑켄족과 작센족이 대타협을 이루어 919년에 작센계의 하인리히 1세(Heinrich I, 재위 919-936)를 왕으로 선출하였다.

하인리히 1세는 933년 기마부대를 이끌고 운스트루트(Unstrut, 나움부르크(Naumburg) 근처를 흘러 잘레(Saale)강으로 합류하는 강 이름) 강변에서 헝가리군을 대파하였다. 이어 그의 아들 오토 1세(Otto I, 재위 936-973)는 아헨(Aachen)

에서 왕의 지위에 올라 955년 아우크스부르크 근교 레히(Lech) 강변 평원에서 헝가리군을 완전히 격파한다. 그 결과 헝가리인들은 오늘날의 헝가리 땅으로 물러나 정착하게 된다.

오토 대제는 대주교, 주교, 수도원장 등 고위 성직자들이 자신의 권력을 지원하도록 하는 대신에 그들에게도 세속적인 재산으로 봉토를 수여하였다. 그는 성직자들이 일반 대공들처럼 이기적 가문정치를 꾀하지 않고 유산으로 분배될 봉토에 대한 욕심까지는 갖지 않기 때문에 제국의 행정을 맡기기에 훨씬 더 적합하다고 생각했다. 962년 오토 대제는 로마에서 황제의 관을 받자 이때부터 독일의 왕은 황제를 겸하며 로마의 가톨릭교회를 보호할 책임을 지는 대가로 유럽에서 특별한 지위를 인정받게 되었다. 이처럼 10세기 독일은 엘베강 동쪽에까지 식민활동을 하기 시작하여 그 결과 폴란드인들도 기독교화되었다.

---

2.   황제와 교황의 갈등

기독교의 전래 및 성공적인 토착화로 수도원들이 많이 증가하게 되자 독일에서는 수도승들과 수녀들이 고급문화의 전달자가 되었다. 수도원에서 라틴어로 연대기나 작품을 쓰는 일이 번성하였고, 로마네스크 양식의 교회나 수도원 건물들이 많이 지어졌다. 하지만 수도승들과 수녀들이 종교적 수행보다는 사역을 통한 수도원 부의 축적으로 세속적 타락의 길로 빠지

는 일도 잦아졌다. 이에 클뤼니(Cluny)의 수도승들은 베네딕트 수도회의 엄격한 규칙을 다시 복원시키고 교계의 개혁을 주창하고 나섰다. 빠르게 파급된 이 개혁운동은 교황권을 강화하는 계기가 되어 11세기 후반에 이르자 이 개혁자들은 교회가 세속 권력으로부터 자유로워야 한다는 것뿐만 아니라 세속 권력이 교황권에 종속되어야 한다고까지 주장하고 나선다.

잘리에르(Salier) 왕조의 제2대 국왕으로서 신성로마제국 황제에 오른 하인리히 3세(Heinrich III, 재위 1039-1056)는 이런 클뤼니의 개혁운동을 지지하였다. 하지만 그는 1046년에 3명의 교황을 퇴위시키고 독일인 주교를 새 교황 클레멘스 2세(Clemens II, 재임 1046-1047)로 세웠다.

그 후 1073년 그레고르 7세(Gregor VII, 재임 1073-1085)가 교황에 오르자 당시 19세의 젊은 황제 하인리히 4세(Heinrich IV, 재위 1057-1106)에게 '성직자 서임권'(聖職者 敍任權, Investitur)을 포기할 것을 요구하였다. 그에 대한 반발로 하인리히 4세와 독일의 주교들은 보름스(Worms)에서 열린 주교회의에서 그레고르 7세에게 교황의 지위에서 물러날 것을 요구하였다. 이에 그레고르 7세는 하인리히 4세를 파문하고 그의 신하들에게 충성을 지키지 않아도 된다고 선포하기에 이른다. 또한, 일부 대공들은 교황의 처사를 빌미로 새로 황제를 선출하여 반란을 일으킨다. 다급해진 하인리히 4세는 교황이 머무는 카노사(Canossa) 성으로 가서 사흘 동안 참회하는 굴욕을 감내하고 마침내 파문 철회를 받아 낸다. 이것이 유명한 '카노사 행차'(1077)이다. 하지만 권력을 되찾은 하인리히 4세는 새로 선출된 황제를 격파하고 로마로 쳐들어가 다른 교황으로 교체한 다음 그로부터 황제의 관을 수여 받는다.

하인리히 4세에 의해 축출된 교황 그레고르 7세는 도주하여 남이탈리아에서 죽지만, 하인리히 4세와 교황들의 다툼이 끊이지 않자 독일 군주들은 하인리히의 아들을 후계자로 지명한다. 그래서 하인리히 4세의 서거 후, 하인리히 5세(Heinrich V, 재위 1106-1125)는 1122년에 '보름스 화해조약

(Wormser Konkordat, 1222)을 통해 교황과의 다툼을 종결시킨다. 그 결과 독일에서는 주교들이 황제의 서임을 받는 대신, 황제나 그 대리인이 참석한 가운데 성직자들에 의해 선출되고 이어서 형식적인 서임을 받는다. 그리고 황제는 교황에게 위임받은 권한으로 고위 성직자를 상징하는 반지와 지팡이를 그들에게 수여한다. 황제의 신하로서 제국의 행정을 대행하던 주교들이 이제부터는 영방(領邦)국가의 세속적 군주들과 마찬가지로 독자적 권력행사가 가능한 강력한 독립적 군주들로 변모된다. 예컨대, 후일 선제후(選帝侯, Kurfürst, 신성로마제국 황제를 선정하는 선거인단의 일원)가 되는 쾰른, 트리어, 마인츠(Mainz)의 대주교들을 보면, 성직자인 동시에 '영방국 군주'(Territorialfürst)로서 막강한 권력을 지니게 된다.

3.   십자군 원정

회교도인 터키인들이 성도(聖都) 예루살렘을 정복하자 교황 우르반 2세(Urbanus II, 재임 1088-1099)는 서유럽 기사들에게 성지 해방을 호소하고 군사를 일으킬 것을 요청하였다. 클뤼니의 개혁 덕분에 대다수 유럽인이 성전(聖戰)이 불가피하다는 생각을 하고 있었기 때문에 많은 군주와 기사들이 성지 회복의 대열에 동참했다. 1096년 제1차 십자군이 예루살렘을 정복하기는 했지만, 그 도시를 영속적으로 지킬 수는 없었다. 그래서 1270년까지 계속해서 십자군 원정이 계획, 실현되었으며, 그러는 가운데 교황권은 절정

에 달했다.

하지만 종교적인 원인에 기인했던 십자군 원정은 점차로 물질적 이해관계를 띠게 되었다. 특히 제4차 십자군 원정은 콘스탄티노플(Constantinople)을 동방무역에서 배제하려는 베네치아(Venice)의 이해관계를 추구하는 경제전쟁으로 변질되기도 했다.

---

4.   슈타우펜 왕조와 황제권의 실추

1137년부터 시작된 슈타우펜(Staufen/Hohenstaufen) 왕조는 1152년 프리드리히 바르바로사(Friedrich I, 별칭; Barbarossa, 재위 1152-1190)에 이르러 다시금 강력한 독일제국을 이루었다. 롬바르디아(Lombardia)의 강력한 도시들조차도 그의 지배권을 인정해야 했고, 여기에 도시국가 밀라노(Milano)가 반기를 들었지만 함락당한다. 교황이 황제에 반대해서 도시국가들의 편에 서게 되자 다시 불붙은 교황과 황제의 싸움이 20년 가까이 지속된다. 하지만 레냐노(Legnano) 전투(1176)에서 패하자 그는 교황과 교황을 지지하는 이탈리아 도시국가들과 평화조약을 체결한다.

이 무렵 작센과 바이에른의 대공으로서 벨펜(Welfen) 왕가 출신인 사자왕 하인리히(Heinrich der Löwe, 1129-1195)는 동방 식민을 장려하였다. 그 결과 메클렌부르크(Mecklenburg)와 포메른(Pommern) 등 뤼벡(Lübeck) 동쪽의 광활한 지역들에 독일인들이 정착하게 된다. 롬바르디아의 도시국가들을 치려는 황제 프리드리히 1세의 요청을 사자왕 하인리히가 거절하자 황제는 그를 파직하고 봉토들도 회수한다. 영방국가적 개별 이익추구 정치를 관철하려는 황제의 정치적 조치가 다시 한 번 관철된 것이다.

1190년 프리드리히 바르바로사가 십자군 원정에서 죽고 나자 그의 아들 하인리히 6세(Henry VI, 재위 1190-1197)가 콘스탄체(Constanze, 재위 1194-1198) 여왕과의 혼인을 통해 시칠리아(Sicilia)를 상속받아, 슈타우펜(Staufen) 제국이 잠시나마 최대로 확장된 영토를 갖게 되지만, 하인리히 6세가 일찍 죽자 모든 것이 다시 수포로 돌아간다.

비슷한 시기 교황 이노센트 3세(Innocenzo III, 1198-1216)는 교권과 세속 권력을 막론하고 중세의 가장 강력한 교황으로 모든 기독교 종파가 그를 수장으로 인정했다. 그는 슈타우펜 가와 벨펜 가 사이에 벌어진 독일의 정치적 분쟁에 교묘하게 개입함으로써 독일 왕들이 이탈리아에서 황제권을 행사하는 것을 불가능하도록 만든다.

또한, 그의 권유로 독일의 군주들은 슈타우펜 가의 프리드리히 2세(Friedrich II, 재위 1215-1250)를 독일 왕으로 인정한다. 하지만 프리드리히 2세는 제국의 정치보다는 이탈리아를 위한 독일 군주들의 협조를 요청한다. 이를 위해 광산 개발권, 관세 징수권, 화폐 제조권 등 제국의 황제로서 지니고 있던 경제적 특권들을 거의 모두 영방군주들에게 넘겨준다. 그리하여 독일의 영방군주들은 왕으로부터 독립적인 영주들이 되었다.

프리드리히 2세는 시칠리아라는 근대적 행정국가를 다스리면서 롬바르디아의 도시국가들에 대한 권리 주장으로 교황과는 끊임없는 갈등과 충돌을 빚었다. 하지만 후에 그의 왕위 계승자들은 결국 시칠리아마저 잃고 말았다. 그 이후 독일에서는 영방군주들이 의도적으로 힘없는 왕들만을 선출하여, 왕권과 황제권을 무력화시키고자 하였다. 슈타우펜 왕가의 몰락(1254)으로부터 루돌프 폰 합스부르크(Rudolf I, 재위 1273-1291) 황제가 들어서는 1273년까지 약 20년간의 황제권 공백기를 독일사에서는 '대공위(大空位) 기간'(Interregnum)이라 부른다. 이 시기 이후에도 독일의 영방국 군주들(Fürsten)은 1871년 프로이센 제국이 들어설 때까지 관행적으로 왕권에 버금가는 독립적 권한을 누리게 된다.

5.   기사계급의 문학

카를 왕조 시대에는 게르만 지역에 기독교가 전래·정착되던 때였다. 따라서 지식과 교양을 담당하고, 문학을 하던 계층은 대개 성직자들이었으며, 문학 작품이 쓰여진 장소는 주로 수도원이었다.

하지만 10세기 무렵이 되면 세속권력을 쥔 강력한 황제나 군주들이 등장한다. 이런 세속 권력을 뒷받침하던 계급이 기사들이었다. 기사계급의 주된 업무는 전쟁을 수행하는 것으로 그들은 단순한 병사들이 아니라 왕과 군주를 가까운 거리에서 보좌하는 고위 귀족들이었으며, 그들이 지속적으로 그리고 효과적으로 전투를 수행해 내기 위해서는 기사계급 특유의 수행과 남다른 덕성의 함양이 필요했다. 이를테면 기사들은 자신의 군주를 위하여 싸울 때는 남다른 용감성을 발휘해야 하지만 자신이 목숨을 바쳐 싸운다는 것을 직선적으로 내세우기보다는 주군의 부인을 위해 싸운다는 요식적 의례를 거친다. 이것은 기사들의 결투에서 승부와 생사의 결말은 언제나 하느님의 심판과 성모 마리아 은총의 결과로 나타난다는 당대의 보편적 믿음을 반영하는 것으로서, 이런 종교적 신앙이 기사들의 의식(儀式)으로까지 발전된 것으로 이해할 수 있다.

따라서 중세에 들어와서는 문학의 주체(主體)와 장소가 더는 수도승과 수도원이 아니라 기사계급과 궁정으로 바뀌게 된다(후술하겠지만, 이것이 근대에 이르러서는 다시 시민계급과 도시로 바뀌게 된다). 이들은 전투에 참여치 않을 때 궁정에서 연회를 벌이고 옛 게르만족의 가인(歌人, skoph)과 비슷하게 자신들이 직접 지은 연애시나 서사시를 낭송한다. 그리고 나중에는 기사가 아니더라도 이런 낭송을 직업적으로 하고 대가를 받는 사람도 궁정에 나타나게 되었다. 여기서 중세 연애시인과 서사시인이 나타난다. 이처럼 기사계급이 주축이 된 문학을 '기사문학'(die ritterliche Dichtung)이라 부른다.

특히, 1170년에서 1250년에 걸친 약 80년간은 — 정치적으로는 슈타우펜 왕조 시대였지만 — 중세 기사문학의 전성기였으며, 독일문학이 라틴어 문학 또는 프랑스문학의 예속 상태에서 벗어나 처음으로 중세고지독어로만 연애시나 서사시를 가창(歌唱)하게 된다. 더욱이 내용과 형식 면에서도 하나의 독자적인 문학세계를 이룬 독일문학사상 첫 문학적 만개기(滿開期, Blütezeit)[1]였다.

또한, 이 문학을 일명 '슈타우펜 조(朝)의 문학'(Die staufische Dichtung)이라고도 부른다. 이것은 이 시대가 정치적으로 슈바벤 지방의 슈타우펜 왕조 출신 황제들 치하에서 꽃을 피운 문학이었기 때문이지만, 이렇게 부르는 다른 중요한 이유로 문학이 슈타우펜 왕조의 융성에 따른 독일 기사계급의 자긍심으로부터 그 힘찬 창조적 원동력을 얻기 때문이다. 하르트만 폰 아우에(Hartmann von Aue, 1165?-1215?), 볼프람 폰 에쉔바흐(Wolfram von Eschenbach, 1170-1220?), 고트프리트 폰 슈트라스부르크(Gottfried von Strassburg,

---

[1]   Vgl. Gerhard Fricke: Geschichte der deutschen Dichtung, Hamburg u. Lübeck 1961, S. 23f.

12c 말-13c 초) 등 — 발터 폰 데어 포겔바이데(Walther von der Vogelweide, 1170?-1230?)를 제외한 — 거의 모든 이 시기의 대가들이 슈타우펜 왕가와는 직접적인 관계가 없었음에도 이 시대의 문학을 '슈타우펜 조의 문학'이라고 부르는 진정한 이유가 바로 이 독일적 자긍심에 있다.

또한, 이 시대의 문학이 '궁정문학'(die höfische Dichtung)이라고 별칭되는 것도 슈타우펜 왕조나 기사계급보다도 이 문학의 새로운 무대인 '궁정'(Hof)을 강조하기 때문이다. 여기서 '궁정'이 특히 강조되는 이유는 이 '궁정'에서 신흥 기사계급의 새로운 예의범절이 형성되고 실천되었기 때문이다. '무인'(武人)에 불과한 기사가 주군과 그 부인을 가까이 모심으로써 점차 커가는 사회적 역할에 자긍심을 얻고, 그와 동시에 무술연마의 수단에 불과하였던 자신들의 '격투'(tjost)나 '모험'(aventiure ← Abenteuer)까지도 일종의 의식(儀式)으로 이해하기 시작했다. 여기서 궁정은 그들의 활동 근거지인 동시에 자기 수련의 도장이기도 했다. 따라서 '궁정에 어울리는'(hövesch)이라는 중세독어의 형용사는 궁정 및 기사문화의 특성을 가리키는 형용사일 뿐만 아니라, 일종의 '교양을 지칭하는 개념'(ein Bildungsbegriff)[2]이기도 했다. 당시 '궁정인'(hövescher man)이라 할 때 그것이 '조야한 시골뜨기'(dörper → Tölpel)에 반대되는 교양인을 가리켰던 것도 이 때문이다. 또, '궁정'에서 발원하는 추상명사 '궁정성'(höveschheit)도 단순히 '궁정적인 것'을 가리킨다기보다는 기사계급이 궁정에서 생활하는 데에 갖추어야 할 갖가지 법도와 예절을 가리킨다. '예의 바름'이나 '예절'이 현대 독어로 'Höflichkeit'인 것도 이와 연관되어 있음은 물론이다.

현대 한국에도 한 남자가 문 앞에서 숙녀를 먼저 들어가도록 양보한다든

---

[2] Helmut de Bor: Höveschheit. Haltung und Stil höfischer Existenz, in: Günter Eifler (Hrsg.): Ritterliches Tugendsystem, Darmstadt 1970, S. 377-400, hier: S. 385.

가, 어떤 모임이 끝나서 귀가하려 할 때 숙녀에게 외투를 입혀 주는 경우, 그 남자를 가리켜 '기사다운' 남성이라 말한다. 이 경우, '예절 바르다'를 현대 독어로 말한다면 'höflich'(← hovelich, hövisch 또는 hövesch)란 형용사를 사용할 것이고, '기사다운 남성'을 가리켜 'Kavalier'(← frz. chevalier; dt. Ritter)란 명사를 사용한다.

그러면 중세 궁정사회에서 '조야한 시골뜨기'가 아닌 교양인, 즉 '궁정인'이 되기 위해서는 어떤 자질과 수양을 갖추어야만 했을까? 우선 기사계급, 또는 그에 따르는 신분을 지녀야 했겠지만, 혈통과 가문이 좋은 집안의 자제나 말을 잘 타고 칼을 잘 쓰는 검객이라고 해서 곧 '궁정인'이 될 수 있는 것은 아니었다. '예절 바른' 기사가 되기 위해서는 궁정사회의 근본이념과 기사계급의 가치관에 알맞은 수행을 거치지 않으면 안 되었다.

이처럼 기사계급의 가치 및 덕성 체계에서 중요한 것은 위에서 언급한 단순한 용감성 이외에도 '기쁨'(fröide → Freude)을 들 수 있다. '기쁨'은 중세 궁정사회를 움직인 기본적 정감이며, 당시 사회에서 '기쁨'이 없다면 그 누구도 가치 없는 존재에 불과했다. 개인의 고뇌와 운명보다는 궁정사회 전체의 기쁨에 넘치는 분위기가 중시되었기에 기사의 몸가짐 중에 가장 으뜸가는 것이 우선 '기쁨'으로 전체 모임의 흥겨운 분위기에 기여하려는 자세였다. 궁정문학은 개인의 체험문학이라기보다는 일종의 사교 문학으로 시인이 '기쁨'을 노래해도 개인의 기쁨을 표현하고 있는 것이 아니라, 개인의 '기쁨'을 통하여 궁정사회 전체를 기쁘게 하려는 노력의 표현이다. 개개인이 교양 있는 사회에 소속되어 있다는 자긍심으로부터 솟아나는 기쁘고도 고조된 기분을 이 시대의 기사들은 특히 '높은 기상'(hoher muot, → Hochmut)이라 일컬었다. 기사의 '기쁨'은 궁정사회에서 나타난 남성적·역동적 아름다움을 말하는 것으로서, 기사가 필수적으로 갖추어야 할 성정(性情)과 몸가짐이었으며, 동양의 군자에게서 흔히 요구되던 '호연지기'(浩然之氣)에 견주어 볼 만하다.

이런 '기쁨'이나 '높은 기상'에 원동력을 주는 것은 무엇보다도 궁정사회 내 '귀부인'(frowe → Frau)의 존재였다. 귀부인으로 불리는 아름다운 여성의 존재는 궁정에서 '기쁨'의 원천이며 '높은 기상'을 일깨워 주는 원천이었다. 성모 마리아 숭배의 뮤화적 변형으로 볼 수 있는 기사들의 이 여성숭배는 여성이야말로 남성보다 더 청순하고 완전한 창조물이라는 중세적 인식에 근거를 둔 것으로서, 용감무쌍하고 강건하며 피나는 투쟁을 업으로 하는 기사계급이 이처럼 청순하고 완전한 여성에게서 위안과 귀의처를 구한 것은 자연스러운 일이다. 이처럼 기사들의 용감하고 피나는 투쟁이 여성의 은총과 거기서 받게 되는 '기쁨'에 의하여 정화될 수 있다는 일종의 형식 및 의식(儀式)이 필요하게 된다.

6.   중세연가

중세연가(Minnesang)는 일차적으로 기사계급의 이러한 정신적 요청의 산물이자, 한편으로는 군주와 기사 간의 군신관계를 미화하고 있기도 하다. 즉, 군주는 봉토(封土, Lehen)를 주고 기사는 그 대신 봉사에의 의무를 지는 현실적인 계약관계가 군주의 부인과 기사와의 '사랑'(minne)의 관계라는 형식으로 나타나게 된다. 여기서 '사랑'이란 봉토를 받는 대신에 봉사의 의무를 진다는 남성 간의 엄숙한 계약관계이고 군주의 반려자에 대한 신하의 플라토닉(platonic)한 '애정'이며, 이 관계는 극도로 형식화, 의식화(儀式化)되어 나타난다.

독일어권 최초의 중세연가 시인은 오늘날 네덜란드의 마스트리히트(Maastricht) 태생의 하인리히 폰 펠데케(Heinrich von Veldeke, 약 1150년에 태어나 1200년 전후에 사망한 것으로 추정)이다. 그는 론(Loon) 백작의 궁정관료로서 라틴어와 프랑스어에 능했는데, 남(南) 프랑스의 '음유시인의 문학'(Troubadour-Dichtung)의 영향을 받았지만, 독일 민속풍도 아울러 살린 연가들을 남겼다.

튀링엔의 장어하우젠(Sangerhausen) 근교의 모룽엔 산성(山城)에서 1150년경에 태어나 1222년에 라이프치히에서 사망한 것으로 추정되는 하인리히 폰 모룽엔은 오랜 시간 동안 마이센의 변방백작 디트리히 4세의 궁정에서 관료생활을 한 기사였으며, 그의 프랑스풍의 연가들은 하인리히 폰 펠데케로부터 발터 폰 데어 포겔바이데로 이어지는 중간 지점에 위치한다고 볼 수 있다. 그에게 있어서 '사랑'(minne)은 병, 광기 그리고 죽음에까지 이르게 하기도 하고 지극한 환희를 맛보게도 하는 마성적 힘 그 자체였다.

하인리히 폰 모룽엔은 또한 중세연가의 하위 장르 중의 하나인 '새벽이별가'(Tagelied)도 남겼다. 일명 동명가(東明歌)라고도 번역될 수 있는 이 시가는 비밀스럽게 사랑하는 두 사람이 함께 밤을 지새우고 난 다음 날 새벽 동이 틀 무렵 이제는 서로 헤어져야 하는 연인들의 안타까움을 대개는 한 연(聯)씩 교대로 노래하는 형식으로 되어 있다. 새벽이별가의 대가는 볼프람 폰 에쉔바흐였으며, 독일 중세연가의 완성자 및 대표자는 발터 폰 데어 포겔바이데(Walther von der Vogelweide, 약 1170-약 1230)이다.

부인이시여! 그 기사에게 높은 기상 북돋우어 주심에
인색치 마시오소서!

46

그러시면 부인께서도, 또 기쁨을 좋아하는 다른 모든 사람도

모두 즐거움을 누리리다.

부인께서 그에게 기쁨을 주시면

그의 능력 깨어나

부인의 영광과 권위를 노래하리다,

이 연가에도 나타나 있는 바와 같이 귀부인은 기사에게 '높은 기상'을 북돋우어 주고, 기사는 이런 '기쁨'을 통하여 자신의 능력을 한껏 발휘하여 귀부인의 "영광"을 노래한다. 또한, 발터는 다른 한 연가에서도 "내 모든 기쁨 한 여성에게 달려 있네"라고 읊고 있는 것을 보면, 여성의 은총과 기사의 '기쁨'의 상관관계가 명확하게 나타나 있다.

여기서 귀부인이 기사에게 '기쁨'을 준다는 언표의 이면에는 물론 군주가 봉토를 주는 일과 기사가 충절을 지켜 주군을 섬겨야 하는 군신관계의 맹약이 숨어 있다. 여기서 우리나라 조선조에 나온 정철의 「사미인곡」(思美人曲)을 한번 연상해 보는 것도 좋을 것이다. 하지만 여기서는 '미인'이 군주의 알레고리(Allegory)로 나타나고 있다는 점에서 독일 중세 기사도에서의 여성 숭배라는 문화적 가치관과는 다른 면모를 보이고 있는 것이다.

아무튼, 독일의 중세연가에서 귀부인에 대한 기사의 '사랑'(minne)이 완전히 충족되기는 어렵다. 왜냐하면, 저돌적이고 남성적인 기사들의 '사랑'에 대한 귀부인의 응답이 은총적·호의적 반응 이상의 충족을 주기가 원천적으로 불가능하기 때문이다. 이에 기사들은 필연적으로 '고통'(leid ← Leid)을 감내해야 할 운명이었다. 하지만 기사들은 이 '사랑'의 '고통'에서 다시금 '고양시키는 힘'(tiurende kraft ← (teuernde) Kraft)을 발견함으로써 더욱 '수행'(zuht ← Zucht)에 힘쓰고 '충절'(triuwe ← Treue)을 지키며, '변치 않는 마음의 자세'(staete ← stets)를 견지해야 했다. 기사들이 그들의 군주와 부인에게 바

처야 할 이와 같은 모든 경애와 헌신을 특히 '봉사'(dienest ← Dienst)라 하였고, 한편 군주나 부인이 기사에게 베풀어야 할 관대한 정신적·물질적 시혜를 '관후'(寬厚, milte ← mild)라 일컫었다.

중세 궁정사회의 이와 같은 여러 가지 행동규범에 도달하기 위하여 기사들은 귀부인을 의식적(儀式的)으로 섬기고 그 청순성과 완전성에 도달하는 것을 목표로 기사로서의 '수행'을 하였다. 이런 점에서 볼 때 귀부인은 남성적·호전적·저돌적인 기사들의 본능을 순화·고양·교화시킴으로써 기사들에게 이상적인 교양에 도달하게 하는 원동력이 되었다. 괴테(Johann Wolfgang von Goethe, 1749-1832)의 『파우스트』(Faust, 1808) 말미에 나오는 유명한 구절, "영원하고도 여성적인 것이 우리를 인도한다"는 괴테적 인식이 독일문학사에서 처음 발현된 것도 바로 이 중세연가에서고, 이 구절을 올바르게 이해하기 위해서는 이런 문화적 배경에 대한 예비지식이 필요하기도 하다.

발터는 '수행'을 닦는 기사들과 영원한 여성으로 더 높은 세계로 인도해주는 청순한 귀부인들이 함께 자리하여 '기쁨'에 가득 차 있어야 할 궁정사회가 과거와 같지 못하고 규범과 법도를 잃어버렸다고 개탄하면서, 다음과 같이 노래한다.

영광의 그 궁정, 지금은 누가 장식하고 있나?
젊은 기사들의 수행이 말이 아니로다!
군주를 따르는 기사들이
비궁정적인 언행을 일삼고
수양을 갖춘 사람을 바보로 밖에 보지 않는구나!
보라, 도처에 무례가 판을 치는 꼴을!
예전에 우리는 버릇없이 헛바닥을 놀리는 젊은이들은

혼을 내어 주었건만,

지금 사람들은 오히려 그들을 우러러보네.

방자하게 굴며, 청순한 귀부인들을 괴롭히다니!

귀부인들을 모욕하지 않고는

기뻐할 줄 모르는 자들은

공중 앞에서 체형을 받아 마땅하리로다.

많은 사람이 제 얼굴에 칠하는

죄악과 치욕의 뒤범벅을 바로 여기서 보겠구나!

이 노래는 만년의 발터가 '비궁정적'으로 되어 버린 궁정사회를 개탄조로 읊은 것이지만, 우리는 여기서 역으로 발터가 이상적인 궁정사회를 어떻게 그리고 있는가를 엿볼 수 있다.

---

7.   격언시

중세 서정시로 연가 이외에 격언시(Spruchdichtung)라는 장르가 있다. 격언시는 대개 단 하나의 절로 되어 있어 일반적으로 여러 절로 되어 있는 연애시 등과는 구별되며, 따라서 단창구(短唱句)라고도 번역된다. 보통 어떤 정치적·사회적 사건에 대한 시인의 견해를 밝히는 데에 즐겨 쓰인 시형이다.

'하이델베르크 대형 시가(詩歌) 필사본'에
그려져 있는 기사 시인
발터 폰 데어 포겔바이데의 초상화
▬

(Von der Manessischen Liederhandschrift, mit freundlicher Genehmigung der
Universitätsbibliothek Heidelberg: cpg 848, Bl. 124r)

격언시 중 가장 유명한 것이 「제국곡」(帝國曲, Der Reichston)으로 이것은 발터 폰 데어 포겔바이데가 1198년에서 1201년 사이에 쓴 것으로 추정되는 세 편의 단창구로서 당시 독일제국의 참상을 노래했다고 해서 통칭 '제국곡'으로도 불린다.

내 한 바위 위에
다리를 서로 포개고 앉았노라.
그 위에 다시 팔꿈치를 괴고
턱과 한 뺨을
손바닥 안에 받쳐 들었노라.
그리고 곰곰이 생각해 보았노라.
사람이 이 세상에서 어떻게 살아야 할까,

어떻게 세 가지를

그중 하나라도 망치지 않고 온전히 다 얻을 수 있을까 하고.

하지만 그 방도를 모르겠구나.

그중 둘은 이따금 서로 상극인

명망과 재물이고,

다른 하나는 이 둘을 훨씬 압도하는

하느님의 은총, 내 이 셋을 한 그릇 안에 몰아 갖고 싶도다.

그러나 재물과 세상의 명망에다

또 하느님의 은총까지가

한 사람의 품속에 모두 깃드는 일이란

유감스럽게도 진정 있기 어려운 법이어라.

이들에 이르는 큰길 작은 길이 모두 막혔으니,

불충이란 복병이 숨어 있고

길거리엔 폭력이 난무하며

평화와 정의가 치명상을 입고 있도다.

이 둘이 먼저 치유되지 않고선

저 셋에 이르지 못하리로다.

내 들었노라 쏼쏼 흐르는 강물 소리,

그리고 보았노라, 헤엄치는 물고기들,

들판과 숲, 잎과 갈대와 풀,

이 세상 위의 모든 것 두루 살펴보았노라.

기어 다니는 놈, 날아다니는 놈,

다리로 땅 위를 걷는 놈 모두 살펴본 결과,

내 그대들에게 이르노니,

그중 어느 것도 서로 적대감 없이 사는 게 없더라.

맹수들과 파충류들도

저희끼리 서로 격투를 벌이고

조류들도 싸우긴 마찬가지.

그렇지만 그들은 한 가지 점에서 이성을 잃지 않고 있으니,

그들끼리 강력한 위계질서를 확립하지 못하는 한

스스로는 아무것도 아니라고 생각하고 있는 점이로다.

미물인 그들조차 왕과 신분 서열을 정하고

주종(主從)을 분명히 하고 있거늘,

슬프다, 그대 독일민족이여,

그대의 위계질서는 어떻게 되어 있는가?

모기들도 이제 그들의 왕이 있을진대

그대의 명망이 이리도 땅에 떨어지다니!

회개하고 돌아서라, 그대!

변방 백작들이 너무 강력하고

군왕(群王)들이 감히 그대에게 근접하려 하고 있구나.

필립 왕이시여, 어서 황제관을 쓰시어 저들을 썩 물러나라 명하소서!

내 이 두 눈으로 다 보았노라,

남녀의 온갖 비밀.

누가 무슨 짓하고 누가 무슨 말 하는지

다 듣고 다 보았노라,

사람들이 거짓말하여 두 왕을 기만하는 소리.

이 거짓과 기만에서 전무후무, 격렬무비한

싸움이 벌어졌으니

성직자와 세속인이

두 파로 갈라서게 되었구나.

이로 인하여 육체는 고사하고 영혼까지도 죽게 되었으니

재앙치곤 대재앙이로다.

악착같이 싸우던 성직자들 좀 보소,

세속인들이 우세하게 되자

칼을 내던지고

다시 법복 속으로 숨었구나.

그리고는 자기들이 파문해야 할 자는 젖혀두고

파문하고 싶은 사람들만 파문하여

교회를 망쳐 놓았구나.

내 들었노라, 저 멀리 승방에서 들려오는

크나큰 탄식의 소리,

한 수도승이 그의 고통을

하느님께 읍소하는 소리,

"슬프다, 교황님은 너무 철부지시니! 주여, 당신의 기독 세계를 도와주소서!"

'하이델베르크 대형 시가 필사본'에 그려져 있는 '생각하는 사람'의 모습, 즉 바위 위에 다리를 포개고 앉아 무릎 위에 팔꿈치를 괴고 턱과 한 뺨을 손으로 받치고 있는 자세 ─후일 로댕(Auguste Rodin, 1840-1917)의 조각에서 나타난 자세─ 는 고대에서부터 내려오는 시인의 전형적 모습으로서 중세에서는 하느님의 복음을 전하는 전도사의 자세로 널리 통했다.

이와 같은 시인의 자세는 "내 … 앉았노라", "내 들었노라… 그리고 보았노라… 살펴보았노라", "내 … 다 보았노라… 다 듣고 보았노라" 등으로 시작하는 말투부터가 의연한 데다 그 모습은 예언자적 기품을 보여 주고 있다. 여기서 발터는 격언시가 연가에서보다 더 시인의 현실 비판적 발언에 적절함을 이용하여, "평화와 정의가 치명상을 입고 있"는 독일제국의 현실을 개탄하고 있다. 또한, 제국의 구체적 상황을 설명하고 이에 대한 자기의 입장을 분명히 밝히고 있다. 그리고 미물들도 "왕과 신분서열을 정하고 주종을 분명히 하고 있거늘" 독일민족이 두 황제를 둔 꼴을 개탄하고 있다. 이것은 1197년 하인리히 6세가 죽자 그의 동생 필립 폰 슈바벤(Philipp von Schwaben, 1177-1208) 공과 브라운슈바이크의 오토 4세(Otto IV, 재위 1190-1197)가 제위를 놓고 서로 다툰 끝에 1198년에는 두 황제가 각기 다른 장소에서 황제로 선출된 역사적 사실을 가리킨다. 위의 제2 제국곡 말미에서 발터는 필립 왕의 편을 들면서 그가 "어서 황제관을 쓰"도록 촉구하고 있다. 또, 제3 제국곡에서 발터는 교황이 필립 왕과, 그의 조카이며 1196년에 이미 하인리히 6세에 의하여 황제권 계승자로 내정되었던 프리드리히 2세 사이를 이간시키고, 1201년에 필립 왕을 파문함으로써 하느님과 인간 사이를 중재해야 할 교황권을 스스로 저버린 사실을 비판하고 있다. 발터의 이 같은 공격은 어디까지나 교황에 대한 비판이지 하느님에 대한 반기가 아님은 물론이다. 제3 제국곡 마지막에 나오는 "주여, 당신의 기독 세계를 도와주소서!"는 "일종의 기독교적 양심"(eine Art christlichen Gewissens)[3]의 소리인 동시에 시인 자신의 간절한 기원이다.

3　Vgl. Peter Wapnewski: Walther von der Vogelweide. Gedichte. Mittelhochdeutscher Text und Übertragung, Frankfurt am Main 1962, S. 261.

기사계급의 덕성체계

앞서 제국곡 3편의 정치적 내용과 역사적 배경까지 살펴보았지만, 여기서 우리의 중요한 관심사는 제1 제국곡에서 발터가 던진 질문, 즉 "사람이 이 세상에서 어떻게 살아야 할까"라는 물음과 답으로 내건 세 가지 가치개념인 '하느님의 은총'(*gotes hulde*), '세상의 명망'(*êre*), 그리고 '재물'(*varnde guot*)이다. 에리스만(Gustav Ehrismann, 1855-1941)이란 학자는 발터의 세 가지 가치개념을 키케로의 이른바 '최고선'(最高善, summum bonum), '윤리선'(倫理善, honestum), 그리고 '외형적 재산'(utile)에 상응하는[4] '기사계급의 덕성체계'(ritterliches Tugendsystem)라고 주장함으로써, 중세연구에 큰 성과를 이룬 바 있다.[5]

에리스만의 이런 주장에는 논거가 희박한 곳도 없지 않지만, 이 주장은 오늘날에도 여전히 그 타당성을 지닌다. 위에서 발터가 묻고 있는 질문은 물론 '기사'가 이 세상에서 어떻게 살아야 할까를 물은 것이 아니라 '사람'(man)이 이 세상에서 살아가야 할 방도를 물은 것이다. 그러나 여기서 '사람'이 발터 자신이건, 기사계급이건, 일반적인 사람이건 간에 이 격언시가 당시 중세 궁정사회에서 가창된 것이라면, 그것은 세 가지 가치개념에 대

---

4 Gustav Ehrismann: Die Grundlagen des ritterlichen Tugendsystem (1919), in: Günter Eifler (Hrsg.): Ritterliches Tugendsystem, Darmstadt 1970, S. 1-84, hier: S. 17.

5 Siehe Günter Eifler (Hrsg.): Ritterliches Tugendsystem, Darmstadt 1970.

한 기사계급 일반의 관심도를 반영하는 것으로 볼 수 있다. 사실 발터는 단지 제국곡에서뿐만 아니라 그의 다른 시가에서도 자주 이 세 가지 가치개념을 언급하고 있다.

> 정말이지 궁정사회가 추구하는 건
> 하느님의 은총과 세상의 명망뿐일지니!
> 재물에 눈이 어두워 이 둘을 잃은 자에겐
> 이승에서도 저승에서도 더는 보상이 없으리라.

여기서도 '하느님의 은총'과 '세상의 명망'이 '재물'보다 더 높은 가치개념으로 나타나 있다. '재물'이 마치 부정적으로 간주된 것처럼 보이긴 하지만 실은 '재물'이 '하느님의 은총'과 '세상의 명망'보다 세상 사람들에 의해 더 많이 추구되고 있는 가치임은 명백하다. 발터의 또 다른 시를 살펴보자.

> 내 군주들에게
> 그들이 갖가지 간언(諫言)을 올바르게 평가할 수 있는 방법을 가르쳐 주려 하노니,
> ……
> 이익, 하느님의 은총, 그리고 세속적 명망,
> 이 세 가지는 좋은 것이니, 이들을 간하는 자에게 복이 있을지며
> 이런 신하라면 황제도 기꺼이 휘하에 둘 만하리로다.
> 다른 자들은 손실과 죄악과 치욕을 간하나니,
> ……

여기서는 '재물' 대신에 '이익'(frum)이란 단어가 거론되었는데, 이례적으

로 '하느님의 은총' 및 '세속적 명망'의 앞에 거론되고 있다. 또 '이익', '하느님의 은총' 및 '세속적 명망'의 반대개념인 '손실'(schade), '죄악'(sünde) 및 '치욕'(schande)도 이 순서대로 지칭되고 있는 것도 눈에 띤다. 아마도 이것은 국익을 우선시하는 왕들에게 호소력이 있게 하려고 순서를 바꿔 말한 것일 뿐 가치 순은 아닐 것이다.

아무튼, 제1 제국곡에서 발터가 '명망'과 '재물', 게다가 '하느님의 은총'을 "한 그릇 안에 몰아 갖고 싶도다"라고 말하고 있는 것은 온통 '하느님의 은총'의 세상이던 중세에서는 자못 획기적인 발상이라 하겠다. 이것은 소위 '죽음을 생각하라!'(Memento mori)란 어두운 구호가 지배하던 11세기 중엽의 금욕적·내세중심적 세계관에서는 아직 쉽게 입에 담을 수 없던 가치관이다.

물론 1200년 무렵의 발터에게 있어서도 '하느님의 은총'은 여전히 세속적인 다른 "둘을 훨씬 압도하"고 있다. 중세의 다른 시인들보다 비교적 정치적으로 깨어 있고 더 진보적이었던 발터까지도 '하느님의 은총'은 최고의 가치요, 지향점이다. 그가 만년의 작품 「비가」(悲歌, Die sogenannte "Elegie")에서 모든 기사에게 "기사들이여, 이것이야말로 그대들의 과업이다!"(ritter, daz ist iuwer dinc)라고 외치며 프리드리히 2세를 따라 모두 십자군 원정에 나설 것을 호소한 사실이라든지, 자기 자신은 이미 너무 노쇠하여 동행하지 못함을 "바다를 건너가는 이 성스러운 행차를 이 몸이 감당할 수 있었으면 좋으련만!"(möhte ich die lieben reise gevaren (noch) über se)하고 슬퍼한 사실을 보면 명백해진다.

이런 발터가 '하느님의 은총' 이외에 다른 둘을 거론하고 있는 사실 자체가 놀라운 일이다. 이것은 기사계급 및 궁정문화 특유의 현세성을 반영하고 있다. 이 현세성은 하느님을 저버리는 현세성이 아니라, "하느님에의 봉사와 세속에의 봉사를 결합시키려는", 다시 말해서 "하느님과 속세에 다 경배하려는"(got unde der werlde gevallen)[6] 기사계급 특유의 이원성이다.

이원성이란 말에서 보듯이 중세 기사문학은 신('하느님의 은총')과 세속('세상의 명망'과 '재물')의 팽팽한 긴장 속에 꽃을 피웠다. 하지만 그 꽃은 오래 갈 수는 없는 꽃이었다. 기사들은 신을 정점으로 한 엄격한 '질서'(ordo) 내에서 '수행'과 '봉사'를 통하여 남성적이고 저돌적인 개성을 순화하고 이상주의적·전체주의적인 '기쁨'에 도달하고자 하였다. 이것은 내세와 현세 사이에서의 아슬아슬한 곡예와도 같은 것이어서 오래 지속하기 어려운 숙명을 지니고 있었다. 기사문학의 '만개기'가 매우 짧을 수밖에 없었던 것도 이 때문이다. 1200년을 전후한 그 전성기는 비록 매우 짧았지만, 중세 기사계급의 궁정문학은 근대의 신흥 '시민계급'(Bürgertum)에게 그 유산을 물려주기 전까지 자신의 계급적 이상주의 사회에 알맞은 여러 가치 규범을 창조해 내었다. 앞서 말한 '기쁨', '높은 기상', '수행', '충절', '변치 않는 마음의 자세', '하느님의 은총' 등이 그것이다. 비록 시대적 배경이나 사회적 제도는 다르지만, 동아시아 한자문화권의 '예악'(禮樂), '호연지기'(浩然之氣), '수신제가'(修身齊家), '충의'(忠義), '항심'(恒心), '천명'(天命) 등과도 비견될 수 있을 이 모든 가치개념은 신 앞에서 겸허해질 수 있는 기독교적 '공경하는 마음'(diemut → Demut)을 대전제로 하고 있으며, 또 하나의 중요한 중세적 행동 규범인 '절도'(節度, maze → Maß)를 지킬 수 있을 때 비로소 빛날 수 있다. 이 '절도'란 개념 역시 유가의 '중용'(中庸)과도 통하며, 슈타우펜 왕조의 궁정문학 역시 가치체계의 절대화가 오히려 인간생활의 조화를 깨뜨릴 수 있음도 아울러 보여 주고 있다.

---

6   Peter Wapnewski: Deutsche Literatur des Mittelalters, Göttingen 1960, S. 46.

9.　　　　　　　　　　　　　시인 발터 폰 데어 포겔바이데

지금까지 발터 폰 데어 포겔바이데의 시가(詩歌)를 중심으로 주로 중세 기사문학의 특징을 고찰해 보았다. 그것은 유독 이 시인의 시가에서 기사문학의 주요 주제들과 문화적 특징들이 두루 잘 나타나 있기 때문이다.

그렇다면 이제 발터 폰 데어 포겔바이데가 어떤 삶을 산 시인이었던가를 살펴보기로 하겠다. 하지만 독일의 학자들도 그의 삶에 대한 기록들은 거의 찾아내지 못했다. 파사우(Passau)의 볼프거 주교(Wolfger von Erla, 1140-1218)가 1203년 11월 12일에 "발터 공에게 외투를 사 입으라고 12실링을 주었다"는 메모가 그에 관해 남아 있는 유일한 실증적 기록이다. 하지만 이 메모를 통해 짐작해 보자면, 우선 그가 외투를 사 입어야 할 만큼 매우 행색이 초라한 여행자였다는 점과 오늘날 독일과 오스트리아의 국경 지역인 파사우를 경유하고 있었다는 사실에서 아마도 그가 1170년경 오스트리아에서 태어나지 않았을까 하는 추측이 가능하다. 그의 초기 시가를 보면 자신의 선배로서 빈(Wien) 궁정에서 활동한 선배 시인 라인마르 폰 하게나우(Rainmar von Hagenau, 약 1160-1205)와 불화한 흔적이 엿보이기 때문이다.

아무튼, 발터는 라인마르에 비해 격정적이고 보다 개성적인 시를 남겨 삶의 발자취가 그의 작품에 많이 드러난다. 초기에는 봉토가 없는 가인(歌人)으로서 빈 궁정, 필립 폰 슈바벤 공의 궁정, 오토 4세의 궁정, 헤르만 폰 튀링엔 공의 궁정 등을 전전하다가 마침내 그는 프리드리히 2세 황제로부터 뷔르츠부르크(Würzburg) 근처의 조그만 봉토를 수여 받는다. '바인가르텐

(Weingarten) 필사본'에 그려져 있는 발터의 초상화에는 기사를 상징하는 방패 모양의 문장(紋章)이 없으나, '하이델베르크 대형 시가(詩歌) 필사본'에는 문장이 그려져 있어 초기 발터의 신분을 두고 기사 여부에 대한 논란이 많았다. 하지만 발터가 1220년 프리드리히 2세 황제로부터 봉토를 받고 남긴 시가를 보면 그가 적어도 만년에는 기사 신분에 도달한 것으로 보인다.

시인 발터 폰 데어 포겔바이데의 위대성은 그의 강한 개성과 파토스(Pathos)를 통하여 중세연가의 지나친 형식성과 경직성을 깨뜨리고 전래의 시가에 새로운 형식과 내용을 부여한 데에 있다. 우선 그는 하인리히 폰 모룽엔이나 라인마르 폰 하게나우 등에 의하여 이미 하나의 장르에 도달해 있던 중세연가를 그 단조로운 형식과 수직적인 '사랑'(minne)의 정태성(靜態性)에서 해방시켜 발랄하고도 수평적인 '사랑'의 노래로 발전시켰다.

감사할 줄 아는 여인에게
난 내 찬사를 바치리라.
고귀한 마나님들과 내 무슨 상관있으랴?

이것은 발터가 더는 궁정의 귀부인들을 위해 노래하지 않겠다는 선언 비슷하게 들리는데, 만년의 그는 전승되어 오던 정태적인 '고상한 사랑'(hohe minne)을 벗어나 '감사할 줄 아는' 청순한 마을의 처녀에 대한 이른바 '낮은 사랑'(niedere minne)도 노래함으로써 일방통행적이고도 플라토닉한 기사의 운명적 '사랑'이 아니라 진솔하고 다정다감한 연정, 즉 중세 인간들의 체험 세계 안에서 '오는 정'과 '가는 정'이 자연스럽게 교차하는 사랑을 노래하기 시작한다.

황야 위 피나무 아래

거기 우리 두 사람 누웠던 자국

게서 너희들 발견할 수 있을 거야

꽃들과 풀이 마구 이겨져 있는 광경!

숲 못 미쳐서, 어느 골짜기에서 있었던 일이지!

탄다라다이 랄라

거기서는 꾀꼬리가 아름답게 울었지!

풀밭으로 가니

내 남자친구가 벌써 와 있다가

콧대 높은 아가씨라 부르며 반갑게 맞이해요.

그럴 때마다 난 행복하지요.

키스하더냐구요? 아마 천 번은 했을 걸요.

탄다라다이 랄라

내 붉은 입술 좀 봐요!

이른바 「처녀의 노래」(Mädchenlied)라고 불리는 이 시에서 발터의 언어는 순진, 소박, 솔직하기 짝이 없다. 발터는 여기서 중세연가의 의식적(儀式的)·고답적·정태적인 틀을 깨고 있다. 여기서 문제가 되는 것은 더는 기혼 귀부인에 대한 기사의 이룰 수 없는 '사랑'이 아니라 살아 있는 남녀 두 영혼의 아름다운 교감이다. 이것은 중세 궁정문학을 결코 비천한 수준으로 떨어뜨린 것이 아니라 보편적이고도 인간적인 경지로 고양시킨 것이다. 바로 이 점에 자신의 시대를 극복해 나간 시인 발터의 위대성이 있다.

시인 발터의 또 하나의 업적은 주로 유랑시인들이 불러 오던 재래의 단창구(短唱句, Spruch)라는 형식을 발전시켜 제국곡(帝國曲) 3편과 같은 격언시를 개척한 것이다. 위에서도 살펴보았지만, 그는 이 시형을 통해 당시 유럽과 독일의 정치적·종교적 분쟁에 대해 시인으로서 의연하게 발언했을 뿐만 아니라, 동시에 자신이 봉토를 받기 위해서 여러 군주를 대상으로 갖가지 시의적절한 발언들을 했다.

현대 독일의 유명한 현실참여적 시인 페터 륌코르프(Peter Rühmkorf, 1929-2008)는 『발터 폰 데어 포겔바이데, 클롭슈톡 그리고 나』(Walther von der Vogelweide, Klopstock und ich, Reinbeck bei Hamburg, 1975)라는 책을 써서 자신이 중세의 시인 발터의 계보임을 밝히고 있는데, 이는 동시에 중세 시인 발터의 현대적 의미를 말해 주고 있기도 하다.

10. 궁정서사시

중세연가와 격언시 등 서정시 분야 말고도 중세 독일문학에서 중요했던 장르는 궁정서사시(das höfische Epos)였다. 아직도 산문이 등장하지 않던 시대에 시인이 청중들 앞에서 운문으로 이야기를 했기 때문에 '서사시'(Epos)라 하고 그 앞에 '궁정의'(höfisch)라는 형용사가 붙는 것은 이 서사시가 낭송되는 곳이 주로 중세의 '궁정'이었을 뿐만 아니라, 이 서사시의 내용이 '명망'(ēre), '절도'(māze), '사랑'(minne) 등 궁정에서의 가치관을 반영하고 있기 때문이다.

궁정서사시의 연원은 1150년경 프랑스에서 크레티앵 드 트루아(Chrétien de Troyes, 1135?-1190?)라는 시인이 에렉(Erec), 이바인(Yvain), 페르세발(Perceval)

등 이른바 아르투스 왕을 둘러싼 전설적 기사들의 '사랑', '충절', '모험'의 이야기들을 서사시로 읊은 데서 찾을 수 있다.

이런 프랑스문학의 영향을 받아 지리적으로 가까운 마스(Maas) 강변 지역 출신인 하인리히 폰 펠데케가 1189년경에 『에네이트』(Eneit)라는 서사시를 읊었는데, 이것은 1165년경에 나왔던 프랑스의 『에네아스의 이야기』(Roman d'Enéas)를 모범으로 삼아 기품 있는 중세 독일어로 번안한 작품이다.

하인리히 폰 펠데케 이래 1200년을 전후한 약 30년 동안 궁정서사시가 만개한 시기가 왔다. 하르트만 폰 아우에, 볼프람 폰 에쉔바흐, 고트프리트 폰 슈트라스부르크 등 세 시인으로 대표되는 이 시기의 궁정서사시는 중세 독일문학의 고전주의라 일컬을 수 있을 만큼 이념과 형상, 내용과 형식의 완전한 합일을 보여 주고 있으며, 인간적으로 모범적인 것, 그리고 그 자체로 완결된 정신문화를 이룬다.

슈바벤 지방의 관료 출신으로 추측되는 하르트만 폰 아우에의 출생연도는 미상이며 사망연대조차도 1210년에서 1220년 사이로 추정될 수 있을 뿐이다. 그는 프랑스 시인 크레티앵 드 트루아의 작품 등 지금까지 전해 내려오던 프랑스 서사시들을 학구적으로 종합하고 우아한 독일어로 번안하여, 『에렉』(Erec, 1190)과 『이베인』(Iwein, 1200) 등을 서사시로 읊었다. 그는 독창성을 발휘하여 죄인 그레고리우스에 관한 성담을 작품화한 『그레고리우스』(Gregorius, 1186년에서 1190년 사이의 작품으로 추정됨)를 썼고, 기사도와 그리스도교 사이의 갈등 및 그 종국적 화해를 그린 『불쌍한 하인리히』(Der arme Heinrich, 1190년대의 작품으로 추정됨)를 쓰기도 했다.

우선 『에렉』부터 말하자면, 이는 중세 독일어로 쓰여진 첫 '아르투스(Arthur) 왕 이야기'이다. 아르투스 왕의 기사 에렉은 한 은자(隱者)의 슬기로운 딸 에니테(Enite)를 알게 된다. 아르투스 왕의 궁정에서 성대한 결혼식을 올린 에렉은 곧 자신의 나라에 돌아와 아버지의 왕위를 물려받지만, 날마다 사랑에 취해 정사(政事)를 소홀히 함으로써 궁중의 웃음거리가 된 자신을 발견하고 다시 모험의 길을 떠난다. 여러 모험을 겪은 뒤에 마침내 그는 에니테에 대한 자신의 사랑과 군주로서의 책임을 균형 있게 조화시킬 수 있는 '절도'를 터득하게 된다.

『이베인』 역시 아르투스 왕 궁정의 기사로서 '샘의 요정' 라우디네(Laudine)와 결혼하는 행운을 누리지만, 친구 가베인(Gabein)으로부터 사랑의 행복에 취해 웃음거리가 되었던 에렉의 이야기를 듣자 다시 기사로서의 모험의 길을 떠난다. 그는 라우디네한테 되돌아오기로 약속한 기한을 어김으로써 죄를 범하게 된다. 하지만 그동안 그는 어떤 상황에 처해서도 다른 여자에게 마음을 주지 않았기 때문에 결국에는 우여곡절 끝에 그녀의 용서를 받게 되고 다시 라우디네의 곁으로 돌아오게 된다.

『에렉』과 『이베인』은 크레티앵 드 트루아의 이야기를 번안한 것이지만, 『그레고리우스』는 고대 프랑스어로 된 작자 미상의 성담 『교황 그레고르의 삶』(Vie du pape Grégoire)을 번안한 서사시이다.

남매간 근친상간이란 죄악의 씨앗으로 태어난 아기 그레고리우스는 그의 출생의 비밀을 적은 상아판과 함께 상자에 넣어져 강물에 띄워진다. 아기의 아버지는 참회의 순례를 떠났다가 마르세유(Marseille) 근처에서 객사하여 시체로 되돌아온다. 한편, 아기가 든 상자를 발견한 어느 외딴 섬의 한 어부는 수도원장의 부탁과 감독 아래 그레고리우스를 친아들처럼 기른다. 훌륭한 청년으로 성장한 그레고리우스는 수도원장의 바람대로 성직자로서의 길을 갈 것처럼 보였으나, 어느 날부터 문득 기사가 되어 바깥세상으로 나가고 싶어 한다. 그러던 어느 날, 우연히 어부의 아들과 형제싸움이 벌어졌고, 그레고리우스한테 흠씬 두들겨 맞고 먼저 집에 들어온 아들 때문에 속이 상한 어부 아내는 홧김에 그레고리우스가 자신의 친아들이 아니라는 사실을 발설하고 만다. 이 말을 우연히 엿듣고 자신의 정체성이 흔들리게 된 그레고리우스는 수도원장에게 출생의 비밀을 묻게 되고 수도원장은 그에게 상아판을 건네준다.

이제 그레고리우스는 기사의 복장을 갖춘 채 자신의 부모를 찾아 넓은 세상으로 나간다. 여행 중 그는 그 나라의 여왕이 어느 무례한 강제 청혼자의 군대에 의해 포위당했다는 소문을 듣는다. 17세의 청년 기사 그레고리우스는 무례한 청혼자를 무찌르고 곧 여왕과 결혼하여 딸까지 낳는다. 어느 날 그가 혼자 상아판을 보며 참회의 기도를 올리는 모습을 보고 수상하게 여긴 하녀는 그 사실을 여왕에게 보고한다. 때마침 그레고리우스가 신하들과 사냥을 떠나고 궁에 없었기 때문에 여왕은 하녀가 말해 준 그 밀실을 뒤져서 자신이 옛날에 아기와 함께 손수 상자에 넣어 주었던 그 상아판을 다시 보게 된다. 이리하여, 남매의 근친상간으로 태어난 아기가 다시 모자 상간이라는 대죄를 범하게 된 사실이 드러난다.

이 사실을 알게 된 그레고리우스는 자신의 어머니이자 아내인 여왕에게는 자리에서 물러나 빈민구휼에 헌신할 것을 제안한 다음, 자신은 혼자 순례의 길을 떠난다. 다시금 떠난 여행에서 그는 자신에게 하룻밤 숙소를 제공한 어부에게 자신은 큰 죄인이니 속죄의 시간을 보낼 수 있는 그런 험한 장소로 데려다 달라고 부탁한다. 어부는 초라한 행색 가운데 비범함을 보이는 나그네의 부탁을 아니꼽게 여겨 바다 한가운데의 바위에 그를 쇠사슬로 묶어 두고는 열쇠는 돌아오는 길의 바닷물 속으로 던져 버린다.

그 후 17년의 세월이 흘러 로마에서는 새 교황을 맞이해야 할 시기가 되었다. 이즈음에 로마 교황청의 한 성직자와 명망 있는 한 로마시민의 꿈에 북쪽 아르트와-플란데른 지방 근처 섬의 바위 위에서 고행하고 있는 사람을 교황으로 모시라는 하느님의 계시가 내린다. 두 사람은 알프스를 넘어 먼 길을 여행한 끝에 드디어 어부의 집에 당도한다. 공교롭게도 어부가 손님들에게 대접하기 위해 그날 잡은 물고기 배를 따자, 자신이 17년 전에 바다에 던져 버린 그 열쇠를 발견한다.

이튿날 아침, 어부가 하느님의 계시를 받은 두 사자를 모시고 도착한 바위 위에는 녹이 슨 쇠사슬과 함께 고슴도치와도 같은 그레고리우스가 있었다. 이리하여 17년 동안 바위에 고인 '대지의 우유'만을 마시며 험난한 속죄의 고행을 해 온 그레고리우스가 로마로 모셔져서 교황으로 부임한다.

이 서사시의 내용을 후일 토마스 만이 『선택받은 사람』(Der Erwählte, 1950)이라는 현대적 소설로 풀어씀으로써 하르트만의 『그레고리우스』는 독일문학사에서 다시 한 번 각광을 받는다.

하르트만의 다른 서사시 『불쌍한 하인리히』는 뚜렷한 출전(出典)이 발견되지 않음으로써 하르트만의 가장 독창적인 작품으로 평가되며, 1189년의 십자군 원정 후에 쓰여진 것으로 추정된다. 이 작품에서 시인은 아마도 자기가 모시던 군주의 죽음을 계기로 기사들에게 세속적 욕망에 너무 탐닉하지 말도록 경계하고 싶었던 것 같다.

작품은 아무런 걱정 없이 세속적 욕망에 빠져 살던 귀족 하인리히가 갑자기 문둥병에 걸리는 것으로 시작한다. 그의 병을 고칠 수 있는 유일한 약은 동정녀(童貞女)의 심장이며, 그것도 자발적 희생으로 얻어진 피만이 효과가 있다는 것이다. 마침, 영지 농부의 딸이 자신을 희생하여 그를 살리겠다고 나서자 그녀의 헌신적 사랑에 감동한 하인리히는 결국 자신의 병은 하느님께 맡기고 그녀의 희생을 받지 않기로 결심한다. 그것은 그가 그녀의 희생 정신과 사랑에서 예수 크리스트의 이웃 사랑과 그 실천적 면모를 볼 수 있었고, 주인을 향한 순수한 충절과 사랑을 느낄 수 있었기 때문이었다. 이처럼 처녀의 희생정신과 기사의 극적인 회생으로 두 남녀는 신분의 격차를 넘어서 행복한 결혼에 도달하게 된다. 이 이야기에서 우리는 현세적 삶이 기독교적 경건성과 훌륭한 조화를 이루는 모습을 관찰할 수 있다.

서사시인 볼프람 폰 에쉔바흐는 프랑켄 지방의 고위 관료 출신으로

볼프람 폰 에쉔바흐

1170년경에 태어난 것으로 추측된다. 그는 슈타우펜 시대의 시인 중 가장 독창적이고 사상이 풍부하며 정열적 영혼과 경건한 신앙의 소유자였다. 그의 이름 에쉔바흐(Eschenbach)는 오늘날 안스바흐(Ansbach) 동남쪽의 작은 도시 에쉔바흐에 거점을 두었던 기사 가문을 가리키고 있으며, 그는 헤르만 폰 튀링엔 백작의 궁정 바르트부르크(Wartburg)에도 출입한 것으로 추측된다. 그는 하르트만 폰 아우에와 같은 학구적 인간으로 이해되기보다는 세상 경험으로부터 얻은 지식을 직접 이야기하는 정열적이고 독창적인 시인으로 인정받기를 원했다. 고트프리트 폰 슈트라스부르크는 그를 "난삽한 이야기들을 지어내는 사람"(Erfinder wilder Märe)이라고 비난하지만, 사실 볼프람 폰 에쉔바흐는 정신적 창조자의 독특한 자의식으로부터 서사시를 쓰고 읊는 중세 최고의 서사시인이었다. 서사시 『파르치팔』(Parzival, 1200년에서 1210년 사이의 작품으로 추정됨)을 오덴발트(Odenwald)의 빌덴베르크

(Wildenberg) 성에서 썼는데, 이 빌덴베르크가 서사시에서 그랄의 성으로 묘사되고 있는 문잘베쉐(Munsalvaesche)로 추측된다.

이 서사시는 독일 궁정서사시의 최고봉으로 평가받는 작품으로 파르치팔이 그랄 성의 보물을 찾기 위한 온갖 모험과 여러 교훈적 사건을 경험하는 과정을 그리고 있다. 즉 유년시절부터 원숙한 기사 파르치팔에 이르기까지 파란만장한 인생역정을 보인다.[7] 작품을 보면 남편 가무레트 폰 안주(Gamuret von Anjou)가 모험 중에 기사로서 전사하자 아내 헤르체로이데(Herzeloide, '가슴이 아픈 여인'이라는 의미)는 아들 파르치팔이 장차 기사가 되어 단명할 것을 염려한다. 이에 그녀는 어린 파르치팔을 데리고 숲 속에 은둔해 살면서 아들에게는 오로지 신에 대한 공경만을 가르친다. 어느 날 파르치팔은 화려한 무장을 한 채 숲 속으로 들어온 세 명의 기사를 만나자 그 기사들이 신이라고 생각한다. 하지만 그들은 자신들이 기사들이며, 파르치팔도 기사가 될 수 있다고 조언한다. 이에 기사가 되고자 하는 동경에 사로잡힌 어린 파르치팔은 어머니에게 간청을 해 바깥세상으로 나가도 좋다는 허락을 어렵게 받아 낸다. 어머니 헤르체로이데의 염려 때문에 바보의 모습을 하고 세상에 나간 파르치팔은 수많은 시행착오와 여러 경험을 통해 세상을 배우면서 결국 그랄의 기사로까지 성장해 간다.

특히, 그의 필생의 목적을 이루려는 찰라, 독 묻은 창에 치명상을 입고 누워 있는 그랄 성(城)의 왕 암포르타스(Amfortas)에게 "어디가 편찮으십니까?"(Was wirret dier?)라고 인사를 하지 않는 실수를 하게 된다. 이처럼 인사 한마디를 건네지 않았다는 이유로 다시 광야로 쫓겨나는 장면에서 평범한 인사 한마디의 중요성이 새삼 강조되고 있다. 오늘날 독일인들의 일상생활에서도 흔히들 "파르치팔의 질문"(Parzivals Frage)으로 운위되는 말로서, 이

---

7   볼프람 폰 에쉔바흐,『파르치팔』, 허창운 옮김(한길사, 2005) 참조.

질문은 이웃의 아픔을 공감하며 따뜻한 관심의 말 한마디를 건넬 수 있는 인간적 공감 능력이 얼마나 소중한가를 일깨워 주고 있다. 또한, 이 서사시는 한 평범한 기사가 어떤 역경과 성숙 과정을 거쳐서 기사도를 갖춘 원숙한 기사로 성장해 가는가를 보여 주고 있다는 점에서 독일 발전소설(發展小說, Entwicklungsroman)의 효시로 간주된다. 그리고 후일 괴테의 『빌헬름 마이스터의 수업시대』로 대표되는 독일 교양소설(敎養小說, Bildungsroman)의 원상(原象)으로 지칭되기도 한다.

이처럼 볼프람 폰 에셴바흐의 서사시에서는 프랑스적 형식미와 게르만적 파토스 사이에서 힘겨운 씨름을 한 흔적이 엿보이고 있다. 하지만 동시대의 다른 주요 서사시인 고트프리트 폰 슈트라스부르크의 서사시를 보면 프랑스적인 형식이 마침내 승리한 것으로 보일 만큼 언어의 명징성(明澄性)이 눈에 띈다. 그의 대표적인 서사시 『트리스탄과 이졸데』(Tristan und Isolde, 1210)는 영국의 성직자 토마스(Thomas)가 프랑스어로 쓴 『트리스탕과 이죄트의 이야기』(Roman de Tristan et Iseut, 1170)를 참고해서 쓴 것인데, 결과적으로 토마스의 간통 이야기가 고트프리트 폰 슈트라스부르크에 이르러서 종교적으로 고양된 서사시가 되었다. 사랑의 신비주의를 함축하고 있는 이 서사시의 종교성은 정통 기독교 교회의 금욕적 도그마와는 전혀 다른 양상을 띠고 있다.

작품에서 젊은 트리스탄은 삼촌인 마르케(Marke) 왕을 위해 아일랜드의 사신을 결투에서 죽이지만, 상대방의 칼에 묻어 있던 독으로 인하여 치명적인 부상을 입게 된다. 이 독을 치유해 줄 사람은 아일랜드의 여왕뿐이기에 트리스탄은 음유시인 탄트리스로 가장하여 여왕을 찾아간다. 거기서 그는 자신의 상처를 고치고, 여왕의 딸 이졸데에게 노래를 가르쳐 준다. 이후에 이졸데에게 구혼을 청하는 마르케 왕의 사신으로 다시 아일랜드로 온, 외삼촌을 죽인 원수 트리스탄을 이졸데 공주는 사랑하게 된다. 하지만 마르케 왕의 신부가 되기 위해 트리스탄을 따라나선 그녀는 배 위에서 하녀 브랑게네가 건네준 '사랑의 묘약(妙藥)'(Liebeszaubertrank)을 마신 트리스탄과 뜨거운 애정관계에 빠진다.

> 이제 하느님께서 다스려 주소서, 하고 트리스탄이 말했다.
> 이제 죽음 아니면 삶이 있을 뿐
> 난 고통 없이 독을 마셨도다.
> 죽음이 어떻게 올지 모르겠구나.
> 이 죽음이 내게 위안을 주는구나.
> 기뻐하는 이졸데가 늘 이렇게 내 죽음이라면
> 내 기꺼이
> 영원한 죽음을 구하리라.

이러한 트리스탄의 말에는 사랑의 숙명을 받아들이고자 하는 트리스탄의 영웅적 고귀성이 엿보이고 있다. 또한, 서사시 전편에 인물들의 영혼을 휩싸고 도는 서정적 감격성이 감돌고 있다. 사랑하는 두 남녀의 삶과 고난은 '가장 고귀한 마음'의 표출로 묘사된다. 마르케 왕과 이졸데의 결혼식 이후에도 두 사람의 밀회를 위한 간계와 속임수는 거의 극한의 경계에까지 이른다. 속임수가 더는 통하지 않고 발각되자 둘은 숲 속의 어떤 동굴로 추방된다. 이른바 '사랑의 동굴'(Minnegrotte)로서, 그 환상적 묘사는 중세 우의 문학(寓意文學, allegrorische Dichtung)의 절정을 보여 준다. 이졸데를 남겨 둔 채 홀로 노르만으로 도망친 트리스탄은 거기서 다른 이졸데, 즉 이졸트 바이스한트(Isolt Weißhand)를 만나 그녀와도 사랑에 빠진다. 하지만 남자 쪽이 지키지 않는 충절의 맹세를 이졸데, 즉 마르케 왕의 아내는 지킨다. 여기서 이 서사시는 미완성으로 끝나지만, 아마도 옛사랑과 새로운 사랑 사이에서 흔들리고 있는 트리스탄을 어디로 이끌어야 할지는 시인 자신도 확실히 몰랐던 까닭이 아니었을까 싶다.

고트프리트의 이 서사시에서는 습속과 신앙이 사랑의 법칙에 종속되어 있으며 궁정적, 종교적 규범들이 극도로 세속화되어 나타나고 있다. 고트프리트는 사랑하는 청춘남녀의 숙명을 지극히 현세적인 힘으로 간주하여 트리스탄과 이졸데의 행동을 사랑하는 사람들이 받게 되는 고통스러운 숙명으로 묘사하지만 결코 도덕적으로 비난하지는 않는다. 여기서 이미 우리는 모든 형식적 섬세화에도 불구하고, 궁정서사시가 내용적으로 변화하고 차츰 퇴조해 가는 기미를 엿볼 수 있다.

11.　　　　　　　　　　　　　　　　　　　　영웅서사시

문학의 담당자들이 성직자 계급에서 기사계급으로 바뀐 이래로 고대 게르만의 영웅 전설들이 전승되는 양상에도 새로운 변화가 생겼다. 궁정서사시 시대에도 영웅 전설들이나 영웅가 등 옛 게르만의 문학적 편린들이 계속 구전되어 왔지만, 새로운 문학 형식인 궁정서사시에 영향을 받아 이들 구전문학이 새로운 형식의 옷을 갈아입게 되었다. 즉, 1160년경에 나타난 서사시라는 새 형식이 옛 게르만 영웅가의 소재들을 취급하기 시작하면서 이런 서사시가 영웅서사시(Heldenepos)로 불리게 되는 것이다.

현재 전해져 내려오는 영웅서사시들 중 가장 중요한 것은 『니벨룽엔 족

(族)의 노래』(Nibelungenlied)이다. 이 서사시는 약 1200년경에 쓰인 것으로 추측되며 작자 미상이다. 추측건대 이 서사시를 쓴 시인은 아마도 오스트리아 출신으로서 볼프람 폰 에쉔바흐와 발터 폰 데어 포겔바이데의 동시대인으로 추정된다. 하지만 그의 시 정신은 켈트적 혹은 프랑스적인 것이 아니라, 게르만적 영웅 전설이나 영웅가들에서 비롯된 것으로 보인다. 왜냐하면, 그가 다루고 있는 소재가 옛 게르만의 전설적 영웅 지크프리트(Siegfried) 이야기와 훈족의 왕 에첼(Etzel)에 의한 부르군트(Burgund) 왕국의 멸망의 이야기라는 두 가지 상이한 사건들을 하나의 거대한 이야기로 통합한 것이기 때문이다. 원래 이 두 사건은 시대적으로도 몇백 년이란 간극이 있는 아주 다른 이야기들이다.

우선 영웅 지크프리트 전설을 보면, 지크프리트는 난쟁이들인 '니벨룽엔 족의 보물'(Nibelungenhort)을 차지하기 위해 보물을 지키고 있는 용과 싸운다. 보물과 '투명외투'(Tarnkappe, 원래는 '몸을 감추는 삿갓'이란 의미)를 손에 넣는 과정에서 그는 용의 피로 목욕을 함으로써 어떤 창에도 찔리지 않는 '각질의 피부'(Hornhaut)를 갖게 된다. 이후에 그가 부르군트 왕국의 공주 크림힐트(Kriemhild)에게 청혼을 하자, 그녀의 오빠이며 부르군트의 왕인 군터(Gunther)는 청혼 수락의 조건으로 먼저 그 자신이 아이슬랜드의 여왕 브륀힐트(Brünhild)와 결혼할 수 있도록 도와줄 것을 제안한다.

여왕 브륀힐트가 내세운 조건은 힘으로 자신을 이겨 내는 구혼자와 결혼을 하겠다는 것이다. 지크프리트는 '투명외투'와 갖가지 술책을 써서 군터의 결혼 성공을 돕는다. 그 결과 두 쌍의 결혼식이 부르군트 보름스(Worms) 성당에서 거행된다. 그런데 성당 앞에서 새 여왕 브륀힐트와 왕녀인 크림힐트가 누가 앞서 들어가느냐 하는 문제를 두고 설전을 벌인다. 크림힐트는 지크프리트가 선물로 준 브륀힐트의 허리띠를 내보이며, 그녀가 사실은 군터가 아닌 지크프리트에게 제압당한 것임을 밝힌다. 이에 자존심이 상한 브륀힐트는 신하 하겐(Hagen)을 시켜 지크프리트를 죽일 계획을 세운다.

무적의 영웅 지크프리트에게도 약점은 있었다. 즉, 그가 용의 피로 목욕할 때 두 어깨 사이에 마침 나뭇잎이 떨어져 용의 피가 묻지 않은 부위가 있었다. 크림힐트한테서 '각질 피부'의 이 약점을 알아낸 하겐은 지크프리트를 숲 속 사냥터로 유인해 등 뒤에서 창으로 찔러 죽인다.

또 다른 이야기는 다음과 같은 역사적 배경에서 재구성된 것이다. 473년, 군터 왕의 부르군트 군대는 훈족에 의해 괴멸된다. 그전인 451년에는 훈족의 왕 에첼이 힐디코(Hildico)라는 게르만 출신의 여인과 결혼식을 올리고 첫날밤을 치르다가 죽었다. 직접적 인과관계가 없는 이 두 조그만 사건이 도나우 강변 영웅서사시인들에게 구전된 문화기억에서는 부르군트족의 멸망에 대한 게르만 여인의 복수로 에첼이 죽었다는 설화로 재구성된다. 이처럼 작자 미상의 여러 영웅서사시가 1160년경의 바이에른과 오스트리아 지역에 이미 널리 유포되어 있었다.

영웅서사시 『니벨룽엔 족의 노래』를 지은 시인은 지크프리트 전설과 부르군트 왕국의 멸망이라는 두 이야기를 통합하여 하나의 방대한 서사시를 만들었다. 여기서 중요한 고리로 작용하는 것은 복수심에 불타는 여인 크림힐트이다. 시인은 그녀의 복수를 위하여 역사와 시간상으로 불가능한 사건을 창안한 것이다.

사랑하는 지크프리트를 잃은 그녀는 훈족의 왕 에첼과 재혼한다. 그리고는 자신의 남편 훈노왕 에첼에게 부탁하여 자신의 친정인 부르군트족을 친다. 이처럼 딴 이야기에서 나온 게르만 여인의 복수가 아니라 부르군트 출신의 크림힐트가 자신의 동족에게 복수한다는 내용으로 이야기가 바뀌게 된다.

역사적 시차와 통상적 윤리로 보아 이 두 이야기의 통합은 다소 무리가 있다. 하지만 이름을 알 수 없는, 또는 이름을 고의로 숨기려는 듯한 이 시

『니벨룽엔 족의 노래』, 필사본 C의 제1련

인은 한 여인의 집념의 복수극으로 피바다가 된 이 서사시의 결론을 다시 금 복수로 돌린다. 즉, 서사시의 말미에 마침 자신의 나라 부르군트로부 터 추방되어 에첼의 궁에 몸을 의탁하고 있다가 — 한 여인의 집념 때문 에 너무 많은 영웅이 목숨을 잃는 피의 참극을 목도한 — 디트리히 폰 베른 (Dietrich von Bern)의 휘하 장수 힐데브란트의 칼 아래 크림힐트의 목마저도 떨어지는 것이다. 이처럼 이 시인은 모든 영웅의 행위와 여인의 복수극을 다시 무(無)의 상태로 환원시키고 있다.

궁정서사시에서는 볼 수 없는 거역할 수 없는 운명의 힘이 느껴지게 하는 이 장중한 게르만적 영웅서사시는 그 형식도 — 프랑스식 모범을 따라 '압운 2행련구'(Reimpaar, 押韻二行連句)를 주로 사용한 궁정서사시와는 달리 — 2개 의 반행(半行)으로 구성된 장행(長行) 4개가 2개의 쌍운을 이루며 하나의 '연'(聯, Strophe)을 구성하는 이른바 '니벨룽엔 시련(詩聯)'을 이룬다.

이 시련의 특징은 시행이 힘차고 장중하게 울린다는 것이며, 불가사의한 운명을 예감하면서도 어쩔 수 없이 자신의 길을 가야 하는 게르만 영웅들의 운명적 행보를 함께 느끼게 해 준다. 궁정서사시의 시행에서 울리는 낙천적 믿음은 영웅서사시에서는 더는 찾아볼 수 없으며, 암울한 운명에 대한 비장한 예감과 마음의 준비가 느껴질 따름이다. 그것은 마치 부르군트 족의 멸망을 예감하면서도 주군을 따라 훈족의 왕 에첼의 궁성으로 함께 진군해서 주군과 자신의 비장한 최후를 용감하게 감당해 나가는 하겐의 운명적 충성심에 어울리는 비장한 시 형식이다.

『니벨룽엔 족의 노래』 이후 30-40년 뒤, 동남부 독일 지방에서 영웅서사시 『쿠드룬의 노래』(Kudrunlied, 1230-40)가 생겨난다. 이 서사시는 『니벨룽엔 족의 노래』에서만큼 웅장한 시인의 기질도, 소재의 장엄한 매력도 엿보이지 않는다. 마찬가지로 작자는 미상이지만, 이 시인은 아마도 힐데(Hilde)에 관한 전설은 알고 있었던 듯하다. 쿠드룬은 힐데의 딸이며, 『쿠드룬의 노래』는 신부에 대한 구혼, 도망치는 신부, 추적, 그리고 신부를 차지하기 위한 최후의 결전 등 당대에 흔히 있던 모티프를 보여 준다. 시인은 이 서사시에서 '니벨룽엔 시련(詩聯)'을 사용하고 있고, 볼프람 폰 에쉔바흐의 궁정서사시의 시련도 아울러 사용함으로써 영웅서사시와 궁정서사시를 모두 잘 알고 있었음이 틀림없다.

이 서사시의 주인공 역시 자존심이 강하고 굽힐 줄 모르는 여인이다. 그러나 비록 그녀의 태도가 엄격하고 단호하긴 하지만 크림힐트처럼 복수의 화신이 되지는 않고 오랜 항거와 인내 끝에 결국 자신의 적 게를린트(Gerlind)에게조차도 화해적 태도를 보인다. 공주로서의 자존심을 지키면서 오랜 저항과 인내 끝에 그녀가 보여 주는 위대성은 고통을 감내할 수 있는 여성의 능력이다. 거칠고 폭력적인 옛 게르만적 소재는 기사문학적인 순화 과정을 거쳤고, 영웅가적인 게르만적 소재는 쿠드룬과 하르트무트(Hartmut)

의 섬세한 감정의 변화과정을 보여 주는 데에만 활용되고 있다. 이런 변화는 기사문학적인 궁정서사시가 게르만적 영웅전설에 미친 그동안의 영향을 반영하고 있다.

이 밖에도 13세기 중엽부터는 게르만의 옛 영웅 디트리히 폰 베른을 둘러싼 크고 작은 서사시들이 어지럽게 출몰했으며, 거인이나 난쟁이와 싸우는 게르만족 기사들의 이야기 등이 난립했다. 여기에는 민중들에게 구전되는 경이로운 이야기, 기사들의 모험담, 지역 전설, 동화, 민중 소화(笑話) 등이 재미있게 윤색되곤 했지만, 궁정문학 전성기의 내적인 교화라든가 영적 고양 따위는 더는 기대될 수 없었다.

12. 기사문학의 몰락

중세의 기사문학은 일찌감치 그 몰락의 징후를 보이기 시작했다. 그 가장 중요한 원인은 십자군 원정과 화포의 등장이었다. 십자군 원정은 기사계급에게 성지 회복이라는 기사계급 본연의 사명을 부여해 주었던 측면도 있었지만, 오리엔트의 재화들과 그 현세적 사상이 유럽으로 파급되자 기사계급 특유의 가치체계가 흔들리기 시작했다. 또한 전쟁에서 화포가 사용되기 시작함으로써 무사로서 기사 특유의 가치가 폭락하게 되었으며, 야전에 투입되는 병사들인 농노들의 중요성이 점점 커지게 된다.

중세연가의 몰락상을 대표적으로 보여 주고 있는 시인은 나이트하르트 폰 로이엔탈(Neidhart von Reuenthal, 1180-1240)이다. 그는 란츠후트(Landshut) 소재 바이에른 공의 궁정에 머물다가 나중에는 빈의 오스트리아 공의 궁정으로 옮겨간 기사로서 중세연가를 잘 터득하고 있었던 것으로 보인다. 하지만 기사계급의 흉내를 내는 농촌 남녀들의 거친 욕망과 어리석음을 풍자하고 외설적인 언어로 청춘남녀의 노골적인 치정 장면들을 노래함으로써, 이전 중세연가에서 나타나던 군주의 부인과 기사 간의 플라토닉한 사랑과는 다른 면을 보여 주고 있다. 이른바 「여름 노래들」(Sommerlieder)은 농부들의 현세적 욕망과 쾌락을 숨김없이 드러내고 있으며, 「겨울의 춤노래」(Wintertanzlieder)에서도 자신의 불행한 사랑에 대한 탄식이 조야한 농부들에 대한 조롱과 함께 뒤섞임으로써 현실에서 밀려나는 기사계급과 기사문학의 몰락상을 보여 주고 있다.

역시 이 무렵에 나온 말기적 서사 작품으로서는 『마이어 헬름브레히트』(Meier Helmbrecht, 1270년 경)라는 '시로 된 이야기'(Verserzählung)를 들 수 있다. 이것을 서사시라 부르지 않는 이유는 더는 궁정의 기사계급 앞에서 낭송되는 시가 아니라 임의의 장소에 모인 한 무리의 청중 앞에서 낭송되는 운문으로 된 이야기이기 때문이다. 이때부터 서사시는 저급화, 세속화된 형식으로 변질된다. 오스트리아의 인(Inn) 지역 출신으로 추측되는 '정원사 베른헤르'(Wernher der Gartenaere)라는 방랑시인이 지은 이 이야기의 제목이자 주인공 마이어 헬름브레히트는 농부의 아들이다. 아버지의 경고에도 불구하고 기사 복장을 흉내 낸 비단 모자를 쓰고 집을 나가 어느 성주를 위해 봉사하게 된다. 이 성주는 아마도 당시 귀족계급의 타락상을 예시적으로 드러내기 위한 인물로서 헬름브레히트의 아버지가 비록 농부에 불과하지만 단정하고 자긍심에 찬 윤리의식을 보여 주고 있는 것과는 좋은 대조를 이룬다. 헬름브레히트는 기사 정신과는 무관하게 자신의 패거리와 돌아다니며 살인과 강도 행각을 벌인다. 잠시 들른 집에서 자신의 무용담을 떠벌리고는 함께 온 자기 동료와 누이동생을 결혼시킨다. 하지만 결혼식에서 그의 패거리들은 범법자로 붙잡혀 맞아 죽고 헬름브레히트는 간신히 목숨을 건져 도망친다. 그 후 이곳저곳을 떠돌다가 다시 집에 돌아오지만, 아버지가 쫓아내자 인근 농부들에게 붙잡혀 교수형에 처해진다.

정원사 베른헤르는 이 시의 집필 동기를 하느님이 정해 주신 신분질서를 벗어나려는 어리석은 행동과 부모를 사랑하라는 계명을 어기는 불효자에게 경종을 주라는 과업을 받았기 때문이라고 한다. 아마도 그 주문자는 바이에른의 군주이거나 루돌프 폰 합스부르크였던 것으로 추정된다. 베른헤르의 시적 서술기법은 출가, 귀가, 새로운 출가, 제2의 귀가 등으로 전개되는 아르투스 왕 이야기의 모범을 그대로 따르고 있고, 그의 고전적 선배들이라 할 고트프리트 폰 슈트라스부르크와 볼프람 폰 에셴바흐에게서 유창하고도 상징적인 중세 독어를 배운 것으로 보인다. 하지만『마이어 헬름브레히트』에서 보이는 작품 내용은 저물어 가는 중세 문학의 전형적 말기 현상이다. 주인공 마이어 헬름브레히트는 몰락해 가는 기사계급과 새로운 자의식과 역동성을 지니기 시작한 농부계급 간의 가치관적 갈등 속에서 죽어간 인물로 이해된다. 이전의 작품들과는 달리 이 작품에서는 부분적으로나마 농부들이 처음으로 인물로서 등장하고 농부들도 자신들의 가치관에 따라 행동을 하고 있다. 농부들의 등장은 궁정서사시에서는 전혀 고려될 수 없는 성질의 것이었다.

13. 에크하르트의 신비주의

여기서 마이스터 에크하르트(Meister Eckhart; Eckhart von Hochheim, 1260(?)-1328(?))의 신비주의에 대해 잠시 언급해 두는 것이 앞으로의 독일문학사의 전개를 올바르게 이해하는 데에 중요하다. 튀링엔 지방의 고타(Gotha)에서 기사(Ritter) 에크하르트 폰 호흐하임의 아들로 태어난 그는 일찍부터 에어푸르트(Erfurt)의 도미니카 승단으로 들어가 성직자의 길을 걸었고, 쾰른대학에서 논리학, 윤리학, 신학을 공부하였으며, 파리대학의 외국인 교수로 활동하면서 1302년에 신학석사 학위를 받았다. 이 때문에 향후 그는 '마이스터' 에크하르트로 통칭된다. 그 후 교단의 여러 고위 직책과 파리대학 외국인 정교수, 슈트라스부르크, 쾰른 등에서의 다양한 설교활동을 통해 마이스터 에크하르트는 후기 중세의 가장 중요한 신학자 및 철학자로 인정받게 되며, 그의 신비주의적 사상은 자신의 동시대인들에게뿐만 아니라 향후 세대의 정신적 사고에 지속적이고도 중대한 영향을 끼치게 된다.

에크하르트는 일상생활 속에서 영적인 원칙을 실천해 나가야 한다는 태도를 보였다. 이러한 그의 입장은 정통 교회의 기존 견해와 큰 차이점이 있다. 이를테면, 그가 특히 강조하는 인간 '영혼의 밑바닥'(Seelengrund)은 다른 피조물처럼 하느님이 창조하신 것이 아니라 그 자체로서 '신성'(Gottheit)을 지니고 있다는 주장이 그러하다. 이런 점에서 마이스터 에크하르트를 신비주의자(Mystiker)로 통칭하여 왔지만, 최근에는 이 호칭이 적절한지에 대한 의문도 제기되어 있다.

마이스터 에크하르트는 1325년 쾰른에서 동료들의 고발에 의해 이단으로 지목된다. 쾰른에서의 종교재판은 아비뇽의 교황궁에서 다시 속개되고, 그는 재판이 종결되기 전에 타계한다. 하지만 에크하르트가 재판 진행 중에 교황청의 명령을 따른다는 태도와 자신에게는 '이단'에의 의지가 전혀 없음을 강조했기 때문에 다행히 '이단자'의 낙인은 면했다. 그런데도 교황 요하네스 22세는 에크하르트가 "악마의 유혹을 받은 것"이라며, 그의 학설 일부에 대해서는 그 전파를 금지하였다. 그러나 에크하르트의 학설은 독일과 네덜란드 지역을 중심으로 널리 전파되어 나감으로써 후기 중세의 정신적 삶에 큰 영향을 끼치게 되었다. 이하에서 마이스터 에크하르트의 사상을 대강 짚어 본다.

첫째, 그는 라틴어보다는 독일어로써, 신학적 전문용어를 모르는 일반대중에게 직접, '하느님'과 '인간의 영혼'이 어떻게 상호 작용을 하는지를 그의 독특한 설교와 가르침을 통해 직관적으로 설명하고자 하였고, 신학과 철학을 근본적으로 동일한 것으로 보았다. 이것은 정통 신학의 방법론과는 달라 그가 '이단'으로 지목되어 고발된 원인이다.

둘째, 그는 인간의 '영혼의 밑바닥'(Seelengrund)에서 작용하는 '지성'(Intellekt)을 언급하며 이 '지성'은 '의지'(Wille)와는 달리 외부로 향하는 것이 아니라 내부로 향하고 있으며, 인간이란 피조물에게 시간과 공간을 초월하는 '신성'(Gottheit)을 지니도록 만든다는 것이다.

셋째, 인간이 자신 안에서 '신의 탄생'(Gottesgeburt)을 얻자면, "그는 천 명의 독서 선생보다 한 명의 삶의 선생을 더 필요로 한다"는 것이 에크하르트의 주장이다. 즉, 성경이나 설교보다는 실제 삶에 있어서 실천이 중요하다는 것이다. "하느님과 나 ― 우리는 하나다."라고 스스로 말할 수 있을 때까지 자신의 '영혼의 밑바닥'에 내재해 있는 '신성'과 완전 일치가 되어야 한다는 것인데, 이것은 결국 '나'가 모든 '의지'로부터의 '떠남'(Abgeschiedenheit)으로써 일종의 '무념'(無念, Gelassenheit)의 상태에 도달해야만 가능한 것이다.

마이스터 에크하르트의 이런 사유(思惟)는 가톨릭교회의 권위주의적 교리와 무리한 종교재판에 대한 첫 도전으로서, 또는 루터에 의한 종교개혁을 선취하는 사상으로서, 스피노자의 '범신론'이나 마르크스의 유물론에 영향을 준 사상으로 인정받고 있다. 그리고 19세기에 들어와서는 쇼펜하우어나 C. G. 융에 의해서도 각각 높은 평가를 받고 있다.

또한, 마이스터 에크하르트는 후일의 루터나 괴테에 못지않게 종교적, 영적, 정신적 세계를 표현하는 독일어 개념들을 많이 창조하고 독일어 어휘의 폭을 넓히는 데에 크게 이바지한 것으로 인정받고 있다. '영혼의 밑바닥'(Seelengrund), '무념'(Gelassenheit) 등과 같은 개념은 후일 독일어 어휘 발달에 크게 기여하였으며, 그의 제자인 하인리히 조이제(Heinrich Seuse, 1295-1366)를 통해 이들 개념은 더욱 심화되었다. 그리고 요하네스 타울러(Johannes Tauler, 1300-1361)에 이르러서는 '내적 침잠'(Einkehr) 같은 정신세계를 가리키는 어휘들이 많이 개발되었다.

교회의 도그마와 의식(儀式)을 떠나 인간 영혼의 심연(深淵)에서 신성을 찾는 독일 신비주의자들의 계보는 마이스터 에크하르트, 하인리히 조이제, 요하네스 타울러 이후에도 루터의 종교개혁과 파라첼주스(Paracelsus, 1493-1541)의 초기 과학적 탐구를 거쳐 17세기 바로크 시대에 이르러 야콥 뵈메(Jakob Böhme, 1575-1624), 요한 쉐플러(Johann Scheffler, od. Angelus Silesius), 다니엘 체프코(Daniel Czepko), 그리고 18세기 경건주의(Pietismus)로까지 이어진다.

중세 후기의 손꼽히는 인물로서 이 시대 최고의 문학작품인『보헤미아의 농부』(Der Ackermann aus Böhmen)의 작가 요하네스 폰 테플(Johannes von Tepl, 1351-1415)이 있다. 그는 1383년부터 자츠(Saaz)의 라틴어학교 교장 겸 시청 서기로 일하다가 1415년에 공증인으로 프라하에서 사망한 것으로 알려져 있다. 작품에서 그는 아내를 잃고 절망한 나머지 애통해 하는 한 농부와 농부한테서 아내를 빼앗아 간 '죽음의 신'(Der Tod)을 나란히 심판대에 세워 놓고 그들이 하느님 앞에서 교대로 대화를 나누며 송사(訟事)를 벌이는 장면을 그리고 있다. 여기서 하느님의 심판 결과는 '죽음의 신'의 승리로 판결이 난다. 그래서 '죽음의 신'은 지금까지와 다름없이 창조질서의 원리에 따라 막강한 힘을 유지·행사할 수 있고, 원고인 농부에게는 고통받는 피조물을 긍휼히 여기시는 하느님께서 명예를 주시고 은총을 내리신다.

운명에 순종하지 않고, 모든 것을 파괴한 '죽음의 신'을 고발하고 나선 농부가 중세적 죄악인 '오만'(superbia)에 빠졌다고도 볼 수 있지만, 이 농부의 고발에서 우리는 현세를 옹호하고 나서기 시작하는 근대적 삶의 기운을 느낄 수 있다. 아내가 죽어 누워 있는 침상 옆에 앉아 '죽음의 신'과 논쟁을 벌이고 있는 보헤미아 농부의 모습이 목판화로 찍힌 표지를 하고 있는 이 책은 1474년 스위스 바젤(Basel)에서 초판이 인쇄되었으며, 이 초판본이 오늘날에 베를린 주립도서관(Staatsbibliothek zu Berlin, 구(舊) 프로이센 국립도서관)에 소장되어 있다.

슈트라스부르크의 법률가이며 시청 서기였던 제바스티안 브란트 (Sebastian Brant, 1457-1521)의 『바보들의 배』(Das Narrenschiff, 1494)도 이 시대의 걸작으로 꼽히는 풍자문학이다. 여기서 '바보들'(Narren)이란 찰나의 호·불호와 순간의 희비에 웃고 울면서 세상의 이치를 깨닫지 못하는 어리석은 사람들을 말한다. '바보들의 배'라는 것은 이런 '바보들'이 가득 탄 채 이 세상을 항해하고 있는 인간들의 삶 자체를 가리킨다. 브란트가 보기에는 모든 인간이 '바보들'이다. 작품에서는 브란트 자신이 이 배의 맨 앞에 타고 있는 것으로 그려져 있다. 112개 장에서 둥글게 춤을 추고 있는 '바보들'은 온갖 죄악을 대표하고 있다. 오만, 인색, 포식, 색욕, 질투, 분노, 나태 등 전통적 죄악들은 물론이고 십계명을 어긴 죄, 재물욕, 간통, 독신(瀆神), '지나친 걱정', '유행을 좇는 병'에다가 심지어는 '인쇄술의 발명으로 인하여 쏟아져 나오는 쓸데없는 책의 홍수'조차도 문제 삼고 있다. 그래서 브란트의 동시대인 중 한 명은 이 『바보들의 배』를 단테의 『신곡』의 다른 한 짝, 즉 '신에 대한 풍자극'이라고까지 부른다.

물론, 저자는 교회를 옹호하고 대중을 윤리적으로 교화하고자 하는 입장임을 작품 서문에서 밝히고 있지만, 그의 이런 노력은 이미 비관적 그림자에 휩싸여 『바보들의 배』는 어쩔 수 없이 이미 어떤 종말을 향해 —이미 시민사회가 나타나기 시작하는 근대를 향해— 가고 있다.

『틸 오일렌슈피겔』(Till Eulenspiegel, 1500년경)은 이 시대의 대표적 읽을거리로서 민중들의 사랑을 받았다. 96개의 풍자적 이야기를 담고 있는 이 작품은 주인공 오일렌슈피겔을 심술궂은 장난꾼으로 묘사하고 있다. 그는 브라운슈바이크 근교의 크나이틀링엔(Kneitlingen)이란 마을에서 태어나 엘베강을 접한 라우엔부르크(Lauenburg) 근교 묄른(Mölln)에서 1350년에 죽었다는 데서 활동무대와 연대가 어느 정도는 추정된다. 작품에서 농부의 아들로 태어난 그는 사회의 국외자로 독일 전역을 떠돌며 심지어 로마 교황청까지 간다. 장난과 사기를 일삼고 갖가지 사고를 치는 모습을 통해서 결국 그가 드러내어 보여 주는 것은 세상 사람들의 약점과 치부, 그리고 죄악상이다.

『틸 오일렌슈피겔』은 오랜 세월 동안 작자 미상의 풍자적 산문 소설로 전해져 내려왔다. 그러다가 지난 1971년 브라운슈바이크의 세관 서기였던 헤르만 보테(Hermann Bote)의 작품임이 확인되었다. 작가를 보면 저지 독어로 씌었을 것 같기도 하지만 이 이야기의 현존하는 가장 오래된 판본인 1510년의 슈트라스부르크 판본은 고지독어로 씌어 있다. 지금까지 약 350종의 독어 판본과 약 280종의 외국어 판본이 다양하게 존재함으로써 세계문학의 반열에 오를 만큼 널리 퍼져 있는 독일산 풍자담(諷刺談)이다.

15. 오늘날 왜, 그리고 무엇을 위한 중세 독일문학인가?
— 중세 독일문학에 대한 특별인터뷰

질문 및 번역: 안삼환(이하 '안'으로 줄임)
응답: 본대학 독어독문학과 중세 독일문학전공 도리스 발히-파울 박사(이하 '발히-파울'로 줄임)
   (Dr. Doris Walch-Paul, Abteilung für Germanistische Mediävistik, Universität Bonn)
   본대학 독어독문학과 중세 독일문학전공 엘케 브뤼겐 교수(이하 '브뤼겐'으로 줄임)
   (Prof. Dr. Elke Brüggen, Abteilung für Germanistische Mediävistik, Universität Bonn)
일시: 2015년 10월 27일(화) 18:00시
장소: 본대학의 대학회관(Universitätsclub Bonn)

　안　발히-파울 선생님, 브뤼겐 교수님, 안녕하십니까? 강의 및 연구에 바쁘신 데에도 불구하고 독일문학사의 한국 독자에게 중세 독일문학의 중요성과 시의성을 알리기 위해 귀한 시간을 할애해 이 특별인터뷰에 응해 주신 데에 대해 진심으로 감사드립니다.

그럼 첫 질문을 드리겠습니다. 중세 독일문학이란 무엇입니까? 70년대 초에 제가 본(Bonn)대학에 유학 왔을 때만 해도 본대학 독일문학과에서는 아직도 '근대 이전 독일문학'(Ältere Abteilung des Germanistischen Seminars)이라고 지칭되고 있었습니다. 요즘 들어 '중세학'(Mediävistik), 또는 '중세 독일문학'(Germanistische Mediävistik)이라는 이름이 선호되는 이유가 특별히 있을까요? 어떤 학문이 시간이 흐름에 따라 그 명칭이 달라지는 데에는 중요한 이유가 있을 텐데요?

발히-파울　제가 대학에 다니던 시절(그것은 지난 세기의 60년대였습니다만)에는, 그리고 제가 본(Bonn)대학 독문과에서 일하던 초기 −70년대부터 80년대까지− 에는 8세기 즈음의 초창기 독일문학부터 동시대 독일문학에 이르기까지 비교적 고르게, 그리고 조직적으로 연구와 강의가 진행되었지요. 말하자면 연구가 통시적(diachron)으로 이루어졌으며, 독일문학사의 여러 사조와 그 작가들이 다루어지고, 세속적 문학의 서정적, 서사적, 드라마적 형식들은 물론이고 성직자들의 문학 작품들과 종교적 제의(祭儀) 텍스트들까지도 고르게 취급되었습니다. 일반적으로 독일어로 쓰여진 문학이 다른 민족들의 언어로 쓰여진 문학과 구분되어 따로 취급되었습니다. 물론 이미 산발적으로 비교문학적인 관점이 대두하여 있긴 했지요. 특히 1200년경에 독일어로 쓰여진 서정적, 서사적 텍스트들을 로만어로 쓰여진 텍스트들과 비교하고자 하는 경향들 말입니다.

당시에는 대학 강의를 위해서 쓸 수 있는 텍스트들이 수적으로 아주 적었습니다. '옛 독일어 텍스트 문고'(ATB: Altdeutsche Textbibliothek)와 같은 시리즈가 출간되고 있긴 했지만, 그 텍스트들이 단일 언어로만, 즉 고고독어, 또는 중고독어로만 인쇄되어 있었지요. 극소수의 필사본만이 텍스트와 그것을 장식하는 그림들까지도 영인한 판본으로 출간될 수 있었고, 흑백 팩시밀리판도 아주 드물던 시절이었으니까요. 그런데 독일대학의 주요 임무 중의 하나인 중등학교 교사 양성을 위해서는 독일 중세문학의 절정기로 간주되던 1200년경의 서사시와 서정시를 취급하는 것이 중요했습니다. 이른바 '옛 독어독문학'(Ältere Germanistik, 근대 이전 독어독문학)의 영역은 8세기로부터 1500년까지의 기간을 포괄하지만 여기에다 독일어의 역사적 변천 과정을 반드시 추가로 가르치게 되어 있었습니다.

브뤼겐   제 생각으로는, '옛 독어독문학'이라는 개념이 쇠퇴하게 된 것은 1960년대 서독 대학생운동이 몰고 온 대학교육의 여러 변화 중의 하나로 이해해야 할 듯합니다. 원래 '옛 독어독문학'이란 명칭은 독어독문학이란 전공분야 중에서 '근대 독어독문학'(Neuere Germanistik)보다 시대적으로 앞서는 약 800년 동안의 독일문학을 중립적으로 지칭하는 세부전공이었지만, 대학생운동 이후에는 '옛'이란 형용사가 별로 중요하지 않은, '옛날로부터 잔존한 낡은 것'을 암시함으로써 한 전공영역을 과소평가하거나 제외시키려는 의도로 악용될 수 있다는 사실이 드러나게 되었습니다.

따라서 '옛 독어독문학'이란 명칭이 더는 원래의 중립적 의미로 받아들여지지 않게 되고 만 것입니다. 라틴어 용어 '중세'(medium aevum)를 다시 가져와 '중세학'(Mediävistik)이란 명칭을 복원함으로써 '낡은' 학문이라는 부수 어감은 어느 정도 피할 수 있었습니다. 그래서 '옛 독어독문학'이란 말은 오늘날 더는 사용하지 않습니다. 중세의 언어, 문학 그리고 문화를 통틀어 학제적, 초경계적 관점에서 다루는 현대적 중세학이 그런 명칭으로는 도저히 명확하게 지칭될 수 없기 때문이지요. 텍스트들이 그 문화적 컨텍스트들 속에서 관찰되어야 한다는 사실은 이미 이 학문의 자기 이해에 속하게 되었습니다. 텍스트와 컨텍스트의 관계를 중시해야 한다는 근래의 독어독문학의 이론적, 방법론적 담론들도 중세학 연구에서 많은 영향을 받은 결과

입니다.

안   오늘날 강의 또는 세미나에서 중세학은 구체적으로 어떤 모습인가요? 독일 대학생들이 중세학에 아직도 관심을 보이나요? 그리고 선생님들께서 생각하시기에 중세학의 의의와 중요성이 어디에 있다고 보시는지요?

발히-파울   방금 브뤼겐 교수님이 한 가지 결정적인 사항을 말씀해 주셨는데, 그것은 오늘날의 중세학이 각 민족어로 쓰여진 문학을 다른 민족어로 쓰여진 같은 시대의 문학과 연계시켜 고찰한다는 사실입니다. 한편으로는 보다 더 비교문학적으로, 다른 한편으로는 보다 더 당대의 문화적 맥락에서 고찰하게 된 것이지요. 이에 중세학의 연구와 교수는 여러 전공영역을 넘나들지 않으면 안 되게 되었어요. 중세학은 다른 어문학 분야들은 물론이고 신학, 역사학, 예술사 등 여러 학문 분야를 아우르지 않으면 안 됩니다. 이런 점에서 중세 미술은 무엇보다도 중요합니다. 물론 필사본들에 그려져 있는 그림 자료들이 제일 먼저 떠오르지요. 하지만 그 당시 사람들이 교회 안과 교회 밖에서 바라보던 조각품, 제단, 유리창의 그림들도 중요합니다. 그것들은 성경 말씀과 성경에 나오는 사건들을 형상화한 것이기 때문입니다. 거의 모든 분야에 걸쳐 있는 복잡한 연관성 속에 미술적 표현이 나타나고 있습니다. 이런 형상을 탐구하는 것은 물론 어떤 특수한 개별적 경우에만 가능한 일이며 그 연구의 폭을 넓히려 할 때에는 단지 극소수의 유능한 연구자만 그런 연구를 할 수 있겠지요.

브뤼겐   발히-파울 선생님의 말씀을 조금 더 보충해 보겠습니다. 중세학이 이와 같이 발전하게 된 원인은 거의 모든 독일대학에 다양한 중세 전공분야들과 그에 상응하는 전공자들을 갖춘 이른바 '중세 센터'(Mittelalterzentrum)

가 창립되었고, 여기서 중세와 관련된 연구들이 생산적 집중을 기할 수 있었기 때문입니다. 본(Bonn)대학에도 '본대학 중세 센터'(Bonner Mittelalter-Zentrum)가 창립(1999)되었으며, 이 연구소가 'BMZ'라는 약칭을 지니게 된 것은 물론 그 이니셜을 딴 것이지만, 중세 텍스트들을 학문적으로 고찰하기 위해서는 오늘날에도 필수불가결한 19세기에 편찬한 대형 '중고독어사전'(Mittelhochdeutsches Wörterbuch)[8]의 편찬자 베네케(Benecke), 밀러(Müller), 차른케(Zarncke)에 대한 오마주(hommage)이기도 하지요(그동안 이 사전은 디지털화까지 되었습니다). 본대학 중세 센터는 '중세학 연구과정'(Mittelalterstudien)이라는 석사과정을 개설하여 학생들에게 여러 전공을 포괄하는 과목들을 강의하고 있습니다. 거기다가 또 연속강좌나 팀티칭을 하는 강의를 개설함으로써 서로 상이한 전공에 속하는 학생들이 공동으로 학습할 수 있는 기회를 제공하고 있습니다. 교수에서뿐만 아니라 연구에서도 역시 협업이 시도되고 있고, 특히 학제적 연합 속에서 복잡한 문제들이 탐구되고 있습니다. 예컨대 지금 우리는 중세학의 한 특수분야를 연구하기 위한 대규모 프로젝트를 신청하기 위한 작업을 하는 중입니다.

교수 입장에서 중세학의 위상과 학생들의 관심도에 관해서 말씀드리자면, 본대학의 상황은 아주 만족스럽습니다. 독어독문학과 학사과정에 들어온 모든 학생은 첫 두 학기 안에 중세의 언어, 문학, 문화에 대한 입문 강의 하나를 듣게 되어 있습니다. 그다음에 지식을 심화시키고자 할 때는 중점 분야를 선택할 수 있지요. 이 단계에 중세학을 듣는 학생들도 적지 않습니다. 석사과정에서 우리는 중세학을 중점적으로 공부하겠다고 결단을 내린 학생들을 가르치고 있습니다. 현재 석사과정 세미나에는 '『황제연대기』'에

---

8   Georg Friedrich Benecke, Wilhelm Müller, Friedrich Zarncke: Mittelhochdeutsches Wörterbuch.
     Leipzig 1854-1866, Nachdruck: Stuttgart: S. Hirzel, 1990.

나타난 권력, 지배, 사랑'(Macht, Herrschaft, Liebe: Die Kaiserchronik)이라는 주제로 35명의 학생이 참가하고 있고 이것은 다른 전공과목의 세미나들과 비교해도 결코 적지 않은 수입니다.

발허-파울　　중세학의 의의와 중요성에 관한 질문에 대해서 저는 세 가지 사항을 말하고 싶습니다.

첫째로, 중세학은 레싱 이래로 굳어지는 현대 독일문학의 절대적 우위성에 대해 ─중세의 출처들을 듦으로써─ 의문을 제기할 수 있습니다. 중세에는 구텐베르크의 획기적 발명 이전의 필사본을 통해 보전되었다든지 인습과 전통이 매우 중시되었다는 점에서 문학이 전혀 다른 전제들 하에 놓여 있었고, 재미만이 아니라 종교적 또는 사회적 견지에서 늘 교훈을 주기를 원했기 때문에 현대 문학과는 다른 목적을 추구하고 있었습니다. 그리고 형식적으로도 다른 구조를 지니고 있었을 뿐만 아니라 대개는 듣는 문학이었기 때문에 그 수용 양태도 달랐습니다. 물론 우리는 고대 그리스 및 로마 문학이나 동방의 문학, 또는 아시아 문학을 다룰 때도 이런 인식을 얻을 수 있겠지요. 하지만 독어독문학을 ─독일의 국어국문학을─ 공부하는 사람에게는 우선 자국 문화권의 과거사와 접촉할 필요가 있음은 명백합니다.

둘째로, 신학, 종교, 예술, 그리고 민속문학 및 민속예술에서 기독교 정신이 표출되는 여러 형식을 이해하는 데에 중세학이 중요하다는 것입니다. 기독교 정신에 상응하는 여러 모티프와 기독교적 도상학(圖像學)에 대한 이해가 없이는 대부분의 중세 미술은 이해가 불가능하지요. 그뿐이겠습니까. 오늘날에도 생생하게 살아 있는 일련의 소재들 ─트리스탄과 이졸데, 파르치팔, 니벨룽엔족 사람들, 그 외의 많은 영웅서사시, 그리고 로만족 영역에서 생겨난 영웅서사시들 등등─ 은 모두 중세의 창조물입니

삶의 '도처에서' 발견되는 중세의 흔적

다. 또한, 그다지 명백하지 않은 많은 사물이 중세에서 유래하고 있습니다. '지난 시대의 현존에 대해서'는 위대한 역사학자 푸르만이 쓴 한 책[9]의 부제인데, 이 책에서 그는 안경의 '발명'에서 은행 제도에 이르기까지 ―우리 삶의 '도처에서'(überall)― 현존하는 중세의 흔적을 감지할 수 있음을 역설하고 있습니다.

셋째로, 중세학의 중요성 중 잊어서는 안 될 것, 그것은 고대고지독어, 중세고지독어, 초기 근대고지독어 등 독일어의 여러 음성학적, 문법적, 의미론적 발전단계들을 공부함으로써 얻어지는 인식 때문입니다.

9　Horst Fuhrmann: Überall ist Mittelalter. Von der Gegenwart einer vergangenen Zeit. München: Beck, 1996.

브뤼겐　　지금까지 언급된 것을 몇 가지 점에서 다시 말씀드려 보겠습니다. 독일문학이 18세기에 비로소 시작된 것이 아니라 그 천 년 전에 이미 시작되었다는 사실을 학생들에게 전달하는 것은 대단히 중요합니다. 계몽주의 이전에도 이미 수많은 재미있고도 흥미로운 텍스트들이 존재했다는 것을 학생들에게 보여 주어야 합니다. 여기서 단지 몇 가지만 예로 들겠습니다만, 필사본 형식이라는 중세 자료의 특수성, 요즘과는 전혀 다른 개념으로부터 출발한 저자와 텍스트의 관계, 문학에 대한 다른 이해와 기대, 서정시 영역에서의 텍스트와 음악의 밀접성 등등 중세가 우리에게 제공해 주는 현상들이야말로 우리 눈앞에 현재성으로 다가온 상황과 발전상을 새롭고도 다른 안목으로 볼 수 있는 인식을 선사하는 것입니다. 만약 우리가 학생들에게 이런 인식을 선사할 것을 포기한다면, 우리는 학생들한테서 중요한 전통과 위대하고도 풍요로운 문화를 향유할 수 있는 그들의 권한을 빼앗는 것이며, 그들을 정신적으로 가난하게 만듦으로써 그들이 현재의 여러 상이한 문화적 현상들을 섬세하게 관찰하고 올바르게 판단할 수 있는 기회와 능력을 박탈하는 것입니다. 독일대학에서의 독어독문학 강의에 관한 한, 이런 직무유기는 저의 생각으로는 그 어떤 변명으로써도 정당화될 수 없는 것입니다.

안　　아, 브뤼겐 교수님이 지금 하신 말씀은 중세 독일문학뿐만 아니라 오늘날의 우리 인문학 전체를 위한 열정적이고도 치열한 옹호론이 되겠네요. 한국의 인문학, 그중에서도 변방이라 할 독어독문학의 불필요론에 늘 시달려 온 저로서는 이 자리에서 문득 눈시울이 약간 뜨거워지는 감동을 느끼게 됩니다. 다시 질문으로 되돌아가서, 그렇다면, 중세 독일문학의 현재성(Aktualität)이라고 할까요, 그 시의성(時宜性)은 어디에 있다고 보십니까? 중세 독일문학이 현재와 미래에 어떤 기회를 제공할 수 있을까요? 한국에서 독어독문학을 공부하기 시작한 학생들한테 중세독어독문학에 관해 특히 해 주고 싶으신 말씀이 있을까요? 중세독어에서 현대독어로 번역된 것 중에서 우선 읽어 볼 만한 책은 어떤 것이 있습니까?

브뤼겐   중세 학자들이 오늘 우리가 당면해 있는 여러 문제와 주제에 대한 논의를 위해 인정과 존중을 함께 받는 전문가로서 자신들의 학문적 대상을 생산적으로 동원할 수 있는 한, 중세의 문학과 문화는 대학의 연구와 교수에서 그 시의성을 결코 잃지 않을 것입니다. 한 가지 예를 들겠습니다. 우리 모두는 지금 미증유의 미디어적 변혁에 처해 있습니다. 디지털 미디어는 텍스트를 생산하고 수용하는 우리의 방식을 변화시키고 있으며, 우리가 원하든 원치 않든 간에, 문학에 대한 이해를 변화시키고 있습니다. 문학은 더는 책 안에서만 존재하지 않습니다. 아이패드(i-Pad)나 전자책 단말기(e-book reader)에도 문학이 존재하고, 문학은 트위터 계정(Twitter account)이나 블로그(Blog)에서도 생성되고 있으며, 여기서는 집단적 저자라는 새로운 형식들도 나타나고 있지요. 이런 변혁의 과정들은 그야말로 다급하게 역사에 대한 지식을 요구하고 있고, 글과 문서, 그리고 텍스트의 생산과 수용을 그 역사적 가변성 속에서 올바르게 인식할 것을 요구하고 있습니다. 그래서 근래에 나온 양대 중세 독일문학사, 즉 요아힘 붐케(Joachim Buhmke), 토마스 크라머(Thomas Cramer), 디터 카르초케(Dieter Kartschoke)의 중세 독일문학사와 요아힘 하인츨레(Joachim Heinzle)의 독일문학사가 동일한 관점을 선택하고 있는 것은 지극히 합당한 노릇입니다. 즉 이 두 책은 중세라는 시간이 흐르는 동안 독일어로 쓰인 글들이 어떻게, 어떤 형식으로, 어떤 사회적 환경 하에서 생겨날 수 있었던가 살펴보는 것을 주된 관점으로 삼았습니다. 이 과정을 그 모든 복잡성 속에서 고찰하고 현재의 미디어적 대변혁과 관련지어 논의하는 것만이 지금, 그리고 미래에도 중세독어독문학을 연구하는 매우 타당한 이유입니다.

아울러 이런 연구를 할 수 있는 전제조건들이 많은 분야에서 전에 없이 잘 충족되어 있습니다. 우선 중세의 필사본들을 디지털화할 수 있는 환상적인 가능성이 우리에게 선사되어 있다는 사실을 생각해 보십시오. 이 작업은 얼마 전에 시작되었고 그동안 대형 학술진흥 기관들에 의해 계속 추진되고 있습니다. 이전에는 필사본들이 보관되어 있는 도서관으로 여행했지만, 오늘날에는 각 장, 각 쪽, 각 행을 자신의 모니터로 불러올 수 있습니다. 독일 내에서뿐만 아니라 전 세계적으로 말입니다. 이렇게 우리는 확고 불변한 형태로 전승되어 있지 못한 중세의 텍스트들이 지니고 있는 '유동성'을 관찰할 수 있으며, 개별 필사본들에 나타나 있는 상이한 텍스트들을 결합시킴으로써 새로운 의미 생산 작업을 할 수 있게 되었습니다. 여기서 분명한 사실은 앞으로는 학생에게 중세 텍스트라는 특수 연구자료를 해석해 낼 수 있는 기본적 소양을 키우는 방안을 마련하여야 합니다. 이것은 고문서 취급자 교육과정 같은 것으로서, ─많은 필사본이 장식 그림들을 포함하고 있고 텍스트와 그림의 흥미로운 관련성을 보여 주고 있으므로─ 조형예술품과 그 도상학적 무늬들을 다룰 줄 아는 기본 훈련이 요청되며, 언어의 역사적 발전단계들에 대한 교육 또한 빼놓을 수 없습니다. 이런 교육과 훈련을 소홀히 할 경우, 우리는 중요한 지식의 보고(寶庫)를 포기하는 결과가 될 것이고 결국에는 아주 훌륭하게 디지털화된 필사본들을 갖고 있음에도 불구하고 그것을 사용하고 그것을 연구할 수 있는 인력이 없는 이상야릇한 상황에 봉착하게 될 것입니다. 우리 학문 분야를 흥미진진하고 '현대적인' 전공으로 만들 수 있기 위해 중요한 이론적 논쟁들과 연구의 패러다임들을 학생들에게 소개하는 데에는 훌륭한 교수법도 개발되어야 할 것입니다. 지난 30년 동안 개발된 몇몇 공동 세미나 주제들을 여기서 소개해 보자면, '구전(口傳) 전승과 문자 전승', '퍼포먼스', '시각(視覺) 문화', '사물에 대한 문화적 시각(視角)의 차이', '선물(膳物)의 메커니즘과 그 규제' 등입니다.

이전이라면 중세어와 현대어가 같이 있는 훌륭한 대역판을 쉽게 찾을 수 없었습니다. 하지만 오늘날 우리는 아주 훌륭한 대역판의 책들을 접할 수 있습니다. 한국에서 독어독문학을 전공하는 초학자들에게 저는 우선 이런 중세독어와 현대독어가 나란히 실려 있는 대역판을 통해 매혹적인 중세의 텍스트들을 읽어 보실 것을 권해 드리고 싶습니다. 여기서 참고서적을 몇 개만 선별하기가 쉽지는 않지만, 그래도 저는 1200년경에 나온 위대한 텍스트들 중의 하나, 즉 하르트만 폰 아우에의 『에렉』(Erec)이나 『이베인』(Iwein), 볼프람 폰 에쉔바흐의 『파르치팔』(Parzival), 또는 고트프리트 폰 슈트라스부르크의 『트리스탄』(Tristan)부터 읽기 시작하거나, 적어도 그 요약본부터 읽기 시작하기를 추천합니다. 또는 이 시대의 연가들, 예컨대 하인리히 폰 모룽엔이나 발터 폰 데어 포겔바이데의 연가들부터 읽어 보시기 바랍니다.

좋은 책을 추천한다는 것은 여러 가지 조건들이 맞아야 하기에 참으로 어려운 일입니다. 중세 독일문학사로는 호르스트 브루너의 책[10]을 추천하고 싶고, 이미 나와 있는 좋은 중세문학 작품으로는 하르트만 폰 아우에의 『에렉』[11]과 『그레고리우스』,[12] 볼프람 폰 에쉔바흐의 『파르치팔』,[13] 고트프리트 폰 슈트라스부르크의 『트리스탄』[14]을 추천하고 싶습니다.

---

[10] Horst Brunner: Geschichte der deutschen Literatur des Mittelalters im Überblick. Stuttgart 1997.

[11] Hartmann von Aue: Erec. Hrsg. von Manfred Günter Scholz. Übersetzt von Susanne Held. Frankfurt am Main 2007 (Deutscher Klassiker-Verlag im Taschenbuch 20).

[12] Hartmann von Aue: Gregorius / Armer Heinrich / Iwein. Hrsg. und übersetzt von Volker Mertens. Frankfurt am Main 2008 (Deutscher Klassiker-Verlag im Taschenbuch 29).

[13] Wolfram von Eschenbach: Parzival. Hrsg., revidiert und kommentiert Eberhard Nellmann. Übertragen von Dieter Kühn. Band 1-2. Frankfurt am Main 2006 (Deutscher Klassiker-Verlag im Taschenbuch 7).

[14] Gottfried von Straßburg: Tristan und Isold. Hrsg. von Walter Haug und Manfred Günter Scholz.

발히-파울　　안 교수님이 집필하고 계시는 한국어판 새 독일문학사에 중세 독일문학의 의의와 중요성이 이 인터뷰를 통해 강조될 것이라 생각하니 정말 기쁘고 큰 보람을 느끼게 됩니다. 지난 1970년대 초반에 저의 강의실에서 중세독어 텍스트를 처음 읽으시던 젊은 안 교수님의 모습이 지금도 눈에 선합니다. 고맙습니다.

안　　고마워해야 할 사람은 바로 저입니다. 그때의 귀하신 가르침에 깊이 감사드립니다. 그리고 오늘, 두 분께서 저의 『독일문학사』와 그 독자들을 위해 이렇게 소중한 시간을 내어 주시고, 또한 저의 질문에 대해 열성적으로 응답해 주신 데에 대해 진심으로 고맙게 생각합니다. 감사합니다!

Mit dem Text des Thomas, hrsg., übersetzt und kommentiert von Walter Haug. Band 1-2, Berlin 2012.

인문주의와 종교개혁

(Humanismus und Reformation, 1500-1600)

1.　　　　　　　　　　　　르네상스와 인문주의

일반적으로 약 1500년경에 중세가 끝나고 또 이때부터 이른바 근대가 시작되는 것으로 본다. 하지만 1500년이 지나서도 여전히 중세의 잔재가 남아 있는 부문도 있고, 이전에도 이미 부분적으로는 근대가 밝아 오고 있었다.

근대의 전조(前兆)로 나타난 것이 르네상스(Renaissance)와 인문주의(Humanismus)이다. 우선, 르네상스의 프랑스어 어원부터 살펴보자면, '재탄생'(Wiedergeburt)이란 의미로서, '신(神)' 중심의 중세에서 '인간'이 새로이 삶의 중심에 놓이게 된다는 것을 말한다. 이러한 전조가 유럽에서 제일 먼저 나타난 곳은 이탈리아이며, 제일 먼저 나타난 분야는 미술과 건축에서다.

15세기 이탈리아 조형예술 분야를 선도한 도나텔로, 보티첼리, 라파엘, 레오나르도 다 빈치, 미켈란젤로(조금 뒤에는 독일의 알브레히트 뒤러) 등은 중세의 '로마네스크 양식'(Romanischer Stil) 또는 '고틱 양식'(Gotischer Stil)과는 달리 이제는 '신'이 아니라 '인간'과 '세계'를 관찰하고 올바르게 그려 내고자 노력하기 시작했다. 그들에게는 이제 '자연'과 '현세'가 모사해 낼 만한 주요 가치로 떠오른 것이었다. 19세기의 문화사학자 부르크하르트(Jakob Burckhardt, 1818-1879)는 르네상스의 이러한 특징을 가리켜 '세계와 인간의 발견'(Entdeckung der Welt und des Menschen)이라고 규정하였다. 이처럼 르네상스는 중세적 삶의 감정이 일대 변환을 겪도록 만들었다. 중세에는 모든 것이 신 중심으로 인간 자신과 현세는 부질없는 것으로 천시되었지만, 이제는 자신의 능력을 한껏 발휘하는 교양 있는 현세적 인물이 이상적인 인간으로 인정을 받기에 이른다.

조형 예술가들과 마찬가지로 이탈리아의 많은 학자는 자연에서 아름다움을, 그리고 그리스와 로마 시대의 고전에서 인간의 위대성을 발견했다고 믿으면서 그리스어와 라틴어로 된 고전의 어문학적 연구에 몰두했다. 그들은 인간이 자신의 능력을 자유롭게 계발하여 교양을 쌓고 현세의 아름다움을 누려야 한다고 생각했다. 고대문화의 연구자 및 숭앙자라 할 수 있는 이 학자들은 자신들을 스스로 인문주의자(Humanist)라 불렀으며, 새로운 시대를 대변하는 선구자로 자임했다.

마키아벨리(Niccolò Machiavelli, 1469-1527)는 국가란 더 이상 하느님이 원한 질서의 구현체가 아니라 권력을 이성적으로 배분하여 국리민복을 추구해야 할 기관이라는 생각을 내어놓았으며, 특히 코페르니쿠스의 천문학적 이론은 중세적 세계관을 뒤흔들어 놓을 만했다. 1445년경에는 요하네스 구텐베르크(Johannes Gutenberg, 1397-1468)가 금속활자를 이용하여 책을 발간하는 인쇄술을 발명하였다. 유럽에서의 책의 발간, 즉 값싼 성경의 대량 인쇄 및 출간, 그리고 그에 따른 성경의 대중화는 성직자의 지식 독점을 더는 불가능하게 만드는 요인이 되었으며, 그들의 부패에 대한 교구민의 비판의식을 첨예하게 만들었다. 1492년에 크리스토퍼 콜럼버스(Christopher Columbus, 1451-1506)가 산살바도르(San Salvador)에 도착함으로써 신대륙을 발견했다.

이 무렵 유럽의 모든 주요 무역로들이 독일을 통과하고 있었기 때문에 독일의 여러 도시에서 상인 가문과 은행 명문들이 생겨난다. 아직도 황제가 명목상 유럽의 모든 군주 위에 군림하고 있긴 했지만, 황제권은 제한적이었다. 제국에는 따로 군대도 없었고, 세금을 징수할 수 있는 권한도 없었다. 합스부르크(Habsburg) 출신의 막시밀리안 1세(Maximilian I, 제위: 1493-1519)가 제국의 제도를 개혁하면서 1495년에 프랑크푸르트에 제국재판소를 설치하고, 제국을 위해 세금을 거두기로 했지만, 이 개혁은 별로 실효성을 거두지 못했다. 하지만 그는 마리아 폰 부르군트와 결혼함으로써 부르군트를 상속했고, 그의 아들을 스페인의 상속녀와 결혼시켰을 뿐만 아니라, 또 손자도 보헤미아와 헝가리의 상속녀와 결혼시킴으로써, 합스부르크 가의 범유럽적 영향력을 확대시키는 데에는 어느 정도 성공하였다. 이렇게 황제권이 강화되었음에도 유럽의 —특히 독일의— 각 영방(領邦)군주들은 계속 자기들 고유의 정치를 펼쳐 나갔다.

---

2. 종교개혁

1500년 무렵의 가톨릭교회는 매우 세속화되어 역대 교황들은 영방군주들과 다름없는 호화로운 생활을 영위하고 있었다. 그 무렵 마르틴 루터(Martin Luther, 1483-1546)는 에어푸르트(Erfurt)대학에서 법학을 공부하던 중 개인적 체험이 계기가 되어 에어푸르트 소재 아우구스티누스(Augustinus)교단의 수도사가 되고, 이윽고 비텐베르크(Wittenberg)대학의 신학 교수가 된다.

1517년 10월 31일, 가톨릭교회의 면죄부 판매를 비난하며 루터는 95개조에 달하는 항의문을 공표한다. 그는 성경에 의해 입증될 수 있는 것만이 진실임을 주장하며, 교황의 수위권(首位權, Primat)까지 부정하였다. 더욱이 파문을 경고하는 교황의 칙서를 공중 앞에서 불태웠다. 카를 5세 황제

마르틴 루터, Lucas Cranich, der Ältere의 그림
(1528)

는 '보름스의 칙령'(Wormser Edikt, 1521)을 통해 루터 학설의 전파를 금지하였
다. 이에 루터는 '귀공자 외르크'(貴公子 Jörg)라는 가명(假名)하에 아이제나흐
(Einsenach)의 근교에 위치한 바르트부르크(Wartburg)라는 산성에 숨어서 신
약성서를 번역하고(1522), 나중에는 구약까지 번역함으로써 1534년에는 성
경전서(全書)가 독일어로 완역된다.

  루터의 독일어 성경 이전에는 라틴어에서 부분적으로 번역한 독역 성경
들이 더러 있긴 있었다. 그중에서 교회 당국의 공인을 받은 번역은 아니었
지만, 1466년 슈트라스부르크의 인쇄업자 멘텔린(Johann Mentelin)에 의해
간행된 '멘텔 성경'이 있다. 이 성경의 수정판은 1476년 아우크스부르크와
1483년 뉘른베르크(Nürnberg)에서도 출간되어 15세기 말까지 유통되었다.
하지만 이 성경에서는 아직 그동안의 르네상스와 인문주의의 연구 성과들
을 반영하지 못한 구시대의 언어들이 사용되고 있었기 때문에 이 성경은
루터가 번역한 새 성경과는 더는 경쟁 상대가 될 수 없었다.

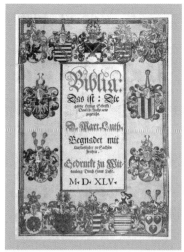

루터의 성경전서 번역서(1545년 판) 표지

루터는 히브리어, 그리스어 원전과 라틴어 성경을 모두 참조하여 성경을 번역하였으며, 이 번역에서 그는 다음에 소개될 에라스무스 폰 로테르담의 희랍어 성경 연구와 주석도 아울러 참조하였다. 그는 작센 지방의 관청 독어와 에어푸르트, 아이제나흐, 바이마르(Weimar) 등 튀링엔 지방의 살아 있는 민중 독어로 성경을 번역해 내었다.

가정에 있는 어머니, 골목에 뛰노는 아이들, 시장 바닥의 보통 남자에게 물어보고, 그들이 애기하는 입을 보고, 번역을 해야 할 것이다.

이것은 루터가 성경을 번역할 때의 언어를 선택하는 자신의 태도를 밝힌 유명한 말이지만, 사실 루터는 자신의 성경 번역에서 튀링엔 지방의 살아 있는 민중어를 많이 사용했고, 생동감 있는 표현을 많이 썼다. 이처럼 루터의 성경번역은 앞으로의 전체 독일문화 발전에 획기적 전기를 불러온 크나큰 업적이다.

루터의 성경 번역이 이 시대 최대의 사건으로 기록될 수 있는 것은 요하네스 구텐베르크의 금속활자를 이용한 인쇄술이 보편화되어 있었던 영향이 크다. 웬만한 재력가라면 비교적 싼 비용으로 성경을 직접 구입하여 스스로 읽고 해석해 보는 일이 가능하게 되었다. 이제 교구민들은 더는 라틴어에 능통한 성직자의 독서 결과를 믿고 따르는 것이 아니라 자신이 직접 독일어로 성경을 읽고 판단해서 신앙생활을 하면 되는 것이었다. 하느님과 교구민 사이에 더는 성직자라는 중개자의 필요성을 인정하지 않고 성직자는 다만 교도자 및 안내자의 역할에 충실해야 한다는 주장이 제기된다. 이처럼 신교가 크게 세력을 떨쳐나갈 수 있었던 것은 성경의 번역과 보급이 선행되었던 덕분이었다. 이러한 독일어 성경의 보급과 파급력은 루터가 바르트부르크에 칩거하며 성경 번역에 전념한 가장 중요한 이유이다.

이 같은 루터의 성경으로 인한 파급은 원치 않던 방향으로도 대중에게 영향을 미친다. 네덜란드 몇몇 지방에서는 교회 내에 설치된 성화(聖畫) 등 조형예술품들을 파괴하는 '성물(聖物) 파괴'(Bildersturm) 사건이 일어나고, 유아세례를 부정하면서 자기 교파에 입교하는 교인들에게 재세례를 요구하는 재세례파(再洗禮派, Wiedertäufer)가 나타났다. 또한, 튀링엔 지역에서는 성직자 토마스 뮌처(Thomas Münzer)를 중심으로 일체의 관료 체제를 인정하지 않고 사회주의 혁명을 시도하려는 세력도 등장하였다. 그리고 1525년, 남독 및 중부 독일 각지에서 농민반란이 일어난다. 그들은 '한 기독교 신도의 자유에 대하여'(Von der Freiheit eines Christenmenschen)란 루터의 글을 근거로 동등한 신분보장과 농노제도의 폐지를 요구하고 나선다.

이에 루터는 영방군주들에게 '하느님이 원하신' 신분제에 불복하려는 모든 세력을 사정없이 박멸할 것을 촉구하였다. 루터의 종교개혁은 종교적으로는 명분이 충분한 개혁이었으나, 정치적으로는 영방군주들이 새 교회를 지원해 주는 대신에 ─루터의 지지 하에─ 농민들과 하층민들을 억압할 수 있는 구실이 되었다. 종교'개혁'에도 불구하고 루터가 견지한 이러한 '보수적' 입장은 앞으로 독일인들의 정치적 민주화를 지연시키는 부정적 요소로 작용했다는 평가를 받는다.

루터의 영향으로 독일어 지역 스위스에서는 인문주의자이면서 성직자였던 츠빙글리(Ulrich Zwingli, 1484-1531)가 교회를 개혁하고자 나섰다. 최후의 만찬에 대해서 루터와 츠빙글리는 서로 의견이 달랐는데, 츠빙글리는 최후의 만찬을 단지 기억하기 위한 의식(儀式)으로서만 이해하고자 했다. 인문주의적 교양을 갖춘 프랑스인 칼뱅(Jean Calvin, 1509-64)의 개혁 운동도 제네바를 중심으로 한 서부 스위스, 프랑스 전역, 스코틀랜드, 그리고 네덜란드에서 많은 추종자를 얻었다. 루터가 영방군주들을 ─가톨릭교회의 교황과는 달리─ 지원하고 세속 군주들의 권위를 강조한 것과는 달리, 칼뱅은 세속권력에 대한 시민의 저항권을 인정했다. 그러나 칼뱅파 교구에서는 교회 규율을 통해 교구민의 사회생활에 대한 엄격한 통제가 행해졌다. 또한, 칼뱅파는 사업이 잘되면 그것이 곧 하느님의 '선택'(Erwählung)의 표시로 간주하였기 때문에 향후 칼뱅파 지역에서는 경제가 번영하고 각종 수공업이 크게 번창하는 사례가 많았다.

종교개혁은 여러 우여곡절을 거쳐 1555년 '아우크스부르크의 종교화의(宗敎和議)'(Augsburger Religionsfriede)에 이르게 된다. 결국, 통치권을 지닌 각 영방군주에게 자기 영토에서의 종파 선택권이 주어진다. 이것이 유명한 '그 나라를 통치하는 자가 거기에서의 종파를 결정한다'(Cuius regio, eius religio)는 원칙이다. 스페인의 기사 로욜라(Ignatius von Loyola)는 1534년 '예수회'(Gesellschaft Jesu)라는 기사단을 창건한다. 이어서 예수회는 각급 학교와 대학들을 설립하는 한편, 설교와 선교, 사목(司牧) 업무를 혁신함으로써, 가톨릭교회의 신망과 영향력을 다시 회복하고자 노력했다. 그들은 교황에게 충성을 맹세하고, 이단자들과 야만인들을 개종시키는 것을 자신들의 과업으로 삼았다. 궁정에서의 고해 신부나 가정교사로서, 학교와 대학에서의 교직자로서, 그리고 미국과 동아시아에서의 혁혁한 선교활동을 통해서 그들 예수회 회원들은 구교의 새로운 버팀목이 되었다. 그리하여 그들은 가톨릭교회의 교리를 새로이 개정했고 교회 행정의 부패와 난맥상을 바로잡았으며, 기존 신도들을 외부 비판세력으로부터 보호할 수 있게 되었다. '예수회'의 이러한 개혁운동을 '반(反) 종교개혁'(Gegenreformation)이라 부르는데, 그것은 이 운동이 루터, 츠빙글리, 칼뱅 등에 의한 종교개혁의 반작용으로 일어난 운동이기 때문이다.

3.   범유럽적 인문학자 에라스무스

중세 스콜라철학에 대항한 오랜 투쟁의 승리로서 16세기 초부터 인문주의가 정신적인 지주로 등장한다. 대학 강단과 학교, 그리고 교회 안으로까지 진입하기 시작한 인문주의의 대표 주자는 네덜란드 로테르담 출신의 인문주의자 에라스무스 폰 로테르담(Erasmus von Rotterdam, 1466-1536)이었다. 그는 아우구스티누스 합창단의 일원이었던 신부로서 성직자보다는 일반인 같은 자유로운 활동을 하였다. 그는 파리에서 대학에 다녔고 이탈리아를 방문했으며 잠시 영국에서도 체류하였지만, 1521년부터 1536년 사망하기까지 약 15년간 바젤대학을 중심으로 활동하였다.

많은 외국인과의 접촉을 통하여 그는 고전 어문학적, 미학적 인문주의를 옹호·대표하며, 인문주의에 철학적이고 종교적인 심층적 토대를 구축해 주었다. 또한, 로테르담과 같은 상업도시의 귀족적이고 신비주의적 신학 전통을 이어받아 종교도 근대에 맞게 이성적으로 이해가 가능하도록 만들고자 노력했다. 그의 철학 정신은 고대 정신과 기독교 정신, 즉 소크라테스와 그리스도가 함께 유기체적으로 작용하는 공간이었으며, 여기서 그는 시대에 맞는 새로운 지혜를 얻어 동시대인들을 교화시키고자 노력한다. 그는 '산상수훈'(山上垂訓, Bergpredigt)의 궁극적 의미도 그리스·로마 철학에서 이미 발견할 수 있다고 믿었다. 기존 질서를 대담하게 뒤흔드는 이러한 생각은 새로운 전망을 열어 당대의 모든 협소한 도그마를 깨뜨리는 데에 기여한다. 윤리적 교사인 동시에 냉철하고도 회의적인 이성의 수호자임을 자임한 그는 『기독교적 투사를 위한 소사전』(Enchiridion militis Chrstiani; Handbuch des christlichen Streiters, 1502)에서 부패한 교회를 공박하고 자신의 계몽적이고도 도덕적인 기독교 철학을 설파한다. 이처럼 그가 원한 것은 교회 질서의 전복이 아니라 그 내적인 정화(淨化)였다.

그가 이루어 낸 최대의 어문학적 업적은 1516년에 희랍어 신약성서를 비평적 주석을 곁들여 간행한 것으로 불과 몇 년 뒤에 루터가 이 주석본을 그의 신약 번역(1522)에 참고한다. 이 책에서 에라스무스는 하느님의 말씀을 전하는 언어 텍스트를 학문적, 비평적으로 다룸으로써 인문주의적 학문과 신학적 과제를 밀접하게 결합한 최초의 어문학자로 평가된다.

오늘날에도 읽히는 그의 대표작 『우신예찬』(愚神禮讚, Laus stultitiae; Lob der Torheit, 1509)은 어리석은 세상 사람들을 조롱하는 반어와 우의적 풍자로 점철되어 있다. 농담과 지혜로운 금언(金言), 그리고 은근한 미소를 자아내는 신랄한 비판 사이를 오가면서 부패한 성직자와 경건함을 가장한 시민들의 속내를 드러내어 보이긴 하지만 에라스무스는 결코 부드러운 언어적 균형

감각을 잃지 않는다. 그가 보기에는 어리석음이야말로 인간의 약점이자 인간을 결국 하느님에게로 인도해 주는 원천이다.

1518년에 나온 『대화』(Colloquia; Gespräche)는 당대에 자주 쓰인 대화체를 이용하여, 음식, 주거, 애정 문제와 신앙 문제에 이르기까지 생활상의 온갖 질문들에 대해 청랑(晴朗)하고도 재치 있게 답변해 주고 있는 책이다. 여기서 에라스무스는 삶을 정신적으로 영위할 수 있는 형식이 무엇일까를 처음으로 탐구하고 있다. 그는 처음에는 루터의 처사를 환영하였지만, 조화와 관용, 절도와 형식을 중시하는 그의 사고방식으로서는 루터의 과격하고 마성적인 신앙을 자연스럽게 받아들일 수가 없었다. 에라스무스는 교양을 지닌 귀족으로서 형식을 중시하는 미학자였고 신앙의 영역에서는 종교적 윤리학자였기 때문에 행동을 촉구하는 종교개혁의 급박한 에너지에 공감하고 동조하기는 기질적으로 이미 어려웠다. 처음에는 루터의 종교개혁에 대해 공감하기도 하지만 나중에는 복음에만 전력투구하는 루터와는 대척적인 입장을 보이게 된다.

반면 그는 자신이 꿈꾸는 유토피아를 엘리트적으로 만듦으로써 동시대의 절박한 요청사항인 자유와 정의를 관철하는 데에 소홀히 했다는 후세의 평가를 받기도 한다. 하지만 오늘날 유럽공동체가 기획, 실시하고 있는 국가 간, 대학 간 상호 학술 및 학생 교류 장학 프로그램이 그의 이름을 빌려 '에라스무스 프로그램'(Erasmus-Programm)으로 명명되고 있는 것을 보면, 그는 역시 유럽 여러 나라가 공동으로 추구해 나가야 할 학문적 방향을 선구적으로 제시한 위대한 인문학자임에 틀림없다.

4.   민중본『파우스트』

이 시대 최대의 문학사적 사건은 '인쇄술의 발명'(1450)과 '루터의 성경 번역'(신약: 1522; 성경전서: 1534)이다. 중요한 것은 이 두 가지가 하나로 결합하여 전대미문의 시너지효과를 일으켰다는 사실이다. 즉, 독일어로 번역된 성경이 ―양피지에 쓰이고 초호화 그림들이 그려 넣어진 천문학적 고가의 책으로서가 아니라― 저렴한 종이 책으로 인쇄되어 널리 보급되었기 때문에 이것이 사회 각 계층과 각 방면에 상상을 초월하는 엄청난 파급효과를 끼쳤다. 예컨대, 루터의 성경에 쓰인 여러 독일어 어휘들은 식자들과 대중들에 의하여 일상 독일어 어휘로 널리 쓰이기 시작하였으며, 슈트라스부르크, 밤베르크, 아우크스부르크, 뉘른베르크, 쾰른, 빈 등 독일 각지에 출판사들이 생겨나서 인문주의적 연구성과와 종교개혁의 여파로 생겨난 각종 지식 및 정보들을 이른바 민중본(民衆本, Volksbuch)이라는 형태의 보급판 도서들로 간행하여 유통시킨다.

성경 다음으로 널리 인쇄되었던 것은 물론 라틴어로 된 유명한 인문주의적 고전 텍스트들과 교회용 각종 일상 문건들이었지만, 나중에는 문학작품들도 책으로 인쇄되어 나오기 시작했다. 프랑크푸르트의 인쇄업자 요한 슈피스(Johann Spieß)는『요한 파우스트 박사의 이야기』(Historia von D. Johann Fausten, 1587)를 민중본(民衆本, Volksbuch)으로 간행해 내었다. 간행자는 서문에서 이 책의 주인공 파우스트가 실제로 존재했던 인물로서 후세에 경종을 울리기 위한 목적으로 이 책을 찍어 낸다고 적고 있다.

그 당시 이미 파우스트는 한 전설적 인물로 르네상스 시대의 이른바 '거인들'(Titanen) 중의 하나로 인식되고 있었다. 즉, 의사로서 연금술사이자 점성술사 겸 철학자이기도 했던 파라첼주스(Paracelsus, 1493-1541) 등이 대표적인 인물이다. 이처럼 파우스트가 생겨난 배경에는 인간이 상상할 수 없는 각종 과학적 이적(異蹟)을 세상 사람들에게 선보인 당대의 과학자들을 대표한다는 설과 당시 사람들에게 큰 놀라움 자체였던 인쇄술을 직접 보여 준 구텐베르크의 제자 푸스트(Füst→Faust)의 이름에서 유래한다는 설도 있다.

민중본 『요한 파우스트 박사의 이야기』에 의하면, 뷔르템베르크 지방 출신의 농부의 아들 요한 파우스트는 떠돌이 요술사나 돌팔이 의사 행세를 하며 독일 전역을 두루 돌아다니다가 마침내 비텐베르크대학에 자리를 잡고 연구 활동을 시작한다. 하지만 그는 하늘과 땅의 모든 이치를 궁구하고자 하는 자신의 무한한 지식욕 때문에 결국에는 악마와 계약을 맺고, 악마의 하수인인 '메포스토필레스'(Mephostophiles)의 안내를 받아 지옥과 천국, 우주 세계, 그리고 지상의 온갖 나라와 많은 도시를 구경한다. 또한, 마녀들과도 교제하고 고대의 헬레나를 현세로 불러와 함께 놀다가 아들을 갖기도 한다. 결국, 24년의 계약 기간이 지나자 그는 지옥으로 떨어진다.

이 이야기를 출간한 요한 슈피스는 악마와 계약을 맺고 갖은 죄악과 음행을 저지른 파우스트가 지옥으로 떨어지는 것은 너무나 자명하고 또 당연하다고 생각했다. 대학생들 앞에서 악마와 연관된 자신의 죄악을 고백하는 파우스트의 고별사에 일말의 후회와 회한이 엿보이지만, 이 책의 발간자는 아직은 루터적 엄격성에 갇혀 파우스트가 구원받을 가능성 따위는 전혀 고려하지 않고 있다. 파우스트가 하느님의 은총을 받게 되는 것은 이후 다시 200년 가까운 시간이 흘러 괴테가 등장해서야 비로소 가능하게 된다.

파라첼주스 등 르네상스적 거인 과학자들의 놀라운 이적(異蹟)들을 함께 반영한 하나의 이야기로서 출간된 이 민중본 『요한 파우스트 박사의 이야기』에는 사실 엄격한 종교적 신앙과 인문주의가 병존, 대립하고 있다. 말하자면, 루터와 에라스무스 폰 로테르담으로 대표되는 두 시대정신이 이 민중본 『파우스트』에 담겨 있다. 물론 요한 슈피스는 ─ 루터의 정신에 따라 ─ 파우스트의 여러 일탈 행위들의 비극적 종말을 독자들에게 보여 주고 경고하고자 이 책을 내었지만, 당시의 독자들은 파우스트의 이적(異蹟)들과 일탈 행위들을 읽고 그와 같이 이 세계의 운행의 법칙을 궁구하고 싶은 르네상스적, 인문주의적 욕구에 사로잡히기도 했다.

영국의 극작가 말로(Christopher Marlowe, 1564-1593)는 이 이야기에 심취하여 파우스트가 '독수리의 날개'를 타고 날아다녔다는 데서 오히려 그의 초인적 기질을 발견하고 『파우스트 박사의 비극적 이야기』(The Tragical History of Doctor Faustus, 1589)라는 드라마를 썼다. 말로의 『파우스트』는 다시 독일로 역수입되어 괴테가 유년시절에 이 말로의 『파우스트』에 기초한 인형극 『파우스트』를 보기에 이른다. 후일 괴테가 자신의 『파우스트』를 쓰기까지의 복잡한 과정은 독일문학사를 넘어 유럽문학사라는 밤하늘 위를 가로지르는 유성(流星)의 빛나는 궤적과도 같다.

바로크 시대의 독일문학

(Barock, 1600-1720)

1. '바로크'의 의미

중세 1000년간의 신 중심의 세계가 서서히 물러나고 르네상스와 인문주의, 그리고 종교개혁과 더불어 근대라는 새로운 시대가 열린 이후, 약 1세기가 흐른 1600년경부터 독일 땅에 계몽주의의 기운이 들어오기 시작하는 1720년경까지 약 120년 동안의 긴 기간을 일반적으로 바로크(Barock) 시대라 부른다. 바로크는 원래 포르투갈어 '바로코'(barroco)에서 온 것으로서, 진주가 '찌그러진' 또는 '불균형적'인 모양을 가리키는 말이다. 이탈리아어 'barocco'와 프랑스어 'baroque'를 거쳐 'barock'가 독일어 형용사로 진입하게 되었는데, 처음에는 조형예술에서 당대의 주류 경향과는 달리 좀 '이상야릇하고 별난' 예술형식을 가리키는 약간 폄하적인 형용사로 사용되었다.

19세기 말 스위스의 문화사학자 부르크하르트(Jacob Christoph Burckhardt, 1818-1897)가 'Barock'란 개념을 예술사에 도입한 이래로 부정적인 의미는 없어지고, 유럽예술사에서 대개 1575년부터 1770년까지의 시대를 의미한다. 약 1575년부터 1650년까지를 초기 바로크, 1650년부터 1720년까지를 전성기 바로크, 약 1720년부터 1770년까지를 후기 바로크로 부른다. 즉, 르네상스 시대와 의(擬)고전주의 시대 사이에 있는 약 2세기간을 바로크 시대라 부르는데, 이것은 절대주의와 반종교개혁 시대의 예술형식으로서 —나중에는 신교지역에도 퍼져나갔지만— 이탈리아를 기점으로 하여 먼저 가톨릭 지역으로 전파되었으며, 호화찬란하고 풍성함을 자랑하는 것이 그 특징이다. 넓은 의미에서의 '바로크'는 유럽정신사의 한 시대를 가리키기도 하며 절대주의 시대의 철학적 경향을 가리키기도 한다. 독일문학사에서 '바로크 시대'는 일반적으로 1600년부터 계몽주의의 기운이 들어서기 직전인 1720년까지를 가리킨다.

2.   30년 전쟁

바로크 시대의 독일문학을 이야기하기 위해서는 이 시대의 초입에 독일 땅을 초토화시킨 '30년 전쟁'(Der Dreißigjährige Krieg, 1618-1648)을 언급하지 않을 수 없다. '아우크스부르크의 종교화의'(1555)에도 불구하고 독일에서는 종교적 갈등이 해결되기는커녕 점점 더 첨예화되었다. 반종교개혁 이래로 가톨릭교회는 옛 구교 지역을 다시 회복해 갔다. 이에 1608년에 결성된 신교연합과 1609년에 결성된 가톨릭동맹이 무장을 한 채 서로 대립하게 된 상황에서 프라하에서 일어난 사소한 충돌사건이 계기가 되어 1618년, 30년 전쟁이 발발하게 된다. 이 전쟁은 처음에는 종교전쟁으로 시작되었지만, 이윽고 황제와 군주들 사이의 권력투쟁으로, 그리고 신교측인 스웨덴과 구교측 황제 사이의 전쟁으로, 마지막에는 구교측인 프랑스의 부르봉(Bourbon) 가와, 마찬가지로 구교측인 합스부르크 가의 전쟁으로까지 번지게 되었다. 처음에는 가톨릭측과 황제측이 신교측을 제압하고 보헤미아에 합스부르크의 지배체제를 다시 구축하는 데에 성공하는 듯했다. 신교측을 지원하기 위해 덴마크가 전쟁에 개입했음에도 불구하고 황제군의 사령관 틸리(Johann T'Serclaes Graf von Tilly, 1559-1632)와 발렌슈타인(Albrecht Wenzel Eusebius von Wallenstein, 1583-1634)이 승리를 거두었다. 그러나 '가톨릭 재산의 복원칙서'(Restitutionsedikt, 1629)를 통해 1552년 이후에 신교 소유로 넘어간 지역은 모두 가톨릭교회 재산으로 복원하도록 하자 황제권의 강화를 원치 않던 영방국가의 군주들이 이에 반발하고 나섰고, 심지어는 가톨릭계의 영 방군주들조차도 황제를 적대시하게 되었다. 발렌슈타인이 해임되고, 스웨 덴의 구스타프 아돌프 왕이 신교를 지지하며 참전했다. 또한, 그는 황제권 의 강화로 발트해에서의 스웨덴의 패권이 약화되는 것을 저지하고자 했다. 그가 전사하고 발렌슈타인이 살해되고 난 뒤에는 구교측인 프랑스까지 황 제군에 대항해서 싸웠기 때문에 전쟁은 점점 더 자국 이익추구와 병사들의 약탈전으로 전락하여, 전쟁의 주된 무대였던 독일 국토가 황폐화되고 독일 의 민생이 도탄에 빠지게 되었다.

30년 전쟁을 마감하면서 체결된 '베스트팔렌의 강화조약'(Der Westfälische Friede, 1648)은 1555년의 아우크스부르크의 종교화의의 결정을 재확인하되, 칼뱅파도 신교의 범주에 아울러 포함된다. 이 조약으로 스위스와 네덜란 드가 법적으로 제국으로부터 완전 독립하였다. 독일의 영방군주들은 그들 의 영방에서의 자주적 통치권을 확보하여 제국은 사실상 무력하게 되었다. 또한 베저(Weser), 엘베(Elbe), 오더(Oder)강의 하구들이 스웨덴령으로, 프랑 스의 국경선이 라인강까지 바싹 동진(東進)하게 되었으며, 합스부르크 가는 유럽에서의 패권을 상실하게 된다.

30년 전쟁 이전에도 이미 독일의 상업과 경제는 서유럽 강국들에 비해 낙 후되어 있었지만, 이와 같은 사정은 전쟁으로 인해 더욱더 악화되었다. 이 런 와중에도 각 영방군주들의 궁정에서는 군주들을 섬기며 그들에게 아첨 하는 실용적인 관료계층이 생겨났고, 영방군주들의 호화스러운 생활을 위 해 물자를 대던 시민계급이 큰돈을 벌면서 자본을 축적한다. 영방군주들의 절대 권력이 강화되자 세습귀족들의 정치적 지위가 상대적으로 약화하여, 귀족들도 이제는 신흥관료들과 마찬가지로 절대군주를 섬기는 '신하'(Untertan)로 전락하게 된다. 전화(戰禍)로 가장 고통을 받은 것은 농부들이다. 특히 엘베강과 오더강 동쪽의 개척지역들의 농부들은 전쟁으로 소작료를 감당할 수 없게 되자 대지주들의 '농노'로 전락하게 된다.

베스트팔렌 조약의 결과로 독일 땅에는 300개가 넘는 영방국가들이 생겨나 그 군주들은 국제법적으로 독자적인 권력을 행사할 수 있게 된다. 그들의 궁정은 가장 빨리 전화를 극복하였고, 이제부터는 절대군주들의 궁정이 독일의 정치적, 사회적, 문화적 삶의 중심지로 변모해 갔다. 즉, 300개가 넘는 절대주의적 영방군주들이, 나라가 크든 작든 간에 각각 자기 나름대로, 모두 파리의 프랑스 왕궁의 건축 양식과 삶의 방식을 모방하여 자신의 궁을 짓고 독자적인 문화를 가꾸기 시작한 것이다. 그 결과 현대 독일의 많은 도시가 각각 독자적 건축 양식과 독특한 도시 전경(全景), 그리고 고유한 문화유산을 지니게 되었으며, 이것이 오늘날 독일의 지방분권적 정치제도의 기원으로 작용한다.

3.   바로크 문학의 3대 주요 모티프

이 시대의 문학에는 30년 전쟁을 배경으로 폭력과 파괴를 일상적으로 겪은 사람들의 감정이, '죽음을 생각하라!'(Memento mori)와 '오늘을 향

유하라!'(Carpe diem)는 양대 모티프로 표현되고 있다. 또한, 인생의 '허무함'(Vanitas)이란 모티프도 그리스도를 통한 구원에의 열망과 결부되어 바로크 시대의 문학에 자주 등장한다. 바로크의 시인들은 이와 같이 현세와 내세의 갈등 속에 있었고, 그들의 작품 속에 진지성과 유희성을 동시에 담아야 했으며, 존재와 가상(假象), 욕망과 미덕, 애욕과 금욕, 천국과 지옥을 함께 표현해야 하는 모순에 처해 있었다.

---

4.   우의화(寓意畵)

바로크 시대에 유행한 문학 형식 중의 하나는 이른바 '우의화'(寓意畵, Emblem)라는 것인데, 첫째로 추상적인 라틴어 제목을 내걸고, 둘째로 성서, 우화, 역사적 사실 등에서 널리 알려진 소재를 하나의 목판화 또는 동판화를 통해 우의적(寓意的, allegorisch)으로 형상화한 다음, 셋째로 이들 제목과 우의적 그림과 무관하지 않은 '2행 격언시'(Epigramm)를 덧붙임으로써 이 3개 요소를 서로 결합시킨 표현 형식이다. 제목, 도해, 그리고 간명한 격언시가 서로 보완적으로 작용하며 독자들에게 세계의 이해를 돕고 있다. 이 것은 세계의 모든 현상을 신의 질서 안에서 인간이 풀어야 할 수수께끼로서 이해하고 있는 바로크적 세계관을 전제로 나타난 형식이다.

이 우의화는 이를테면 닻이 '희망', 야자수가 '충절', 올리브나무가 '평화'의 우의라는 오랜 상징체계에 익숙해 있던 식자계층이 줄어듦에 따라 나중에는 가문의 문장(紋章)이나 개인의 장서표(藏書票, Exlibris) 등 국한된 영역 안에서만 살아남게 된다.

---

5.   계기문학

바로크 시대에는 또한 '계기문학'(契機文學, Gelegenheitsdichtung)이란 것이 성행하였다. 계기문학이란 세례, 결혼식, 생일 같은 가족의 잔치에서나 장례식 또는 기념식 등 일상에서의 특별한 일을 계기로 낭송되거나 손수 써서 바쳐지는 축시, 조시(弔詩) 따위의 경조시(慶弔詩) 문학을 통칭해서 부르는 개념이다. 이런 계기문학이 절대주의 바로크 시대에 크게 성행했던 것은 영방군주들의 명예욕과 자기과시욕과도 무관하지 않다. 특히 군주의 즉위식 같은 경우에는 궁정에서 시인에게 축시 제작을 위탁하는 경우도 많았다. 실제로 몇몇 시인들은 이런 위탁을 받아 꽤 큰돈을 번다.

이런 계기시들은 나중에 그 작가들이 — 때로는 그 계기는 더는 밝히지 않은 채 — 자기 시집에 싣거나 따로 시집으로 묶어 출간하기도 했다. 작품에서 개인적인 일은 단지 하나의 계기로 언급될 뿐, 삶과 죽음, 직책이나 결혼생활에서의 책임과 의무, 영원성과 무상성에 관한 보편적 진술이 주된 내용을 이루었다. 바로크 문학은 천재적 시인의 체험적 표현이 아니라, 성경이나 고대 시인들이 말하는 진실, 즉 이미 주어져 있는 보편적인 진실의 수사학적 표현일 뿐이다.

그럼에도 시는, 아직 생존해 있는 피칭송자의 명성을 드높여 주는 도구로서 필요했다. 그래서 학자들이 서로를 칭송하기도 하고, 관직을 찾는 학자가 군주나 그의 치적을 찬양하는 일이 잦았다. 하지만 군주들도 칭송의 월계관을 쓰는 대신에 그 명예에 따르는 처신과 사회적 기여를 할 것으로 기대되었다. 이렇게 바로크 시대의 계기시는 사회적 요청사항들과 절대군주들의 명성에 대한 갈증을 연결하는 고리 역할을 하였고, 시인과 피칭송자가 다 같이 문학을 통해 사회의 가치체계에 대해 서로 이해하고 소통함으로써 자신들의 존재 이유를 각각 재확인하는 수단이 된다.

6.　　　　　　　　　　　　　　문학연구의 선구자 마르틴 오피츠

독일 바로크 시대의 최고의 문학이론가였던 마르틴 오피츠(Martin Opitz, 1597-1639)도 어떤 면에서는 이런 계기문학으로 생계를 유지하고 출세를 하였다. 시민계급이었던 그가 1627년에 귀족의 칭호를 받고, 또한 신교가문 출신으로 슐레지엔(Schlesien)의 반종교개혁에 참여했던 카를 하니발 폰 도나(Karl Hannibal von Dohna) 백작의 비서를 지낸 일, 저지(低地) 슐레지엔 지방의 리크니츠(Liegnitz)와 브리크(Brieg)의 신교 군주를 위해 외교관으로서 봉사한 사실, 그리고 단치히(Danzig) 궁에서 폴란드왕의 서기로 봉직한 사실 따위는 모두 넓은 의미에서 계기문학적 계약관계로 이해된다.

브레슬라우(Breslau)의 부유한 시민 가정 출신인 오피츠는 오더 강변의 프

마르틴 오피츠

랑크푸르트대학 및 하이델베르크대학에서 법학을 공부하였다. 그의 문학이론서 『독일 시학(詩學)에 관한 책』(Buch von der Deutschen Poeterei, 1621)은 두 가지 면에서 선구적인 주장을 내세운다. 첫째는 인문주의적 연구 성과를 토대로 그 위에 독일문학을 연구해야 한다는 주장이고, 둘째는 독일어가 그리스어, 히브리어, 라틴어와 마찬가지로 문학어가 될 수 있다는 주장이다. 그는 시인들에게 시를 짓는 가이드라인(guideline)을 제시하는 한편, 그 당시까지 통용되어 오던 민중독어적 문학을 극복 대상으로 보고, 비극(Trauerspiel)이나 '궁정-역사소설'(höfisch-historischer Roman)과 같은 고급 장르들의 외국 작품들을 ― 소포클레스의 비극들과 바클레이(J. Barclay)의 『아르제니스』(Argenis)를 ― 직접 번역해서 당시 독일문학이 본받아야 모범으로 제시했다.

그는 또한 모든 시행(詩行)이 그리스어나 라틴어 시행처럼 음절의 장단에 맞추어질 것이 아니라 '약강격'(弱強格, Jambus)이 아니면, '강약격'(強弱格, Trochäus), 둘 중 하나로 쓸 것을 주장했다. 여기서 오피츠는 독일어 시행이 악센트(accent)에 맞추어야 자연적인 언어 리듬에 맞는다는 새로운 이론을 제기한 것으로서 이후로 독일에서는 '약강격'과 '강약격'으로 시를 쓰는 것이 대세로 되었다.

7. 언어협회를 통한 독일어의 정화 및 순화 운동

바로크 시대의 중요한 문화적 현상으로 독일 각지에 많은 '언어협회'(Sprachgesellschaft)가 결성되어 대대적 국어 정화 운동이 펼쳐졌다. 1582년 이탈리아의 피렌체(Firenze)에는 이탈리아어라는 '밀가루'에서 '밀기울'을 제거하겠다며 일종의 아카데미가 창건되어 모국어 정화운동을 벌인 바 있었는데, 독일의 안할트-쾨텐(Anhalt-Köthen) 공국의 루트비히 공이 이탈리아에 체류하던 중 1600년에 이 아카데미의 회원으로 가입했다. 그는 귀국 후 1617년에 피렌체의 모델에 따라 바이마르에 당대의 지도적 인사 500여 명을 회원으로 하는 '열매를 맺게 될 모임'(Fruchtbringende Gesellschaft, 일명: '야자수 기사단'(Palmorden))을 결성한다. 신분상의 차이를 극복하기 위해 모임 내에서는 서로 '별호'(別號)를 부르기로 했다. 이를테면, 자신은 '부양자'(der Nährende), 오피츠는 '계관 시인'(der Gekrönte), 모쉐로쉬(J. M. Moscherosch, 1601-1669)는

'꿈꾸는 사람'(der Träumende), 그뤼피우스(A. Gryphius, 1616-1664)는 '불후자'(der Unsterbliche) 등의 별호로 부르도록 했다. 이 '열매를 맺게 될 모임'을 시작으로 많은 언어협회가 생겨났다. 1633년 슈트라스부르크에서 롬플러(Jesaias Rompler, 1605-1672)와 모쉐로쉬를 중심으로 '정직한 전나무 모임'(Aufrichtige Tannengesellschaft), 1643년 함부르크에서 체젠(Philipp von Zesen, 1619-1689)을 중심으로 '독일적으로 생각하는 사람들의 조합'(Teutschgesinnte Genossenschaft), 1644년 뉘른베르크에서 하르스되르퍼(Georg Philipp Harsdörffer,1607-1658)와 비르켄(Sigmund von Birken, 1626-1681)을 중심으로 '페그니츠 강변의 목자들'(Pegnitzschäfer), 1658년 뤼벡에서 리스트(Johann Rist, 1607-1667)를 중심으로 '엘베강 백조기사단'(Elbschwanenorden), 1697년 라이프치히에서 멘케(Otto Mencke, 1644-1707)를 중심으로 '시인 협회'(Poetische Gesellschaft) 등이 속속 창설되어 외국어에 오염된 모국어의 정화 및 순화 운동을 벌였다.

물론 이들의 지나친 모국어 순결주의와 과장되고 비현실적 순수 독어 조어들은 많은 조롱과 비판의 대상이 되기도 했지만, 이들의 노력이 독어의 순화와 앞으로의 독어 발달에 크게 기여한 것은 부인할 수 없는 사실이다.

---

8.   예수회 드라마

16세기 중반부터 반종교개혁운동으로 시작된 예수회의 종교적 드라마들이 특히 바로크 시대에 이르러 전성기를 이루게 된다. 예수회는 정책적으

로 많은 학교를 설립하여 학생들을 가톨릭 신앙으로 교육해 내고자 했다. 예수회 교사들은 학생들에게 구약성경이나 성자와 순교자의 성담(聖譚) 등에서 유래한 종교적인 내용의 라틴어 텍스트를 외우게 하고 학교 강당 등에서 연극을 공연하도록 하였다.

가톨릭계의 영주들도 자신의 궁정에서 예수회 연극이 공연되는 것을 적극 장려하였기 때문에 이 연극이 예수회 계통의 학교에 국한되지 않고 궁정이나 도시의 홀에서도 공연되기에 이른다. 대부분의 관중이 라틴어를 이해하지 못했기 때문에 연극은 자연히 화려한 무대 장식과 음악, 미술 등 다른 예술의 도움을 받아 공연내용이 저절로 이해되고 관객에게 오락이 될 수 있도록 배려되었다. 이처럼 성경적 내용에다 오페라 형식이 가미된 예수회 드라마는 대중을 이해시키려는 언어의 예술이 아니라 대중을 사로잡고 압도하려는 호화로운 장면과 장엄한 이미지의 예술로 변모했으며, 그 목적은 예술적 감동이 아니라 가톨릭 신앙의 강화였다. 17세기 중엽부터 예수회 드라마는 이탈리아와 프랑스에서 들어오는 유랑연극단과 새로운 예술형식 오페라에 의해서 차츰 그 역할과 존재 이유가 축소되기 시작했다.

9.　　　　　　　　　　　　　　　　　　그뤼피우스의 비극

이 무렵, 독일문학에서의 최초의 고급 연극 형식으로서 그뤼피우스의 비극이 등장했다. 안드레아스 그뤼피우스(Andreas Gryphius, 1616-1664)는 오늘날 폴란드 땅인 글로가우(Glogau)의 신교 성직자의 아들로 태어났다. 아버지의 사망 후 재혼한 어머니까지 여의고 의부 밑에서 종교적 혼란기를 겪는다. 그러던 중 대도시 단치히(Danzig)에서 김나지움(Gymnasium)에 다니며 자신의 시적 재능을 단련하고 발표할 기회를 얻게 된다. 김나지움을 졸업한 그뤼피우스는 슐레지엔의 프라이슈타트(Freystadt) 근교에 있는 기사 가문의 후에 쇤보르너(Georg Schönborner, 1579-1637)의 영지에서 가정교사 생활을 하며 이 저택의 도서실에서 독학할 수 있었던 것이 앞으로의 시작 활동에 큰 도움이 되었다. 1637년, 그뤼피우스는 당시 시민문화가 번창하고 종교적으로 관대하던 네덜란드의 도시 레이덴(Leiden)으로 가서 자유롭고 진보적인 분위기의 레이덴대학에서 공부하게 되었다. 나중에는 프랑스와 이탈리아 등지를 여행하면서 견문을 넓힌 후, 글로가우로 돌아와 그 지방의 신분제 의회의 법률고문으로 일하며 작품활동을 병행했다.

시와 비극에서 그는 30년 전쟁으로 인한 시대의 도덕적 타락과 인간의 고통을 묘사하였다. 특히 사람들의 불안, 고독, 그리고 갈등이 그의 중심 주제로 바로크 시대의 전형적 모티프이기도 한 '허무'(vanitas)와 '무상성'이 그의 작품에 나타나는 '라이트모티프'(Leitmotiv, 主導動機)가 되었다. 인간이 창조하는 모든 작품과 노력이 결국 '허무'로 귀결된다는 이 주제는 30년 전쟁의 폐해를 보여 주는 것으로 그의 독실한 신앙이 잘 드러나 있다.

그뤼피우스는 일찍이 김나지움에서 예수회 드라마를 접한 경험과 세네카의 로마 비극, 그리고 네덜란드의 작가 폰델(Joost von den Vondel)의 영향을 받아 독일 시인으로는 처음으로 의(擬)고전주의적 비극을 썼다. 그의 비극은 대체로 혼란스럽고 파괴적인 이 세계에 대해 정의와 선(善)을 관철시키기 위해 죽음으로써 승리를 쟁취하는 인간 정신을 다루고 있다. 고문의 고통, 전제적 억압 그리고 죽음까지도 받아들여 가면서 주인공들은 내면의 목소리에 귀를 기울이고 하느님을 우러러보는 순교자적 면모를 보인다. 대화를 위해서 그는 수사학적으로 긴 논리와 중후한 표현이 가능한 '알렉산더 시행'(Alexandriner)를 사용했고, 합창대의 합창을 위해서는 약강격과 강약격의 운율을 썼다.

그뤼피우스의 첫 비극 『레오 아르메니우스, 혹은 군주 시해』(Leo Armenius oder Fürstenmord, 1646)는 비잔틴의 레오 황제가 불법으로 찬탈한 제위를 궁정 반란으로 다시 빼앗기고 살해당하는 이야기이다. 반란자들은 찬탈자 레오의 제거를 정당한 것으로 주장하지만 그뤼피우스는 군주의 권한이 신성불가침한 영역이라 생각하고 레오의 구원 가능성을 암시하고 있다. 이 드라마에서는 열정과 폭력이 전편을 압도하여 레오 황제의 순교자적인 면은 주목받지 못했다. 하지만 『게오르기엔의 카타리나 여왕, 혹은 끝까지 지켜진 항구여일한 마음』(Catharina von Georgien oder Bewährete Beständigkeit, 1651)에서 여왕은 돈독한 신앙심으로 페르시아 압바스(Abbas)왕의 감금, 개종 권유와 청혼 등을 거부하고 의연히 순교자적 죽음을 택한다.

> 난 지금 내가 어디 있는지 알고 있다. 난 갇혀 있는 것이다.
> 하지만 나의 하느님은 자유로우시다. 내가 다스리던 시기는
> 지나갔다. 하지만 덕성은 아직도 꼿꼿이 서서
> 어떤 가혹한 악덕의 멍에에도 굴하지 않는다.
> 나는 더럽히지 않은 채 봉사하고 있고 치욕 없이 고통을 받고 있으며
> 굴욕감 없이 참아내고 있다. 순결이 폭도들을 비웃고 있다.
> 이제 모든 것이 다 끝났으니 내게 원래의 본성을 돌려다오,
> 꺾이지 않은 용기, 더럽혀지지 않은 명성을!

죽은 카타리나 여왕이 유령으로 나타나, 그녀를 괴롭히던 압바스(Abbas) 왕에게 파멸의 운명을 예고하는 이 장면은 덕성, 악덕, 순결, 용기, 명성 등

과 같은 비유들을 통해 역사적 사건의 깊은 의미를 확연히 드러낸다. 이 비극의 무대 자체도 비유적으로 꾸미도록 지시되어 "무대 위에는 시신, 그림, 왕관, 왕홀(王笏), 검이 가득히 놓여 있다. 무대 상공에는 천국이 열리고 무대 아래는 지옥이다"라는 지시문으로 이 비극은 시작된다.

또한, 『살해된 폐하. 혹은 영국왕 카롤루스 스투아르두스』(Ermordete Majestät oder Carolus Stuardus König von Großbritannien, 1649)에서는 당시 영국의 정치적 사건을 소재로 하고 있다. 그뤼피우스는 1649년에 크롬웰(Oliver Cromwell, 1599-1658)에 의해 영국왕 찰즈 1세가 처형된 시사적 사건을 일종의 순교자 비극으로 격상시키면서 영국왕에게 모든 신적, 세속적 정당성을 부여하고 있다. 여기서 찰즈 1세는 자신의 정의를 위해 의연히 죽어 가는 것으로 묘사된다. 이것은 바로크 시대의 절대주의 권력을 신봉하는 그뤼피우스의 시대적 한계성을 보여 주는 면이기도 하다. 또한, 절대군주에 대한 신하의 정치적 항거를 인정하지 않은 루터의 영향인 것 같기도 하지만 그뤼피우스에게 있어서는 절대군주들이 오히려 순교자로 형상화되어 나타나고 있다. 이런 순교자상은 현실에서는 있기 어려울 뿐만 아니라 독자나 관중들이 도덕적으로 도저히 도달하기 어려운 모범적 인간상들로서, 모순에 찬 바로크적 세계관이 이상화된 하나의 단면이다.

10.

악한소설

바로크 시대에는 '청중 앞에서 운문으로 낭송하는 이야기'인 서사시(Epos)가 차츰 그 기세를 잃고 '이야기책'으로서의 '소설'(Roman)이 하나의 문학 장르로 등장한다. 바로크 시대의 소설로는 크게 ① '목자소설'(牧者小説, Schäferroman), ② '영웅연애소설'(heroisch-galanter Roman), ③ '악한소설'(惡漢小説, Schelmenroman) 세 종류가 있다.

목자소설은 그리스 남부 펠레포네소스 반도의 경치 좋은 이상향 아르카디아를 배경으로 목동들이 평화롭게 사랑과 우정을 노래하였다는 데서 유래하는 전원시적 소설이다. 하지만 바로크 시대의 목동소설은 절대군주의 궁정에서 추악한 외적 현실은 모두 외면한 채 평화로운 초원, 꽃이 만발한 언덕에서 목동의 의상을 한 남성과 아름다운 아가씨가 함께 펼치는 전원시적 연애담을 다루었다. 그리고 그들의 아름다운 이야기는 군주나 공주 등 실존 고위층 인물의 실화를 미화한 것으로서 독자들에게는 금방 그것이 누구의 이야기인지 추측이 가능한 '열쇠소설'(Schlüsselroman)인 경우가 많았다.

독일에서는 데 베가스(Lope de Vegas)의 『아르카디아』(Arcadia, 1598)나 시드니(Sidney)의 『아르카디아』(Arcadia, 1590) 등 스페인이나 영국의 번역물들이 많이 읽히다가, 오피츠가 영국 바클레이(Barclay)의 『아르게니스』(Argenis)를 번역하고 1630년에는 『요정 헤르치니에의 목가적 삶』(Schäferey von der Nymphen Hercinie)을 직접 창작함으로써 이 장르가 늦게 독일에서 활기를 띠게 되었다. 이어서 하르스되르퍼(Harsdörffer), 비르켄(Birken) 등에 의해 수많은 모방작이 나왔고, 그중 가장 많이 읽힌 작품은 체젠(Zesen)의 『아드리아의 로제문트』(Adriatische Rosemund, 1645)였다.

바로크 시대 전제군주 체제가 공고하게 됨에 따라 절대군주들의 궁정에서는 환상적인 목자소설보다는 중세시대 아르투스(Artus)왕과 원탁 기사들의 이야기와 비슷한 영웅 이야기가 새로운 관심 및 소비의 대상으로 부상했다. 이것이 목자소설보다 규모가 훨씬 더 크고 여러 사건이 다양하게 펼쳐지는 영웅·연애소설이다. 이 소설은 아마도 16세기 유럽에서 유행하던 '아마디스 소설'(Amadisroman)의 영향을 받은 것으로 보인다. 아마디스 소설이란 1350년경 포르투갈의 바스코 데 로베이라(Vasco de Lobeira)가 쓴 『가울라의 아마디스』(Amadis de Gaula)의 주인공 아마디스의 이름에서 유래한 것으로 보이는데, 그 뒤에도 스페인에서 『아마디스』(1508)라는 이름의 대작 소설이 나오자, 프랑스어와 독일어로 번역 및 번안이 되는 등 16세기 말까지 큰 인기를 끌었다.

영웅·연애소설은 1640년경 프랑스에서 먼저 생겨났으며, 그 번역물들을 통해 17세기 말에 독일로 들어왔다. 사랑하는 청춘 남녀가 어떤 혼동이나 착각 때문에 서로 헤어지고, 주인공 남자가 감금 또는 추방되는 불운과 낯선 시련을 겪지만, 마침내 고난을 극복하고 두 사람이 행복한 재결합을 하게 된다는 상투적인 내용이다. 다양하게 벌어지는 복잡한 사건들을 시간에 구애되지 않고 서술한 궁정소설이다. 작가는 독자에게 주인공을 역사 속에 실존한 인물인 듯이 보여 주고 독자는 이러한 가상의 상황을 인정하며 읽는다. 이것은 영웅들의 모험담 및 연애담에 심취된 일종의 연극일 뿐이다. 이런 의미에서 궁정연애소설이 한때는 '궁정-역사소설'(höfisch-historischer Roman)로도 불려졌다.

독일의 영웅·연애소설로서 가장 성공작으로 꼽히는 것은 로엔슈타인(Daniel Casper von Lohenstein, 1635-1683)의 『고결한 야전사령관 아르미니우스』

(Großmütiger Feldherr Arminius, 1689-1690)다. 토이토부르크 숲에서 로마군에 승전한 것으로 알려진 아르미니우스(Arminius, 일명: Hermann der Cherusker, B.C. 17-A.D. 21)의 이야기를 다루고 있는 무려 4000쪽에 이르는 이 장편소설은 17세기까지의 유럽 역사를 아울러 언급하여 당시 합스부르크 제국과 프랑스의 패권 다툼을 연상시키는 '열쇠소설'이기도 하다. 여기서 아르미니우스와 로마군 사령관 드루수스(Drusus)를 각각 레오폴드 1세 황제와 루이 14세를 연상해 읽을 수도 있다.

"의미심장한 국가 내력, 연애담 및 영웅 이야기에 나오는 독일적 자유의 용감한 수호자 헤르만과 그의 비(妃) 투스넬다 전하 — 사랑하는 조국과 독일 귀족의 명예롭고도 칭송받을 후예들에게 바침"(Hermann als ein tapferer Beschirmer der deutschen Freiheit, nebst seiner durchlauchtigen Thusnelda in einer sinnreichen Staats-, Liebes- und Heldengeschichte dem Vaterlande zu Liebe, dem deutschen Adel aber zu Ehren und rühmlichen Nachfolge vorgestellt)이라는 소설의 부제만 보더라도, 이 작품이 30년 전쟁으로 인하여 황폐해진 조국 독일에 대한 귀족시인 로엔슈타인의 애국심에서 우러나온 것임을 알 수 있다.

'악한소설'(Schelmenroman)은 앞서 소개된 소설들과는 다르게 오늘날에도 현실감 있게 읽히는 소설이다. 이른바 바로크적인 과장되고 어울리지 않는 '과식(過飾) 문체'(Schwulst; schwülstiger Stil)가 사용되지 않은 '악한소설'의 '악한'(惡漢, Schelm)은 정말 '나쁜 놈'을 가리키는 '악한'이라기보다는 '악동'(惡童)처럼 뉘앙스가 다소 경감된 의미의 '악한'으로 이해해야 한다. 그 이유는 이 '악한'이라는 말이 16세기 후반 스페인에서 나온 작가 미상의 '피카로소설'(Picaroroman) 『라자릴로 데 토르메스』(Lazarillo de Tormes, 1554)에서 '피카로'의 번역어이기 때문이다.

'피카로소설' 또는 '악한소설'은 '모험소설'(Abenteuerroman)의 특별한 형식으로 주인공이 여러 지방을 돌아다니며 거짓말과 장난으로 사람들을 농락

하고 사기행각을 벌인다. 이 악한(악동)은 출신 성분이 불투명하거나 낮은
데다 자기 자신은 아무 가치도, 이상도 없는 인간으로 나타난다. 이 주인공
은 발전소설이나 교양소설에서처럼 모종의 인격 완성을 위한 목표도 없이
여러 나라, 많은 지방을 떠돌며 사회 각계각층과 접촉하면서 이른바 '아래
로부터의 시각(視角)'으로 사회지도층의 치부를 드러내고 그들의 도덕적 약
점을 풍자한다. 이런 의미에서 중국의 『수호지』가 '악한소설'의 범주에서
비교 대상이 되기도 하고, 토마스 만의 소설 『사기사 펠릭스 크룰의 고백』
(Bekenntnisse des Hochstaplers Felix Krull, 1954)이나 귄터 그라스의 소설 『양철북』
(Die Blechtrommel, 1959)이 '악한소설'의 전통을 현대적으로 잇고 있다고 보는
견해도 있다.

우선, 바로크 시대 문학의 최고 기념비적 악한소설은 『독일 바보 짐플리치시
무스의 모험』(Der abentuerliche Simplizissimus Teutsch, 1668)이다. 이 소설의 작가
그리멜스하우젠(Hans Jacob Christoffel von Grimmelshausen, 1622-1676)은 헤센의
겔른하우젠(Gelnhausen)의 시민 가정 출신으로서 30년 전쟁 중에 태어나 전
쟁 중에 성장하였으며 전쟁을 배경으로 하여 이 소설을 썼다.

우선, '짐플리치우스 짐플리치시무스'라는 주인공의 라틴어 성명부터 살
펴보면, '가장 단순한 인간'이란 의미의 성(姓)에다 이름조차도 '단순한 인간'
이란 의미로서 성명이 모두 '바보'를 의미한다. 여기서 '바보'라 함은 '우둔한
놈'이라는 의미 이외에도 볼프람 폰 에쉔바흐의 파르치팔이 '바보'로서 출발
했듯이, 독일 서사문학의 주인공들이 대개는 '바보'로 출발하는 경우가 많
다는 점에 유의할 필요가 있다. 위에서도 언급했지만, 악한소설에서 흔한
'아래로부터의 시각'을 위해서도 주인공이 '바보'일 필요가 생긴다. 주인공
이 처음부터 너무 똑똑하거나 현명하면, 주인공이 '바보'인 경우에 비해 서
사의 내용이 보편적이지 못하고 자연히 특수성, 전문성을 띠게 될 것이다.

이 소설의 일인칭 서술자 겸 주인공 짐플리치우스 역시 작가 그리멜스하

『독일 바보 짐플리치시무스의 모험』
(1669년 판 속표지, 목판화)

(Mit freundlicher Genehmigung der Herzog August Bibliothek
Wolfenbüttel: Lo 2309)

우젠과 마찬가지로 겔른하우젠에서 농부의 아들로 태어났다. 12세에는 하나우에서 살다가 다음 해인 1635년에 크로아티아군에 강제 납치되어 병사가 되지만, 어떤 때에는 황제군 편에서, 어떤 때에는 스웨덴군 편에서 싸워야 했다. 1640년에는 황제군 진영의 연대에서 서기병으로 일하기도 했고, 1648년에는 인(Inn) 강변의 바서부르크(Wasserburg)에서 근무하기도 했다. 1649년에 결혼했으며, 그 후에는 귀족의 장원에서 집사로 일하기도 하고 말 장수, 포도재배 농부, 그리고 오르테나우(Ortenau) 근교인 가이스바흐(Gaisbach)에서 여관주인 노릇을 하기도 했다. 1660년 이후에는 마침내 가이스바흐 근처에 있는 울렌부르크(Ullenburg)라는 성의 관리인이 되어 이 시점부터 짐플리치우스가 자신의 자서전을 쓰는 것으로 되어 있다.

짐플리치우스는 파리, 빈, 모스크바 등 안 가 본 곳이 없을 정도로 세상을 두루 다녔고, 심지어는 멀리 '한국'까지도 다녀온 것으로 되어 있다. 여기서 독일문학사에서 한국이 처음으로 나오는 셈이지만 유감스럽게도 아주 먼 나라의 대명사로서만 얼핏 언급되고 있는 데에 그치고 있다. 하멜(Hendrik Hamel)의 『표류기』가 출판된 것과 이 소설이 출간된 것이 다 같이 1668년임을 감안할 때, 그리멜스하우젠이 당대의 여러 최신정보에 정통해 있던 인물이었음을 짐작할 수 있다.

이 '바보'의 자서전에는 30년 전쟁의 적나라한 인간세계가 현실감 있게 묘사되어 있다. 종교전쟁을 빙자한 독일황제와 프랑스의 패권 다툼, 그리고 각 영방군주들의 복잡한 이해관계에 따른 연계와 배반, 그리고 덴마크와 스웨덴의 복잡한 사정 등이 큰 줄거리를 이루고, 이런 역사적 흐름을 배경으로 독일 땅 여기저기에서 벌어지는 실제 전투에서는 살인, 강간, 약탈, 방화 등이 자행된다. 짐플리치우스는 이 모든 이야기를 담담히 서술하고 있다. 모든 것이 무상하고, 모든 것이 운명의 여신과 행운의 여신에게 달려 있으며, 인간은 현세의 욕망과 환상에 속고 사는 덧없는 존재일 뿐이다.

그러나 이 소설 역시 바로크 시대의 작품답게 이런 암울하고도 적나라한 현세와 더불어 내세에 대한 일말의 희망을 버리지 않는다. 양친과 고향을 잃은 소년 짐플리치우스가 어느 수도자를 통해 하나님을 알게 되지만, 이후의 삶은 타락의 길을 걷게 된다. 본의 아니게 병사가 되어 온갖 악행과 관능을 경험하고, 전쟁 포로가 되기도 하며, 이상한 연애 행각으로 원치 않은 결혼식을 올리는가 하면, 나쁜 친구와도 어울린다. 나중에 그는 평화의 나라 스위스로 가서 가톨릭에 귀의하고, "그런 다음에는 내 마음이 이루 형언할 수 없이 가볍고 편안하게 되었다"고 고백한다. 아직도 여러 곳을 더 떠돌던 그는 결국 회개하여 슈바르츠발트에서 수도자로 정착한다. 1669년에 따로 출간된 제6권에서는 이 주인공이 다시 한 번 바깥세상으로 나온다. 여기서 그는 바다를 여행하다가 폭풍우를 만나 로빈슨 크루소와도 같이 어느 섬에 당도하여 이제부터는 오직 하느님을 믿고 자신의 영혼 구제만을 위한 수행자로서의 삶을 살아가는 것으로 되어 있다.

이 작품은 볼프람 폰 에쉔바흐의『파르치팔』이래 다시금 한 인간이 이 세상을 배회하고 온갖 경험을 두루 하다가 마침내 내적인 평화와 안정을 찾게 되는 서사문학이다. 일견 전형적 악한소설처럼 아무 목적도 없이 온 세상을 두루 돌아다니는 한갓 부랑자 이야기로 보이지만, 유년의 고난과 여러 인연을 거쳐 세상체험을 하고 자신도 결국에는 유년에 만난 어떤 은자처럼 수도자로 살아가게 되는 일종의 발전소설의 면모를 다소나마 갖추고 있다. 그 때문에 이 소설을 바로크 시대 최고의 문학작품으로 꼽는다. 여기서 괴테의『빌헬름 마이스터의 수업시대』(1795-96)라는 교양소설까지의 거리는 그다지 멀지 않다.

『짐플리치시무스』가 책으로서 큰 성공을 거두자 17세기 후반에 이를 흉내 낸 수많은 작품이 독일 출판계에 쏟아져 나왔다. 이런 모방작들을 '바보 악한소설'(Simpliziade)이라고도 부르지만, 오늘날까지 생명력을 지닌 '바보 악한소설'은 그리멜스하우젠 자신이 내어놓은『짐플리치시무스』의 속편,『고집쟁이 바보 여자. 혹은 대사기꾼 부랑녀 쿠라셰의 인생기』(Trutz-Simplex oder Lebensbeschreibung der Erzbetrügerin und Landströtzerin Courasche, 1670) 정도이다. 이 작품은 30년 전쟁 통의 가난과 고난을 이겨낸 고집불통의 여인 쿠라셰의 삶을 그리고 있다. 주인공 쿠라셰는 나중에 20세기의 작가 브레히트(Bertolt Brecht)에 의하여『억척어멈과 그 자식들』(Mutter Courage und ihre Kinder, 1941)로 30년 전쟁과 더불어 다시 한 번 독일문학사에 등장한다.

한 가지 여담이지만, 제2차 세계대전 직후인 1947년, 한스 베르너 리히터의 초청으로 독일의 문인들이 전후의 폐허에서 만나 다시 시와 문학을 논의한 '47그룹'(Gruppe 47)이 결성된다. 여기서 등단한 현대 독일의 작가 그라스(Günther Grass)는 이 그룹의 창시자 한스 베르너 리히터(Hans Werner Richter,

1908-1993)의 70회 생일을 축하하기 위해 작품 『텔크테에서의 만남』(Das Treffen in Telgte, 1979)이라는 소설을 썼다. 이 작품에서 그라스는 30년 전쟁이 끝나기 직전인 1647년에 ─그러니까 한스 베르너 리히터보다 300년 전에─ 지몬 다흐(Simon Dach)의 초청으로 독일의 시인들이 텔크테(Telgte, 허구적 도시 이름)에서 만나 시와 문학을 논의하는 이야기를 하고 있다. 그라스의 이 소설에는 바로크 시대 독일의 수많은 시인, 작가들이 등장하는데, 그 중 가장 돋보이는 역할을 하고 있는 작가가 겔른하우젠(그리멜스하우젠의 고향 도시 이름이며, 그의 다른 이름)이다. 귄터 그라스의 소설의 화자 '나'는 "그들 사이에 앉아 있었으며, 그들과 동석하고 있었다"고 밝히며, "내가 그중 누구였냐고? 로가우도 아니었고 겔른하우젠도 아니었다"고 쓰고 있다.

이처럼 바로크 시대 독일의 시인과 작가들의 성격이나 그들의 문학적 특징을 알고자 한다면, 그리고 30년 전쟁이나 『짐플리치시무스』에 대해 역사적 지식으로서가 아니라 예술적 직관으로 느끼고자 한다면, 귄터 그라스의 이 소설이 아주 적당한 읽을거리라는 점을 여기에 지적해 두고자 한다.[1]

---

11.   신비주의

중세 후기에 등장했던 마이스터 에크하르트의 신비주의적 전통을 이어

[1] 귄터 그라스, 『텔크테에서의 만남』, 안삼환 옮김(민음사, 2005) 참조.

받은 신비주의자들이 다시 등장한 것은 결코 우연이 아니다. 그들은 교회의 권위주의적 도그마와 위용을 자랑하는 호화로운 교회 의식(儀式)을 떠나 ― 모든 것이 이중적으로 나타나기 마련인 바로크 시대에 ― 인간 영혼의 내면에서 신을 찾고자 하였다.

> 그리스도가 베들레헴에서 천만번 태어나도
> 네 안에서 태어나지 않는다면, 넌 영원히 구제불능이다.
>
> 멈추어라! 어디로 달려가느냐? 천국은 네 안에 있다.
> 어디 다른 데서 하느님을 찾는다면 넌 그를 영원히 찾지 못하리라.
>
> 성경은 성경일 뿐 더는 아무것도 아니다. 나의 위로는 근본!
> 내 안의 하느님이 영원의 말씀을 해 주신다는 그 근본!

안겔루스 질레지우스(Angelus Silesius, 혹은: Johannes Scheffler, 1624-1677)의 이 2행시는 바로크 시대에는 의미시(意味詩, Sinngedicht)라고 불리어졌으며, 일종의 경구시(警句詩, Epigramm)로서 여기에는 성직자의 설교나 교회의 의식(儀式)에서가 아니라 인간 영혼의 내면에서 진정한 하느님의 말씀을 찾으려는 독일 신비주의적 전통이 흐르고 있다. 참고로 슐레지엔 출신의 요한 쉐플러와 동향인들인 야콥 뵈메와 다니엘 폰 체프코(Daniel von Czepko, 1605-60)도 이 시대의 중요한 신비주의적 시인 및 철학자들임을 언급해 둔다.

계몽주의

(Aufklärung, 1720-1785)

1.   계몽주의의 철학적 배경

독일 '계몽주의'(Aufklärung)의 정확한 시작과 끝을 규정하는 것은 어렵다. 이에는 여러 가지 원인이 있겠지만, 가장 중요한 것은 계몽주의가 독일문학사에서 단순한 문학사조에 그치는 것이 아니라, 유럽 전체의 사상사와 정치사, 그리고 역사에서 어떤 특정 기간을 지칭하는 넓은 개념이기 때문이다.

17세기 초에 이미 베이컨(Francis Bacon, 1561-1626)과 갈릴레이(Galileo Galilei, 1564-1642) 같은 학자들이 관찰과 실험을 통해 자연의 법칙들을 속속 알아내기 시작했다. 그들 중 대표적 과학자는 뉴턴(Newton, 1643-1727)이었다. 또한, 철학자 데카르트(René Descartes, 1596-1650)는 보편적 지식을 획득하려면 인간 이성의 힘을 빌리는 길밖에 없다고 보았다. 데카르트의 영향을 받은 독일어권의 두 철학자 스피노자(Benedictus de Spinoza, 1632-77)와 라이프니츠(Gottfried Wilhelm Freiherr von Leibniz, 1646-1716)는 각각 이론은 달랐지만, 그들의 의도와는 달리 결과적으로 신의 전지전능성을 무너뜨리는 데에 기여하였다.

스피노자는 이 세상 만물을 '능조적(能造的) 자연'(natura naturans)과 '소조적(所造的) 자연'(natura naturata)으로 나누어 생각했다. 간단히 설명하자면, 이 세상은 창조주 자연, 즉 하느님과 그의 피조물인 자연으로 되어 있다는 학설이다. 모든 피조물은 그들의 창조주 하느님의 속성인 신성을 지니고 있다는 것으로 이것이 유명한 범신론(汎神論, Pantheismus)이다. 즉, 창조 이후의 만물은 하느님이 섭리까지 하시지 않아도 그들 자체가 이미 신성을 지니고 있으므로 신의 뜻을 좇아가게 되어 있다는 것이다. 또한, 라이프니츠의 단자론(單子論, Monadenlehre)에 의하면, 생명력을 지닌 모든 개체는 단자(Monade)로 되어 있다. 여기서 모든 단자는 독자적 존재로서 우주의 살아 있는 거울이며, 단자에도 미물들로부터 최고의 존재 하느님에 이르기까지 여러 단계들이 있다는 것이다.

라이프니츠는 당대의 신학적, 목적론적 세계관과 심리적, 자연과학적 세계관을 절충시켜 육체와 영혼이 '예정된 조화'(prädestinierte Harmonie)를 지향한다는 낙관주의 철학관을 펼쳤다. 그의 '예정조화설'에 의하면 지금 우리가 살고 있는 이 세계는 '모든 가능한 세계들 중의 최선의 세계'(die beste aller möglichen Welten)라는 것이며, 예술가는 하느님을 모방하는 창조자라는 것이다. 또한, 라이프니츠는 하느님의 자애와 전지전능에 대한 믿음으로써 악의 존재를 설명하고자 하는 이른바 '변신론'(辯神論, Theodizee)의 창시자이기도 하다.[1]

스피노자와 라이프니츠의 철학은 매우 다른 학설과 이론에 기초해 있지만, 결과적으로는 다가오는 계몽주의 시대의 낙관주의와 진보론을 지탱해주는 두 개의 큰 사상적 기둥이 되었으며, 이 기둥 위에서는 예술가가 신의 뜻을 실현하는 창조자로 간주된다는 점에서 큰 공통점을 지닌다.

이처럼 18세기 유럽의 교양인들 사이에는 이른바 합리주의적 사고방식이 퍼지고 이런 합리주의적 생각이 삶의 모든 영역을 지배하게 되었다. 오성의 힘을 신뢰하면서 사람들은 편견과 무지의 어둠을 밝힐 수 있다고 믿

---

[1] 라이프니츠의 철학을 비교적 쉽게 이해하기 위해서는 베를린 자유대학과 베를린 공과대학에서 수학한 소장 철학자 이상명 박사가 옮긴 『라이프니츠와 아르노의 교환서신집』을 참조하는 것이 바람직하다: 고트프리트 빌헬름 라이프니츠, 앙투안 아르노, 『라이프니츠와 아르노의 서신집』, 이상명 옮김(아카넷, 2015).

었다. 사람들은 인간의 생각에 한계선을 그으려는 그 어떤 권위도 — 그것이 설령 신의 권위라 할지라도 — 더는 인정하지 않으려 했다. 종교, 국가, 사회, 그리고 경제에 관해 지금까지 통용되던 모든 견해가 비판적 관찰과 성찰의 과정을 거치게 되었다. 사람들은 인간의 타고난 평등을 말하게 되었고, 생각이 다른 사람들에 대해서도 관용성(Toleranz)을 지닐 것을 요구하게 되었다. 이러한 이유로 개인의 자유는 계몽주의자들의 가장 중요한 요구사항이었고 평등이 제2의 요구사항이었다. 몽테스키외(Montesquieu)는 입법, 사법, 행정의 3권분립을 통해 국가권력을 제한함으로써 자유를 확보하고자 하였으며, 루소(Jean Jacques Rousseau, 1712-1778)는 국민의 무제한의 주권을 통해 평등을 유지하고자 했다. 애덤 스미스(Adam Smith, 1723-1790)는 국가는 경제에 개입하지 말 것을 요구하고 나섰다. 자유무역만이 모든 사람에게 다 이익이 되는 발전을 가능하게 한다는 것이었다.

이런 유럽 계몽주의 사조의 거의 종착 단계에 이르러서야 독일의 철학자 칸트가 비로소 '계몽주의란 무엇인가?'(Was ist Aufklärung?(1784년 12월 베를린 월보)라는 글을 쓴다. 그는 인간이 다른 사람의 인도 없이는 자신의 오성을 사용하지 못하는 것을 미성년상태라 규정하고 인간이 이 미성년상태에 머물고 있는 것은 그에게 오성이 없어서가 아니라 다른 사람의 인도 없이 이 오성을 사용하겠다는 용기가 없기 때문이며, 따라서 인간이 미성년상태에 머물고 있는 것은 인간 자신의 탓이라는 것이다. 칸트에 의하면, '계몽주의는 인간이 자기 탓으로 빠져 있는 미성년상태로부터 탈출해 나오는 것이다'(Aufklärung ist der Ausgang des Menschen aus seiner selbstverschuldeten Unmündigkeit). 그래서 칸트는 또한 다음과 같은 계몽주의적 표어를 외친다. — '당신 자신의 오성을 사용하겠다는 용기를 가져라!'(Habe Mut, dich deines eigenen Verstandes zu bedienen!).

칸트의 이 외침은 독일 계몽주의(1720-1785)가 거의 끝나는 시점(1784년

12월)에서야 독일 지성들을 향해 울려 퍼졌다. 하지만 이 외침에 반응해야 할 독일의 제3신분, 즉 시민계급은 ― 5년 뒤 프랑스 시민혁명이 일어날 시점인데도 ― 아직 '미성년상태'에 빠져 있었다.

2. 　　　　　　　　　　　　　　　　　　　　　계몽적 군주

그 대신 당시 독일에서는 아이로니컬하게도 절대군주가 계몽적이었다. 이를테면 재위기간(1740-1786)이 독일 계몽주의 문학의 시기와 거의 일치하는 프로이센의 프리드리히 2세(프리드리히 대왕)는 자신이 '국가의 첫 종복(從僕)'(erster Diener des Staates)이라면서 '계몽군주'(aufgeklärter Fürst)를 자처했다. 하지만 그는 부국강병의 프로이센을 만들고 강력한 패권국가를 유지하기 위한 통치의 수단으로서 계몽주의의 정신을 활용했을 뿐 국가의 억압적 성격은 루이 14세와 본질적으로 크게 다를 바 없었다. 독일에서는 프로이센과 오스트리아 양대 패권국가 말고도 300여 개의 영방(領邦)군주국이 아직도 난립해 있으면서, 바로크 시대의 정치체제를 여전히 유지하고 있었다. 그리고 30년 전쟁으로 국토와 국가 경제가 피폐해 있었기 때문에 시민계급은 아직도 정치적 '미성년상태'에서 벗어나지 못하고 있었다.

1740년 카를 6세 황제가 사망하자 오스트리아 왕위 계승을 둘러싼 싸움이 일어났다. 프로이센의 젊은 왕 프리드리히 2세는 오스트리아의 여왕 마리아 테레지아(Maria Theresia, 재위 1740-80)와 두 차례의 전쟁을 일으켜 슐레지엔을 빼앗았다. 오랜 투쟁의 결과로 마리아 테레지아는 유럽 열강들로부터 '국본 조칙'(國本 詔勅, Pragmatische Sanktion, 1713)²을 추인받음(1748)으로써 자신의 오스트리아 여왕으로서의 지위를 공인받기에 이른다. 하지만 프로이센의 프리드리히 대왕은 영국과 손을 잡고 오스트리아와 7년 전쟁에 돌입히 였다(1756). 여기에 오스트리아는 프랑스, 러시아아 차례로 동맹을 맺으며 이에 대항한다. 1763년에 비로소 7년 전쟁이 끝난 결과로 북아메리카와 인도에서 프랑스의 발언권이 약화되고 영국의 식민 패권이 굳어졌으며, 유럽 내에서는 러시아의 비중이 커져 프로이센이 유럽의 새로운 열강으로 인정되었다. 이제 독일제국은 오스트리아와 프로이센 양대 축을 중심으로 300여 개의 거의 독립된 영방국가들이 제각기 자국의 이해관계에 따라 외교와 내치를 해 나가는 체제가 되었다.

3.　　　　　　　　　　로코코 문학과 아나크레온파 시인들

　초기 계몽주의 예술의 주요 양식으로 로코코(Rokoko) 양식이 유행했다. 원래 프랑스어 'rocaille'(조개껍질 등으로 만든 인조석)에서 유래한 이 양식은

2　스페인에서 합스부르크 가의 남(男)계가 단절되자 국권이 부르봉 가로 넘어간 사례를 충격적으로 경험한 카를 6세가 합스부르크제국의 분할 및 분리는 더는 불가하며, 남계가 단절될 경우, 여(女)계로도 국왕의 지위가 계승됨을 규정한 조칙.

루이 15세 때에 건축 등 조형예술에서 구불구불한 곡선 장식을 의미했는데, 차츰 문학 등 다른 예술의 양식으로도 통용되기에 이르렀다. 바로크 예술에서 초기 계몽주의인 의고전주의로 넘어오는 전환기, 약 1730년경부터 1765년까지 시기에 유행하던 양식이다. 현세적이고 명랑하며 유희적인 예술양식으로 심원한 감정을 표현하기보다는 표피적인 우아함이나 우미성(優美性)을 과시하고자 하며, 어떤 대상을 장식하거나 희화화하는 것을 주된 목적으로 할 때가 많다. 장미, 포도주, 자연경관, 사랑, 우정 등이 주요 모티프들로 등장하고, 궁정 문화의 주체인 귀족과, 신교를 믿는 교양시민계급 간의 화해를 추구하는 명랑한 사교모임을 형상화할 때에 즐겨 쓰인 양식이다.

로코코 양식과 더불어 언급되는 것이 '아나크레온파 문학'(Anakreontik)이다. 기원전 6세기경에 살았던 그리스의 시인 아나크레온을 모범으로 삼아 삶의 기쁨과 우정을 진솔한 시로 표현하고자 한 비교적 소규모의 문학 활동이 1740년대에 주로 작센 지방을 중심으로 전개되었다. 주로 고췌트의 제자들인 라이프치히의 '브레멘 기고파' 시인들과 사랑의 힘, 애인의 예찬, 술의 신비적 작용 등을 찬미한 메클렌부르크의 할버슈타트(Halberstadt)의 글라임(J. W. L. Gleim) 등을 가리켜 아나크레온파 시인들이라 불렀다. 이 시인들은 대개 성직자나 관료의 자제들로서 주관적인 감정의 표현에 주력하였으며 번역이나 번안을 통해 송가(頌歌, Ode), 비가(悲歌, Elegie) 등의 시 형식을 독일문학에 처음으로 도입했다. 이들은 후일 클롭슈톡과 젊은 괴테에게 시를 쓸 수 있는 터전을 마련해 주었다. 하지만 아나크레온파 시인들은 그들의 감정을 시로 표현하려는 노력에도 불구하고 시적 내용 및 형식이 상투적이며 낙천적이고 명랑했기 때문에 시민계급인 자신들의 현실과 아픔을 진실하게 표현하지는 못했다.

4.   고췌트의 문학이론

프랑스에서는 이미 17세기 중반에 바로크 시대의 '과식(過飾) 문체'와는
정반대로 그리스와 로마의 고대문학을 모범으로 삼아 단순하면서도 순수
한 양식을 존중하는 이른바 '의고전주의'(擬古典主義, Klassizismus)[3]가 나타
났다.

부알로(Nicolas Boileau)의 책 『시학』(詩學, L'Art poétique, 1674)에 의하면, 문학
창작에 결정적인 요소는 진·선·미를 내포하고 있는 이성(Vernunft)이다. 그
에 의하면 문학의 장르를 서로 뒤섞어서는 안 되고 특히 비극과 희극은 명
확하게 구분되어야 한다. 또한, 비극에서 시간, 장소, 사건의 3요소가 일치
되어야 한다는 '삼일치의 원칙'은 반드시 준수되어야 하고, 전체 작품에서
간명성, 개연성 그리고 자연성이 드러나도록 글을 써야 한다고 말한다.

철학자 볼프(Christian Wolff, 1679-1754)는 라이프니츠의 철학을 체계적으로
형식화하고, 거기다가 아리스토텔레스, 스토아철학, 스콜라철학, 데카르
트 등을 절충하여 철학의 실천적 유용성을 추구하였다. 그의 이상은 건전
한 인간적 사고였으며, 그에 의하면 인생 행복의 가장 확실한 근원은 덕성
(Tugend)이다. 볼프의 제자 고췌트(Johann Christoph Gottsched, 1700-1766)는 볼

---

3   고대의 고전주의를 숭상하여 그것을 다시 모방, 또는 중흥하려는 주의. 나중에 괴테와 쉴러
    에 의해서 꽃을 피우게 되는 독일고전주의도 넓은 의미로 볼 때에는 일종의 의(擬)고전주의
    이지만, 이것을 문학사가들은 계몽주의 시대의 의고전주의와 구별하여, 특히 '바이마르 고전
    주의'라 부른다.

프의 이러한 합리주의 철학과 부알로의 시학에 기초하여 독일 계몽주의 문학이론의 초석을 놓았다.

그의 저서 『독일인을 위한 비평문학 시론(試論)』(Versuch einer critischen Dichtkunst vor die Deutschen, 1730)은 오피츠의 전통을 이어 독일문학사상 두 번째로 나온 문학이론서이다. 여기서 그는 이탈리아와 스페인에서 일어나고 있는 새로운 문학운동보다는 프랑스 의고전주의를 모범으로 삼아야 하고, 그리스와 로마의 문학작품이 이성과 자연을 가장 잘 구현하였다고 주장했다. 그가 모범으로 삼은 것은 아리스토텔레스의 자연모방설과 '유익함과 즐거움'(prodesse et delectare)을 선사하는 것이 문학이라는 호라티우스의 이론이다.

고췌트에 의하면 문학은 지적 능력의 문제이고, 모든 환상이나 신기한 일은 건전한 이성을 통해 조절되어야 하며, 문학의 본질은 자연의 모방인 만큼 연극의 줄거리는 개연성을 지녀야 한다는 것이다. 특히 비극에서 삼일치의 법칙을 지켜야 한다는 그의 엄격성은 유명하다. 즉, 사건은 ―밤에는 잠을 자야 하므로― 주간의 10시간 동안에 일어나는 일이고, 한 연극 공연 안에서 사건의 무대가 바뀌어서는 안 된다는 것이다.

그는 희극이 시민계층이나 하인들 사이에 일어나는 악덕 사건의 모방이라든가, 우스꽝스러운 것이 악덕의 실상을 깨우쳐 주는 교훈적 역할을 한다는 다소 지나친 주장도 했다. 또한, 비극에서 지나치게 긴 독백을 절제하고 배우들의 의상을 현실에 맞도록 입혀야 하며, 순수하고 고귀한 언어로 대화해야 한다고도 주장했다. 16세기 이래 연극 공연의 전후에 무대 위에 잠시 나타나 본 연극과는 아무 상관도 없는 우스개 사설을 떠벌리곤 하던 한스부르스트(Hanswurst, 또는: 하를레킨(Harlekin))라는 어릿광대역을 완전히 추방해야 한다고 주장한 것도 고췌트였다. 그에 의하면 연극은 교양을 위한 예술이며, 도덕적 목적이 분명하고 건전한 인간 오성에 부합해야 한다는 것이다. 고췌트는 문학과 연극이 바로크 시대 이래의 분열을 극복하고 다시 고귀한 결합을 통하여 시민계층의 교육 및 교양에 이바지해야 한다고 믿었다.

율리우스 카이사르(Gaius Julius Caesar, BC 100-BC 44)의 정적으로서 자살하는 공화주의자 카토를 그린 『죽어 가는 카토』(Sterbender Cato, 1732)는 고췌트가 프랑스적 모범에 따라 알렉산더 시행으로 직접 써 보인 비극작품이며 최근까지도 공연은 된다. 하지만 고췌트의 본령은 문학창작이 아니라 문학이론이다. 그의 문학이론이 독일 연극에 일대 혁신을 불러온 것은 사실이지만, 그때까지 명맥을 유지해 오던, 민중을 위한 소박하고 다양한 민속적 연극들이 그의 혁신적 이론 때문에 사라질 위기에 처하기도 한다. 더욱이 이런 민속극들을 대체할 만한 새로운 독일 드라마는 아직 나타나지도 않았다. 이런 상황에서 그는 고대의 고전극과 프랑스 연극의 번역을 장려하게 된다.

---

5.   '경이로움'의 옹호자들

앞서 고췌트의 이론은 너무 엄격하고 융통성이 없었다. 얼마 지나지 않아 그의 경직된 이론을 반박하고 나서는 사람들이 나타난다.

스위스 취리히대학의 교수 보트머(Johann Jakob Bodmer, 1698-1783)는 브라이팅어(Johann Jakob Breitinger, 1701-76)와 더불어 「문학에 있어서의 경이로움에 관한 비평적 논문」(Kritische Abhandlung über das Wunderbare in der Poesie, 1740)을

내면서, 고췌트의 문학이론은 정서적인 것, 경이로운 것, 시인의 더 높은 이성과 상상력의 중요성을 간과하고 있다고 지적하여 고췌트의 심한 노여움을 불러일으켰다. 이 두 스위스 학자들은 문학의 매력은 인간 정서에 작용한다는 점이라며, "정서적 열정 때문에 불안해 하고 감동에 사로잡히는 것은 너무나 자연스럽고도 유쾌한 것이다. 그래서 우리는 인간들이 열정 때문이라기보다는 열정이 없는 삶 때문에 더 많은 고통을 받는다고 말할 수 있을 것이다"라고 주장한다. 보트머는 밀턴(John Milton, 1608-1674)의 『실락원』(Paradise Lost, 1661-67)을 1732년에 산문으로 번역한 적이 있을 정도로 청교도적 혁명가 밀턴의 영향을 강하게 받고 있었다. 이제 보트머와 브라이팅어는 자유주의자 및 공화주의자 밀턴으로부터 자극을 받아 자신들이 프랑스 합리주의라는 권위주의적 울타리에 지나치게 갇혀 있음을 인식하고, 예술작품에서 '경이로운 것'(das Wunderbare), 즉 시인의 문학적 상상력이 중요하다는 점을 강조한다. 예술은 자연의 모방이긴 하지만 예술의 나라는 생각과 환상처럼 크고 넓은 것이다. 여기서 그들은 경이로운 것, 있을 수 있는 세계를 형상화하는 시인으로서 셰익스피어(William Shakespeare, 1564-1616)의 위대성도 아울러 역설한다.

---

6.   독일 시민계급의 분투

보트머와 브라이팅어의 이런 생각은 많은 젊은 시인에게 ―심지어는 고

쾨트의 제자들까지도— 고췌트의 경직된 규칙과 교의에서 벗어날 수 있도록 자극과 용기를 주었다. 이 중에서 약 15명의 젊은이가 《오성과 기지(機智)를 즐기기 위한 새로운 기고문들》(Neue Beiträge zum Vergnügen des Verstandes und Witzes, 1745-48)이라는 문학잡지를 창간했다. 이 잡지가 브레멘에서 나와 그들을 '브레멘의 기고파'(Bremer Beiträger)라 부른다. 여기에 속해 있던 겔러트와 클롭슈톡은 후일 시인으로 명성을 떨친다.

이 젊은 시인들은 단순히 고췌트의 엄격한 규칙에만 반기를 든 것이 아니라 고췌트로 대표되는 전기 독일 계몽주의 전체에 대한 비판적 안목을 키우게 된다. 그들이 보기에는 절대주의 전제정치 아래에서 턱없는 낙관주의와 교조적 논리는 너무나 현실과 괴리가 있었다. 이성도 좋지만, 시민들의 현실생활에 너무 냉담한 이성이 아니라 시민들과 공감하는 감성이 중요하다는 것이다. 교회와 신학은 하느님의 존재와 능력을 입증하려는 도그마의 사수에 매달릴 것이 아니라, 억압받고 있는 시민계급과 피폐한 민중들의 삶에 대한 관심과 애정을 지니고 그들의 상처받은 영혼을 달래기 위해 매진해야 할 것이며, 시인들은 운율과 각운의 규칙을 외우기보다는 오히려 동시대 동료들과 서로 우정을 맺고 따뜻한 정을 교환하는 인간적인 대화를 해야 한다는 깨달음에 도달하게 된다.

여기서 고췌트를 고루하고 시대에 뒤떨어진 우스꽝스러운 영감 정도로 취급하고 취리히의 두 학자와 '브레멘의 기고파'를 새 시대의 담론을 열어가는 새 주역들로 맞이하는 것은 문학사 집필자의 어쩔 수 없는 과업이다. 하지만 독일 계몽주의라는 특수한 시대 상황을 고려하면서, 이 과정을 보다 거시적으로 보면 고췌트도 그의 반론자들도 다 같은 진영에서 같은 목적을 향해 분투한 사람들로 간주할 수도 있다. 즉, 그들은 정치적, 경제적으로 뒤떨어진 독일이란 나라의 시민계급 출신의 문화 담당자로서 비록 서로 다투었지만, 실은 '계몽적 군주' 프리드리히 2세를 비롯한 300여 대소 영방국가 군주들의 절대주의, 그들을 둘러싸고 있는 귀족들의 바로크적 문화, 그리고 자신들의 발목을 잡고 있는 속물근성을 상대로 여러 겹의 힘든 싸움을 전개하고 있었다. 고췌트가 당시 독일의 수많은 궁정에서 과식(過飾)과 위선으로 치장된 바로크문화를 종식하기 위해 싸웠다면, 그의 반론자들은 독일 시민들이 스스로 느끼고 감탄할 수 있는 자유를 위해 힘겨운 싸움을 시작하고 있었다.

7.   경건주의와 감상주의

앞서 언급한 독일 시민계급의 새로운 움직임은 계몽주의 안에서 제2의 계몽주의적 현상으로 종교의 경건주의(Pietismus)와 문학의 감상주의(Empfindsamkeit)로 나타난다.

우선 독일 신교의 종교운동인 경건주의가 뿌리를 내린 것은 계몽주의보다 먼저였다. 창시자는 1670년 이래로 프랑크푸르트에서 '교훈적 강론 시간'(Collegia pietatis)을 개최하며 사람들의 심장과 감정에 호소했던 슈페너(Phillip Jacob Spener, 1635-1705)이고 그의 뒤를 이어 프랑케(A. H. Franke, 1663-1727)가 할레(Halle)의 고아원에서 실천적 인간애의 값진 결과를 보여 주었다. 특히 친첸도르프 백작(Nikolaus Ludwig Graf von Zinzendorf, 1700-1760)의 영지에서 1722년에 창건된 혜렌후트(Herrenhut) 교파에 의해 경건주의적 찬송가들이 대거 창작, 유포된 것도 이 시대의 종교적, 문학적 현상으로서 특기할 만하다. 슈페너와 친첸도르프 백작 이외에도 당대의 많은 시인이 감동적인 자연의 묘사, 열광적 종교체험 고백, 신비주의의 영향을 받은 소박한 서정적 언어를 특징으로 하는 시들을 썼으며, 이 시 문학은 때로는 감미로운 종교적 도취경을 보여 주는 교화문학으로까지 발전하면서 감상주의 문학의 면모를 보여 주기도 했다.

경건주의 문학의 또 하나의 중요한 형식은 고백서 같은 '자서전'(Autobiographie)으로 슈페너, 프랑케, 융-슈틸링(Johann Heinrich Jung-Stilling, 1740-1817) 등이 쓴 내향적 자서전들은 후일 '일기소설'(Tagebuchroman) 및 '편지소설'(Briefroman)로 발전된다. 경건주의 문학의 영향은 괴테의 고전주의적 소설 『빌헬름 마이스터의 수업시대』(Wilhelm Meisters Lehrjahre, 1795-96)에서도 찾아볼 수 있는데, 이 소설의 제6권 「어느 아름다운 영혼의 고백」(Bekenntnisse einer schönen Seele)이 클레텐베르크 부인(Susanne von Klettenberg, 1723-1774)과 라파터(Johann Kaspar Lavater, 1741-1801)의 영향을 받았다는 것은 널리 알려진 사실이다. 이처럼 경건주의 문학은 마이스터 에크하르트로부터 뵈메와 질레지우스를 거쳐 슈페너, 프랑케에 이르는 독일 신비주의에 그 뿌리를 두고 있으면서 이성 본위의 계몽주의 시대를 통과하면서도 여전히 그 끈질긴 생명력을 잃지 않은 독일정신의 ─합리주의적 면모와 함께 늘 병존하는─ 다른 한 면모이기도 하다.

경건주의에 이어, 이제 '감상주의'(感傷主義, Empfindsamkeit)에 대해서 간단히 언급하고 넘어가고자 한다. 감상주의란 말 안에 숨어 있는 '감상적'(empfindsam)이란 형용사는 원래 레싱이 1768년에 영어 'sentimental'의 독일어 번역으로 쓴 말이다. 감상주의(1740-1780)란 계몽주의(1720-1785) 안에서 계몽주의의 일환으로 나타나지만, 계몽주의의 지나친 합리성에 대한 반발로서 인간 내면의 감정을 중시한 독일문학사상의 한 흐름을 말하며, 문학사가에 따라서는 이 감상주의를 아예 계몽주의와 '폭풍우와 돌진'(Sturm und Drang, 1767-1785) 사이에 있었던 독립적인 하나의 문학사조로 취급하기도 한다. 하지만 여기서는 감상주의가 종교적 경건주의와 같이 독일 계몽주의 문학의 한 주요 요소로 간주하여 이것을 계몽주의라는 큰 사조 안에서 함께 고찰하고자 한다. 그 이유는 계몽주의와 감상주의를 따로 관찰한다는 것이 많은 모순점과 무리한 분류를 초래할 것이기 때문이다.

계몽주의의 합리성이 지나치게 경직되고 무미건조하게 되자 경건주의의 영향을 받은 시민계급 출신의 지식인들은 종교적인 자연감정을 세속화하여 감정의 충만함과 내면의 소리에 귀를 기울이면서 신앙, 사랑, 그리고 우정에 대한 눈물겨운 도취에 탐닉한다. 감상주의에서도 계몽주의의 도덕률과 이성에 대한 존중이 그대로 유지되긴 했다. 하지만 이 도덕과 이성은 곧 윤리적 만족감과 사회적 완전성을 지향하게 되었고, 시민계급의 자제들에게 윤리적 인격체로 고양될 수 있는 자주적 개체로서의 자긍심을 갖도록 만들었다. 이런 인격의 완성에 필수적인 것이 우선 인간적인 감정을 갖는 것이었다. 그래서 그들은 편지, 대화, 일기, 고백록 등을 통해 자신의 감정을 스스로 분석해 보고 삶의 내면에서 우러나오는 감정들의 섬세한 뉘앙스를 소중하게 포착해서 글로 표현하고자 했다.

독일의 이런 문학적 흐름에 큰 영향을 끼친 것은 영국 작품들이었다. 특히 리처드슨(Samuel Richardson, 1689-1761)의 도덕적 가족소설 『파멜라』(Pamela, 1740)와 『클라리사』(Clarissa Harlowe, 1749), 스턴(L. Stearn, 1713-1768)의 소설 『감상적 여행』(Sentimental Journey, 1768), 그리고 맥퍼슨(James Macpherson, 1736-1796)의 열광적 서사시 『오시안』(Ossian, 1767) 등의 영향이 컸다. 이런 영향은 '폭풍우와 돌진' 시대의 소설 『젊은 베르터의 괴로움』(1774)에서도 찾아볼 수 있는데, 이 작품이 리처드슨에 영향을 받은 편지소설이란 점과 작품 말미에 나오는 『오시안』의 낭독 장면 등이 그러하다.

이 시기에 보다 합리적으로 통제된 문학세계를 보여 주고 있던 프랑스문학도 독일 감상주의에 영국 못지않은 큰 영향을 끼쳤다. 무엇보다도 루소의 『신(新) 엘로이즈』(Nouvelle Héloïse, 1761)를 언급하지 않을 수 없다. 루소는 독일에서 '감상적으로' 받아들여졌다기보다는 오히려 '열광적으로' 수용되었다고 해야 할 것으로서, 그의 영향은 독일 '감상주의'를 넘어 '폭풍우와 돌진'으로까지 치닫게 된다. 『젊은 베르터의 괴로움』에서 로테가 눈물을 글썽이며 베르터의 손을 잡고 "클롭슈톡!"이라고 외치는 장면은 이미 계몽주의적이라고도, 감상주의적이라고도 규정할 수 없다. 그것은 이미 '폭풍우와 돌진'의 문학의 표어들의 하나인 '감정'(Gefühl)의 자연적 표출이다.

감상주의 문학을 이야기해야 할 대목에서 왜 '폭풍우와 돌진'의 문학이 언급되고 있는가? 그것은 양자의 구별이 어느 단계에 들어서서부터는 모호하기 때문이며, 어떻게 보면 독일 감상주의 문학이 하나의 독립된 사조로 불릴 만큼 탁월한 문학 작품들을 내어놓지 못했기 때문이다. 클롭슈톡의 종교적 서사시 『구세주』(Messias, 1748-1773)가 감상주의 문학으로 논의될 수도 있겠지만, 이것은 아마도 계몽주의 문학의 하나로 다루어지는 것이 옳을 듯하다. 그러지 않을 경우, 독일 계몽주의 문학에서의 시 장르가 거의 텅 비게 될 수도 있기 때문이다.

---

8. 겔러트의 소설

감상주의 문학에서 특기할 만한 소설은 겔러트의 『스웨덴의 여백작 G의

삶』(Leben der schwedischen Gräfin G., 1746)과 조피 폰 라 로슈(Sophie von La Roche, 1730-1807)의 『슈테른하임 아씨 이야기』(Geschichte des Fräuleins von Sternheim, 1771)[4]다.

겔러트(Christian Fürchtegott Gellert, 1715-1769)는 하이니헨(Hainichen)에서 가난한 신학자의 아들로 태어나 일찍부터 열다섯 가족의 부양에 힘을 보태야 했다. 그래서 그는 라이프치히대학에서의 신학 공부를 중단하고 가정교사가 되었다. 1744년에 그는 우화(Fabel)에 관한 논문으로 라이프치히대학에서 교수자격을 취득하고 1751년에 시학, 수사학 및 윤리학 교수로 부임하였다. 이와 같은 겔러트의 경력은 계몽주의 시대 독일 시인들의 전형적인 모습이다.

『복권 추첨에서의 운명』(Das Los in der Lotterie, 1746), 『마음씨 좋은 누이들』(Die zärtlichen Schwestern, 1747) 등 겔러트의 드라마들은 고췌트의 규범적 시학과는 거리가 있다. 드라마의 주인공들은 귀족들의 오만과 돈밖에 모르는 세태에도 불구하고 가족 간의 사랑을 지키고 이웃에 선행을 베푸는 모범적 시민이다. 이런 작품을 통해 겔러트는 소시민 정서와 소시민 윤리의식의 대변자가 된다.

드라마 이외에도 겔러트는 재치 있는 우화들과 단편소설들, 그리고 찬송가들을 썼다. 그는 계몽주의적 낙천성과 독실한 기독교 신앙을 바탕으로 하여, 소시민적 가족애, 이웃사랑 등 실제 생활과 직결된 윤리적 실천 양상을 보여 주는 경쾌한 교훈적 작품들을 남긴 초기 계몽주의자였다. 더욱이 거창한 정신이나 굉장한 표어를 내걸지 않고 소시민의 정서에 맞는 따뜻하고도 기지에 찬 편지들을 많이 남긴 감상주의 시인이기도 했다.

감상주의 시인 겔러트의 소설 『스웨덴의 백작 부인 G의 삶』은 독자를 감

---

4   조피 폰 라 로슈, 『슈테른하임 아씨 이야기』, 김미란 옮김(시공사, 2012).

정의 파도 위에 편승하도록 만드는 그런 감상주의적 작품이 아니고, 독자로 하여금 절대주의 체제 하의 경직된 사회구조와 그 안에서의 인간들의 꼭두각시와 같은 삶의 실체를 다시 인간적인 감정으로 보고 느끼도록 만드는 감상주의적 소설이다. 말하자면, 겔러트는 이 소설에서 당대의 사회생활에서 볼 수 있는 여러 시민생활상을 보여 주되, 풍자나 반어를 쓰지 않고, 분노 혹은 권유의 감정도 나타내지 않으면서 그냥 담담하고도 진솔하게 서술하고 있다.

G백작 부인의 행복한 결혼생활은 한 왕자가 그녀의 정숙한 아름다움에 반하여 음모를 꾸밈으로써 파경을 맞이하게 된다. 그녀의 남편인 백작이 고의로 격전지에 배치되었다가 전사했다는 소식이 온 것이다. 왕자의 추근거리는 유혹을 피하고자 백작 부인은 남편과 절친했던 시민계급 출신의 친구와 함께 네덜란드로 떠난다. 이때 백작 부인은 시민계급 출신이라는 이유로 결혼하지 못했던 남편의 옛 애인도 함께 데리고 간다. 네덜란드에서 백작 부인은 ─그동안 풍상을 겪은 탓인지, 혹은 작가 겔러트의 계몽주의적, 감상주의적 정신의 발로인지는 몰라도─ 신분상의 차이와 편견을 극복하고 시민계급 출신의 남편 친구와 결혼한다. 그러나 죽은 줄 알았던 백작이 돌아온다. 이 상황에서 그 계몽된 시민이 취하는 처신을 G백작부인은 소설에서 다음과 같이 서술하고 있다.

즉시 그는 내 손을 잡더니 나를 백작에게로 데리고 갔다. "친구여!" 하고 그는 말했다. "여기 내 아내를 그대에게 넘겨드립니다. 그리고 이 순간부터 나는 나의 사랑을 존경의 염(念)으로 바꿀 것이오." 이렇게 말한 다음 그는 작별을 고하고자 하였다. 하지만 백작이 그를 떠나지 못하게 말렸다. "아니오!" 하고 백작이 말했다. "내 집에 계속 머물러 주시오. 나는 그대의 요청에 따라 내 아내와 정다운 결혼생활을 다시 시작하겠소. 그녀는 아직도 내게는 그 어느 때보다도 소중한 사람이오. 그녀의 마음은 지난날과 다름없이 고귀하고 변함이 없어요. 그녀는 내가 아직 살아 있다는 사실을 몰랐어요. 안 돼요, 친구! 여기 우리 집에 계속 머물러 있어야 해요. 내가 혹시 질투라도 할까 봐서 떠나려 한다면, 당신은 내 아내의 정절과 나의 신뢰를 모욕하시는 것이 됩니다."

백작 부인도 떠나지 말 것을 제안하고, 심지어는 백작의 옛 애인까지도―백작 부인의 질투에 대한 염려 없이― 계속 함께 살게 된다. 겔러트 식의 이런 계몽적, 건조하면서도(눈물을 짜지 않으면서도) 경쾌한 감상주의적 아이디어가 소설 곳곳에 일종의 윤리적 프로젝트로 제시되고 있다. 물론, 이것은 겔러트가 체험한 시민사회가 아니라, 그가 생각해 낸 독일 시민계급의 계몽주의적 프로젝트로서 그 실천에는 한계가 있다. 그럼에도 이 계몽적, 도덕적 프로젝트로 인하여 독일의 소설과 시민사회는 일종의 윤리적 동맹관계를 맺게 된다.

바로 여기에 겔러트의 『스웨덴의 백작 부인 G의 삶』과 지면 관계로 상세히 다루지 못한 조피 폰 라 로슈의 『슈테른하임 아씨 이야기』의 독일 소설 발달사적 의미가 있다. 이 두 소설은 뒤따라오는 괴테의 교양소설 『빌헬름 마이스터의 수업시대』라는 거봉에 가려 오늘날에는 그 독자적 의미를 잃은 감이 있지만, 독일 소설의 발달사를 추적하는 관점에서 보면 괴테의 『빌헬름 마이스터의 수업시대』부터 토마스 만의 『마의 산』과 헤르만 헤세의 『유리알유희』에 이르기까지 기나긴 독일 교양소설적 전통의 밑거름이 되었다.

9.   위대한 시인 클롭슈톡

클롭슈톡(Friedrich Gottlieb Klopstock, 1724-1803)은 크베들린부르크 (Quedlinburg)에서 태어나 기숙사가 딸린 김나지움으로 유명한 슐포르타 (Schulpforta) 시에서 성장했으며 예나대학에 입학했다가 라이프치히대학으로 옮겼다. 당시 그는 대담한 명예욕과 종교적 사명감을 지녔던 청년으로서 고전적 시 형식인 '6운각의 시행'(Hexameter)을 사용하여 1748년에 '브레멘 기고문'에 장편 서사시 『구세주』 중 첫 3편의 노래를 발표했다. 이 시는 일종의 '폭발'이었으며 그때까지의 모든 척도를 뒤흔드는 시적 대사건이었다. 그와 더불어 이제 독일에서 시인은 열광적인 언어의 마술사, 우주를 포괄하는 위대한 예언자의 이미지를 띠게 된다. 또한, 서정시는 시인이 자신의 체험을 직접 말하는 생동적인 장르로 된다. 그의 『구세주』에서는 종교적 가르침과 시인의 체험이 혼연일체가 되어 나타난다. 이 체험은 자유의 감정을 무한대로 쏟아 붓는 환희의 환상으로 고양되고 여기서 피 끓는 열정으로 가득 찬 언어와 운율이 터져 나온다. 경건주의의 감정적 이완이 클롭슈톡에게서는 종교적 계시와 시적 해방으로 승화되어 나타나는 것이다.

클롭슈톡의 이러한 시를 보고 감격한 보트머는 1750년에 그를 취리히로 불렀다. 하지만 그의 앞에 나타난 시인은 천사와 같이 시상에 젖어든 청년이 아니라 현세를 즐기는 명랑하고도 자의식이 강한 남자로서, 그의 송가 「취리히 호수」(Zürcher See, 1750)에서처럼 승마와 수영을 즐기고, 춤추고 술 마시고 여자에게 키스하는 시인이었다. 이 청년 시인은 청교도적인 도시귀

클롭슈톡, Jens Juel의 초상화(1779)

족 보트머의 편협한 도덕률에는 맞지 않았다. 이런 클롭슈톡을 1751년에 덴마크의 프리드리히 5세가 — 후일 곤경에 빠진 쉴러와 헵벨도 이렇게 초청하지만 — 고정액의 연금 급여를 약속하면서 초청했다. 덴마크왕이 죽자 1770년 이래 함부르크에 살던 그는 1774년 프랑크푸르트로 젊은 괴테를 방문한다. 군주와 같은 풍모와 태산같이 엄숙한 표정을 한 노인 클롭슈톡은 괴테, 카를 아우구스트 공, 프리드리히 대왕, 그리고 칸트 등 당대의 거인들과의 회동에서 늘 격렬한 충돌을 하였다.

갓 대학입학자격시험을 통과할 무렵인 1745년, 당년 21세의 클롭슈톡은 이미 현대적인 세계관을 지니고 있었다. 그는 현대 자연과학적 인식을 가능케 한 발명품인 망원경과 현미경을 통한 대우주 및 소우주에 대한 지식을 아울러 갖춘다. 그의 송가 「봄의 축제」(Die Frühlingsfeier, 1759)의 첫머리에서 '서정적 자아'는 자신이 무한한 우주에 함몰되지 않고 '물통에 떨어지는 빗방울'에 불과한 유한한 지구를 노래하고 이 유한한 지구 위에서 '지렁이'

에도 눈길을 준다. 송가의 끝에서는 '자비로운 비'가 쏟아져 내림으로써 하늘이 알찬 축복을 내려 주고 목말라하던 대지가 새로운 생명력을 얻게 되는 '봄의 축제'의 진정한 의미를 노래한다.

> 보라, 이제 여호와께서는 더는 천둥과 번개 속에서 오시지 않고
>
> 조용하고 부드러운
>
> 보슬비 속에서 오신다.
>
> 그리고 그분의 발치에 평화의 무지개 고개 숙인다!

후일 젊은 괴테의 주인공인 베르터와 로테가 '클롭슈톡!'이란 이름에 무한한 일체감을 느끼게 되는 배경에도 클롭슈톡의 이 시가 숨어 있는 것은 유명한 문학사적 에피소드이며, 괴테 또한 선구적 시인 클롭슈톡에게 빚진 바 크다. 1773년에 완성된 『구세주』는 클롭슈톡이 애초에 표방한 위대한 서사시가 되지는 못했다. 하지만 자연과의 합일을 느끼는 인간 영혼의 황홀경을 신성에 대한 무한한 경배로서 표현한 서정적, 음악적 위대성은 그의 불후의 공적이다.

경건주의와 감상주의가 없었다면 건조한 계몽주의의 토양에서 클롭슈톡은 성장할 수 없었을 것이다. 하지만 계몽주의가 없었더라면 자유와 해방의 시인 클롭슈톡이 나올 수 있었겠는가라고도 반문할 수 있다. 이렇게 클롭슈톡은 사조를 뛰어넘어 시대의 입김을 호흡한 위대한 독일 시인이며, 발터 폰 데어 포겔바이데 이래 최고의 독일 서정 시인으로 추앙받는다.

10.   게몽주의 시대의 애국시 한 편

  대시인 클롭슈톡의 언어와 위용에 묻혀 괴테 이전까지는 시인들이 문
학사라는 역사의 무덤으로부터 얼굴을 내밀기는 쉽지 않았다. 클롭슈톡
의 송가 「언덕과 숲」(Der Hügel und der Hain, 1767)에서 따온 '괴팅엔 숲의 동
맹'(Göttinger Hainbund)은 시인 클롭슈톡을 숭배하는 일군의 청년들이 1772년
에 처음 모인 시와 우정의 모임이었다. 이들 중 오늘날에도 그 이름이 남은
시인들은 포스, 횔티(L. Ch. H. Hölty, 1748-1776), 클라우디우스, 뷔르거 등이
다. 그들은 감상주의 문학으로부터 영향을 받아 프랑스적 합리주의로부터
시를 해방하고자 클롭슈톡을 스승으로 생명과 환상에 탐닉한다.

  이들은 신과 자연, 사랑과 우정과 술을 찬미하며 자유를 가장 큰 지표로
내세웠으나, 이상하게도 정치적 사회 참여는 찾아보기 힘들고 그런 언급조
차도 없다. 그러나 독일적 군소 영방군주들의 전제주의 치하에서 시인들의
이런 단체 행동 자체가 이미 그들 나름의 정치적인 발언이라 여겨진다.

  그들의 선배들은 아직도 바로크의 계기시(契機詩)의 전통으로부터 완전히
벗어나지 못한 채였으며, 아직도 대부분의 시인이 군주들의 궁정에서 직책
을 얻고 급여를 받으면서 소위 '찬미시'(Lobgedichte)를 씀으로써 생계를 꾸려
가고 있는 현실이었다. 찬미시란 군주의 업적 예찬을 비롯하여 전승(戰勝)
이나 평화조약에 대한 축하, 질병으로부터의 회복이나 결혼, 임신, 생일, 왕
자의 탄생, 대관식, 신축 궁성에의 입주 등에 대한 축시가 주를 이루고, 죽
음에 대한 조시 등도 있었다. 계몽주의의 가장 대표적 시인인 레싱조차도

1752년과 1755년 신정(新正)에 프리드리히 대왕에 바치는 송가를 썼을 정도니, 그 밖의 다른 시인들은 말할 것도 없다. 바로크 시대와 다른 점이 있다면, 군주의 권력을 출신 가문과 신의 은총으로 정당화하지 않고 군주로서의 위대한 업적을 칭송한다는 점이다. 계기시, 혹은 찬미시를 통해 군주의 명예나 왕조의 유지에 공을 세운 시인들이 마침내 자신이 섬기던 군주로부터 귀족 칭호를 받기도 한다. 나중에 괴테가 바이마르 궁정에서의 복무로 귀족 칭호를 받는 것도 바로크 시대로부터 내려오던 이와 같은 전통의 일환이었다.

이 시대의 문학에서 진정한 의미에서의 정치시(politische Gedichte)를 찾아보기는 어렵다. 반면 안스바흐(Ansbach)에서 태어났으며, 원래 아나크레온파 시인이라 할 수 있는 우츠(Johann Peter Uz, 1720-1796)가 1740년대 후반에 쓴 것으로 보이는 「곤경에 처한 독일」(Das bedrängte Deutschland)은 이 시대에 찾아보기 힘든 일종의 '애국시'(patriotisches Gedicht)로서 당대 독일의 상황을 잘 묘사하고 있다.

— 곤경에 처한 독일 —

게르마니아는 아직도 얼마나 오랫동안

무거운 손으로 자신의 오장육부를 짓이겨야 할까?

정복된 적이 없는 나라가 자신과 자신의 명성을 정복함으로써

교활한 적들만 기쁘게 해야 할까?

썩은 시체들 가득히 떠우고

도나우강, 마인강 흐르는 곳 어드메뇨?

바쿠스 신이 즐겁게 뛰놀던 포도밭 즐비하던 라인강과

엘베강 물결, 어디에 흐르느냐!

우리들의 분노의 흔적들이 널려 있지 않은

강토와 강변 어디 있단 말이냐!

독일의 피가 흐르지 않는 곳, 명예롭게 흐르지 않는 곳 어드메뇨?

아니, 대개는 독일의 치욕을 드러내며 흐르고 있구나!

독일이 섬기지 않아도 되는 나라 어느 나라냐?

항상 20여 개국의 군대가 득실거리고

그들이 지나간 곳은 사막이 되는구나.

가난이 아껴 놓은 것을 오만이 먹어치우고

그것들보다 더 먼저 쾌락이 내달리는구나.

예전에 배불리 먹은 농부가 사랑하는 아내의 젖가슴에 기대어 노래하던

이제는 황량한 초원의 수풀 속에는

소름 끼치는 적막뿐이네.

독수리는 잠이 들어

방방곡곡에서 아우성이 들려도

늘 게으른 휴식 중이어서 노여움을 모르네.

그릇된 아첨에 길들여져 발톱이 무뎌진 게지.

비겁한 노예의 쇠사슬보다는 차라리

자유의 품 안에서 혹독한 죽음을 더 선호했던

보다 낫던 시대의 독일인들이여!

아, 부끄럽구나, 우리가 그대들의 후예가 맞느냐?

유약한 습속의 독으로 인하여 쇠약해진 채

병든 쾌락을 숭배하는 우리,

우리가 그들의 자손 될 자격 있을까?

거칠지만 무척 자유롭게 그들의 숲을 차지하기 위해 싸우던 그 전사들의 자

손 말이다.

그 숲에는 아직도 그들의 명예가

이끼 낀 참나무들을 둘러싸고 일렁이고 있고,

한때는 그들의 철제 무기가 서로 부딪쳐 번쩍이고

굳센 팔이 승리함으로써 라티움을 떨게 하였지.

우리가 자는 동안 불화가 깨어나

그 창백한 횃불을 흔들며

전쟁을 몰고 와서는 복수의 여신들에 둘러싸인 채

늘상 전쟁 신 곁을 살살 돌아다니고 있구나.

너희 뱀 같은 군대들이 우리들의 귀에다 혀를 날름거리며

독일인의 심장에 독을 뿜으려 하고 있구나.

헤르만 같은 영웅이 나타나지 않을 때는

헤르만의 조국에 치욕적인 기념비를 세우겠지.

하지만 나의 노래가 너무 많은 모험을 하고 있구나!

아, 뮤즈여, 이 시대에

전제군주들을 규탄했던 알케우스의 투쟁적 현금(弦琴) 연주를 재현하는 걸 나무라시고

부드러운 현을 어루만지며 익살을 부리소서!

이 시를 읽으면 바로크 시대의 30년 전쟁을 연상하게 되기도 하지만 실은 오스트리아 왕위계승전쟁(1740-1748)이 묘사되고 있음을 알 수 있다. 합스부르크 가를 상징하는 독수리가 "방방곡곡에서 아우성이 들려도 늘 게으른 휴식 중이어서 노여움을 모른다"는 것은 황제가 권위를 잃고 제국을 실질적으로 통치해 내지 못하고 있는 현실을 말하며, "숲"과 "헤르만"에 대한 언급은 '토이토부르크의 전투'를 말하고 있다. 헤르만의 후예가 될 "자격이 없는" 독일인들은 "불화" 때문에 전화(戰禍)를 겪으며 분열되어 있다. 이 시는 애국시

로서 독일제국 및 300여 개의 영방군주국이 서로 다투고 있음을 질타하고 독일인들이 조상들의 명성을 지키지 못하고 있는 현실을 개탄하고 있다.

하지만 시적 자아는 마지막 연에서 자신이 너무 많은 "모험"을 하고 있다며, 뮤즈에게 보다 부드러운 현으로 보다 즐거운 노래를 불러 줄 것을 주문하고 있다. 당시 시민계급 출신의 시인들은 자신들의 개선될 수 없는 정치적 현실에도 불구하고, 정치적 발언 자체를 시에 담을 생각까지는 미처 하지 못한다. 이처럼 뮤즈에 대한 우츠의 이해와 요구를 보자면 정치시보다는 아직은 애국시라 칭하는 것이 옳을 것 같기도 하다.

11. 레싱의 업적

클롭슈톡이 독일 계몽주의 시대의 최고의 서정 시인이지만, 독일 계몽주의 문학을 대표하는 '시인'은 레싱(Gotthold Ephraim Lessing, 1729-1781)이다. 여기서 '시인'은 물론 좁은 의미의 시인이 아니라 독일인들이 시인이나 작가를 존경해서 일컫는 '시인'(Dichter)을 말한다. 20세기 초반에 활동한 유명한 작가 토마스 만은 시를 쓰지 않았지만, '시인'이란 호칭으로 불리기도 한다. 레싱은 토마스 만보다는 좁은 의미의 시인으로도 불릴 자격이 충분하다. 그는 시도 썼을 뿐만 아니라, 운문으로 드라마를 썼기 때문이다.

하지만 독일문학사에서 레싱의 최대 업적은 문학이론 및 평론에 있었다. 특히 그는 비극에서 '삼일치의 법칙'의 준수보다는 그 작품이 소기의 목적

레싱, Anna Rosina de Gasc의 초상화
(1767/1768)

을 달성했느냐의 여부를 고찰하는 것이 더 중요하다고 보았다. 그래서 고 쵀트 이래 중요한 규칙으로 작용하던 '삼일치의 법칙'은 레싱 이후에는 더 는 불변의 원칙이 아니게 되었다. 그는 1759년《최신 문학에 관한 편지》 (Briefe, die neueste Literatur betreffend)라는 잡지를 창간하고, 거기에 게재한 글 을 통해 독일 연극은 코르네유(Pierre Corneille, 1606-1684) 등 프랑스 극작가들 을 모방할 것이 아니라 영국의 극작가 셰익스피어를 모범으로 삼아야 한다 고 주장함으로써 독일 연극의 궤도수정을 선도하였다. 이 궤도수정은 앞으 로 다가올 '폭풍우와 돌진'의 연극을 위한 중요한 전기가 된다.

또한, 레싱은 아리스토텔레스 시학에서 관객에 대한 비극의 영향과 이른 바 '정화작용'을 설명하는 "개념인 'eleos'와 'phobos'를 '동정심'(Mitleid)과 '두 려움'(Furcht)으로 번역"[5]함으로써, 관객이 연극에서 고통을 받고 있는 주인

---

5   윤도중, 「레싱과 계몽주의」, 『독일문학사조사』, 지명렬 편(서울대학교 출판부, 2002), 128쪽.

공의 미래에 두려움을 느끼고 역지사지(易地思之)하는 가운데에 주인공의 처지에 동정·공감하는 것이야말로 그 비극작품의 성패를 좌우하는 요체로 보았다. 따라서 주인공과 관객 사이에 "신분, 계급, 사상, 윤리 등등 그 어떤 면에서도 차이가 있어서는 안 된다고 레싱은 주장한다."[6] 만약 그들 사이에 차이가 존재한다면, 그것은 관객의 동정심과 두려움을 자아내는 데에 장애 요인이 된다는 것이다. 이로써, 비극의 주인공이 신, 왕, 영웅 등 신분이 높은 사람들이어야 하고 희극의 주인공은 평민이나 하인들이어야 한다는 고쳇트 이래의 이른바 '신분제한 조항'(Ständeklausel)은 레싱 이후에는 그 의미를 거의 잃게 되었다.

이것은 현대적으로 말하자면 배우와 관객이 서로 호흡을 같이하여 상호 동일시(同一視)할 가능성을 염두에 두는 레싱의 획기적 발상으로서, 앞으로 시민계급 출신의 인물도 비극의 주인공으로 무대 위에 오를 수 있다는 의미로 확대될 수 있는 아이디어였다.

실제로 레싱은 『사라 삼프손 아가씨』(Miss Sara Sampson, 1755)라는 극작품을 써서 시민계급 출신의 아가씨 사라 삼프손을 독일 최초로 비극의 무대 위에 올려놓는다. 이른바 '시민비극'(Bürgerliches Trauerspiel)이라는 장르가 독일 연극사에 처음으로 등장하는 순간이다.

수단과 방법을 가리지 않는 멜레폰트는 그를 사랑하고 신뢰하는 사라를 ─ 결혼할 결심도 하지 않은 채 ─ 그녀의 아버지로부터 유괴, 납치하는데, 그에게서 버림받은 옛 애인이 아기를 데리고 나타난다. 이것이 『사라 삼프손 아가씨』의 문제가 많은 세 주인공이다. 사라 아가씨의 문제는 그녀가 너무나 마음씨가 곱고 착하다는 사실에 있다. 시민계급의 '타락한' 딸이 순수한 인간성과 도덕적 행동을 모범적으로 보여 줌으로써 비극의 주인공

---

6 앞의 책, 윤도중, 「레싱과 계몽주의」, 129쪽.

으로서의 명예와 권위를 획득하면서 죽어 가는 이 드라마는 세속적인 이야기로 보여 주는 순교자비극이다.

레싱은 15년 정도 뒤에 『에밀리아 갈로티』(Emilia Galotti, 1771/72)라는 최초의 '의미 있는' 시민비극을 다시 썼다. 기원전 5세기경 로마의 권력자 클라우디우스(Appius Claudius)가 평민의 딸 비르기니아(Virginia)에게 반해서 그녀를 차지하기 위해 권력을 부당하게 남용하려 하자 그녀의 아버지가 딸의 순결과 가문의 명예를 지키기 위해 칼로 딸을 찔러 죽이는 일이 발생했다. 이에 격분한 민중이 들고 일어나 클라우디우스가 권좌에서 물러났다는 역사적 기록이 전해져 내려오고 있는데, 이것을 레싱이 비극작품으로 만든 것이다. 이 비극은 사건의 무대가 이탈리아이긴 하지만 독일의 절대주의적 소(小) 영방군주들의 궁정에서 벌어지는 지배계급의 횡포와 간계, 그리고 폭력이 간접적으로 고발되고 있다. 물론, 수단과 방법을 가리지 않는 신하 마리넬리가 시민의 딸 에밀리아를 유괴하는 온갖 간계와 범죄를 도맡고 있고 왕자에게는 어느 정도의 면죄부가 주어지고 있긴 하다. 하지만 에밀리아를 죽음에 이르게까지 만드는 이 '시민'의 '비극'에는 분명히 당대 지배계급에 대한 탄핵이 숨어 있다. 레싱의 이 시민비극은 후일 쉴러가 『간계와 사랑』이란 시민비극으로 한 걸음 더 나아갈 수 있는 토대를 마련해 주기도 했다.

당시까지의 독일문학에서는 희극다운 희극이 드물었다. 레싱은 오늘날에도 독일 관객의 사랑을 받으며 공연되곤 하는 완벽한 희극 한 편을 썼는데, 『미나 폰 바른헬름, 혹은 군인의 행복』(Minna von Barnhelm oder das Soldatenglück, 1767)이 그것이다.

7년 전쟁이 끝나고 귀향하는 프로이센군의 소령 텔하임과 작센의 귀족 처녀 미나는 서로 약혼한 사이로, 프로이센과 작센의 전후 악감정에도 불구하고 그들이 결혼하는 데에는 아무런 장애도 없는 것처럼 보인다. 하지만 텔하임 소령에 대한 당국의 어떤 오해 때문에 그는 명예와 돈을 모두 잃게 되는 큰 불운에 직면하게 된다. 이런 상황에서는 약혼자 미나를 행복하게 해 줄 수 없으므로, 명예심이 강하고 진심으로 미나를 사랑하는 텔하임은 결혼의 파국을 선언하고 만다. 텔하임의 어려운 처지와 고귀한 마음씨를 알아차린 미나는 기지를 발휘하여 자신도 파산하여 의지할 곳 없는 몸이 되었다고 말한다. 이에 텔하임은 사랑하는 미나가 정말 곤란한 처지에 빠진 줄 알고 그녀에게 다시 청혼을 한다. 때마침 당국의 오해가 풀려 텔하임의 명예도 회복됨으로써, 텔하임 소령의 군인으로서의 행복이 다시 한 번 증폭된다.

여기서 프리드리히 대왕 휘하의 장교 텔하임의 진정한 명예심과, 작센 왕국의 수준 높은 문화적 분위기 하에서 인문적 교양을 터득한 — 빌란트가 번역한 셰익스피어를 이야기할 줄 아는 — 귀족 처녀 미나의 청랑(晴朗)하고 인문적인 기지가 서로 아름답게 만남으로써 위기가 순식간에 행복한 결합으로 반전되는 것이다. 말이 났으니 말인데, 독일인들은 이러한 진정한 프로이센 정신과 작센의 고귀한 인문성의 결합을 훨씬 뒤에서야, 200년이 지나서야 완전히 달성할 수 있었다. 그것은 독일인들의 오랜 숙제였으며, 그것이 또한 독일문학사의 머나먼 목표점이기도 했다.

이런 의미에서 『미나 폰 바른헬름』은 계몽주의자 레싱의 한 희극작품으로 그치는 것이 아니라 이상주의자 레싱의 원대한 프로젝트였다. 그가 『함부르크 연극 논평』(Hamburgische Daramturgie)에서 주장했던 대로 그의 희극의 주인공들은 전통적 희극의 틀에 따라 움직이는 꼭두각시들이 아니라, 모두 자신들의 판단과 처지에 따라 행동하는 '인간들'로 구현되어 있다. 이들은 관객의 조소(嘲笑)를 자아내는 것이 아니다. 레싱은 관객으로 하여금 이 인간적인 남녀 주인공들의 상황을 잘 이해하고 그들의 처지에 공감한 나머지 저절로 웃게끔 만들고 있다. 텔하임과 미나가 오늘날에도 독일인들의 사랑을 받고 있는 진정한 이유이다. 이 작품은, 빌헬름 딜타이의 말을 빌리자면, "아주 우아하게 세공을 해 놓은 조그만 금 장신구"(ein kleines Stück Gold, das auf das zierlichste verarbeitet ist)[7]와도 같다.

레싱의 또 하나의 업적은 『라오콘, 혹은 회화(繪畵)와 시의 경계선에 대하여』(Laokoon, oder über die Grenzen der Malerei und Poesie, 1766)를 발표함으로써 조형예술과 문학의 차이점을 명백히 밝혀내었다는 사실이다. 고대 그리스의 예술을 찬양한 미술사가 빈켈만(Johann Joachim Winckelmann, 1717-68)은 자신의 감정을 억제할 줄 아는 그리스의 라오콘 조각가가 라오콘에게 단지 탄식만 하도록 조각함으로써 '고귀한 단순성과 조용한 위대성'(edle Einfalt und stille Größe)을 입증하고 있는 반면에, 베르길리우스는 자신의 라오콘에게 비명을 지르도록 묘사함으로써 이미 그리스인들의 예술보다 퇴행성을 엿보이고 있다고 지적한 바 있다. 이에 대하여 레싱은 익명의 그리스 조각가와 시인 베르길리우스를 둘 다 지지하며, 그 묘사의 차이는 단지 조형예술과 시가 다른 본성을 갖고 있기 때문이라고 설명한다. 즉, 조각이란 한순간이 포착되어 항구적으로 그 형태가 남아 있으므로 추악한 한순간만 포착되어서는 안 되지만, 시나 음악과 같은 시간예술에서는 순차적(順次的) 묘사가 가능하므로 추악한 순간이 포착되는 수도 얼마든지 있을 수 있다는 것이다. 레싱의 이 책은 조형예술과 시간예술의 차이점에 대한 논의에서는 오늘날에도 인용되는 중요한 전거(典據)이다.

레싱의 위대성은 여러 가지가 있지만, 그중 하나는 그가 가난한 목사의 아들로 태어나 라이프치히대학에서 신학을 공부할 때부터 브라운슈바이크에서 죽을 때까지 평생 오직 문학을 본업(本業)으로 해서 살았다는 사실이다. 물론, 그 사이에 그는 여러 가지 부업을 가지기도 했지만, 그의 삶은 오

---

7   Dilthey, Wilhelm: Das Erlebnis und die Dichtung, Stuttgart 1957, S. 47.

직 문학을 위해 바쳐졌다고 단언할 수 있다. 문학은 그에게 있어서 삶 자체였다. 그만큼 그는 스스로 계몽적 시인으로 자처하고 시대적 사명감에 불타 있었다.

그가 가졌던 임시직 중 그래도 가장 중요했던 것이 1770년부터 그가 볼펜뷔텔(Wolfenbüttel)의 도서관에서 사서로 일했던 시절이었다. 그는 사서로서, 함부르크 시절부터 자신과 친교가 있었던 이신론자(理神論者, Deist) 라이마루스(Hermann Samuel Reimarus, 1694-1768)의 유고를, 익명으로 출간하였다. 이신론이란 스피노자와 라이프니츠의 영향을 받은 계몽주의 시대의 종교관으로서, 만물의 창조자로서의 하느님은 인정하지만 창조 이후의 전능하신 주재(主宰)나 계시 및 기적은 부정하는 학설을 말하는데, 라이마루스의 이런 '위험천만한' 글을 라틴어도 아니고 일반 대중의 접근이 용이한 독일어로 출간한 데에 대해 정통 신교 측의 목사들이 크게 반발했다. 특히 함부르크 대교구의 괴체(Melchior Goeze) 목사가 논쟁을 걸어와서 1777-78년 레싱은 그에 맞서 싸웠지만, 브라운슈바이크 공작이 레싱에게 검열면제권을 회수함으로써 사실상 논쟁을 더는 계속할 수가 없게 되었다.

이에 레싱은 자신의 '설교단'이라 할 수 있는 문학작품을 통해 고루한 성직자들의 독단적 논리에 맞서겠다는 생각으로 희곡 『현인(賢人) 나탄』(Nathan der Weise, 1779)을 쓰기 시작했다. 레싱은 이 작품을 '극시'(劇詩, dramatisches Gedicht)라고 칭하면서, 5각(五脚) '약강격'(Jambus)의 무운시(無韻詩), 즉 셰익스피어의 이른바 '블랑크페르스'(Blankvers)를 사용했는데, 이것은 이후 괴테나 쉴러가 가장 선호하는 시형으로 발전해 갔다.

『현인(賢人) 나탄』은 이념적으로 볼 때 독일 계몽주의의 최고봉을 이루는 작품이다. 왜냐하면, 종교적 '관용성'(Toleranz)이 극작품의 궁극적 이념이기 때문이며, 이 이념은 오늘날에도 여전히 우리 인류가 실천해 나가야 할 지향점이요 당면 과제이기 때문이다. 중세 때의 팔레스티나(Palästina)에서 회교, 유태교, 기독교 등 3대 종교의 대표자들이 복잡하게 얽힌 상황에서 현인 나탄은 보카치오의 『데카메로네』(Decamerone, Giornata I, Nov. 3)에 나오는 유명한 '반지 비유설화'(Ring-Parabel)를 이용하여, 3개 종교 중 어느 하나에 소속되어 있는 것만으로는 아직 우열이나 시비를 가릴 수 없고, 오직 신자의 윤리적 감정과 행동이 뒷받침될 때에만 믿음의 유효성이 담보된다는 점을 설파한다. 이 극의 마지막에 살라딘 황제, 유대인 나탄, 그의 양녀 레햐, 그리고 그녀를 사랑하는 기독교적 청년 기사(騎士) 등 모두가 서로 한 핏줄의 가족이라는 사실이 드러남으로써, 3대 종교가 앞으로 나아가야 할 방향이 웅변으로 제시되고 있는데, 그것은 우리가 모두 도그마를 버리고 오직 형제애와 인류애를 실천함으로써만 자신의 신앙을 의미 있게 살려 나갈 수 있다는 가르침 이외에 아무것도 아니다.

이 작품은 그 형식으로 보나 내용으로 보나 이미 괴테와 쉴러의 바이마르 고전주의 드라마의 면모를 선취해서 보여 주고 있는데, 아닌 게 아니라 작품만 놓고 본다면, 『현인(賢人) 나탄』은 이미 바이마르 고전주의 작품들과 구별이 쉽지 않다. 그만큼 레싱은 독일 계몽주의 문학을 독일 고전주의 및 낭만주의 문학으로 끌어올린 드문 선구자요, 위대한 시인이다.

문학사가들은 레싱이 천재적인 시인이 아니라 후천적 노력을 통하여, 그리고 면밀한 사고와 준비과정을 통하여, 곰곰이 작품을 써 나간 시인이라고 평가하기도 한다. 그러나 천재적 영감이 결여된 사람이 이다지도 큰 업적을 낼 수 있었다는 사실이 놀랍고도 다시 한 번 찬탄을 불금케 한다. 레싱이야말로 가장 정직한 노력형의 독일인, 혹은 파우스트형 독일인이 아닐까, 그리고 우리가 가장 존경할 만한, 흠잡을 데 없는 독일 시인 중의 한 사람이 아닐까 하고 감히 생각해 본다.

12.   빌란트의 소설

빌란트(Christoph Martin Wieland, 1733-1813)는 클롭슈톡이나 레싱과는 다른 계몽주의 시인으로서 이 둘보다 더 늦게 태어나 훨씬 더 오래 살았다.

1733년에 슈바벤 지방의 비버라흐 근교의 시골마을 목사의 아들로 태어나 에어푸르트대학과 튀빙엔대학을 다녔으며, 그의 서사시 『헤르만』(Hermann, 1751)을 읽은 보트머의 초청을 받아 취리히에서 머물기도 하였다. 1754년에서 1760년까지 취리히와 베른에서 가정교사를 지낸 빌란트는 프랑스적 이성의 문사가 되겠다는 이상을 품고, 게르만 시대의 영웅들로부터는 점점 멀어지면서 디데로와 볼테르를 흠모하게 되었다. 젊은 날의 연인 조피 폰 라 로슈에게 자극을 받은 그는 궁정적 발전소설 및 교육소설의 형식에다 자기 자신의 이야기를 담아 『아가톤의 이야기』(Geschichte des Agathon, 1766/67)를 썼다. 아름다운 창녀 다나에의 이야기를 둘러싼 관능과 정신세계의 갈등 등 이 소설의 많은 모티프가 후일 괴테와 고트프리트 켈러의 교양소설에서도 나타난다.

1767년에 횔티를 비롯한 '괴팅엔 숲의 동맹' 회원들은 빌란트의 작품들이 선량한 아가씨들의 순박한 영혼을 좀먹는다며 그것들을 공개적으로 불태우기도 했다. 클롭슈톡을 존경하며 고대 게르만문화 쪽으로 경도되어 있던 숲의 동맹 회원들이 볼 때, 빌란트의 라틴문화 쪽으로의 궤도 수정은 일종의 배신으로 느껴졌던 것이다.

1772년 빌란트는 바이마르 궁정의 두 왕자의 스승으로 초빙되었는데, 괴테보다 불과 3년 전이었다. 아무튼, 빌란트는 계몽군주들에 대한 환상이나 감상주의적 도덕주의, 그리고 공화정의 이상 등을 포기하고 바이마르 궁정의 연금을 받으면서 행복한 미학자의 길을 걸었다. 또한, 그는《새 독일 메르쿠어》(Der Neue Teutsche Merkur, 1774-1810)라는 잡지를 내면서, 거기에 호라티우스, 루키아누스, 키케로 등의 번역물과 풍자적 소설들을 싣기도 했다, 나폴레옹이 그를 가리켜 '독일의 볼테르'라고 지칭한 것도 이런 점에서 결코 우연이 아니다.

폭풍우와 돌진

(Sturm und Drang, 1767-1785)

우선, 'Sturm und Drang'이란 말의 번역 문제를 짚고 넘어가야 하겠다. '질풍노도'(疾風怒濤)라는 말은 일본인들의 번역으로서 '빠른 바람 성난 파도'라는 의미이다. 그럴듯한 번역임은 인정이 되지만, 과연 'Sturm und Drang'이 그런 뜻인가 하는 질문이 뒤따르는 것은 어쩔 수 없다. 독어의 원래 의미는 '폭풍우와 돌진'이다. 그것도 '폭풍우 속으로 돌진한다'는 의미가 아니라 '스스로 폭풍우가 되어 마구 내닫는다'는 의미다. 한국의 독어독문학이 독자적인 출발과 성장을 해 온 지도 어언 70년이란 세월이 흘렀다. 일본 독일문학의 성과를 아무 반성 없이 그냥 곧이곧대로 받아들이기에는 '70세의 온축(蘊蓄)과 자긍심'이 허락하지 않는다.

여기에서 'Sturm und Drang'을 구태여 '폭풍우와 돌진'이라고 옮기는 것은 반일감정이나 얕은 애국심의 발로에서가 아니다. 모든 사안에서 자주적이고도 독자적인 안목을 갖고 다시 한 번 생각해 보고 가장 적합한 번역어와 적절한 대안을 찾아 나가자는 것뿐이다. '폭풍우와 돌진'이 처음에는 다소 생경하게 들리면서 구태여 이렇게까지 새로운 번역어를 내어야 할 것인가 하고 일말의 의문을 자아낼지도 모르겠다. 하지만 조금 인내심을 가지고 이 말을 써 본다면, 금방 익숙해지고 원래의 의미에 더 가깝게 옮겨졌음을 실감하게 될 것이다. 이것은 오늘을 그럭저럭 살아 넘겨야 하는 '우리'를 생각해서가 아니라 이 땅에서 문학을 차근차근 착실히 공부할 '미래 세대의 문학도들'을 생각하는 마음이다. 이런 점에서 다소의 불편함, 다소의 생경함에 대한 너그러운 이해심과 대국적인 인내심이 필요하다.

'폭풍우와 돌진'(Sturm und Drang)이란 말은 이 사조의 가장 요란한 대변자였던 클링어(F. M. Klinger)가 1776년에 출간한 드라마 『뒤죽박죽』(Wirrwarr)을 가리켜, 빈터투어(Winterthur)의 '천재'(Genie) 예찬론자인 카우프만(Ch. Kaufmann)이 이렇게 별칭한 데서 유래한다. '폭풍우와 돌진'이란 문학사조는 계몽주의(1720-1785) 안에서 이성에 바탕을 둔 인간 해방이라는 계몽주의의 가장 중요한 논리를 등에 업었다. 하지만 그 이성이 오히려 인간 해방을 가로막고 억압하는 기제가 되려 하는 순간, 계몽주의의 그 경직성을 ―무서운 에너지와 추진력으로― 타파해 나감으로써, 마침내 계몽주의를 종식시키기에 이른다. 이상주의(Idealismus)[1] 시대의 막을 연 독일문학사에서만 존재하는 혁명적인 문학사조이다.

루소의 『인간불평등기원론』(Discours sur l'origine et les fondements de l'inégalité parmi les hommes, 1754)과 그의 "자연으로 돌아가자!"(Zurück zur Natur!)[2]는 말은 당시의 독일 청년들에게 스스로 '폭풍우'가 되어 '돌진'해 나가도록 만들었다. 무엇 때문에 어디를 향한 돌진인가? 여기서 '질풍노도'라는 번역어의 '빠른 바람'이 미진한 느낌을 주는 반면, '성난 파도'의 '분노'는 이 젊은이들의 감정을 단적으로 드러내고 있다. '폭풍우'라는 말과 '돌진'이란 말에도 '분노'는 충분히 내포되어 있으며, 이 단어들은 필연적으로 사회비판을 의미하고, 인간의 완전한 해방을 저해하는 사회 현실에 대한 강력하고도 저돌적인 불만을 의미한다.

---

1 'Idealismus'는 철학에서는 플라톤 등 관념철학의 전통 하에서 '관념론'이라 번역되지만, 문학에서는 '이상주의'로 옮기는 것이 타당할 때가 많다. '관념론'과 '이상주의'가 같은 개념을 두고 다르게 옮겨진 말임에 유의할 것.

2 일반적으로 "자연으로 돌아가라!"라고 옮기지만, "자연으로 돌아가자!"라고 옮기는 것이 더 적합할 것이다.

'폭풍우와 돌진'의 시작은 일반적으로 헤르더의 『최근 독일문학에 관한 단상들』(Fragmente über neuere deutsche Literatur)이 출간된 1767년으로 잡지만, 학자에 따라서는 괴테가 슈트라스부르크에서 헤르더를 만난 1770년을 그 기점으로 잡기도 한다. 1767년을 사조의 기점으로 삼는 것은 이 사조를 위한 헤르더의 이론적 공헌이 그만큼 중요함을 단적으로 말해 준다. 위의 책에서 헤르더는 언어가 '자연의 노래'(Gesang der Natur)임을 역설하면서, 어려운 라틴어로 된 로마인들의 문학을 모방하고 그 규칙들을 암기할 것이 아니라, 자신의 종교와 습속, 자기 나라의 역사와 풍토 및 지리에 근거한 진짜 문학을 해야 한다고 주장한다. 또한, 1770년 괴테와의 만남에서 헤르더가 프랑스 의고전주의 문학보다 셰익스피어 문학의 중요성과 민중의 혼이 깃들어 있는 민요, 전설 등 민속문학(Volkspoesie)의 중요성을 괴테에게 일깨워 준 사실은 유명하다.

'폭풍우와 돌진'이란 문학사조의 종식은 일반적으로 가장 나이 어린 '폭풍우적 돌진자'(Stürmer und Dränger)[3]인 쉴러의 청년기의 작품 『간계와 사랑』이 나온 1784년으로 친다. 하지만 1784년이란 숫자가 십진법으로 볼 때 다소 불편하고 괴테의 이탈리아 여행 출발(1786)을 고전주의 시대의 기점으로 잡기 때문에, 일반적으로 편의상 1785년에 '폭풍우와 돌진'의 시대가 끝나는 것으로 간주된다.

3　'폭풍우와 돌진'(Sturm und Drang) 사조에 가담한 시인과 사상가들을 독일어로 'Stürmer und Dränger'라 부르며, '폭풍우적 돌진자' 또는 '돌진자'라고 옮기면, '질풍노도자'라는 이상한 번역보다는 그래도 자연스러울 것이다. 더구나 독일어 'Stürmer'는 '무모하게 돌진하는 사람', '돌격병' 등의 의미가 있고, 'Dränger'는 '돌진자'라는 의미보다는 '추진자', '압박을 가하는 사람', '재촉하는 사람'을 의미한다. 명사에서 동사가 될 때, 그 의미가 달라지는 것은 흔히 있는 현상이지만, 아무튼, '질풍노도'는 자못 창의적인 번역으로 보이지만, 이 복잡한 의미영역을 다 포괄하기는 어렵다. 물론, 이런 한계점은 '폭풍우와 돌진'이라는 번역에도 아울러 가진다. 다만, 원어에 더 가까운 번역이 그래도 문제를 조금은 덜 일으킨다는 것이 필자의 생각이다.

2.   '자유'의 깃발 아래에 모인 젊은이들

인간의 본성과 가치에 대한 새로운 견해가 대두하여 그것이 관철되기까지에는 대개 일군의 시인들이 그룹을 형성하여 자주 만나고 토론하는 형태를 취할 때가 많다. '폭풍우와 돌진'을 주도한 사람들은 대개 1750년경에 태어난 사람들이다. 하만과 헤르더가 이들보다는 조금 나이가 많았고, 괴테는 1749년생이며, 1759년생인 쉴러가 그중 가장 나이가 어렸다. 무엇이 이 젊은이들을 하나로 묶었던 것일까? 우선, 그것은 '자유'(Freiheit)였다. 여기서 자유는 정치적·사회적 자유, 윤리적 자유 그리고 미학적 자유 등 세 가지 의미를 지니고 있다.

북부 독일에서는 슈톨베르크 백작과 메클렌부르크 농노의 손자인 요한 하인리히 포스가 뜻을 모았고, 남부 독일에서는 힘찬 서정시인 슈바르트(Chr. Fr. Daniel Schubart, 1739-1791)와 슈바벤의 젊은 시인 쉴러가 군주들의 자의적 행위와 전제 권력에 맞서 일어났다. 특히 슈바르트는 뷔르템베르크의 군주 카를 오이겐 공이 자신의 신민(臣民)들을 영국 식민전쟁의 군인으로 팔아넘긴 사실에 대해 거세게 항의하고 나섰다. 가난한 세탁녀의 아들이었던 클링어도 이 항의의 대열에 가담하였다. 이처럼 억압받고 있던 소시민계급 출신의 젊은 시인과 작가들이 단기간 안에 큰 무리를 이루었다. 더욱이 신과 이성, 양심과 인간의 '가슴'(Herz) 앞에서는 모든 사람이 평등하며 출신과 소유의 특권이 인정되지 않음을 역설하고 나선 것은 참으로 놀라운 현상이다. 정치적, 사회적 자유에 대한 이와 같은 요구는 이성의 보편적 법칙으로서 모든 개인이 고유한 가치와 권위를 지녀야 한다는 도덕적, 윤리적 자유에 대한 요구로 번져 나간다.

그러자, '천재'가 예술작품을 창조할 때에는 미학적 규칙에 얽매이지 않아도 된다는 미학적 자유에 대한 요구도 제기된다. '폭풍우적 돌진자들'은 천재적 예술가는 작품의 법칙을 외부로부터 도입하는 것이 아니라 창조를 통해 자신 속에 있는 법칙성을 드러내는 것이라고 주장한다. 이들은 초기 계몽주의가 묶어 놓은 예술의 경직된 법칙과 규율을 벗어나 셰익스피어와 같은 천재적 고유성을 추구해야 한다고 믿었다.

이 문학운동의 전위대 역할을 한 것은 괴팅엔에서 모인, 대개가 북부 독일 출신의 젊은 시인들 모임인 '숲의 동맹'(Hainbund)이었다. 1772년에 창립된 이 동맹의 이름은 원래 클롭슈톡의 송가 「언덕과 숲」(Der Hügel und der Hain)에서 유래했다. 즉, 그리스 문학에서는 아폴로와 뮤즈의 신들이 살던 헬리콘(Helikon) 산과 파르나스(Parnass) 산을 연상시키는 '언덕'이 중요한 데에 비하여, 독일인들에게는 옛 게르만 시대의 음유시인(Barde)이 거닐었던 '숲'을 중요하게 생각했다. 그런 이유로 젊은 시인들은 자신들의 모임을 '숲의 동맹'이라 불렀다. 그들의 새로운 우상은 클롭슈톡이었으며, 그들의 기관지는 《괴팅엔의 시인 연감》(Göttinger Musenalmanach)이었다. 그들은 자신들의 모임에 참석하지 못한 클롭슈톡을 위하여 늘 명예로운 안락의자 하나를 준비하는 한편, 빌란트의 책들은 프랑스 흉내를 내는 에로틱하고 경박한 문학이라 하여 모닥불에 집어던지기도 했다. 이 '숲의 동맹'의 주역은 포스(Johann Heinrich Voß, 1751-1826), 횔티, 슈톨베르크 형제(Grafen Christian und Friedrich Leopold von Stolberg) 등이다.

하지만 이들보다 선배로서 이들과 비교적 친밀한 관계를 맺고 지내던 홀슈타인 출신의 시인 마티아스 클라우디우스(Matthias Claudius, 1740-1815)가 이 시기의 더 중요한 시 작품들을 문학사에 남겼다. 그의 시 「전쟁의 노래」

(Kriegslied)를 잠깐 살펴보자.

전쟁이다, 전쟁! 아, 하느님의 천사여, 보고만 있지 말고
거부의 의사를 표해다오!
유감스럽게도 전쟁이다! 그리고 나는
그 죄를 함께 지고 싶지 않다!
......
내게 왕관과 나라, 황금과 명예가 다 무슨 소용이랴?
그것들도 나를 즐겁게 하지 못할 것이다.
유감스럽게도 전쟁이다! 그리고 나는
그 죄를 함께 지고 싶지 않다!

여기서 클라우디우스는 클롭슈톡보다 자신의 감정을 절제할 줄 알면서도 간명하고 소박한 언어로 전쟁에 반대하는 자신의 태도를 분명히 밝히고 있다. 그는 전래의 소박한 민요풍의 시와 교양인들의 서정시를 자연스럽게 통합하여 독일문학사에서 처음으로 신분과 계급을 초월하여 보편적으로 읽히는 시 다운 시를 세상에 내어놓았다.

― 사탕수수 농장의 흑인 ―

내 조국에서 멀리 떨어진 이곳에서
노역과 치욕 속에서 아무 위안도 없이
나 애타게 목말라 하며 죽어 간다.
아, 현명하고 잘 생긴 백인 남자들!
인정사정없는 그들에게

난 아무 짓도 하지 않았다.

하늘에 계신 당신이시여, 이 불쌍한

흑인을 도와주소서!

클라우디우스의 이 시는 내용과 형식이 탄탄하고 흑인 강제노역자가 서정적 자아로 등장하여 현대시로도 취급될 수 있다. 클라우디우스와 비슷하게 괴팅엔 '숲의 동맹' 시인들 및 클롭슈톡과 가까이 지내면서도 그 동맹의 정식 회원은 아니었던 뷔르거(Gottfried August Bürger, 1747-1794) 또한 시대를 초월하는 작품을 남겼다. 그에게 중요한 것은 힘차고 민중적인 '민속문학'(Volkspoesie)이었다. 뷔르거로 인해 교양인과 천민으로만 이분화되던 시대에 갑자기 '민중'(Volk)이란 개념이 중요한 문학적 가치의 담당자로 주목을 받게 되었다.

하노퍼와 영국 왕실 간의 특별한 관계 때문에 당시 괴팅엔에는 특히 영국 문화의 영향이 컸다. 그중에서도 특히 영국의 퍼시(Percy) 주교에 의해 수집된 고대 및 중세 영국의 '담시'(譚詩, Ballade)들이 뷔르거와 괴팅엔의 지식인들에게 신속하게 알려지게 된다. 그리고 1760년에 영국에서 출간되고 독일어로 번역된 『오시안』(Ossian)은 뷔르거, 헤르더, 괴테와 이후의 낭만주의자들에게까지 큰 영향을 끼친다.

스코틀랜드인 맥퍼슨은 자신이 발견한 고대 스코틀랜드의 영웅가라며 『오시안』을 간행했지만, 사실은 맥퍼슨 자신이 놀라운 상상력과 감정이입 능력, 그리고 감정과 분위기에 충만한 시어로써 『오시안』을 직접 창작한 것이다. 뷔르거, 헤르더, 괴테, 그리고 심지어는 야콥 그림까지도 이 『오시안』을 민속 및 민중 문학을 구술하는 서사시인으로 이해하고 수용했다.

아무튼, 이 『오시안』과 세익스피어, 괴테의 『괴츠』 그리고 「오시안과 고대 제 민족들의 노래」에 관한 헤르더의 논문이 격정적인 시인 뷔르거의 문학적 행로를 인도하는 별들이었다. 즉, 뷔르거는 교양계층만을 위한 고상한 문학에 대해 날카로운 비판을 하면서 시인은 궁전(Palast)이나 오막살이(Hütte)를 가리지 않고 드나들 수 있어야 하며, '민속적·민중적 문학'을 모방하는 것이 아니라 예술적으로 응용할 줄 알아야 한다고 주장했다. 담시에서 그가 전설 등 민속적 주제를 하층민들도 이해할 수 있는 일반적 언어로 재창조한 것도 이런 의미에서 이해되어야 한다. 그의 담시 「레오노레」(Leonore)는 사람의 감정을 사로잡는 음산한 분위기와 빠른 박자로써 헤르더의 이론적 논문들보다 훨씬 더 강렬하게 다음 세대의 젊은이들을 사로잡았다. 만년의 담시 「거친 사냥꾼」(Der wilde Jäger, 1778)은 잘 알려진 전설의 모티프를 사용하여 시골의 사람들 및 경작지, 가축들을 온통 황폐화하는 귀족들의 수렵 행사를 비판한다. 「타우벤하인의 목사의 딸」(Des Pfarrers Tochter von Taubenhain, 1781)이란 담시는 처녀의 순결성이 귀족의 유혹으로 농락당하는 당대의 주요 주제를 다루고 있다.

후일 쉴러는 「뷔르거의 시에 대하여」(Über Bürgers Gedichte, 1791)라는 서평에서 비천한 민중을 향한 뷔르거의 언어적, 내용적 순응에 대해 국민 교양의 함양이라는 시인의 드높은 사명을 망각한 하향적 인기 영합이라고 맹렬한 비난을 퍼부었다. 쉴러의 이 서평은 '폭풍우와 돌진' 문학이 '바이마르 고전주의'의 문학적 이상주의와 어떻게 다른가를 극명하게 보여 주고 있는 좋은 예이다.

3. 하만과 헤르더

　위에서 이미 말한 대로 '폭풍우와 돌진'의 시작은 일반적으로 헤르더의
『최근 독일문학에 관한 단상들』이 출간된 1767년으로 잡지만, 학자에 따라
서는 십진법 기준을 선호한 나머지, 괴테와 헤르더가 슈트라스부르크에서
만난 1770년을 그 기점으로 잡기도 한다. 그만큼 '폭풍우와 돌진'의 시대는
헤르더와 밀접한 연관성을 지니고 있는데, 그의 문학이론에 대한 서술이
너무 늦어진 감이 있다.

　하지만 헤르더는 '폭풍우적 돌진자들'을 알기 위한 중요한 인물이지만, 자
신이 '폭풍우적 돌진자'는 아니었다. 또한, 그의 저술과 사상은 심오한 내용
을 담고 있어 18세기 후반이라는 시간과 독일이라는 공간을 넘어서 오늘날
까지도 계속 그 영향력을 끼치고 있다.

　헤르더의 문학이론을 설명하기 전에 그의 선배격인 하만(Johann Georg
Hamann, 1730-88)에 대한 짤막한 언급도 필요하다. 하만은 동프로이센의 쾨
니히스베르크에서 살았던 칸트와 동시대인이자 분석적 비판철학의 반대
편에 서 있던 칸트의 적수였다. 하만은 헤르더와 괴테에게 영향을 끼침으
로써 계몽주의라는 시대적 흐름의 방향을 '폭풍우와 돌진'으로 바꾸어 놓는
데에 크게 이바지한 인물이기도 하다.

　'북방의 마인(魔人)'(der Magus des Nordens)으로 불리기도 했던 그는 성경 독
서를 통한 깊은 종교적 체험을 겪는다. 이를 통해서 그는 인간이란 하느님
의 언어를 듣고 그것을 다시 말할 수 있는 하나의 통합적 유기체로서, 순수

이성적 사유로써 분석할 수 있는 대상이 아니라고 생각했다. 인간의 온갖 감각과 정열, 예감과 감정 그리고 환상은 모두 신과 소통할 수 있는 도구로서, 그 유기체의 중심에 언어가 자리 잡고 있다는 것이다. 하만에 의하면 시(Poesie)는 인간의 모국어이며, 모든 인간의 생각은 형상과 비유로만 표현될 수 있다. 이렇게 형상과 비유를 창조해 낼 수 있는 능력을 갖춘 호메로스, 셰익스피어, 성경을 번역한 루터 등을 가리켜 하만은 '천재'라고 불렀다.

하만은 논리적인 책을 집필하지 않고 '단상(斷想)들'(Fragmente)을 썼고, 일상적 어휘와 알기 쉬운 구조로 된 문장을 쓰는 대신에 이미지들로 가득 중첩된 어휘들과 감탄의 외침, 비연속적 단상들, 모순어법, 파격 구문들을 뒤섞음으로써 자신의 문장을 완전 해독이 불가능하게 만든다. 그는 자신을 천재라고 생각할 위인은 아니었지만, 생각을 논리적으로 기술하는 대신에 예술적으로 표현하고자 시도함으로써 독자를 자기 자신의 사고과정, 느낌, 환상 속으로 사로잡아 끌어들인 사람이다. 그럼으로써 그는 동향이며 동시대적 철학자였던 칸트의 반대편에 서서 그의 적수로서의 역할을 감당해 나갔다. 이것이 '북방의 마인'이란 별칭을 가진 이유이다.

이런 하만의 뒤를 이을 인물은 누구인가? 문학사에서 역사적 인물의 배열순서와 인물을 배치하는 좌표가 학자마다 다를 수 있겠지만, 여기에 하만의 제자 헤르더가 오는 것이 적절하다 생각한다. 왜냐하면, 하만으로 비롯된 사상을 발판으로 헤르더의 대장정이 시작되기 때문이다.

요한 고트프리트 헤르더(Johann Gottfried Herder, 1744-1803)는 동프로이센의 모룽엔에서 가난한 교사의 아들로 태어났으며, 쾨니히스베르크대학에서 신학을 공부하며 칸트의 강의를 들었다. 하지만 당시의 칸트는 아직도 자연철학적 문제들에 몰두하고 있었기 때문에 그에게는 칸트보다는 하만의 영향이 더 결정적이었다.

「오시안과 고대 제 민족들의 노래에 대해서」(Über Ossian und die Lieder alter

헤르더

(Mit freundlicher Genehmigung des Deutschen Literaturarchivs Marbach)

Völker, 1773)란 논문에서 헤르더는 하만의 제자답게 '자연시'(Naturpoesie)와 '예술시'(Kunstpoesie)를 구별하면서, 자연시는 강렬하고도 순수한 자연에 가까운 영혼에서 우러나오며 그 감정을 형상과 이미지와 비유로써 표현하는 시라고 주장한다. 이 자연시는 독일 민족의 강렬한 감정들을 그 초창기에 가장 풍부하고도 순수하고 올바르게 표현하고 있으며, 그런 시대에는 모든 일상생활의 영역도 시적 표현으로 가득 차 있다는 것이다. 하만도 역시 시가 교양의 증진에 따라 말기적 산물로 나타나는 것이 아니라 "인류의 모국어"(Muttersprache des Menschengeschlechts)로서 이전부터 모든 일상생활에 자연스럽게 스며 있는 현상이라고 말한 바 있다. 헤르더는 한 걸음 더 나아가 구약성경에는 히브리의 시가 심원한 심상의 언어로 나타나 있는 것이라고 보았으며, 시란 미학적 환상의 세계를 드러내는 것이 아니라 진정한 현실의 언어이며 인간의 삶을 상징하는 비밀스러운 수수께끼라고 생각하였다. 헤르더를 전공한 숭실대 독문과 김대권 교수도 다음과 같이 쓰고 있다.

그가 고대 그리스문학, 근동문학, 『오시안』, 그리고 민요 등에 많은 관심을 표명하는 것은 규범화된 당대 문학에 대한 비판이자 새로운 문학 이해를 위한 폭넓은 지평을 열고자 함이었다. 그는 이전 시대의 문학에서 자발성, 활력, 자연스러움과 같은 특성을 확인하고, 이것을 수용하여 외국작품모방과 규범시학으로 인해 생기를 잃어 가던 독일문학에 활력을 불어넣고자 했다. 따라서 헤르더의 기원(과거)추구는 문화염세주의에 입각한 과거에의 집착이 아니라 오히려 현재와 밀접하게 연관되어 있다.[4]

이와 같이 헤르더는 하만의 언어관을 이어받아 인류의 기원을 궁구하고자 했으며 그런 노력 중에 민요 등 민속문학을 중시하였다. 다시 김대권 교수의 견해를 따라가 보자.

의고전주의적 시각에서 볼 때 민요를 비롯한 민속문학은 고전문학에 비해 일정한 형식도 없고 질적으로도 뒤떨어져 재고의 가치가 없다. 그런데 헤르더는 민속문학 속에서 '자연의 정신'을 발견하고, 이를 무미건조한 근대문학에 활력을 불어넣는 촉매제로 삼는다. 게다가 그는 그동안 푸대접을 받아 온 민속문학을 복권시키려고 노력함으로써 고전문학 위주의 문학지형도에 변화를 가져온다. 이 '문화의 민주화'(Demokratisierung der Kultur) 바람은 민중에 대한 인식에도 긍정적인 영향을 준다. 민속문학의 한 담당자인 민중은 이제까지 문학의 단순한 객체로만 간주하였는데, 이제는 그들도 주체로서 새로운 문학의 창조에 이바지할 수 있음을 천명한다는 점에서 헤르더의 민요수집활동은 뜻이 깊다.[5]

---

4 김대권, 「18세기 언어이론과 헤르더의 언어철학」, 《독일문학, 85》 (한국독어독문학회, 2003), 438쪽.
5 김대권, 「헤르더의 민요집 비교·분석 — 'Volk'와 'Volkslieder' 개념을 바탕으로」, 《괴테연구, 26》(한국괴테학회, 2013), 31쪽.

경멸과 망각의 서고에서 '민요'(Volkslied)란 개념을 처음으로 끌어내면서, 헤르더는 민요의 비밀스러운 표현들, 축약되고 비약이 많은 어법 등을 '자연시'에 가까운 것으로 간주하였다. 그는 인문주의 시대로부터 바로크 시대를 거쳐 계몽주의 시대의 아나크레온파 시와 로코코풍의 시가 모두 교양계층의 '아름다운 환상'을 노래할 뿐 세계의 실상과 삶의 참모습과는 무관한 오락용 및 장식용의 '예술시'에 불과하다고 생각했다.

헤르더가 나중에 괴테와 쉴러 등 소수 엘리트를 중심으로 한 바이마르 고전주의 문학에 대해 끝까지 냉담하고도 유보적인 태도를 보인 이유도 민요를 '자연시'의 일종으로 존중한 그의 문학관 때문이다. 헤르더의 이런 반(反)계몽주의적 담론이 후일 낭만주의자들에 의해 다시금 긍정적으로 받아들여진 것도 바로 이 때문이다.

하만과 헤르더는 다 같이 북부 독일 사람으로서 계몽주의가 주류를 이루던 시대에 반계몽주의적, 반이성적 언어관을 역설한 선구자들이었지만, 그들 자신이 탁월한 문학적 업적을 남긴 시인은 아니었다. 특히, 헤르더는 많은 업적에도 불구하고 인간적으로는 욕망이 능력보다 앞서감으로써 대체로 모순과 불만에 가득 찬 삶을 살았다. 괴테의 영광의 그늘이라 할 수 있는 바이마르의 한 교회에서 쓸쓸히 보내야 했던 헤르더 목사의 말년은 그의 빛나는 문학사적 업적에 비해 너무 초라한 감이 있다. 만약 레싱 다음에 헤르더가 존재하지 않았더라면, '폭풍우와 돌진'도, 괴테와 쉴러도 없는 따분하고 밋밋한 독일문학사가 전개되었을 지도 모를 일이다. 그만큼 헤르더의 존재와 역할은 독일문학사란 밤하늘에 없어서는 안 될 하나의 큰 별이다.

4.   '폭풍우적 돌진자들'의 드라마

렌츠(Jakob Michael Reinhold Lenz, 1751-92)의 두 드라마 『가정교사. 혹은 사적
교육의 이점』(Der Hofmeister oder Vorteile der Privaterziehung, 1774)과 『군인들』(Die
Soldaten, 1776)[6]은 프랑스 의고전주의를 배격하고 셰익스피어의 희곡들을 모
범으로 삼고 있다는 점에서 동시대 작가들과 다를 바 없다. 그런데 주목을
끄는 사실은 렌츠가 자신의 두 드라마를 '희극'(Komödie)으로 지칭하고 있는
점이다. 그는 「연극에 대한 언급들」(Anmerkungen übers Theater, 1774)에서 다음
과 같이 쓰고 있다.

> "희극에서 제일 중요하게 느끼게 되는 것은 항상 사건이며, 비극에서 받는 중
> 요한 느낌은 사건들을 만들어 내는 인물로부터 유래한다."

드라마가 비극처럼 보이는 데에도 불구하고 그가 이것들을 굳이 희극으
로 지칭한 것은 아마도 자신의 연극론에 기인한 것으로 보인다. 즉, 렌츠
는 자신의 시대에는 더는 비극적 사건을 헤쳐 나가며 새로운 사건들을 창
조해 나갈 수 있는 인물을 그려 낼 수 없다고 판단한 것이다. 계몽주의는 자
율적인 인물, 자신의 자유를 펼칠 수 있는 인물을 창조하는 것이 가능한 시
대이어야 하지만 사실은 정반대라는 것이 렌츠의 인식이다. 이처럼 "희극"

---

6   야콥 렌츠, 『군인들』, 김미란 옮김(지식을만드는지식, 2014) 참조.

『가정교사』와 『군인들』에 담겨 있는 갈등의 바탕에는 사건들만 있다. 즉, 사건들 속 인물들의 운명을 미리 결정해 놓은 외적 환경만이 크게 드러나고 있다. 가정교사 로이퍼(Läuffer)는 귀족들 가문의 잘못된 사교육제도의 희생양으로 등장하고, 『군인들』에 나오는 귀족 출신의 장교 데스포르테스(Desportes)는 독신을 강요하는 제도의 희생양이고, 시민의 딸 마리아네 베제너(Mariane Wesener)도 사회적 신분상승을 노린 자신과 양친의 허영의 희생양이다.

바로 이 점에 '폭풍우적 돌진자' 렌츠의 날카로운 사회 비판적 칼날이 번득이고 있다. 귀족과 시민이라는 두 계급이 각각 보여 주고 있는 이기심과 허영의 충돌이 이처럼 극명하게 묘사된 작품도 드물다. 그는 당시 프리드리히 대왕에 의해 독신 생활을 강요당한 독일 장교들의 도덕적 타락과 이기심이 결혼을 통한 신분상승을 노리는 시민계급 딸들의 허영심과 맞물려 많은 사회적 물의를 일으키고 있던 시대적 문제를 날카롭게 주제로 포착한 것이다. 당시 계몽주의적 시대상 및 사회현실에 대하여 그는 마찬가지로 계몽주의적 이념의 단도를 들이대고 있다. '폭풍우와 돌진'이 계몽주의의 '아들'이면서 또한 동시에 계몽주의에 반기를 들고 일어선 청년 문학운동이라는 사실을 잘 보여 주는 사례이다.

하지만 렌츠의 『가정교사』에서 보이는 이와 같은 날카로운 사회비판이 현대 극작가 브레히트에게서 새롭게 드러난다. 브레히트는 개작 『가정교사』(1949; 1959년 초연)에서 구스트헨을 임신시켜 아기를 갖게 한 데에 대한 후회와 절망 때문에 자신을 거세해 버리는 렌츠 희곡의 주인공 로이퍼를 육체적, 정신적으로 거세된 시민계급 출신의 지성인으로 설정한다. 이러한 후회와 자기 학대가 오히려 시민계급의 저항능력을 약화하고 기존의 사회체제를 공고히 다지게 됨을 보여 주고 있다. 브레히트는 성적 능력이 없는 로이퍼와 결혼하는 마을의 처녀 리제(Liese) 역시 노예근성의 소유자로 지적한다.

『군인들』에 나오는 시민의 딸 마리아네 베제너의 경우는 레싱의 에밀리 아 갈로티에서 이미 그 원형을 찾을 수 있는 이 시대의 주요 모티프이다. 시 민계급의 딸이 방탕한 귀족의 유혹을 받아 파멸하게 되는 이 모티프의 가장 비극적인 형태는 '영아살해범'(Kindsmörderin)이다.

바그너(Heinrich Leopold Wagner, 1747-79)의 비극 『영아살해녀』(Kindermörderin, 1776)도 이 시기에 나온 작품이다. 여기서 바그너는 귀족 출신 장교들의 자유 롭고 방탕한 퇴폐적 생활 태도와 슈트라스부르크 정육점 마이스터 홈브레 히트의 협소한 시민적 가정을 대비시켜, 에프헨 홈브레히트가 어떻게 유혹 에 넘어가 영아를 살해하게 되는가를 무대 위에서 사실적으로 보여 준다. 슈트라스부르크 방언이 튀어나오기도 하고 창녀, 하녀, 세탁녀 등이 무대에 등장한다. 이 작품이 1777년 베를린에서 공연을 못 하자, 바그너는 『에프헨 홈브레히트. 혹은 어머니들이여, 이걸 명심하시라!』라고 작품의 세목을 바 꾸고 창가에서의 강간 장면 등 과도한 장면들을 많이 고쳤다. 그 결과 그 이 듬해인 1778년에야 개정된 작품이 여러 독일 도시에서 공연될 수 있었다.

바그너와 마찬가지로 프리드리히 막시밀리안 클링어(Friedrich Maximillian Klinger, 1752-1831)도 괴테의 친구로서 '폭풍우적 돌진자'이다. 프랑크푸르트 의 가난한 군인의 아들이었던 클링어는 기센(Gießen)대학에서 법학을 공부 하고 1774년부터 드라마를 쓰기 시작했다. 그는 슈트라스부르크로 여행을 떠났다가 거기서 괴테를 만나 괴테와 더불어 셰익스피어에 열광하게 된다. 형제간의 질투, 증오, 그리고 살해를 다룬 그의 산문 드라마 『쌍둥이』(Die Zwillinge, 1776)는 괴테의 『괴츠』와 셰익스피어 연극의 영향을 받은 그의 기 사(騎士)드라마 『오토』(Otto, 1775)보다는 한결 더 무대에 올리기 쉽지만, 절 제되지 않은 감정이 그대로 마구 분출되고 있다는 점에서 영락없는 '폭풍우 와 돌진'의 문학이다.

'폭풍우와 돌진'이란 사조의 이름이 된 그의 드라마 『뒤죽박죽』(Wirrwarr, 1776)은 앙숙인 영국의 두 귀족 가문과 양 가문의 서로 사랑하는 아들과 딸이 나중에는 화해에 도달한다는 내용으로 셰익스피어의 『로미오와 줄리엣』의 영향을 받은 것으로 보인다. 무대는 독립전쟁을 배경으로 한 미국이다. 유럽이 너무 협소하고 답답하다고 여기는 젊은이들이 이 자유의 신천지에서 펼치는 모험담들로서 자유에 대한 동경과 루소의 자연사상 등이 드라마의 주조를 이루고 있다.

빈터투어의 '천재' 예찬론자인 카우프만(Christoph Kaufmann)이 이 『뒤죽박죽』을 『폭풍우와 돌진』이라고 바꾸어 부르자 클링어도 1776년 초판에서는 『폭풍우와 돌진』이라는 제목을 붙인다. 이것이 '괴테시대'의 도입부를 지칭하는 문학사조의 이름으로까지 될 줄은 카우프만도, 클링어도 짐작하지 못했다.

---

5.   청년 괴테의 시

'폭풍우와 돌진' 문학의 빼놓을 수 없는 인물로 드디어 괴테를 언급할 차례이다. 슈트라스부르크에서의 헤르더와 괴테의 만남, 렌츠가 나중에 사랑한 프리데리케 브리온과 괴테의 만남, 바그너의 『영아살해녀』와 괴테의 『파우스트』에서의 영아살해범 그레첸, 클링어의 드라마 『오토』에 영향을 준 괴테의 『괴츠』 등등 함께 언급해야 할 사실도 많다. 이처럼 한 인물이 한

시대에 다양한 영향을 준 사실은 경이적이다. 대부분의 문학사가가 문학사를 괴테를 중심으로 기술한 이유도 여기서 찾아볼 수 있지만 그만큼 그의 뛰어난 업적에 힘입은 바 크다.

요한 볼프강 폰 괴테(Johann Wolfgang von Goethe, 1749-1832)는 1749년 8월 28일 자유시(Freie Stadt) '프랑크푸르트 암 마인'(Frankfurt am Main)에서 태어났다. 우선 그가 태어난 1749년에 대해서 살펴보자면, 이것은 괴테가 헤르더보다 5년 뒤에, 바그너보다 2년 뒤에, 렌츠보다 2년 앞서, 클링어보다 3년 앞서, 쉴러보다 10년 앞서 태어났음을 의미한다. 또한, 프리드리히 대왕 즉위 9년 후에 태어났고 프랑스대혁명 40년 전에 태어났음을 의미한다.

다음으로 그가 자유시 프랑크푸르트 암 마인의 명문가에서 태어났다는 사실은 시민계급 가정에서 태어났지만, 군주와 귀족의 지배에서 완전히 벗어나 있던 '자유'시 태생이기에 신분상의 제약을 벗어나 귀족계급과 다름없는 생활이 가능했음을 의미한다. 따라서 그는 프랑크푸르트를 떠나면 시민계급이었지만, 프랑크푸르트에서의 그는 도시귀족의 후예로서 갖가지 특권을 누릴 수 있었다. 이러한 괴테의 이중적 신분은 앞으로 그의 행동과 생활, 그의 문학을 이해하는 데에 중요한 단서가 된다.

괴테의 아버지 요한 카스파르 괴테(Johann Kaspar Goethe)는 황제고문관(Kaiserlicher Rat)이란 호칭이 있었지만 실제로 직책상의 수행업무가 있었던 것은 아니었다. 하지만 그의 어머니 카타리나 엘리자베트 텍스토어(Katharina Elisabeth geb. Textor)는 프랑크푸르트 시장 텍스토어의 딸이었다. 따라서 괴테는 외조부가 시장이었던 만큼 프랑크푸르트의 도시귀족(Patrizier)의 후예로 태어났다고 해야 정확한 표현이 된다.

여러 고전어와 외국어, 승마, 펜싱 등등 교과마다 개인 교수를 받으며 성장하였고 프랑크푸르트의 화가들과 교분이 있었으며, 인형극에 심취하는가 하면 순박한 처녀 그레첸에게 첫사랑의 감정을 느꼈다는 기록이 있다.

16세에서 19세에 이르기까지 약 3년 동안 라이프치히대학으로 가서 법학을 공부하게 되지만, 외저(Oeser)에게 받은 그림 수업과 빈켈만(Winckelmann)의 책에 심취하면서 로코코 문학의 영향을 받은 서정시들을 쓴다. 이어 술집 아가씨 케트헨(Anette Käthchen Schönkopf)을 사랑하는 등 방종한 생활로 인하여 신병을 얻어 고향 프랑크푸르트 시로 되돌아온다. 프랑크푸르트에서 요양생활을 하는 사이에 어머니의 친구 클레텐베르크(Susanne von Klettenberg, 1723-1774) 부인을 통해 경건주의와 신비주의를 접하게 된다. 후일 괴테는 클레텐베르크 부인의 글과 고백을 「어느 아름다운 영혼의 고백」으로 작품화하여 그의 소설 『빌헬름 마이스터의 수업시대』의 제6권으로 삽입한다.

1770년 괴테는 법학 공부를 계속하기 위해 슈트라스부르크대학으로 간다. 여행 중이던 헤르더가 눈병을 얻어 마침 슈트라스부르크에 머물게 되는데, 괴테가 그를 통해 셰익스피어와 『오시안』, 그리고 '민속문학'(Volkspoesie)의 중요성을 깨우치게 되는 사실은 유명하다. 이처럼 다섯 살 차이의 두 청년이 만나 독일문학의 현황과 미래에 대한 진지한 이야기를 나눈 것이 '폭풍우와 돌진'의 시대를 여는 계기가 된다. 한편, 괴테는 슈트라스부르크 근교의 제젠하임(Sesenheim)의 목사관을 방문했다가 목사의 딸 프리데리케 브리온(Friederike Brion)과 사랑에 빠져 프리데리케에게 바치는 노래들을 썼는데, 이것이 독일문학사 최초의 '체험시'(Erlebnislyrik)가 된다.

아, 조그만 천사여, 그대가 참 그립구나!
꿈속에서라도, 꿈속에서라도 좋으니
내게 나타나 주렴,
그대 때문에 많이 괴롭더라도
그대 때문에 불안에 떨며
유령들과 싸우고

숨도 못 쉬면서 깨어나더라도!

아, 그대가 참 그립구나!

아, 무거운 꿈속에서조차 참으로 소중한 그대!

이 시는 괴테 연구가들에 의해 「제젠하임의 노래들」(Sesenheimer Lieder)로 불리는 시들 중의 하나이다. 클롭슈톡을 거쳐 괴테에 이르는 동안 독일 시는 실제 체험을 통해 얻은 진솔한 인간적 감정을 토로하는 체험시의 단계로 고양되었다. 청년 괴테의 이러한 시들 중에서 '폭풍우와 돌진'의 시대를 가장 잘 대표하고 있는 시는 유명한 「프로메테우스」이다.

제우스여, 그대의 하늘을

안개 자욱한 구름으로 뒤덮어라!

그리고 엉겅퀴 꽃을 따는 소년과도 같이

산꼭대기에서

참나무들과 놀고 있으렴!

그러면서 제발 나의 지구를

그냥 내버려 두렴!

그리고 그대가 짓지 않은

내 오막살이도 그대로 두고,

벌겋게 이글거리고 있어서

그대가 부러워하는 내 화덕도

제발 그대로 둬 다오.

......

나 여기 앉아

내 형상을 본떠

인간을 만든다,

나와 같이 괴로워하고 울고

즐기고 기뻐할 줄 아는 종족을,

그리고 나처럼

그대를 대수롭지 않게 여기는 종족을 만든다.

1774년경에 쓴 것으로 추측되는 이 시에서 괴테는 자신의 형상을 본떠 인간을 창조하는 프로메테우스를 그리고 있다. 여기서 프로메테우스는 제우스에 의해 벌을 받고 있지만, 자신을 닮아 "괴로워하고 울고 즐기고 기뻐할 줄 아는 종족" 인간을 만든다. 괴테는 1771년에 쓴 그의 연설문 「셰익스피어 기념일에 즈음하여」에서 다음과 같이 쓰고 있다.

셰익스피어는 프로메테우스와 겨루었습니다. 그는 프로메테우스의 형상을 본떠 자신의 인간들을 한 획 한 획 그리되, 정말 '엄청나게 크게' 그렸을 뿐입니다. (바로 여기에 우리가 우리의 형제를 알아보지 못하는 이유가 있습니다) 그리고 나서 그는 그 인간들 모두에게 '자신의' 정신의 입김을 불어넣었습니다. 그리고 그 모든 인간을 통해 셰익스피어 '자신이' 말을 합니다. 그리하여 우리는 그들 모두가 같은 혈족이라는 것을 인식하게 되는 것입니다.[7]

위의 시에서의 프로메테우스와 이 글에서의 셰익스피어는 다 같이 인간을 창조하고 있다는 점에서 비슷하고 둘 다 창조적 '천재'라는 점에서 공통

---

7   괴테, 『문학론』, 안삼환 옮김(민음사, 2010), 14쪽.

점을 가진다. 이 '천재'는 자연을 단순히 모방하고 있는 것이 아니라 어떤 '반항 정신'에서 남이 아닌 자신과 닮은 생명을 창조하고 있다. 그 결과 '자연적인, 너무나 자연적인' 인간들이 생겨난다는 것이다.

괴테는 "자연, 오, 자연 그대로의 본성이여! 셰익스피어의 인간들만큼 자연스러운 것은 아무것도 없도다!"[8]라고 외치지만, 위의 예로 든 두 시에서 '폭풍우와 돌진'의 시대를 열면서 가장 앞서 달려간 청년 괴테의 문학적 특징이 극명하게 드러난다. 그것은 살아 있는 인간으로서의 자연스러운 감정의 표출, 현실에 대한 강한 불만, 자유를 갈구하는 새로운 인간형의 창조 등 여러 가지로 표현될 수 있지만, '천재시대'(Genieperiode)를 여는 핵심은 혁신적인 젊은 기백이었다.

---

6.   혁신적 드라마 『괴츠 폰 베를리힝엔』

시에서 엿보인 괴테 문학의 이러한 특징은 드라마에서도 그대로 드러난다. 당시 기성 연극계를 지배하고 있던 의고전주의적 프랑스 비극들은 일정한 틀에 따라 너무나도 규칙적으로 전개됨으로써 독일 젊은이들에게는 답답하고 지루하게만 느껴졌다. 여기에 헤르더를 통해 셰익스피어극이 괴테에게 소개되어 괴테는 새로운 드라마를 쓰게 된다. 그것이 바로 『무쇠손

---

8   앞의 책, 같은 쪽.

200

괴츠 폰 베를리힝엔』(Götz von Berlichingen mit der eisernen Hand, 1773)이다.

슈트라스부르크 시절의 괴테는 중세 독일의 전설을 연구하던 중 무쇠손을 가진 전설적 기사 괴츠 폰 베를리힝엔(1480-1562)의 자서전을 읽는다. 권력을 독점하고 있던 당시 군주들의 전횡에 대해 자연법의 원칙에 따라 자위권(Faustrecht)을 행사할 수 있다고 믿었고 또 이 믿음을 실천하고자 했던 괴츠가 괴테에게는 '한 완전한 인물'(ein ganzer Kerl)의 전형으로 생각되었다. 그래서 괴테는 이 괴츠의 이야기를 연극화하여 셰익스피어적인 연극으로 만들었다.

『괴츠』는 산문으로 된 5막극이지만, 막의 구분이 조금 느슨하게 되어 있고 무대가 56번이나 바뀌는 장면들의 연속으로 구성되어 있다. 이것은 의고전주의적 프랑스 연극의 규칙성에 묶여 있던 당시의 독일 연극 무대에서는 파격적이고도 혁신적인 것으로 받아들여졌다. 밤베르크 궁정 사람들은 그들의 신분에 알맞은 언어를 가려서 말하고 있지만, 농부들이나 집시들은 일상적인 말투를 그대로 말한다. 농부들과 집시들이 무대와 장면을 채우는 것 자체가 큰 화제를 불러일으켰다. 『괴츠』는 형식뿐 아니라 그 내용을 보더라도 비록 시대가 16세기를 다루고 있긴 하지만 18세기 후반의 절대주의 군주체제에 대한 청년 시인 괴테의 저항이 엿보인다.

이 작품은 자유를 본성의 유일한 발로로, 정의를 자기 행동의 유일한 지표로 삼고 있는 중세적 기사 괴츠가 현실과 싸우는 것을 내용으로 한다. 괴츠는 궁정들과 도시들에서 자신의 이익만을 추구하고자 하는 새로운 시대의 약삭빠른 인간 유형들과 제어할 수 없이 밀려오는 정치적, 경제적으로 타락한 사회 및 국가 질서와 정면 대결하지만 현실적으로는 패배하지 않을 수 없는 운명적 존재이다. 괴테는 또한 바이슬링엔이란 우유부단하고도 현실적인 인물을 등장시켜 주교의 궁정에서 일어나는 정치적 이면을 폭로하고, 선악을 초월하여 계교에 능한 아델하이트라는 복잡하고도 문제가 많은 새로운 여성상도 선보이고 있다.

이 작품에서 괴테는 기사의 성(城, Burg), 군주의 궁정, 제국 의회, 시 참사회 장면으로부터 도시의 선술집, 농민군의 막사에 이르기까지 중세후기 독일 사회의 잡다하고 다양한 여러 단면을 두루 보여 준다. 그리고 그는 괴츠, 바이슬링엔, 아델하이트 등 세 인물이 모두 피할 수 없는 숙명에 의해 파멸의 수렁으로 빠져드는 모습을 생생하게 보여 줌으로써, 일약 젊은 세대의 선두주자로 주목을 받게 된다. 헤르더도 그의 유명한 「셰익스피어 논문」(Shakespeare-Aufsatz, 1773)의 마지막에 곧 출간될 괴테의 작품 『괴츠』에 대한 소감을 말하며 괴테가 "이다지도 퇴화된 우리의 조국에서, 우리의 언어로, 우리의 기사(騎士) 시대에서 소재를 가져와서" 셰익스피어의 "기념비"를 세우는 데에 앞장서고 있는 데에 대해 극찬을 아끼지 않았다.

7. 유럽 시민계급의 심금을 울린 편지소설

1772년 초에 괴테는 몇 개월 동안 법률 시보(試補)로 일하고자 신성로마제국의 최고법원이 있던 베츨라르(Wetzlar)로 간다. 여기서 괴테는 자신의 친구이자 동료인 케스트너의 약혼녀 샤를로테 부프와 열렬한 사랑에 빠져들게 되지만, 지독한 극기와 현장 탈출을 통해서 이 열애를 극복할 수 있었다. 프랑크푸르트로 이미 돌아와 있을 때, 그는 베츨라르에서 친하게 지내던 동료 예루잘렘이 유부녀에 대한 절망적인 짝사랑 때문에 자살했다는 신문 기사를 읽게 된다. 이에 자극을 받아 베츨라르에서의 자신의 열애를 회상하게 된 괴테는『젊은 베르터의 괴로움』(Die Leiden des jungen Werthers, 1774)라는 편지소설을 집필한다.

여기서 우선 이 작품의 제목 번역에 대해 간단히 짚고 넘어갈 문제가 있다. 주지하다시피 일본 제국의 식민지 시대는 한국문화 발전에 많은 상처를 남겼다. 예컨대, 'Romantik'의 우리말 번역이 '낭만주의'인데, '浪漫'의 일본어 발음이 '로만'이다 보니, 일본인을 위해서는 당연한 음역(音譯)이 되지만, 그것을 받아들여서 함께 사용하다가 해방과 독립을 맞이한 우리에게는 '낭만'이 어느 정도 비슷한 의미영역을 지칭한다 할지라도 음역으로서는 '낭만'의 'ㄴ'이란 음소(音素)가 생경하게 된다. 어떤 음소도 실제 음과 거의 비슷하게 재현, 기록할 수 있음을 세계적으로 자랑하는 우수한 한글을 사용하는 우리 한국인들에게는 참으로 치욕적인 상처가 아닐 수 없다. 일본인들은『젊은 베루테루의 슬픔』이라 번역했겠는데, 식민지 시대의 우리 국민

『젊은 베르터의 괴로움』의 초판본 속표지

(Mit freundlicher Genehmigung des Deutschen Literaturarchivs Marbach)

은 당연히 『젊은 베르테르의 슬픔』으로 받아들였다. 여기서 '베루테루' 또는 '베르테르'는 '베르터'로 표기해야 함은 명백하다.

그리고 『……의 슬픔』이라 한 것에도 당시 일본 독일문학자들의 이 작품에 대한 이해에 다소 문제가 있었음을 지적하지 않을 수 없다. 『……의 슬픔』이라고 번역할 때에는 이 작품을 연애소설로 이해하고 있는 측면이 강하다. 하지만 "Die Leiden des jungen Werthers"에서의 "die Leiden"은 '슬픔'도 물론 포함하지만 '아픔', '고통', '고뇌', '괴로움', '수난' 따위의 의미가 훨씬 더 강하다고 볼 수 있으며, 만약 이 작품을 『젊은 베르터의 고뇌』라고 번역한다면, 이 작품의 주인공 베르터가 연애에서 절망한 슬픔 이외에도 사회제도나 인습의 질곡에 '고뇌'했다는 의미도 아울러 포함하게 될 것이다. 이런 점에서 최근에 나온 중견 독일문학자들의 번역 제목이 『…의 고뇌』인 것은 그동안에 '독립하여' '독자적으로 발전해 온' 한국 독일문학계의 연구 성과의 반영으로도 볼 수 있다.

2019년에 도서출판 부북스에서 나온 필자 자신의 번역 『젊은 베르터의 괴로움』에서 필자가 '고뇌'를 다시 '괴로움'으로 바꾼 것은 '고뇌'라는 어휘가 최근에는 좀 어려운 말이 된 듯해서, 보다 쉬운 우리말로 대체하고 싶었기 때문이다. 학계와 독자들에게 괜한 복잡성을 야기할 듯해서 망설였지만, 현 단계에서는 여러 가능성을 제시해 놓는 것이 정직하고 올바른 태도라고 판단되었다.

---

9 괴테, 『젊은 베르터의 고뇌』, 임홍배 옮김(창비, 2012), 그리고 괴테, 『젊은 베르터의 고뇌』, 김용민 옮김(시공사, 2014) 참조.

『젊은 베르터의 고뇌』에 대하여

초빙집필 임홍배, 서울대

독일문학사에서 이성과 감성의 해방을 추구한 슈투름 운트 드랑(Sturm und Drang)의 대표작으로 꼽히는 괴테 소설 『젊은 베르터의 고뇌』(1774)는 이중의 실화에 바탕을 둔 작품이다. 라이프치히대학과 슈트라스부르크(오늘날 프랑스의 스트라스부르)대학에서 법학을 전공한 괴테는 1772년 5월부터 9월까지 베츨라르에 있는 독일제국 최고 법원에서 법관시보로 수습근무를 했다. 그러던 중 1772년 7월 샤를로테 부프(Charlotte Buff)라는 여성을 만나 첫눈에 반하지만 샤를로테는 이미 약혼자가 있는 몸이었다. 결국, 그녀를 단념할 수밖에 없었던 괴테는 절망감을 이기지 못해 같은 해 9월에 수습근무를 중단하고 고향 프랑크푸르트로 낙향한다. 그런데 법원 동료였던 예루잘렘이라는 친구 역시 유부녀를 사랑한 연유로 괴로워하다가 스스로 목숨을 끊었다. 이렇듯 친구를 죽음으로 몰아간 비운의 사랑과 괴테 자신의 쓰라린 실연의 경험이 『젊은 베르터의 고뇌』를 집필하게 된 직접적인 동기이다.

베르터는 인습과 편견이 지배하는 갑갑한 도시를 떠나 대자연의 품에서 물아일체의 순수한 희열에 잠긴다. 그가 로테에게서 느끼는 사랑 역시 그런 자연상태의 순수한 영혼에서 솟구치는 감정이다. 더욱이 둘이 처음 만나는 장면에서 로테가 보여 주는 지극한 모성의 이미지는 일찍 아버지를 여의고 편모슬하에서 외톨이로 자란 베르터의 운명적 고독을 포근히 감싸 줄 매력 포인트였을 것이다.

어머니를 여의고 여덟 명이나 되는 어린 동생들을 손수 키우는 로테의 숭고한 모성은 성처녀의 이미지와 겹치기도 한다. 하지만 뜨거운 격정을 제어하지 못하는 베르터의 감정은 그런 숭고한 차원으로 승화되지 못하고 갈수록 속으로만 가열된다. 더구나 로테가 약혼자 알베르트와 결혼하고, 부부의 도의를 지키는 조신한 성품인 만큼 베르터의 사랑은 기대만큼 응답받지 못한 채 속에서만 끓어오른다. 그렇게 내연하는 감정의 공회전은 결국 심신의 기력을 갉아먹으며, 베르터 자신이 실토하듯 이성의 힘으로는 다스릴 도리가 없는 '죽음에 이르는 병'으로 치닫는다. 그리하여 극심한 조울증에 빠져서 자신의 생명을 소진하던 베르터는 마침내 '내 가슴은 죽었다'며 한때 그토록 뜨겁게 달아올랐던 자신의 '가슴'에 사망선고를 내린다.

베르터가 자살이라는 극단적 선택을 하는 또 하나의 이유는 귀족들로부터 결코 씻을 수 없는 수모를 당하기 때문이다. 평소에 그를 허물없이 인간적으로 대해 주던 C백작의 저택에서 베르터는 상류사회 귀족들의 연회가 열리는 줄도 모르고 계속 머물고 있다가 귀족들로부터 문자 그대로 '왕따'를 당한다. 궁정의 관료조직에서 업무상으로는 귀족들과 상종할 수 있지만, 업무의 차원을 떠나 인간적인 관계에서는 '시민계급' 출신의 말단관료인 베르터는 감히 귀족들의 연회 틈에 끼어들 수 없다. 베르터가 궁정 관료사회를 '노예선'에 빗대는 것은 그렇듯 대등한 인간적 교류를 가로막는 신분차별의 질곡 때문이다. 또한, 그런 차별이 엄존하는 세상을 '감옥'에 견주며 베르터는 로테를 만나기도 전에 이미 이 감옥을 벗어나고 싶은 충동 즉 자살 충동을 느끼고, 바로 그것이 자신이 원하는 '자유'라 일컫는다. 베르터의 자살은 사랑을 위해 목숨까지 바친 순사(殉死)일 뿐 아니라, 신분차별과 편견이 지배하는 당대 사회를 향해 온몸을 내던진 희생과 저항의 죽음이기도 하다.

이 작품은 발표 직후 독일 전역에서 모방 자살이 속출하는 등 폭발적 반응을 불러일으켰다. 그러자 성직자들은 '자살과 불륜을 부추기는 책'이라며 비난하였고, 그런 연유로 이 책은 여러 지역에서 '판매금지' 처분을 받았다. 그런가 하면 괴테보다 스무 살 아래였던 나폴레옹은 이 작품을 일곱 번이나 읽은 것으로 유명하다. 훗날 괴테는 "나는 몽유병자처럼 거의 무의식중에 써내려 갔다. 작품을 통해 폭풍우처럼 격렬한 격정에서 구제되었고, 일생일대의 고해를 하고 난 후처럼 새로운 삶을 시작할 수 있었다"라고 고백한 바 있다. 괴테에게 이 소설의 창작과정은 견디기 힘든 실연의 고통과 싸우며 작품을 통해 총고해(總告解)를 바침으로써 치명적인 격정에서 벗어나는 치유의 과정이었다.

『젊은 베르터의 고뇌』는 서간체 소설이다. 작품의 서두를 보면 베르터가 빌헬름이라는 친구에게 보낸 편지를 어떤 익명의 편집자가 '편집'한 것으로 되어 있다. 하지만 그 '편집자'의 말은 베르터의 '편지'가 소설로 공개되는 경위에 대한 형식적인 주석일 뿐이고, 작품 전체는 거의 전적으로 베르터의 편지들로만 구성되어 있다. 편지라는 것은 편지의 발신자가 자신의 내밀한 생각과 감정을 아무런 여과 없이 편지 수신자에게 직접 전달하는 형식이다. 그런데 이 소설에서 명목상의 수신자로 되어 있는 친구는 사라지고 오직 발신자의 발언만 제시된다. 소설의 형식으로 보면 화자를 최대한 숨기고 소설의 주인공이 직접 독자에게 말을 거는 독백의 형식이 되는 셈이다. 이 소설이 괴테 당대의 독자들에게 엄청난 호소력을 지녔던 이유는, 그 내용이 당시 젊은 세대의 위기의식을 예민하게 건드렸기 때문이기도 하지만 그 못지않게 이처럼 주인공이 독자에게 직접 자신의 감정을 토로하는 형식을 취하고 있기 때문이기도 하다.

"나는 이 작품에서 깊고 순수한 감수성과 비범한 통찰력을 지녔으나 열광적인 몽상에 빠져서 과도한 번민으로 자신의 생명을 갉아먹고, 마침내는 이루어질 수 없는 불행한 사랑으로 인해 완전히 기력을 소진하고 자살하는 한 젊은이의 이야기를 썼습니다." (괴테)

임홍배 교수의 위의 글에서도 알 수 있지만, 이 작품에서 우리는 단지 연애에서 좌절한 청년의 '슬픔'만이 아니라, 프랑스대혁명(1789)을 15년 앞둔 시점(1774)에서 독일 시민계급 출신의 청년이 고루한 신분사회의 관행과 인습 아래에서 겪는 탈출구 없는 '괴로움'과 '고뇌'를 읽을 수 있다. 베르터의 이 '고뇌'는 청년 괴테의 동시대인들, 그중에서도 특히 시민계급 출신의 청년들이 겪고 있던 '시대의 아픔'이기도 했다. 소설 『젊은 베르터의 고뇌』가 독일뿐만 아니라, 당시 전 유럽의 시민계급 독자들의 심금을 울리고, 푸른 연미복에 노란 조끼, 가죽 반바지, 목이 밖으로 젖혀지는 장화, 회색의 둥근 펠트 모자 등 이른바 '베르터식 복장'이 대유행을 하게 되어 수많은 유럽 시민들에게 모방 자살의 충동을 불러일으킨 것은 이런 점에서 이해되어야 한다. 괴테 자신도 이른바 '베르터 열풍'(Wertherfieber)이라고 불리던 이 현상의 원인으로 이 작품이 청년들의 욕구와 그 시대의 요구를 그대로 대변하고 있기 때문이라고 말한 바 있다.

오늘날 우리 한국의 젊은이들이 처해 있는 상황도, 비록 베르터가 처해 있던 답답한 상황과 완전히 같다고는 할 수 없겠으나, 그것이 답답하고 괴롭다는 점에서는 비슷하지 않을까 싶다. 따라서 현재 우리 문단으로부터도 이런 시점, 이런 상황을 절실하게 잘 형상화해 내는 소설 작품이 기대된다 하겠다. 여담이지만, 『젊은 베르터의 고뇌』의 여주인공 로테는 2백 년 가까운 세월이 흐른 뒤에 아시아의 한 청년에게 깊은 감동을 불러일으켜, 그가 만든 제품에 '롯데'라는 이름이 붙여지고, 그가 이끄는 기업이 '롯데'라는 이름을 얻게 되었다. 또한, 청년 괴테의 이 작품은 한국 문학에도 "목련꽃 그늘 아래서 베르테르의 편질 읽노라"(박목월: 「4월의 노래」) 등 수많은 영향의 흔적을 남기게 되었다. 여기서도 드러나고 있지만, 우리나라에서는 이 소설이 주로 '베르테르'의 열렬한 사랑과 실연 및 자살을 다룬 연애소설로 알려져 왔다.

한편, 괴테는 이 작품을 씀으로써 자신의 청년기에 들이닥친 인간적 위기를 극복할 수 있었다. 후일 괴테는 자신의 자서전인 『시와 진실』(Dichtung und Wahrheit)에서 이 소설의 창작을 통해 그 자신은 청년기의 위기 상황에서 탈출할 수 있었으며, "마치 총고해(總告解) 성사라도 치른 뒤처럼 다시 즐겁고 자유롭게 된 느낌이 들었고, 새로운 삶을 살 권리가 생긴 것처럼 느꼈다"[10]고 고백한다.

아무튼, 괴테는 이 소설을 통해 일약 범(汎) 유럽적 시인이 되었다. 그 결과, 그는 1775년 바이마르 공국의 군주 카를 아우구스트 공(Herzog Karl August, 1757-1828)의 초청을 받아 바이마르 궁으로 가게 된다. 귀족들의 세계에서 배제되고 배척당하는 아픔을 겪었던 한 시민계급 출신의 문학청년이 이제 귀족들의 세계로 들어가게 되는 것인데, 7년 후인 1782년에는 귀족 칭호를 받기에 이른다.

괴테가 이렇게 바이마르로 초청되어 가는 배후에는 초청자 카를 아우구스트 공의 모후(母侯) 아나 아말리아 공작부인(Herzogin Anna Amalia, 1739-1807)이 있었으며, 이 공작부인이 바이마르에서 위대한 독일 고전주의 문학과 인문적 독일문화를 일으킨 장본인이다. 이제 청년 괴테의 '폭풍우와 돌진'의 저항적 문학은 공작부인과 바이마르 귀족사회의 영향 아래에 차츰 순화되고 더욱 우아하고 원숙한 경지로 발전해 감으로써, '폭풍우와 돌진'의 문학은 인문적으로 더 순화된 독일 고전주의 문학으로 찬연하게 피어난다.

---

10 Goethes Werke, H. A., Bd. 9, S. 588 (Dichtung und Wahrheit).

절대수의에 들이댄 비수(比首)
― 청년 쉴러의 드라마들

괴테가 바이마르로 감으로써 바로 '폭풍우와 돌진' 시대가 끝나는 것은 아
니다. 괴테의 인간적 성숙을 위해서는 앞으로도 10여 년의 시간이 더 필요
하다. 여기서 우리는 '폭풍우적 돌진자들' 중 가장 중요한 한 시인 프리드리
히 쉴러(Friedrich Schiller, 1759-1805)를 소개할 단계에 이르렀다.

쉴러는 네카르 강변의 소도시 마르바흐에서 하급 군의관의 아들로 태
어났다. 7세 때에 아버지를 따라 뷔르템베르크(Württemberg) 공국(公國,
Herzogtum)의 카를 오이겐(Karl Eugen) 공의 궁정이 있는 루드비히스부르크
(Ludwigsburg)로 이사하였다. 그곳의 극장과 라틴어학교에 다니며 드라마 습
작들을 시도한다. 1773년에는 카를 오이겐 공이 설립한 일종의 사관학교인
'카를의 학교'(Karlsschule)의 생도가 되어 법학과 의학을 전공한다. 하지만 쉴
러는 군대생활과 흡사한 이 학교의 권위주의적 분위기를 몹시 혐오하였다.
이즈음 그는 클롭슈톡의 시와 레싱의 희곡 『에밀리아 갈로티』에 큰 감명을
받고 1777년부터 『도적들』(Die Räuber, 1781)을 집필하기 시작하였다.

쉴러는 『도적들』의 '적대적 형제'(feindliche Brüder)의 모티프 등을 슈바
르트(Chr. Fr. Daniel Schubart)의 단편소설 『인간 마음의 역사에 관하여』(Zur
Geschichte des menschlichen Herzens, 1775)에서 일부 빌려 왔지만, 카를 모어가
도적의 우두머리가 되는 것과 아말리에라는 여성 인물의 설정 등은 쉴러가
독창적으로 고안해 낸 것이었다.

쉴러의 『도적들』에 나오는 폰 모어 백작의 두 아들은 성격이 판이하다.

쉴러 동상

(마르바흐, 안삼환 촬영)

동생 프란츠는 처세와 계산이 빠르지만, 형 카를과 비교하면 외모나 인간적 도량 등에서 열등하다. 형이 집을 떠난 틈을 타서 아버지에게 형을 모함하여 형의 상속권을 빼앗고 형의 애인 아말리에마저 차지하고자 한다. 동생의 모함으로 아버지로부터 버림받은 카를은 이러한 정의롭지 못한 사회에 환멸을 느끼고 부랑자와 도둑들을 모아 우두머리로 활동한다. 카를은 이러한 악을 벗어남으로써 윤리적 세계질서를 회복하고자 하지만 의적(義賊)으로서의 노력에도 불구하고 본의 아니게 여러 범죄에 연루된다. 결국, 그는 자신의 이상을 지키지 못하고 그 자신이 그토록 경멸하던 법정에 자수한다.

계산된 계교로 냉소적인 범죄를 저지르는 동생 프란츠 모어와 비교하면 형 카를 모어는 자신의 감정에 따라 정직하게 행동한 것이 결과적으로 범죄가 되고 말았나. 이 작품은 1782년 만하임에서 — 16세기 사건으로 극본을 수정하고 표현을 부드럽게 하여 — 초연되었는데, '폭풍우와 같은' 큰 반향을 불러일으켰다. 자연적 감정에 충실한 한 '천재'의 행위가 당시의 퇴폐적인 궁정사회와 경직된 인습에 부딪혀 파멸할 수밖에 없음을 생생하게 보여 주는 카를 모어의 '저항'과 '자유'의 정신은 수많은 관객의 심금을 울렸다. 그 결과, 쉴러는 당국의 추적을 피해 몸을 숨기고 다녔다. 그러면서도 그는 계속 『피에스코』와 『간계와 사랑』을 집필해 나갔다.

그의 두 번째 비극 『제노바에서 일어난 피에스코의 모반』(Die Verschwörung des Fiescos in Genua, 1783)은 1547년 제노바에서 일어난 역사적 사실을 소재로 하고 있다. 제노바의 연로한 군주 안드레아 도리아와 그의 조카이며 후계자인 지아네티노 도리아는 공화제를 선호하는 도시국가 제노바의 지도자들에게는 제거의 대상이다. 특히 지아네티노가 안드레아에 이어서 전제군주가 될 것으로 보이자, 공화주의자 베리나를 중심으로 암암리에 모반이 계획된다. 모반의 가담자 부르고니노는 지아네티노가 자신의 신부를 능욕한 복수를 하기 위해 가담하고, 바람둥이 피에스코 백작은 지아네티노가 자신의 암살을 시도하자 본의 아니게 모반의 주동자로 되고 만다.

쉴러는 극에서 세 가지 모반이 동시에 진행되도록 만들었다. 첫째는 지아네티노가 쿠데타를 일으켜 삼촌 안드레아를 몰아내고 모든 공화주의자를 도륙하려는 계획, 둘째는 피에스코를 중심으로 한 모반, 셋째는 만약 피에스코가 모반에 성공하면 왕관을 탐할 것이 틀림없는 피에스코를 죽이고 공화정을 수립하겠다는 베리나의 모반 계획이다. 문제는 피에스코의 자아 내부에서도 왕정과 공화정이 서로 싸우고 있다는 점이다. 결국에 그는 왕좌를 포기하고 공화정을 수립할 결심을 한다. 모반의 와중에 부르고니노는 자신의 신부를 능욕한 지아네티노를 죽여 복수한다. 그리고 피에스코의 아내가 하녀와 함께 남장을 한 채 거리를 둘러보다가 마침 지아네티노의 시체를 살펴보게 된다. 바로 이 순간 피에스코가 와서 남장한 자신의 아내를 지아네티노의 부하로 착각하고 죽이게 된다.

뒤늦게 알아차린 피에스코는 자신의 아내가 희생된 이 불운을 자신에게 돌아올 왕권에 대한 계시로 알고 왕이 되고자 생각한다. 이러던 중 공화정을 신봉하는 베리나가 찾아와 그가 자의(紫衣)―왕이 입는 옷―를 벗고 함께 공화정을 펼쳐 줄 것을 간곡히 청하지만 피에스코는 이를 단호히 거절한다. 화가 난 베리나는 그를 왕의 옷을 입힌 채 바다에 수장시켜 버리고는 사라진다. 살인과 모반을 피해 있던 베리나는 안드레아가 왕권을 잡은 소식을 접하자 다시 돌아온다.

이상은 출판되어 나온 책의 결말이고, 무대를 위한 다른 판본에서는 모반에 성공한 피에스코가 "왕관을 쟁취하는 것은 위대하다. 그것을 내던지는 것은 신이 할 수 있는 일이다"라고 말하며 왕홀(王笏)을 스스로 부러뜨리고 제노바가 공화국이 되었음을 선포한다. 그리고는 피에스코와 베리나가 감격의 포옹을 하는 가운데에 막이 내린다.

이 작품의 이런 다른 결말을 두고 오늘날에도 갖가지 설과 해석이 엇갈리고 있지만, 변함없는 것은 피에스코의 내심에 권좌에의 욕망과 제노바에 공화정의 자유를 선사하고 싶은 열망이 서로 갈등을 일으키고 있다는 사실이다. 혹자는 이 점이 『도적들』보다 선명성이 떨어진다고 말하지만, 또한 바로 이 점이 작품을 보다 현대적으로 만들고 있다.

초기 쉴러의 또 다른 중요한 작품 『간계와 사랑』(Kabale und Liebe, 1784)의 원제는 『루이제 밀러린』(Luise Millerin)으로서, 레싱의 시민비극 『에밀리아 갈로티』의 전통을 잇는 시민비극이다. 레싱의 에밀리아 갈로티는 독일 시민의 딸이 아닌 이탈리아인이지만, 쉴러의 루이제는 독일인 음악가 밀러의 딸이다. 루이제는 이 연극의 첫 장면에서 이미 "하늘과 페르디난트가 내 피나는 영혼을 짓찢고 있구나!"라고 외친다. 그녀는 귀족 페르디난트와 시민계급 딸인 자신의 결합이 현실 세계에서는 불가능하며, 이 대답하기 어려운 질문은 오직 죽음으로써만 풀릴 수 있음을 예감하고 있다.

여기에는 『에밀리아 갈로티』의 영향이 크다. 에밀리아는 루이제로, 귀족 청년 아피아니는 페르디난트로, 시민계급 출신의 아버지 오도아르도는 밀러로, 간교한 계교꾼 마리넬리는 부름(Wurm)으로, 백작 부인 오르시나는 레이디 밀포드로 바뀌었다. 다만, 쉴러의 대사에는 페르디난트 청년에게 더욱 절절한 감정을 실었고, 묘사된 독일 시민계급 가정의 내부는 이탈리아보다 더욱더 현실적이라는 점에서 이 드라마가 독일 시민의 비극이자 당대의 절대주의 체제에 대한 직격탄으로 읽힌다.

독일 태생의 유명한 유대인 문학사가(文學史家)로서 히틀러의 박해를 받아 터키를 거쳐 미국으로 망명한 에리히 아우어바흐는 『간계와 사랑』을 "절대주의의 심장에 들이댄 비수(匕首)"와도 같은 작품이라고 일컬었다. 작품에 묘사된 귀족들의 간계와 음모를 보면, 아우어바흐의 이런 표현이 정말 정곡을 찌르고 있음을 실감하게 된다.

VII

바이마르 고전주의

(Weimarer Klassik, 1786-1805)

1.   고전주의란 무엇인가?

우선 고전주의란 개념부터 고찰해 보기로 하자. 독일어 형용사 'klassisch'
는ー원래 로마 등 도시국가에서 '세금을 제일 많이 내는 부류의 사람'을
뜻했던 라틴어 'classicus'의 의미에 따라ー '특별한 사람이나 물건'을 지칭
하였다. 점점 정신적 의미로 바뀌어 '모범적인 것', '전범적(典範的)인 것'
을 의미하기도 했다. 또한, 르네상스와 인문주의 시대 이래로 '고대 문
화'[Antike, 그리스와 로마의 고전(古典)에 함양된 정신]가 주요 관심사로 주목받
자 'klassisch'란 형용사는 '능가할 수 없는 것', 또는 '탁월한 것'을 아울러 지
칭하게 되었다.

독일문학사에서 '고전주의'(古典主義, Klassik)라 함은 괴테의 이탈리아
여행(1786-88)이 시작되는 1786년부터, 쉴러가 사망하는 1805년까지의
약 20년간을 지칭한다. 이때가 독일문학의 최전성기로 '전성기 고전주
의'(Hochklassik)라 부르기도 하며, 주로 바이마르를 중심으로 일어난 문학운
동이기 때문에 '바이마르 고전주의'(Weimarer Klassik)라 부르기도 한다.

여기서 혼동을 피하고자 언급해 두고 싶은 것은 '의(擬)고전주의'(Klassizismus,
영어: neoclassicism)란 개념인데, 이것은 건축, 조각, 회화, 문학 등 모든 예술
영역에서 그리스와 로마의 전범을 따르고자 하는 예술적 양식 또는 경향을
지칭한다. 고전 양식과 구별되는 점은 그것을 수동적으로 수용하고 모방
하고자 하는 경향이 강한 데에 있다. 의고전주의는 르네상스 시대의 이탈
리아에서 시작되었고 루이 14세 치하의 프랑스 및 18세기 전체 프랑스에서

그 전성기를 누렸으며, 독일의 마르틴 오피츠를 위시하여 고췌트 등에게 지대한 영향을 끼쳤다. 의고전주의는 바로크 시대의 과잉장식법(Schwulst)이나 연극에서의 한스 부르스트(Hans Wurst)의 출현 등을 소멸시키는 데에는 크게 이바지했다. 하지만 문학을 학습 가능한 '기술'로 보고 암송과 연습을 강요하여, 영혼과 체험이 깃든 문학의 태동을 억압한 단점 때문에 헤르더와 괴테 등이 셰익스피어의 깃발 아래 '폭풍우와 돌진'의 문학을 일으킨 것은 이미 위에서 서술한 바와 같다.

'폭풍우와 돌진' 다음에는 일반적으로 무엇이 오는가? 폭풍우와 같은 위기가 지나면 대개 화창한 날씨가 찾아오고, 사람들은 잠시라도 평화와 안정 속에서 살게 된 것을 다행으로 여기며, 후세를 위한 교육 등을 생각하는 것이 아마도 세상의 일반적인 경향일 것이다. 계몽주의는 이성 위주일 수밖에 없다. 어둠과 죄악으로 점철된 인류의 역사를 인간 이성의 밝은 빛으로 관찰하기 위해 억압적인 사회체제와 인간의 가치에 관한 수많은 담론이 쏟아져 나온다. 그런데 막상 문학은 자체의 자세조차 확립하지 못한 상태에서 가진 도구들조차도 낡은 구시대의 것들뿐이었다.

여기서 독일 시민계급 출신의 젊은이들이 과감히 나섰다. 그들은 자연과 자연법을 내세우면서 인간다운 감정의 중요성을 외쳤다. 그들은 고전의 모방자들보다는 자신들의 거친 숨결에서 창조적 정신을 찾아내는 '천재'를 갈구하였고, 가난하고 힘없는 사람들의 '자유'를 위해 신변의 위험까지도 감수하며 전제주의 체제에 항거하는 글을 썼다. 이들이 바로 '폭풍우와 돌진'의 시인들이다. 계몽주의의 민주적 자유정신은 계승하되 그 경직된 형식, 고루하게 굳어 버린 인습적 체제는 과감히 깨뜨리며 자유로운 세계로 박차고 나오려 했다. '폭풍우와 돌진'은 솟아나는 인간적 감정이 계몽주의적 이성을 압도한 독일문학사상 폭풍우와도 같은 시기였다.

하지만 폭풍우 속을 계속 내달릴 수만은 없는 것이 인간이다. 한때 '돌진하던' 젊은이들도 차츰 나이가 들기 마련이며, 앞뒤 가리지 않고 내달리던 젊은이들도 차차 철이 들어 일상으로 돌아오는 과정에서 점차로 성숙해 가기 마련이다. 이것이 독일문학사에서 '폭풍우와 돌진' 이후에 다시 이성과 조화, 아름다움, 그리고 인간의 교육이 중시되는 고전주의 시대가 오는 이유이다. 이렇게 독일문학사는 계몽주의에서 '폭풍우와 돌진'으로, '폭풍우와 돌진'에서 고전주의로 ―이성 위주에서 감정 위주로, 감정 위주에서 다시 이성 위주로― 마치 하나의 진자(振子)처럼 좌우로 출렁이는 운동을 반복해 간다.

2.

괴테
― 바이마르 궁정사회와 슈타인 부인

독일 바이마르 고전주의는 무엇보다도 먼저 1775년 11월 7일 괴테가 ―바이마르 공국의 카를 아우구스트 공(公)의 초청을 받아― 바이마르로 가는 데에서 그 기틀이 수립된다. 이 초청장의 배후에 있는 카를 아우구스트 공의 모후(母后) 아나 아말리아 공작부인은 괴테 이전에 이미 1772년에 두 아들의 스승으로 빌란트를 바이마르로 초청하였을 뿐만 아니라, 괴테의 추천으로 1776년에 헤르더를 바이마르로 불러옴으로써 ―괴테가 1788년에 예나대학 교수로 초빙한 쉴러를 더하여― 이른바 '괴테시대'(Goethezeit)의 4대 인물을 모두 작은 공국 바이마르에 불러 모았다. 그녀는 바이마르 고전주의가 자라날 토양을 가꾸어 주고 앞으로 바이마르가 독일문학의 중심지가 되게 만든 장본인이며, 독일 역사상 가장 중요한 여성 군주이고, 독일문화사에서 가장 찬연하게 빛나는 별 중의 하나이다.

군주와 귀족의 세계인 바이마르에 도착한 시민계급 출신의 청년 괴테는『젊은 베르터의 괴로움』의 시인으로서 아나 아말리아 공작부인의 호감을 사고 깊은 신뢰를 받아 1776년에 바이마르 공국 '외교담당 추밀고문관'(Geheimer Legationsrat)으로 임명되었다. 그의 자유분방한 기질 때문에 8년 연하의 카를 아우구스트 공(Herzog Karl August, 1757-1828)과도 이내 친구처럼 가까워진다.

궁정의 삶과 문화에 대한 괴테의 이러한 순발력 있는 적응은 물론 그가 프랑크푸르트의 명문가의 아들로 태어나 귀족에 버금가는 훌륭한 가정교육을 받은 덕분이다. 하지만 청년 괴테의 이러한 가정교육도 바이마르 궁정의 귀족사회에 적응하는 데에 일차적인 도움이 되었을 뿐, 젊은 괴테의 피 끓는 정열과 과도하게 넘쳐나는 자유에의 의지는 이따금 고루한 바이마르 궁정사회의 비난을 자초하였다. 이런 괴테의 과도한 정열을 순화시켜 준 것은 그보다 8년 연상의 슈타인(Charlotte von Stein, 1742-1827) 부인이다.

슈타인 부인은 바이마르 궁정의 귀족으로서 일찍이 아나 아말리아 공작부인을 보필하던 궁정의 숙녀였으나, 1764년 바이마르 공국의 교통부 장관에 해당하는 '마차 및 말(馬) 관리 책임관'(Oberstallmeister) 슈타인 남작과 결혼하여 7남매의 어머니가 되었다. 정숙한 아름다움과 우아한 자태, 겸손한 말솜씨에다 신중한 성격의 소유자인 그녀는 폭풍우처럼 '돌진'해 오는 시민계급의 청년 괴테를 맞이하여 결코 이성을 벗어나지 않는 단아한 태도로 대해 준다. 더욱이 궁정의 예절, 문화 교양인의 어법, 사교적 모임에서의 처신법 등을 넌지시 가르쳐 주곤 하였다.

괴테는 8년 연상의 이 유부녀에게서 진정한 이해와 인정을 받고 있다고 생각했고, 찬탄과 관심, 필요한 충고와 따뜻한 위로를 받았다. 그녀한테서 온화한 덕성과 부드러운 인간성의 극치를 발견하였으며, 두 사람의 사회적 지위에 어긋나지 않고 도덕적으로 비난받을 일이 없는 플라토닉한 사랑을 10여 년이나 지속했다. 육체적 결합에 대한 단념이 미리 전제된 이 사랑이 때로는 두 사람에게 모두 견디기 어려운 고통이었을 것이다. 1786년 괴테가 갑자기 이탈리아 여행을 감행한 것을 두고서, 바이마르 궁정에서의 격무로부터 해방되고자 했던 시인 괴테의 남국에의 동경으로 해석하는 학자들이 있는가 하면, 슈타인 부인에 대한 괴테의 이룰 수 없는 사랑으로부터의 탈출 시도로 해석하는 학자들도 많은 이유가 바로 여기에 있다.

3.   이탈리아 여행과 빈켈만의『고대미술사』

이탈리아 여행에서 괴테는 정무에서 벗어나 해방된 마음으로 여행지에서의 식물과 광물을 관찰하고, 낯선 경치를 감상하면서 남국의 기후와 인심을 체험한다. 원래 '눈의 인간'(Augenmensch)으로서 한때 화가를 꿈꾸기도 했던 괴테에게는 남국의 모든 풍경이 스케치의 대상이 되었고, 남국 사람들의 낙천적인 생활태도는 그에게 새로운 관능에의 욕구를 불러일으켰다. 로마 등의 관광지에서 마주하게 되는 고대 건축과 미술품들은 그에게 고대 조형미술에 대한 새로운 감각을 선사한다.

『젊은 베르터의 괴로움』에서의 베르터도 주위의 자연경관에 대해 스케치를 많이 하는 화가의 일면을 보여 주고 있지만, 괴테는 일찍이 그림 공부를 즐겨 했다. 라이프치히대학 시절에도 괴테는 화가 외저(Adam Friedrich Oeser, 1717-1799)에게서 그림 공부를 한 경험이 있다. 그러나 여기서 중요한 것은 괴테가 외저를 통해 그의 친구이자 유명한 고고학자 및 미술사가 빈켈만 (Johann Joachim Winckelmann, 1717-1768)을 알게 된 사실이다. 빈켈만이 고대 미술을 규정한 유명한 말인 "고귀한 단순성과 고요한 위대성"(edle Einfalt und stille Größe)은 젊은 괴테의 마음속에 깊이 각인된다.

1786년 12월 로마에서 괴테는 다시 빈켈만의 편지들과 그의 『고대미술 사』(Geschichte der Kunst des Altertums, 1764)를 읽으면서, 고대미술에 대한 빈 켈만의 견해를 현지에서 직접 확인하게 된다. 괴테의 빈켈만 연구는 그 가 이탈리아에서 귀국한 후에도 계속되며, 괴테는 『빈켈만과 그의 세기』 (Winckelmann und sein Jahrhundert, 1805)라는 책으로 그의 의미를 높이 평가하 였다.

---

4.   칸트 철학과 쉴러의 이상주의적 미학

괴테를 고전주의로 이끈 것은 이상 살펴본 바와 같이, 바이마르의 궁정문 화와 슈타인 부인, 그리고 이탈리아 여행과 빈켈만 연구 등이다. 하지만 철 학자 칸트가 없었다면, 독일 고전주의는 '인간성'(Humanität)이라는 대전제를 얻기 힘들었을 것이다. 칸트는 계몽주의의 완성자임과 동시에 그 극복자였 다. 그의 『순수이성비판』(Kritik der reinen Vernunft, 1781)은 인간의 인식 능력

을 끝까지 탐구한 '독일 관념론'/ '독일 이상주의'(deutscher Idealismus)의 초석이 되었다.

여기서 철학에서는 흔히 '관념론'으로 번역되고, 문학에서는 '이상주의'로 번역되는 'Idealismus'는 원래도 그렇고 현재도 그렇지만, 독일어로는 한 단어, 한 개념일 뿐이다. 물론, 철학에서 이 개념을 관념론으로 번역해 온 것은 플라톤의 'idea'에서 연원(淵源)한 그 어원을 존중하는 번역으로 철학사에서는 그 타당성과 당위성을 지니고 있을지 모르겠다. 하지만 독일문학사에서 이것을 '관념론'으로 번역할 경우에는 쉴러의 '이상주의'가 '관념론'이 되어 버림으로써 불필요한 언어적 혼동을 일으킬 수 있다. 독자는 칸트 철학이 독일문학사와 만나는 이 지점에서는 늘 이 점을 유념할 필요가 있다.

다시 칸트로 돌아가 그는 『순수이성비판』에 이어서 출간한 『실천이성비판』(Kritik der praktischen Vernunft, 1788)에서, 인간의 윤리적 행동은 그 어떤 계명이나 기존 윤리적 명령으로 규정되는 것이 아니라, 오직 행위자 자신의 순수한 행동 의지로 규정된다고 선언하고 나섬으로써, 저 유명한 '정언명령'(定言命令, kategorischer Imperativ)을 설파한다.

> "오직 그대의 행동 원칙에 따라서만 행하라! 그대의 그 행동원칙이 동시에 모든 사람이 모두 준수하는 일반적 법칙이 되기를 그대가 원할 수 있다면 말이다."(Handle nur nach derjenigen Maxime. durch die du zugliech wollen kannst, daß sie ein allgemines Gesetz werde!)

이 말을 구체적으로 풀이하자면, "그대가 인류를, 그대 자신이든 어떤 다른 사람이든 간에, 매번 동시에 목적으로 사용하도록, 결코 단순한 수단으로 사용하지 않도록, 행동하라!"라는 말인데, 칸트는 이 말을 어떤 인간에게도 보편적으로 적용되는 '인간성 이상'(Humanitätsideal)으로 제시한 것이다.

『판단력비판』(Kritik der Urteilskraft, 1790)에서 칸트는 미학적 창조와 미학적 수용에 대해서 논하면서, '아름다움'(das Schöne)과 '숭고함'(das Erhabene), '천재'(Genie)와 보편직 역지사지(易地思之) 및 감정이입(感情移入)의 능력으로서의 '인간성'(Humanität) 등 향후 쉴러 미학의 핵심 개념들을 미리 제시한다. 또한, 이러한 예술의 영원한 전범은 그리스인들이라는 결론을 내고 있다.

1792년 이후 쉴러가 위와 같은 칸트 미학을 공부함으로써 받은 영향은 실로 지대하다. 칸트 미학에서의 이성과 윤리의 모순이 예술의 근본 특징인 우미성(Grazie)을 저해하는 것을 극복하기 위해 쉴러는 '미학적 조화'(ästhetische Harmonie)라는 개념을 도입한다. 도덕적 행위에는 마땅히 아름다움과 기품이 함께해야 한다. 여기서 쉴러가 내세우는 개념이 '아름다운 영혼'(die schöne Seele)인데, 이 '아름다운 영혼'에서는 인간의 육체적 아름다움과 윤리적 정신이 자유로운 유희 상태에서 조화를 이룬다는 것이다. 쉴러에 의하면, 이런 조화는 원래 자연 속에 있던 것으로 그릇된 인류문화가 이 조화를 깨뜨려 놓았으며, 새로운 문화를 통해 이 자연적 조화를 복원하는 것이 '인간의 미적 교육'(die ästhetische Erziehung des Menschen)의 목적이 된다.

여기서 바이마르 고전주의의 핵심적 표어 하나가 제기된 셈이다. 그것은 바로 쉴러의 『인간의 미적 교육에 대한 편지들』(Über die ästhetische Erziehung des Menschen, in einer Reihe von Briefen, 1795)에서 나온 쉴러의 '예술적 이상'(Kunstideal)이다. 이 말은 한마디로 말해서 예술작품을 통해 인간을 우아하고 품위 있는 교양시민으로 교화해 나가겠다는 바이마르 고전주의 문학 정신을 집약적으로 표현한 것이다.

5.   괴테와 쉴러의 협업과 훔볼트의 역할

　지금까지는 바이마르 고전주의에 이르기까지의 괴테와 쉴러의 발전과
정을 각기 따로 관찰했지만, 이 두 사람이 운명적으로 만나서 서로 힘을 합
칠 때 비로소 바이마르 고전주의가 꽃을 피우게 된다. 그들의 우정과 협업
은 1794년부터 1805년 쉴러가 죽기까지 11년 동안 지속하였다. 하지만 출
신과 교육과정, 성격과 사유방식, 그리고 세계관이 판이하고 서로 모순되던
두 시인이 가까워지기는 쉽지 않았다. 한 사람은 종합을 지향하는 경험적
현실주의자이고, 다른 한 사람은 변증법과 반론(反論, Antithese)을 지향하는
성찰적 이상주의자였다. 괴테는 이미 일가를 이룬 당대의 최고 시인이었던
반면, 쉴러는 괴테의 눈에는 『도적들』의 작가로서, 자신이 이미 극복했다고
믿는 '폭풍우와 돌진'의 젊은 시인에 불과했다. 이런 현격한 격차에도 불구
하고 두 사람이 만나 우정을 나누고 11년간 협력하여, 범(汎)유럽적으로 낭
만주의가 출범하던 시기에 독일 바이마르에서 고전주의 문학의 시대를 연
것은 독일문학사 전체로 볼 때 하나의 큰 행운이다.
　여러 번의 만남이 있었지만 쉴러가 처음으로 괴테의 눈에 들어온 것은
아마도 1794년 쉴러가 자신이 간행하는 문학잡지 《호렌》(Horen) 지(誌)에
괴테를 동인으로 초대한 이후부터로 생각된다. 이때부터 두 사람 사이에
편지가 오가게 되었으며, 이윽고 두 사람은 1794년 7월 22일 예나의 훔볼
트(Wilhelm Freiherr von Humboldt, 1767-1835)의 집에 손님으로 초대된 자리에
서 예술에 대한 의견을 주고받다가 서로 공감하고 예술적 동맹관계에 돌

입한다.

여기서 《호렌》지의 동인이었던 훔볼트의 역할과 활동이 중요하므로 잠시 그에 대한 설명이 필요하다. 프로이센의 학자, 정치가, 언어연구가이며 베를린대학의 창건(1810)에도 이바지한 교육제도 개혁가 훔볼트는 자연과학자이며 남미 탐험가였던 그의 동생 알렉산더 폰 훔볼트와 더불어 독일 학문과 문화 발전에 크게 이바지한 인물이다. 그들 형제와 괴테의 공통점은 프랑스대혁명(1789)의 여파로 밀려오는 각종 일상정치적 요청사항들과는 무관하게, 예술을 통한 인간성의 복원과 인간의 교육에 온 힘을 기울이는 것이었다. 프랑스대혁명은 역설적이게도 독일에서는 괴테의 '세계시민성'(Weltbürgertum)과 칸트의 '제(諸) 민족 동맹'(Völkerbund)과 같은 반향을 불러일으켰다. 마찬가지로 훔볼트도 고대 그리스인들이 조화로운 교양을 통해 인간을 자기완성의 길로 이끌었다고 보고, 이러한 개인을 잘 교육하여 그 인간성이 인류 전체로 파급해 나가도록 해야 한다는 생각을 하고 있었다. 이것은 괴테와 쉴러의 생각과도 일치되는 점이다. 이 때문에 1794년 여름 예나의 훔볼트의 집에서 시대를 초월한 영원한 이상주의적 예술 담론을 펼칠 수 있었으며, 이로써 괴테와 쉴러가 비정치적, 초시대적 '동맹'을 맺을 수 있는 계기가 되었다.

흔히들 바이마르 고전주의가 괴테와 쉴러, 단 두 시인의 동맹과 협업의 결과라고 말하지만 적어도 훔볼트의 동참과 선의의 격려와 후원이 있었던 것만은 문학사적으로 분명한 사실이다. 훔볼트의 논문 「괴테의 『헤르만과 도로테아』에 대해서」(Über Goethes Hermann und Dorothea, 1799)는 조화로운 우주적 교양인이자 고전주의 시인인 괴테의 면모를 밝혀 준 글이자 바이마르 고전주의를 옹호한 동시대인의 전거(典據)로서 그 중요성을 지닌다.

다시 정리하자면, 서로 다른 시인 괴테와 쉴러의 우정과 협업은 1794년부터 1805년 쉴러가 죽기까지 11년 동안 중단 없이 지속하며, 거기에는 훔볼트라는 보이지 않는 협력 인물이 있었다. 바꾸어 말하자면 독일대학의 이념인 '연구와 교수(敎授)'(Forschung und Lehre)에 있는 '자유'의 정신을 빌헬름 폰 훔볼트의 이름으로 거론하지만, 여기에는 괴테와 쉴러의 바이마르 고전주의의 정신도 함께 스며들어 있다고 보아야 한다.

6.   괴테의 고전주의 드라마들

이제 구체적으로 괴테의 고전주의 드라마들을 고찰해 보기로 하자. 괴테가 이탈리아 여행 중에 원고를 고쳤거나 부분적으로 집필한 드라마 중에서 바이마르 고전주의의 범주 안에 있는 작품들은 『엑몬트』(Egmont, 1788), 『타소』(Tasso, 1790), 『타우리스 섬에서의 이피게니에』(Iphigenie auf Tauris, 1787) 3편이다.

『엑몬트』는 1775년 프랑크푸르트에서 쓰기 시작한 드라마로서, 1787년에 이탈리아에서 완성되었다. 네덜란드의 백작 엑몬트가 1568년 스페인의 장군 알바(Alba) 공에 의해 체포 및 처형되는 역사적 사실을 작품화하고 있는 이 비극은 프로메테우스, 괴츠 등 '거인'(Titan)을 다루던 '폭풍우와 돌진' 시대의 젊은 괴테의 주제를 연상시킬 뿐만 아니라, 형식적으로도 산문으로 되어 있어서 아직 완전한 고전주의 드라마 형식을 갖추고 있다고 보기는 어렵다. 하지만 극 중의 엑몬트가 자유의 옹호자이지만, 과격하지 않고 온화하고도 낙천적인 성격의 소유자로서 자신에게 들이닥친 불행을 수동적으로 받아들이는 모습에서 이미 고전주의적 인간상이 나타난다.

약강격 시행으로 쓰인 『타소』는 1780년부터 괴테가 이탈리아 여행에서 돌아온 연후에 완성된 드라마로서, 이탈리아의 시인 타소(Torquato Tasso, 1544-1595)의 예술가 기질과 현실에서의 그의 무능을 다루고 있다. 바이마르 궁정에서 겪은 시인 괴테의 체험이 시인 타소라는 인물에 투영되어 있음은 쉽게 짐작할 수 있다. 또한, 젊은 '폭풍우적 돌진자' 괴테의 급한 성정(性情)을 순화시켜 준 슈타인 부인의 면모가 극 중 인물인 레오노레(Leonore) 공주의 성격에서 엿보인다. 이 점에서 작품 『타소』를 '고양된 『베르터』'로 본 프랑스 비평가 앙페르(Jean-Jacques Ampère)의 말이 설득력을 지닌다.

『타우리스 섬의 이피게니에』는 일반적으로 독일 고전주의 최고의 드라마로 꼽힌다. 괴테의 대표작으로 『파우스트』를 꼽지만, 괴테 만년의 대작 『파우스트』에는 너무나도 복잡다기한 요소들이 많이 포함되어 일반적으로 『파우스트』를 '독일 고전주의'의 대표작으로 좁게 보지는 않는다. 그러면 무엇 때문에 『이피게니에』를 바이마르 고전주의를 대표하는 작품으로 간주하는가?

그것은 우선, '약강격 시행'(Jambus)으로 된, 좀 더 구체적으로 레싱이 그의 『현인 나탄』에서 이미 시도한 바 있는 '5각(五脚)의 약강격의 무운시(無韻詩)', 즉 '블랑크페르스'(Blankvers)로 쓰인 형식적 의고전주의 때문이다. 1779년에 시작하여 1780년에 산문으로 완성되었으나 같은 해에 다시 운문판이 나왔다가 1781년에 다시 산문판으로 개작되었던 이 드라마가 1786년 12월 이탈리아에서 드디어 '약강격 시행'(Jambus)으로 완결되었다. 괴테는 산문판을 이탈리아에서 '조용한 마음으로' 운문으로 베껴 쓰기만 하면 되었다고 고백한다. 여기서 우리는 '고전주의의 땅' 이탈리아에서 고대 그리스의 신화와 에우리피데스의 비극에 나오는 고전주의적 주제와 시어로 표현한 시인 괴테의 자세를 짐작할 수 있다.

괴테

(Mit freundlicher Genehmigung des Deutschen Literaturarchivs Marbach)

그러나 괴테의 『타우리스 섬의 이피게니에』가 독일 고전주의의 대표적 극작품으로 꼽히는 이유는 무엇보다도 그 인간적, 너무나 인문적인 결말 때문이다. 원래 에우리피데스의 『타우리아인들의 포로 이피게니에』 (Iphigenie bei den Tauern)는 그리스인 오레스트가 야만인들인 타우리스 섬사람들로부터 누이동생을 구해 무사히 귀환함으로써 복수의 여신들로부터의 저주에서 벗어난다는 이야기로 야만인들에 대한 그리스인들의 우월성을 입증해 보이는 작품이다. 이것을 괴테는 오레스트 자신의 죄의식과 참회가 그의 해방의 원동력임을 강조할 뿐만 아니라, '아름다운 영혼' 이피게니에가 타우리스의 왕 토아스를 속여서 몰래 도망치는 방법을 선택하지 않고, 죽음을 무릅쓰고 토아스에게 진실을 고백하고 자신의 귀환 여부를 토아스의 자유 의지에 맡김으로써 마침내 '야만족'의 왕을 감복시켜, 그에게 자발적으로 그녀를 그리스로 가도록 허락해 주도록 만든다. 이런 감동적 결말에 이르러서는, 그리스인과 야만인의 구별은 더는 존재하지 않으며, 오직 서로 가슴을 연 '인간들', 이별에 앞서 서로의 행복을 비는 '친구들'이 있을 뿐이다.

괴테는 1802년 1월 19일자 쉴러에게 보낸 편지에서 자신의 이 드라마를 가리켜 '악마에 들씌웠다 할 정도로 온통 인문적'(ganz verteufelt human)이라고 말한 바 있다. 또한, 괴테는 1823년 바이마르에서의 『이피게니에』 공연에서 오레스트 역을 맡았던 베를린의 배우 크뤼거(Georg Wilhelm Krüger, 1791-1841)에게 1825년판 『이피게니에』를 보내 주면서 "모든 인간적 결함들을 보완해 주는 것은 순수한 인간성이다"(Alle menschlichen Gebrechen sühnet reine Menschlichkeit)라는 헌사(獻辭)를 써 줌으로써(1827년), '순수한 인간성'이 『이피게니에』의 주된 주제임을 다시 한 번 확인한다.

괴테는 자신이 아폴다(Apolda)[1]에서 양말 짜는 여인의 굶주림을 외면한 채 이피게니에게 '고귀한 인간성'을 말하도록 하고 있는 문학의 불가피한 선별과 재현의 문제를 말한 바 있다. 그는 프랑스혁명과 신성로마제국의 멸망 등 매우 정치적인 시기에 '초시대적 규범'(eine zeitlose Norm)을 세우고자 애쓴 시인이다. 그가 비록 이 시대를 자신과 함께 산 '양말 짜는 여인'의 아픔까지 형상화해 내지는 못했다 할지라도, "체험하지 않은 것은 결코 작품으로 쓰지 않았다"는 그의 고백만은 ―'초시대적 규범'을 세운 시인의 자기 변명으로― 인정해 줄 만하다.[2]

---

1   고전주의 시대 괴테의 거주지 바이마르에서 그다지 멀지 않은 소도시 이름.
2   Vgl. Wilhelm Dilthey: Das Erlebnis und die Dichtung, Stuttgart 1957, 13. Aufl. S. 168.

7. 『빌헬름 마이스터의 수업시대』

1) 전형적 교양소설

괴테의 소설 『빌헬름 마이스터의 수업시대』(Wilhelm Meisters Lehrjahre, 1795-96)도 바이마르 고전주의의 대표적 작품의 하나이자, 교양소설(Bildungsroman)의 효시(嚆矢) 및 전형(典型)으로 일컬어진다.

여기서는 우선 교양소설이란 무엇인가 하는 물음부터 제기해야 할 것 같다. 우선 '교양'(Bildung)이라는 말의 어원부터 살펴보자면, '교양'은 '생성'이나 '형성'이란 의미를 지니고 있으며, 여기에는 인간을, 자신의 타고난 소질에 따라, 그리고 주어진 환경의 영향 하에서, 생장하고 발전해 가는 한 유기적이고도 자율적인 주체로 보는 18세기 계몽주의적 세계관 및 교육관이 밑바탕에 깔려 있다. 따라서 교양소설은 한 자아(自我)가 어떤 환경에서 태어나 어떻게 성장·발전해 가며, 이 자아가 어떻게 더 넓은 세계로 나가 세파를 헤치고 자신의 이상을 실현, 또는 자신의 세계를 완성해 가는가를 그리는 일종의 '발전소설'(Entwicklungsroman)을 가리킨다. 따라서 교양소설은 18세기 계몽주의 이전에 유럽 전역에서 유행하던 '모험소설'(Abenteuerroman)이나 '악한소설'(Schelmenroman)과 같은 장르가 인간의 자율성, 개체의 존엄성의 시대에 발맞추어 진화한 장르이다. 여기서 주인공이 세계라는 무대 위에서 '독일바보' 짐플리치시무스(『독일 바보 짐플리치시무스의 모험』, 1668)처럼, 더는 맹목적으로 세상사에 부딪히면서 이리저리 휘둘리기만 하는 한갓 '대상'만이 아니라, 설령 막연한 목표라 할지라도 어느 정도, 어느 수준의 인격 달성이라는 교양 목표를 지니고 있음을 전제로 한다.

이렇게 목표를 지니고 있다는 점에서 교양소설은 단순한 '발전소설'과는 차이가 있으며, 문학사적으로는 괴테와 쉴러가 주도한 독일 바이마르 고전주의의 '인문성 이상'(Humanitätsideal)과 직결되어 있다. 따라서 교양소설의 작가는 대개 그 주인공보다는 더 높은 시점을 확보한 경우가 많으며, 종국에 가서는 독자의 교양 함양이라는 더 원대한 목표까지도 염두에 두고 있다. 이 점에서 『빌헬름 마이스터의 수업시대』가 '인간의 미적 교육', 즉 '예술작품을 통한 인간의 교육'이라는 쉴러의 미학적 목표와도 서로 통하고 있음을 알 수 있다.

이 소설이 1794년부터 쉴러의 권유와 충고에 따라 가필되고 완성되었다는 사실을 상기하는 것이 중요하다. 원래 이 소설에 앞서 1777년부터, 즉 괴테가 바이마르로 초빙되어 온 무렵부터 1785년 괴테가 이탈리아 여행을 떠나기 직전까지 쓴 것으로 짐작되는 소위 '초고(草稿) 마이스터'가 있었을 것이라는 추측이 있었다. 괴테의 1777년 일기에 이 '초고'에 관한 언급이 나오지만, 발견되지 않다가 그 후 1910년에야 발견되고 이듬해인 1911년에 『빌헬름 마이스터의 연극적 사명』(Wilhelm Meisters theatralische Sendung)이란 제목으로 출간되어 나온다. 현재 '초고 마이스터'는 누구나 볼 수 있는 텍스트이다.

괴테는 '초고 마이스터'를 1787년 여행지 이탈리아에서 손을 보았고, 1791년과 1793년에 간헐적으로 집필을 계속하다가 1793년에 원고를 모두 정리하여 『빌헬름 마이스터의 수업시대』라는 제목을 붙였지만, 당시는 미완성 상태에 놓여 있었다. 1794년에 이 원고를 읽어 본 쉴러의 우정 어린 격려와 충고로 괴테는 이 미완성 소설을 1796년에 마침내 완결 지었다.

이 소설이 집필 과정에서 원래의 '예술가소설'(연극적 사명)이란 유형에서 보편적인 '교양소설'로 변모해 간 것도 쉴러의 『인간의 미적 교육에 관하여』

의 핵심 사상인 '문학을 통한 독일 국민의 교육'과 맥락을 같이하고 있다. 아무튼 이 소설은 괴테와 쉴러의 긴밀한 협업으로 찬연히 빛난 바이마르 고전주의의 한 열매임이 분명하다.

따라서 『빌헬름 마이스터의 수업시대』를 그 효시로 삼고 있는 교양소설은 괴테시대에 탄생한 역사적 장르이다. 즉, 교양소설은 시대를 초월하여 세계역사상 공통적으로 나타나는 장르는 아니고 일차적으로는 독일 고전주의 문학이라는 특정 시대에 탄생한 장르이다. 최근 교양소설과 비슷한 한국소설을 '성장소설'이라 부르는데, 이 장르는 교양소설보다는 더 비역사적이고 초시대적이다. 이를테면, 김원일이 "저 자신은 독일 성장소설의 한국판이라고 할" "좋은 성장소설을 한번 써 보겠다는 마음"(「성장소설의 매력」, 2002. 4. 26)으로 『늘푸른소나무』를 썼다고 고백하였는데, 여기서 그는 아마도 교양소설을 성장소설과 비슷한 초역사적 장르로 이해하고 있는 듯하다. 사실 이것이 크게 잘못된 견해라고도 할 수 없는데, 독일인들조차도 현재 일반적으로 교양소설을 초역사적 장르로 이해하고, 현대 소설 중에서도 어떤 특정 소설을 가리켜 교양소설이라고 규정하기도 한다.

교양소설이 괴테시대의 역사적 컨텍스트에서 태어난 장르임에도 고트프리트 켈러의 『초록의 하인리히』(Der grüne Heinrich, 1854), 아달베르트 슈티프터의 『늦여름』(Nachsommer, 1857) 등 괴테 이래의 19세기의 수많은 독일 소설이, 심지어는 헤르만 헤세의 『데미안』(1919)과 토마스 만의 『마의 산』(1924)까지도 교양소설적 특징을 보인다. 또는, 독일의 소설가들은 작품을 주로 이런 패턴으로 쓴다는 사실을 약여하게 보여 주고 있다고 할 수도 있고, 나아가서는, 독일의 독자들이 이런 소설을 진정한 소설로 간주하거나 적어도 이런 소설을 선호하고 있다는 사실의 방증일 수도 있겠다.

결론적으로 말하자면 교양소설이 역사적 장르로 출발했지만, 독일적(나아가서는 세계적) 보편성 때문에 오늘날에는 자주 초시대적 장르로 이해되기도 하며, 이 장르를 보다 개방적으로 이해하는 유연한 자세도 필요하다 하겠다.

2) 『빌헬름 마이스터의 수업시대』의 변성(變成) 과정

위에서 언급한 바와 같이 괴테의 인간적·작가적 성숙과정과 함께 소설 『빌헬름 마이스터의 수업시대』도 변성(變成), 발전해 갔다. 이 과정을 한마디로 축약한다면, 빌헬름 마이스터의 '연극적 사명'이 그의 '수업시대'로 바뀐 것이다. 다시 말하면, 빌헬름 마이스터라는 배우 지망생을 그린 일종의 예술가소설이 인간 일반의 성장 및 발전 과정을 교육적, 이상주의적으로 제시하는 교양소설로 바뀐 것으로서, 다음에서 이 변화를 보다 구체적으로 살펴본다.

『수업시대』전체는 모두 8권으로 구성되어 있는데, 그중 전반부라 할 수 있는 1-5권은 상인의 아들 빌헬름 마이스터가 '상인'(Kaufmann) 수업에는 관심이 없고 연극을 좋아하여 유랑극단의 일원으로 배우들과 어울려 지내면서 연극과 연관된 갖가지 체험을 하게 되는 일종의 예술가소설의 형태와 구조를 지니고 있다.

제1권에서 연극 관람을 좋아하는 빌헬름이 여배우 마리아네를 사랑하게 되고 장래에는 그녀와 결혼하여 함께 연극배우로 살아가고자 결심한다. 하지만 어느 날 우연히 그는 마리아네 집으로부터 낯선 남자가 나오는 것을 목격하고 자신이 그녀에게 배신을 당한 것으로 여겨 실연의 아픔을 안게 된다.

제2권에서 빌헬름은 다시 마음을 추슬러 부업(父業)으로 되돌아가 '상인'으로서의 일을 배우고자 애쓴다. 그러던 그는 아버지의 수금(收金) 심부름 때문에 장기 출장 여행을 하다가 우연히 어느 유랑극단을 만나게 된다. 이를 계기로 배우 라에르테스와 필리네를 친구로 사귀게 된다. 또한, 우연히 이국의 소녀 미뇽이 서커스 단장에게 학대를 당하는 광경을 보자 동정심에서 단장에게 돈을 주고 미뇽을 구해 낸다. 이 무렵, 하프 타는 악사 하나가 일행 앞에 나타나 가끔 하프를 타면서 노래를 불러 준다.

눈물 젖은 빵을 먹어 보지 못한 사람,

근심에 찬 여러 밤을

울면서 지새워 보지 못한 사람은

그대들을 알지 못하리, 은밀히 작용하는 천상의 존재들이여!

우리 인간들을 삶으로 인도하는 그대들,

이 불쌍한 사람, 죄인으로 만들어 놓은 것도 모자라

늘 괴로움에 시달리게 하누나!

그래, 모든 죄는 이 지상에서 그 업보를 치러야지![3]

이 구슬프고 애절한 음조에 감동한 빌헬름은 하프 악사를 가까이하면서 큰 감동과 위안을 받는다. 한편, 배우 멜리나가 극단을 만들겠다며 그에게 그 비용을 빌려줄 것을 청한다. 빌헬름은 빌려준 돈으로 인해 자연히 극단 단원들과 고락을 함께하게 되고, 미뇽과 하프 악사까지 데리고 다니게 되어 이제 고향으로 돌아가 부업(父業)을 물려받는 것과는 점점 더 거리가 멀어지게 된다.

제3권에서 극단은 어느 백작의 초청을 받아 그의 저택에 머물면서 백작의 연회를 위한 축하 공연을 준비한다. 빌헬름은 귀족의 세계를 알게 된 것

---

3 Goethes Werke, H. A., Bd. 7, S. 136 (Wilhelm Meisters Lehrjahre); 괴테,『빌헬름 마이스터의 수업시대 1』, 안삼환 옮김(민음사, 1996), 206쪽 참조.

을 기뻐하며 성심껏 공연 준비를 한다. 이 무렵 알게 된 야르노의 권유로 셰익스피어의 연극『햄릿』을 보고 크게 감동한다. 그러던 어느 날 빌헬름은 백작이 출타한 사이에 필리네의 장난스러운 제안으로 백작의 복장을 한 채 백작의 방에 앉아 백작 부인을 기다린다. 때마침 예기치 않게 백작이 외출에서 돌아와 자신의 복장을 한 빌헬름을 보자, 저승사자인 것으로 착각하고 그 자리를 황급히 피한다. 한편, 백작 부인을 사모하던 빌헬름은 백작 부인과 이별하는 순간, 그녀를 너무 세게 포옹한 나머지 실수로 그녀의 목걸이가 젖가슴에 상처를 남기게 되자, 백작 부인은 이 상처가 자신의 비도덕적 사랑에 대한 하느님의 응징이라고 여겨 자신의 죄를 참회하고자 수녀원으로 들어간다.

제4권에서는 넉넉한 보수를 챙겨 백작의 저택을 떠나게 된 극단 단원들이 프랑스대혁명 이래 사회적으로 유행하게 된 공화제를 도입하여 빌헬름을 임시 단장으로 선출하고 이제부터는 그의 지휘에 따르겠다고 결의한다. 하지만 일행은 도중에 노상강도를 만나 돈과 물건을 약탈당하고, 빌헬름은 지도자로서의 책임감으로 맞서다가 강도들의 칼에 상처를 입고 그만 잔디밭에 쓰러져 눕게 된다. 마침 나타난 '아마존' 같은 여인의 도움으로 구원을 받는다. 나중에 혼수상태에서 깨어난 빌헬름은 자신을 구해 준 아마존 같던 그 여인의 신분과 행방에 대해 백방으로 수소문해 보지만, 그 여인의 종적은 찾을 길이 없다. 한편, 단원들은 그가 지도자로서 길을 잘못 인도한 까닭에 강도를 만나 재물까지 털리게 되었다며 그를 원망한다. 흥분한 빌헬름은 자신이 그 책임을 끝까지 지겠다며 전부터 안면이 있던 연극 감독 제를로에게 일행을 데리고가 그들의 생계를 해결해 주겠다고 약속한다.

제5권에서는 아버지의 부음이 오고 그에게 많은 유산을 남겼다는 사실이 전해진다. 장사를 함께하자는 매부 베르너의 제안에 다음과 같은 회신을 쓴다.

자네에게 간단히 한마디로 말하겠네만, 이렇게 있는 그대로의 나 자신을 수련해 나가는 것 ─ 그것이 내가 어렸을 적부터 희미하게나마 품어 왔던 소원이자 의도였다네. …… 그러니 내가 말하는 것이 자네의 뜻과 정확히 맞지 않더라도, 내 말에 약간의 주의를 기울여 주게나.

…… 독일에서는 일반교양, 아니, 개인적 교양이란 것은 오직 귀족만이 갖출 수 있네. 시민계급으로 태어난 자는 업적을 낼 수 있고, 또 최고로 애를 쓴다면, 자기의 정신을 수련할 수는 있겠지. 그러나 그가 아무리 발버둥을 친다 해도 자신의 개성만은 잃어버리지 않을 수 없어. …… 자네도 알다시피, 이 모든 것을 나는 단지 무대 위에서만 찾을 수 있고, 내가 마음대로 활동하고 나 자신을 갈고닦을 수 있는 것은 오로지 이 연극적 분위기 속에서뿐이라네. 무대 위에서라면 교양인은 마치 상류 계급에서처럼 인격적으로 아주 찬연히 빛을 발할 수 있거든!"[4]

이 편지 구절은 시민계급 출신인 주인공 빌헬름이 연극을 통해서 국민교화와 국가발전에 헌신할 수 있다는 신념을 토로하고 있다는 점에서 이른바 국민극(Nationaltheater)의 의의와 사명에 관해서 이야기할 때에, 그리고 "이렇게 있는 그대로의 나 자신을 수련해 나가는 것"이 중요하다는 의미에서 교양소설을 정의할 때에, 독일인 학자들에 의해 자주 인용되곤 하는 유명한 대목이다.

빌헬름은 매부 베르너에게 자신의 재산을 우선 대리 관리해 달라고 부탁해 놓은 다음, 제를로 극단의 배우가 되어 『햄릿』을 공연한다. 이때 정신이상 증세를 보이는 하프 악사의 방화로 곤란을 겪게 된다. 또한 빌헬름은 제를로의 누이 아우렐리에가 죽자, 자기를 버린 연인 로타리오에게 보

---

4   Goethes Werke, H. A., Bd. 7, S. 290ff.(Wilhelm Meisters Lehrjahre).

내는 아우렐리에의 마지막 편지를 전해 주기 위해 로타리오의 성을 향해 출발한다.

이상에서 제1권에서 제5권까지의 줄거리를 대강 살펴보았지만, 이 이야기는 연극이란 예술의 세계에 빠져 삶의 현장으로 되돌아오지 못하는 어느 청년의 방황기이며, 마리아네, 미뇽, 필리네, 멜리나부인, 백작 부인, '아마존 여인', 아우렐리에 등 모든 여성에게 '사랑받는' 한 청년의 여성 편력기이기도 하다.

1794년에 이 원고를 읽어 본 쉴러가 공무에 바쁜 괴테에게 이 작품을 완성해 볼 것을 권유한다. 이에 괴테는 쉴러의 우정 어린 충고를 받아들여 제1권부터 제5권까지를 부분적으로 첨삭, 개작하고, 이에 6, 7, 8권을 덧붙여 1796년에 소설을 완성해 낸다.

제6권은 괴테가 젊은 시절에 읽은 적이 있던 어느 수녀의 고백록으로서, 일명 「아름다운 영혼의 고백」이라고도 불리는 독립된 글이나. 여기에는 괴테보다 한 세대 이전의 이상적 여성상이 그려져 있다. 괴테는 원래 예술가 소설로 구상한 「연극적 사명」(1-5권)과 '철학적 교양소설' 「수업시대」(7-8권)의 문체와 내용의 낙차를 극복하고자, 중간에 이 수기를 끼워 넣은 것으로 보인다. 이 수기의 화자인 '아름다운 영혼'은 소설의 필자 괴테에 의해 로타리오, 나탈리에, 백작 부인, 프리드리히 등 작중 인물 4남매의 이모가 되는 것으로 교묘하게 짜 맞추어져, 이 수기가 전체 소설과 아주 무관하지는 않은 것으로 읽힌다.

제7권은 빌헬름이 아우렐리에의 연인 로타리오에게 따끔한 충고의 말로 실연의 복수를 대신하려고 로타리오의 성을 찾아가는 장면으로 시작된다. 하지만 그 성에 도착한 빌헬름은 뜻밖에도 로타리오와 그의 주변 인물들에 의해 큰 환영을 받게 되고, 차츰 로타리오와 친밀한 관계로 발전한다. 또한, 거기서 빌헬름은 펠릭스가 자신에게 실연의 상처를 준 마리아네와 자기 사이에서 태어난 자신의 아들이라는 충격적인 사실을 접한다. 그녀는 자기를 배신한 것이 아니라 약속을 기다려 주었지만, 안타깝게도 그사이에 이미 이 세상을 떠났다는 것이다. 그리고 빌헬름은 자신이 로타리오, 야르노 등이 회원으로 일하는 '탑의 모임'[5]이란 비밀 결사체에 의해서 그동안 보이지 않는 지위, 선의의 감시, '탑의 모임'에 이해 인격조정되는 교화적 인도를 받았음도 알게 된다. 그는 '탑의 모임'의 지도자 격인 신부님한테서 '수업증서'를 받고 자신도 '탑의 모임'의 일원이 된다. 빌헬름은 자기 인생의 고비마다 ― 예컨대, 『햄릿』 공연을 앞두고 유령역을 맡아 줄 배우가 없어 곤란을 겪을 때, 이 단역을 맡아 준 미지의 배우로 ― 나타나 자신을 도와주고 충고해 준 사람이 바로 신부님이었다는 사실도 비로소 확인한다.

제8권에서는 그동안 상인으로서 근면 성실하게 일해 온 베르너가 자신의 친구이며 처남인 빌헬름을 찾아온다. 그는 빌헬름이 훌륭한 신사의 면모를 갖춘 것을 보고 이제는 귀족계급의 여인과도 결혼할 수 있겠다는 찬탄의 말을 한다. 한편, 빌헬름은 로타리오의 여동생 나탈리에가 바로 자신이 애타게 찾고 그리워하던 '아마존 여인'임을 알게 되고 자비로운 그녀에게 마음이 끌리지만, 귀족 신분인 그녀가 자신에게는 과분한 여자임을 실감한다. 그러던 중, 빌헬름은 자신과 같은 처지로 로타리오와 애정 관계에 있었던 테레지에를 알게 된다. 빌헬름은 펠릭스에게 훌륭한 아버지로서의 역할을 할 수 있도록 자신을 뒷받침해 줄 그녀를 배우자로 생각하게 되고 그녀에게 청혼한다.

그와 그녀의 포옹 장면을 본 미뇽은 나탈리에게 달려가 그녀의 발치에

---

5   한국 독문학자들이 'Turmgesellschaft'를 '탑의 결사'라고 번역해 왔는데, 이는 일본인들의 번역을 그대로 따른 것으로서, '탑의 모임'이 더 적절한 번역일 것 같다. '결사'(結社)라 함은 '어떤 모임을 조직하는 일' 자체를 말하는 것으로서, 그 결과인 '결사체'(結社體)까지 의미하는지는 불분명하기 때문이다.

쓰러져 죽는다. 이때, 이탈리아 출신의 한 후작이 나타나 미뇽이 자신의 조카이며, 하프 악사가 자기의 친동생임을 밝힌다. 그로 인해 미뇽은 하프 악사가 여동생과의 근친상간에서 얻은 딸이라는 놀라운 사실도 아울러 알게 된다.

한편, 로타리오와 테레지에가 ─서로 결혼할 수 없는 금단의 사유가 사실이 아닌 오해로 판명되어─ 다시금 재결합하자, 빌헬름도 둘의 지원으로 마침내 나탈리에와 결혼하는 행운을 얻게 된다. 이 행운을 가리켜 나탈리에의 남동생 프리드리히는 이 소설의 끝에서 다음과 같이 말한다.

> "당신[빌헬름]을 보면 난 웃지 않을 수 없군요. 당신이 기스(Kis)의 아들 사울과 비슷하다는 생각이 들거든요. 아버지의 암나귀들을 찾으러 나갔다가 왕국을 얻게 된 그 사울 말입니다."[6]

프리드리히의 이 말은 빌헬름이 처음부터 뚜렷한 목표를 갖고 세상으로 나아간 것이 아니라 세상에서 많은 우회로를 헤매면서도 성실하게 노력한 결과 행운을 얻게 된 것임을 시사한다. 빌헬름에게 처음부터 뚜렷한 교양목표(Bildungsziel)가 없었다 하더라도 자아가 ─연극을 통하든, 다른 길을 거치든 간에─ 세상에 나가 다양한 갈등을 거치고 세계와의 화해적 교감에 도달한 다음, 마침내 자신의 '왕국'을 얻게 된 것이다. 그래서 이 소설을 교양소설이라 부르며, 『빌헬름 마이스터의 수업시대』야말로 장차 19세기의 거의 모든 독일 소설로부터 20세기 토마스 만의 『마의 산』(Der Zauberberg, 1924)에 이르기까지 대부분의 독일 소설에 교양소설적 특징을 부여하게 되는 것이다.

---

6 Goethes Werke, H. A., Bd. 7, S. 610 (Wilhelm Meisters Lehrjahre).

괴테는 1825년 에커만에게 "인간은 온갖 어리석은 짓들을 저지르고 여러 방황을 거듭함에도 더 높은 손에 의해 인도되어 행복한 목표에 도달하게 된다"[7]고 말하고 있다. 이것은 —물론 희곡 『파우스트』의 주인공 파우스트의 도정을 연상시키지만— 소설 『빌헬름 마이스터의 수업시대』의 주인공의 도정과 성취를 더욱더 적절히게 기리기고 있는 말이나. 빌헬름은 학문의 길을 가려는 대학생도 아니고 그보다 한 층 아래라고 할 수 있는 '상인'(Kaufmann) 연수생에 불과하다. 하지만 교양소설의 작가는 비범하고 천재적인 인물보다는 이런 평범하고 단순한 주인공을 통해서 인생의 온갖 풍파와 삶의 온갖 숙제들을 독자들에게 골고루 펼쳐 보여 줄 수 있는 것이다. 교양소설의 주인공들이 빌헬름 마이스터이건, 한스 카스토르프(토마스 만의 『마의 산』 주인공)이건, '특출한 천재'가 아닌 '한 단순한 청년'(Ein einfacher junger Mensch)[8]으로 나오는 것도 바로 이 때문이다.

교양소설의 주인공이 평범하고 단순하다고 해서 배울 바가 없는 인물이라는 것은 결코 아니다. 교양소설은 주인공의 교양을 넘어 인격적 '형성'을 따라가며 주인공의 체험을 추체험하는 독자의 교양도 아울러 함양시키기 때문이다. 이 점에서 교양소설(Bildungsroman)이란 장르 이름 안에 들어 있는 '교양(Bildung)'이란 말은 주인공의 교양뿐만 아니라 독자의 교양도 아울러 가리키고 있다 하겠다.

3) 시대소설 — '병든 왕자'의 모티프

이 소설은 예술가소설이란 원래의 바탕 위에다 나중에 덧칠하고, 그리고

7   Ehrhard Bahr (Hrsg.): Erläuterungen und Dokumente. Johann Wolfgang von Goethe. Wilhelm Meisters Lehrjahre, Stuttgart 1982, S. 296.

8   Thomas Mann: Gesammelte Werke in dreizehn Bänden, Frankfurt am Main 1974, Bd. III, S. 11.

한 세대 앞선 여성의 수기 「아름다운 영혼의 고백」을 중간에 끼워 넣음으로써 젊은 날의 문체와 장년기의 문체의 틈새를 카무플라주(camouflage, 은폐)한다. 그리고 고전수의적인 여유와 프랑스대혁명 이후의 정치적 시각을 보이는 '탑의 모임 이야기'(제7권과 제8권)를 덧붙여, 하나의 교양소설로 개작한 작품이다. 말하자면, 제1권에서 제5권까지 이르는 빌헬름 마이스터의 '연극적 도정'도 하나의 자율적인 '수업과정'으로서, 애초부터 '탑의 모임'에 의해 관찰되고, 보이지 않는 손에 의해 인도되고 있었다는 것이 이 소설이 내세우고 있는 자율적 교육의 원리이다.

낭만주의 시인 노발리스는 미뇽과 하프 악사와 같이 아름답고도 슬픈 낭만적 인물들이 작품의 끝에는 모두 죽고, 빌헬름이 결국 귀족 나탈리에와 결혼하게 되는 『빌헬름 마이스터의 수업시대』의 비낭만적, 이성적 결말을 가리켜 '마이스터 소설'은 "귀족증서를 얻기 위한 순례"(die Wallfahrt nach dem Adelsdiplom)[9]에 불과하다고 혹평하였다.

그러나 시민계급 출신인 빌헬름이 귀족 출신이자 새 시대의 '아름다운 영혼' 나탈리에와 결혼하는 이 소설의 결말은 개인 빌헬름의 행복한 결말로만 볼 것이 아니라, 당시 독일 신분사회의 장벽을 뛰어넘은 결혼 사례로서 일종의 시대적 해결책으로도 보인다. 여기서 중요한 것이 작품 속에 여러 번 언급되는 '병든 왕자'(kranker Koenigssohn) 모티프이다. 시리아의 왕 셀레우코스 1세는 아들 안티오쿠스의 신부감을 물색하던 중 젊고 아름다운 스트라토니케에게 반하여 자신의 왕비로 삼고 만다. 자신의 아내가 되리라 믿었던 스트라토니케가 뜻밖에도 계모로 되자 왕자는 시름시름 앓아눕는다. 왕자의 병실에 계모가 들어올 때마다 병든 왕자의 맥박이 빠르게 뛰는 현상을 발견한 의사가 왕에게 거짓 고하기를, 왕자님이 의사 자기의 아내를 연

9   Ebda., S. 328.

모하여 상사병에 걸린 것이라고 보고한다. 그래서 왕은 의사에게 왕자의 목숨과 나라의 장래가 걸린 일이니만큼 부디 의사가 부인을 왕자에게 양보해 달라고 간곡히 부탁한다.

의사가 말하기를, 실은 자신의 아내가 아니고 젊은 왕비님이라고 하자, 왕이 스트라토니케를 병든 왕자에게 안보힌디. 이 이아기는 스트라토니케가 병들어 누워 있는 왕자의 방으로 들어서는 결정적 순간에 인물들의 표정과 몸짓을 포착하는 문제 때문에 벨루치, 다비드, 앵그르 등 수많은 화가가 즐겨 그려온 유명한 회화적 모티프이며, 젊은 괴테도 카셀 등지의 많은 박물관에서 익히 보아 오던 모티프였다.

단원들에 의해 단장으로 선출되었다가 노상강도를 만나 단원들을 위해 싸웠지만, 상처를 입고 풀밭에 누운 빌헬름에게 나탈리에가 구원의 손길을 건네주는 소설의 한 장면도 '병든 왕자 모티프'의 한 변형으로 보인다. 소설에 여러 번 나오는 '병든 왕자' 그림은 빌헬름의 조부가 수집하여 소장해 오던 그림이다. 그런데 어릴 적부터 늘 보아 오던 이 그림을 빌헬름이 나탈리에의 집에서 다시 보게 되는 것은 결코 우연이 아니다. 그 배경에는 '탑의 모임'의 신부가 그림을 매입한 것으로부터 마침내 나탈리에의 방에 걸려 있게 되기까지 신부의 보이지 않는 많은 노력과 배려가 있었던 것이다.

신분상의 제약으로 인해 '병든 왕자'일 수밖에 없는 빌헬름이 귀족 나탈리에를 사랑할 수 있는 용기를 낸 원동력은 비록 "그릇된 길"이고 "우회로"지만 그가 '연극'이란 '수업'을 통해 '교양'을 쌓은 덕분이었다. 만약 그가 친구이자 매부인 베르너의 차원에 계속 머물러 있었더라면, 그는 나탈리에를 배우자로 맞이하는 행운을 얻지 못했을 것이다. 나탈리에에 대한 시민계급 빌헬름의 사랑의 아픔은 '병든 왕자'의 경우와 마찬가지로 외부로부터의 호의적 지원이 있어야 비로소 치유될 수 있는 성질의 것이다. 이런 점에서 이 소설은 프랑스혁명 이후에도 독일에 남아 있던 구체제와 계급 간의 갈등을 해소할 방안을 상징적으로 제시하는 괴테적 시대소설로도 읽힐 수 있으며, 프랑스혁명에 대한 바이마르 고전주의의 정치적 응답으로 볼 수도 있다. '탑의 모임'의 농지에서 가족으로까지 발전된 순간, 처남 로타리오는 매부 빌헬름에게 다음과 같이 말한다.

> 이제 우리가 이처럼 기이하게 서로 인연을 맺었으니 평범한 삶을 살지는 맙시다! 우리 다 같이 가치 있는 활동을 하도록 합시다! …… 우리 그런 일을 하기 위해 서로 동맹을 맺읍시다! 이것은 공상이 아니라 정말 실현이 가능한 이념이며, 언제나 뚜렷하게 자각되는 것은 아니지만, 이따금 선량한 사람들에 의해 실천되고 있는 이념입니다.[10]

개혁귀족 로타리오와 시민계급 출신 빌헬름의 이러한 정치적 "동맹"은 프랑스혁명의 유혈사태와 혼란에 실망하여, '혁명'보다는 계급 간의 화해와 협력을 통한 '개혁'을 원했던 당시 괴테의 정치적 입장을 잘 반영하고 있다. 따라서 빌헬름이란 자아가 마침내 얻게 된 나탈리에는 단순한 결혼 상대로서의 여성이 아니라 세계와 조화를 이룬 자아, 나아가서는 빌헬름 자신의 성취이다. 말하자면, 그는 새 시대의 '아름다운 영혼' 나탈리에와 비슷한 수준으로 고양됨으로써 비로소 나탈리에, 즉 자신의 행복을 얻은 것이다.

이렇게, 『빌헬름 마이스터의 수업시대』는 교양소설인 동시에 시대소설이며, 괴테는 이 소설에 자기가 겪은 세계 인식을 고스란히 담고자 하였다. 즉, 이 작품은 교양소설인 동시에 일종의 인식소설로서 주인공 자아가 세계를 인식하는 중에 독자 자아도 세계를 종합적으로 인식하게 되는 것이다.

---

10 Goethes Werke, H. A., Bd. 7, S. 608 (Wilhelm Meisters Lehrjahre).

8. 『빌헬름 마이스터의 편력시대』

『빌헬름 마이스터의 수업시대』란 제목 자체가 이미 이 소설에는 속편(續篇)이 뒤따를 가능성을 암시하고 있다. 독일의 전통적 도제(Geselle, 徒弟, 技能工) 양성제도에 의하면, 어느 명장(Meister, 名匠) 밑에서 수습공(Lehrling) 과정을 끝낸 사람은 도제로서의 직업을 영위하기 이전에 다른 지역 명장의 기술을 아울러 배우기 위해 전국 각지를 '편력'(遍歷)하게 되어 있기 때문이다. 즉, 수업시대를 마친 사람에게는 편력시대가 뒤따르기 마련인 것이다. 사실, 괴테도 쉴러에게 보내는 1796년 7월 12일 자 편지에서 『빌헬름 마이스터의 수업시대』의 속편을 써 볼 "생각과 의욕"[11]을 갖고 있다고 하였다.

여러 단계의 집필 및 수정 과정을 거쳐 1829년에 최종적으로 『빌헬름 마이스터의 편력시대 또는 체념하는 사람들』(Wilhelm Meisters Wanderjahre oder die Entsagenden)이라는 제목으로 새 소설이 출간된다.

이 소설에서 빌헬름은 —『수업시대』의 끝에서 암시된 대로— 아들 펠릭스를 데리고 편력의 길을 떠나기는 한다. 이 여행에서 그는 '탑의 모임'의 지시에 따라 여러 인물을 만나게 되고 새로운 삶의 영역들을 관찰하고 직접 체험할 기회를 얻게 된다. 그러다가 결국에는 '체념하는 사람들'의 공동체에서 유능한 구성원으로 활동할 수 있으려면 무엇인가 한 가지 기술을 익히는 것이 좋겠다는 것을 깨닫고 응급의(應急醫)로서의 수업을 마치게 된다.

---

11 Goethes Werke, H. A., Bd. 7, S. 648: "Idee und Lust".

그 의술의 혜택을 처음으로 누리게 되는 것은—자신의 젊음과 체력을 과신한 나머지—말을 타고 급격하게 달리다가 강물에 빠져 죽음의 문턱에 이르게 된 아들 펠릭스이다.

이로써『수업시대』의 빌헬름이 연극배우로서의 길을 가던 끝에 '탑의 모임'으로부터 인생 수습생으로서의 과정을 마쳤다는 '수업증서'를 받은 뒤에 궁극적으로 택하게 되는 직업이 응급의라는 사실까지는 분명해졌다.『수업시대』를 이미 읽은 독자는 그 속편『편력시대』에서는 당연히 빌헬름과 나탈리에의 새로운 삶이 전개되리라는 기대를 하지만, 막상 책을 펼쳐 든 독자는 편지와 일기, 갖가지 에피소드와 단편소설들, 서고에서 모은 문서들, 편집자의 주석과 잠언 등과 마주하게 된다. 그것은 온갖 종류의 광물을 함유하고 있는 기이한 "혼성암"(混成岩, Aggregat)[12]과 같은 불균질적 텍스트들이다.

범인은 천재한테서 실수와 결점을 발견해 내기를 좋아한다고 한다.『편력시대』에서『수업시대』와 모순되는 사실들을 찾아보는 독자들의 심사에도 이런 범용성이 숨어 있지 않을까 싶다. 그러나 작품 제목이『빌헬름 마이스터의 편력시대』인 이상, 독자는 크고 작은 사건들에 접할 때마다『수업시대』와 비교하여 두 소설 사이의 불일치점 내지는 모순점을 상당수 발견하게 되는 것은 어쩔 수 없는 사실이다.

우선,『수업시대』에서 빌헬름의 행복을 상징한 나탈리에의 역할과 비중이『편력시대』에서는 너무나 미미하다. 여기서 나탈리에는 그가 체험한 내용을 글로 써서 보고하는 편지의 수신자에 머물고 있으며, 소설의 후반부로 갈수록 그녀에 대한 언급조차 점점 더 뜸해진다. 비록 '체념하는 사람들'

---

12 Flodoard von Biedermann (Hrsg.): Goethes Gespräche, Leipzig 1910, Bd. 4, S. 217 (Gespräch mit Kanzler von Müller am 18. Februar 1830).

의 모임이라는 사실을 인정한다 하더라도, 『수업시대』에서 예고된 나탈리에와의 결혼이 『편력시대』에 가서도 이루어지지 않고, 그녀가 한발 먼저 미국으로 떠났다는 설정으로 그들의 재회를 미국이란 '유토피아'로 다시 미루어 놓은 것도 독자에겐 못내 아쉬운 점이다. 또한, '탑의 모임'의 핵심인물인 로타리오와 신부도 『편력시대』에는 지나치게 배경으로 밀려나고, 야르노가 몬탄으로 변신한 모습, 헤르질리에에게 이끌리던 소년 펠릭스가 그녀를 격정적으로 포옹하려는 청년 펠릭스로 변모하는 과정도 독자에게는 그다지 실감 나게 다가오지 않는다.

『수업시대』의 독자들은 빌헬름이 어린 시절 인형극에 탐닉한 결정적 체험을 인상 깊게 기억할 것이다. 그런데 『편력시대』에서 빌헬름이 '어부소년'(Fischerknabe)과의 우정과 사별(死別)의 에피소드를 "어린시절에 관한 아주 오래된 이야기 중의 하나"(eine der frühsten Jugendgeschichten)[13]로 보고하는 대목은—빌헬름의 기술 습득을 위한 '서사적 장치'라는 점은 이해가 되지만— 나중에 억지로 끼워 넣은 에피소드라는 인상을 준다. 또한, 평범한 소시민의 인상을 주던 마이스터 노인이 『편력시대』의 빌헬름의 회고에서는 천연두의 예방과 의료혜택의 대중화, 그리고 죄수들에 대한 보다 인간적인 대우 등 "보편적 선의의 전파"(Verbreitung des allgemeinen guten Willens)[14]를 위해 노력하는 자유스런 교양시민의 풍모를 보이는 것도 두 작품 사이에서 발견되는 사소한 불일치점 중의 하나이다.

이러한 사소한 결점은 『수업시대』를 완간했을 때의 47세의 괴테와 『편력시대』를 완간했을 때의 78세의 괴테를 비교한다면, "노령에 기인한 실수의

---

13 Goethes Werke, H. A., Bd. 8, S. 269.
14 Ebda., S. 279.

흔적들"(Spuren der Altersschwäche)[15]로 너그럽게 보아줄 만하다. 사실 괴테는 훗날의 토마스 만처럼 한 작품의 내적 완결성을 집요하게 추구할 만큼 충분한 시간적 여유가 없었을 뿐만 아니라, 그의 성격에 비추어 작품의 전후 문맥에 나타나기 마련인 사소한 불일치점 따위에는 그다지 괘념하지 않은 듯하다.

『수업시대』와 『편력시대』는 서로 맞지 않은 점을 적지 않게 지니고 있어서 언뜻 보기에는 연관성 없는 별개의 소설로 보일 수도 있다. 그러나 여기서 우리가 상기해야 할 것은 『빌헬름 마이스터의 연극적 사명』과 『수업시대』 사이에도 이미 상당한 내용적 불일치와 문체적 단절이 있었고, 소설 『수업시대』에서도 제6권을 전후하여 중대한 내용과 문체적 불일치가 있다는 사실이다. 빌헬름에게 '사명'(Sendung)이었던 '연극'이 '잘못 접어든 길'(Irrweg)로 인식되는 변화는 제7권에서 너무나 신속하고도 급작스럽게 일어난다. 그가 연극의 세계를 등지고 '탑의 모임'으로 가게 되는 변화는, 유명한 괴테 연구가 콘라디도 지적하고 있듯이, 놀랍도록 "급격하고 단호하다"(rasch und entschieden).[16]

독자를 상당한 당혹감에 빠지게 하는 이런 급격한 변화가 필요했던 이유는 무엇일까? 우리는 현실을 보는 시인 괴테의 시각이 달라졌고, 이런 시각의 변화가 근본적으로 시대의 변화, 구체적으로 말하자면 프랑스대혁명과 무관하지 않으리라는 데에서 그 이유를 찾을 수밖에 없다.

---

15 Ehrhard Bahr: Wilhelm Meisters Wanderjahre oder die Entsagenden. Entstehungsgeschichte und Textlage, in: Goethe-Handbuch, Bd. 3: Prosaschriften, hrsg. v. Bernd Witte u. a., Stuttgart/ Weimar 1997, S. 186-231, hier: S. 218.

16 Karl Otto Konrady: Goethe. Leben und Werk, 2. Bd.: Summe des Lebens, Frankfurt am Main 1989, S. 146: "Erstaunlich, wie rasch und entschieden Meister die Abkehr von der Theaterwelt vollzieht".

『수업시대』의 주된 개작 시기는 1791년과 1794년인 점을 고려하면 이 소설은 프랑스대혁명(1789)의 영향을 직접 받은 시기에 개작된 작품이며, 『연극적 사명』에 바탕을 두어 아직은 프랑스대혁명으로부터의 충격적 체험을 작품 속에 차분히 소화해서 기록할 수 없었다. 그런데도『수업시대』의 제7권과 제8권에서는 곳곳에 프랑스대혁명으로 인해 제기된 시대적 뮤제, 특히 "귀족계급과 시민계급 간의 근본갈등의 가능한 해결책"(mögliche Lösung des Grundkonflikts zwischen Adel und Bürgertum)[17]을 모색한 흔적을 찾아볼 수 있다.

우선 개혁귀족 로타리오가 귀족으로서의 특권 중 일부를 자진해서 포기함으로써 영지 내의 농민들에게 혜택이 가도록 하고 "지식의 증대와 진보하는 시대가 우리에게 가져다주는 이익"(Vorteile ……, die uns erweiterte Kenntnisse, die uns eine vorrückende Zeit darbietet)[18]을 자기와 함께 일하고 자기를 위해 일하는 농민들과 나누겠다는 것이 이미 프랑스대혁명과 무관하지 않은 발상으로 보인다. 경직된 세습 제도의 틀 안에 묶여 있는 "봉토(封土)라는 속임수"(das Lehens-Hokuspokus)[19]의 족쇄를 풀어 귀족에게도 토지를 생산적으로 활용할 수 있는 권한을 주어야 한다는 생각, 그리고 귀족도 국가에 응분의 세금을 내어야 한다는 생각 등이 그렇다. '탑의 모임'이 괴테에 의하여 제시된 "프랑스혁명에 대한 대안"(Alternative zur Französischen Revolution)[20]으로 이해되기도 하는 이유는 바로 이 때문이다. 『수업시대』에서 처남이 된 빌헬름에게 귀족 로타리오가 '동맹'을 제안하는 것[21]은 귀족계급과 시민계

---

17 Ebda., S. 155.
18 Goethes Werke, H. A., Bd. 7, S. 430.
19 Vgl. ebd., S. 507.
20 E. Bahr (Hrsg.): Erläuterungen und Dokumente. Wilhelm Meisters Lehrjahre, S. 175.
21 Vgl. Goethes Werke, H. A., Bd. 7, S. 608.

급의 동맹으로 확대하여 해석될 수 있음은 위에서도 이미 언급한 바이다.

프랑스대혁명은 괴테에게 이미 '수업시대'를 마친 빌헬름을 다시 여행과 편력의 길을 떠나도록 만드는 계기를 부여한 것으로 보인다. 『편력시대』에서 빌헬름이 찾아가게 되는 나탈리에의 '외종조부'(Oheim)의 저택과 장원(莊園)에서도 변화된 시대에 대처하여 괴테가 그동안 새로이 생각해 낸 삶의 모습과 바람직한 사회조직, 사회복지 시설과 제도 등을 접하게 된다. 이것은 "베카리아와 필란지에리의 시대"(die Zeit der Beccaria und Filangieri),[22] 즉 낡은 형법과 억압적 사회제도를 개혁하려던 계몽주의적, 박애주의적 시대의 정신적 유산으로서 직·간접으로 모두 프랑스대혁명과 관련이 있다. 이 점에서 『편력시대』는 『수업시대』의 ―특히 그 제7권과 제8권의― 연장선 위에 놓여 있다.

또한, 여기서 괴테는 19세기 초반부터 서서히 밀려오는 산업화의 조짐들까지도 ― 만약 『편력시대』가 『수업시대』와 마찬가지로 당대의 삶에 대한 진지한 모색과 성찰의 책이 되어야 한다면 ― 작품 속에 수용할 필요성을 느끼게 되었을 것이다. 그리고 괴테가 소설에서 프랑스대혁명과 산업혁명 이후에 전개되는 새로운 시대의 삶의 문제를 총체적으로 다루려 했다면, 빌헬름과 나탈리에라는 두 인물을 에워싸고 있는 기존의 틀과 공간은 괴테에게는 이미 너무 협소하고 제한된 것으로 느껴졌을 수 있다. 『편력시대』에서 주인공 빌헬름의 이야기가 줄거리의 얼개 정도로 밀려날 수밖에 없었던 까닭이 바로 여기에 있다. 더욱이 "전통적 편지소설"(ein traditioneller

---

22 Goethes Werke, H. A., Bd. 8, S. 66. Cesare Beccaria와 Gaetano Filangieri는 이탈리아의 계몽주의적, 개혁적 법학자로서, 법학을 전공한 괴테는 사형과 고문의 폐지, 그리고 가톨릭교회의 지나친 사회적 영향력에 대한 견제 등 이들의 개혁적 아이디어들을 알고 있었던 것으로 보인다.

Briefroman)[23]로서 계획된 『편력시대』가 집필 도중에 내용과 형식에 있어 큰 변화를 겪게 되고 『수업시대』와는 많은 불일치점을 보이게 된 원인도 바로 이렇게 변화된 시대적 사정에서 찾을 수 있다.

정리하자면, 『수업시대』와 『편력시대』가 앞에서 지적한 것처럼 사소한 불일치점들을 보이는 것은 두 작품이 당시 시대 변화에 대한 괴테의 민감한 반응의 기록물이기 때문이다.

『편력시대』에서 전통적 소설 독자에게 가장 생경하게 느껴지는 것은 아마도 '레나르도의 일기'라는 이름으로 읽어야 하는 방적(紡績)과 직조(織造)에 관한 실용 산문들일 것이다.

> 물레에는 바퀴와 계기침이 있어서 바퀴가 한 바퀴씩 돌 때마다 용수철이 튀어 올랐다가 물레가 100바퀴 돌 때마다 용수철이 내려온다. 그래서 100바퀴를 돈 수량을 한 꾸리라 부르는데, 이 한 꾸리의 무게에 따라 방사(紡絲)의 품질 등급들이 매겨진다.[24]

손기술과 기계에 관한 각별한 관심 때문에 레나르도가 일일이 기록했다는 이 실용 산문은 괴테가 작품에 넣기 위한 실제 기록을 많이 확보하기 위해 1810년에 하인리히 마이어에게 스위스의 가내공업에 관한 정보를 부탁한 결과 얻게 된 자료에서 유래한다.[25] 괴테의 이러한 노력은 물론 산업화와 현대화를 맞이하고 있는 19세기 초의 산업현장을 작품 속에 생생하게 반

---

23 Vgl. Ehrhard Bahr: Wilhelm Meisters Wanderjahre oder die Entsagenden (1821/1829), in: Goethes Erzählwerk. Interpretationen, hrsg. v. Paul Michael Lützler u. James E. McLeod, Stuttgart 1985, S. 363-395, hier: S. 367.

24 Goethes Werke, H. A., Bd. 8, S. 343.

25 Hierzu vgl. E. Bahr: Wilhelm Meisters Wanderjahre, S. 371f.

영하기 위한 것이다. 깨어 있는 동시대인으로서 "신분제 사회로부터 현대 산업사회에로의 과도기"(Übergang von der ständischen Gesellschaft zur modernen Industriegesellschaft)[26]를 체험한 만년의 괴테는 비단 정치적 문제뿐만 아니라 경제적 문제에도 눈을 돌림으로써 작품 속에 자기 시대를 종합적으로 반영하고자 하였다. 소설 『편력시대』가 당시 독일 사회의 모습과 문제점을 총체적으로 반영하려면 다가오는 기술사회에서의 "교양의 역할과 과업"(die Rolle und Aufgabe von Bildung)[27]이 새로이 정의되어야 하고 다시 토의되어야 할 것이다.

말하자면, 노년의 괴테는 『편력시대』에 그가 직면한 새로운 시대에 합당한 '교양'과 바람직한 삶의 모습에 대한 새로운 제안을 담아내어야 했다. 『연극적 사명』에서는 '사명'이었고 『수업시대』에서도 아직은 '교양'의 발판으로서 간주하고 있었던 연극은 『편력시대』에서는 "용서할 수 없는 오류, 비생산적 헛수고"(ein unverzeihlicher Irrtum, eine fruchtlose Bemühung)[28]로까지 간주된다. 『수업시대』에서 높이 평가되던 개인의 구도자적 노력과 그에 필연적으로 뒤따르기 마련인 젊은 날의 방황은 『편력시대』에서는 더는 생산적인 체험이 아니라 "못 가도록 막아야 할 잘못된 길"(ein Abweg, der verhindert werden muß)[29]에 불과한 것이다. 소설에 나오는 실험적 교육시설인 '교육촌'(pädagogische Provinz)에서는 연극이 "한가로운 대중"(eine müßige Menge)[30]

---

26 Henriette Herwig: Das ewig Männliche zieht uns hinab: "Wilhelm Meisters Wanderjahre". Geschlechterdifferenz, Sozialer Wandel, Historische Anthropologie, Tübingen und Basel 1997, S. 5.

27 Walter Beller: Goethes "Wilhelm Meister"-Romane: Bildung für eine Moderne, Hannover 1995, S. 133.

28 Goethes Werke, H. A., Bd. 8, S. 258.

29 K. O. Conrady: a. a. O., S. 525.

30 Goethes Werke, H. A., Bd. 8, S. 256.

을 그릇된 길로 인도하는 "위험한 속임수"(gefährliche Gaukeleien)[31]가 되어 더는 설 자리가 없게 된다. "그가 무대 위에서, 그리고 연극 때문에 겪었던 고락"(was er auf und an den Brettern genossen und gelitten hatte)[32]이 모두 허망한 방황임을 인식한 빌헬름은 응급의 수업을 하겠다는 결단을 내리게 되며, 이것이 바로 『편력시대』의 빌헬름이 택한 '체념'(Entsagung)에의 길이다

『수업시대』에서 추구되던 '우주적 교양'(Universalbildung) 대신에 『편력시대』에서는 이제 '전문화'(Spezialisierung)에로의 '체념'이 시대적 과제로 등장한다. 전인적 인격의 계발이라는 『수업시대』에서의 높은 이상이 포기되는 대신에 『편력시대』의 빌헬름 마이스터는 응급의로서 자신을 전문화하여 분업화되어 가는 사회 내에서 자신을 유용하게 만들어야 한다. 이와 같은 '전문화'와 '체념하는 사람들'의 관계 및 그 의의는 나탈리에에게 쓰고 있는 빌헬름의 다음과 같은 편지에 잘 나타나 있다.

> 당신들이 추진하고 있는 그 큰 사업에서 나는 모임의 한 유용한 구성원, 없어서는 안 될 구성원으로서 나타나 당신들이 가는 길에 상당한 확신을 갖고서 합류할 것이오. 나 자신이 당신들과 어울릴 만한 가치가 있다는 어느 정도의 자긍심 ─ 이건 정말 칭찬할 만한 자긍심이오 ─ 을 가지고서 말이오.[33]

『수업시대』에서 시민계급의 청년 빌헬름이 귀족 나탈리에와 어울릴 만한 가치가 있는 데 필요했던 것이 '교양'이었다면, 이제 『편력시대』에서 필요한 것은 자신을 전문화함으로써 분업화되어 가는 사회 내에서 자신을 유용한

---

31 Vgl. Goethes Werke, H. A., Bd. 8, S. 257: "Solche Gaukeleien fanden wir durchaus fefährlich und konnten sie mit unserm ersten Zweck nicht vereinen."

32 Goethes Werke, H. A., Bd. 8, S. 257.

33 Ebda., S. 283.

구성원으로 만드는 것, 즉 전인적 교양을 포기하고 기술을 익혀 공동체에 봉사하기로 '체념하는' 자세이다. 『수업시대』에서 추구된 '교양'이 변화된 사회 속에서 더는 확고부동한 가치를 지닐 수 없음을 인식한 노 괴테는 『편력시대』에서는 지나간 프랑스대혁명과 다가오는 산업혁명을 둘러싼 "시대의 경향들"(die Tendenzen der Epoche)[34]을 의식적으로 수용함으로써 소설의 리얼리티를 확보하려 한 것으로 보인다.

그러나 새 시대의 복잡하고도 다원화된 삶을 현실성 있게 묘사하기 위해서는 전통적 형식의 탈피 내지는 그것과의 결별도 필요했다. 대개의 독자는 "예술적 통일성"(künstlerisch [e] Einheit)[35]이라는 전통적 생각에 얽매어 『편력시대』의 전체적 통일성을 찾아내고자 노력하기 마련이지만, 실은 이런 통일성을 찾으려는 노력 자체가 괴테의 현대성을 간과하고 낡은 형식에 습관적으로 안주하려는 태도일 뿐이다. "난관에 부닥친 조국이 '기계'와 새 경제체제가 지배하게 될 미래 사회를 향해 가게 될 발전경로를 정당하게 그려내려고"(den Entwicklungsweg des schwierigen Landes in die Zukunft des 'Maschinenwesens' und einer neuen Ökonomie gerecht aufzunehmen)[36] 노력하는 『편력시대』의 괴테는 그의 문학이 비정치적·비사회적이라는 지금까지의 통념과는 매우 다른 모습의 괴테이며, 여기서 우리는 개체적 "발전소설 『수업시대』(Entwicklungsroman *Lehrjahre*)가 [사회적] "발전소설 『편력시대』"(Entwicklungsroman *Wanderjahre*)[37]로 변모하게 되었다는 레오 크로이처의 견해에 동의하지 않을 수 없게 된다.

34 K. O. Conrady: a. a. O., S. 515.

35 Ebda.

36 Leo Kreutzer: Literatur und Entwicklung. Studien zu eier Literatur der Ungleichzeitigkeit, Frankfurt am Main 1989, S. 32.

37 Ebda.

『편력시대』가 형식적으로 불안정하고 미흡하게 보이는 근본원인은,『편력시대』의 초판(1821년판) 제11장의 '막간의 말'(Zwischenrede)에서 고백하고 있듯이, 소설의 내용을 이루고 있는 요소들의 '불균질성'(Heterogenität)에 있다. "동종의, 또는 모순되는 성분들이 뒤섞여 있는 혼성암과도 같은 형식과 내용의 다양성이『편력시대』의 특징과 모습을 아주 근본적으로 규정한다"(Ein Vielerlei an Formen und Inhalten, ein Konglomerat gleichartiger wie gegensätzlicher Bestandteile bestimmt ganz wesentlich Charakter und Erscheinungsbild der Wanderjahre)[38]는 에르하르트 마르츠의 인식도 앞의 고백을 뒷받침하고 있다.

1829년에 나온『편력시대』의 최종판은 결국『수업시대』와는 달리 일종의 '서고소설'(Archivroman)의 형식을 취하면서, 편집자(Redakteur)가 서고에 소장된 각종 자료를 취사선택하고 적당한 곳에 배열해 나가면서, 독자들에게 '체념하는 사람들'의 다양한 삶의 모습을 보여 주는 형식으로 되어 있다. 따라서 내용상으로도 "서로 매우 다른 개별 내용의 결합체"(Verband der disparatesten Einzelheiten)[39]를 이룰 수밖에 없다. 괴테 자신도『편력시대』의 이러한 형식적 개방성을 분명히 의식하고 있었다. "이런 종류의 작품은 …… 다른 작품보다 더 많이, 각자가 자기에게 알맞은 내용을 받아들이는 것을 허용하고 있고, 사실은 그렇게 하도록 요구하고 있기까지 합니다"(eine Arbeit, wie diese, …… erlaubt, ja fordert mehr als eine andere daß jeder sich zueigne was ihm gemäß ist)[40]라는 괴테의 말은 독자가 통일성의 결여라는 형식적 문제점을 어떻게 대해야 하는가를 시사하고 있으며, 또한 이러한 열린 형식이 작

---

38 Ehrhard Marz: Nachwort, in: Johann Wolfgang Goethe: Wilhelm Meisters Wanderjahre oder Die Entsagenden, Urfassung von 1821, Bonn 1986, S. 229-245, hier: S. 231.

39 Goethes Brief an Rochlitz, 28. Juli 1829. Hier zit. nach E. Bahr: a. a. O., S. 388.

40 Ebda.

품의 최종 해석을 독자에게 맡기고 있다는 점에서 매우 현대적이다.

> 우리의 경험 중 많은 것은 입 밖에 내어 잘 말할 수 없고 직접 전달을 하는 것
> 도 잘되지 않기 때문에 오래전부터 나는 서로 마주 놓인 거울들의 상(像), 말하
> 자면 서로 내면을 반사한다고 할 수 있는 거울들의 상(像)들을 통해 비밀스러운
> 의미를 주의 깊은 사람에게 제시해 주는 방법을 택해 왔습니다.[41]

물론 『편력시대』에서 직접 비밀스러운 해답이 제시되는 것은 아니다.
그러나 이를테면 '체념'에 대해서 말하더라도 그 의미를 직접 서술 또는 묘
사하는 것이 아니라, '체념'의 여러 모습을 —마치 거울들을 양쪽에 놓아
두었을 때처럼— 서로 반사 투영시킴으로써 그 깊은 뜻을 주의 깊은 독자
들에게 복합적으로 암시해 주는 방법을 택하고 있다. 삶의 모습을 이렇
게 다각적·총체적으로 보여 주기 위해서 괴테는 아마도 『편력시대』와 같
은 새롭고 특이한 소설형식이 필요했을 것이다. 이런 의미에서 아마도 이
소설은 수수께끼를 풀어 나가듯 읽어야 할 "노 괴테의 위대한 적요집(摘要
集)"(ein großes Kompendium des alten Goethes)[42]이라 할 만하며, 여기에서 괴테가
뒤에 나타날 다양한 형태의 현대소설들을 이미 부분적으로 선취하고 있다
고도 볼 수 있다.

이러한 점으로 미루어 『편력시대』는 『수업시대』의 속편으로 결론지을 수
있다. 그러나 『편력시대』는 1796년에서 1829년 사이의 변화된 시대에 대한
시인 괴테의 민감한 반응의 산물로 『수업시대』의 단순한 속편이 아닌, '특
이한 속편'이다. 이것은 자기 시대의 삶에 대하여 진지하게 모색한 『수업시

---

41 Goethes Brief an Carl Jacob Ludwig Iken v. 27. September 1827.
42 K. O. Conrady: a. a. O., S. 531.

대』에 이어 『편력시대』는 노시인 괴테가 변화된 시대를 맞이하여 삶을 새로이 정의하고 그런 삶의 방법과 모습을 새로이 모색하기 위해 새로운 소설형식을 탐구한 결과이다.

　여기서 『편력시대』의 부제(副題)에 나오는 '체념하는 사람들'(die Entsagenden)에 대해 설명을 덧붙이자면, 괴테가 말하는 '체념'(Entsagung)이런 개념은 우리말에서의 '체념'(諦念)의 의미와 다소 다를 수 있다는 사실이다. 우리말 '체념'은 어떤 철학적 생활태도를 말하지만 일반적으로 '포기'나 '단념'의 의미가 매우 강하다. 이처럼 이 개념은 괴테한테서는 '포기'나 '단념'을 하고 난다음의 어떤 현명한 사회적 적응의 태도를 지칭한다. 오랫동안 괴테의 문학을 연구해 온 원로 독문학자 최두환 교수는 한국 독문학도들의 스터디그룹인 괴테독회에서 괴테의 'Entsagung'은 차라리 공자의 '극기복례'(克己復禮)에 가까운 것이라고 말한 적이 있다. '극기복례'란 유가의 주요 개념으로서 논어의 안연편에 나오는데, 인간이 자기의 욕심을 억제함으로써 자신을 이기고 예(禮)로 복귀한다면 천하가 다 인(仁)으로 돌아갈 것[43]이라는 공자의 말에서 유래한다. 물론, 노년의 괴테 텍스트에서 'Entsagung'이나 'entsagen'이란 말이 나올 때마다 '극기복례'로 번역할 수는 없겠지만, 그때마다 '극기복례'라는 동양의 지혜를 한 번쯤 연상해 보는 것은 도움이 될 것이다. 빌헬름이 『편력시대』에 들어와서 '체념'을 하고서, 응급의로서 새로운 분업사회의 일원으로 거듭나는 것은 괴테의 '체념'이 우리말의 '체념'보다는 덜 비관적인, '절제'(節制)에 가까운 것으로 보이기 때문이다. 그렇다고 'Entsagung'을 바로 '절제'로 번역하지 않는 이유는 '절제'는 '체념'보다 철학

43　논어 안연편(顏淵篇) 참조: "顏淵問仁. 子曰 '克己復禮爲仁, 一日克己復禮 天下歸仁焉. 爲仁由己, 而由人乎哉.' 顏淵曰 '請問其目'. 子曰 '非禮勿視, 非禮勿聽, 非禮勿言, 非禮勿動.' 顏淵曰 '回雖不敏 請事斯語矣'."

적 깊이의 뉘앙스가 없이 너무 건조한 어감을 주기 때문이다. 노 괴테의 화두가 '절제'라고 하는 것보다는 어차피 정확한 번역이 어렵다면, 차라리 '체념'이 낫지 않을까 싶어시다.

사실, 괴테는 번역서들을 통해 공자를 어느 정도 알고 있었으며, 그의 작품에서도 희미하게나마 공자와의 교감의 흔적이 엿보인다. 이를테면, 『수업시대』 제6권 '아름다운 영혼의 고백'의 끝 무렵에 '아름다운 영혼'은 다음과 같이 쓰고 있다.

> 나는 어떤 계명도 더는 기억하지 못하며, 내게 율법의 형태로 나타나는 것은 더는 아무것도 없다. 나를 이끌되 언제나 올바르게 인도하는 것은 어떤 본능이다. 나는 내 마음이 원하는 대로 자유롭게 따른다. 그런데도 제한이나 후회 같은 것은 전혀 느끼지 않고 있다.[44]

여기서 빌헬름보다 한 세대 앞선 여성인 '아름다운 영혼'은 자신이 마침내 도달한 인생의 경지를 서술하고 있다. 그녀는 자신이 더는 "계명"이나 "율법"을 생각하지 않고 본능이 시키는 대로 움직여도 행동이 결과적으로 올바르고, 자기 마음이 원하는 대로 자유롭게 행동하더라도 "제한"이나 "후회"를 전혀 느끼지 않는다고 고백한다. 이 말에서 공자가 나이 70에 도달하게 되었다는 경지인 "마음이 시키는 대로 따르더라도 법도에 어긋남이 없다"[45]라는 말이 연상된다. 괴테가 공자의 말을 알고서 이런 구절을 쓴 것인지는 분명하지 않지만, 이에 대해서는 앞으로 더 심도 있는 비교 연구가 필요할 것이다.

---

44 Goethes Werke, H. A., Bd. 7, S. 420.
45 논어 위정편(爲政篇) 참조: "七十而從心所欲而不踰矩."

9. 『파우스트』

1) 『파우스트』― 어떤 작품인가?

괴테의 『파우스트』도 물론 바이마르 고전주의에서 나온 작품이긴 하다. 그러나 괴테의 대표작 『파우스트』는 일개 사조에 국한될 수 없는 원대하고 심원한 작품 세계를 지니고 있어서, 일반적으로 바이마르 고전주의 테두리를 초월해서 고찰되곤 한다. 그것은 이 작품이 인류의 모든 체험과 인생의 모든 문제점을 포괄적으로 담고 있기 때문이다.

> 파우스트: 아, 지금까지 나는
>
> 철학, 법학, 의학을,
>
> 그리고 유감스럽게도 신학까지도,
>
> 뜨거운 노력을 기울여 철저히 공부했다.
>
> 그런데 여기에 서 있는 이 나는 가련한 바보,
>
> 전보다 똑똑해진 것 전혀 없구나!
>
> 석사에다 박사 칭호까지 달고서
>
> 학생들의 코를 위아래로 비틀며
>
> 이리저리 끌고 다녔을 뿐
>
> 우리 인간이 아무것도 아는 게 없다는 사실만
>
> 알겠구나!
>
> 이에 이 내 가슴 정말 타버릴 것만 같네.

(354-365행)

파우스트는 자신이 우주의 철리(哲理)를 탐구하는 데에 실패하고 자신의 연구가 인생에 별로 도움이 되지 못한다는 무력감에 절망하여 자살하려는 순간, 악마 메피스토펠레스(Mephistophcles)를 만나 이른바 「악마와의 계약」을 맺게 된다.

> 파우스트: 내가 어느 순간을 향하여,
>
>   '멈추어라, 너 참 아름답구나!' 라고 말한다면,
>
>   그땐 날 결박해도 좋다.
>
>   그땐 나 기꺼이 죽어 가리라!
>
>   그땐 조종(弔鐘)이 울려도 좋다!
>
>   그땐 그대가 내 하인 노릇에서 풀려나는 순간이다.
>
> (1699-1704행)

악마는 파우스트를 위해 봉사하되, 파우스트가 "멈추어라, 아름답구나!" 라고 만족감을 표한다면 그 순간, 악마는 파우스트의 영혼을 가져가도 된다는 것이 '악마와의 계약'의 주된 내용이다. 오늘날의 독자 중 누가 이런 파우스트적 고뇌에 빠져 있으며, 누가 과연 이런 계약에 서명까지 할 수 있을 것인가? 이것이 공감의 어려움이다.

그러나 괴테가 말한 바와 같이 모든 것이 비유이며 상징이다. 이 작품으로 괴테는 자신이 살아온 인생 전체를 형상화해 놓았고, 읽는 사람은 지금까지 인류가 이룩해 놓은 모든 정신적 업적과 마주하게 된다. 만약 내일 지구가 멸망하여 책 한 권만 갖고 가는 것이 허락된다면, 괴테의 『파우스트』를 갖고 가겠다고 단언한 학자도 있다. 그는 설령 이 세상에서 문학이 모두 없어진다 해도 이 작품으로써 지금까지 존재한 모든 문학 형식과 내용을 어느 정도 재구성해 낼 수 있기 때문이라고 말한다. 문학의 모든 형식 즉, 시, 희극, 비극,

익살극, 환상극 등이 이 한 작품에 모두 망라되어 있고, 욥기에서 셰익스피어까지 인류의 온갖 이야기들이 직·간접으로 모두 포괄되어 있다. 그리고 청년, 장년, 노년의 괴테의 체험이 모두 배어 있을 뿐만 아니라, 18-19세기 초의 유럽인들의 집단체험과 문화기억이 종합적으로 용해된 작품이다.

　현대 독일인의 일상대화에서도 이러한 모습들을 찾아볼 수 있다. 성직자들의 부패를 풍자하고 있는 "교회는 배가 크고 소화력이 강하다"라는 말과 누군가가 '한번 실수는 병가지상사(兵家之常事)'라는 의미로 "인간은 노력하는 한 잘못을 범한다"고 말한다면 이것은 모두 『파우스트』로부터 인용된 말이다. 또한, 누군가가 '파우스트적 인간'이라고 지칭될 때, 그는 드높은 이상을 지향하여 끊임없이 노력하는 인간형이라는 의미이며, 어떤 사람이 '파우스트적 양극성(兩極性, Polarität)'을 지니고 있다고 한다면, 그는 선과 악, 시민성과 예술성 등의 양극 사이에서 갈등을 겪는 가운데에 인격적 고양(高揚, Steigerung)을 지향하는 인간형이라는 말이 된다. 요컨대, 『파우스트』는 현재까지도 독일인들의 실생활에서 운위되고 있는 작품이며, 우리에게도 인생의 보편적 의미를 되새기게 하는 불후의 고전이다.

> 파우스트: 그 때문에 나는 마법에 몰두하였다.
> 　　　　정령의 힘과 입을 빌려
> 　　　　많은 비밀을 알 수 있을까 해서였다.
> 　　　　그렇게 되면, 더는 비지땀 흘려 가며
> 　　　　나도 모르는 소릴 지껄이지 않아도 되고,
> 　　　　이 세계의 내밀한 핵심을 틀어쥐고 있는 게 무엇인지도
> 　　　　인식하게 될 테니 말이다.

　(377-383행)

파우스트의 이 독백에서 알 수 있는 것은 그가 "이 세계의 내밀한 핵심을 틀어쥐고 있는 게 무엇인지 인식하"고자 한다는 것이다. 이처럼『파우스트』는 철학적 물음으로까지 주제를 넓힌 문학작품이다. 따라서 심심파적의 소일거리나, 인생에 대한 국지적 흥미를 찾고자 하는 독자는 이 작품을 끝까지 읽어 내기 어려울 것이다. 하지만 인생 전체에 대한 총체적 조망을 원하는 독자에게 이 작품은 죽을 때까지 지워지지 않는 깊은 감명을 남길 것이다. 이 작품 내용 중 일부는 독자가 인생을 살아가면서 먼 훗날에야 비로소 그 깊은 의미를 새삼 깨닫게 될 그런 구절도 많다. 따라서 이 작품의 진정한 완성은―독자가 삶을 살아나가면서 어느 순간, 어느 경우에 그 의미를 실감할 때― 비로소 이루어진다.

2) 전해 내려온 파우스트 소재(素材)

파우스트란 인물이 괴테의 독창적인 창작 인물만은 아니다. 괴테의『파우스트』가 쓰이기 약 2세기 전인 1587년에 구텐베르크 인쇄술에 의한 민중보급판(Volksbuch)『파우스트 박사』가 전설 형식의 이야기책으로 출간되었다. 그 내용은 신에 대한 경외심을 잃은 파우스트란 오만한 인간이 악마와의 거래로 고대 신화의 미녀 헬레나와 관계를 맺고 그 결과로 아들을 낳는 등 온갖 독신행위(瀆神行爲)를 저지른 끝에 마침내 지옥에 떨어진다는 것이다. 말하자면, 권선징악과 기독교적 신앙심을 북돋우고자 하는 교훈적 이야기이다.

이 책은 르네상스 이래의 근대의 여명기(黎明期)에 갖가지 이적(異蹟)을 보인 파라첼주스(Paracelsus) 등 초기 과학자들(의사, 물리학자, 화학자 등)의 과학적 가설이나 학문적 성과를 악마와의 교류의 소산으로 깎아내린다. 또한, 그들을 종교적 이단자로 규정함으로써 과학자들의 독신행위에 대해 경종을 울리기 위해 민중보급판으로 출간된 것이다. 이 같은 독일의 전설이 르네상스 시대의 영국 작가 말로(Christopher Marlowe, 1564-1593)에 의해『파우스트 박사의 비극적 이야기』(The Tragical History of Doctor Faustus, 1589)로 작품화되고, 이『파우스트』가 18세기 중엽에 영국의 유랑극단에 의해 다시 독일로 역수입되었으며, 이것을 유년시절의 괴테가 인형극으로 관람한 것이 전기적으로도 확인된다.

괴테 이전에 그의 한 세대 선배인 레싱도『파우스트 단편(斷篇)』(Faust-Fragment, 1759)을 남겼다. 단편으로 남은 레싱의 이 작품에서 특기할 점은 파우스트의 '인식욕'(Erkenntnisdrang)과 '진실을 지향하는 노력'(Wahrheitsstreben)이 더는 죄악으로 간주되지 않고 그 계몽주의적 가치 때문에 결국 하느님의 은총을 받아 구제된다는 사실이다. 레싱은 그의「최근 독일문학에 관한 제17의 편지」에서 "지식욕은 하느님께서 인간에게 부여하신 본능 중에서 가장 고귀한 본능으로서, 이것 때문에 인간이 영원히 불행해지는 것은 하느님도 원하지 않으셨을 것이다"라며, 민중보급판에서의 파우스트가 '오만'(superbia, Hoffart) 때문에 신학적 저주를 받아야 했던 것과는 달리, 파우스트를 계몽주의적으로 구제하고자 했다. 레싱의 이러한 아이디어는 괴테의『파우스트』보다 한 세대 앞서 구원의 모티프를 사용한 독창적인 발상으로 독일문학사가들에게 높이 평가받는다.

이 때문에 괴테의『파우스트』의 독창성이 폄하되거나 과소평가되지는 않는다. 레싱과 같이 파우스트에게 은총이 베풀어지도록 한 괴테의 발상은 자신의 청년기의 삶 전체에 대한 자기반성과 자신의 인생에 대한 결산의 의미를 지니고 있기 때문이다.

3) 청년 괴테의 잘못과 파우스트의 죄업

괴테의『파우스트』는 제1부와 제2부로 되어 있고, 제1부는 ① '학자비극', ② '그레첸비극'으로 제2부는 ③ '헬레나비극', ④ '행위자 비극'으로 크게 나누어진다. 이 중에서도 특히 제1부는 청년 괴테의 삶이 직·간접으로 용해되어 있다. 이를테면, 슈트라스부르크대학 시절의 젊은 괴테가 시골의 청순한 아가씨 프리데리케 브리온을 버렸을 때, 시골 마을 목사의 딸인 그녀가 겪었을 고통이 어떠했을지는 가히 상상할 수 있는 일이며, 괴테 역시 자신의 이 부도덕한 잘못을 늘 의식하고 있었던 것으로 보인다.

1771년 당시 25세였던 프랑크푸르트의 하녀 브란트(Susanna Margarethe Brandt)가 아기를 낳아 살해하고 마인츠로 도주했다가, 이틀 뒤에 프랑크푸르트로 되돌아오던 길에 체포되어, 이듬해인 1772년 1월에 영아살해범으로서 교수형을 당하는 사건이 일어났다. 법학도 괴테에게는 영아살해범(Kindsmoerderin)에 가해지는 형벌이 지나치게 가혹한 점도 마음에 걸렸지만, 프리데리케를 버리고 떠나온 죄책감이 그의 마음속에 되살아났을 것으로 추측된다. 시인 괴테의 이런 복잡한 심적 갈등이 『파우스트』의 제1부에 반영되어 위의 브란트 사건이 그레첸(Gretchen)[46] 비극의 영아살해 모티프와 연결되고 있다.

초기의 민중보급판에서는 고대 그리스 신화에 나오는 미녀 헬레나가 파우스트의 상대역이지만, 괴테가 시민계급의 청순한 처녀 그레첸을 파우스트의 상대역으로 삼은 것은 레싱의 시민비극 『에밀리아 갈로티』에 이은 괴테의 진취적 발상이다. 또한, 프리데리케 브리온을 버린 자신의 젊은 날의 잘못에 대한 죄책감이 —브란트의 영아살해 사건과 결부되어— 그레첸비극으로 승화된 것이라 볼 수 있다. 이처럼 그레첸비극은 단순한 시민비극의 차원을 넘어, 현대적 체험 문학의 면모를 엿볼 수 있다는 점에서도 획기적 의미를 지닌다.

---

46 그레첸(Gretchen)은 마르가레테(Margarethe)의 약칭 및 애칭.

4) 『파우스트』의 큰 구조 ― 신과 악마의 내기

그레첸비극에 앞서 『파우스트』가 '신과 악마의 내기'라는 큰 틀 속에서 전개되는 것을 볼 수 있다.

> 메피스토펠레스: 내기를 할까요? 그 녀석을 살그머니 나의 길로
>
> 인도해도 좋다는 허락만 해 주신다면,
>
> 당신은 결국 그 녀석을 잃게 될 겁니다.
>
> 주님: 그가 지상에 사는 동안에는
>
> 네가 하는 짓을 금하진 않겠다,
>
> 인간은 노력하는 한 잘못을 범하니까.
>
> (312-317행)

'천상에서의 서곡'에 나오는 신과 악마의 대화는 욥기에 나오는 신과 욥의 내기를 연상시키는 것으로서, 파우스트의 '악마와의 계약'이 있기 전에 이미 천상에서 신과 악마가 한 차원 더 높게 서로 내기를 건 가운데에 파우스트의 삶이 전개된다. 이 '천상에서의 서곡'은 『파우스트』 제2부의 마지막에 파우스트가 구원을 받아 미리 천상에 가 있던 그레첸과 해후하는 장면과 서로 대응구조를 이루고 있어서, 작품 전체의 구성이 대단히 원대하고 고차원적임을 알 수 있다.

5) 학자비극과 그레첸비극

괴테가 처음 구상한 『파우스트』는 '학자비극'과 '그레첸비극'을 합한 제1부이며, 제2부는 괴테의 만년에 추가된 것이다. 따라서 괴테의 『파우스트』를 올바르게 이해하는 데에는 우선 제1부의 내용과 구조를 하나의 독립된 작품으로서 살펴보는 것이 중요하다.

제1부의 내용은 실은 아주 진부하고도 단순하다. 노학자 파우스트는 "이 세계의 내밀한 핵심을 틀어쥐고 있는 게 무엇인지 인식"[47] 하고자 하지만 이런 그의 철학적 물음이 풀리지 않는 데다 자신의 이런 연구가 이 세상을 위해 별로 도움이 되지 못한다는 무력감에 절망하여 자살하려 한다. 이렇게 비극적인 상황에 삽살개의 모습으로 변장한 악마가 찾아온다. 파우스트는 자기 영혼을 담보로 악마와 계약을 맺고 젊은이로 변모되어 처녀 그레첸을 만난다.

> 파우스트: 귀한 댁의 따님, 아름다운 아가씨! 제가 감히
>   이 팔을 내밀어, 댁까지 모셔다드려도 될는지요?
> 그레첸: 저는 귀한 집 딸도 아니고, 아름답지도 않아요.
>   바래다주시지 않아도 혼자 집으로 갈 수 있습니다.
>   (그녀는 파우스트가 내미는 손을 뿌리치고 가 버린다.)
>
> (2605-2608행)

그레첸은 자신이 "귀한 집 딸도 아니고, 아름답지도 않다"며 파우스트가 내민 팔을 뿌리치긴 했지만, 양민의 딸로서 소박하고 청순한 그녀는 귀공자로 보이는 늠름한 청년 파우스트에게 호기심을 갖지 않을 수 없다. 이처럼 신분상의 차이에서 이미 레싱의 시민비극 『에밀리아 갈로티』(Emilia Galotti, 1772)와 같은 '시민비극'이 전개된다. 레싱 이전에는 일반적인 비극의 주인공은 군주 또는 귀족이었지만, 『에밀리아 갈로티』부터 시민계급의 처녀 에밀리아가 비극의 주인공으로 등장한다. 괴테의 『파우스트』 초고가 1774년에 쓰인 것을 고려하면 괴테는 레싱의 『에밀리아 갈로티』가 나온 불

---

47 『파우스트』, 382-383행 참조.

과 2년 뒤에 또 다시 시민계급의 처녀를 비극의 주인공으로 등장시키고 있는 것이다.

> 그레첸(머리를 땋아 틀어올리면서): 오늘 그 양반이 누군지 알 수만 있다면
> 무엇을 내어놔도 아깝지 않으련만!
> 매우 씩씩한 분 같았어!
> 그리고 분명 귀한 집 도련님일 거야!
> 그 훤칠한 이마를 보고 알았지.
> 그렇지 않다면 그토록 대담하게 나올 수가 없을걸!
> (방에서 나간다.)
>
> (2678-2683행)

마음이 끌리고 호기심이 발동된 아가씨에게 파우스트의 선물 공세가 시작된다. 악마가 파우스트에게 속삭이는 다음과 같은 구절을 보면, 그녀 집의 고요하던 평화가 악마가 몰래 갖다놓은 선물 때문에 술렁이기 시작한 것을 알 수 있다.

> 메피스토펠레스: 어미가 신부(神父) 한 놈을 집에 데려왔어요.
> 그자는 연유를 다 듣기도 전에
> 그 물건을 보고 아주 좋아라 했습니다.
> "아주 잘 생각하셨습니다!" 하고 신부가 말했지요.
> "극기하는 사람이 승리합니다.
> 교회는 튼튼한 위장을 하고 있어서
> 여러 나라를 통째로 삼켰어도
> 아직 배탈이라곤 나 본 적이 없답니다.

숙녀님들! 오직 교회만이

부정한 재물을 소화해 낼 수 있는 겁니다.”

(2831-2840행)

선물을 발견한 그녀는 사악한 물건이라 판단하여 그것을 어머니와 함께
신부님께 바친다. 이후로 그녀는 거듭되는 파우스트와의 만남에서 혼란스
럽지만, 차츰 자신도 모르게 그에게 마음을 빼앗긴다.

그레첸 (물레에 홀로 앉아):

내게서 평안 사라지고

이 내 마음 천근같이 무겁네.

내 마음의 평화 더는,

두 번 다시, 찾을 수 없네.

그이가 안 계신 곳

내게는 무덤일 뿐

온 세상이 내게는

쓰디쓴 고해일 뿐.

불쌍한 이 내 머리

그만 돌아버렸고,

가련한 이 내 마음

산산조각 났구나.

내게서 평안 사라지고

이 내 마음 천근같이 무겁네.

내 마음의 평화 더는,

두 번 다시, 찾을 수 없네.

그이가 오실까

창밖을 내다보고

그이를 만날까

집 밖으로 나가 보네.

그이의 의젓한 걸음걸이

고귀한 그 모습

입가의 그 미소

날 사로잡는 그 눈빛.

내 마음 홀리는 그이의

자연스러운 그 말솜씨

꼭 잡아 주던 그 손,

그리고 아, 그이의 입맞춤!

(3374-3401행)

　욕망에 사로잡힌 파우스트는 사랑에 빠진 그녀에게 독이 든 수면제를 건네어 그녀의 어머니를 독살하고 그레첸은 그의 아기를 갖게 된다.

리스헨: 베르벨헨에 관한 소문 아무것도 못 들었니?

그레첸: 아니, 못 들었어. 내가 사람들 모이는 곳에 잘 안 가잖아.

리스헨: 이건 사실이야, 지빌레가 오늘 내게 말해 줬거든!

베르벨헨이 드디어 속았다는 거야.

고상한 척하더니만!

그레첸: 무슨 말이야?

리스헨: 탄로가 났어!

그 애가 이제부터는 두 생명을 위해 먹고 마신다는 말이지!

그레첸: 아!

(3544-3550행)

베르벨헨의 일이 자신의 경우이며, 사랑에 눈이 멀어 어머니와 오빠를 죽게 한 죄인이 되었다는 사실을 알게 된 그레첸은 성모께 기도를 올린다.

그레첸: 도와주세요! 치욕과 죽음으로부터 절 구해 주세요!

갖은 고통 다 겪으신 성모님,

굽어살피소서,

자비로운 눈길로 저의 고난을 굽어살펴 주소서!

(3616-3619행)

한편, 파우스트는 메피스토의 도움으로 그레첸의 어머니를 독살하고 결투를 통해 그녀의 오빠를 살해하고, 그녀를 농락한다. 그리고 메피스토의 인도로 마녀들의 세계로 찾아가 온갖 음행(淫行)에 몰두해 보지만, 목에 빨간 끈을 걸고 있는(교수형에 처할 사형수를 암시!) 그레첸의 환영을 보게 되자, 비로소 자신의 진정한 사랑과 동경의 대상은 그녀뿐임을 깨닫게 된다. 그는 메피스토와 함께 감옥으로 그녀를 찾아가 탈출할 것을 권하지만 그녀는 자신의 죄를 달게 받겠다고 고집한다. 할 수 없이 먼동이 트기 전, 메피스토

270

를 따라 감옥을 빠져나오는 순간, 천상에서 "구원되었노라!"는 하느님의 목소리가 들려온다. 이것이 제1부의 끝이다. 여기서 "구원되었다"는 것은 물론 아직은 파우스트가 아니고 그레첸을 두고 하는 말로서, 인간적 잘못에도 불구하고 그녀의 순정한 사랑이 하느님에 의해 용서받고 구원되었다는 의미이다.

『파우스트』 제1부 대강의 줄거리에서 확연히 드러나는 것은 청년 괴테의 사랑 체험과 거기서 연유하는 죄책감이 작품의 주요 모티프가 되어 있다는 점이다. 영아살해범은 예외 없이 교수형에 처하던 중세 가톨릭교회 체제의 가혹한 형법에 대한 청년 법학도 괴테의 비판 정신도 아울러 읽힌다.

6) 괴테의 인간적 성숙에 따른 제2부의 필요성

원래 『파우스트』는 제1부로 끝나게 되어 있었다. 만약에 제1부만으로 끝이 났다 하더라도 이 작품은 '폭풍우와 돌진'의 시대를 산 청년 괴테의 체험 문학으로서 독일문학사에 남겠지만, 『파우스트』가 인류의 보편적 체험이 담긴 세계문학의 귀중한 유산으로 인정받지는 못했을지도 모른다. 청년 괴테가 바이마르에서 장년과 노년의 괴테로 성숙하듯이 작품 『파우스트』도 시인의 연륜과 함께 자연스럽게 제2부를 추가하게 되었다. 그러면 제2부에 추가된 내용은 무엇이고, 60세를 앞에 둔 괴테가 다시 제2부를 쓰게 된 것은 무엇 때문일까?

『파우스트』가 인생의 의미를 탐구하는 철학적 작품이라면, '학자비극'과 '그레첸비극'만으로는 그 내용이 너무 빈약하다. 게다가 그동안 괴테는 슈타인 부인을 비롯한 궁정의 귀부인들과 많은 교제를 하였고 이탈리아 여행에서 돌아온 뒤에는 평민의 딸 크리스티네와 동거생활을 하게 된다. 또한, 바이마르 공국의 온갖 크고 작은 정사(政事)에 관여함으로써 세상의 명암을 직접 체험하였고, 광물학, 지질학, 색채론, 해부학, 식물학 등 여러 자연과학 분야에서도 탐구를 계속해 왔으며, 이탈리아 여행을 통해 그리스와 로마의 고대문화에 대해서도 깊은 조예를 쌓았다. 시인으로서도 쉴러와 더불어 바이마르 고전주의 문학의 융성과 몰락(쉴러의 죽음: 1805)을 아울러 체험하였다. 제2부에는 이런 괴테의 인간적 성숙 과정이 직접적으로, 또는 간접적으로 반영되어 있다 하겠다.

7) 헬레나비극의 상징성

『파우스트』제2부는 '헬레나비극'과 '행위자 비극'으로 크게 나뉜다. 우선, '헬레나비극'부터 살펴보자.

제2부의 제1막 제1장에서는 우선 산상(山上)의 고지에서 오랜 망각의 잠으로부터 깨어나는 파우스트가 그려지고 있다. 그레첸과의 이별과 크나큰 죄업에도 불구하고 그가 다시 활동할 수 있는 것은 과거의 죄와 새로운 행위 사이에 '망각의 잠'이 있었기 때문이라는 것이 시인 괴테의 형식 논리이지만, 파우스트는 다시 메피스토의 마력의 도움을 받아 고전미의 상징 헬레나를 현세로 불러내는 모험을 감행한다. 메피스토는 트로이로부터의 귀환 길에서 메넬라오스 왕의 복수를 두려워하고 있는 헬레나를 설득하여 그녀를 중세 게르만의 성주(城主) 파우스트에게로 인도한다. 여기서 북방 게르만의 남성과 남방 그리스의 여성 사이의 이상적 결합이 이루어지고, 그 열매로 아들 에우포리온이 탄생한다. 북방 게르만의 낭만주의와 남방 그리스 고전주의의 결합의 결과로 상징되기도 하고, 또는 영국의 천재시인 바이런의 그리스 해방전쟁에서의 전사를 상징하는 것으로 해석되기도 하는 에우포리온은, 지상에 안주하지 못하고 위험천만한 공중비행을 계속하다가 햇볕에 날개가 녹아 추락하는 이카루스처럼, 공중곡예 중에 추락하여 비참한 최후를 맞는다. 지상에 추락한 아들의 처참한 주검을 본 헬레나가 홀연히 사라지자, 파우스트는 헬레나와의 사랑도 덧없음을 통감한다.

이 부분은 괴테가 쉴러와 더불어 애써 이룩한 바이마르 고전주의의 허망함과 무상성을 상징하는 것으로 일반적으로 헬레나비극으로 불리며, 여기에는 만년의 괴테가 중요시했던 중도(中道)와 체념(諦念, Entsagung) 미학의 실마리가 살짝 엿보인다. 한편, 헬레나비극과 직접적 관련성은 적지만, 메피스토의 도움으로 파우스트가 제국에 현대시 최페제도를 도입하는 에피소드가 있는데, 이것은 현대 자본주의사회의 배금주의적 작태를 선취하고 있으며, 파우스트의 옛 조수로서 학자로서의 명성을 얻은 바그너가 창조한 인조인간 호문쿨루스가 비참한 최후를 맞이하는 장면은 줄기세포 합성 등 현대 생명공학의 발달과 그로 인해 야기될 수 있는 여러 문제점을 선취한 것으로도 해석되고 있다.

8) 행위자비극: 지식인 파우스트의 득죄(得罪)

아름다움의 추구로부터도 환멸과 회한밖에 얻지 못한 파우스트는 악마 메피스토와 더불어 황제의 전쟁을 도와준 대가로 해안의 습지를 봉토로 받는다. 이제 그는 위대한 실천행위에 돌입하겠다는 강한 의지를 표명한다.

> 파우스트: 행위가 전부이지 명성은 아무것도 아니다.
> (10188행)

그는 해안 습지의 간척 사업을 시작한다. 한편, 해변의 모래언덕 위에 있는 오두막집의 노부부 필레몬과 바우키스가 나그네에게 들려주는 말에서 이 간척 사업이 주민들의 눈에는 수상한 작업으로 비치고 있음을 알 수 있다.

필레몬: 우리 집이 있는 이 언덕에서 멀지 않은 곳에서

첫 공사가 시작되어,

임시 천막들과 오두막들이 들어섰지요. 그러더니

초지 위에 금방 궁전이 하나 세워지는 겁니다.

바우키스: 낮 동안엔 일꾼들이 괜히 소란을 피우며

뚝딱뚝딱 팽이질이며 삽질을 해댔어요.

그런데 그 이튿날 둑 하나가 세워지는 곳은

밤 동안 불꽃들이 피식거리던 곳이었답니다.

밤에 고통스러운 비명이 들렸던 걸 보면,

사람을 제물로 써서 피를 흘리게 한 것이 틀림없어요.

작열하는 불길이 저 아래 바다 쪽으로 흘러가면

그 이튿날 아침에 운하가 하나 생겨 있는 것이에요.

그 양반[파우스트]은 신도 두려워하지 않는 분 같아요,

우리의 이 오두막과 초원을 탐내는 걸 보면 말이에요.

저런 양반이 이웃으로 뻐기고 있으니,

우린 신하로서 그저 죽어지낼 수밖에요.

필레몬: 하긴 그 양반이 우리에게 제안하긴 했어요,

간척지가 생기면 좋은 땅을 대신 내어 주겠노라고!

바우키스: 간척지를 준단 말 믿지 마세요!

당신의 언덕을 지키세요!

(11119-11138행)

밤 동안에 악마와 그 수하들의 불꽃으로 지어낸 궁전과 운하, 그리고 새로운 간척지가 선량한 주민 필레몬과 바우키스의 눈에는 수상한 사업으로 보인다. 노부부에게는 자신들의 전원생활을 방해하는 파우스트의 위세와

대형 사업이 큰 위협이다. 과연 파우스트는 "현명한 뜻으로 행해져 백성들에게 넓은 거처를 마련해 준 인간 정신의 걸작품을 한눈에 내려다보기 위해"(11247-11250행) 언덕 위의 노부부를 쫓아내라는 명령을 내린다. 메피스토는 마법의 불꽃으로 오두막과 교회와 보리수를 모두 태워 버리고, 결국 노부부와 그들의 손님인 나그네는 불길에 타 죽게 된다.

> 파우스트: 내가 말할 때 너희는 귀가 먹었더란 말이냐?
> 　　　　대토(代土)해 주려고 한 것이지 강탈하려던 것이 아니었다!
> 　　　　경솔하고도 난폭한 짓을 저지르다니!
> 　　　　저주할 일이로다! 이 저주는 너희가 나누어 받아야겠다!
>
> (11370-11373행)

구약성서 열왕기에도 나오는 이야기이지만, 사마리아의 왕 아하브가 궁전 옆에 있는 나보테의 포도밭을 빼앗은 것과 비슷한 이 에피소드는 악마 메피스토의 대사에 따른다면, "오래전에 있었던 일이 여기서도 일어난"(11286행) 것이며, 이 사건은 지식인 파우스트가 실천행위의 일환으로 이상주의적 사업을 벌이다가 득죄(得罪)하는 과정을 명징하게 보여 주고 있다. 언덕 위의 오두막집이 잿더미로 화하고 그 안에서 노부부가 그냥 타 죽은 현장을 바라보며 파우스트는 "성급한 명령에 너무 신속한 거행이 뒤따랐음"(11382-11383행)을 깨달았지만, 때는 이미 너무 늦은 시점이었다. 바로 이 순간 그는 자신을 찾아온 '근심의 여인'에 의해 눈이 멀게 된다.

> 파우스트: (문설주를 더듬으면서 궁전에서 나온다)
> 　　　　저 삽질 소리를 들으니 기쁘구나!
> 　　　　저들은 날 위해 노역을 하는 무리,

해저의 땅을 간척지로 만들고

파도가 넘어오지 못할 한계선을 정하여

바다 주위로 튼튼한 제방을 쌓고 있구나!

(11539-11543행)

눈이 먼 파우스트는 자신이 듣는 소리를 간척공사장의 삽질 소리로 알고 있지만, 실은 메피스토의 부하들이 이제 곧 최후를 맞이하게 될 파우스트의 무덤을 파고 있는 소리이다. 이런 줄도 모르고 파우스트는 인부들이 자신을 위해 열심히 일하고 있다고 믿으면서 다음과 같이 말한다.

파우스트: 우리네 삶과 마찬가지로 자유란 것도

날마다 싸워서 얻는 자만이 그것을 누릴 자격이 있는 것이다.

그래서 여기, 위험에 처해서도,

아이, 어른, 노인 모두가 자신의 유용한 나날을 보내고 있다.

나는 이렇게 모여 일하는 군중들을 보고 싶다,

자유로운 땅 위에서 자유로운 백성들과 더불어 살고 싶다.

그러면 순간을 향해 내 이렇게 말해도 좋으리라,

'멈추어라, 너 참 아름답구나!'

(11575-11582행)

여기서 파우스트는 드디어 한순간을 향해 '멈추어라, 너 참 아름답구나!'라는 말을 입 밖에 냄으로써 드디어 모든 것이 악마의 뜻대로 될 듯이 보인다. 하지만 파우스트의 이 말은 '접속법'(接續法(假定法))으로 말한 것이기 때문에 '악마와의 계약'의 법적 효력을 가리는 일은 그다지 단순하지만은 않다.

이어서, 파우스트가 죽고 메피스토의 지휘 하에 그 부하들이 공중으로 "팔랑팔랑 날아가는"(11673행 참조) 파우스트의 영혼을 낚아채려는 순간, "오른쪽 위에서 영광"이 내리비치며, 천사의 무리가 합창하면서 내려온다. 그리고 천사의 합창대가 장미꽃을 뿌리며 계속 파우스트의 주위를 맴돌자 악마의 부하들은 물론, 메피스토조차도 천사들의 아름다움에 매료되어 파우스트의 영혼을 그만 놓치고 만다. 이로써 파우스트의 영혼이 천사들에게로 돌아가자 그 영혼을 두고 걸었던 신과 악마의 내기는 악마가 지는 것으로 끝이 난다.

9) 여성성의 은총과 구원의 모티프

여기서 특히 유의할 사항은 이 작품의 끝이 신의 심판의 장으로 이어지는 것이 아니고, 뜻밖에도 그레첸과 성모의 대화 장면으로 이어진다는 점이다.

속죄하는 여인(한때 그레첸이라 불렸던):
　　　　새로 오신 분은 고귀한 정령들의 합창대에 둘러싸인 채
　　　　자신을 전혀 의식하지 못하십니다.
　　　　자신의 새로운 생명을 아직은 예감하지 못하고 있지만,
　　　　벌써 성스러운 무리를 닮아 갑니다.
　　　　보세요, 그이는 지상의 온갖 낡은 인연의 끈을
　　　　벗어던지고 있어요, 그리고
　　　　천공(天空)의 기운이 서린 옷자락으로부터는
　　　　첫 젊음의 힘이 솟아나고 있네요.
　　　　제가 그이를 인도하도록 허락해 주서요.
　　　　그이가 새날의 햇빛에 아직은 눈부서 하고 있으니까요.

영광의 성모: 자! 더 높은 영역으로 따라 올라오너라!

너 있는 곳 예감하면, 그도 뒤따라올 것이니라.

(12084-12095행)

노래하는 천사들에 둘러싸여 천공(天空)으로 오르는 파우스트를 인도하고자 하는 그레첸의 간절한 소망을 외면한 채, 영광의 성모는 그녀를 한층 더 높은 천공의 영역으로 끌어올린다. 곧이어 대미(大尾)를 장식하는 저 유명한 '신비의 합창'이 울려 퍼진다.

신비의 합창: 모든 무상한 것은

한갓 비유일 뿐이다.

이루어지기 어려운 것이

여기서 사건으로 되고,

형언할 수 없는 일이

여기서 행해졌도다.

영원하고도 여성적인 것이

우리를 이끌어 올리는구나.

(12104-12111행)

여기서 중요한 것은 "영원하고도 여성적인 것"(das Ewig-Weibliche)의 정확한 해석이다. 형용사가 명사화된 '영원한 것'과 '여성적인 것'이라는 두 명사를 다시 복합명사로 조합해 놓은 괴테의 이 개념을 '영원히 여성적인 것'이라고 번역하면—'영원한 것'을 '영원히'라는 부사로 해석해서 '여성적인'이란 형용사에 붙였기 때문에— 부분적 오역이 된다. 이 개념을 확실히 설명한다는 것 자체가 거의 불가능하다. 왜냐하면, 이 개념은 분명 파우스트가 구원을 받기 위해서는 여성의 은총(Gnade)이 필요하다는 의미의 상징일 텐데, 괴테의 상징성이 늘 그렇지만, 그의 텍스트는 상징성이 어떤 확답을 미리 가리키고 있는 우의(寓意)의 차원으로 추락하는 것[48]을 단연코 거부하기 때문이다. 다만, 여기서 우리가 우선 인식해야 할 것은 그레첸과 성모가 다 여성이며, 그것도 온갖 고통을 다 겪은 끝에 마지막에 가서야 영광을 얻은 여성이라는 점, 그래서, 대중이나 인류를 위한다는 핑계로 불안정한 자신을 어떻게든 안정시키고자, 인내심이 없고 속도감을 갈구하는 자신들의 갈증을 해소하기 위해 온갖 죄를 저지르며 살기 마련인 남성들에게 적정(寂靜)의 영원성과 끝없는 용서와 사랑이 담긴 은총을 선사할 수 있는 지고지순한 존재로서의 '여성성(女性性)'일 것이라는 정도의 기본적 해석이 아닐까 싶다.

지금까지 괴테의 파우스트는 일반적으로 삶의 영원한 가치를 얻기 위해 노력하는 독일적 인간의 전형으로 해석되어 온 것이 사실이다. 물론, 이런 해석의 타당성과 더불어 앞으로도 다양한 해석이 얼마든지 열려 있다. 그러나 필자는 『친화력』, 『빌헬름 마이스터의 편력시대』 등 괴테의 만년의 다른 작품들이 '체념' 또는 '절제(節制, Entsagung)'를 모르기 때문에 좌절하는 인간상을 많이 다루기 때문에, 지식인이 자신의 앎을 실천해 나가고 인간에의 길에 도달하기 위해서는 재산, 명예, 업적 등에서 욕망과 속도감을 스스로 줄일 수 있는 '절제'가 대단히 중요하다는 사실을 상징적으로 보여 준 작품이 『파우스트』가 아닐까 생각해 본다. 괴테 연구자로서 『파우스트』를 훌륭한 우리말로 번역해 낸 김수용 교수도 파우스트가 "자신의 이상을 '절

---

48 괴테에 있어서 상징(Symbol)은 우의(Allegorie)보다 더 심원한 문학적 개념이었다. 하지만 고 문헌 등을 역사적 맥락 속에서 해석하고자 하는 발터 벤야민에 이르면, 우의가 상징보다 더 중요한 의미를 지니기도 한다.

대적으로' 추구해야 할 성스러운 것으로 확신"하고 "그 자신의 이상에 대해 조금이라도 비판적 거리를 가질 수"[49] 없었던 잘못을 지녔던 점을 지적하고 있다.

이 작품은 한마디로 괴테 자신의 삶과 그 속에서 불가피하게 저지르게 된 여러 죄업에 대한 참회의 책이라 할 수 있다. 좋은 일을 하고자 했던 지식인 파우스트가 결국 필레몬과 바우키스의 오막살이집을 불태운 간접적 죄를 면치 못하게 된 것과 마찬가지로 괴테 자신의 삶 속에서도 그레첸비극과 비슷한 여러 무책임한 연애 행각들이 계속 있었고, 그가 바이마르 공국의 재상으로 일할 때도 ─우리나라의 새만금 사업이나 4대강 사업을 연상케 하는 파우스트의 간척사업까지는 아니라 할지라도─ 일메나우(Ilmenau)의 광산 개발 사업 등 크고 작은 수많은 정사(政事)들을 행하는 중에 본의 아니게 저지르게 된 실수들도 없지 않았을 것이다. 괴테는 자기 인생에서 이룩한 모든 화려한 업적들에 늘 붙어 다녔던 이 부득이하게 얻게 된 죄업에 대하여 속죄를 하고 이에 대한 은총과 구원을 구하고 있는지도 모른다.

완전무결한 인생이란 없는 법이다. 괴테처럼 거의 완벽에 가까운 인생에도 득죄의 과정이 있었고 죄업이 따라다녔으며 참회와 은총이 필요했다는 것 ─그리고, 무엇보다도 이 사실을 자신이 고백하고 있다는 점─ 바로 이 점이 괴테와 그의 『파우스트』가 오늘날의 우리 한국인들을 위해서도 그 중요성과 시의성을 지니는 이유이다.

'빨리, 빨리'라는 한국어는 오늘날 세계인들이 가장 먼저 배우는 한국어 어휘 중의 하나이며, 성취와 속도에 대한 우리 한국인들의 집착은 오늘날 온 세계가 다 알게 된 바이다. 이런 우리 한국인들에게 괴테의 『파우스트』

49 괴테,『파우스트. 한 편의 비극』, 김수용 옮김(책세상, 2006), 793쪽.

는 일종의 '경종의 책'으로 다가온다. 노부부의 오두막집을 헐어 내고 그 자리에다 자신이 이룩한 위업 ─ 새로 얻은 간척지 ─ 를 내려다볼 수 있는 전망대를 짓고자 했던 파우스트는 "대토(代土)를 해 주려고 한 것이지 강탈을 원한 것이 아니었다!"며 메피스토를 나무라지만, 필레몬과 바우키스는 이미 악마의 수하들에 의하여 불에 타 죽은 뒤였다. 결국, 파우스트는 아무것도 얻지 못한 채 죄만 짓게 된다. 모든 행위자는 자신이 직접 저지르지 않았다 하더라도 어쩔 수 없이 죄를 얻는 실수를 저지른다. 많은 행위자가 이러한 죄를 인지하지도 못하며, 그중 극소수만이 만년에 가서야 비로소 자신이 죄인임을 자각하게 된다.

이를테면, 여객선 '세월호'의 침몰은 개발독재와 실용주의적 교육을 통해 산업화를 신속히 달성한 우리 사회의 보이지 않는 부실성을 총체적으로 보여 주고 있다. 자신의 눈앞의 이익에만 집착한 정치인들의 죄, 배금주의에 함몰되어 기업이나 회사를 돈을 낳는 기구 정도로밖에 인식하지 못한 선박회사 경영자, 그리고 아무런 소명의식이나 책임감도 없이 어린 학생들을 버려두고 배를 떠난 선장과 선원들, 선박 상태를 점검하고 검사해야 할 감독기관의 직무 태만, 재난에 신속히 대처해야 할 해양경찰의 답답한 늑장 대응, 그리고 안전행정부 직원들의 안이하고 무성의한 대처 자세 등등 온갖 한국사회의 적폐(積弊)들이 이번 대참사를 통해 전 세계인들에게 부끄럽게 노출되었으며, 이 한국적 비극의 죄책으로부터 완전히 자유로운 한국인은 따지고 보면 결국 아무도 없게 된다.

여기서 문득 괴테의 『파우스트』가 연상된다. 아마도 괴테는 『파우스트』에서 인간의 삶 자체가 이미 내포하고 있는 피할 길 없는 죄책의 문제를 다루고 싶었을지도 모른다. 괴테의 『파우스트』는 독자가 나이를 먹어 가면서 그와 비슷한 체험을 해나가는 가운데에 비로소 문득 독자 자신에게 상기되고, 그 복잡다기한 맥락이 이해되고 그럼으로써 독자와 더불어 점진적으로 완성되어 가는 그런 작품이다.

---

10.   『서동시집』

『파우스트』를 끝으로 괴테에 대한 논의를 마치는 것이 일반적인 관행일
것이다. 그가 죽기 1년 전인 1831년 7월에 완결되었고 이 작품을 넘어 괴테
에 대해서 또 더 이야기할 게 별로 없기 때문이다. 하지만 소개할 괴테 만년
의 시집인 『서동시집』(West-östlicher Divan, 1819)은 소설 『빌헬름 마이스터』나
희곡 『파우스트』를 통해서는 보기 어려운 다른 면모, 즉 괴테의 동방(Orient)
에 대한 관심과 국제 문화에 대한 그의 열린 자세를 보여 주고 있다.

1814년에 괴테는 비엔나의 동방학자 하머(Josef von Hammer, 1774-1856)가
번역한 페르시아 시인 하피스(Hafis, 1320-1389)의 『시집』(Divan, 1812)을 읽게
된다. 그 결과 괴테는 서양의 시인인 자신을 동방의 시인 하피스와 견주면
서, 때로는 동일시하기도 하고 때로는 그와 비슷한 입장에서 시를 쓴다.

온 세상이 침몰한다 해도
하피스여, 난 오직 그대하고만 경쟁하고 싶구나!
우리 둘은 쌍둥이,
즐거움도 괴로움도 함께해야지!
그대가 사랑하고 술 마시는 법,

그게 바로 나의 자랑, 나의 삶이 되리니!

이렇게 서양의 정신은 동방의 지혜와 소통하고 교감하며 나아가서는 혼연일체가 된다. 이런 의미에서 괴테는 이 시집을 『서동시집』이라 명명했는데, 그의 유명한 시 「지복(至福)한 동경 (Selige Sehnsucht)두 바로 이 시집에 실려 있다.

뭇사람들은 금방 비웃을 것이니
아무한테도 말하지 말고 오직 현명한 자들에게만 말하라!
내가 찬양하고 싶은 것은
불꽃에 타 죽는 것을 동경하는 생물!

너를 낳고 또 너도 생산 활동을 했던
그 뜨거운 사랑의 밤들이 식고
이제 조용한 촛불 켜지면
이상한 느낌 너를 엄습해 오리니!

너는 캄캄한 그림자에 둘러싸인 채
더는 가만히 있질 못하고
더욱더 고상한 교미를 위한 욕망에 이끌려
새로이 날아오를 것이니!

머나먼 거리도 어려워하지 않고
꽂힌 듯이 날아와
빛을 탐하며 마침내 너,

나방이여, 불타고 있구나.

죽어서 되어라!
이 말을 모르는 한,
넌 이 어두운 지구 위에서
한갓 투미한 손님일 뿐.

"죽어서 되어라!"라는 괴테의 유명한 말이, 빛을 향해 돌진함으로써 불타 죽는 나방의 '지극히 복된 그리움'의 이야기이며, 『서동시집』에 실려 있는 한 줄 시구라는 사실을 아는 사람은 많지 않다. 이것은 괴테가 동방의 문화를 향해 가슴을 활짝 연 결과로 얻은 지혜라 할 수 있다.

이 『서동시집』을 이루고 있는 12편의 책 중에는 유명한 '줄라이카의 책'도 있다. 아라비아의 노(老)시인 하템(Hatem)과 젊은 아가씨 줄라이카(Suleika)가 주고받는 사랑의 문답시로 사실은 65세의 노시인 괴테가 아름답고 생기발랄하며 영특한 젊은 아가씨 마리아네 폰 빌레머(Mariane von Willemer)와 만나 '일시적 회춘'을 경험하면서 나눈 사랑의 문답시이다. 마리아네가 1850년대에 독일문학자 헤르만 그림(Hermann Grimm: 그림형제 중 동생 빌헬름 그림의 아들)에게 자신이 실제로 줄라이카 역을 했으며 줄라이카의 시들도 자신이 쓴 3편의 사랑의 시를 괴테가 조금 고쳐서 엮어 넣었음을 고백했다. 다음은 '줄라이카의 책'에 실린 마리아네의 시이다.

이 일렁임은 무슨 뜻일까요?
이 동풍이 저에게 기쁜 소식을 전해 줄까요?
흔들리는 동풍의 시원한 자극이
이 가슴의 깊은 상처 식혀 주네요.

이로써, 괴테의 모든 작품 중에서 유일하게도 '줄라이카의 책'에 나오는 3편의 시가 괴테 아닌 다른 사람의 손에 의해 그 초고가 쓰였다는 사실이 세상에 밝혀지게 되었고, 19세기 후반의 괴테연구가 새로운 활력과 주제를 얻게 된다.

11.　　　　　　　　　　　　　　한국에 대한 괴테의 관심

아무튼, 만년의 괴테는 이렇게 페르시아와 아랍의 문화에 관심을 보였을 뿐만 아니라, 중국과 일본에 대해서도 연구를 하고, 그 결과를 그의 여러 작품 속에 반영하고 있다.[50] 여기서 문득 제기되는 물음은 괴테가 한국에 관해서도 관심을 가졌을까 하는 것이다. 증거로서 1818년 7월 7일자 괴테의 일기에 다음과 같은 짧고 종잡을 수 없는 메모가 있다.

　식사 후 궁정고문관 쉴러 부인. 홀. 한국 서해안 여행.

　(Nach Tische Frau Hofrath Schiller. Hall Reise nach der Westküste von Corea.)

이 메모를 분석해 보면, 식사 후 쉴러 부인을 접견한 다음, 홀의 『한국 서

50　예컨대, 일본에 관해서는 "Gingo biloba"(1815), 중국에 관해서는 "Chinesisch-deutsche Jahres-
　　und Tageszeiten"(1830) 참조.

해안 여행』이란 책을 읽었다는 의미로 짐작된다. 여기서 홀이란 사람이 누구이며 이것이 과연 어떤 책일까 하는 의문이 생긴다. 필자가 조사해 본 결과, 홀(Basil Hall)이란 사람은 영국의 해군 장교로서 1816년에 동인도회사의 요청을 받고 중국 천진항으로부터 배를 타고 한국 서해안과 유구열도를 탐험했으며, 귀국 후 1818년에 "한국 서해안 및 대유구국 탐험여행에 대해서"[51]라는 책을 출간한 것으로 드러났다. 필자가 2006년 7월 바이마르의 아나 아말리아 도서관에서 관계 문헌을 찾고 연구한 바[52]에 의하면, 괴테는 1818년 7월 7일에 이 책을 바이마르 도서관에서 대출했다가 7월 13일에 반납한 것으로 되어 있다.[53] 따라서 괴테는 이 책을 일주일 동안 집에 두고 읽었거나 적어도 이 책의 책장 정도는 넘겨 보았으리라는 추측이 가능하다.

문제는 이 책에서 소개되는 한국 서해안 탐험 내용의 대부분이 한국 서해안의 섬이나 항구에서 홀 일행이 탄 선박의 입항을 완강히 거부하는 지방 관료들의 태도와 호기심. 그들 일행을 따라다니는 동네 아이들에 대한 묘사 등에 머물러 있다는 점이다. 대청도(현재 옹진군 대청면)로 추정되는 곳에서는 주민 중에서 몇 사람이 얼굴에 곰보 자국이 나 있었고, 머리를 땋아서 처녀들처럼 보이던 아이들이 실은 사내아이들로 드러났다는 기록도 보인다.[54] 농부들이 큰 나무 앞에 절을 하는 모습이 멀리서 관찰되었다는 등 주민들이 자연숭배를 하는 것으로 해석되는 보고 내용도 들어 있다.

51 Basil Hall: Account of A Voyage of Discovery to the West Coast of Corea and the Great Loo-Choo Island with an Appendix, Royal Navy, London: John Murray, Albermarle-Street, 1818.

52 Vgl. Sam-Huan Ahn: Goethe und Korea, in: Goethe-Jahrbuch hrsg. v. der Goethe-Gesellschaft in Japan, 49 (2007), S. 23-37.

53 Elise von Keudell: Goethe als Benutzer der Weimarer Bibliothek. Ein Verzeichnis der von ihm entliehenen Werke, Weimar 1931, S. 184: Nr. 1148 (Entleihung: 7. Juli 1818; Rückgabe: 13. Juli 1818).

54 Cf. B. Hall: Account of A Voyage of Disvovery to the West Coast of Corea, p. 6f.

또한, 이 책의 16쪽과 17쪽 사이에는 "한국의 상사(上司)와 그의 비서"(Corean Chief and his Secretary)[55]라는 색칠한 천연색 그림이 한 장 끼워져 있는데, 춘장대(春長臺, 현재 충남 서천군 서면)에서 담판하러 온 지방관과 종이와 붓, 그리고 먹을 들고 그를 수행하고 있는 아전을 스케치한 것이다. 흥미로운 것은 스케치 단계에서 아전을 세밀하게 포착하지 못한 탓으로 나중에 영국으로 귀국한 뒤에 아전을 '하인'으로 잘못 생각하고 '흑인' 비슷하게 그려 놓은 점이다. 이것은 괴테연구와는 직접적 관련성은 없지만, 세계를 알고 이해하려던 초기 제국주의 시대 영국인들의 실수 및 허점을 문화사적으로 입증하는 희귀한 자료라고 생각된다. 이 책은 아직도 바이마르의 아나 아말리아 도서관에서 대출해 볼 수 있으니, 문화연구에 관심 있는 학자들이 한번 마음을 내어 탐구하시기 바란다.

그야 어쨌든, 괴테가 도서관에서 빌려서 읽어 보고자 했던 이 영국 책에는 안타깝게도 순조시대 조선의 학문이나 문화를 알 수 있는 정보가 전혀 없다. 만약 당시 조선인들이 서해안 탐험 길에 나섰던 홀 일행에게 조선의 학문 및 문화의 일단을 보여 줄 수 있었더라면 얼마나 좋았을까. 그랬더라면, 동양문화를 향해 마음을 활짝 연 채 한국을 알고자 나섰던 괴테에게도 큰 기쁨을 선사했을 텐데 말이다. 아무튼, 일본과 중국에 이어 한국의 문화에 조금이라도 접근하고자 했던 괴테에게 홀의 이 책이 다소 실망을 안겨 주었을 것이 분명하며, 이것은 오늘날 우리 한국인들을 위해서도 심히 애석하고도 불행한 일이 아닐 수 없다.

정약용이 『목민심서』 등 많은 저술을 하다가 17년 동안의 귀양살이에서 간신히 풀려나기 한 달 전, 그의 동시대인이었던 독일의 시인 괴테는 한

---

55 Published, Jan. 1. 1818 by John Murray. Albemarle Street, London; Drawn by Willian Havell, Calcutta, from a Sketch by C. W. Browne; Engraved by Robert Havell & Son.

국문화에 관한 정보를 찾다가 이렇게 실패하고 만다. 서학(西學)에 연루된 혐의를 받아 귀양살이한 정다산과 한국에 관심을 가졌다가 실패하는 괴테 ─ 이 두 사람의 시선이 서로 마주칠 듯했다가 다시 서로 어긋나고만, 한독문화교류의 아쉬운 한순간이라 하겠다.

12. 쉴러의 삶과 바이마르 고전주의

초빙집필 이재영, 서울대

─ 역사 탐구를 거쳐 고전주의 작가로

쉴러는 1759년 11월 10일, 독일 남서부를 흐르는 네카르(Neckar) 강변의 소도시 마르바흐(Marbach)에서 평범한 시민계급의 아들로 태어났다. 쉴러가 태어나던 시기에 아버지는 직업군인으로 일하고 있었으며, 아버지의 근무지를 따라 가족은 몇 차례 거주지를 옮겨야 했다. 초등학교와 라틴어학교를 졸업한 후에 신학교로 진학하려고 했으나, 지역을 통치하던 뷔르템베르크 공국의 군주 카를 오이겐 공의 명령에 따라 14세 때에 군사학교에 입학하게 되었다. 카를 오이겐 공이 인재를 키울 목적으로 1770년에 세운 이 '카를 학교'에서 쉴러는 처음에 법학을 전공했지만, 나중에 전공을 의학으로 바꾸게 된다. 1781년에 정식 대학으로 승격되는 이 학교는 인문주의 교육을 하였지만, 규율이 매우 엄격했다. 여기서 너무나 철저한 통제를 경험하면서 쉴러는 자유에 대한 갈망을 키우게 된다.

학창 시절 클롭슈톡, 레싱, 셰익스피어, 루소 등의 저작들을 탐독하며 문학적 열정을 키우던 쉴러는 1777년에 첫 작품 『도적들』(Die Räuber, 1781)의 집필을 시작한다. 자유에 대한 갈망을 강렬하게 표현하여 '폭풍우와 돌진' 문학의 대표작이 되는 이 희곡은 쉴러가 카를 학교를 졸업하고 군의(軍醫)로 일하던 1782년에 초연된다. 공연은 크게 성공하여 쉴러는 일약 유명하게 되었지만, 오이겐 공이 문학 활동을 금지하자 무단으로 근무지를 이탈하여 도피생활을 시작했다 그 후 쉴러는 약 1년간 떠돌던 끝에 만히임 국민극장의 전속작가가 되었다. 이 극장에서 그의 신작들인 『피에스코의 모반』과 『간계와 사랑』이 초연되었다. 『피에스코의 모반』은 자유와 공화주의를 옹호하는 작품이고, 『간계와 사랑』은 귀족의 아들과 시민의 딸 사이의 사랑이 파국에 이르는 과정을 그리면서 신분질서를 통렬하게 비판하는 작품이다. 이 시기에 발표한 연설문 「훌륭한 상설(常設) 무대는 도대체 어떤 작용을 할 수 있는가?」[(Was kann eine gute stehende Schaubühne eigentlich wirken?, 1784)(후일 「도덕적 기관으로서의 극장」(Die Schaubühne als moralische Anstalt betrachtet)이라는 제목으로 더 널리 알려지게 된다]에서 그는 계몽주의적 문학관에 따라 예술의 사회적 필요성을 격정적으로 역설한다.

그러나 1년 만에 극장과의 계약이 끝나고 경제적 곤경에 처하게 되자 그의 열렬한 독자 쾨르너 등의 초청을 받아들여 1785년에 라이프치히로 가게 된다. 수입을 얻기 위해 그가 만하임 시절부터 발간한 문학잡지 《탈리아》에 자신의 시와 산문작품들을 실었는데, 당시 그가 집필하던 극작품 『스페인의 왕자 돈 카를로스』(Don Karlos, Infant von Spanien, 1787)도 이 잡지를 통해 몇 차례에 걸쳐 발표되었다. 스페인과 네덜란드의 80년 전쟁을 배경으로 하는 이 작품도 포자 후작(Marquis von Posa)이라는 인상적 인물을 통해 오로지 권력과 이익만을 추구하는 궁정사회를 비판하고 사상의 자유를 옹호하는 내용이다.

1787년, 쉴러는 자신과 가까웠던 샤를로테 폰 칼프 부인의 초청을 받아 바이마르로 가게 된다. 당초에 쉴러는 바이마르에서 잠시 머무른 뒤 함부르크로 가서 『돈 카를로스』 초연과 관련된 협상을 한 후에 친구들 곁으로 돌아올 예정이었다. 그러나 쉴러는 바이마르와 그 근처의 도시 예나를 다시는 떠나지 못했다. 바이마르에서 역사책을 쓰겠다고 결심하게 된 그는 곧바로 『네덜란드 독립사』(Geschichte des Abfalls der vereinigten Niederlande, 1788)의 집필에 착수한다. 쉴러가 문학작품의 집필을 중단하고 역사서 집필로 전환한 데에는 새로운 질서에 대한 전망을 확보하지 못하는 '폭풍우와 돌진'의 한계에 대한 인식과 역사 자체에 대한 관심이 커진 것, 그리고 역사서를 통해 일정한 수입을 얻고자 하는 경제적 관심 등이 복합적으로 작용하였다.

『네덜란드 독립사』는 1788년에 발표되었고, 1789년에는 괴테의 도움에 힘입어 예나대학의 원외교수로 취임했다. 철학과 소속이었지만 역사 강의를 맡는 조건이었다. 「보편사란 무엇이며 그것을 공부하는 목적은 무엇인가?」라는 제목의 원고를 낭독한 그의 취임 강연회는 『도적들』의 작가를 보려는 학생들로 인산인해를 이루었다. 그 직후 프랑스혁명이 일어나자 쉴러는 혁명의 목적이 정당함을 인정하면서도 성공 가능성은 낮다고 예견했다.

이듬해에는 귀족 가문의 샤를로테 폰 렝에펠트와 결혼했고, 비극 이론 강의를 시작했으며, 『30년 전쟁사』(Geschichte des Dreißigjährigen Krieges, 1792)의 집필에 착수했다. 그 무렵 괴테와 만나 칸트 철학을 토론했지만, 개인적으로 가까워지지는 못했다. 그리고 결혼한 지 얼마 지나지 않은 1791년 초부터 중병을 앓기 시작하여 이후 죽는 날까지 병마와 싸우게 된다. 쉴러의 예술이론에서 '숭고'(崇高)의 개념이 중심적인 위치를 차지하게 된 데에는 그의 자유 의식이 결정적인 역할을 했지만, 늘 정신력으로 병마를 이겨 내어야 했던 그의 상황도 큰 영향을 끼쳤다. 그리고 그가 죽었다는 잘못된 소문이 돌자 이런 사정을 들은 덴마크 아우구스텐부르크 공작은 그에게 3년간 생활보조금을 지급하겠다고 나섰다. 쉴러는 이 기간을 철학 공부에 바치기로 하고 칸트 철학에 몰두했으며, 『인간의 미적 교육에 대한 편지들』(Über die ästhetische Erziehung des Menschen in einer Reihe von Briefen, 1795)과 『소박문학과 성찰문학에 대하여』(Über naive und sentimentalische Dichtung, 1795/6) 등 미학 연구서들이 이 시기의 연구 결과로서 발표되었다.

1794년에는 괴테와의 운명적인 만남이 이루어졌다. 그전에도 몇 차례 만남이 있었지만 두 사람은 친밀한 관계에까지 이르지는 못했었다. 그러나 이해 7월에 이루어진 대화를 통해 이들은 급속히 서로의 가치를 깨닫고 향후 쉴러가 죽을 때까지 10년 넘게 긴밀한 대화와 공동의 작업을 지속하게 되는데, 이 시기의 문학을 바이마르 고전주의라 일컫는다. 괴테가 오랫동안 묵혀 놓았던 『빌헬름 마이스터의 수업시대』와 『파우스트』에 대한 작업을 재개한 것도 쉴러의 지속적인 권유에 따른 결과였다.

1795년은 쉴러가 문학창작을 재개한 해였다. 오랫동안 지속한 철학과 미학 연구를 끝내고 다시 시와 극작품들을 발표하기 시작한 쉴러는 쇠약한 건강에도 불구하고 죽는 날까지 왕성하게 집필 활동을 이어 갔다. 괴테와 협력하면서 수많은 발라드(Ballade, 譚詩)를 발표하였고, 「종의 노래」(Das Lied von der Glocke, 1800) 등 앞으로 독일인들에게 큰 사랑을 받게 되는 시들을 내어놓았다. 1796년에 착수한 극작품 『발렌슈타인』(Wallenstein)은 애초의 예상과는 달리 오랜 작업 기간을 거쳐 1799년에야 완성되어 대성공을 거두었다. 이후로 그는 매년 새로운 극작품들을 발표했는데, 『마리아 슈투아르트』(Maria Stuart, 1800), 『오를레앙의 처녀』(Die Jungfrau von Orlean, 1801), 『메시나의 신부. 혹은 적대적인 형제』(Die Braut von Messina oder Die feindlichen Brüder, 1803), 『빌헬름 텔』(Wilhelm Tell, 1804) 등이 이 시기의 작품들이다. 1797년 이후로 그가 계획했던 총 32편의 극작품 가운데 그가 죽기까지 실제로 완성할 수 있었던 것은 7편이었다. 이 작품들에서도 쉴러는 '자유'라는 자신의 핵심적이고도 일관된 주제를 다양하게 조명하였다.

말년에야 쉴러는 경제적 안정과 명성을 누릴 수 있었다. 프로이센과 스웨덴, 러시아의 통치자들도 그를 존경했다. 1804년, 베를린의 궁정은 그에게 고액의 연금을 제시하면서 베를린으로 이주할 것을 권했지만, 이미 쉴러의 육신은 완전히 망가져 있었다. 1805년 5월 12일, 쉴러는 46세를 일기로 세상을 떠났다. 사인은 결핵으로 인한 폐렴으로 추정되며 그의 시신을 부검한 의사는 이런 기록을 남겼다. "이 불쌍한 사람이 이런 상태로 그토록 오래 살 수 있었다니 놀라지 않을 수 없다."

바이마르 고전주의 시기의 쉴러의 작품들은 하나하나가 다 명작이지만, 지면상 다 다룰 수 없으므로, 그의 대표작이라 할 『발렌슈타인』과 그의 '정치사상적 유언'이라 할 수 있는 『빌헬름 텔』에 대해서만 간단한 설명을 덧붙이고자 한다.

– 쉴러의 대표작 『발렌슈타인』

『발렌슈타인』(Wallenstein, 1798/99)은 30년 전쟁이 한창이던 1633년 말에서 1634년 초까지의 시기를 배경으로 한다. 역사 속에서 황제군의 총사령관이었던 발렌슈타인은 이 시기에 적국 스웨덴의 왕 구스타프가 죽어 스웨덴 군이 약해진 상황에서 돌연 공격을 멈추고 적과의 협상을 추진한다. 그의 이런 행동은 커다란 의혹을 불러일으켰고, 역사학자들은 후일 이 문제를 풀기 위해 수천 권의 책을 쓰기도 해 왔다. 황제군 총사령관 발렌슈타인은 자신의 이런 행동으로 인해 황제 측의 의심을 샀고, 결국 내부의 적들에 의해 암살되고 만다. 그는 어떤 동기에서 공격을 멈추었던가? 평화 질서를 수립하려는 것이 그의 의도였던가? 아니면 자신의 세력을 강화하려는 세속적 욕망에서 적과 협상하려고 했던 것인가?

이 작품에서 쉴러는 카리스마와 미신과 물질적 보상에 기초한 권력의 성립과 인간의 예측능력을 뛰어넘는 역사의 진행, 전쟁을 실제로 추동하는 세속적 욕망의 벌거벗은 모습, 자유의 실현과정이라기보다는 오히려 이 자유를 압살하는 물리적 힘들의 격돌임이 드러나는 역사의 본모습 등을 현실적으로 묘사한다. 무수한 인물과 사건들을 통일적인 구조로 통합해 낸 이 작품은 역사와 철학, 미학과 그리스 연극에 대한 쉴러의 오랜 연구의 결과였다. 여기서 쉴러는 발렌슈타인의 행동에 대한 명백한 설명을 제시하지 않는다. 역사 속의 발렌슈타인과 마찬가지로 쉴러가 그린 발렌슈타인도 의문의 대상으로 남는다. 계산을 통해 역사의 진행을 예측할 수 있다는 자만심과 점성술에 대한 시대착오적 믿음, 상상의 영역과 현실 영역의 뒤섞음, 전통의 힘에 속박된 의식, 인간을 장기판 위의 말처럼 단순한 도구로 생각하는 반인륜적 인간관, 참혹한 전쟁을 끝내고자 하는 평화 의지 등 다양한 측면들을 드러내는 극 중의 발렌슈타인의 모습들 가운데서 어느 것이 그의 참모습인지 불확실한 채로 작품이 끝난다. 힘들의 복합적인 충돌의 현장인 역사 속에서 인간의 자유가 설 자리가 있는지에 대해서도 이 작품은 분명한 대답을 제시하지 않는다.

그러나 이런 의문들을 그대로 남겨 놓는 것 자체가 쉴러의 역사인식을 드러낸다. 역사가 이성의 승리과정이며, 발전과 해방으로 나아가는 목적론적 진행이라는 계몽주의적 낙관주의는 소박한 믿음에 불과하다는 것, 진보란 역사에 내재하는 법칙이 아니라 인간 의지의 불확실한 소산이라는 것이 이 작품이 보여 주는 쉴러의 인식이다. 그래서 헤겔은 이 극의 결말을 두고 이렇게 썼다. "무(無)의 제국이, 죽음이 승리를 구가하고 있다. …… 이럴 수는 없다! 흉측하다!" 헤겔은 역사란 이성이 자신의 개념을 전개하는 마당이라고 생각했기 때문이었다. 그러나 쉴러에게 수많은 조언과 제안을 하면서 그가 이 작품을 구체화하는 과정에 참여했던 괴테는 이 작품의 위대성을 알아보았다. 그의 평가는 이러했다. "쉴러의 『발렌슈타인』은 너무나 위대하여 이런 종류의 작품으로서는 비견할 만한 것이 하나도 없다."

– 쉴러의 정치사상적 유언 『빌헬름 텔』

쉴러가 완성된 형태로 남겨 놓은 마지막 작품인 『빌헬름 텔』(Wilhelm Tell, 1804)은 그의 정치사상적 유언이라고도 할 수 있다. 이 작품은 프랑스혁명에 대한 쉴러의 깊은 성찰의 산물이며, 그의 작품들 가운데 피지배자들의 저항이 승리하는 유일한 예이기도 하다.

13세기 말, 오스트리아의 합스부르크 왕가가 스위스의 자치권을 빼앗고 이 지역을 병합하려고 하자, 3개의 주(州)가 봉기를 일으켜 오스트리아의 태수를 몰아내는 과정을 그리고 있는 이 작품에서 빌헬름 텔은 그 이전의 사서(史書)에서나 다른 작품들에서와 달리 봉기에 직접 가담하지 않고 단독적으로 행동하는 인물로 묘사된다. 이 극에서 빌헬름 텔은 정치적 자주권이 아니라 자기 가족의 안전을 위해 태수를 살해한다. 그는 태수가 자신에게 아들의 머리에 얹힌 사과를 쏘아 맞히도록 강요했고, 곧 자신의 가정을 파괴할 것이 예상되었기 때문에 행동에 나선 것이다. 민중의 봉기 일정과 조율되지 않은 그의 개인적 행동은 자칫 봉기 자체를 무산시킬 수도 있었다. 그러나 그 직후 시작된 봉기는 우연히 오스트리아왕이 살해되는 유리한 상황에 힘입어 쉽게 성공을 거둔다. 민중은 그를 자신들의 구원자로 찬양하지만 그는 자신이 민중을 구원하기 위해 행동한 것이 아님을 잘 알고 있으며, 사람을 살해한 데 대한 죄의식에서 벗어나지 못한다. 반면, 민중의 저항은 그의 행동 덕분에 비폭력적으로 성공을 거두었다.

이 극에서 민중은 민주주의적이며 반봉건적인 의식과 형제애를 보여 주고 있다. 이런 민중의 모습은 프랑스대혁명의 이념을 암시한다. 쉴러는 이런 민중의 봉기와 그 승리를 묘사함으로써 프랑스대혁명과 국민주권의 정당성을 옹호하고 있다. 그러나 쉴러는 빌헬름 텔이 폭정을 행하는 지배자를 살해한 후에 고뇌하고 죄의식을 느끼는 모습을 뚜렷하게 그림으로써 폭력에 대한 자신의 깊은 문제의식을 보여 주었다. 그의 살인행위가 봉기의

성공에 이바지했다고 해서 그의 행동이 곧바로 정당화되는 것은 아니라는
점을 분명하게 지적하고 있는 이 작품은 쉴러가 공리주의적 윤리관과는 거
리를 두었음을 잘 보여 주고 있다. 자유라는 목적과 그것에 이르는 수단, 이
양자가 모두 정당해야만 진정한 진보가 이루어질 수 있다는 것이 쉴러의
정치사상적 격률(格律)이었지만, 이 작품에서 민중의 봉기와 그의 살해 행
위가 분리된 것은 이 격률의 실행 가능성이 쉴러에게 여전히 난제로 남아
있었음을 확인시켜 준다.

이재영 박사의 위의 글에는 오랜 세월 동안 '자유 베를린대학'(Freie Universität
Berlin)에서 쉴러의 작품들을 두고 천착해 온 젊은 독문학자의 탁견이 엿보
인다. 특히, 이 문학사의 필자는 그가 쉴러의 방대하고 난해한 『발렌슈타
인』 3부작의 내용과 문제점을 아주 간명하고도 설득력 있게 요약해 준 데

(2015년 10월, 안삼환 촬영)

마르바흐의 쉴러 생가

에 대해 큰 고마움을 느낀다.

감히 몇 마디 덧붙이자면 위의 글에서 쉴러를 부검한 의사의 말, 즉 "이 불쌍한 사람이 이런 상태로 그토록 오래 살 수 있었다니 놀라지 않을 수 없다"는 말은 독일인들이 왜 쉴러를 그토록 존경해 왔으며, 지금도 끝없이 경배하는지 그 이유에 대한 단적인 해명이 될 것이다. 20세기의 독일 작가 토마스 만도 『난산(難産)』(Schwere Stunde, 1905)이란 단편을 통해 병마(病魔)와 싸우면서도 글쓰기에 몰두하고 있는 쉴러를 묘사함으로써 쉴러에 대한 그의 존경심을 작품으로 남기고 있다. 괴테는 인류가 낳은 세계적 시성(詩聖)이지만, 쉴러는 가혹한 운명 하에서 —유가(儒家)의 말로 표현하자면 성(誠)을 다하여— 삶을 실천하고 참된 글을 쓴 진정한 '독일 시인'이라 말할 수 있다.

VIII

고전주의와 낭만주의 사이의 세 시인들

바이마르 고전주의의 위대한 두 주인공 괴테와 쉴러에 대한 논의를 아쉬운 대로 마감하고 문학사적으로 보건대, 이들 두 시인과 이들을 뒤따라오는 독일 낭만주의 시인들 사이에 다소 어정쩡하게 정초(定礎)될 수밖에 없는 세 명의 아웃사이더 시인들, 즉 프리드리히 횔덜린, 장 파울 그리고 하인리히 폰 클라이스트를 고찰해 보기로 하겠다.

---

1.   프리드리히 횔덜린

프리드리히 횔덜린(Friedrich Hölderlin, 1770-1843)은 뷔르템베르크의 라우펜(Lauffen) 출신으로 일찍부터 아버지를 여의고 편모슬하에서 자랐다. 네카르 강변의 뉘르팅엔에서 라틴어학교를 다녔으며, 어머니의 소망에 따라 성직자가 되고자 18세 때에 튀빙엔의 신학교에 다니면서 헤겔, 쉘링 등과 교류하였다. 쉴러의 소개로 튀링엔의 발터스하우젠(Waltershausen)에 있는 칼프(Kalb) 남작댁에서 가정교사로 일하기도 했다. 1794년에서 1795년 사이에 예나대학에서 피히테의 철학 강의를 들었으며, 1796년에서 1798년까지 프랑크푸르트의 은행가 곤타르트(Gontard)의 집에 가정교사로 들어간다. 여기서 곤타르트의 부인 주제테(Susette Gontard)와 운명적으로 만나게 되는데, 그녀는 그의 시와 소설에서 디오티마(Diotima)라는 이름으로 등장한다.

횔덜린은 1806년 정신병자로서 온전한 의식을 잃을 때까지, 그가 번역하거나 전범으로 삼았던 그리스 시인 핀다르와 사포의 시 형식을 수용하면서 많은 송가와 찬가를 썼다. 그중 유명한 「디오티마에게」(An Diotima)는 다음과 같이 시작된다.

> 이리 와요 그리고 우리를 둘러싸고 있는 이 기쁨을 봐요, 서늘한 대기 중에는
> 마치 춤출 때의 곱슬머리처럼
> 숲의 가지들이 출렁이고 있어요. 그리고 마치 한 반가운 정령이
> 칠현금을 연주하듯
> 하늘도 비와 햇볕을 내리며 땅을 어루만지고 있네요,
> 마치 사랑싸움이라도 하듯
> 현악기 위에 덧없는 음들이 수천 겹으로
> 뒤섞여 웅얼거리고
> 그림자와 빛이 감미로운 멜로디를 주고받으며
> 산봉우리들을 넘어가고 있네요.

이 시의 서정적 자아는 분명 애인 디오티마에게 말을 걸고 있다. "이리 와요 그리고 우리를 둘러싸고 있는 이 기쁨을 봐요"라는 서정적 자아의 부드러운 요청은 자신의 애인이 기쁨으로 충만한 이 다양하고도 조화로운 자연을 함께 봐 주기를 간절히 원한다. 동시에 이 두 남녀는 '하늘'과 '땅', '빛과 그림자'처럼 에로스적인 자연의 일부이다. 이처럼 횔덜린의 시는 비극적이라기보다는 차라리 생명과 삶에 대한 기쁨으로 충만해 있는 자연과 그 끝없는 조화에 대한 밝고도 기쁜 복음으로 읽힐 때가 많다.

횔덜린의 소설 『휘페리온. 혹은 그리스의 은자(隱者)』(Hyperion oder der Eremit in Griechenland, 1797/99)도 자연 속에 깃들어 있는 이러한 신의 무한한 조화, 그 안에서 기쁨을 찾은 한 인간의 고백을 다루고 있다. 이 소설의 배경을 이루고 있는 것은 1770년부터 러시아와 손을 잡고 오스만 터키로부터

(Mit freundlicher Genehmigung des Deutschen Literaturarchivs
Marbach)

횔덜린

해방되기 위해 싸우고 있는 현대의 그리스이다. 이상주의를 지향하는 순수
한 그리스 청년 휘페리온은 하느님과 자연과 인간이 다시 하나가 되는 새
로운 황금시대를 이룩하겠다는 꿈을 안고 자신의 이상형인 디오티마를 사
랑한다. 그녀는 그가 사랑에만 도취하지 말고 진지하게 인격을 연마하여
인간적으로 성숙할 것을 권한다. 하지만 휘페리온은 피히테의 철학에 영향
을 받은 지성적 행동파 알라반다(Alabanda)의 유혹에 넘어가 너무 성급하게
그리스의 자유전쟁에 참여했다가 동시대인들이 아직은 자신의 높은 이상
을 받아들일 만큼 성숙해 있지 않음을 깨닫고 심각한 좌절을 경험한다. 주
변 사람들에게 그리고 사랑과 철학에 절망하여 자살하려던 그는 자연에 대
한 사랑을 통해 구원을 찾고자 한다. 또한, 그는 독일인들에게로 가서 새 시
대를 알리고자 하지만 그들은 전문적 지식에 무지하고 세상의 변화에 무신
경하다. 여기에 휘페리온은 다시금 실망과 환멸을 느끼지만, 독일의 봄과
자연에는 친근감을 느낀다.

플라톤이 그의 『향연』에서 철학자 소크라테스를 위한 사랑의 여교사로 선택한 디오티마를 자신의 소설 작품에 등장시킴으로써 횔덜린은 자신의 정신적 애인 주제테 곤타르트를 이 작품에서 불후화하고 있다.

이 시기의 독일 소설들이 거의 다 그렇지만, 『휘페리온』은 불과 2년 앞서 나온 괴테의 『빌헬름 마이스터의 수업시대』와 마찬가지로 교양소설의 일종이다. 하지만, 『휘페리온』은 『빌헬름 마이스터의 수업시대』와는 달리 편지소설이며, 휘페리온 자신이 이미 그리스의 자연 속에서의 은둔자로서 현실세계에서 물러난 연후의 시점에서 자신의 젊은 시절의 방황과 좌절을 회상하고 있다. 그러나 이런 차이점에도 불구하고 소설 『휘페리온』은 어차피 교육적이며 많은 교양소설적 요소를 내포하고 있다.

황윤석 교수는 그의 비가 「빵과 포도주」(Brot und Wein, 1801)를 분석하는 글에서, 횔덜린이 "희랍적 낮의 시대와 현재의 '궁핍한 시대' 곧 밤의 시대를 뒤따라 앞으로 올 신의 시대"[1]를 예견하고 있다고 했다. 횔덜린은 신을 잃은 '궁핍한 시대'(dürftige Zeit)의 시인은 인간들에게 신성을 일깨워 주어야 한다고 생각했고 작품을 통해 동시대인들을 앞으로 도래할 제3의 새로운 시대로 안내하고자 했다. 그가 소설 속에서 그리스인 휘페리온에게 당대 독일인들을 관찰하고 평가하게 하는 사실에서도 횔덜린이 꿈꾸던 세계가 고대 신들의 세계가 재탄생된 이상적 세계임을 알 수 있다.

지금도 튀빙엔의 네카르 강변에는 횔덜린이 정신병 환자로 억류된 채 36년간의 기나긴, '정신적 암흑'(geistige Umnachtung)의 세월을 보낸 '횔덜린의 탑'(Hölderlinturm)이 무연히 서 있다. 신과 자연, 그리고 인간의 합일을 추구했던 한 순수한 영혼이 정신병자에 대한 당대 사회의 혹독한 굴레를 쓴 채

---

1   황윤석: 비가 「빵과 포도주」에 나타난 횔덜린의 세계상, 89쪽, 실린 곳: 김광규 편: 현대독문학의 이해(민음사, 1984), 87-108쪽.

36년간의 기나긴 암흑을 어떻게 견디며 살다 갔을지를 생각해 본다면, 꼭 독일인이 아니더라도 무심히 흐르는 네카르강 앞에서 잠시 숙연해지지 않을 수 없다.

---

2.   장 파울

요한 파울 프리드리히 리히터(Johann Paul Friedrich Richter, 1763-1825), 즉 장 파울(Jean Paul, 필명)은 오버프랑켄(Oberfranken)의 분지델(Wunsiedel)에서 교사의 아들로 태어나 라이프치히대학에서 신학을 공부하다가 가정 형편으로 중도에 그만둔다. 이때 오버프랑켄의 호프(Hof)에서 과부가 된 어머니한테로 가서 지낸다. 1796년 6월에는 바이마르에 가서 괴테와 쉴러를 만나지만, 그들과는 서로 마음이 통하지 않았다. 괴테와 쉴러의 바이마르 고전주의가 지향하던 미학적 목표가 장 파울의 후모어(Humor)에는 너무 진지하게 비쳤을 수도 있고 바이마르의 두 시인이 너무 비인간적 권위주의자로 보였을 수도 있다. 장 파울은 그 후에도 호프, 라이프치히, 베를린, 마이닝엔 등을 전전하다가 결국 1804년부터 죽을 때까지 바이로이트에 정착해 살았다. 종횡무진의 괴기성과 천재성을 보이면서 수많은 괴짜를 창조해 낸 작가로서는 다소 뜻밖이게도, 그는 바이로이트의 아주 평범한 소시민으로 자족하면서 만년을 보냈다.

장 파울은 영국의 스턴(Sterne)과 필딩(Fielding)의 영향을 받아 풍자와 유머

가 가득한 기이하고도 독창적인 이야기를 많이 썼으며, 길고 장황한 자연 묘사, 잦은 주제 탈선, 신기한 체험, 기이한 인물들의 특이한 영혼 상태에 대한 상세한 묘사 등을 통해 ―횔덜린과 클라이스트와는 반대로― 당대에 이미 특이한 유머 감각을 지닌 소설가로 이름을 떨쳤다.

『헤스페루스』(Hesperus, 1795), 『지벤케스』(Siebenkäs, 1796/97), 『거인』(Titan, 1800/03), 『개구쟁이 시절』(Flegeljahre, 1804/05) 등 그의 대작들은 대개 교육소설적 내지는 교양소설적 요소를 보인다. 하지만 당시의 독자들에게 특이한 사건들, 괴이한 풍자와 유머로 인식되었고 오늘날의 독자에게는 그 내용의 황당무계함으로 인해 흥미를 끌지 못한다.

『빈민구호를 위한 관선(官選) 변호사 지벤케스의 결혼생활, 사망, 그리고 재혼』(Ehestand, Tod und Hochzeit des Armenadvokaten F. St. Siebenkäs, 1796/97)이란 소설에서 한 감상적이고도 천재적인 변호사 겸 작가인 지벤케스가 자신의 착한 아내 레네테와의 통속적인 일상에서 벗어나기 위해 자신이 사망해서 이미 매장되었다고 하고서는 자신과 비슷한 용모를 지닌 친구 라이프게버 (Leibgeber, '몸을 빌려주다'라는 의미)의 이름으로 슬기로운 영국 여자 나탈리에 와 결혼한다는 이야기이다. 이러한 지나친 허구성이 현대 독자에게는 반감을 불러일으키는 것 같다.

하지만 장 파울의 소설들은 사건 발전의 논리라든지 인물의 심리 및 사건의 논리적 귀결 따위를 거의 지키지 않는 대신에 괴기함과 숭고함이 뒤섞여 있는 독특한 구조와 매력을 보여 준다. 1825년 그가 죽자 독일의 시인 루트비히 뵈르네는 파리에서 쓴 조사(弔辭)에서 장 파울이 "20세기의 문턱에 서서 자신을 뒤따라오는 국민을 기다리고 있다가 그의 사랑의 도시 안으로 인도할 것"이라고 예언한 바 있다. 하지만 21세기가 되었어도, 장 파울의 문학이 독일인들에게 새삼 사랑을 받을 기미는 아직 없다. 하지만 서정시와 희곡에 비해서 당시까지는 문학의 '서자' 취급을 받고 있던 독일의 소설문학을 하나의 중요한 문학 장르로 승격시킨 그의 문학사적 공로가 자못 크다 할 수 있겠다.

3. 하인리히 폰 클라이스트

하인리히 폰 클라이스트(Heinrich von Kleist, 1777-1811)는 '폰(von)'이 붙은 그의 성(姓)을 보아도 알 수 있듯이 하위 귀족인 프로이센 장교의 아들로 오더 강변의 프랑크푸르트에서 태어났다. 아버지처럼 장교가 되고자 했으나 군인이 자신의 성격에 맞지 않음을 알아채고 오더 강변의 프랑크푸르트대학에서 철학, 물리학, 수학, 재정학 등을 공부하였다. 하지만 그의 꿈은 극작가가 되어 괴테를 뛰어넘는 것이었다.

그가 작가로서 유명해진 것은 희곡 작품을 통해서가 아니라 자신이 높이 평가하지 않았던 장르인 단편소설을 통해서였다. 『미햐엘 콜하스』(Michael Kohlhaas), 『O후작부인』(Die Marquise von O...), 『칠레의 지진』(Das Erdbeben in Chili), 『주운 아이』(Der Findling), 『성 도밍고 섬의 약혼』(Die Verlobung in St. Domingo) 등 그의 단편소설들에서는 "색다른 소재와 반전, 긴박감을 조성하는 서술기법, 사건을 조명하는 다양한 시각"[2] 등이 나타나 있으며, 오늘날에도 모두 잘 읽히며 문제시되는 작품들이다. 그중에서도 특히 『미햐엘 콜하

2   하인리히 폰 클라이스트, 『버려진 아이 외』, 진일상 옮김(책세상, 1998), 336쪽.

스』(1810)는 16세기 중엽에 있었던 한 말장수 이야기로서, 이 세상에서 가장 제대로 된 한 인간이 극도의 정의감 때문에 국기문란 죄인 및 살인자로 되고 미는 과정을 그리고 있는데, 그 빈틈없는 사건 전개 방식이 매우 리얼할 뿐만 아니라, 오늘날 법치(法治)의 문제를 위해서도 많은 논란과 시사점을 제공하고 있다.

클라이스트는 ―희극(Lustspiel)이 드문 독일문학에― 두 개의 희극작품 『암피트뤼온』(Amphitryon, 1807)과 『깨어진 항아리』(Der zerbrochne Krug, 1808)를 남겼다. 『암피트뤼온』은 플라우투스(Plautus, B.C. 201)와 몰리에르(1668)가 이미 작품화한 것으로 클라이스트는 몰리에르의 희곡을 모델로 삼아 심리 드라마로 변형시켰다. 작품에서 제우스는 암피트뤼온이 전장에 나간 사이에 그의 모습을 한 채 그의 아내 알크메네(Alkmene)와 잠자리를 함께한다. 갑자기 전장에서 귀환하게 된 암피트뤼온은 알크메네의 죄를 묻고자 하고, 알지 못하는 사이에 남편을 배반하게 된 알크메네는 자신의 셜백을 주장함으로써, 매우 복잡미묘한 희비극적 상황이 벌어진다. 결국, 절망에 빠진 알크메네를 제우스가 암피트뤼온에게 되돌려 줌으로써 상황은 희극으로 반전된다.

『암피트뤼온』이 발표된 이듬해에 나온 클라이스트의 두 번째 희극 『깨어진 항아리』 역시 그리스의 신화인 소포클레스의 『오이디푸스』에 나오는 모티프를 현대화한 심리극으로서, 1808년 괴테에 의해 바이마르에서 초연되었다. 밤에 에프헨(Evchen)의 방에 어떤 남자가 침입하여 항아리를 깬 사건이 발생했다. 마을의 판사 아담은 이 사건의 진실을 캐다가 기억에도 없는 사건을 일으킨 자신을 발견한다. 공판 과정에서 증인들의 진술과 명백한 증거를 통해 당황한 아담은 범인임을 부인하지만 결국 사건의 경위가 확연히 드러나 "판사 아담이 그 항아리를 깨트렸다!"고 결론짓는다. 하지만 신화 속의 비극적 주인공 오이디푸스와는 달리 아담은 벌을 피하고자 도주를 시도한다. 당시 유행하던 운문 형식인 '블랑크페르스'로 쓰여졌고 12개의 장으로 나누어진 이 단막극은 오늘날에도 독일 희극 중 가장 많이 공연되고 있는 작품이다.

비극 『펜테질레아』(Penthesilea, 1808) 역시 고대 그리스 신화에서 그 주제를 빌려 온 것이다. 그리스 신화에 의하면 트로이성(城) 전투에서 아마존 여왕 펜테질레아가 그리스 영웅 아킬레스에 의해 죽임을 당하는 것으로 되어 있다. 그 반대로 아킬레스가 펜테질레아에 의해 죽는 것으로 되어 있는 기록도 존재한다. 클라이스트의 이 작품에서는 후자의 경우를 택해 군사적으로 대치하게 된 두 남녀가 서로 사랑에 빠진다. 펜테질레아는 아킬레스를 사랑한 나머지 차라리 그녀의 군대가 아킬레스에게 패배하기를 원한다. 한편, 아킬레스도 펜테질레아를 낭만적으로 배려한 나머지 결투에서 그녀에게 일부러 져 주겠다며 도전장을 보낸다. 하지만 그녀는 아킬레스가 자신을 비웃고 아마존족의 신성한 율법을 모욕하려 한다고 믿고 갑자기 그에 대한 증오심을 일으켜 별다른 방비도 없이 적진에 홀로 들어온 아킬레스를 개를 동원하여 넘어뜨리고 자신이 그의 사지를 잔인하게 물어뜯어 죽인다. 연극학에서 이른바 '성벽으로부터의 조망'(Mauerschau), 또는 '조망대 관찰 보고'(Teichoskopie)라는 방식을 통해 이 장면은 다음과 같이 보고되고 있다. "그녀는 사나운 개들과 함께 누워 있다, / 사람의 자궁에서 나온 그녀가 물어뜯고 있다, / 아킬레스의 사지를 조각조각으로 물어뜯고 있다!" 펜테질레아가 사랑과 증오의 걷잡을 수 없는 '양면감정 병존 상태'(Ambivalenz)에 휘말려 마치 야수처럼 영웅 아킬레스의 사지를 조각조각 물어뜯고 있는 이 장면은 클라이스트의 비극작품들의 원형을 보여 주고 있다. 더욱이 아름다움으로 치장되지 않은 현실의 끔찍한 비극성을 폭로하고 있으며, 역동적·극단적이며 현대적·심리학적인 면모를 보임으로써 클라이스트가 의고전주의·바이마르 고전주의와는 다른 성향을 가진 시인임을 잘 보여 주고 있다. 이 장면에서야 말로 빈켈만이 말한 저 '고귀한 단순성과 고요한 위대성'의 면 모라고는 전혀 찾아볼 수 없기 때문이다.

하지만 이 작품에서 클라이스트는 서로 사랑했으나 자신들이 속한 종족의 인습 때문에 좌절할 수밖에 없었던 두 진실한 남녀를 보여 주고 있다. 사랑하는 두 사람의 고통과 진실하고 성실한 영혼을 이해하는 독자 또는 관객이 있다면, 그 사실만으로도 클라이스트는 자신의 외로운 영혼의 고통을 이해받은 것으로 생각했을 것이다.

클라이스트는 『펜테질레아』 이후에도 『하일브론의 케트헨』(Das Kätchen von Heilbronn, 1808), 『헤르만의 전투』(Die Hermannsschlacht, 1821), 『프리드리히 폰 홈부르크 왕자』(Prinz Friedrich von Homburg, 1821) 등 중요한 극작품들을 많이 남겼다. 이들은 『펜테질레아』가 보여 주고 있는 클라이스트의 극단적인 면모를 완화해 주는 한편, 클라이스트 작품의 스펙트럼이 매우 넓음을 아울러 보여 준다. 『하일브론의 케트헨』의 주인공 케트헨은 펜테질레아와는 정반대로 온화하고 유순한 아가씨로서 헌신적인 사랑의 본보기로 등장한다. 또한, 『헤르만의 전투』는 게르만족 중의 하나인 케루스티커(Cherustiker)족의 장수인 헤르만이 전설적인 토이토부르크 숲의 전투에서 바루스(Varus) 휘하의 로마군을 일망타진하는 사건 진행을 보여 주고 있다. 여기서 헤르만은 점령 외세에 대해 강인하게 저항하는 투사로서 그려진다. 일반적으로 당대의 시대적 상황과는 거리를 둔 작가로 평가받아 온 클라이스트이지만, 여기서는 "당시 유럽 전역으로 세력을 뻗치던 나폴레옹의 지배에 항거하는 반프랑스적 저항정신의 표현"[3]으로 이해될 수도 있다.

『프리드리히 폰 홈부르크 왕자』 역시 오늘날에도 중요하게 인용되고 토

3   진일상, 「하인리히 폰 클라이스트의 문학과 사회규범」, 『독일어문학, 12』(한국독일어문학회, 2000), 220쪽.

의되는 클라이스트의 명작이다. 이 극은 스웨덴-브란덴부르크 전쟁의 일환이었던 '페르벨린(Fehrbellin) 전투'(1675)를 역사적 배경으로 하고 있다. 프리드리히 왕자가 전투에서 승리했음에도 불구하고 명령 불복종 죄로 사형 선고를 받은 상황에서 이야기가 전개된다. 이 작품에서 두드러지게 드러나는 문제점은 왕자의 개인적 행동의 성공과 국가 명령 체계의 권위 훼손 사이의 갈등으로서 극의 종반부에 이르러 클라이스트에 의해 결국 조화롭게 해결된다.

하인리히 폰 클라이스트의 삶과 문학은 당대의 두 거인 괴테와 칸트에 의해 큰 영향을 받았다. 극작가가 되려던 그에게는 괴테가 늘 '넘을 수 없는 높은 산'이었으며, 한편 이 세상에 대한 모든 인식이 공간과 시간의 제약을 받을 수밖에 없다는 칸트의 철학은 그에게 기댈 곳이 없다는 정신적 위기감을 불러일으켰다. 뒤늦게 태어난 천재적 시인은 자기 시대의 벽에 부딪히게 되었으며, 당대의 고루한 사회적 인습은 파격적으로 덤벼드는 이 아웃사이더를 포용해 주지 못했다. 여기저기를 전전하며 좌절과 방황을 거듭하던 그는 1811년 11월 21일 정체가 불분명한 헨리에테 포겔(Henriette A. Vogel)이라는 여인과 함께 베를린 근교의 반제(Wannsee) 호반에서 동반 권총 자살을 하고 만다. 반제 호반에 있는 그의 무덤 앞 묘비에는 "오, 불후성이여, 그대 마침내 완전히 내 것이 되었구나!"(Nun, O Unsterblichkeit, bist du ganz mein!)라고 적혀 있다. 괴테의 『서동시집』에 나오는 "죽어서 되어라!"는 말이, 죽어서야 비로소 '불후성'을 끌어안은 불우한 천재 클라이스트를 다시 한 번 울리고 있는 듯도 하다.

IX

낭만주의

(Romantik, 1798-1835)

1.   번역어 '낭만주의'의 문제점

일본인들은 'Romantik'의 앞 두 음절을 음역하여 '로만'(浪漫)이라 번역하였다. 이 음역에서 'Romantik'의 특성도 다소 고려된 의미의 한자, 즉 '물결 랑', '흩어질 만' 자가 선택되었음은 물론이다. '로만'의 음역이면서도, '물결이 방만하게 흩어지듯이' 어떤 규격에 매이지 않는다는 의미를 아울러 지니도록 번역한 것이었다. 하지만 1945년 일본인들이 식민지 '조선'으로부터 그들의 나라로 물러가고 난 뒤에도 우리는 '낭만주의'로 읽고 쓰고 사용하고 있다. 음역은 아무런 의미가 없어지고, 일본인들의 음역이었던 '로만'의 한자 '浪漫'이 부차적으로 지니고 있던 의미만 본격적인 역어 행세를 하게 된 것이다.

'Deutschland'의 일본식 음역 '도이츠'(獨逸)에서도 똑같은 현상이 관찰된다. 오늘날 우리에게는 '독일'이라는 한자어만 남아서 '홀로 독', '드물 일'을 합친 것이 '독일'이란 나라를 은연중에 상징하는 것으로 생각하고 있으나, 실은 일본인들의 음역을 그대로 사용하고 있는 것이며, 독일인들은 한국인들이 그들의 나라를 '독일'이라고 발음할 때마다 대체 '-gil'이란 발음이 그들의 나라 이름인 'Deutschland'에서 왜 나오게 되는지 고개를 갸웃거리게 되는 것이다.

'Romantik'에는 전혀 없는 'ㄴ'이란 두음과 'Deutschland'에는 전혀 없는 'ㄱ'이란 중간음을 발음하면서도 아무런 거부감을 느끼지 않는다면, 한글이란 우수한 표음문자를 가지고 있는 국민으로서는 좀 이상하지 않은가 말이다.

꼭 필요하지 않은 경우에도 영어 등 외국어 단어들을 잘도 쓰면서, 'Romantik'을 '로만주의'로, 'Deutschland'를 '도이칠란트'라고 부르자는 데에는 갑자기 무슨 큰 문제라도 생길 것처럼 반대하는 사람들이 뜻밖에 많다. 이 문제에 대해서는 다음 세대의 더 자주적이고도 개방적인 신진 학자들이 좀 더 차분히 숙고·토의해 주기를 기대하면서 필자는 이 용어가 가진 문제점만을 지적해 둔다. (여기서는 '낭만주의'라는 용어를 일단 계속 쓸 수밖에 없을 듯하다.)

2.　　　　　　　　　　　　전기(前期) 낭만주의의 시인들

독일 낭만주의 문학은 18세기 말에 발생하여 19세기의 전반까지 전개되었다. 정확한 연대는 슐레겔 형제(August Wilhelm Schlegel, 1767-1845; Friedrich Schlegel, 1772-1829)가 《아테네움》(Athenäum, 1798-1800)이라는 잡지를 발간하기 시작한 1798년부터 약 1835년까지다. 하지만 이 시기에 나온 모든 독일 문학 작품이 모두 낭만주의 문학이 아닌 것은 물론이고, 설령 그것들이 낭만주의 문학의 범주에 든다 할지라도 그것들은 잡다한 여러 갈래의 경향들을 포괄하고 있다. 이런 이질적 차이점들 때문에 많은 학자가 낭만주의 문학을 편의상 전기 낭만주의와 후기 낭만주의로 구분한다.

전기 낭만주의 문학은 주로 예나를 중심으로 한 일종의 정신적 공동체로 출발하였고 주로 학문적 이론을 세우는 데에 주력하였다. 이에 반하여, 후기 낭만주의 문학은 여러 그룹의 유파들과 시인들을 포괄한다. 이들 문학의 공통된 특징은 비이성적, 환상적이라는 점에 있다.

'낭만주의'(Romantik), 또는 '낭만적'(romantisch)이라는 개념은 다면적이고도 다의적이어서 한마디로 정의하기 어렵다. '낭만적'이라는 말은 17세기까지는 '소설(Roman)에나 나옴직한'(romanisch)이라는 약간 폄어적인 의미를 띠고 있었으나, 18세기에는 점차적으로 '비현실적인', '과장된', '기이한', '병적인' 등의 의미를 지니게 되었다. 게다가 원시적으로 아름다운 자연경관이나 그림처럼 아름다운 옛 성터 같은 것을 지칭하는 형용사로도 쓰였다. 결국에는 '고대적'인 예술에 대칭되는 '북구적', '게르만적', '중세적인' 등의 의미로도 쓰이게 되었으며, 프리드리히 슐레겔에 이르러서는 '현대적 시문학'(moderne Poesie)를 가리키는 개념으로 확장되었다. 노발리스에게는 '낭만적인 것'(das Romantische)은 곧 '시적인 것'(das Poetische)을 의미한다.

분명한 것은 '낭만주의'가 명징성, 고대문화 숭배, 문학을 통한 국민 교육 등을 특징으로 하는 '바이마르 고전주의'에 대한 반작용으로서, ─계몽주의에서 '폭풍우와 돌진'으로 달리고, '폭풍우와 돌진'에서 다시 '바이마르 고전주의'로 진정되었으나 이 '바이마르 고전주의'로부터─ 다시 꿈, 동경, 마적(魔的)인 것, 무한성 쪽으로 방향을 바꾸는 또 한 번의 큰 진자(振子) 운동이며, 이른바 '독일 이상주의'(deutscher Idealismus) 문학운동의 마지막 단계라는 사실이다.

1) 프리드리히 슐레겔

전기 낭만주의의 대표적 이론가 프리드리히 슐레겔에게 있어서는 아직도 '바이마르 고전주의'에 대한 반기의 기미까지는 찾아보기 어려운 것이 사실이다. 왜냐하면, 그는 괴테의 『빌헬름 마이스터의 수업시대』에서부터 자신의 이론을 전개해 나가고 있기 때문이다.

"프랑스혁명, 피히테의 지식학(Wissenschaftslehre), 그리고 괴테의 마이스터는 이 시대의 가장 위대한 경향들이다"라는 《아테네움》의 단편(斷片)(216호)에 실린 프리드리히 슐레겔의 말은 정치, 철학, 문학에서의 시대적 대변혁을 읽어 낸 중요한 언급이다.

프랑스혁명이 프리드리히 슐레겔에게 왜 중요한가? 그것은 괴테와 쉴러까지만 해도 아직도 통하던 계몽주의의 낙천적 세계관, 즉 이성과 교양이 이 세계를 개선할 수 있을 것이라는 믿음이 프랑스혁명을 통해 환상과 기만에 불과하다는 사실로 드러났기 때문이다. 다음으로 피히테의 지식학이 왜 중요한가? 피히테는 칸트의 『순수이성비판』에서 한 걸음 더 나아가서, 사물을 인식하고 비판하는 주체, 즉 '자아'(das Ich)를 강조하고 나섰다. 피히테에 따르면, '자아'는 더는 현실을 경험하는 개체가 아니라 자신으로부터 현실을 도출해 내는 자유로운 인식 주체이다. 프리드리히 슐레겔은 피히테의 이 철학적 인식론을 자신의 미학적 이론으로 만들었다. 그는 '자유롭게 성찰하는 자아'(frei reflektierendes Ich)를 예술세계로 끌어들여, 단편(斷片, Fragmente)을 문학의 주요 형식으로 만들고 이런 형식을 가능하게 하는 미학적 태도 및 수단으로서 '낭만적 반어'(romantische Ironie)를 도입한다. 그에게는 어떤 예술작품도 완성될 수 없으며, 완성되자마자 또다시 '낭만적 반어'에 의해 성찰의 대상으로 환원되어 그것은 다시 시인의 자유로운 자아에 내맡겨진다는 것이다.

마지막으로 그에게 괴테의 소설 『빌헬름 마이스터의 수업시대』가 왜 중요한가 하는 물음이 제기된다. 24세의 슐레겔은 이 작품을 '한 차원 더 높은 예술작품'(höheres Kunstwerk)으로 평가하는데, 소설 속에 삽입된 성찰적 요소, 즉 작중 인물들이 예술과 연극의 임무에 대해 성찰하고 있는 대목들 때문이다. 작중 인물들이 그들의 시각으로 예술에 대해 성찰하고, 또한 작가도 이에 대해 거듭 성찰하며, 마지막으로 슐레겔 자신과 같은 비평가도 이런 성찰에 대해 또 성찰할 수 있다는 것이 이 소설의 크나큰 장점이라는 것이다. 슐레겔은 비평 또한 문학창작의 하나로 생각했기 때문이다.

프리드리히 슐레겔에 의하면, 낭만주의 문학은 '진행적 우주문학'(progressive Universalpoesie)으로 '진행적'은 무한한 이상을 향한 끊임없는 생성 및 발전, 변화 과정에 있는 문학이어서 절대 완성되지 않고 늘 생성과정에 있다는 의미이고, '우주문학'은 —괴테가 '우주적 학자'(Universalgelehrter)로서 거의 모든 분야를 포괄하는 지식인이었던 것과 마찬가지로— 정신과 학문, 삶의 모든 영역을 두루 포괄하는 문학이라는 의미이다. 따라서 모든 현실과 삶을 시화(詩化, poetisieren)하는 문학이라는 의미이기도 하다. 따라서 낭만주의 문학은 슐레겔에 의하면 완성되지 않는, 결코 완성될 수 없는 문학이며, 다방면에 걸친 성찰의 기록인 '단편'(斷片, Fragmente)이나 '잠언'(箴言, Aphorismen)이 그 주요 형식일 수밖에 없다.

피히테의 철학이 헤겔의 공격을 받은 것과 마찬가지로 프리드리히 슐레겔의 이러한 민감하고도 다소 건방진 문학이론은 쉴러의 공격을 받았다. 하지만 슐레겔은 이에 굴하지 않고 스스로 『루친데』(Lucinde, 1799)라는 소설을 써서 자신의 이론을 실제 작품으로도 보여 주고자 했다. 슐레겔이 1797년부터 사귀어 1804년에 그의 아내가 된 도로테아 멘델스존(Dorothea Mendelssohn)과의 관계에 기초하여 쓴 것으로 추정되는 이 작품은 소설이라기보다는 '낭만적 결혼'에 관한 책이다. 이 작품의 한가운데에 자리 잡고 있는 '남성의 수업시대'(Lehrjahre der Männlichkeit)는 주인공 율리우스(Julius)가 여러 여성 편력을 겪고 나서, 사랑과 결혼에 대한 자신의 깨달음을 적은 기록물로 결혼은 서로 동등한 남녀 파트너가 각자의 불완전성을 극복하기 위한 공동체이며 남녀가 인간으로서 기본적으로 동등하다는 매우 현대적인 인식을 드러낸다. 결국, 율리우스는 완전히 자유롭고 독립적으로 살아가는 여인 루친데를 만남으로써 비로소 진정한 관능의 기쁨과 조화로운 인간으로서의 행복을 기대할 수 있게 된다. 소설 『루친데』는 시대를 앞선 자유연애주의와 적나라한 외설성만이 두드러졌지, '남성의 수업시대' 이외에는 아무런 서사적 사건 진행도 없다. 더욱이 인생과 예술에 관한 성찰들의 나열, 잡다한 생각의 편린들, 대화, 편지, 여러 모순된 주장을 어지러이 배열해 놓은 데다 그것마저도 다시 '낭만적 반어'를 통해 상대화해 놓은 결과 내용의 갈피를 잡을 수 없다는 당대 독자들의 혹평을 받았다. 그의 친구 슐라이어마허(Friedrich Schleiermacher, 1768-1834)만이 『프리드리히 슐레겔의 루친데에 관한 비공개 편지들』(Vertraute Briefe über Friedrich Schlegels Lucinde, 1801)에서 슐레겔의 이 소설이 관능적, 외설적 작품으로 폄하될 것이 아니라 시대를 앞서가는 걸작으로 평가되어야 할 것이라고 변호했다.

2) 슐라이어마허의 번역론

번역이론에 많은 영향을 준 슐라이어마허는 1813년 프로이센 학술원에서 「번역의 다양한 방법에 대하여」(Über die verschiedenen Methoden des Übersetzens)를 주제로 강연하였다. 번역을 이론적으로 다루고자 하는 사람이 반드시 부딪히게 되는 첫 난관이 바로 이 강연에서 제기된 슐라이어마허 특유의 주장이다. 여기서 슐라이어마허는 ─사람들이 일반적으로 좋은 번역이라고 생각하는, 읽기 편하고 이해가 잘 되는 유창한 번역보다는─ 원작자의 출발어가 주는 '낯선 느낌'(das Gefühl des Fremden)을 도착어의 독자들이 그대로 느낄 수 있도록 번역해야 하며, 번역자는 자신의 유창한 모국어 능력을 오히려 자제해 가면서 독자들을 원작자에게로 인도해야 좋은 번역이라는 주장을 내어놓는다. 즉, 번역자는 "작가를 최대한 평온히 두고 독자를 그 작가에게 데려가야" 한다는 슐라이어마허의 이 이론은 낭만주의 시대에도 이미 많은 찬반양론을 불러일으킨 바 있으며, 오늘날에도 번역이론의 양극 중 한쪽 극단을 이룬다는 점에서 여전히 중요성을 지닌다. 이에 대한 더 깊은 연구를 위해서는 이경진 박사의 학위논문 「독일 낭만주의와 번역의 윤리성. 헤르더, 괴테, 슐라이어마허, 노발리스, 슐레겔 형제, 벤야민의 문학번역 담론」[1]이나 그녀의 후속 논문[2]을 참고하기 바란다.

3) 아우구스트 빌헬름 슐레겔과 카롤리네 슐레겔

천재적이고도 불안정한 프리드리히 슐레겔에 비해 그의 형 아우구스트 빌헬름 슐레겔은 온화한 해석자의 기질을 타고난 학자로 베를린대학과 본(Bonn)대학에 재직하면서, 괴테의 『빌헬름 마이스터』와 『헤르만과 도로테아』에 대한 탁월한 해석을 통해 후일의 '독일문학학'(deutsche Literaturwissenschaft, 독일문학을 이론적으로 연구하는 학문)[3]의 기초를 닦았다.

하지만 그의 가장 중요한 업적은 무엇보다도 셰익스피어 작품들을 유려한 독일어로 번역한 것이었으며, 이것이 괴테시대 및 그 후대의 독일문학에 끼친 영향은 대단히 크다. 그의 부인 카롤리네(Caroline, 1763-1809)는 천재적이고도 생기에 찬 낭만파 여인으로 예나에 있는 자택을 전기 낭만파 인사들의 살롱으로 활짝 개방하여 티크와 노발리스는 물론이고, 철학자 피히테와 쉘링과도 가까이 지내며 문학적, 철학적 대화를 계속하였다. 카롤리네는 나중에 빌헬름 슐레겔과 헤어져 쉘링과 재혼한다. 후일 빌헬름 슐레겔은 나폴레옹에 의해 금서로 지목된 유명한 책 『독일에 대하여』(Über Deutschland)를 쓴 마담 드 스타엘(Madame de Staël)과 함께 생활하기도 했지만,

---

1 Kyoung-Jin Lee: Die deutsche Romantik und das Ethische der Übersetzung. Die literarischen Übersetzungsdiskurse Herders, Goethes, Schleiermachers, Novalis', der Brüder Schlegel und Benjamins, Würzburg 2014.

2 이경진, 「슐라이어마허 번역론의 난제들」, 《괴테연구, 27》(한국괴테학회, 2014), 57-78쪽.

3 'Deutsche Literaturwissenschaft'를 '독일 문예학'으로 번역하는 것은 곤란하며, 청산해야 할 일본식 오역의 관습적 재사용이다. 문학을 학문적(또는 과학적)으로 연구하는 학문이 '문학', '문학학' 또는 '문학연구'는 될 수 있겠지만, '문예학'은 명백한 오역이다.

그녀가 죽은 후에는 오리엔트 문화와 인도의 산스크리트어 연구에 몰두하였다.

4) 바켄로더와 티크

전기 낭만파 시인 중에서 가장 낭만적인 작가는 실은 바켄로더(Wilhelm Heinrich Wackenroder, 1773-1798)라 할 수 있다. 그는 짧은 생애를 낭만적으로 살다간 인물로서 남긴 작품은 적지만, 전기 낭만파 문학에서는 빼놓을 수 없는 인물이다. 1793년에 그의 친구 티크와 함께 마인강 유역의 프랑켄 지방을 방랑하며 여행 중의 갖가지 느낌과 경험을 『예술을 사랑하는 어느 수도승의 심정 토로』(Herzensergießungen eines kunstliebenden Klosterbruders, 1797)라는 작품에 기록했다. 바켄로더 생전에 티크가 약간의 손을 보아 발간해 낸 이 책은 낭만적인 감정을 기록한 최초의 문학작품이며, 뉘른베르크를 배경으로 한 알브레히트 뒤러 등 예술가들에 대한 경배를 담고 있다. 미술과 음악이란 천국과도 같은 조화로움이며, 예술을 누린다는 것은 경건한 종교적 예배와 다름없다는 것이다. 특히, 「작곡가 요셉 베를링어의 삶」이라는 장은 바켄로더 자신의 숨겨진 전기라 해도 과언이 아니다.

바켄로더와 함께 공동작품을 쓴 티크(Ludwig Tieck, 1773-1853)는 낭만적 이상주의의 세계에 빠져들어 전기 낭만파 작가 중에서 가장 생산적인 문학활동을 하였다. 셰익스피어 등 외국 문학작품을 번역한 공로가 있으며, 민속동화를 수집하거나 동화적인 작품들을 자신이 직접 쓰기도 했다. 그의 희곡 『장화 신은 수고양이』(Der gestiefelte Kater, 1797)도 동화적인 요소를 지니고 있는 작품이다. 「막간극, 서막, 에필로그 등 3막으로 된 어린이동화」(Kindermärchen in drei Akten mit Zwischenspielen, einem Prologe und Epiloge)라는 부제가 말해 주고 있듯이, 이 동화극은 관객들의 풍자적 비평을 포함한다. 장화 신은 수고양이가 마음씨 좋은 고트리프에게 왕국과 아름다운 공주를 얻

게 한다는 동화적 줄거리와는 별도로 동시대의 문화적 주제들이 관객들의
입에 오르내리게 되는 것이 이 작품의 특색이다.

"여러분, 보십시오! 우리는 여기 관객으로 앉아서 한 편의 연극을 보고 있습
니다. 그 연극 속에는 다시 관객들이 앉아서 한 편의 연극을 보고 있습니다. 그
리고 그 제3의 연극 속에서 제3의 배우들이 볼 수 있도록 또 한 편의 연극이 공
연되고 있습니다."

연극의 관객, '극중극'의 관객 그리고 '극중극중극'의 관객이 서로 의견을
말하고 교환할 수 있게 되어 있는 티크의 이러한 극적 구성은 당시에 이미
현대 연극의 복잡한 관점 문제를 보여 주고 있다. 또한, 원작자 티크는 극
중에서 '시인'(Dichter)이라는 인물로 등장하여, 관객들의 비판을 달게 받고
자신의 잘못된 작품에 대해 사과하는 장면까지 나오는데, 이런 면에서도
티크의 천재적 재치가 유감없이 드러난다 하겠다.

바켄로더와 함께 구상했지만, 친구의 죽음으로 티크가 혼자 집필해
야 했던 미완성의 소설 『프란츠 슈테른발트의 방랑』(Wanderungen von Franz
Sternbald, 1798)은 괴테의 『빌헬름 마이스터의 수업시대』의 영향 아래에 나온
교양소설이다. 뒤러의 젊은 제자가 로마에서 관능적인 베네치아 화풍에 열
중했다가 다시 중세 독일의 경건한 화풍으로 되돌아오는 과정을 그린 일종
의 예술가소설이기도 하다. 서정적 자연 묘사와 많은 시, 여러 가지 고백록
과 대화들이 느슨하게 나열되어 있어서 괴테의 비판을 받기도 했다.

티크의 많은 산문작품은 오늘날에는 거의 읽히지 않고 있고 희곡들도 오
늘날 공연되는 일이 드물다. 이것은 아마도 그가 다방면에 걸쳐서 천재적
재능을 발휘하긴 했지만, 한 시대, 한 문학사조를 대표할 만한 획기적 작품
을 남기지는 못했기 때문인 것 같다.

5) 노발리스

독일 낭만주의의 진정한 대표자는 티크의 친구이기도 했던 프리드리히 폰 히르덴베르크(Fricdrich von Hardenberg, 1772-1801)이다. 노발리스(Novalis)라는 그의 필명은 하르덴베르크의 옛날 라틴어 이름에서 유래한 것으로 '새로운 나라를 개척하는 사람'이란 의미를 지니고 있다.

사실 노발리스는 계몽주의 철학과 고전주의적 문학이 주류를 이루고 있던 당시 문화적 풍토에서 낭만주의라는 '새로운 나라'를 개척한 시인이라 말할 수 있다. 그는 예나대학에서 철학, 라이프치히대학에서 법학을 공부하면서 쉴러, 피히테, 슐레겔 형제와 가깝게 지냈다. 특히 10년 연상의 피히테를 존경하면서도 그의 '자아'(das Ich) 철학에다 새로운 신의 개념을 접목하고자 했다. 말하자면, 만물에 편재한다는 스피노자식 범신론과 개개의 수많은 '자아'를 연결함으로써 신성(神性)을 지닌 '자아'를 문학적으로 구현하고자 했던 것이다.

그래서 "피히테 철학의 문학적 구현이 노발리스 문학"[4]이라고 해석할 수 있다. 바로 여기에 계몽주의 시대에 널리 퍼져 있던 "이성의 맹목적 신뢰 너머에 존재하는 힘들을 둘러싼 믿음"[5]을 '예언자적 시인'으로서 작품화하고 이 '믿음'을 널리 전도(傳道)하고자 했던 노발리스적 낭만주의의 요체가 숨어 있다. 이것은 마치 돈과 자본에 대한 맹목적 신뢰와 경배가 판을 치는 신자유주의적 사회 풍조에 대하여 정신적, 인간적, 인문적 가치의 중요성을 전파하고자 애쓰는 오늘날의 시인, 작가들의 입장과도 비슷하다 하겠다.

아무튼, 노발리스는 통상적으로 흔히 지칭되다시피 밤과 어둠, 그리고 병

---

4 김주연, 「노발리스 읽기(1). 철학에서 문학을 찾다」, 《본질과 현상, 봄호》』(본질과현상사, 2015), 89쪽.

5 앞의 책.

과 죽음의 시인만은 아니다. 그는 훌륭한 가정교육을 받은, 용모가 준수하고 모범적인 품행의 청년으로서, 철학과 신학에 깊은 연구와 관심을 기울이다가 자신의 철학적, 신학적 인식 및 깨달음을 문학을 통해 형상화하고자 한, 이론적 바탕을 탄탄히 갖추고 있던 시인이었다.

이렇게 철학적 식견, 종교적 경건성, 그리고 문학적 개능을 두루 갖추고 이를 '종합'하고자 했던 청년 노발리스에게 의외의 불행이 찾아온다. 1797년에 그의 약혼녀 조피 폰 퀸(Sophie von Kühn)이 15세로 간암에 걸려 죽게 된 것이 그것이다. 이로 인하여 광산 전문가이자 광업 담당관으로서의 그의 건실하던 삶이 크게 흔들리게 되며, 그의 삶, 사유 그리고 문학에 중대한 변화가 찾아오게 된다. 항상 조용하고 겸손하여 누구에게나 호감을 사던 청년 하르덴베르크는 이 죽음의 체험을 통하여 마치 꺼져 가는 불꽃처럼 자신을 소모하는 신비적 시인으로 변모해 갔다.

그는 죽음을 더 고상하고 더 풍요로운 삶에 이르는 관문으로 여기면서 언젠가는 자신의 애인을 따라 그 세계로 들어갈 것을 동경하였다. 이것이 바로 독일 낭만주의의 대표적 특징으로 유명한 '죽음에의 공감'(Sympathie mit dem Tode)이다. 노발리스는 이 아주 내밀한 죽음의 세계로 들어가는 열쇠는 믿음, 환상 그리고 시라고 생각했다. 계몽주의 이래의 이성의 군림은 인간의 영혼이 영원성과 교감할 수 있는 경로를 차단해 버렸다. 그 결과 인간은 영원성을 감지하는 자연적 감성을 상실하고 유한성에 갇혀 더는 영원성에 이르는 문을 찾을 수 없게 되었으며, 이 문을 다시 찾는 것이 시인의 역할이며 사명이라는 것이 노발리스의 생각이다.

1799년에 쓰인 그의 논문 「기독교적 세계, 혹은 유럽」(Die Christenheit oder Europa, 노발리스 사후인 1826년에 발췌본 출간)에도 이와 같은 초자연적, 초감성적인 세계관이 보인다. 여기서 노발리스는 아직 분열되지 않았던 중세 기독교 세계를 이상적인 것으로 찬미하면서, 종교개혁과 계몽주의가 기독교 세계를 분열시켰다고 본다. 휠덜린의 이상향 그리스가 노발리스에게는 중세 유럽이 된다.

노발리스의 『밤의 찬가』(Hymnen an die Nacht, 1800)에는 휠덜린의 후기 시에 나타나는 신비적 신성에 대한 경배보다 훨씬 더 강력한 내세에의 종교적 확신이 나타난다. 조피의 죽음으로 인한 사랑과 죽음에 대한 노발리스의 신비적·종교적 체험이 유려하고 음악적이며 부드러운 언어로 표현된 이 시들에서 노발리스는 밤이야말로 사랑과 영혼의 감정이 한껏 활동하는 시·공간임을 노래하고 있다. '밤의 외투' 아래에서만 다시 엿보이는 조피의 모습은 노발리스에게 현세와 내세의 경계선을 더는 느끼지 못하게 만든다.

노발리스는 영원성이란 다른 곳에 있는 것이 아니라 바로 우리 안에 있다고 믿으면서 신비주의자의 열정과 사상가의 냉철한 평상심을 아울러 견지하였으며, 자신의 직업에 충실하면서도 세상과 인간을 향해 늘 청랑(晴朗)하고 열린 자세를 취했다. 그에게 있어서는 피안의 조피가 자신을 하느님께 인도하는 중개자였고, 예수 그리스도도 하느님과 인간 사이의 모든 중재를 완수하는, 경배를 받아 마땅한 거룩한 존재였다.

그는 이러한 종교적 확신과 시인으로서의 사명감을 소설 『하인리히 폰 오프터딩엔』(Heinrich von Ofterdingen, 1799)에서 표현하고자 하였다. 작품에서 아이제나흐 시민의 아들 하인리히는 꿈에 '파란 꽃'(blaue Blume)을 보고 그것을 찾아 여행을 떠난다. 그 '파란 꽃'이 아름다운 모습을 하고 있고 그에게 모든 행복을 약속하는 듯 보였기 때문이다. 미완성으로 끝나는 이 소설의 핵심은 하인리히가 은자(隱者)로 사는 호엔촐레른 백작, 시인 클링조르와 그의 우아한 딸 마틸데를 알게 되는 대목으로 여기서 하인리히는 자연과 문학, 그리고 사랑의 본성을 깨닫게 된다.

노발리스의 이 교양소설은 빌란트의 『아가톤』과 괴테의 『빌헬름 마이스터』와 연결되고 있지만, 아가톤과 빌헬름 마이스터가 사회로 나가 발전하는 것과는 달리 하인리히는 자신 안으로 점점 더 깊이 들어가며 발전하고 있다. 소설에서 현실은 시처럼 되고 있으며, '파란 꽃'은 추악한 현실에서 벗어나 태고의 신성을 지니고 있는 모성적인 어둠, 밤, 죽음에서 이상을 찾는 독일 낭만주의 문학의 상징이자 "세계 낭만주의 문학을 최초로 대변하는 소설"[6]이다. 이런 의미에서 『하인리히 폰 오프터딩엔』은 실천적 시민이 되기 위한 교양소설이 아니라 예언자적 시인이 되기 위한 교양소설이다.

3.   후기 낭만주의와 그 시인들

아힘 폰 아르님(Achim von Arnim, 1781-1831)과 클레멘스 브렌타노(Clemens Brenntano, 1778-1842)는 1801년 괴팅엔대학에서 우정을 맺고 1802년에는 마인츠에서 코블렌츠까지 유람하며 공동으로 민요를 수집하기로 뜻을 모은다. 스물을 갓 넘은 청년들이 이런 즉흥적 결단을 내리게 된 것은 공통된 관심사 때문이기도 하지만 실은 문화사적으로 볼 때는 고대 스코틀랜드 및 영국 민요가 영국인 퍼시(Thomas Percy)에 의해 출간(1765)된 것과 연이어서 독일에서 헤르더가 오시안과 민속문학의 중요성을 강조한 이래로 꾸준히 증대되어 온 민요에 대한 동시대 독일인들의 큰 관심이 반영된 문화현상 때문이기도 할 것이다.

---

6   김주연, 「파란꽃, 낭만주의를 열다」, 노발리스, 『파란꽃』, 김주연 옮김(열림원, 2003), 249쪽.

그림 형제

아무튼, 이렇게 해서 아르님과 브렌타노의 『소년의 경이로운 뿔피리』(Des Knabens Wunderhorn, 1806)가 출간되고, 야콥 그림(Jacob Grimm, 1785-1863)과 빌헬름 그림(Wilhelm Grimm, 1786-1859) 형제의 『어린이들과 가정을 위한 동화』(Kinder- und Hausmärchen, 1812-15)가 출간되었다. 이러한 민중동화의 수집과 보급은 낭만주의 문학에다 환상적, 비현실적 특징을 부여하는 데에도 이바지하였지만, 이를 통해 독일 민족성과 독일 고대문화에 대한 경배로 이어져 후기 낭만주의 문학에 애국적 색채가 부여되었다.

또한, 그림 형제의 『독일어사전』(Das deutsche Wörterbuch, 1854 이래 계속 출간)을 위한 준비작업 등 그들의 다방면에 걸친 어문학적 작업들은 '독어독문학'(Germanistik)의 창건과 앞으로의 발전을 위한 초석이 되었다. 더욱이 나폴레옹의 굴레 아래 신음하던 당시 독일인들에게 그들의 뿌리에 대한 자긍심을 심어 주고, 통일국가를 이루지 못한 데에다 정치적 자유까지 잃은 그들에게 애국심을 불러일으키는 데에도 크게 이바지하였다. 후기 낭만주의가 초기 낭만주의의 이론적, 성찰적 특징을 차츰 잃고 뜻밖에도 애국적 경향을 띠게 되는 배경이다.

하지만 이런 애국적 경향을 20세기 초의 독일 나치즘과 동일시할 수는 없다. 후기 낭만주의자들의 애국적 경향은 당시 독일 젊은이들의 정당한 권리 주장으로 이해되어야 한다. 나폴레옹 치하가 아니더라도 그들은 각 영방군주들의 절대주의적 전횡 아래에서 정치적 자유를 누리지 못하고 신음하고 있었다. 그 위에 다시 나폴레옹의 억압적 굴레가 덮어씌워진 것이었다. 피히테가 「독일 국민에게 고함」(Reden an die deutsche Nation, 1808)을 통해 얻고자 했던 것은 독일시민계급이 그들의 정치적 자유를 얻기 위해 분연히 일어나는 것이었다. 그러나 나폴레옹의 지배 체제가 물러나고도 독일 땅에는 아직 정치적 자유도 민족의 통일도 오지 않았고, 정치는 오히려 복고주의로 흘러 절대 왕정의 시대가 계속되었다. 많은 낭만주의자가 그들의 만년에 전제군주 또는 가톨릭교회의 품 안으로 다시 들어간 것은 슬픈 일이다. 프리드리히 슐레겔이 빈의 메터니히의 휘하에 들어간 것이나 브렌타노가 개종한 것 등은 탈출구를 잃은 독일 지성의 슬픈 자기 배반이다.

전기 낭만파가 예나를 중심으로 활동했다면, 후기 낭만파의 중심 거점은 1805년경 브렌타노, 아르님, 아이헨도르프 등이 활동한 하이델베르크였으며, 여기서 아르님이 《은둔자들을 위한 신문》(Zeitung für Einsiedler)을 내었다. 몇 년 뒤에 이 중심지가 베를린으로 바뀌어 아르님, 아담 뮐러 그리고 푸케 등이 베를린을 거점으로 활동하였다.

1) 브렌타노 남매와 아힘 폰 아르님

브렌타노는 조피 폰 라 로슈의 외손자이며, 『베르터』 시절의 괴테가 반했던 매력적인 눈동자의 아가씨 막시밀리아네 라 로슈의 아들이다. 천재적이고도 불안한 그의 천성은 23세 때에 쓴 소설 『고트비』(Godwi, 1801)에도 잘 드러난다. 여러 명의 편지로 짜인 제1부와 여러 개의 장으로 나누어져 있는 제2부로 구성된 이 소설은 중심 이야기 이외에도 두 개의 독립된 이야기가 덧붙여져 있다. 이야기들을 서로 교묘하게 얽히도록 했을 뿐만 아니라, 결혼, 국가, 교육에 대한 여러 특이한 성찰들이 중간에 끼어 있고 텍스트 곳곳에 아름다운 서정시들이 귀한 보석처럼 박혀 있다. 시인 브렌타노의 내적인 삶의 모습이 고트비를 비롯한 여러 인물에 투영되어 있어서 전기 낭만주의로부터 후기 낭만주의로 넘어가는 여러 징후와 증거들이 포착되기도 하지만 교양소설로서는 너무 산만하고 난삽하다.

브렌타노는 민중동화(Volksmärchen)를 수집하여, —그 원형을 최대한 보존하고자 했던 야콥 그림과는 달리— 그것을 예술동화(Kunstmärchen)로 개작 또는 재창작하였다. 하지만 그의 문학적 본령은 서정시와 담시였으며, 특히 민요풍으로 노래한 그의 담시 「로레 라이」(Lore Lay)는 오늘날에도 독일인들의 사랑을 받고 있다.

클레멘스 브렌타노의 누이동생 베티나 브렌타노(Bettina Brenntano, 1785-1859)는 천재적이었지만 오빠보나 안정적이고 조화로운 기질을 타고 났다. 그녀는 『클레멘스 브렌타노의 봄의 화관(花冠)』(Clemens Brenntanos Frühlingskranz, 1844)이란 서한집을 출간하여 오빠에게 불후의 기념비를 선사하였다. 이에 앞서 베티나는 이미 『어느 어린이와 나눈 괴테의 편지교환』(Goethes Briefwechsel mit einem Kinde, 1835)으로 그녀의 꿈과 환상을 현실과 뒤섞음으로써 시와 진실의 경계선이 모호하게 될 만큼 독특한 상상력과 뛰어난 문재를 발휘한 바 있었다.

베티나는 1811년에 오빠의 친구 아힘 폰 아르님과 결혼하여 그를 따라 베를린으로 옮겨 간다. '3월 혁명' 이전의 복잡한 정치적 현실에도 용감하게 개입하여 그림 형제가 '괴팅엔의 7인'(Göttinger Sieben)으로 군주의 전횡에 항의해 경제적으로 곤란한 처지에 빠지자 그들이 그 상황을 모면할 수 있도록 적극적으로 도와준다.

클레멘스 브렌타노의 친구이자 베티나의 남편이 된 아힘 폰 아르님은 마르크 지방의 귀족으로서 고귀한 성격의 소유자였다. 환상적이고도 동화적인 낭만주의와 가문으로부터 물려받은 책임감을 잘 조화시켜 나가고자 했던 그는 동화와 민속문학적 자산을 독일국민의 자랑스러운 문화적 가치로 생각하고 그것을 정성껏 발굴하고 보살피고자 노력했지만, 자신을 애국자로 내세우는 일은 드물었다. 그의 재능이 잘 발휘된 소설 『돌로레스 백작 부인의 가난, 부(富), 죄 그리고 참회』(Armut, Reichtum, Schuld und Buße der Gräfin Dolores, 1810)는 백작 부인의 4단계에 걸친 변신과정을 그리고 있다. 여기서 결혼이란 제도가 신성시되고 있는 것을 보면 1년 전에 나온 괴테의 소설 『친화력』(Die Wahlverwandtschaften, 1809)의 영향을 받은 것으로 보이기도 한다.

2) 정체성으로 고뇌한 시인 샤미소

아델베르트 폰 샤미소(Adelbert von Chamisso, 1781-1838)는 프랑스대혁명 기간에 독일로 망명한 프랑스인의 아들로서, 프랑스적 유산을 버리지 않은 가운데 독일어로 글을 썼다.

그의 소설 『페터 슐레밀의 경이로운 이야기』(Peter Schlemihls wundersame Geschichte, 1814)는 세계의 거의 모든 언어로 번역되었으며 그에게 세계적 명성을 선사한다. 주인공 페터 슐레밀이 한 이상한 노인에게 자기 그림자를 팔아 행복의 주머니를 샀기 때문에 벌어지는 이 이야기는 낭만적 동화이자 사실적인 소설이기도 하다. 행복의 주머니로부터 얻게 된 온갖 풍요와 쾌락에도 불구하고 슐레밀은 그림자가 없어서 외롭고 다른 사람들의 사랑도 받지 못하게 된다. 노인이 다시 나타나 그가 영생의 영혼을 주면 그림자를 되돌려 주겠다고 제안한다. 이에 슐레밀은 제안을 단호하게 거부하고 마법의 주머니를 내던져 버린다. 그 결과 얻게 된 칠리화(七哩靴, Siebenmeilenstiefel)를 신고 슐레밀은 여러 나라를 여행하면서 자연을 탐구한다. 이야기에서 주목되는 것은 두 나라 문화에 걸쳐 살게 된 주인공의 정체성이다. 하지만 소설 속 주인공은 자신의 '그림자'—문화적 정체성—를 팔았지만, 작가인 샤미소 자신은 그것을 팔지 않았다.

3) 낭만주의 서정시인 아이헨도르프

낭만주의가 약 1세기 동안 독일인들에게 잊을 수 없이 각인된 것은 아이헨도르프(Joseph Freiherr von Eichendorff, 1788-1857)의 서정시 —슈만 등의 작곡을 통해 노래로 된 그의 시 작품— 때문이기도 하다.

숲과 언덕으로 자연경관이 빼어난 '고지(高地) 슐레지엔'(Oberschlesien) 지방에서 태어난 아이헨도르프는 소년 시절부터 조용하고 외로운 산꼭대기에서 세상의 혼잡한 잡음을 멀리하고 하느님의 숨결에 귀를 기울이는 법을 배울 수 있었으며, 하이델베르크대학 시절에는 아르님과 브렌타노를, 빈에서는 프리드리히 슐레겔과 그의 아내인 도로테아를 만나 낭만파 시인들과 교분을 쌓았다.

밤하늘 아래 쏴쏴 소리 내며 흔들리는 숲 속의 나무들, 숲에서 울려 퍼지다가 차츰 멀어져 가는 뿔피리 소리, 달빛이 교교히 비치는 폐허 위에 고요히 서 있는 대리석 조각상들, 속삭이는 분수들, 숲과 골짜기를 내려다보며 느끼는 고독감 등등은 그의 서정시들에 자주 나타나는 낭만적 모티프들이다.

> 저녁 어스름이 날개를 펼치려 하고
> 나무들은 전율하면서 흔들리고
> 구름은 악몽처럼 흘러간다.
> 이 무서운 광경은 무엇을 의미하는가?
>
> 그대 특히 좋아하는 노루 있거든

혼자서 풀 뜯게 하지 마라.
사냥꾼들이 숲 속을 다니며 호각을 불고 있고
사람들의 말소리 여기저기서 들린다.

이 현세에서 친구 있거든
이 시간에 그를 믿지 마라.
눈과 입으로 우정을 표현해도
음험한 평화 속에 전쟁을 생각한다.

오늘 피곤해서 쓰러져 가는 것
내일은 새로 태어나 다시 일어나리라.
밤에는 여러 가지가 사라져 보이지 않으니 -
조심해라, 그리고 늘 깨어 있는 정신으로 생기를 잃지 마라!

「황혼」(Zwielicht)이라는 제목의 위의 시에서는 낭만파 시인 아이헨도르프
의 비관주의적 세계관이 엿보이지만, 가톨릭적 경건성 속에 자리 잡고 있
는 흔들리지 않는 시적 안정감 또한 감지된다. 아이헨도르프는 훌륭한 산
문작품들도 많이 남겼다. 그중에서도 『어느 쓸모없는 인간의 삶으로부터』
(Aus dem Leben eines Taugenichts, 1826)는 하느님의 경이로우심을 체험하기 위
해 아버지의 물레방앗간을 떠나 방랑길에 오르는 한 소년의 이야기로서,
해방 후 서울대 독문과 교수로 재직하셨던 이회영(李檜榮) 교수는 이 작품을
'낭만건달'로 번역, 강독하셨다.

전편을 관류하는 방랑벽(放浪癖)의 모티프, 감정 위주의 분위기, 인간과
자연의 합일에 대한 동경 등 낭만주의적 특색이 강한 작품으로서 오늘날의
독일에서도 여전히 읽힌다. 하지만 이 작품에 삽입된 주옥 같은 서정시들

을 보더라도 아이헨도르프의 본령(本領)은 역시 서정시에 있다.

4) 호프만의 『황금단지』

초빙집필 최민숙, 이화여대 명예교수

『황금단지』(Der goldne Topf, 1813-1814)는 환상문학의 선구자로 꼽히는 후기 낭만주의 작가 에. 테. 아. 호프만(Ernst Theodor Amadeus Hoffmann, 1776-1822)의 초기작이자 대표작이다. 중단편집 『칼로풍의 환상곡집』(Fantasiestücke in Callots Manier) 3부에 최초로 출간된 이 '창작메르헨' (Kunstmärchen)[7]에 작가는 '새 시대의 메르헨'(Märchen aus der neuen Zeit)이라는 모순된 부제를 붙였는데, 드레스덴의 평범한 시민들과 신화적 배경을 지닌 환상적인 인물들을 얽히게 함으로써 '현실메르헨'(Wirklichkeitsmärchen)이라는 새로운 장르를 탄생시켰다.

12장(章, Vigilie)으로 구성되어 있는 메르헨소설 『황금단지』는 이렇게 시작된다.

"예수승천일 오후 세 시, 드레스덴에서 한 청년이 슈바르츠 토어 성문을 지나
달려가고 있었다. 그러다 그는 하필 어떤 괴상하게 생긴 노파가 파는 사과와 케

---

[7] 초빙집필자 이화여대 최민숙 명예교수는 '동화'(Märchen)를 그냥 '메르헨'이라 번역하는데, 그것은 'Märchen'이 ─낭만주의 문학, 특히 에.테.아. 호프만의 문학에 이르면─ 더 이상 '어린이를 위한 이야기'가 아니라는 논거에 바탕을 두는 듯하다. 이 번역 문제 또한 향후 우리 독일문학의 과제 중의 하나이겠기에 여기서는 초빙집필자의 뜻을 존중하는 의미에서 이 '메르헨'이란 번역을 '동화'로 고치지 않고 그대로 두기로 하겠다.

이크가 담겨 있는 바구니 안으로 냅다 뛰어들고 말았다."

여기서 노파의 사과 바구니를 뒤엎은 주인공 안젤무스는 '천진난만한 시적 심성'을 지닌 드레스덴의 대학생이다. 이제 졸업하여 취직도 하고 결혼도 해야 하는, 이 청년은 예수승천일에 유원지로 달려가다가 실수를 저지르고, 그 벌로 지갑을 송두리째 빼앗기고 만다. 수치심 때문에 도망치는 그에게 사과장수 노파이자 마녀인 리제는 "그래, 어서 튀어라 튀어, 이 악마의 새끼야! 그래 봤자 넌 곧 크리스털 병에 갇히게 될 신세야!"라며 알 수 없는 저주를 퍼붓는다(이 저주의 의문은 작품의 끝 무렵에서야 풀린다). 그러나 돈 한 푼 없이 시민들의 유토피아에서 추방된 안젤무스에게는 뜻하지 않게도 경이로운 환상의 세계가 열린다. 엘베 강변 잔디밭 라일락 나무에서 금빛 초록뱀 세 자매 중 막내인 세르펜티나의 파란 눈을 보고 사랑에 빠지게 되는 것이다.

아름다운 소녀의 모습과 금빛 초록뱀의 모습을 넘나드는 세르펜티나는 궁정의 문서관장 린트호르스트의 셋째 딸이다. 린트호르스트는 원래 먼 옛날 신화적 세계인 아틀란티스에서는 불의 정령 샐러맨더 왕자였다. 열정을 못 이겨 정원을 불로 태워 버린 죄로 그는 지상으로 쫓겨나 인간으로 궁핍한 일상을 영위하고 있다. 괴짜이지만 존경받는 시민인 그에게는 세 딸이 있는데, 이 세 딸을 모두 '천진난만한 시적 심성'을 지닌 청년들과 결혼을 시켜야만 다시 그의 고향인 아틀란티스로 돌아갈 수 있다. 안젤무스는 그 첫 번째 사윗감으로 선택된 셈이다.

하지만 금빛 초록뱀 세 자매가 엘베강으로 사라져 버리자 절망에 빠진 대학생 안젤무스는 곧 역시 파란 눈의 아름다운 딸 베로니카를 동반한 그의 고등학교 시절의 교감(校監) 선생에 의해 구제된다. 그리고 안젤무스는 교감의 친구인 등록담당관 헤어브란트의 소개로 린트호르스트의 서재에서 외국어 고문헌을 복사하는 일을 하며 용돈을 벌게 된다. 이어지는 줄거리는 린트호르스트의 서재와 교감의 거실을 왕래하는 가운데 이루어지는 그의 시인 수련과정으로서, 이는 낭만주의 이래 독일문학의 주요 주제인 '예술성 대 시민성'의 대립으로 나타난다. 여기서 안젤무스는 '환상'을 대변하는 자연의 정령이자 물의 요정인 세르펜티나를 택해 '자연의 신비를 노래하는 시인'이 될 것인가, 궁정고문관으로 출세하고 '현실'을 대변하는 베로니카와 결혼하여 속물적 시민으로 살아갈 것인가, 즉 '존재'를 택할 것인가 '소유'를 택할 것인가 하는 갈림길에 서게 된다. 이러한 안젤무스의 내적 갈등은 메르헨 속 이야기의 차원에서는 선과 악을 대변하는 신화적 인물들인 안젤무스의 대부 격인 린트호르스트와 베로니카의 대모격인 마녀 리제의 황금단지를 둘러싼 투쟁의 연속선 위에 있다.

결국, 유용성의 원칙이 지배하는 감옥으로서의 시민 생활을 상징하는 '크리스털 병'에 갇히는 혹독한 성년식을 치른 후에야 안젤무스는 신화의 나라 아틀란티스로 이주해 세르펜티나와 함께 시인으로 살아가게 된다. 세르펜티나는 지령이 만든 황금단지를 혼수로 받는데, 황금단지에서는 사랑과 인식의 힘을 상징하는 주홍백합(Feuerlilie)이 피어난다. 그 앞에 설 때마다 아틀란티스의 자연을 배경으로 자신의 모습을 황금빛으로 비춰 주는 황금단지가 있기에 안젤무스는 언제까지나 시인으로 행복하게 살아갈 수 있다. 이 황금거울은 고도의 예술품 상징이자 낭만주의가 지향하던 성찰문학의 메타포로도 읽힌다. 한편 마녀 리제의 도움으로 안젤무스를 얻고자 했지만 실패한 베로니카 또한 궁정고문관으로 출세한 등록담당관 헤어브란트의 청혼을 받아들이게 되고, 이 메르헨소설은 두 젊은 남녀의 결혼 이야기로 끝을 맺는다.

그러나 『황금단지』의 끝을 장식하는 것은 메르헨의 화자이다. 구석방의 초라한 일상 속에서 안젤무스의 운명을 글로 옮길 수 없어 절망에 빠진 그를 작중인물인 안젤무스의 장인 린트호르스트가 편지를 보내와 초대하는 것이다. 화자는 린트호르스트의 집에서 포도주의 힘을 빌려 아틀란티스로 이주해 가 있는 안젤무스의 모습을 보게 되고, 그 환영에서 깨어나자 자신이 본 장면이 이미 말끔히 텍스트로 씌어 있음을 발견한다. 그리고 소설은 다시 자신의 비참한 현신을 한탄하는 화자를 위로하는 린트호르스트의 대사로 끝을 맺는다.

"조용히, 조용히 해요. 존경하는 작가 양반! 그렇게 한탄하지 말란 말입니다! ─ 당신 자신도 방금 아틀란티스에 가 계시지 않았소. 그리고 당신도 그곳에 적어도 아담한 장원 하나를 당신 마음속의 시적 재산으로 가진 것 아니오? ─ 도대체 안젤무스의 행복이란 바로 시 속의 삶이 아니고 무엇이겠소? 모든 존재의 성스러운 화음이 자연의 가장 심오한 비밀임을 계시해 주는 시 말이오."

소설 초입에서 예수승천일에 인식의 열매인 사과 바구니를 뒤엎은 주인공이 하필 금빛 초록뱀에 유혹되어 마지막에 아틀란티스로 승천한다는 이 이야기는 창세기의 낙원 장면을 비틀며 계몽주의적 '인식'을 패러디한 에.테.아. 호프만적 아이러니의 극치이다. 호프만은 소설의 끝에서 '메르헨의 끝'(Ende des Märchens)이라고 명기함으로써 자신이 쓴 메르헨의 내용을 상대화시키는 가운데, 진정한 '시 속의 삶'을 독자에게 다시 각인시켜 주는 전략을 쓰고 있다.

호프만의 첫 메르헨이지만 그의 세계관과 인생관, 문학관을 총체적으로 반영하고 있는 『황금단지』는 주제와 구성, 문학성에서 낭만주의는 물론 세계 창작메르헨의 역사에서 그 정수(精髓)로 꼽힌다. 시대적으로는 1789년 프랑스혁명과 1815년 빈(Wien) 회의 사이에 위치하는 이 작품은 국가적으로나, 작가의 일생에서나 매우 험난한 시대의 산물이다. 1806년 나폴레옹의 프로이센 침공으로 법관 자리를 잃은 호프만은 음악가를 꿈꾸지만, 그 것도 여의치 않아 1814년(정식 임명: 1816년) 생계를 위해 다시 공직으로 돌아 가게 된다. 그러나 이이러니히게도 이 시기에 창작된 『황금단지』는 호프만 의 작품 중 가장 밝은 것에 속한다. 이 작품에 삽입된 '불의 정령 신화'(Der Phosphorus-Mythos)에는 드레스덴에서 나폴레옹을 실제로 목격했던 호프만의 이 정복자에 대한 모순적인 태도, 즉 매혹과 공포가 아울러 반영되어 있다.

또한, 메르헨의 두 여주인공은 밤베르크에서 성악을 가르치던 어린 제자 로서 그의 영원한 '예술적 우상'이 된 율리아 마르크에 대한 내적 갈등이 투 영되어 있다. 놀라운 것은 호프만이 '율리아 체험'(Julia-Erlebnis)을 당시의 역 사관, 자연철학, 심리학, 의학, 연금술 등의 지식과 결합해 다룸으로써 『황 금단지』를 '인식메르헨'으로 격상시켰다는 점이다. 여기서 주인공은 낭만주 의의 3단계 역사관에 충실하게 인류의 '황금기'이던 과거의 '기억'을 되살리 는 가운데 '혼돈'으로서의 현재를 극복하고, 미래에 도래하게 될 '새로운 황 금기'를 '예감'함으로써 자연과 신과 조화를 이룬 "시 속의 삶"을 사는 시인 이 된다. '무의식의 의식화'를 뜻하기도 하는 이 과정에서 안젤무스 같은 낭 만적 성향의 예술가는 시민들의 눈에는 어쩔 수 없이 종종 광기에 사로잡힌 모습으로 비치게 된다. 메르헨 장르에는 매우 낯선 주제로서 호프만이 『황 금단지』에서 미리 보여 준 '예술성과 병'(Künstlertum und Krankheit), '천재와 광 기'(Genie und Wahnsinn)라는 주제는 훗날 니체와 토마스 만으로 이어진다.

요헨 슈미트(Jochen Schmidt)를 비롯한 연구가들에 의해 『황금단지』는 오 늘날 "낭만주의 시학을 이해하는 열쇠가 되는 핵심 텍스트"(ein Schlüsseltext romantischer Poetologie)로 꼽히고 있다.

이상 최민숙 교수의 전문가적인 해설을 통해 우리는 에.테.아. 호프만 문

호프만의 소설『삶에 대한 수고양이 무어의
견해들 ……』의 표지

학의 요체를 알게 되었다.

잠시 에.테.아. 호프만의 장편소설『삶에 관한 수고양이 무어의 견해들과 단장(斷章)으로 남은 악장 요한 클라이슬러의 전기』(Lebensansichten des Katers Murr nebst fragmentarischer Biographie des Kapellmeisters Johannes Kreisler, 1820/22)에 관해서 언급해 두고 싶다. '삶에 대한 수고양이 무어의 견해들'과 '악장 클라이슬러의 전기'는 원래 전혀 별개의 작품으로 인쇄소의 실수로 두 작품이 뒤섞이게 되었다는 시인의 서사적 장치 때문에 독자는 음악가 클라이슬러의 전기와 속물적 시민을 대변하는 수고양이 무어의 생각이 실제로 맞부딪히게 되는 적나라한 현실을 함께 체험하게 된다.

실제로 호프만은 법학을 공부한 사람으로서의 고급 지식을 갖춘 빈틈없는 관리로서 나무랄 데 없는 시민적 생활을 영위하면서도 밤에는 꿈과 몽상, 시와 음악의 세계에 몰입해서 살았다. "아침마다 서류를 들고 관청에 출근하고 밤에는 뮤즈의 신들이 사는 헬리콘 산으로" 올라가는 호프만의 이런 '도펠겡어'(Doppelgänger, 이중 정체성의 인간)와 흡사한 삶은 예술가 클라이슬러의 삶과 수고양이 무어의 반어적 '견해들'에 고스란히 반영된다. 이런 점에서 "호프만의 문학세계는 …… 슐레겔의 아이러니 이론을 구체화한 것"[8]으로 볼 수 있다는 최문규 교수의 지적이 중요하다. 낭만주의 문학은 결국 삶과 예술의 차이를 극복하지 못하는 인간의 한계성을 다루고 있는 문학일 수밖에 없다.

호프만보다 더 오래 산 낭만파 시인들이 많지만, 호프만은 독일 낭만주의 문학의 최후 주자의 면모를 지니고 있다. 전기 및 후기 낭만주의의 여러 이론, 철학적·종교적 성찰, 중세와 역사에의 몰입, 애국주의적 경향들은 호프만에 이르면, 그 날카로운 면모들을 잃어버린다. 오직 속물적 시민의 편협하고 누추한, 그러면서도 강력한 현실과 꿈 및 환상의 아름다운 세계를 방황하는 예술가의 이상 사이에 험준하게 가로놓여 있는 극복될 수 없는 모순과 갈등만이 첨예화되어 나타난다. 위에서 최민숙 교수도 지적했지만, 여기서부터 토마스 만의 '시민성과 예술성의 갈등'까지는 이제 그다지 멀지 않은 거리이다.

5) 울란트

위에서 설명한 전기 낭만파와 후기 낭만파 시인들 외에도 튀빙엔 등 슈바벤 지방에서 비교적 늦은 시기에 일군의 시인들이 낭만적인 시와 담시를 씀으로써 세인의 주목을 받았다. 그들은 하이델베르크 낭만파의 영향을 조금 받았을 뿐 거의 자생적인 낭만주의 시인들이었으며, 그들의 문학을 일명 '슈바벤의 낭만주의'(Schwäbische Romantik)라고 부른다. 바인스베르크(Weinsberg)의 의사 케르너(Justinus Kerner, 1786-1862), 튀빙엔의 요절한 시인

---

8   최문규, 『문학이론과 현실인식. 낭만주의에서 해체론까지』(문학동네, 2000), 79쪽.

하우프(Wilhelm Hauff, 1802-1827), 시인으로 활동하다가 나중에는 튀빙엔대학의 독일문학 교수가 된 울란트(Ludwig Uhland, 1787-1862) 등이 그들이다.

이들 중에서도 특히 울란트는 법학박사로서 변호사 개업을 했음에도 불구하고 자신의 모든 여가를 시 창작과 옛 독일어 및 옛 독일문학 연구에 바쳤다. 1830년에 튀빙엔대학 독일어문학 교수가 되자 야콥 그림의 길음 뒤따라가면서 독일의 전설과 신화 연구에 몰두하였으며, 고대 및 중세 독일어문학, 오늘날의 '중세 독일문화학'(germanistische Mediävistik)의 선구적 개척자가 되었다.

교수 및 국민의회 의원이 되기 전에 쓴 그의 시와 담시들은 내용과 형식이 일치하는 매우 간명하고 단정한 언어로 쓰여진 것으로서 낭만주의적 도취와는 거리가 멀었으나, 그가 수집하고 연구한 민요와도 같이 누구나 쉽게 읽을 수 있는 보편성을 지니고 있었다. 그 때문에 그는 '민중의 시인'(Volksdichter)으로 불리기도 했고, 그의 시집은 19세기 독일 시민계급의 서가를 채우는 필수 장서의 하나로 되었다.

또한, 그는 슈투트가르트의 국민의회 의원으로 선출되어 '괴팅엔의 7인'(Göttinger Sieben)에 못지않은 시대적 발언을 하고 민주적 의정활동을 함으로써, 국민의 신망을 얻자 결국 2년 만인 1832년에 열성을 다해 오던 교수직에서 물러나 의정활동을 선택하였다. 1849년 프랑크푸르트 파울교회에서 튀빙엔의 대표 및 국민의회 의원으로서 행한 그의 연설은 유명하다. "민주주의라는 성유(聖油)를 바르지 않은 지도자의 머리는 앞으로 독일이라는 나라 위에 찬연히 빛날 수 없을 것입니다."

전제정치 하에서의 독일인의 자유와 독일의 정치적 통일을 위해서 정직하고도 순수한 열정을 바친 시인, 학자, 독일 국민의회 의원 루트비히 울란트의 동상은 오늘날 튀빙엔 역에서 네카르강 다리로 가는 길목에 우뚝 서 있다.

비더마이어의 문학

(Biedermeier, 1820-1848)

1.   정치적 배경

나폴레옹이 스스로 황제로 참칭하고 독일을 점령함으로써 1806년 신성로마제국은 해체되었고, 오스트리아 빈에는 오스트리아 황제가 존재할 뿐 신성로마제국의 황제는 더 이상 존재하지 않게 되었다.

대(對) 나폴레옹 해방전쟁(1813-15) 중에는 프로이센과 오스트리아를 위시한 독일의 군주들과 그들의 신민(臣民)들은 함께 싸웠다. 그러나 군주들과 그 신민들이 ―주로 시민계급의 인사들이― 싸우는 목표는 각기 달랐다. 군주들은 그들의 국가 체제를 유지하고 유럽이란 큰 권력 체제 안에서 전후 자국에 유리한 정치적 입장을 확보하기 위해 신민들을 전쟁에 동원하였다. 독일 국민은, 특히 「독일 국민에게 고함」(An die deutsche Nation)이라는 연설을 한 피히테를 비롯한 독일의 시민계급은 많은 영방국가들로 나누어져 있는 독일이 해방전쟁의 결과로 정치적 '통일'(Einheit)을 이룩할 수 있기 위해, 그리고 '헌법'(Verfassung)이 제정됨으로써 설령 입헌군주제하에서라도 정치적 '자유'(Freiheit)를 누릴 수 있기를 희망하면서 싸웠다.

하지만 전쟁이 끝나자 많은 독일 영방들의 궁정에서는 혁명이 일어나지 나 않을까 하는 정치적 불안이 컸으며, 독일 전역의 신문들과 대학교수들은 '통일'과 '자유'에 대한 국민적 열망의 불씨를 꺼트리지 않으려고 애썼다. 1819년 보헤미아의 도시 카를스바트에서 비밀리에 개최된 각 영방국들의 장관급 회의에서 오스트리아의 외상 메터니히(Clemens W. L. von Metternich, 1773-1859)의 주도로 의결된 소위 '카를스바트의 결의'(Karlsbader Beschlüsse)

는 언론에 대한 검열, 자유주의적 대학교수들에 대한 탄압, 대학의 학생 클럽 및 체조 운동에 대한 탄압 등을 그 내용으로 하고 있다. 또한, 연이어서 독일의 각국 장관급 대표들에 의해 결정된 '빈의 최종 기본법'(Wiener Schlussakte, 1820)은 함부르크, 브레멘, 뤼벡, 프랑크푸르트 등 4개 도시국가를 제외한 모든 독일의 국가들이 절대왕정이라는 체제를 유지함은 물론, 만약 어느 한 나라가 이 체제를 유지하기 어려운 상황에 봉착할 경우에는 그 나라의 내정에 개입하여 전체 체제의 현상 유지를 도모할 수 있음을 규정하고 있다.

이로써, 1820년대의 독일의 시민계급은 정치적으로 심한 위축을 겪게 되었고, 문화적으로도 레싱, 헤르더, 괴테 등 선배들의 찬란한 업적과 전통을 계승 발전시키겠다는 의지를 잃고 복고적, 억압적 현실 앞에서 눈을 감고 정관주의적 사색에 안주하게 된다. 이런 문화예술인들을 가리켜 반어적으로 '건실한 시민'(Biedermeier)이라고 불렀지만, 나중에는 1820년에서 약 1850년까지 지속한 보수적, 정관적, 내성적 문학 유파를 지칭하는 문학사적 개념어로 자리 잡게 되었다.

따라서 비더마이어 문학은 창조적이라기보다는 복제적, 모방적, 아류적인 성격을 지닌 문학이었으며, 시인들은 불안, 우수, 고독, 자기 분열, 절망에 시달리면서 때로는 전원시적 세계로 은둔, 또는 도피하였다. 이 문학은 변증법적 '세계정신'(Weltgeist)과 인간사회를 위한 국가의 역할을 지나치게 신뢰한 헤겔과 그의 제자들인 소위 헤겔 우파들의 철학적 영향을 받고 있었다. 또 다른 한편에는 1830년 프랑스의 '7월 혁명'과 1848년의 '3월 혁명'까지의 정치적 격변기에서 청년헤겔파(헤겔 좌파) 영향 아래에서 '통일'과 '자유'라는 독일적 소망을 위해 싸웠던 '청년독일파'(Das Junge Deutschland)가 있었다. '청년독일파'에 대해서는 뒤에 다시 따로 언급하기로 하겠지만, 이 시대의 시인들은 고전·낭만주의의 내로라하는 시인들의 '아류'(Epigone)가

되든지, 시인으로서의 불후의 명성을 포기한 채 새로운 시대를 열기 위해 온몸을 던져 싸우는 투사가 되든지, 양자택일의 갈림길에 서게 된다.

2. 뫼리케

에두아르트 뫼리케(Eduard Mörike, 1804-1875)는 당대의 시대적 사건들과는 일체의 접촉을 삼간 채 낭만주의적 내적 영혼과 괴테적 절제와 형식미를 조화시켜 민요풍의 아름다운 서정시들을 남겼다.

> 아, 세상이여, 날 그대로 내버려 두렴!
> 사랑의 선물로 날 유혹하지 말고,
> 이 가슴 혼자서
> 자신의 환희와 고통을 맛보게 해 주렴!

「은거(隱居)」(Verborgenheit)라는 4련시의 제1련과 제4련으로 나오는 이 시련(詩聯)은 비더마이어 풍의 시인 뫼리케의 은둔적 자세를 여실히 보여 준다. 그는 자연과 정신의 비밀스러운 정령(精靈)들을 노래한 담시들도 썼는데, 시대적 소란스러움과는 거리가 먼 비더마이어적이고 은둔적 시풍을 보여 주고 있다.

그가 남긴 미완성의 예술가소설 『화가 놀텐』(Maler Nolten, 1832)은 괴테의

『빌헬름 마이스터의 수업시대』의 연장선 위에 놓여 있는 교양소설이다. 아름다운 서정시, 편지와 일기, 대화, 그림에 대한 묘사 등을 삽입해 놓고 있어서 자못 혼란스러운 낭만주의적 구성을 보이지만, 인물들을 그리는 데에는 새로운 시대의 기법이라 할 병리학적, 심리학적 서술이 동원되고 있다. 전원시적 은둔 속에서 성공적으로 잘 통제되어 온 것으로 보이던 시인 뫼리케의 열정이 실은 균열과 폭발의 위험성을 내포하고 있음을 이 작품의 혼란스러운 줄거리와 비극적 인물들의 죽음보다 더 잘 보여 줄 수는 없을 것이다. 이 작품 안에는 후일의 사실주의 문학의 가혹한 현실이 이미 피할 수 없이 들어와 있는 것이다.

---

3.   드로스테-휠스호프

베스트팔렌의 휠스호프 성에서 태어난 유서 깊은 귀족 가문의 후예인 아네테 폰 드로스테-휠스호프(Anette von Droste-Hülshoff, 1797-1848)는 가톨릭 신앙과 자연에 도피·은거하면서 그녀의 타고난 정열과 삶에의 욕망을 억압하고 그 고통을 자발적으로 마비시킨 여류시인으로서, 그 대신 그녀는 숲과 황야의 풀과 나무들을 세밀히 관찰한 서정시들을 남겼다.

습지, 그리고 그 위에 펼쳐져 있는 황야의 밤은

어둡고 또 어둡다.

물방앗간 옆에서 찔끔거리며 물을 흘려보내는

수관(水管)만 깨어 있다.

그리고 바퀴의 살 사이로 떨어져 내리는

물방울들만이 졸졸 흘러간다.

맹꽁이가 늪에 웅크리고 있고

고슴도치는 풀 섶에 몸을 숨기고 앉아 있다.

썩어 가는 나무둥치 속에서는

잠자던 두꺼비가 몸을 씰룩거리고

모래 언덕에서는

뱀이 유유히 기어간다.

위의 시는 「목동의 모닥불」(Das Hirtenfeuer)이라는 시의 첫 두 연으로 여기서 자연 세계의 소리와 움직임, 색조를 정확하게 표현하고 있는 그녀의 독특한 재능을 엿볼 수 있다. 그녀는 고전·낭만주의의 유산과 무관하고 모방 문학과도 상관없는 사실주의적 경향을 보인다. 하지만 그녀의 이 사실주의적 경향은 앞으로의 사실주의와는 달리, 자연과 인간 영혼의 어두운 면, 마성적인 운명, 자아의 고독과 불안 등이 주요 내용을 이룬다.

그녀의 『유대인의 참나무』(Die Judenbuche, 1842)는 이 시대의 탁월한 단편으로 꼽힌다. 유전적 요인과 사회적 상황 때문에 정신이상자가 유대인을 살인하고 도주한다. 살해된 인물의 종교적 공동체에서는 그 살인의 나무에 저주의 기호를 새겨 둔다. 오랜 세월이 흐른 뒤에 남몰래 범죄현장으로 되돌아온 살인자는 양심의 가책에 시달리고 자신도 의식하지 못하는 어두운 충동에 사로잡힌 나머지 저주의 나무에 스스로 목을 매어 죽는다. 이 단편에서 시인의 묘사는 그지없이 객관적이고 사실적임에도 불구하고 비밀스

럽고 이해할 수 없는 마성적인 힘의 작용이 느껴질 뿐만 아니라, 간결하고
도 냉철한 묘사가 독자에게는 오히려 지울 수 없이 강렬한 인상을 준다. 이
런 점에서 드로스테 휠스호프의 문학은 비더마이어라는 개념 안에 억지로
가두어 넣을 수만은 없는, 후일의 사실주의와 자연주의의 특징까지 일부
선취하고 있는 천재성을 보이고 있다.

4.   그릴파르처

프란츠 그릴파르처(Franz Grillparzer, 1791-1872)는 이 시기를 대표하는 시인
으로서 그의 본령은 드라마였다. 바로크 시대로까지 거슬러 올라가는 오랜
연극 전통을 지닌 빈의 민중 극장과 연극을 사랑하고 연기와 관람을 즐기
는 빈이란 도시의 특이한 분위기가 그릴파르처라는 독특한 천재의 예술과
삶을 가능하게 했다.

그릴파르처는 일찍이 아버지를 여의고 어머니마저 자살함으로써 몰락의
그림자가 드리워진 가정에서 자라났으며, 법학을 공부하여 오스트리아라
는 국가에 40년 이상 관리로 봉직하였다. 하지만 그의 꿈은 극작가였다. 그
러나 극작가로서의 그는 현실의 문제를 극화하려는 것이 아니라 그의 관객
들에게 다양한 현실의 모습을 시적으로 형상화해서 보여 주고자 했다. 그
현실의 모습들에는 그릴파르처 개인의 비극적 삶의 분위기가 어려 있기 때
문에 그의 드라마는 이 세상을 살아가는 인간들의 피할 수 없는 비극적 운

명을 심리학적으로 설득력 있게 잘 보여 주면서도 아직은 고전·낭만주의 시대의—예컨대 쉴러의— 드라마가 지녔던 고귀한 품격을 어느 정도 유지하고 있다.

그의 대표작이라 할 『사포』(Sappho, 1818)는 승리의 월계관을 쓴 그리스 여류 시인 사포가 내심으로 사랑하는 청년 파온(Phaon)의 수행을 받으며 올림피아로부터 귀향한다. 사포는 점점 더 고독해지는 자신을 느끼면서 시인으로서의 사명을 내려놓고 인간적 사랑이라는 제한된 행복을 추구하고 싶어한다. 그러나 사포의 하녀 멜리타를 사랑하는 파온은 자신이 사포에게 느끼고 있는 감정이 사랑이 아니라, 그녀에 대한 존경과 찬탄이라는 것을 인식하게 된다. 질투심에 불탄 사포는 멜리타를 살해하고 싶은 충동이 일지만, 돌이킬 수 없는 숙명을 인식하며 스스로 바다에 몸을 던진다.

드라마의 아름답고 절도 있는 언어 속에는 대단히 인간적인 격렬한 고통과 갈등이 배어 있다. 여기서 우리는 괴테의 『타소』나 토마스 만의 『토니오 크뢰거』의 주인공이 느끼는 것과 비슷한 갈등과 고통에 접하게 된다. 예술은 마치 금으로 된 창살처럼 시인 사포와 삶 사이를 가로막고 서 있다. 그래서 사포에게는 죽음 이외의 다른 선택이 없었다. 사포의 이런 운명 뒤에는 작가인 그릴파르처의 비더마이어적 비극적 실존도 엿보인다. 그의 시대가 '시'(Poesie)라고 부르는 것과 '삶'(Leben)으로 체험하는 빈의 일상적 현실 사이의 괴리가 너무나 컸기 때문에 시인 그릴파르처의 작품은 이렇게 '우수'에 가득 찬 비극적 분위기를 띨 수밖에 없다.

그릴파르처의 다른 비극 『금으로 된 양모피(羊毛皮)』(Das goldene Vließ, 1822)와 단편 『거리의 가난한 악사』(Der arme Spielmann, 1847)도 중요한 작품으로 남아 있다.

5.   슈티프터

그릴파르처가 이 시기의 오스트리아를 대표하는 극작가였다면, 아달베르트 슈티프터(Adalbert Stifter, 1805-1868)는 오스트리아의 비더마이어를 대표하는 산문 작가였다. 보헤미아의 아마(亞麻) 직조업자의 아들로 태어나 빈에서 법학을 전공한 그는 린츠 등에서 주로 교사나 장학사로 활동하였다. 작가로서는 그릴파르처와 마찬가지로 진정한 인간성을 목표로 하는 예술의 드높은 사명을 가지고 인문적 교양과 종교적 경건성을 지키고자 노력하였다. 괴테와 장 파울, 에.테.아. 호프만, 아이헨도르프 등 비정치적 낭만주의자들을 모범으로 삼은 슈티프터는 시대를 도외시하고 특정 공간에서의 자연 관찰과 그것을 깊이 묘사하는 작품들을 썼다.

숲에 들이닥치는 폭풍우와 결빙 사태, 개화(開花)의 비밀, 태양을 반사하는 이슬방울 등에 관한 세밀한 자연 관찰에서 하느님의 법칙과 질서를 발견해 나가는 그의 이러한 작품 경향은 시끄러운 시대의 아우성을 무시한 채 독일 소설을 다시 한 번 위대한 인문적 전통에 연결한다. 특히 그의 소설 『늦여름』(Nachsommer, 1857)은 니체가 '가장 완전한 독일 산문작품'(die vollkommenste deutsche Prosadichtung)이라고 칭찬할 정도로 청년과 노인, 도시인과 시골 사람, 귀족과 시민이 서로 만나 상호 작용을 하는 것으로서, 독자에게 자연과 예술에 대한 학습을 통해 절제와 조화에 이르도록 인도하고 있는 교육소설(Erziehungsroman) 및 교양소설이다.

소설의 줄거리는 젊은 시절의 사랑의 불타는 정열을 잘 극복해 낸 두 사람이 노년이 되어 온화한 '늦여름'에 서로 경의를 표하는 가운데에 다시 만나게 된다. 여기서 아무런 사건도 일어나지 않는 가운데에 작은 것의 위대함, 그리고 단순한 것의 중요함이 끊임없이 강조되고 있으며, 시대와 세상의 시끄러움을 등진 개인의 인문적 교양과정이 담담히 제시되고 있다.

『늦여름』은 비더마이어 문학을 대표하는 작품이자 위대한 괴테시대가 종언을 고한 뒤에도 아직도 국지적으로 남은 괴테시대의 '늦여름'의 작품이다.

6.   이머만

슈티프터가 자신도 모르는 가운데에 괴테와 낭만주의자들의 전통을 잇는 최후 주자가 된 것과는 달리, 마그데부르크 출신으로 프로이센의 관료생활을 한 카를 이머만(Karl Immermann, 1796-1840)은 자신이 괴테시대의 위대한 시인들의 '아류'(Epigone)일 뿐이라는 사실을 잘 의식하고 있었다. 그가 남긴 대표적 소설도 『아류들』(Die Epigonen, 1836)이라는 제목을 갖고 있다.

작품은 시민계급 출신의 청년 헤르만이 귀족 사회에서 갖가지 애정 행각과 정치적 모험들을 체험하고 결국 시민적 삶으로 귀환하게 되는 일종의 발전소설이다. 여기서 당대의 교양시민, 혁명적인 경향의 대학생, 상인계급과 귀족계급의 생각과 처신이 극명한 대조를 보인다. 각 계급뿐만 아니라 각 개인도 아류적 특성을 보인다. "이 참상을 한마디로 표현한다면, 우리는 아류들이다" ― 이것은 이 시대를 단적으로 진단하는 촌철살인적인 말이지만, 그렇다고 긍정적인 미래상이 제시되고 있는 것도 아니다. 건조한 기계주의로 치닫고 있는 현재의 흐름을 막을 방도는 없지만, 산업화의 거센 물결에 대해 '우리와 우리의 가족들'을 지킬 수 있는 한 뙈기의 초지(草地)를 확보하여 '이 섬을 지키는 것'이 유일한 활로로 제시되고 있다.

내용상으로는 처음 나온 독일의 시대소설이라 할 수 있으며, 형식과 줄거리 전개로 보면 고전·낭만주의 시대의 소설들, 특히 괴테의 『빌헬름 마이스터의 수업시대』의 영향이 커 보인다. 심지어는 미뇽을 연상시키는 플렘헨(Flämmchen, '불꽃 소녀'), 나탈리에와 비슷한 코르넬리에(Kornelie)와 같은 인물들까지 나오고 있어서, 그 '아류적' 성격을 숨기지 않고 오히려 적극적으로 드러내기까지 한다.

편의상 뫼리케, 그릴파르처, 드로스테 휠스호프, 슈티프터, 이머만 등을 비더마이어 문학의 대표적 시인으로 꼽았으나, 이들 외에도 이 시대의 문제적 시인 니콜라우스 레나우(Nikolaus Lenau, 1802-1850), 오스트리아 빈의 서로 상반되는 두 극작가 페르디난트 라이문트(Ferdinand Raimund, 1790-1836)와 요한 네스트로이(Johann Nestroy, 1801-1862) 등을 더 꼽을 수 있다.

XI

청년독일파

(Junges Deutschland, 1830-1848)

1.   카를 구츠코와 '청년독일파'의 유래

1830년 프랑스의 '7월 혁명'과 1848년의 '3월 혁명'까지의 정치적 격변기에 '자유'(Freiheit)와 '통일'(Einheit)이라는 독일적 양대 소망을 위해 싸웠던 '청년독일파'(Das Junge Deutschland) 문학이 있다.

1830년 프랑스 국왕 샤를르 10세가 헌법을 무시하고 언론을 탄압하여 토지귀족에게 유리한 선거법을 고치려 하자 프랑스의 자유주의적 시민계급이 '7월 혁명'을 일으켜 루이 필립 공을 왕으로 옹립한다. 이로써 프랑스에 '시민의 왕'(Roi Citoyen; Bürgerkönig)이 등장하게 된다. 루이 필립 공은 루이 14세의 후손으로 귀족이었지만, 시민들이 옹립한 왕이라는 의미이다. 이러한 '7월 혁명'의 여파가 유럽 각지로 번지자 독일의 각 영방국가들에도 혁명의 기운이 감돌게 되지만, 몇몇 중소 영방국가의 신민들만이 입헌군주국의 헌법을 보장받게 되었을 뿐이다.

카를 구츠코(Karl Gutzkow, 1811-1878)는 베를린에서 신학을 공부하여 성직자가 되고자 했지만, 1830년 파리에서의 '7월 혁명'에 결정적 영향을 받아 기자와 작가의 길을 택한다. 그의 소설 『회의에 빠진 여성 발리』(Wally, die Zweiflerin, 1835)는 고귀한 가문 출신인 독일 처녀 발리가 아버지의 소망에 따라 사르데냐의 외교관과 결혼하지만, 애인 체자르에게 알몸을 보임으로써 정신적으로는 체자르와 결혼하였다고 생각한다. 체자르가 다른 여자에게로 마음을 돌리자 발리는 이를 비관하여 자살한다. 일기에 적힌 그녀의 자살 이유는 신에 대한 회의였지만, 이 세계와의 관계에서 완전히 파탄을 일으킨 한 여성의 몰락과 증오, 그리고 관능에 대한 인간의 원초적 권리 등이 그려져 있다. 특히 이 작품의 제1권 제3장에는 빈바르크(Ludolf Wienbarg), 라우베(Heinrich Laube) 그리고 문트(Theodor Mundt)가 '젊은 독일'(das junge Deutschland)의 대표자로서 그 실명이 거론된다.

한편, 1837년에는 하노퍼의 국왕이 자의적으로 헌법을 파기하자 그림 형제를 비롯한 괴팅엔대학의 교수들이 하노퍼 국왕에게 항의서한을 제출하였는데, 이른바 '괴팅엔의 7인'(Göttinger Sieben)으로 불리게 된 그들은 교수직이 박탈되었으며, 7인 중에서도 특히 달만(Friedrich Dahlmann), 게르비누스(G. G. Gervinus), 야콥 그림(Jacob Grimm) 등 3명에게는 하노퍼 왕국을 떠나라는 축출령이 떨어졌다. 이에, '괴팅엔의 7인'의 항의서한이 전 독일에 유포되었으며, 시민의 정치적 '자유'와 민족의 정치적 '통일'을 갈구하던 많은 독일인이 또 다시 실의와 환멸에 빠지게 되었다.

하인리히 하이네는 '3월 혁명 이전(以前)'(Vormärz)의 시기를 '예술시대의 종말'(Ende der Kunstperiode)이란 말로 규정함으로써, 고전·낭만주의 문학의 드높은 이상으로부터 현실로 되돌아올 수밖에 없었던 이 시기의 문학의 특징을 단적으로 표현하고 있다.

아무튼 구츠코와 헤르베그(Georg Herwegh) 등 청년독일파 시인들은 자신들의 문학을 새롭고 '현대적'(modern)인 문학이라고 생각했다.

특히 뵈르네(Ludwig Börne, 1786-1837)는 「파리로부터의 편지들」(Briefe aus Paris, 1831-1834)에서 프랑스에서의 민주 시민혁명과 그 결과를 독일 국내에 보고함으로써 저널리스트로서의 자신의 고유한 시대적 역할을 담당해 내었다.

또 한 가지 특기할 사실은 이 시대에 많은 신문, 잡지, 출판사가 활동함으로써 사회참여적 문필가들의 발언을 게재해 주고 나중에 책으로 출간해 줌으로써 일반 대중의 알고자 하는 욕구에 부응했다는 점인데, 프랑크푸르트의 신문《전보》(Telegraph), 라이프치히의《우아한 세계를 위한 신문》(Zeitung für elegante Welt), 마르크스가 주필로 활동한 쾰른의《라인 신문》, 만하임의 출판사 '뢰벤탈'(Löwenthal)과 함부르크의 출판사 '호프만과 캄페'(Hoffmann und Campe) 등이 그런 언론 및 출판 기관들이다.

구츠코의 선배 및 친구로서 진작부터 자유와 평등을 표방하는 생시몽주의(Saint-Simonismus)의 강한 영향을 받고 있었던 라우베(Heinrich Laube, 1806-1884)도 당대의 주요 매체인 신문을 통해 주로 활동하다가 옥고를 치르기도 했지만, 3부작 소설『젊은 유럽』(Das junge Europa, 1833/37)을 남겼다. 원래 '우리의 젊은 독일'(Notre jeune Allemagne)이라는 제목의 단편으로 구상되었던 이 작품은 정치적, 사회적 혁명을 꿈꾸는 브레슬라우 대학의 젊은 학생들을 모범으로 하여 사랑과 결혼에 대해 진보적으로 생각하고 있는 생시몽주의적 인물들을 다루고 있다. 하지만 이 소설의 제2부와 제3부에서 라우베는 기성체제에 순응하면서 환멸과 체념을 안고 시골로 은둔하는 주인공을 그리고 있을 뿐만 아니라, 또한 작가 자신도 라이프치히와 빈에서 극장 감독으로서 비교적 자족적인 생활을 영위함으로써 요란하게 출발한 '독일 청년'의 패기가 꺾이고 초라하게 순응해 가는 노년의 모습을 보여 준다.

2.   유물론과 공산당선언

비더마이어적 경향에 빠지지 않고 계속해서 시민의 정치적 '자유'와 민족

의 '통일'을 달성하기 위해 활동한 시인들이 ─ 위에 든 좁은 의미에서의 '청년독일파' 시인들 이외에도 ─ 있었는데, 이들을 '청년독일파' 시인들과 합해서 모두 포괄적으로 '3월 혁명 이전'(Vormärz)의 시인들이라 부르기도 한다.

루이 필립 왕이 복고주의적인 경향을 보이자 1848년 프랑스에서 다시 '2월 혁명'이 일어난 데에 자극을 받아 독일 지역에서는 맨 먼저 바덴(Baden) 대공국(大公國)에서 혁명의 불이 붙었고, 연이어서 독일 전역에서 '3월 혁명'이 일어나 다시 한 번 민주화의 바람이 전 독일을 휩쓸었다. 이 좌절된 혁명을 일반적으로 '독일혁명'(Deutsche Revolution, 1848/49)이라 부르지만, 1848년 3월의 혁명 초기를 가리켜 특히 '3월 혁명'이라 부른다. '청년독일파'의 문학 시기를 프랑스에서 '7월 혁명'이 일어난 1830년부터 '독일혁명'(1848/49)이 좌절되고 기나긴 '반동의 시대'(Zeit der Reaktion)로 접어드는 1850년경까지로 잡는 이유이기도 하다.

한편, 바덴 대공국의 혁명 대열에 가담했던 프리드리히 엥엘스는《새 라인지역 신문》(Neue Rheinische Zeitung)의 간행인(刊行人) 카를 마르크스와 더불어 1848년에 「공산당선언」(das Kommunistische Manifest)을 발표함으로써, 유물론과 제4계급의 정치적 등장을 세상에 공표한다.

여기서 유물론에 대한 간단한 설명이 필요하다. 헤겔 좌파에 속하는 포이어바흐(Ludwig Feuerbach, 1804-1872)는 그의 저서 『기독교 정신의 본질』(Das Wesen des Christentums, 1841) 등을 통해 '신이 인간을 창조한 것'이라기보다는 아마도 인간이 자신의 필요 때문에 신을 창조했을지도 모른다는 '너무나도 획기적이고 독신적이며 불경한' 생각을 세상에 내어놓는다. 이러한 포이어바흐의 생각으로부터 인간을 둘러싼 '환경'이나 '물질'이 '신'을 창조했다는 생각, 즉 물질이 '인간의 삶 전체'를 좌우한다는 카를 마르크스(Karl Marx)의 생각까지는 철학사적으로 볼 때 불과 한 번에 도약이 가능한 거리였다.

일반적으로 '유물론'(唯物論, Materialismus)이라고 명명되는 이 이념은 세상이 '오직 물질만으로 구성되어 있다'는 사상으로 해석하기보다는 일차적으로는 '신'보다는 '물질', 즉 '환경'이 인간의 삶을 더 결정적으로 규정한다는 사상으로 이해될 수 있다. 다시 말하자면, 인간세사에 대한 신의 섭리하심을 인정하지 않고 인간세사에 대한 물질과 환경의 절대적 영향을 믿는 무신론이 등장한 것이다. 마르크스가 가장 먼저 포이어바흐에 반대하는(실은 포이어바흐의 테제를 딛고 이것을 출발점으로 해서 새로이 일어서는) 11개 테제들(Thesen über Feuerbach, 1845년 브뤼셀에서 기록)로 자기 사상의 포문을 연 것도 바로 이런 맥락으로서 기독교계가 극렬하게 유물론을 반대해 온 이유도 바로 여기에 있는 것이다.

---

3.   제4계급의 문학적 등장

기본적으로 혁명보다는 개혁을 추구했다고 볼 수 있는 구츠코나 라우베보다도 더욱 과격하게 문학을 혁명 정신과 직결시킨 시인들은 프라일리그라트, 헤르베그, 베르트, 호프만 폰 팔러스레벤 등이다.

페르디난트 프라일리그라트(Ferdinand Freiligrath, 1810-1876)와 게오르크 헤르베그(Georg Herwegh, 1817-1875)는 스위스, 프랑스, 영국 등으로 망명생활을 해 가면서 카를 마르크스와 접촉하기도 하였다.

프라일리그라트의 시들 중 하나는 「아래로부터 일어나자」(Von unten auf!, 1846)라는 제목을 갖고 있다. 제4계급으로서의 '프롤레타리아 기계공'(Proletarier-Maschinist)이 여기서 처음으로 시의 전면에 등장하고 있으며, 현재의 궁정들이 미래에는 유허지(遺墟趾)가 될 것이고 프롤레타리아 계급이 새로운 시대의 담당자가 될 것임을 예고함으로써 2년 후에 나올 「공산당선언」(1848)을 선취하고 있다. 이 시는 출간되자마자 당국에 의해 금지 조치되었다.

슈바벤 출신의 시인 헤르베그는 그의 시집 『어느 살아 있는 자의 시들』(Gedichte eines Lebendigen, 1841)에서 격정적, 선동적인 혁명시들을 담아 발표하였다. 괴테와 당시 독일을 풍자한 「자장가」(Wiegenlied)는 다음과 같이 시작된다.

독일이여, 부드러운 베개에
머리를 편안히 파묻으렴!
잘 자라! 잡다한 이 세상에서
무얼 더 바라느냐?

모든 자유를 강탈당하고도
저항하지 마라.
그래도 너에겐 기독교가 있지 않으냐!
잘 자라! 무얼 더 바라느냐?

모든 걸 금지당해도
너무 원통해 하지 말거라.
그래도 너에겐 쉴러와 괴테가 있어.
잘 자라! 무얼 더 바라느냐?

프리드리히 엥엘스에 의해 '독일 프롤레타리아 계급 최초의 중요한 시인'으로 지목된 바 있는 게오르크 베르트(Georg Weerth, 1822-1856)는 영국으로부터 활동한 공산주의적 특파원이자 문필가였다. 1849년에 그는 정치적, 문학적 활동 때문에 3개월의 징역형을 선고받는다. 그는 노동자계급을 위한 정치적 풍자시들을 남겼는데, 그것들은 평이하고 간명한 형식에다 명백한 계급 투쟁적 내용을 담고 있다.

— 굶주림의 노래 —

존경하는 임금님 나리,
고약한 이야기를 아시나이까?
월요일에 저희는 조금밖에 못 먹었습니다.
그리고 화요일엔 아무것도 못 먹었고요.

그리고 수요일엔 굶주림을 견뎌야 했습니다.
그리고 목요일엔 굶주림의 고통을 앓다가
아, 금요일에 우린
거의 굶어 죽을 뻔했습니다!

그러니 토요일에는 곱고 깨끗한 밀가루로
빵을 굽게 해 주십시오 -
그렇게 해 주시지 않으면, 전하!
일요일엔 우린 전하를 먹어치울 것입니다!

위에 든 세 사람의 시인들이 제4계급의 정치적 등장을 알렸지만, 시대를 뛰어넘는 작품을 남기지는 못한 데에 반하여, 그들의 시들보다는 비교적 미학적 균형을 갖춘 온건한 작품들을 낸 호프만 폰 팔러스레벤(August Heinrich Hoffmann von Fallersleben, 1798-1874)도 전제군주들의 폭압에 저항하여, 민중의 정치적 '자유'와 민족의 '통일'을 쟁취하기 위한 민중의 민주적 각성을 촉구하였다. 그가 필명에 덧붙인 '폰 팔러스레벤'은 귀족인 체하려던 것이 아니라, 호프만이란 성을 가진 사람들이 워낙 많으므로 그의 고향 도시 팔러스레벤 출신의 호프만임을 밝히기 위한 것이었다고 한다.

그의 시집 『비정치적 노래들』(Unpolitische Lieder, 1840/41)에 들어 있는 시들은 전혀 비정치적이 아니라 실은 대단히 정치적이었다. 그 시들은 군소 영방국가로 나누어져 있던 당시의 독일 사회, 특히 전제군주들의 비민주적 신문 검열 제도, 경찰과 군대의 전횡에 대한 비판을 담고 있다. 그 때문에 그는 브레슬라우대학의 독문과 정교수 직에서 물러나 독일 전역을 방랑해야 했다.

시집의 제2권에 수록되었던 「독일의 노래」(Deutschlandslied, 1841)는 19세기 후반 및 20세기 전반에 이르기까지 독일의 각종 집회에서 곧잘 합창되었다. 이 「독일의 노래」 제3련은 ─ 프란츠 요젭 하이든이 오스트리아 황제 찬가로 작곡했던 멜로디와 결합하여 ─ 오늘날 '독일의 국가(國歌)'(deutsche Nationalhymne)로 불리고 있다.

우리 조국 독일에
통일과 정의와 자유!
우리 모두 형제로서 손에 손 잡고
가슴을 열고 다 함께 추구해야 할 목표!
통일과 정의와 자유는
행복의 든든한 담보!

이 행복의 광휘 속에 번영하라,

조국 독일이여, 번영하라!

(Einigkeit und Recht und Freiheit

für das deutsche Vaterland!

Danach lasst uns alle streben,

brüderlich mit Herz und Hand!

Einigkeit und Recht und Freiheit

sind des Glückes Unterpfand:

Blüh im Glanze dieses Glückes,

blühe, deutsches Vaterland!)

　여기서 제1련이 아니고 왜 제3련이 '독일의 국가' 가사로 지정되었는가 하는 의문이 제기된다. 그것은 제1련의 "Deutschland, Deutschland über alles, / Über alles in der Welt"란 텍스트 때문이다. '독일, 이 세상 모든 나라 위에 군림하는 독일'이란 국수주의적 해석과, 수많은 영방국가들로 분열되어 있던 당시 독일의 정치적 현실 아래에서 '이 세상 그 무엇보다 독일이란 이름으로 통일되는 것이 중요하다'는 국민국가에 대한 당대 독일인들의 간절한 염원의 표현이라는 두 가지 해석이 모두 가능하다. 그래서 이 시구는 독일인들 사이에서도 오랜 토론의 쟁점이 되어 왔다. 이런 오해를 피하고자 가장 무난하고도 보편적인 내용을 담고 있는 제3련이 국가(國歌)의 가사로 채택된 것이다.

4.   하인리히 하이네

뒤셀도르프의 유대인 상인의 아들로 태어난 하인리히 하이네(Heinrich Heine, 1797-1856)는 본, 괴팅엔, 베를린대학에서 법학을 공부했고, 괴팅엔대학에서 법학박사 학위를 받았다. 1825년 하이네는 유대교에서 기독교로 개종했는데, 그 자신의 반어적 표현을 빌리자면 이 세례증명서로써 그는 '유럽문화에의 입장권'을 사고자 했다. 그런데도 말썽 많은 시를 발표한 유대인 하이네에게는 간절히 원하던 교수직도, 법률가로서의 일자리도 거부되었다. 유대인으로서 넘어야 할 당시 독일 사회의 진입 장벽은 그가 생각했던 것보다 훨씬 더 높았다. 형식적 개종과는 관계없이 하이네의 사실상 신앙은 '진보'였으며, 그의 목표는 최후의 심판 날에 천국에서 축복과 부활을 얻는 것이 아니라 '정치적 자유'와 그것을 보장하는 갖가지 제도를 통해 온 인류가 현세에서 행복을 누리는 것이었다.

1830년 프랑스에서 '7월 혁명'이 일어나고 이른바 '시민의 왕' 루이 필립이 옹립되었다는 소식에 접하여 하이네는 벅찬 감동을 느꼈다. 그는 이 무혈 시민혁명이야말로 독일인들에게 피를 흘리지 않고 전제정치를 몰아낼 수 있는 빛나는 선례(先例)를 제공할 수 있다고 생각해 그 이듬해인 1831년에 파리로 갔다. 그는 함부르크의 아저씨로부터 연금 조로 받는 생활비를 바탕으로 파리에서 자유문필가로 살아가기로 결심한다.

그러던 중 1835년 프랑크푸르트에서 열린 독일의 각 영방군주국의 대표자회의에서 '청년독일파'의 일원으로 낙인이 찍히고 모든 집필활동이 금지

되자 그의 파리 생활은 사실상의 망명생활이 되었다. 그는 프랑스에서는 독일인이자 외국인 취급을 받았고, 독일에서는 유대인이자 축출된 국민 취급을 받았다. 하이네는 만년에 골수염을 앓으면서 거의 외출을 하지 못하고 '시체나 다름없이 침대 위에 누워' 지내다가 쓸쓸히 세상을 떠났다.

하이네 자신이 말처럼 "괴테의 요람과 더불어 시작해서 괴테의 무덤과 더불어 끝난" 괴테시대의 대표적 상속자로서 그는 정신적, 정치적, 경제적 대변혁기를 살다 간 한 '분열적 시인'이었다. 이른바 '권좌(權座)와 제단(祭壇)'(Thron und Altar)의 반동적 동맹과 그 전제적 압제에 항거하기를 그치지 않았으며, 금욕적·내세적 기독교에 반하여 현세적 행복과 아름다움에 대한 추구를 지향하였다.

'청년독일파'의 문필가들이 사회 참여라는 성급한 마음 때문에 초시대적, 보편적 가치를 지닌 작품들을 남기지 못했지만, 하이네는 현실 비판적이면서도 괴테시대 이후 처음으로 세계적 명성을 얻은 이 시대 최고의 시인이며, 독일문학사에서 괴테로부터 라이너 마리아 릴케 사이에 우뚝 솟아 있는 독일 서정시의 거봉(巨峯)이다.

반유대주의자들과 독일 민족주의자들은 그가 죽고 나서도 그에 대한 적대감을 쉽게 풀지 않았다. 1965년에 그의 고향 도시인 뒤셀도르프에 의과 대학을 모체로 하여 종합대학이 생기자 뒤셀도르프대학의 공식적 명칭을 — 프랑크푸르트대학이 '요한 볼프강 폰 괴테 대학'인 것처럼 — '하인리히 하이네 대학'으로 부르자는 제안이 제기되었지만, 대학 안과 지역 사회에 반대자들이 너무 많아 4반세기에 가까운 토론 기간을 보낸 1989년에야 비로소 뒤셀도르프대학이 '하인리히 하이네 대학'이 될 수 있었다.[1] 타고난 반골

---

1   Vgl. Goltschnigg, Dietmar / Steinecke, Hartmut (Hrsgg.): Heine und die Nachwelt. Geschichte seiner Wirkung in den deutschsprachigen Ländern. Texte und Kontexte, Analysen und

하이네

(反骨) 하이네가 프랑스 파리로 떠났던 1831년부터 158년 만에야 하이네는 비로소 독일 국수주의자들과 반유대주의자들의 반대를 이겨 내고 저승에서나마 독일 사회 안으로 금의환향한다.

하이네의 이름을 세상에 알린 최초의 성공작은 『하르츠 기행』(Harzreise, 1826)인데, 그는 이 독특한 형태의 기행문에서 착상이 풍부하고 반어와 풍자에 능한 재치 있는 산문가로서의 면모를 유감없이 보여 준다. 이런 산문이 정치적, 사회적 반향과 비판을 수반하게 되는 것은 자명하다.

그가 이름을 크게 떨치게 된 것은 무엇보다도 서정시이다. 『노래의 책』(Das Buch der Lieder, 1827), 『새로운 시들』(Neue Gedichte, 1844), 『로만체로』(Der Romanzero, 1851) 등 연속적으로 나온 시집들에 실려있는 시들은 하이네가 독일 낭만주의 최후의 시인이자 그 극복자임을 보여 주고 있다. 클롭슈톡 이래의 선배 시인들이 언어를 창조해 가면서 시를 썼다고 한다면, 그는 일

Kommentare, Band 3: 1957-2006, Berlin: Erich Schmidt Verlag, 2011, S. 24-86.

상적 독일어를 구사하여 자유롭게 시를 쓴 최초의 독일 시인이다. 하지만 그의 시의 근원적인 정조(情調)는—그의 사촌 아말리에(Amalie Heine)에 대한 이루지 못한 첫사랑 때문이기도 했지만— 불행한, 이룰 수 없는 사랑이고, 그의 거의 모든 애정시는 비극적이며, 거의 언제나 서정적 자아와 사랑하는 대상 사이에 긴장과 갈등이 서려 있다.

> 난 또다시 옛날의 꿈을 꾸었다.
> 그건 5월의 어느 날 밤이었다.
> 우린 보리수나무 밑에 앉아
> 영원히 변치 말자고 맹세했지.
>
> 맹세에 또 맹세를 하고.
> 킥킥거리며 애무와 입맞춤을 했지.
> 맹세를 기억하라며
> 넌 내 손을 물었지.
>
> 아, 눈이 맑은 사랑하는 사람이여,
> 아, 아름답고 내 마음 아프게 하는 사람이여,
> 맹세가 진정이었기 때문에
> 물어뜯을 필요까진 없었지.

애정시의 대상이 정말 한 여성에 불과한지, 아니면 그가 사랑했지만 끝내 그를 아프게만 했던 그의 조국 독일인지는 물론 분명치 않다.

> 내 이다지도 슬픈 것이

무엇을 뜻하는지 알 수가 없네.

옛날부터 전해 오는 한 동화,

그 생각에서 벗어날 수 없네.

민요풍의 서정시 「로렐라이」(Loreley)에서도 하이네적 사랑의 숙명적 비극성이 엿보인다. 여기서 서정적 자아는 사이렌적 파괴의 여성상 로렐라이의 전설을 두고 슬픈 상념에 잠기면서 자신의 삶과 연관될지도 모르는 그 숙명적 의미를 되새기고 있다. 그의 시는 자연스러운 노래이기도 했기 때문에 슈만, 슈베르트, 브람스 등 많은 음악가가 곡을 붙였다. 초기 시는 다음의 시처럼 텍스트와 멜로디가 완전히 혼연일체를 이룰 때가 많다.

죽음은 시원한 밤이고

삶은 무더운 낮이다.

벌써 날이 어두워지고 난 졸린다.

낮이 날 피곤하게 만들어 놓은 것이다.

내 침대 위로 한 그루 나무가 솟아오르고

그 속에서 어린 꾀꼬리가 노래를 부른다.

그녀는 순전히 사랑 노래만 부른다.

꿈속에서조차도 나는 그걸 들을 수 있다.

그의 후기 시는 보다 정치적이지만, 거기에도 초기의 애정시에서 엿보이는 이런 비극적 정조가 늘 그 바탕에 깔려 있다. 그래서 시가 정치적 풍자와 반어로 점철되어 있음에도 불구하고 아련하고도 슬픈 미학적 격조를 여전히 잃지 않고 있다.

풍자적 운문서사시『아타 트롤. 여름밤의 꿈』(Atta Troll. Ein Sommernachtstraum, 1843)은 춤을 춰야 하는 곰이 흥행사로부터 도망쳐 고향인 피레네 산간지방으로 되돌아와 그동안의 온갖 체험을 이야기한다는 내용으로 동시대적 여러 문학 경향들에 대한 풍자로 가득하다.

> 춤은 볼품없었다. 하지만
> 고상한 신념이 털투성이 가슴에 깃들어 있었다.
> 자주 심한 악취를 풍기기도 했고
> 재능은 없지만 인격은 있었다.[2]

'경향적인 곰'에 대한 이와 같은 풍자는 뵈르네 등이 그를 두고 '재능은 있지만 인격이 없다'고 한 비판을 하이네가 되받아친 것으로 보인다.

1840년에서 1848년까지 파리에서 아우크스부르크 신문의 특파원 자격으로 독일인들에게 보내는 파리의 '정치, 예술, 그리고 민중들의 삶에 대한 보고서'인『루테치아』(Lutetia, 1854, 고대 로마인들이 파리를 가리켜 불렀던 라틴어 이름)는 당시 유럽의 선진국 프랑스가 안고 있던 여러 문제점과 더 많은 문제성을 안고도 정치적 각성이 늦은 독일의 현실에 대한 하이네의 성찰과 정신적 태도를 엿볼 수 있는 중요한 문화사적 전거(典據)이다. 이 책이 연세대 김수용 명예교수의 번역으로 최근에 한국에도 소개된 것은 대단히 의미 있는 일이다.

1843년 5월 함부르크에 큰 화재가 일어나 노모가 살던 집이 불에 타게 되자 하이네는 노모를 방문하기 위해 파리를 떠나 독일 여행을 하게 된다. 이 여행에서 얻은 인상들을 운문서사시 형식으로 기록한 것이『독일. 한 겨울

2　하인리히 하이네,『루테치아』, 김수용 옮김(문학과지성사, 2015).

동화』(Deutschland. Ein Wintermärchen, 1844)이다.

오랜만에 독일 각지를 여행하며 받은 인상들과 이로 인해 촉발된 자신의 회상과 성찰 등을 기록한 것이 이 작품의 바깥 틀이라 한다면, 독일 특히 프로이센 체제에 대한 가차 없는 비판과 풍자가 그 틀 속의 내용을 이룬다. 국경에서 자신의 트렁크를 뒤지는 프로이센 관원들을 보고 읊조리는 하이네의 다음 시구는 유명하다.

> 내 트렁크를 뒤지고 있는 그대들 바보들은
> 거기서는 아무것도 발견하지 못할 것이다!
> 나와 함께 여행하는 금수품(禁輸品)을
> 난 내 머릿속에 숨겼거든.
>
> ......
>
> 지상엔 모든 인류가 먹고도 남을
> 밀이 생장하고 있고,
> 장미와 미르테, 아름다움과 쾌락도,
> 그리고 완두콩도 빵에 못지않게 충분해.
>
> 그래, 콩깍지들이 터지자마자
> 누구나 먹을 수 있을 만큼 완두콩이 충분히 쏟아진단 말이야!
> 천국이란
> 천사들과 참새들한테 맡기자꾸나!

『독일. 한 겨울동화』의 제1장에 나오는 이 시구만큼 당시 하이네의 생각을 극명하게 표현하고 있는 글도 드물다. '콩깍지들이 터지면', 즉 자연스러운 때가 되어 사회 변혁이 찾아온다면, 굶주리는 사람이 없고 누구나 '아름다움과 쾌락'을 만끽할 수 있는 나라를 이 지상에서 만들 수 있으리라는 것이 그의 꿈이다. 이 시구의 앞뒤에 나오는 "우리는 여기 지상에서 벌써 하늘나라를 세우려" 하고, "부지런한 손이 번 것을 게으른 위가 탕진해서는 안 된다"도 위선적, 금욕적 종교를 거부하고 왕과 귀족들만이 호의호식을 누리는 사회가 아니라 온 인류가 충분한 음식, 관능의 쾌락, 예술의 향유를 함께할 수 있는 사회를 염원한 하이네의 생각을 잘 표현하고 있다.

1843년 12월 카를 마르크스는 자신이 주필을 맡고 있던 쾰른의 《라인신문》이 발행금지 처분을 받자 파리로 망명한다. 다시 영국으로 망명을 떠나야 했던 1845년 1월까지 마르크스는 21세 연상인 하이네와 각별한 교우관계를 가진다. "14개월 동안 두 사람은 눈빛만 봐도 서로 통하는 사이"[3]였으며, 마르크스가 엥엘스와 더불어 발표한 「공산당선언」(Manifest der Kommunistischen Partei, 1948)에도 하이네의 영향이 적지 않게 발견된다는 것이 오늘날의 연구 결과이다.

이를테면, 1844년에 슐레지엔에서 일어난 직조공들의 폭동을 소재로 쓴 하이네의 시 「슐레지엔의 직조공들」(Die schlesischen Weber, 1844)에는 다음과 같은 시구가 나온다.

> 침침한 눈에는 눈물조차 말랐다.
> 그들은 베틀에 앉아 이를 간다.
> 독일이여, 우린 네 수의를 짜고 있다.

---

3 하인리히 하이네, 카를 마르크스, 프리드리히 엥겔스, 『독일. 어느 겨울 동화/공산당 선언』, 홍성광 옮김(연암서가, 2014), 7쪽.

우린 그 속에 세 겹의 저주를 함께 짜 넣는다.

우리는 베를 짠다, 우리는 베를 짠다!

　　여기서 직조공들이 독일의 "수의를 짜고 있음"은 "한 유령이 유럽을 돌아다니고 있다"라는 「공산당선언」을 미리 보여 주고 있다. 그런데도 하이네의 길은 마르크스와는 다른 길로 '예술시대의 종말'을 고한 그였지만, 현실 참여와 예술의 자율성을 동시에 지키고자 끝까지 분투하였다. 하이네의 문학을 오랜 기간 연구한 홍성광 교수의 다음과 같은 언급으로 하이네의 문학에 대한 논의를 끝맺는다 ― "그는 시대와 예술, 참여와 자율성의 완전한 일치라는 이상에 도달할 수 없었다. 그의 문학에서 우세한 것은 오히려 둘 사이의 긴장이라고 할 수 있다. 사실 예술이란 어떤 형식으로 나타난다고 해도 결코 예술과 현실 사이의 긴장을 제거할 수 없다고 볼 때 하이네의 문학은 예술과 시대에 대한 성찰을 포기하지 않았다는 점에서 지금 이 시점에서도 여전히 현재성을 가진다고 볼 수 있다."[4]

5.　　　　　　　사실주의적 경향을 선취한 두 희곡작가

　　아주 넓은 의미에서 청년독일파에 속한다고도 볼 수 있지만, 사실상 이미

4　앞의 책, 35쪽.

사실주의적 경향을 나타내고 있는 두 희곡작가가 있다. 그라베와 뷔히너 둘의 공통점은 단명하였고 사후 오랜 시간이 지나서야 중요한 작가로 인정을 받았다는 점이다.

1) 그라베

데트몰트(Detmold)의 교도관의 아들로 태어난 크리스티안 디트리히 그라베(Christian Dietrich Grabbe, 1801-1836)는 라이프치히와 베를린에서 법학을 공부하다가 배우가 되기를 꿈꾸지만, 좌절을 겪고 다시 복학하여 데트몰트에서 군법무관이 된다. 하지만 시적 도취와 알코올 중독 사이를 오가며 불안한 생활을 하던 그는 얼마 가지 않아 이 직업마저도 포기한다. 결혼생활마저 실패한 그는 여러 곳을 방황하다가 다시 집으로 돌아온다. 하지만 아내의 박대로 들어가지 못하자 경찰의 도움으로 들어간 자기 집에서 비참하게 죽어 간다.

하인리히 폰 클라이스트와 비슷한 천재였지만, 절도와 기율을 잃은 방종한 생활 습관에 빠졌으며, 예술의 월계관을 쓰고야 말겠다는 과도한 자기 망상에 시달렸다. 그의 주장은 독일 연극은 셰익스피어 편집광(偏執狂)에서 벗어나 독일적인 인물들을 창조해야 한다는 것이었지만, 하인리히 하이네가 그를 가리켜 '술 취한 셰익스피어'라 불렀을 정도로 그 자신도 셰익스피어로부터 완전히 벗어나지 못하고 있다.

청년기인 1820년대에 발표한 많은 희곡을 뒤로하고 죽기 7년 전에 내어놓은 4막의 운문 비극 『돈 후안과 파우스트』(Don Juan und Faust, 1829)가 그의 대표작이다. 괴테가 『파우스트』 제2부를 쓰고 있던 즈음, 이 작품으로 그는 『파우스트』를 능가하고자 하였다. 작품에서 그라베는 괴테의 파우스트가 지니고 있는 두 영혼을 현세적이고 남국적인 관능의 인간 돈 후안과 북구적이고 사색적인 영원성의 추구자인 파우스트라는 두 인물로 나누어 형상화한다. 일부는 이탈리아에서, 또 다른 일부는 몽블랑에서 벌어지는 이 사건을 연결하는 고리는 두 사람의 공통된 연인 도나 아나(Dona Anna)이다. "당신은 인간인데, 뭣 때문에 초인적으로 되고자 하나?" 하고 향락주의자 돈 후안은 형이상학자에게 묻지만, 후자는 전자에게 묻는다, "그대가 초인 적인 것을 지향하지 않는다면, 뭣 때문에 인간이란 말인가?" 작가 그라베는 작품에서 둘 모두를 지옥으로 가게 한다.

이렇게 그의 작품에는 구원이 없고 오직 냉소적인 절망이 있을 뿐이다. 그의 5막의 산문극 『나폴레옹. 혹은 백일천하』(Napoleon oder Die hundert Tage, 1831)에서도 영웅 나폴레옹은 하찮은 운명의 존재로 그려지고 있으며, 이 광장에서 저 광장으로 몰려다니는 군중들이 주된 인물로 등장하고 있다. 실제 전투나 군대의 행진 장면 등이 ─공연 가능성에 대한 고려가 없이 사 실주의적이자 자연주의적으로까지─ 대담하게 묘사되고 있는데, 이런 경 향은 그의 마지막 작품인 『헤르만의 전투』(Hermannsschlacht, 1836)에서 더욱 심하게 드러난다. 그라베는 자신의 연극 무대란 곧 이 세상 전체라고 말할 정도였다. 그는 자신이 절망을 느낄 때까지 예술의 의미와 위대성을 끌어 올리다가 이 절망에서 다시 끝없는 허무와 좌절의 골짜기로 떨어지지 않으 면 안 되었다.

2) 뷔히너

게오르크 뷔히너(Georg Büchner, 1813-1837)는 자기 시대의 위기적 현실에 대한 정신적 이해에 있어서나 시적 형상화에 있어서 그라베를 훨씬 능가하 는 시인이었다. 이하에서는 뷔히너에 대해 학문적 온축을 쌓은 홍성광 교 수의 글을 모셔 싣고자 한다.

   자연과학자이자 혁명가이며 근대 희곡의 선구자인 게오르크 뷔히너는 1813년 당시 헤센 공국에 속한 다름슈타트 근교 고델라우(Goddelau)에서 태어났다. 1830년 7월의 파리 봉기의 영향으로 시작된 혁명운동에 뛰어든 그는 1834년 독일에서의 정치·경제적 혁명을 촉구하는 소책자「헤센 급사(急使)」(Der Hessische Landbote)를 발간했으며, '인권협회'라는 급진 단체를 조직했다. 최초의 희곡『당통의 죽음』은 전단 살포문제로 경찰에 쫓기며 집필을 시작하여 약 한 달 만에 끝마친다. 자신의 전략적인 실수로 좌절하고 마는 역사 속의 당통과는 달리 문학 작품 속의 당통은 애당초부터 자신이 하는 일의 무의미함을 깨닫고 있다. 이런 점에서 뷔히너는 자신의 결정론적인 기본 견해를 드러내고 있다.

   1836년 중반 무렵부터 쓰기 시작한 것으로 추정되는『보이첵』(Woyzeck, 1879)은 뷔히너가 1837년 초 요절하는 바람에 미완성 작품의 초고 상태로 남게 되었다. 작품은 1821년 우스트라는 과부를 질투심 때문에 살해한 가발 제조자의 아들 보이첵을 실제 모델로 하고 있다. 재판 과정에서 그는 의대 교수 클라루스에 의해 두 차례 정신감정을 받았으며, 오랜 재판 과정을 거친 뒤 라이프치히 시청 앞 광장에서 공개 처형되었다.

   뷔히너가 쓴 3편의 희곡은 셰익스피어와 '폭풍우와 돌진' 운동으로부터 영향을 받았음이 분명하다. 그 내용과 형식은 시대를 훨씬 앞서 있으며, 짧은 장면들과 갑작스러운 장면전환은 극단적인 자연주의와 상상력을 결합한 것이었다. 첫 번째 희곡『당통의 죽음』은 짙은 염세주의로 가득 찬 프랑스혁명에 관한 드라마이다. 주인공인 혁명전사 당통은 자기가 선동하여 일으킨 1792년의 9월 학살 때문에 심한 정신적 고통에 시달리는 인물로 그려져 있다. 낭만주의 사상의 불분명한 성격을 풍자한 『레옹스와 레나』(Leonce und Lena, 1842)는 알프레드 드 뮈세와 클레멘스 브렌타노에게서 영향을 받은 작품이다. 미완성에 그친 마지막 작품 『보이첵』은 가난하고 억압받는 자들에 대한 동정심을 나타냄으로써 1890년대에 등장하게 될 사회극의 시작을 알렸다. 1880년대 자연주의 작가들이 뷔히너를 재발견했을 때 그들은 그를 '인도하는 별'(Leitstern)이 아닌 번개나 혜성으로 이해했다.

뷔히너의 작품들은 『당통의 죽음』을 제외하고는 그의 사후에야 출판되었다. 『보이첵』은 1879년에 이르러서야 무대에 올려졌는데, 이 극은 후에 알반 베르크의 오페라 『보첵』(Wozzeck, 1924)의 대본으로도 쓰였다. 『보첵』은 베르크가 최초로 사회문제를 오페라 형식으로 다룬 것으로, 그는 오페라에서 단순히 주인공의 비극적 운명을 묘사하는 것에 더하여 주인공을 인간 실존의 상징으로서 다룬다. 반면, 뷔히너의 『보이첵』은 클라루스 교수의 감정서에 기록된 사실과 줄거리는 같으나 관점은 다르다. 클라루스 교수는 시민계급의 관점에서 인간의 자유의지를 믿는 이상주의적 태도를 보인다. 그는 인간의 책임능력에 대한 질문을 제기한 후 보이첵의 살인 이유를 설명하려 한다. 이처럼 뷔히너의 『보이첵』에서는 개인행동에 대한 법적 심판은 중요하지 않고, 사회제도 속에서 살아가는 인간을 조명한다.

『보이첵』은 인과율에 따른 기승전결의 구조로 발생하고 종결되는 전통적 희곡의 서술 방식을 따르지 않는다. 이미 복잡한 산업사회로 변한 19세기의 유럽은 한 개인에 의해 사회 전체의 질서가 파괴되고 회복되는 단순한 사회가 아니다. 이 작품은 어떤 이념적인 핵심을 논증하기 위해 제반 모순을 해결하는 식의 '폐쇄 희곡' 형식을 취하지 않고 막이나 장의 구분이 없는 '개방 희곡' 형식을 통해 모순을 공개적으로 드러내고 엄격한 줄거리의 진행을 거부하는 극작법을 보여 준다. 전통적 폐쇄 형식은 하나의 사건이 인과율에 따른 기승전결의 구조로 발생하고 종결하지만, 개방 형식은 직접적 인과관계가 없는 여러 개의 개별 장면을 보여 줌으로써 한 인간을 입체적으로 조명한다.

작품에서 주인공 보이첵이 광란 상태에서 저지르는 살인은 사회에 의해 경제적·정신적으로 착취당하는 한 인간이 어쩔 수 없이 부딪히게 되는 상황을 잘 보여 주고 있다. 만약 경제적인 형편이 좋았다면 보이첵은 마리와 정식 결혼식을 올릴 수 있었을 것이다. 보병 군인과 대위의 이발사로 벌어들이는 얼마 안 되는 봉급으로는 가족을 먹여 살릴 수 없다. 그래서 그는 노예처럼 의사의 생체 실험대상이 되고, 이러한 막막한 환경에서 살인을 저지르게 된다.

보이첵과 같은 하층민이 비극의 주인공으로 등장하는 경우는 독일문학사에서 『보이첵』이 처음이고 그런 점에서 이 작품은 획기적이다. 뷔히너는 하층계급의 문제를 소재로 다루면서 하층민을 실제로 주인공으로 등장시킴으로써 그의 입장을 대변한다. 뷔히너는 보이첵이 겪는 비극의 원인을 개인적 실수나 성격의 결함에 두지 않고, 사회의 구조적 모순에 둠으로써 앞으로 등장할 사실주의 연극의 모범이 될 수 있는 작품을 썼다. 주요 등장인물인 대위, 군악대장, 의사 등은 이름을 가지고 등장하는 것이 아니라 직업만 나타냄으로써 이들은 당시 그 신분계층의 전형을 보여 주는 인물로 기능하고 있다. 이들이 사용하는 언어는 간결한 생활언어이면서도 상징성을 지니며 행동도 양식화되어 있다. 이 모든 것은 그 시대의 일반적인 연극 경향에 비추어 대단히 파격적이고 전위적이라 할 수 있다.

1902년에 가서야 무대에 올려진 『당통의 죽음』은 에베르파가 처형된 후 당통마저 처형될 때까지의 긴박한 상황을 배경으로 하고 있다. 이 시기는 프랑스혁명이 파국을 향해 치달으며 그 마지막 정점을 이루는 때이기도 하다. 당통은 군주제를 무너뜨리고 프랑스 제1공화국을 세우는 데에 주도적인 역할을 한다. 그는 결국 공안위원회의 초대 위원장이 되었으나 점차 온거해지며 공포정치를 반대하다가 결국 단두대에서 죽음을 맞는다. 당통이 처형당한 석 달 후에 그의 처형을 주도한 로베스피에르마저 처형당하고 만다.

이야기는 당통을 중심으로 진행되지만, 혁명지도자 당통이 아니라 로베스피에르에 의해 단두대에서 처형당하는 당통을 주인공으로 삼고 있다. 자신이 그토록 열렬히 추진해 온 혁명 때문에 희생당하는 당통이 이 작품의 중심인물이며, 또한 당통의 처형을 계획하고 추진해 가는 로베스피에르와 생쥐스트도 중점적으로 묘사되어 있다. 이 작품에서는 혁명을 추진한 당통의 강력한 면모가 보이지 않고, 오히려 좌절한 당통의 모습만 드러난다. 당통은 혁명의 무의미함을 누차 강조하며, 남을 단두대로 보내기보다는 차라리 자신이 처형되겠다고 한다. 당통이 계획하고 추진해온 혁명의 결과 민중의 삶은 혁명 전이나 후나 그다지 변화되지 않는다. 민중은 여전히 가난 때문에 몸을 팔아야 하는 상황에서 벗어나지 못하고 있다.

작품에서 당통이 부인들과 카드놀이를 즐기고 창녀와 놀아나는 쾌락주의자로서 등장하는 반면, 로베스피에르는 처음부터 철두철미한 혁명가의 모습을 보인다. 로베스피에르는 당통을 제거하는 역할을 맡았고, 혁명 이후의 민중의 고단한 삶에 대한 그의 견해엔 동의하면서도 혁명의 수행이라는 원칙을 분명히 한다. 그는 공화정과 혁명을 이념으로 삼고, 그에 대해 조금도 회의하지 않는다. 에베르파는 혁명을 지나치게 극단화시켜서 혼돈으로 몰아가다 숙청되었고, 로베스피에르가 볼 때 당통파는 공화정의 힘을 나약하게 만드는 자들이다. 로베스피에르는 혁명과 공화정의 이념을 토대로 당통파를 볼 뿐이며, 그가 꿈꾸는 공화정은 덕에 의해 지배되고, 이 덕은 공포를 통해 유지되어야 한다고 주장한다. 그가 내세운 공화정 이념은 모든 개인의 사생활까지 확대 적용되며, 개인의 악덕 역시 정치적 범죄로 규정한다.

결국, 로베스피에르, 생쥐스트 모두 민중의 궁핍 해소에는 관심이 없고, 오직 테러를 수단으로 사회의 변혁을 목표로 한다. 또한, 그들에게 중요한 것은 공화국에서의 시민의 자유가 아니라 죄지은 인류를 쇄신하기 위해 무제한의 폭력을 사용할 수 있는 자신들만의 독점적인 자유이다. 그러나 로베스피에르가 미덕을 통해 테러를 정당화하기 위해 자연, 즉 본성을 억압하는 것과는 달리, 생쥐스트는 악마적이고 파괴적인 자연의 폭력을 찬미하며 혁명의 근본원칙을 자연과학적 토대 위에서 전개한다. 그는 스스로 이러한 파괴적인 자연의 대변자임을 자처한다. 그러고서 자신의 폭력을 자연의 폭력과 동렬에 놓고 공포정치를 정당화하며 이에 복종할 것을 강요하고 협박한다.

뷔히너도 생쥐스트처럼 폭력을 통한 혁명의 필요성에 어느 정도 공감하는 혁명가였다. 하지만 그는 민중의 궁핍 해결을 혁명이 해결해야 할 가장 시급한 문제로 본다. 그러므로 그는 『당통의 죽음』에서 이런 문제를 외면하고 정적 제거와 권력 유지를 위해 무차별적인 대량살상을 자행하는 생쥐스트의 독선적 태도를 비판한다. 폐쇄적이고 일방적인 이데올로기가 지배하는 사회는 항상 인간 해방의 가능성과 열려 있는 대화의 가능성을 방해하고 억압하기 때문이다.

홍성광 교수의 위의 글이 19세기 독일문학 최고의 극작가 뷔히너의 삶과 문학을 간결하게 잘 요약하고 있으므로, 여기서 이 문학사의 필자는 더 이상 췌언을 늘어놓아 홍교수의 취지를 흐리게 만들지 않는 것이 좋을 것 같다.

뷔히너

(Mit freundlicher Genehmigung des Deutschen Literaturarchivs Marbach)

다만, 여기서 필자는—아마도 너무 적은 분량의 원고를 청한 까닭에 홍 교수가 미처 언급하지 못한— 뷔히너의 미완성 단편 『렌츠』(Lenz, 1839)와 그의 희극 『레옹세와 레나』(Leonce und Lena, 1842)에 대해 간단한 언급을 덧붙여 두고자 한다.

인간으로서나 극작가로서 뷔히너 자신과 유사점이 많은 '폭풍우와 돌진'의 불행한 시인 미햐엘 라인홀트 렌츠의 정신병 발병 징후와 그 과정을 그리고 있는 『렌츠』에서는 한 시인의 종교적 절망과 의지할 데 없는 고독감이 잘 형상화되어 이 시대에 나온 단편 중 수작으로 꼽히고 있다. 특히 작품 속에 삽입된 '예술에 관한 대화'(Kunstgespräch)는 이상주의와 현실주의(사실주의, Realismus)에 대한 뷔히너의 견해를 대변하고 있는 것으로 유명하다.

산문으로 된 3막의 희극작품 『레옹세와 레나』는 셰익스피어의 영향을 받은 낭만적 동화극 형식을 취한다. 왕자와 공주 신분으로 태어난 레옹세와 레나는 부왕(父王)들의 정략 때문에 서로 결혼해야 할 운명에 처하게 된다. 각자는 이런 비낭만적인 결혼을 피하고자 각자 도주의 길에 오르는데, 그 도주로에서 두 남녀가 우연히 서로 만나 동화적, 전원시적 사랑을 나눈다는 이야기다. 멜랑콜리와 권태에 빠진 레옹세는 당통의 권태를 연상시키며, 거의 꼭두각시 수준으로 희화화되어 나타나는 왕들과 그 신하들의 언행 및 작태는 당시 전제주의적 사회질서에 대한 뷔히너의 냉소적 풍자를 드러내고 있다.

뷔히너는 자유에 대한 쉴러의 이상주의적 믿음을 유지할 수 없는 시대에 절망적인 드라마들을 쓴 위대한 시인이다. 구츠코나 하이네처럼 시와 글로써 전제주의에 항거한 것이 아니라 자신의 몸과 행동으로써 직접 민중의 편에 서서 싸우다가 요절한 뷔히너의 처절한 고통과 절망은 『보이첵』에 나오는 다음과 같은 동화에 잘 드러나 있다.

옛날 옛적에 한 불쌍한 아이가 살았는데, 아빠도 엄마도 가족도 모두 죽고 이 세상에 아무도 없었어. …… 이 땅 위에는 아무도 없었기에 그 아이는 하늘로 가려고 했지. 달이 아주 다정하게 내려다봐 주었거든. 그런데 그 애가 드디어 달에 도착하니, 그건 한 조각 나무토막이지 뭐야. 그래서 그 애는 해에게로 갔어. 그런데 해한테로 가보니, 그건 시들어 빠진 해바라기였어. …… 그래서, 그 애는 거기 주저앉아서 울음을 터뜨렸지. 거기 그 아이가 아직도 홀로 외롭게 앉아 있단다.

세계문학사에서 유래가 없는 이 처절한 '절망의 동화'를 남긴 뷔히너는 독일문학사 전체를 두고 볼 때 몇 안 되는 현실참여적 시인 중의 하나이다. 그는 레싱과 하이네를 이어 장차 베르톨트 브레히트에게로 바톤을 넘겨주는 독일 국내외 독문학자들 모두의 존숭을 받고 있는, 진실하고도 소중한 시인이다.

한국의 독문학자들도 일찍이 이 점을 숙지하고 이미 1986년에 고 김황진 교수(충남대)를 중심으로 한국뷔히너학회를 창립하였고, 그 이래로 현재까지도 《뷔히너와 현대문학》이란 학술지가 꾸준히 발산되고 있다. 24세에 요절한 이 시인의 문학전집은 단 한 권의 책으로 되어 있을 뿐이지만, 그의 문학에 대한 세계 독문학자들의 연구 수량은 가히 천문학적이라 할 만하다.

XII

사실주의

(Realismus, 1848-1890)

1.   사실주의라는 개념

독일어의 'Realismus'는 여러 가지 의미를 지닌다. 우선, 철학에서 인간의
사고로부터 독립된 현실의 존재를 믿는 태도를 '실재론'(實在論, Realismus)이
라 한다. 그리고 문학에서도 'Realismus'를 '현실주의'로, 또는 그냥 영어에서
빌린 '리얼리즘'이라고 옮겨야 할 때가 있고, 또 어떤 때에는 '사실주의'(寫實
主義)로 옮기기도 한다. '현실주의' 또는 '리얼리즘'은 문학 작품에서 어떤 인
물이나 사물이 리얼하게 묘사되어야 한다는 초시대적 개념으로 쓰이며, 모
든 시기의 문학, 특히 드라마와 소설에 이런 리얼리즘의 전통이 엿보인다.
이를테면, 우리는 에우리피데스의 비극이나 아리스토파네스의 희극에서도
리얼리즘을 발견할 수 있다.

'사실주의'는 독일 이상주의 시대가 퇴조한 19세기 후반에 '현실의 충실
한 재현'을 목표로 대두한 특정 문학사조, 즉 '현실을 모사하듯이' 작품을 써
야 한다는 문학사조를 일컫는다. 물론, '사실주의'를 이야기할 때에도 '현실
주의', 또는 '리얼리즘'이란 의미가 그대로 살아 있다. 따라서 초시대적, 보
편적 개념인 '리얼리즘'을 문학사적 사조 개념으로 차별화하기 위한 '사실주
의'란 용어의 앞으로의 '사활' 및 '존폐' 문제는 좀 더 시간이 흐른 뒤에야 판
가름이 날 것 같다.

다만 여기서는 지금까지의 우리 독일문학계의 관행을 존중하여 문학사
적 사조로서의 'Realismus'는 '현실주의'나 '리얼리즘'으로 부르지 않고 '사실
주의'라는 다소 고풍스러운 이름으로 부르기로 하겠다.

'3월 혁명'의 실패와 '독일의 참사'

독일의 사실주의는 1848년부터 1890년까지의 시기의 문학을 말한다. 1848년의 '3월 혁명'은 유럽 및 독일의 정치체제에 큰 변동을 초래하였다. '3월 혁명'은 오스트리아의 재상 메터니히를 물러나게 하였고, 빈(Wien) 회의 이래로 자행되고 있던 검열제도와 불온분자 감시 체제가 잠시 주춤하게 된다. 프랑크푸르트, 함부르크, 뤼벡, 브레멘 등 4개 자유시와 오스트리아, 프로이센, 바이에른, 작센, 하노퍼, 뷔르템베르크 등 37개 영방국가들(의 장국: 오스트리아)의 대표들이 모여 전체 독일에 파급력이 있는 주요 결정을 내리던 프랑크푸르트의 '독일동맹 연방의회'(Bundestag des Deutschen Bundes)는 '3월 혁명'의 영향으로 1848년 7월에 활동이 중지되고, 그 권한이 자유선거로 뽑힌 각 지역 대표들로 구성된 '프랑크푸르트의 국민회의'(Frankfurter Nationalversammlung, 1848-49)와 그 의회가 구성할 임시정부로 위임되었다.

이로써 시민적 '자유'(Freiheit)와 정치적 '통일'(Einheit)이라는 독일인들의 오랜 소망이 이루어지는 듯 보였다. 이어서 프랑크푸르트에서는 민주적 헌법 제정을 위한 활발한 논의가 벌어졌다. 하지만 '3월 혁명'은 결국 '물잔 속의 폭풍'에 지나지 않은 것으로 드러났다. 그것은 혁명의 주된 담당자였던 자유주의적 시민계급의 요구가 관철될 수 있는 기반이 너무 취약했기 때문이었다. 극우로부터 극좌까지 이르는 다양한 정치적 스펙트럼의 국민회의 대표들은 여러 정파로 갈린 채 쉽게 합의에 도달하지 못한 채 결국 전제군주들에 의해 강제 해산되는 비운을 겪게 된다.

'3월 혁명'의 실패는 19세기 후반의 독일 사회에는 물론이고, 제1차 세계 대전과 바이마르 공화국, 그리고 나치 집권 및 그 만행에 이르기까지 앞으로의 독일 역사에 비민주적이고도 비극적인 암영을 드리운다. 혁명의 실패와 그 뒤의 복고주의적 시대를 겪어 내면서 독일의 시민계급은 정치적 자由를 쟁취하려는 적극적 노력을 포기하고 체념과 가족 속에서―후일 토마스 만의 표현을 빌리자면―'정신의 귀족'(Adel des Geistes)이 되고자 했다. 따라서 그들의 문학도 민주적 투쟁을 회피하고 제4계급의 가난과 사회의 어두운 면을 외면하면서 자신의 내면을 향해 침잠해 들어가려는 경향을 띠게 된다. 혁명의 실패와 그 후유증, 그리고 이에 뒤따라오는 독일인들의 정치적 후진성 및 비민주성 등을 복합적으로 가리켜 유럽인들, 또는 독일인들 자신들이 '독일의 참사'(Deutsche Misere)라고 부르는 것은 결코 우연이 아니다.

3.   '시적 사실주의' 또는 '시민적 사실주의'

독일 사실주의 문학의 대표자 중의 하나인 테오도르 폰타네는 '일상생활의 적나라한 재현'(das nackte Wiedergeben alltäglichen Lebens)과 그 참상이나 어두운 면들을 드러내는 것을 열등한 문학으로 간주하면서, 문학은 현실 생활의 모든 면을 작품에 반영하되 '예술적으로' 반영해야 할 것이라고 주장했다. 그는 모든 예술은 현실의 이상적 '변용'(Verklärung)이며 현실이 '영원한 아름다움의 나라'에서 재현될 때에만 예술일 수 있다고 생각했다. 이 '변용'(Verklärung)이란 개념은 폰타네뿐만 아니라 19세기 후반 독일의 거의 모든 사실주의 작가들에게 하나의 중요한 원칙으로 작용했다.

지연과학의 놀라운 발달과 고속으로 진행되는 산업화, 철도 부실, 그리고 도시로의 인구 집중 등을 통해 노동력 이외에는 아무것도 지닌 것이 없는 프롤레타리아 계급이 생겨났다. 카를 마르크스는 「공산당선언」(1848)에 이어 1867년에 『자본론』(Das Kapital) 중 제1권을 내어놓았다. 정치·경제·사회적 여러 난제가 시대적 해결책을 기다리고 있었다. 이른바 '창건시대'(Gründerzeit)라고도 지칭되는 이 시대는 제국의 '창건시대'(1871-73)이기도 했지만, 투기와 이윤을 목적으로 새로운 주식회사들이 우후죽순처럼 창립되던 시기이다. 프랑스로부터의 전쟁 배상금이 독일로 흘러듦으로써 독일은 일시적 호경기를 누리고 있었음에도 이 시대 민중들이 겪는 현실은 비참하였다. 이런 추악한 현실이 문학 작품 속에서 '변용' 또는 '정화'(淨化)를 통해 예술적 아름다움을 얻기 위해서는 이런 현실 세계로부터 한 발짝 떨어져, 또는 한 차원 더 높은 시각에서 현실을 내려다볼 수 있는 '후모어'(Humor, 해학)가 필요하기 마련이다. 독일 사실주의의 거의 모든 작가가 '해학'(諧謔)을 자신들의 주요 시적 구성 원리, 또는 자신들의 시인으로서의 자세로 이해한 것은 이 때문이다.

19세기 독일 사실주의 문학, 특히 소설문학이 당면했던 가장 큰 문제로 독일문학자 헤젤하우스 교수는 '현실을 예술적인 상(像)으로 끌어올리되, 그 상이 어디까지나 세계와 현실의 모사로 남아 있어야'[1] 한다는 사실을 들었다. 작품이 '세계와 현실의 모사'이자 '예술적인 상'이 되어야 한다는 것

---

1   Vgl. Clemens Heselhaus: Das Realismusproblem, in: Begriffsbestimmung des literarischen Realismus, hrsg. v. Richard Brinkmann, Darmstadt 1969, S. 341: Das Problem des literarischen Realismus ist "die Erhebung der Wirklichkeit zu einem künstlerischen Bild, das aber ein Abbild der Welt und der Wirklichkeit bleibt."

은 '예술'의 품위를 유지해야 한다는 말이기도 하다. 이 때문에 이 리얼리즘을 일반적으로 '시적 사실주의'(poetischer Realismus),[2] 또는 '시민적 사실주의'(bürgerlicher Realismus)[3]라고 부른다. 현실을 있는 그대로 반영하기보다는 '시적'으로 반영해야 한다는 의미에서 '시적 사실주의'이며, 이 문학의 주된 담당자가 '비정치적'인 독일 시민계급이었다는 의미에서 '시민적 사실주의'라고도 지칭된다.

"시민계급이 아직 살롱에 발을 들여놓을 수 없었을 때에도 장편소설은 이미 살롱에 들어갈 수 있었다"(Der Roman wurde salonfähig, bevor der Bürger den Salon betreten durfte)[4]는 페터 퓌츠 교수의 말처럼 계몽주의 이래의 장편소설이 그만큼 중요한 문학 장르로 성장했다는 방증이자, 괴테의 『빌헬름 마이스터』에서 티크, 노발리스, 에.테.아. 호프만 등을 거쳐 '시민적 사실주의'에 이르면 장편소설이 주된 장르로 올라선 것은 당연한 결과이기도 하다. 이제는 시민계급도 혁명을 포기한 대신에 귀족의 살롱을 드나들기도 하고 스스로 살롱을 열어 귀족의 흉내를 내기도 하는 시대가 왔다. 이렇게 19세기 후반의 독일의 시민계급은 정치적으로 치고 올라오는 제4계급과의 유대보다는 제4계급에 대한 자신의 차별성을 부각하기에 급급해 했다.

'시적 사실주의' 또는 '시민적 사실주의'는 시기적으로 비스마르크 시대와 거의 일치한다. 이 시기의 시민계급은 대자본 축적 시민계급, 교양시민계급, 소시민계급 등으로 이미 분화되어 있었다. 대자본 축적 시민계급은 귀

---

2 Vgl. Fritz Martini: Deutsche Literatur im buergerlichen Realismus 1848-1898, Stuttgart Stuttgart, vierte, mit neuem Vorw. u. erweit. Nachw. verseh. Aufl., 1981.

3 Vgl. Wolfgang Preisendanz: Voraussetzungen des poetischen Realismus in der deutschen Erzaehlkunst des 19. Jahrhundert, Muenchen 1977.

4 Peter Pütz: Politische Lyrik der Aufklärung, in: ders. (Hrsg.): Erforschung der deutschen Aufklärung, Königstein/Ts. 1980, S. 316-340, hier: S. 317.

족계급에 동조하는 세력이었지만, 당시의 교양시민계급과 소시민계급도 비스마르크의 정책에 대해 잠정적으로 묵인하는 식의 태도를 보였다. 이런 시대적 현실에 대해 시민적 사실주의의 작가들은 대체로 유보적이었으며 그들은 대체로 냉담하게 관찰하며 기다리거나 아주 단념해 버렸다. '시적 사실주의'에는 당시 독일 시민계급의 '비정치성', 또는 '몰정치성'이란 측면도 동시에 포함되기 때문에, 독일의 사실주의 작가들이 스탕달, 발작, 플로베르, 디킨즈 등 다른 나라의 사실주의 작가나 『적과 흑』, 『인간희극』, 『보바리 부인』, 『데이비드 코퍼필드』 등과 같은 작품에 비해 그 수준이 다소 떨어지는 것도 이 때문이다.

---

4.   사실주의 시대의 시와 드라마

독일 사실주의 문학의 대부분은 소설로 시와 드라마는 빈약했다. 사실주의 작가 중에서 실제로 시를 쓴 사람은 테오도르 슈토름, 고트프리트 켈러, 콘라트 페르디난트 마이어 등 세 사람을 꼽을 수 있을 뿐이다.

이다지도 조용하다. 황야는
따뜻한 한낮의 햇볕 속에 놓여 있다.
......
오두막집 농부는 문에 기대서서

편안히 눈을 깜빡이며 벌들을 바라보고 있다.

......

노인의 눈꺼풀 내려앉는 걸 보면

아마도 그는 꿀 따는 꿈 꾸는가 보다.

들끓는 시대의 그 어떤 소리도

이 고독 속까지 파고들진 못한다.

1848년의 '들끓는 시대'에 슈토름(Theodor Storm, 1817-1888)은 「외딴곳에 멀리 떨어져서」(Abseits)라는 시로 '황야의 고요함' 속에 숨어서 졸고 있는 한 노인을 노래한다. 여기서도 알 수 있지만, '시적 사실주의'에서 '시'는 왜소하여 볼품이 없게 되고, '시민적 사실주의'에서 '시민'은 기개와 용기를 잃었다.

이런 사정은 드라마에서도 마찬가지다. 사실주의 드라마 작가로 프리드리히 헤벨(Friedrich Hebbel, 1813-1863)을 겨우 찾을 수 있다. 콘라트 페르디난트 마이어, 오토 루트비히(Otto Ludwig, 1813-65), 프라이타크 등도 좋은 드라마들을 쓰고자 노력했지만, 그들은 19세기 후반의 격변하는 환경을 효과적으로 극화하는 데에는 성공하지 못했다.

서부 홀슈타인의 소도시 베셀부렌(Wesselburen)에서 가난한 미장이의 아들로 태어난 헤벨은 가난과 궁핍 속에서 젊은 날을 보내다가, 1846년 빈에서 여배우 크리스티네 엥하우스(Christine Enghaus)와 결혼하고 비로소 안정된 생활을 한다. 헤벨은 19세기 후반의 변화된 사회 환경을 아직 극복되지 못한 낡은 시대와 아직 도래하지 않은 새 시대의 사이에 처해 있는 신화적, 역사적 인물의 갈등으로 극화했다. 이것이 고전·낭만주의 드라마의 이상주의적 전통을 유지하면서도 새 시대의 문제를 사실적으로 제시할 수 있었던 헤벨 드라마의 성공 비결이었다. 성경에 나오는 인물 유디트의 여성 심리를 그린 비극 『유디트』(Judith, 1840)나 신화적 인물들의 삼각관계를 그린 비극 『게노페파』(Genoveva, 1843) 등이 그런 예이다.

역사나 신화에서 사건과 인물을 가져오지 않고도 성공한 헤벨의 유일하고도 예외적인 드라마는 1844년에 나온 비극 『마리아 막달레나』이다. 레싱의 『에밀리아 갈로티』와 쉴러의 『간계와 사랑』에 이어 산문으로 쓰인 이 시민비극은 마리아 막달레나라는 성경의 인물 이름을 제목으로 끌어들여 그 비극성이 더욱 강조되지만, 시민계급의 처녀 이름은 클라라이다. 그녀는 실연의 반작용으로 사랑하지도 않는 레온하르트에게 몸을 내맡겨 처녀 임신을 하게 된다. 오빠마저 절도 혐의를 받고 감옥에 가게 된 어수선한 집안 상황에서 클라라는 냉정하고 이해 타산적인 레온하르트로부터도 버림을 받는다. 상심한 아버지를 위해 클라라는 옛 애인에게 아기의 아버지가 되어 줄 것을 청하지만 거절당함으로써 이 마지막 탈출구마저 없어진다. 도덕적으로 엄격한 아버지의 죽음을 걱정한 클라라는 우물에 몸을 던져 자살하고 만다. 이후에 석방된 오빠는 뱃사람이 되어 멀리 떠나가고 망연자실한 아버지 안톤만이 홀로 남게 된다.

극적 갈등의 원인이 레싱이나 쉴러의 시민비극에서처럼 귀족계급과 시민계급 간의 차이에서 오는 것이 아니라, 소시민계급 자체 내의 비극적 환경에서 발생하고 있으며 비극은 이 계급이 아직 극복하지 못하고 스스로 매여 있는 가부장적 인습에서 나타나고 있다. 레싱, 쉴러, 헤벨로 내려오는 시민비극에서 가부장적 아버지와 인습적 도덕률의 희생자인 딸의 관계를 유심히 고찰해 본다면, 서구의 사회사를 이해하는 데에 독일문학사 공부가 얼마나 중요한가를 새삼 실감하게 될 것이다.

5.   테오도르 슈토름

북부 독일의 후줌(Husum)에서 변호사의 아들로 태어나 킬대학에서 법학을 공부하고 변호사와 법관으로 지낸 슈토름이 독일문학사에 남은 것은 그의 단편소설 때문이다.

그의 첫 성공작인 단편소설 『이멘호(湖)』(Immensee, 1850)는 젊은 날의 첫사랑에 대한 회상을 담고 있는 액자소설이다. 바깥 이야기는 석양에 한 '노인'이 산책을 마치고 자기 방으로 돌아와 회상(속 이야기)을 시작하여, 회상이 끝나자 다시 그 첫 장면의 '노인'으로 되돌아오는 것으로 되어 있다. 이바깥 이야기에서는 '노인'의 회상 이외에는 실제로 아무 사건도 일어나지 않으며, 미래에의 새로운 전망도 전혀 없는 슬픈 옛이야기에 불과하다. 그런데도 슈토름은 슬픈 전원시적 속 이야기에다 서정시적 분위기와 애틋한 아름다움을 부여하고 있다. 여기서 중요한 것은 행동과 사건이 아니라 상징성을 내포하고 있는 사소한 장면들이다. 독자는 호수 위의 '수련'(睡蓮, Wasserlilie)이 주인공 라인하르트의 잃어버린 첫사랑과 연결되는 일종의 상징 이미지라는 것을 알 수 있으며, 라인하르트의 비극적 사랑에 쉽게 공감하게 된다. 『이멘호』에는 독일 시민계급의 애수에 젖은 체념이 서려 있어 '〈시〉적 사실주의'에서의 '시'가 무엇인지 실제로 체감이 가능하다.

그의 대표작인 단편 『백마 탄 사람』(Der Schimmelreiter, 1888)은 오늘날에도 독일 김나지움에서 학생들의 필독서로 권장되고 있다. 그것은 작품에서 주인공인 제방관리백작 하우케 하이엔(Hauke Haien)의 행동과 그를 둘러싼 사건의 진행 경과를 적절한 거리를 두고 묘사하고 있는 전형적인 '작가로서의 서술자'(auktorialer Erzähler)를 살펴볼 수 있기 때문이다. 이 작품 역시 액자소설로서, 바깥 이야기는 하우케 하이엔의 합리적 세계관과 마성적 세계의 비밀스러운 장난을 대비시키는 데에 활용되고 있으며, 속 이야기에서는 백마를 탄 제방관리백작이 처자와 함께 몰락해 가는 모습을 보여 준다.

북부 독일 후줌을 배경으로 독특한 향토의 자연 묘사와 친숙한 후기 낭만주의적 서술 전통을 곁들인 슈토름의 멜랑콜리한 이야기들은 독자들에게 심상치 않은 읽을거리를 제공한다. 하지만 궁극적으로는 모든 현세의 사건들을 '무상성'(Vergänglichkeit)의 늪에 빠트릴 뿐, 아무런 형이상학적 희망도 남기지 않는 것이 북부 독일인 슈토름의 정직성이자 쉽게 보충될 수 없는 결함이다.

6.   고트프리트 켈러

스위스 태생의 고트프리트 켈러(Gottfried Keller, 1819-1890)는 북부 독일의 슈토름보다는 비교적 강한 사회의식을 지니고 있었던 작가이다. 취리히에서 선반공(旋盤工)의 아들로 태어난 켈러는 학생 운동에 가담한 이유로 공립공업학교를 그만둔다. 뮌헨에서 화가가 되기 위한 시도를 하다가 실패하고 1842년에 다시 취리히로 돌아와, 때마침 정치적 망명으로 머물고 있던 프라일리그라트, 헤르베그 등 과격한 자유주의자들과 접촉하면서 정치시들

을 발표한다. 이 정치시들은 1846년에 나온 첫 시집『시들』(Gedichte)에 실렸다. 1848년에 국가 장학금을 얻어 하이델베르크대학에서 헤겔 좌파 포이어바흐로부터 결정적 영향을 받았다. 1850년에서 1855년까지 베를린에 머물다가 취리히로 돌아와 1861년부터 1876년까지 취리히 시의 서기로 일했다.

자전적 요소가 많은 그의 예술가소설『초록의 하인리히』(Der grüne Heinrich, 1854)는 독일 사실주의 문학이 남긴 가장 중요한 교양소설이다. 여기서 '초록'은 어린 하인리히가 입었던 초록색 윗옷 때문이기도 하지만 정신적으로 아직 미성숙 단계임을 암시한다. 켈러는 화가가 되고자 하는 꿈을 안고 타향살이를 하는 하인리히 레(Heinrich Lee)의 좌절 이야기에 고난과 가난에 시달리던 자신의 베를린 생활을 회상의 형식으로 삽입했다.

예술가의 꿈에서 좌절을 겪고 귀향한 그날, 어머니의 장례식에 가까스로 참석하게 된 하인리히 레는 이 세상에 절망한 나머지 죽어 간다. 제1판의 이러한 비극적 결말은 제2판(1879/80)에서는 보다 긍정적으로 보충된다. 예술과 삶, 정신적 주체와 시민적 경제생활은 괴테의『빌헬름 마이스터의 수업시대』와 달리 더는 갈등 관계가 아니라 서로 타협을 통해 조화를 이루어 내어야 할 과제로 제시된다.

켈러의 단편소설집『젤트빌라의 사람들』(제1권: 1856; 제2권: 1874)은 스위스의 한 가공적 마을 젤트빌라에서 일어난 사건들을 각각 독립된 단편소설로 기록했다. 작품들을 모두 합해서 보면 이 소시민적 공동체의 허점과 인간적인 약점들이 아울러 드러나게 된다. 향토의 사소한 사건들과 기이한 인물들에 대한 켈러의 '아버지다운' 애정이 엿보이며, 이 점에서 그는 비슷한 소재를 스위스 방언으로 쓴 예레미아스 고트헬프(Jeremias Gotthelf, 1797-1854)의 시골풍을 훨씬 벗어나 세계적 보편성을 획득했다 하겠다.

7.   콘라트 페르디난트 마이어

고트헬프, 켈러와 더불어 또 다른 스위스 태생의 작가인 콘라트 페르디
난트 마이어(Conrad Ferdinand Meyer, 1825-1898)는 취리히의 부유한 시민 명문
가의 아들로 태어나 프랑스어와 프랑스적 정신세계에서 자라났다. 하지만
일찍부터 우울증에 시달리며 정신병원에 입원하기도 했다. 수줍고 내향적
인 청년이었던 그는 주로 프랑스문학을 독일어로 번역하는 작업을 하다가
40대 중반에 이르러서야 비로소 소설을 쓰기 시작했다.

작가로서의 마이어는 단편소설을 주로 썼는데, 자신의 소설 소재를 거의
모두 과거 역사적 인물이나 사건에서 가져왔다. 그의 말에 의하면 과거의
소재는 당장 문제가 되는 현재의 소재보다도 인간적인 것을 보다 예술적으
로 다룰 수 있는 '객관적 거리'(die objektivierende Distanz)를 확보해 주기 때문
이다. 독일 사실주의 문학은 대부분이 산문문학으로 헤벨을 제외하고는 탁
월한 드라마들을 남기지 못했다. 하지만 갈등적 요소들이 집중적으로 다루
어짐으로써 드라마에 가장 가깝다고 할 수 있는 단편(Novelle) 장르는 아주
발달했다. 슈토름에 이어 단편에 탁월한 재능을 보인 마이어가 역사 자체
에 대한 관심보다도 '객관적 거리'의 확보를 위해 소재로서 역사적 사건과
인물을 선호한 것은 당연하게 보인다.

단편 『성자(聖者)』(Der Heilige, 1879)에서 이러한 '객관적 거리'가 잘 나타난
다. 작품에서 사건들은 심리적 경과 묘사나 작가의 부가적 해석도 없이 객
관적으로만 보고된다. 영국의 헨리 2세는 재상이며 친구인 토머스 베케트

(Thomas Becket, 1118-1170)의 딸을 유혹한다. 하지만 베케트의 딸은 질투에 사로잡힌 왕비에 의해 희생된다. 베케트는 국왕에 대한 충성심 때문에 복수를 단념한 것처럼 보인다. 캔터베리 수석 대주교가 되어 교회를 대표하게 된 베케트는 그리스도의 정신에 따라 경건하게 처신해야 한다는 의무감과 과능에 약하고 겸손한 헨리에게 개인적으로 복수하고 싶은 욕망 사이에서 심한 갈등을 겪게 된다. 그는 결국 이 두 가지를 하나로 결합해 교회 성직자로서 의무를 충실하게 지키며 친구 헨리왕의 가장 위험한 적수가 되는 길을 택한다. 헨리왕은 실망과 분노로 그의 살해를 명령하고 교회의 제단 앞에서 베케트는 죽는다. 이로써 베케트는 순교자이자 성자로 추앙받지만, 헨리왕은 몰락하게 된다.

베케트는 신의 뜻을 충실하게 따른 것인가? 아니면, 사태의 추이를 미리 내다보고 개인적인 복수를 한 것인가? 성자 베케트의 석관 위에 새겨진 얼굴에 떠오른 이상한 미소는 그가 현세에서 승리한 것을 의미하는가? 아니면, 내세의 승리를 의미하는 것일까? 현대적으로 꾸며진 중세의 이야기는 소박하고 정직한 목격자의 증언만이 있을 뿐, 베케트의 내면세계에 대해서는 일체의 언급이나 암시도 없다. 이 작품에서 구원에의 희망이나 가능성을 남기지 않는 마이어의 객관적 사실주의가 잘 드러나 있다.

단편 『페스카라의 유혹』(Die Versuchung des Pescara, 1887) 역시 역사에서 소재를 가져온 것이다. 카를 5세의 황제군을 이끌고 파비아(Pavia) 전투에서 승리한 야전사령관 페스카라에게 만약 그가 황제를 떠나 밀라노와 교황의 편에 서서 이탈리아의 해방자가 되어 준다면, 그 대가로 나폴리 왕국의 왕관을 주겠다는 제안이 들어온다. 그에게는 크나큰 유혹이지만, 알 수 없는 이유로 제안을 받지 않고 황제를 위해 밀라노를 정복하고는 바로 죽는다. 전에 입은 부상 때문에 자신이 더는 오래 살지 못하리라는 것을 미리 알았던 것일까?

아마도 마이어는 페스카라가 유혹적 제안을 받아들이지 않은 원인이 불분명했기 때문에 이 역사적 소재에 큰 매력을 느꼈던 것으로 보인다. 주인공 페스카라가 권력과 정의, 세속적 명예와 자신의 양심의 소리 사이의 갈등 속에서 인간적으로 고뇌하는 모습을 그려 냄으로써 마이어는 19세기 후반기의 비극적 세계관을 극명하게 보여 준다. 그러나 비극성에도 불구하고 희미한 예술적 아름다움을 엿볼 수 있는 것이 마이어 산문의 매력이다.

---

8.   구스타프 프라이타크

구스타프 프라이타크(Gustav Freytag, 1816-1895)는 상부 슐레지엔의 크로이츠부르크에서 부유한 의사의 아들로 태어나 브레슬라우대학에서 독일문학과 문화사를 전공하고, 1839년 교수자격 논문이 통과되어 5년간 브레슬라우대학 독문과에서 전임강사로 활동했다.

1848년에는 라이프치히에서 문학평론가 율리안 슈미트(Julian Schmidt)와 《국경을 넘나드는 심부름꾼들》(Die Grenzboten)이라는 주간지를 발행하면서 기자로도 활동했다. 또한, 슐레지엔의 직조공 봉기(1844)에 대한 정치적, 비판적 보도 때문에 프로이센 당국의 지명수배를 받았다. 1867년부터 1870년까지 그는 제국의회에서 국민자유당 의원으로 활동하면서 작은 영방국가들을 프로이센 중심으로 통일해야 한다는 이른바 '소독일 통일안'(Kleindeutsche Lösung)을 적극 지지하였고, 1870-71년의 독불전쟁 때에는

종군기자로서 프로이센의 프리드리히 왕세자를 수행하였다. 1886년 추밀
고문관으로 임명되었고 학예공로 훈장을 받았다.

일을 사랑하는 독일민족의 유능함에서 소설의 소재를 취해야 한다는 율
리안 슈미트의 말을 좌우명으로 내건 19세기 후반에 나온 소설 『차변과 대
변』(Soll und Haben, 1855)이 인기를 누림으로써 그의 이름을 문학사에 남기는
데에 일조하였다. 작품은 상인 수업을 하는 슐레지엔 출신의 청년 안톤 볼
파르트(Anton Wohlfahrt)가 과도한 소망과 동경에 사로잡혀 방황하다가 자신
의 본업으로 돌아와 시민으로서의 의무를 다하게 된다는ㅡ빌헬름 마이스
터의 도정과 비슷한ㅡ 평범한 이야기이다. 이 소설에서 평범하지 않은 것은
모범적인 안톤 볼파르트의 삶과 같은 지역 유대인 청년 파이틀 이치히(Veitl
Itzig)의 비양심적이고 소유욕에 불타는 사기행각을 아울러 그리고 있다는
점이다. 1945년 이후 비평가들이 이 소설에서 반유대주의적 성향을 발견하
는 것은 우연이 아니다. 생전의 프라이타크는 반유대주의자가 아님을 누차
표명했고, 파이틀의 아버지에 대한 호의적 묘사를 보더라도 그를 반유대주
의자로 속단하기는 어렵다.

또한, 이 소설에서는 위의 두 청년의 이야기 이외에도 한 귀족 가문 몰락
의 이야기가 나오고, 폴란드인의 '자유를 위한 투쟁'(1830/31)을 계기로 독일-
폴란드 국경 지대에서 벌어지는 각종 사건과 인간관계에서 문화적으로 취
약한 폴란드인들에 비해 독일 시민계급의 유능한 상업정신, 특별한 의무
감, 정확히 시간을 지키는 습성, 질서 의식 등이 강조됨으로써, 몰락해 가는
귀족계급의 자리에 대신 들어서려 하는 당시 독일 시민계급에 대한 과도한
신뢰와 예찬이 읽혀지기도 한다. 뿐만 아니라, 1848년 이후의 자유로운 경
제 발전을 독일 시민계급의 위대한 업적으로 평가하는 데에 이르면, 작가
프라이타크의 역사관이 다소 편향적이라는 인상만은 지울 수 없다.

19세기 후반기 독일 시민계급이 자랑스럽게 읽었던 이 소설은 오늘날의

관점에서는 ─후일 나치에 의한 독일 정치의 야만적 퇴행과 결부될 때에는─ 적지 않은 문제점을 지니고 있다. 프라이타크가 청년독일파의 경향적 시대소설을 이어받아 시대소설적인 면모를 발진시킨 점은 인정되지만, 의식적으로 보수적 독일 시민계급의 편에 선 것은 당시 독일 시인이 지닌 보편적이고도 항구적인 '인문성 이상'(Humanitätsideal)을 놓쳐 버린 감이 있다.

만년의 6부작 연작소설 『조상들』(Die Ahnen, 1873-81)은 독일 가문의 허구적 연대기로서 게르만시대로부터 1848년까지에 이르는 많은 인물의 운명을 그리고 있다. 여기서 프라이타크는 독일문학자로서 방대한 어문학적·역사적 전문지식을 동원하여 이른바 '교수소설'(Professorenroman)을 쓴 것으로서, 이 소설은 몇 년 먼저 나온 자료집 『독일의 과거에서 발췌한 인간상들』(Bilder aus der deutschen Vergangenheit, 1859-67)과 더불어 오늘날에도 독일문화사를 이해하는 데에 중요한 자료적 가치를 지니고 있다. 하지만 비스마르크를 존경하고 프로이센을 찬양하는 그의 편향적 시각에 의해 수집된 자료나 서술된 서사는 그의 연구자들에게 비판적인 안목을 요구한다.

9.

빌헬름 라베
─ 그의 사실주의와 현대성

초빙집필 권선형, 서울대

빌헬름 라베(Wilhelm Raabe, 1831-1910)의 소설 『피스터의 방앗간』(Pfisters Mühle, 1884)에는 별명 하나가 따라다니는데, '독일 환경소설 및 생태소설의 효시'라는 말이 그것이다. 오늘날 환경 선진국으로 평가되는 독일 환경운동의 근원에는 환경오염 문제와 그로 인한 생태계 파괴를 최초로 다룬 라베의 소설이 자리 잡고 있다.

그가 어느 편지에서 "이 책은 세상에 나올 때 매우 지독한 저항을 견뎌내어야 했고 나에게 결코 적지 않은 근심을 안겨 주었다."[5]고 쓴 것은 소설의 주제인 환경오염 문제 때문에 여러 번 출판을 거절당히었기 때문이다. 긴보만을 외치던 당시의 시대 분위기 속에서, 환경오염의 문제는 부차적인 것으로 치부되어 거부되거나 무시되었다.

라베가 환경오염 문제에 관심을 두게 된 연유를 살펴보자. 당시 라베는 독일 중북부의 도시 브라운슈바이크의 남성 클럽 '클라이더젤러'(Kleiderseller) 회원들과 근교 리닥스하우젠에 있는 음식점 '녹의(綠衣)의 사냥꾼'(Der grüne Jäger)으로 목요일마다 소풍을 가곤 했다. 그런데 1882년 겨울 어느 날 바베강의 물이 오염되어 물고기들이 죽어 가는 것을 목격했다. 근처에 있는 설탕공장 라우트하임(Rautheim)에서 방류하는 폐수 때문이었다. 냇물이 오염되어 더는 물레방아를 돌릴 수 없게 된 방앗간 주인 두 명은 설탕공장주를 상대로 소송을 제기했다. 그런데 마침 이 소송의 감정인 브라운슈바이크 공과대학 화학과 강사 벡쿠르츠(Beckurts)가 클라이더젤러 회원이었기에, 라베는 그에게서 재판에 관한 정보들을 얻을 수 있었다. 바로 이것이 계기가 되어 라베는 1883년 4월에서 이듬해 5월 사이에 『피스터의 방앗간』(1884)을 쓰면서 환경오염, 그리고 그것을 유발한 산업혁명에 대해 처음으로 문제를 제기하고 나선 것이다.

독일에서는 1850년 이후에 산업화가 집중적으로 진행된다. 그 때문에 노

---

5   Wilhelm Raabe: Pfisters Mühle, in: Sämtliche Werke. Im Auftrag der Braunschweigischen Wissenschaftlichen Gesellschaft hrsg. v. K. Hoppe. Bd. 16. Bearb. v. H. Oppermann, Göttingen, 2., durchges. Aufl. 1970, S. 5-178 (Kommentar: S. 517-544), hier S. 520. 작품 및 주석의 인용은 모두 이 브라운슈바이크 판에 따르며 본문에 직접 쪽수를 표시한다.

동자 문제, 황금만능주의의 확산, 시민계급의 정체성 위기 문제, 환경오염 등 갖가지 사회문제들이 제기된다. 전체적으로 산업혁명은 물질적 풍요보다는 오히려 자본에 의한 대규모의 사회 변동을 일으키면서 19세기 후반의 독일을 일대 변혁의 시기로 만들었다. 1856년에 『슈페를링 골목의 연대기』(Die Chronik der Sperlingsgasse)를 발표하면서부터 작품 활동을 시작한 라베는 68편의 산문작품을 통해 자신의 시대를 비교적 냉철하게 반영했다. 특히 『피스터의 방앗간』 등 일련의 작품은 "이 시기 독일 시민계급의 시대사에서 나온 문학"[6]이라 칭해질 정도로 그 시대와 밀접한 관련을 맺고 있다. 라베는 "독일이 농업국가에서 공업국가로 넘어가는 소용돌이"(114쪽) 속에서 이런 혼란을 일으킨 공업화와 가장 본격적인 작가적 대결을 벌였던 최초의 독일어권 작가이다.

스위스 제네바대학의 슈라더 교수는 「라베의 역사 해석 및 역사의 생생한 재현」이라는 논문에서 라베가 개인의 운명 및 체험과 관련한 인간 문제를 역사를 통해 잘 인식하고 있으며, 개개인이 체험한 역사적 사건의 구체적 예증을 통해 역사의 의미를 드러내는 것을 자신의 임무로 생각했다고 주장한다.[7] 슈라더의 이 주장은 라베가 『피스터의 방앗간』에서 산업혁명이라는 동시대적 사건을 다룬 방식에도 그대로 적용될 수 있다. 왜냐하면, 라베는 대대로 방앗간을 운영하며 살아온 피스터 일가와 그 주변 사람들의 산업화 체험을 통해서 동시대 역사의 잘못을 드러내고 있기 때문이다.

그런데 여기서 몇몇 개인의 체험을 통해 재현되고 진단되는 시대사는 라베가 그의 창작 과정에서 즐겨 사용한 방법, 즉 "주관성의 거울에 비친 세

---

6 Fritz Martini: Deutsche Literatur im bürgerlichen Realismus 1848-1898, Stuttgart, vierte, mit neuem Vorw. u. erweit. Nachw. verseh. Aufl., 1981, S. 711.

7 Vgl. Hans-Jürgen Schrader: Zur Vergegenwärtigung und Interpretation der Geschichte bei Wilhelm Raabe, in: Jahrbuch der Raabe-Gesellschaft 1973, S. 12-53, hier S. 33.

계"[8]를 보여 주는 방식으로 독자들에게 전해진다. 라베는 언제나 한 개인의 의식에 비친 주관적 세계를 독자들에게 보여 주고자 했다. 따라서 라베 작품의 내용적, 형식적 면모를 특징짓는 것은 바로 주관성인데, 이것은 19세기 후반의 사회 현실에 대한 라베의 인식과 직접적인 연관성을 지니고 있다. 산업혁명으로 인해 분업화가 이루어지면서 노동의 소외현상이 깽페허고 인간의 삶의 터전이 수많은 영역으로 세분화되어 더는 한눈에 조망할수 없게 된 복잡한 현실에 직면하여, 라베는 전래의 소설에서처럼 다양한줄거리 전개와 수많은 에피소드 및 인물들을 통해 사회적 파노라마를 보여주거나 인간 현실의 총체성을 보여 주려고 하기보다는 줄거리와 등장인물을 가능한 한 줄이고, 개인의 시점에서 관찰하고 성찰한 이 세상의 한 단면을 제시한다.

먼저 소설에서 "최고의 남자"(101쪽), "진정한 인간"(175쪽)으로 지칭되고 있는 인물 아담 아쉐(Adam Asche)에 주목해 보자면, 그는 어려서부터 부모를 잃고 아버지의 친구인 방앗간 주인 피스터의 손에 자라고 그의 도움으로 철학박사가 된다. 화학에도 관심이 있는 그는 "세상의 흐름을 다른 사람들에게 그대로 내맡기지 않는 게 진정 기품 있는 사람이 지녀야 할 의무"(109쪽)라고 생각하고 있다. 그는 자신도 산업화의 조류 속에서 돈을 벌려는 생각에 "목가적인 독일 제국의 어떤 물길을 최대한 빨리, 최대한 파렴치하게 오염시킬 확고한 의도"(67쪽)도 지니고 있다. 그래서 방앗간 물이 오염되어 물고기들이 죽고 심한 악취가 나서 더는 방앗간을 운영할 수 없게 된 양아버지가 냇물 오염의 원인을 밝혀 달라고 요청한다. 그때, 낙원과도 같았던 방앗간이 '흉악한 현실'에 의해 파괴되는 것을 누구보다도 가슴 아파하며 분개하는 한

---

8 Joachim Worthmann: Probleme des Zeitromans. Studien zur Geschichte des deutschen Romans im 19. Jahrhundert, Heidelberg 1974, S. 136.

편, 자신이 그런 현실과 한패라는 것도 숨기지 않는다. 그는 양아버지를 위해서뿐만 아니라 자기 자신을 위해서 냇물 오염의 원인을 조사하여 그것이 근저에 있는 설탕공장 크리케로데(Krickerode)에서 방류하는 폐수로 인한 것임을 밝혀낸다. 나중에 그는 베를린의 슈프레 강변에 크리케로데처럼 시커먼 연기를 내뿜으며 강물을 오염시키는 염색공장을 세운다.

한편 피스터는 양아들 아담이 제시한 연구결과에 근거해서 크리케로데를 상대로 소송을 건다. 방앗간 주인 피스터와 설탕공장주 크리케로데 사이에 일어나는 이 소송사건은 ―라베가 두 명의 방앗간 주인과 설탕공장 사이의 재판에 관심을 기울여 관련 서류들을 읽은 것은 사실이지만― 실화소설로 이해될 것은 아니고, 이미 돌이킬 수 없는 산업화에 대항하려던 '구(舊)독일의 사투(死鬪)'라는 상징적인 의미를 지닌 이야기다. 피스터에게 변호를 부탁받은 변호사 리햐이(Riechei)는 설탕 공장을 상대로 하는 이 싸움을 두고 다음과 같이 말한다.

으흠, 이 시대의 가장 큰 문제는 아니지만 큰 문제 중의 하나로군. 독일의 강과 송어가 노는 개천 대(對) 독일의 배설물들과 다른 물질들! 독일 민족의 초록빛 라인강, 푸른 도나우강, 청록색의 네카르강, 노란 베저강 대 크리케로데 공장! (116쪽)

방앗간 주인 피스터는 변호사 리햐이와 양아들 아담의 도움으로 재판에서 이기긴 하지만 이제는 손님이 찾아오지 않아 방앗간의 문을 닫아야만 했다. 피스터 일가가 조상 대대로 운영해 온 이 방앗간은 당시의 다른 방앗간들처럼 전통과 현대, 삶과 노동이 하나로 존재하는 곳, 즉 인본주의적 이상이 살아 숨 쉬는 곳이었다. 피스터는 자신이 그런 방앗간의 문을 닫아야만 하는 것 때문에 심한 정신적 충격을 받고 곧 세상을 떠난다. 하지만 임종에서 아담 아쉐에게 "바로 자네와 같은 부류의 사람들이 가장 높은 공장 굴뚝과 가장 오염된 수로 속에서도 피스터 방앗간의 전통을 누구보다도 잘 보존할 것"(175쪽)이라고 말한다. 또한, 그는 아들 에버하르트에게 자신의 유산을 아담 아쉐의 사업에 투자하라고 유언하고, 사업가 아쉐에게는 "아버지들에게 있던 명예의 지팡이이자 무기"(176쪽)인 방앗간 도끼를 물려준다

이제 고인의 상속자이며 소설의 일인칭 서술자이기도 한 에버하르트 피스터가 산업화에 대해 보이는 반응에 대해 살펴보자. 베를린의 김나지움 교사인 그는 신혼여행 장소로 조상 대대로 운영해 오던 방앗간 터를 선택해 아내 에미와 함께 고향에 온다. 그는 4주간의 여름방학 동안 고향에서 회상하고 성찰한 내용을 '여름방학 노트'(이 소설의 부제이기도 하다)에 기록한다. 조상들이 수백 년 동안 일해 온 방앗간을 판 것, 또는 팔아야만 했던 사실 때문에 그는 못내 가슴이 아프다. 그래서 그는 버림받은 방앗간으로 신혼여행을 온 것이다.

젊은 피스터는 희망에 찬 미래를 생각하며 슬픔을 이기려 한다. 그는 한편으로는, "예전에 삶, 빛, 형태, 색채를 지녔던 그림들"(164쪽), 즉 생기 있고 아름답던 유년 시절, 청소년 시절의 방앗간에 대한 '그림들'의 상실을 슬퍼하면서도, 다른 한편으로는 베를린에서 아내와 함께할 앞으로의 삶의 꿈에 부풀어 있다.

> 아내는 매혹적이며 우리 둘은 건강하고 젊다. 그리고 베를린은 거대한 도시다. 두 눈 부릅뜨고, 나머지 네 개의 감각을 한데 끌어모으고, 머리에 이상한 게 들어 있지만 않다면 그곳에서 많은 것을 이룰 수 있다. (15쪽)

결국, 방앗간에서의 날들을 뒤로하고 "현재의 일과 근심"(161쪽)으로 되돌아가야 하는 젊은 피스터는 이렇게 말한다.

우리는 생각했던 것보다 훨씬 일찍 베를린에 도착했다. 오늘날 지평선 위로 가장 먼저 보이는 것이 도시의 교회 탑 대신 공장 굴뚝이긴 하지만 그 때문에 귀갓길이 방해받지는 않는 것이다. 건강하고 복되게 그리고—이 지상에서 인간에게 가능한 한에서—자신의 운명에 만족한 채, 신들의 뜻에 순종한다면 말이다. (161쪽)

에버하르트 피스터는 산업화라는 새로운 세력과 대결하면서 산업 사회 속에서의 자신의 삶에 정당성을 부여할 수 있는 나름대로 길을 찾게 된 것이다. 소설의 주요 인물들이 산업화 과정에서 보이는 반응 및 입장과 관련해서 루카치는 라베의 "화해에 대한 간절한 소망"과 "사회적 한계"[9]를 지적한다. 1871년 프랑스와의 전쟁에서 승리한 독일은 전쟁배상금의 유입을 통해 산업화에 가속도가 붙는다. 이 시기에 라베는 독일의 새로운 실질적 지배자라 할 자본주의와 대결한 것이다. 그런데 라베는 근본적으로 변화된 상황에서 자신이 보호해 온 독일 정신을—자본주의적 행위와 조화시키는 인물들을 통해서—생명력 있게 보존하고 구원하여 미래로 전하고자 함으로써, 다시 말해 어떻게 해서든 중도(中道)를, 즉 '화해'를 추구하고자 함으로써 작가로서 실패한다는 것이 루카치의 지적이다.

그런데도 라베는 꿈과 그 실현을 언제나 현실과의 연관성 속에서 보기 때문에, 루카치는 라베를 '진정한 사실주의자'로 평가한다. 이 사실주의자에게서는 어떠한 염세주의적 세계상도 생겨나지 않는데, 그것은 그의 '후모어'(Humor)[10]에 기인한다는 것이다. 라베의 후모어는, 루카치에 의하면 현실

---

9   Georg Lukács: Wilhelm Raabe, in: Hermann Helmers (Hg.): Raabe in neuer Sicht, Stuttgart Köln Berlin Mainz 1968, S. 44-73, hier S. 58.

10   같은 글, 63쪽.

에 비추어 여러 처신 방법들이 상대적 권리만을 가지며, 그것들의 상대성을 끊임없이 설정하고 또 파기하는 것이 그 특징이다. 그것은 문제를 완전히 해결할 수 없다는 작가적 고백이라는 것이다. 후모어에 대한 루카치의 이러한 견해는 특히 『피스터의 방앗간』에서 설득력을 지닌다. 라베의 후모어적 서술기법을 한 예를 들어 설명해 보자.

방앗간에서 지내는 동안 계속해서 "꿈과 깨어남 사이에서, 현재와 과거 사이에서"(162쪽) 동요하던 에버하르트는 베를린에 도착하여, 이제 김나지움 교사로서 그리고 아담 아쉐 공장의 투자자로서 최선의 아내와 함께 행복한 삶을 영위해 나간다. 그런데 어느 날 아쉐가 자기 아이의 울음소리를 그리스어로 분석하는 것을 보고 놀라서 어떻게 된 일인가 하고 묻자, 공장주 아쉐는 다음과 같이 대답한다.

> 너도 알지, 생업은 너무 지독해. 게다가 우리가 누리는 이런 목가적인 생활도 권태를 물리치기에는 부족하단 말이야. 밤마다 낡은 바지와 속치마, 연회복, 무대의상, 모든 친위 연대의 제복 따위를 세탁하는 일로부터 최선의 아내와 차(茶)가 기다리는 집으로 돌아오는 게 존재의 전부는 아니잖아. 그래서 나는 그리스어 지식을 조금씩 되살려서 틈틈이 호메로스를 읽고 있어. (178쪽)

아담 아쉐의 이 말이 소설의 대미를 장식함으로써 에버하르트가 새로운 산업사회와 벌인 대결의 결과도 그 가치가 상대화된다.[11] 게다가 작품의 주요 인물들이 산업화를 체험하면서 제시한 모든 삶의 방식 및 견해도 다시

---

11 보통 일인칭 소설은 일인칭 화자의 말로 끝이 난다는 점을 생각할 때, 이런 결말방식은 서술기법 상으로도 일인칭 서술자 에버하르트가 마침내 갖게 된 새로운 가치관의 상대성을 잘 드러내 준다.

비판적으로 조명된다. 이처럼 생각이나 처신 방법이 끊임없이 재설정되고 또 파기되는 척도는 언제나 현실이다. 산업사회에서의 바쁜 일상 속에서 고전적인 호메로스를 읽는 것이 단조로운 삶에서 벗어나려는 시도이기도 하지만 그 역시 케케묵은 인용구에 불과하다는 사실까지도 은근히 암시되고 있다.

이런 맥락에서 볼 때 서술자가 자신의 아버지에 대해 성찰하는 다음의 대목은 주목을 요구한다.

> 그는 희멀건 방앗간 주인이자 현명한 남자였다. 하지만 그도 모든 걸 한꺼번에 다 숙고할 수는 없었고 이질적인 것들을 조화롭게 할 수는 없었다. (19쪽)

아마 라베 자신도 모든 것을 한꺼번에 다 숙고하고 이질적인 것들을 조화롭게 통합할 수는 없었을 것이다. 그리고 저명한 독일문학자 덴클러도 말하듯이 라베도 그것을 숨기지 않았다.[12] 라베는 계속해서 다른 처신 방법들을 현실과의 연관성 속에서 상대화하고, 결국에는 문제의 해결을 위한 하나의 제안으로 작품을 마쳤기 때문이다. "말할 수 없는 것에 대해서는 침묵했다. …… 이것은 '가장 관용적이고 신실한 열린 형식'으로 서술된 그의 작품의 근본 경향을 입증하는데, 요컨대 독자에게 작가의 생각을 계속해서

---

12 『피스터의 방앗간』에는 "완전한 해결"이 결여되어 있다는 퐁스(Hermann Pongs: Wilhelm Raabe. Leben und Werk, Heidelberg 1958, S. 498)의 견해에 반발하여 덴클러는 작가 자신도 그의 방앗간 주인처럼 문제를 해결할 수 없었지만 그것을 숨기지 않았다고 주장한다. Vgl. Horst Denkler: Die Antwort literarischer Phantasie auf eine der "größeren Fragen der Zeit". Zu Wilhelm Raabes Erzähltext Pfisters Mühle, in: Wilhelm Raabe. Studien zu seinem Leben und Werk. Aus Anlaß des 150. Geburtstages (1831-1981), hrsg. v. Leo A. Lensing u. Hans-Werner Peter, Braunschweig 1981, S. 234-254, hier S. 243.

추적하고, 아마도 끝까지 사고하도록 자극하는 그런 열린 형식일 것이다."[13] 이처럼 라베의 후모어에는 문제를 완전히 해결할 수 없음에 대한 작가적 고백이 엿보인다.

'후모어적' 서술기법과 더불어 이 소설에서 동원되는 또 하나의 기법은 '낯설게 하기'(Verfremdung)이다. 서술자가 어린 시절의 고향을 회상하는 다음 대목을 살펴보자.

초원과 곡식 들판이 아주 멀리까지 뻗어 있으며, 여기저기 유실수 사이로 교회 탑이 보였고, 마을이 군데군데 흩어져 있었다. 이리저리 굽이치는 포플러 가로수 길과 사방으로 뻗어 있는 들길과 수레길 그리고 간혹 연기를 내뿜는 공장 굴뚝도 있었다. (11쪽)

여기서 지극히 목가적인 시골 풍경을 상상하면서 그 서정적인 분위기에 빠져 편안한 마음으로 글을 읽어 나가던 독자는 '연기를 내뿜는 공장 굴뚝' 이란 구절에 직면하여 다소 주춤하게 된다. 이 예기치 않은 이질적 표현으로 인해 독자는 자신이 잠겨 들던 낭만적 정조(情調)로부터 문득 깨어나게 되는 것이다. 이것이 바로 독자를 "감정에서 이성으로 전환"[14]시키는 효과를 유발하는 '낯설게 하기' 기법으로서 이런 수법이 이 작품에서 자주 관찰된다. 즉, 서술자의 계속되는 회상들 속에서 방앗간 물의 오염, 물고기들의 죽음, 악취로 인한 인간들의 고통 등이 서술됨으로써 산업혁명의 여러 문제가 적나라하게 드러난다. 이런 회상에는 또한 서술자의 성찰도 뒤따른

---

13 뎅클러는 공간과 시간의 형성 같은 작품의 구조 분석을 통해 작품의 열린 형식을 입증해 보인다.

14 Vgl. H. Helmers: Die Verfremdung als epische Grundtendenz im Werk Raabes, in: Jahrbuch der Raabe-Gesellschaft 1963, S. 7-30, hier S. 14.

다. '그 그림들 다 어디 갔지?'라는 라이트모티프처럼 반복되는 질문이 보여주듯이, 과거를 회상하던 서술자는 예전 방앗간의 그림들, '삶, 빛, 형태, 색채를 지녔던 그림들'의 향방에 대해 의문을 제기하면서 시간의 흐름에 따른 주위 세계의 변화에 대해 생각에 잠기게 된다. 그는 아내에게 이렇게 말한다.

> 바뀌는 건 단지 윤곽과 색채뿐이지. 액자와 캔버스는 그대로 있고 말이야. 그래, 나의 불쌍한 당신, 우리 자신도 잠시 왔다가 가는데, 만약 모든 그림이 그대로 남아 있다면 삶의 공간이 너무 제한적일 거야! (32쪽)

결국, 그는 자기 자신을 '잠시 왔다 가는' 존재, 역사적 흐름 속의 하나의 객체로 이해하게 되고, 그럼으로써 예전 그림들이 사라진 것에 대해서뿐만 아니라 지금의 그림들도 언젠가는 사라질 것으로, 그리고 다음에 오는 그림들도 마찬가지의 과정을 겪게 될 것으로 이해하게 되는 것이다.

산업화 이후 세상이 더는 조망할 수 없을 만큼 세분된 19세기 후반의 현실에 직면하여 라베는 『피스터의 방앗간』에서 현실을 진실하게 있는 그대로 묘사하고자 했다. 한 개인의 삶에 녹아든 역사성을 바탕으로 한 주관적 서술방식, 바로 이것이 라베 문학이 보여 주는 현대성이다. 이것은 라베가 객관성을 요구하고 그것에 근거하고자 했던 당대 사실주의의 경계를 한 발짝 넘어섰음을 보여 준다.

위의 글은 독일 튀빙엔대학에서 빌헬름 라베에 관한 논문으로 박사학위를 취득한 바 있는 권선형 교수가 라베의 문학사적 의의를 밝혀달라는 필자의 부탁에 따라 써 준 것이다. 필자 생각으로는 일반적으로 작가 라베가

과소평가된 면이 없지 않아 권선형 교수의 자세한 설명을 축약 없이 그대로 실었다. 독자는 이 글을 통해 ―비단 라베의 소설뿐만 아니라―'시적 사실주의'의 다른 소설들의 서술기법도 아울러 짐작할 수 있을 것이다. 이를 테면, 라베의 후모어는 폰타네에게서도 비슷한 양상으로 나타난다.

---

10.   테오도르 폰타네

'시적 사실주의'의 대표적 작가로 꼽히는 테오도르 폰타네(Theodor Fontane, 1819-1898)는 또한 늦깎이 작가로도 유명하다. 그의 많은 장편소설들의 대부분은 나이 50세 이후에 쓰였다.

프랑스에서 망명해 온 위그노파 가문의 후예로서 포츠담 인근의 도시 노이루핀(Neuruppin)에서 약국을 하는 아버지 슬하에서 태어난 폰타네는 자신도 약사로 생활을 시작하였다. 젊은 시절의 그는 약사 수련생으로 근무하면서 베를린의 문사들과 교유하기도 하고 일요 문학모임인 '슈프레강 터널'(Tunnel über der Spree)의 회원이 되기도 했다.

1848년에는 혁명가로서 거리의 바리케이드 투쟁에 나서기도 했으며, 이를 전후하여 다소 과격한 텍스트들을 발표하며, 이듬해에 약사를 그만두고 자유문필가가 되기로 결심했다. 하지만 1850년에는 결혼해서 베를린에서 신혼살림을 꾸렸는데, 직장이 없었으므로 생활이 막막했다. 1851년에 그는 프로이센 당국의 보도본부에 고용되어 영국 런던으로 여행하였으며, 1855년부터 1859년까지 런던에서 통신원으로 살았다. 이 무렵의 그의 언론활동이 런던 주재 프로이센 대사의 휘하에 있었다 하여 프로이센을 위한 일종의 정보원 활동이라는 설도 있지만, 아마도 당시의 그의 활동은 비교적 자유롭고 광범위한 통신원 및 자유 문필활동이었을 것으로 추정된다. 이를테면, 그가 '영국에 관한 칼럼'의 필자로서 독일로 보낸 '전기 라파엘파 화가들'(die Präraffaeliten)에 대한 글은 당시 독일 독자들에게는 대단히 유용한 문화정보이기도 했다.

1860년에 폰타네는 프로이센이 앞으로 자유화의 길을 걸을 것으로 기대하고서 고국에서 일하기 위해 귀국한다. 하지만 막상 그가 헌신할 수 있는 일자리는 없었다.

당시 독일 시민계급들은 직접 여행을 즐길 수 있는 여유는 없어 외지 및 외국에 대한 간접 지식과 정보를 얻고 싶어 했기 때문에, 이른바 '여행문학'(Reiseliteratur)에 대한 수요가 컸다. 이에 부응하여 폰타네는 자신의 외국 경험을 바탕으로 일종의 '여행문학' 텍스트로 생계를 이어 갔다. 우선 그는 자신의 고향인 노이루핀과 루핀, 스비네뮌데(Swinemünde) 등지의 궁성, 교회, 수도원, 자연경관 등을 역사적·문화적으로 안내하는 글부터 써 나갔다. 이런 글들을 모은 책이 그의 유명한 『변방백작령 브란덴부르크 방랑기』(Wanderungen durch die Mark Brandenburg, 1862-89)이며, 이 경험을 바탕으로 폰타네는 후일 『에피 브리스트』와 『슈테힐린 호(湖)』와 같은 소설들을 쓸 수 있게 된다.

1870년에 폰타네는 《포스 신문》의 연극비평가로서 일하게 됨으로써, 이것이 향후 20년간 그의 공식 직함이 되었다. 하지만 이 무렵부터 그는 사실상 자유문필가로서 소설을 쓰기 시작한다. 늦게 작품을 쓰기 시작했음에도 불구하고 그에게는 1898년 죽기까지 아직도 거의 30년 가까운 창작 기간이 남아 있었다.

폰타네

(Mit freundlicher Genehmigung des Deutschen Literaturarchivs Marbach)

『얽힘과 설킴』(Irrungen Wirrungen, 1888)은 산문으로 쓰인, 폰타네식 '시민비극'이다. 여기서 그는 레싱, 쉴러, 헤벨에 이르는 '시민비극'의 전통적 도식을 깨고 있다. 귀족계급 출신의 청년과 시민계급 출신의 처녀 간의 애정 관계에서 처음으로 시민계급 출신의 처녀가 죽지 않는다. 이 작품에서 사랑하던 두 연인은 각각 자신의 신분에 맞는 사람과 결혼한다.

"어느 걸 탈까?" 하고 보토가 물었다.

"'송어호'를 탈까, 또는 '희망호'를 탈까?"

"물론 '송어'지요. 우리가 '희망'과 무슨 상관있겠어요?"[15]

---

15 이 작품은 고(故) 곽복록 교수가 『사랑의 미로(迷路)』란 제목으로 번역한 바 있다: 테오도르 폰타네, 『사랑의 미로』, 곽복록 옮김(범조사, 1979).

귀족 보토와 시민계급의 처녀 레네가 나누는 이 짧은 대화에서 폰타네의 독특한 서술기법이 잘 드러난다. 고영석 교수의 해석을 따르자면, 이 일상적인 레네의 대답에서도 이미 "보다 깊은 의미가 함축되어 있다"는 것이다. 레네는 자기들의 미래가 "결혼이라는 희망과는 상관없이 전개되리라는 것을 미리 짐작하고" 자신의 사회적 한계에 "순응하겠다는 확실한 태도 표명"[16]을 하고 있다. 과연, 이 소설의 결말에서 귀족 보토는 귀족과, 시민 레네는 시민계급 출신의 남자와 결혼함으로써, 각각 자기 신분의 짝을 찾아간다.

이처럼 폰타네는 장편소설들에서 작중 인물들이 거실에서 나누는 한담(閑談)이나 잔치 등 사교 모임에서 주고받는 대화를 통해 개별 인물들의 관심사나 내면의 생각을 드러내고 이들의 대화 속에 사회문제까지도 암시한다. 그의 소설은 대부분 '전지적'(全知的, allwissend) 시점에서 서술되지만, 인물들의 대화 중에는 '인물 시각적'(人物視角的, personal) 시점도 자주 등장한다. 바로 이런 경우에 '반어적 후모어'(ironischer Humor)라는 폰타네 특유의 서술 태도가 두드러진다. 특정 이해관계에 집착하고 있는 인물에 대해 작가는 대개 '너그러우면서도 다소 비판적'인 전지적 시점을 보인다. 여기서 '너그럽다'는 것은 작가 폰타네의 '후모어적'(humoristisch) 자세를 말하는 것이고, 그런데도 '비판'이 살짝 엿보이는 것은 그의 '반어적'(ironisch) 태도 때문이다.

여기서 폰타네가 '리얼리즘에 도달하는 최선의 방법'이라고 말한 바 있는 '변용'(變容, Verklärung)이란 개념을 이해할 수 있다. 그가 프라이타크의 『조상들』에 대한 비평(Der Begriff der Verklärung als Element des Realismus, 1889)에서

---

16 고영석,「19세기 독일 리얼리즘의 특징과 폰타네의 소설 '얽힘과 설킴'」,『현대독문학의 이해』, 김광규 편(민음사, 1984), 318쪽.

언급하고 있는 이 개념을 설명하자면, 추악한 현실을 있는 그대로 재현하지 않으면서 그 현실을 시적으로 품위 있게 형상화하는 기법이다. 폰타네의 사실주의가 '자연주의'로 넘어가지 못하고 19세기 독일의 '시적 사실주의'(poetischer Realismus)의 한계 내에만 머무는 것도 바로 이 때문이다.

그의 많은 소설 중에서 문학사적으로 가장 중요한 작품은 『에피 브리스트』(Effi Briest, 1895)이다. 이 소설이 중요한 이유는 당시 프로이센이란 국가를 영도한 사회계층, 즉 작중 인물 인스테텐을 비롯한 귀족들과 그들의 흉내를 내고 있던 신흥 시민세력의 도덕률, 인습의 굴레, 헛된 명예심 등 모든 사회적 컨텍스트를 극명하게 보여 주고 있기 때문이다. 자신의 젊은 날의 애인을 방문한 자리에서 그녀의 어린 딸 에피에게 청혼하는 인스테텐의 자신만만하면서도 무모한 결단, 어린 아내 에피를 고독하게 만든 그의 엄격한 생활 방식, 아내를 유혹한 남자에게 결투를 신청해서 명예 회복을 해야 한다는 당시의 낡은 인습 등이 모두 당대 사회의 경직성을 잘 말해 준다. 이 작품에 나타난 작가 폰타네의 서술태도를 보고 말한다면, 불쌍한 에피의 불행에는 결국 모두가 죄인이기도 하고, 또는 그 아무에게도 죄가 없기도 한 것이다.

폰타네의 가장 현명하고도 성숙한 작품은 그가 죽기 직전에 완성한 장편 『슈테힐린 호(湖)』(Der Stechlin, 1899)이다. 이 소설에서는 '그칠 줄 모르는 대화' 때문에 시간도, 사건도 모두 일단 뒷전으로 물러나야 할 판이다. 몰락한 프로이센 귀족의 진정한 면모를 보여 주고 있는 장원의 옛 소유자 둡슬라프(Dubslav)가 이 소설의 중심에 있다. 둡슬라프는 이미 기정사실화된 귀족의 몰락을 잘 인식하고 있으며, 열린 마음으로 다가오는 미래의 소리를 들을 줄 아는 인물로 묘사되고 있다. 그는 많은 점에서 만년의 폰타네 자신을 닮아 있다. 죽음을 앞둔 노인 둡슬라프는 해학적 청량함을 지녀 다른 사람의 의견에—거리감을 확보한 채—귀를 기울일 줄 안다. 그는 "우리는 모든 옛것을 사랑해야 한다. 그러나 우리는 새로운 것을 위해 살아야 할 것이다"고 말한다. 여기서 작가 폰타네는 변경백작령 브란덴부르크의 귀족들과 베를린 사회를 '묘사'하기보다, 그들이 자신이 역할을 찾아서 스스로 발언하도록 하고 있다. 즉, 폰타네는 직접 태도를 보이지 않고 자신의 인물들로 하여금 스스로 말하게 하고 있는 것이다.

후일 귄터 그라스는 1848년 '3월 혁명'으로부터 베를린장벽의 붕괴(1989)까지의 약 150년간의 독일 역사와 독일의 재통일이란 대전환기에 처한 여러 문제를 다루는 소설 『아직 남아 있는 또 다른 문제』(Ein weites Feld, 1995)에서 폰타네를 다시 한 번 『변방백작령 브란덴부르크 방랑기』의 현장으로 불러내어 그와 자신이 겪은 역사적 공간들을 서로 비교한다. 이런 의미에서 이 소설의 제목이 ─폰타네의 소설 『에피 브리스트』에서 에피의 아버지 브리스트 노인이 소설의 마지막에 말한─ "그건 아직 남아 있는 또 다른 문제야."(das ist ein zu weites Feld)라는 말에서 따온 것은 선배 작가 폰타네에 대한 귄터 그라스의 의미심장한 오마주(hommage)이기도 하다.

11.   여행 및 모험소설과 마을 이야기

19세기 후반의 독일문학에는 그 주류였던 사실주의 작가들의 소설들만 있었던 것은 아니었다. 시민계급의 번영과 더불어 시민들도 귀족의 흉내를 내어 오페라와 연극을 보고 잡지와 책을 읽었으며, 그들은 혈통 귀족계급을 능가하는 '정신의 귀족'(Adel des Geistes)이 되고자 했다. 이를테면, 폰타네의 소설들은 바로 소설로 출간된 것이 아니라 신문이나 잡지에 연재되던 것들이 후에 책으로 나왔는데, 『에피 브리스트』는 《독일 관망》(Deutscher Rundschau) 지(誌)에, 『얽힘과 설킴』은 《포스 신문》(Vossische Zeitung)에, 『슈테힐린 호』는 《뭍지와 비디에 데헤,서》(Über Land und Meer) 지(誌)에 먼저 연재되었다. 그만큼 당시의 시민계급 독자들은 독서와 각종 정보에 대한 큰 욕구를 지니고 있었다.

'여행문학'(Reiseliteratur)에 대한 폭발적 수요와 더불어 '모험소설'(Abenteuerroman)이 성행하였다. 근동, 미국, 멕시코 등을 무대로 한 모험소설의 작가 카를 마이(Karl May, 1842-1912)의 유례없는 대성공은 이 시대 '오락문학'(Unterhaltungsliteratur)의 한 독특한 현상으로 주목된다.

여행문학에서 추구된 '엑조티시즘'(exoticism)과 반대이지만 도시의 실향민들의 '버리고 온 농촌'과 '잃어버린 전통'에 대한 '향수'도 중요한 문학의 대상이 되었다. 이런 의미에서 '마을 이야기'(Dorfgeschichte)가 또한 중요한 오락문학의 기능을 하였다. 아우어바흐(Berthold Auerbach)의 『슈바르츠발트의 마을 이야기들』(Schwarzwälder Dorfgeschichten, 1843-1854)이 그 예이다.

흔히들 고트프리트 켈러의 『젤트빌라의 사람들』은 정통 문학작품으로 간주하지만, 아우어바흐의 『슈바르츠발트의 이야기들』은 오락문학으로 치부한다. 하지만, 그 차이와 경계선은 이따금 모호하다 하지 않을 수 없다.

19세기 후반에는 또 '역사소설'(historischer Roman)도 많이 나왔다. 단(Felix Dahn)의 『로마를 얻기 위한 투쟁』(Ein Kampf um Rom, 1876), 에버(Georg Eber)의 『이집트의 공주』(Eine ägyptische Königstochter, 1864) 등이 그것이다. 이 둘은 이른바 '교수소설'(Professorenroman)로서 저자의 수많은 역사적, 고고학적 전문지식들을 포괄하고 있어서 당대 시민계급 독자들의 지식욕을 충족시키는데에 이바지하였다.

XIII

자연주의

(Naturalismus, 1880-1890)

1.   자연주의 문학의 대두

19세기 독일 사실주의 문학의 현실 파악 능력에는 문제가 있었다. 특히 1880년 무렵의 베를린, 뮌헨 등 대도시에서는 철도, 전보, 가스등 조명, 전기 시설 등 급격한 자연과학적 실용화가 이루어지고 산업화와 프롤레타리아 계급의 대두로 인한 유물론적 현실인식이 팽배해 있었다. 콩트, 텐느, 다윈 등의 사회학적·자연과학적 학설들과 마르크스주의 이론이 사회 전반에 광범위하게 퍼져 있었으며, 비스마르크의 이른바 대(對)사회주의자 법률조차도 독일사회의 구조적 문제점을 보완하려는 일시적 방편에 불과했다.

지금까지의 사실주의적 '현실 재현'만으로는 부족하며, 독일사회의 암울한 현실을 그대로 문학에 반영해야 한다는 한층 더 나아간 사실주의 문학 운동이 자연주의이다. 여기서 '자연'(Natur)은 '현실 그 자체'로서의 자연이란 의미이다.

자연주의 문학 운동을 시작한 것은 비평가들이었다. 투쟁적인 잡지《사회》(Die Gesellschaft)의 발행인이었던 콘라트(Michael Georg Conrad)는 1885년에 발표한 에세이 「소설」(Der Roman)에서 과학적 진실과 "적합하고 간명하고 생기 있는" 표현의 중요성을 역설하고 나섰다. 1886년 자연주의자들의 토론클럽 '관철(貫徹)'(Durch)은 카를 블라이프트로이(Karl Bleibtreu)가 간행하는 《국내외 문학을 위한 잡지》(Magazin für die Litteratur des In- und Auslandes)에다 10개 테제를 발표하는데, 여기서 처음으로 자연주의자들의 핵심 개념인 '현대'(die Moderne)라는 표어가 등장한다. 19세기 후반에 무서운 속도로 들이닥친 사회적 발전을 미처 따라잡지 못하고 아직도 케케묵은 고전에 의지하고 있던 빌헬름 황제 시대의 시민계급적 보수주의 문학에 대하여 그들은 —이전에 청년독일파 시인들이 그랬던 것처럼— '현대'를 내세워 자신들의 여러 진보주의적 강령들을 관철하고자 했다.

에밀 졸라의 『실험소설』(Le roman expérimental, 1879)에서 주장되듯이, 문학도 실험적 자연과학의 의미에서 '실험적 공간'으로 이해되었다. 이 공간에서는 인물들도 주어진 외적 환경에 따라 반응하는 대상에 불과하며, 여기에 실험적으로 새로운 변화를 시도하려는 정치적 욕구도 뒤섞이게 된다. 졸라의 영향을 받은 홀츠(Arno Holz)는 그의 논문 「예술. 그 본성과 법칙들」(Kunst. Ihr Wesen und ihre Gesetze, 1891/92)에서 "예술은 다시 자연이 되려는 경향을 지니고 있다"고 밝힌다. 그는 "예술 = 자연 — X"라는 수학적 공식을 말하면서, 이 X가 적을수록 훌륭한 자연주의 예술작품이 될 수 있다고 말한다. 그에 의하면, 대도시의 빈민굴, 창녀, 불치의 유전병, 지역적 방언 및 특정 사회계층의 비어와 속어 등 그 어떤 추악한 것도 문학에서 제외될 수 없다는 것이다.

자연주의자들은 대개 사회주의자들이었으며, 기존 사회 질서와 소시민 계급의 생활방식에 적대적이었다. 그들의 생각에 의하면, 시인은 현실의 객관적 묘사자로서 자기 시대의 선봉에 서서 민중을 계몽하고 교육해야 하며 변화된 미래상을 제시할 수 있어야 한다. 자연주의 문학의 소설은 사회 비판적 주제, 심리적·병리학적 특징의 강조, 그리고 세세한 부분까지 묘사한다는 점에서는 자연주의적이지만, 몽상적인 모티프와 천재적이고 열정적인 여성상, 분열적인 남자들이 등장한다는 점에서는 청년독일파의 소설들과 비슷한 점을 보인다. 이때 사회 환경을 배경으로 한 심리소설이 성행하고 운문 서사시는 완전히 자취를 감춘다. 연극에서 자연주의가 관철된 것은 아르노 홀츠, 요하네스 슐라프, 게르하르트 하우프트만 등의 드라마에서였다. 이것은 1889년 '자유무대'(Freie Bühne)가 창립된 것과도 관련이 있다. 지금까지의 연극에서는 지체 높은 인물이 겪는 극적 '갈등'이 중시되었다면, 이제는 최하층민을 위해서도 연극무대가 열리게 되었다.

자연주의 시에서는 열정이라든가 아름다움에의 동경, 신화 등이 완전히 제거되고 처음으로 기술과 대도시, 그리고 대도시에서 사는 인간들을 포착하고자 했다. 또한, 홀츠는 시의 모든 음악성을 단념하고 각운, 연(聯), 자유 리듬도 없이 아주 필요불가결한 리듬만을 용납하였다. 홀츠의 이런 생각은 표현주의 시에 이르러서야 비로소 달성되었으며, 자연주의 시대에는 뒤따라오는 사조인 상징주의의 특징을 선취하는 상징주의적 시들이 오히려 많았다.

2.   게르하르트 하우프트만

독일문학사상 잠깐 나타난 짧은 에피소드에 불과한 자연주의가 그래도 단순한 이론적 강령들과 일시적인 문학적 실험 이상의 자취를 남길 수 있었다면, 그것은 아마도 게르하르트 하우프트만(Gerhart Hauptmann, 1862-1946)이란 시인의 덕분일 것이다.

하우프트만의 조상은 슐레지엔의 직조공이었고 아버지는 리젠게비르게(Riesengebirge)의 오버잘츠브룬(Obersalzbrunn)에서 숙박업에 종사했다. 게르하르트 하우프트만은 브레슬라우에서 농부 수업과 조각가 수업도 받았으나, 1884년부터는 예나와 베를린에서 자유로운 대학 생활을 했다. 그는 특히 다윈의 진화론에 몰두해 있던 예나대학의 동물학자 헤켈(Ernst Haeckel)의 세계 해석에 큰 관심을 가졌으며, 쇼펜하우어와 마르크스의 학설에도 심취하였다. 베를린에서 당시 자연주의 문학의 주창자였던 하르트 형제의 주위 인물들과 교류하였으며, 특히 아르노 홀츠의 자연주의적 예술이론에 큰 영향을 받았다.

하우프트만의 첫 희곡『해 뜨기 전』(Vor Sonnenaufgang, 1889)은 광산에다 농토를 팔아 벼락부자가 되었으나 퇴폐적인 생활, 음주벽과 간통 등으로 몰락하는 농부와 그의 가정을 그리고 있다. 집안 식구 중 경건주의적 가정교육을 받은 딸만이 청순하고 순수한 본성을 지키고 있다. 여기에 ─입센의 연극에서 그렇듯이─ 외부에서부터 이상주의적이고 융통성이 적은 한 청년이 들어와, 이미 무너지기 직전인 가정에 파탄의 불을 붙인다. 청년 로트(Loth)는 딸 헬레네와 약혼하지만, 장인이 알코올 중독자임을 알게 되자 유전의 법칙에 따라 미래의 가정이 불행에 빠질 것을 염려하여 약혼을 취소한다. 이에 충격을 받은 헬레네는 자살을 선택한다. 작품의 배경으로 슐레지엔 탄광 지역의 환경(Milieu) 묘사, 벼락부자와 대비되는 노동자들의 참상 등이 묘사되고 있다는 점에서 이 희곡은 자연주의적 사회극의 면모를 띠고 있다.

이 작품이 베를린의 '자유무대'에서 공연되자 신문들은 하우프트만을 '추(醜)의 드라마 작가', '깨끗하지 못한 종이로 포장된 재주꾼', '비윤리적 무대의 작가' 등 혹평을 퍼부었다. 노(老) 폰타네만이 어느 정도 용기를 주는 긍정적 평을 해 주었다.

3년 후에 나온『직조공들』(Die Weber, 1892)은 가장 성공을 거둔 작품이다. 자신의 고향 슐레지엔에서 1844년에 일어났던 직조공들의 폭동을 다룬 사회적 드라마로 슐레지엔 방언을 그대로 쓰고 있다. 그리고 특히 굶주린 직조공들이 데모하는 군중으로서 드라마의 주인공으로 등장한다는 점에서도 이 작품은—프롤레타리아 계급 출신이 주인공으로 처음 등장하는 뷔히너의 『보이첵』과 더불어—가히 혁명적이라 할 만하다. 작품에서 경건주의적 인물로 하느님의 뜻에 거슬러 폭력적 항거를 하는 데에 끝까지 반대하던 직조공 힐제(Hilse) 노인이 창가에 서 있다가 유탄에 맞아 죽는다. 폭동에 참가한 수많은 직조공이 총탄에 희생당할 것이 명백한 상황에서 작가는 그들의 죽음 대신에—또는, 보여 줄 수 없으므로—가장 순응적이고 평화적인 인물 힐제 노인의 상징적 죽음으로써 극을 의미심장하게 마무리한다.

『선로지기 틸』(Bahnwärter Thiel, 1892)은 하우프트만의 결정론적 숙명주의를 잘 드러내고 있는 자연주의적 단편으로 유명하다. 남의 눈에 잘 띄지 않는 조용한 소시민 틸은 병으로 아내를 잃는다. 역시 몸이 약한 아들의 양육에 도움을 얻고자 그는 억세고 이기적인 여자와 재혼한다. 그녀는 자신의 아기가 생기자 전처의 아들을 더욱 소홀히 하고 학대한다. 이 불쌍한 아들 때문에 근심과 불안에 사로잡힌 틸은 밤이면 뒤쫓아 오는 기차를 피하려고 아기를 안은 채 선로를 따라 뛰고 있는 전처의 환영을 본다. 불안에 쫓긴 아이는 마침내 기차에 치여 죽게 된다. 아래는 '순간 서술문체'(Sekundenstil)로 묘사된 대목이다.

기차의 모습이 보였다 — 기차가 다가오고 있었다 — 몹시 서두르며 수증기가 검은 기차 연통으로부터 수도 없이 뿜어져 나오고 있었다. 그랬다! 하나, 둘, 세 개의 새하얀 수증기 줄기가 수직으로 솟아오르고 있었다. 그리고 곧이어서 대기가 그 기차의 기적을 전달했다 — 세 번 연달아서, 짤막하게, 귀청이 찢어지도록 날카롭게, 듣는 사람을 불안하게 만들면서. 브레이크를 밟고 있군 — 하고 틸은 생각했다 — 왜 그러지? 그러는 중에 다시 비상 호른이 귀청이 찢어지도록 울렸다, 메아리를 부르면서, 이번에는 길게, 중단 없이 연이어서 계속 울렸다.

위의 대목을 읽는 데에는 약 20초가 걸린다. 실제로 사건이 진행되는 시간도 약 20초이다. 이처럼 서술시간(Erzählzeit)과 피서술시간(erzählte Zeit)이 거의 일치되도록 사물을 묘사하는 '순간 서술문체'가 쓰이고 있는 것은 작품이 아로노 홀츠 등의 자연주의적 요청을 충실히 따르고 있음을 보여 준다.

하지만 숲, 철길, 기차 등은 자연주의 문학 강령을 초월하는 상징성을 띠는 것으로 묘사되고 있으며, 주인공 틸의 심리묘사는 단순한 자연주의를 벗어나는 깊은 인간 내면을 보여 준다. 불안감에 쫓긴 아이가 달리는 기차에 치여 죽자, 정신이 혼미한 틸은 망상에 사로잡혀 아내를 살해한다. 사람들은 다음 날 아침 틸이 정신이 나간 채 선로 위에 앉아서 죽은 아이의 모자를 어루만지고 있는 광경을 본다. 작품에서 비록 자연주의적 기법이 동원되고 있긴 하지만 현실은 보이지 않는 내적, 외적 마력의 장난감이 되고 그 마력 앞에 인간은 속수무책인 희생의 제물로서 나타난다. 이런 면에서 볼 때 하우프트만은 이 작품에서 이미 자신이 곧 자연주의 문학으로부터 이탈하여, 몽상극 『하넬레』(Hannele, 1893), 동화극 『가라앉은 종(鍾)』(Die versunkene Glocke, 1896) 등의 신낭만주의적 문학 세계로 나아갈 것임을 예고하고 있다.

1912년에 노벨문학상을 받아 제1차 세계대전을 전후한 시기 괴테에 버금가는 명성과 권위를 누렸지만, 그의 드라마 중 오늘날에도 공연되는 작품은 거의 없다. 그는 대단히 생산적인 천재임은 분명하지만, 창조자로서는 유감스럽게도 확고한 주관을 지니고 있지는 않았던 것으로 보인다.

3.   데틀레프 폰 릴리엔크론

자연주의의 시는 빈약하다. 내용적인 면에서 대도시의 삶이 소재가 된다
는 점에서는 의미가 없지 않지만, 실제 창작에 있어서 자연주의적으로 시
를 쓴다는 것이 이론만큼 쉽지만은 않았던 것 같다.

데틀레프 폰 릴리엔크론(Detlev von Liliencron, 1844-1909)은 이 시기에 시를
써서 문학사에 남은 유일한 시인이다. 그는 프로이센의 기병장교로 출발하
여 1866년과 1870년에 참전하였지만, 노름빚 때문에 군대를 사직하고 미국
으로 건너가 여러 직업을 전전한다. 결국, 다시 귀국해서 1878년부터 프로
이센의 행정 관리로 생계를 이어 갔다. 하지만 방탕한 노름꾼이었던 그는
늘 빚에 허덕이다가 1885년에는 관직에서도 물러나야 했다. 이 무렵부터
그는 자유문필가로 활동한다.

그의 첫 시집 『부관의 말달리기. 그리고 다른 시들』(Adjutantenritte und andere
Gedichte, 1883)에는 1870-71년의 전쟁 체험들로부터 결정적 순간을 잘 포착
한 산문 에피소드들과 간결하고도 인상적으로 형상화된 시들이 실려 있다.
'순간 서술문체'가 보이는 등 자연주의적 경향도 있지만, 여기 실린 작품들
이 모두 자연주의적이라고 말하기는 어렵다. 그의 시는 자연주의와 신낭만
주의의 긴장 어린 자장(磁場)에 놓여 있다. 그에게는 당대의 정치적·사회적
시대의 문제들은 아무래도 좋았으며, 귀족의 고루한 계급관과 사회주의가
역겹기는 마찬가지였다. 작품은 니체의 '비관주의적 문화비평'(pessimistische
Kulturkritik)과 비슷한 분위기를 풍김으로써 젊은 릴케와 호프만스탈에게 큰

영향을 끼쳤다. 현대생활을 주제로 한 그의 시들은 초기 표현주의에도 많은 자극을 주었다. 「뉴욕의 브로드웨이」와 같이 대도시를 다룬 그의 시들은 나중에 표현주의자들이 다룬 주제들을 보여 주고 있으며, 특히 '의식의 흐름'을 형상화한 「술에 취한 채」(Betrunken, 1893)는 형식 해체적 경향을 보임으로써 이미 문학적 모더니즘의 경향을 띠고 있다.

전반적으로 자연주의는 사실주의와 신낭만주의 사이에 잠깐 나타난, 통과의례적 성격의 사조로 세기말에 나타나는 신낭만주의 등 다른 사조들에 의해 추월당하고 만다. 토마스 만(Thomas Mann, 1875-1955)이 작품을 처음 쓰기 시작한 연대가 자연주의 문학의 연대와 겹치고, 그가 첫 단편소설 『타락』(Gefallen, 1894)을 발표한 잡지도 자연주의 문학의 온상인 《사회》(Die Gesellschaft) 지(誌)이다. 하지만 『타락』은 주제부터가 괴테의 『빌헬름 마이스터의 수업시대』에 나오는 빌헬름과 마리아네의 이야기와 비슷하여 자연주의적 요소를 발견하기가 쉽지 않다. 사실 토마스 만은 슈토름과 폰타네 등 사실주의 작가들로부터도 많은 영향을 받았다.

하지만 그의 처녀장편 『부덴브로크 가의 사람들』(Buddenbrooks, 1901)에는 자연주의 문학의 영향을 다소 발견할 수 있는데, 이를테면 프롤레타리아의 시위에서 적절하게도 방언이 구사되고 있는 점이 그렇다. 하지만 토마스 만과 같은 거장을 비록 청년 토마스 만이라 할지라도, 자연주의 문학의 틀 안에 억지로 끼워 맞추기는 어렵다.

XIV

세기말과 신낭만주의

(Fin de Siècle und Neuromantik, 1890-1920)

1.   세기말 현상과 신낭만주의 문학의 등장

자연주의는 프랑스, 영국, 스칸디나비아 등 유럽 전반에 불어닥친 거대한 문학사조가 독일문학에 이식되어 온 것으로 거창한 주장에 비하여 그 뿌리가 독일이란 토양 위에서는 잘 자라나지 못했다. 자연주의는 1890년대 후반에 ―자연주의적 드라마들이 아직 무대 위에서 성공적으로 공연되고 있었음에도― 이미 거센 비판에 봉착하게 된다. 대도시의 프롤레타리아를 위한 시끄러운 정치적 참여에 싫증 난 반사회주의적, 반프롤레타리아적 경향도 생겨나고, 초기 자연주의의 미학적 신조였던 객관성 대신에 개인적 주관성이 다시 고개를 들게 된다.

19세기의 말과 제1차 세계대전 발발(1914) 사이에 자연주의의 극복을 외치며 유미주의, 신낭만주의, 신고전주의, 상징주의, 인상주의 등 서로 모순되거나 이질적인 여러 사조가 동시다발적으로 등장한다. 이 새로운 사조들의 공통된 특징은 사실주의의 일상적 언어를 지양하고 언어의 상징성을 문학에서 다시 살려 내고자 하는 것이었다.

우선, 이들 새로운 사조들과는 경향을 조금 달리하는 신고전주의(Neuklassik)부터 고찰해 보자. 신고전주의는 자연주의와 인상주의, 그리고 세기말의 데카당스적 문학 경향에 대한 반작용으로 1905년경에 등장한 문학사조로 작품보다는 이론 위주로 전개되었다. 그 대표자 격인 파울 에른스트(Paul Ernst, 1866-1933)가 『형식에의 길』(Der Weg zur Form, 1906)에서 펴는 주장으로는, 고전적 전통형식과 언어를 통한 형상화가 다시 존중되어야 하고 관념적 내용이 다시 문학의 핵심이 되어야 하며, 정신이 이 세계를 완전히 파악한 형상체(形象體)에 합당한 형식을 부여해야 한다는 것이다. 따라서 문학은 현실의 단순한 재현이 아니라 삶의 가치를 형상화해야 한다는 것이 그의 신고전주의적 주장이다. 파울 에른스트는 처음에는 진보적 자연주의자로 출발했지만, 1890년에 엥엘스가 그를 가리켜 "표피적이고 애수에 젖은 기회주의자"로 규정하고 있는 것으로 미루어 보면, 삶의 경로가 이미 우경화의 길로 접어들어 있었다. 그는 한때 바이마르에 체류하며 괴테에 심취하기도 했으며, 1920년대에 많은 희곡과 소설을 발표했다. 1933년에 '예술과 학문을 위한 괴테 훈장'을 받고, 히틀러에 의해 축출된 회원들 대신에 프로이센 예술원 회원으로 임명되기도 했지만, 그의 많은 작품 중 오늘날까지 문제시되는 것은 없다.

이 시기에는 신고전주의를 제외한다면 리얼리즘과 상징주의가 숙명적 경쟁을 벌였다. 사실주의와 자연주의로 대표되는 리얼리즘 계통의 문학은 산업화와 도시화, 프롤레타리아 계급의 참상 등에 관심을 두고 대개는 유물론적, 변증법적, 낙관적 세계관을 갖지만, 상징주의에 가까운 여러 사조는 비합리적인 것, 형이상학, 신화 등에 관심을 보였고, 근본적으로 죽음의 찬양, 신앙에의 동경, 생에 대한 권태 등을 보이는 비관주의적 세계관에 바탕을 두고 있었다. 이에는 쇼펜하우어와 니체의 철학적 영향이 크게 작용했다.

플라톤의 관념철학과 칸트의 인식론을 이어받은 것으로 자처하고 나선 쇼펜하우어(Arthur Schopenhauer, 1788-1860)는 형이상학, 인식론, 미학, 윤리학 등 철학의 여러 하위 분야에서 큰 영향을 끼쳤다. 19세기 초에 발표된 그의 저서 『욕망과 환상으로서의 세계』(Die Welt als Wille und Vorstellung, 1819)[1]가 반

---

1   일반적으로 『의지와 표상으로서의 세계』로 알려져 있는데, 이 책 제목 "Die Welt als Wille und

세기도 더 지난 세기말에 큰 영향력을 얻게 된 것은 산업화와 도시화, 프롤레타리아 계급과 사회주의의 등장을 계기로 유럽사회가 더는 계몽주의의 낙관론적, 진보적 세계관에 안주할 수 없게 되었기 때문이다. 따라서 문학도, 더는 사회적 책임 의식과 봉사 정신에 따라야 하는 것이 아니며, 예술은 인간 주체의 덧없는 삶을 시간으로 극복하여 영원성에 도달할 수 있는 유일한 구원의 길이라는 생각이 19세기 말의 지식사회를 지배하게 된다.

쇼펜하우어의 이러한 비관주의적 세계관을 뒤집어서 새로운 긍정적 '삶의 철학'으로 발전시킨 것이 프리드리히 니체(Friedrich Nietzsche, 1844-1900)의 문화비판적 철학이다. 그에 의하면 모든 기존 가치는 전도(轉倒)되어야 하고, 특히 동시대 유럽의 소시민적 속물근성이 극복되어야 하며, 가치 있는 인간은 다수 대중을 이탈하여 '청람색 고독' 속으로 들어가 미래를 창조하는 자라는 것이다.

쇼펜하우어와 니체의 이러한 생각은 소시민계급의 허위의식이나 대중과 프롤레타리아에 영합하는 예술 등과는 거리를 두면서, '정신의 귀족'이 되

Vorstellung"의 번역에 큰 문제가 있다. 'Wille'를 '의지'(意志)로 번역한다면, 오역이라 할 수는 없지만, 영문법에서 '의지 미래'라 할 때의 '의지' 정도의 의미이며, '선비의 올곧은 뜻' 등을 의미하는 긍정적 의미의 '의지'와는 일차적으로 무관한 '의지'이다. 또한, 독일어의 'Vorstellung'은 '상상하다'의 명사 '상상'(想像)의 의미를 지니며, '표상'(表象)이란 의미는 전혀 지니고 있지 않다. 칸트의 '물 자체'(물자체, das Ding an sich)와 '현상'(Erscheinung)을 쇼펜하우어가 '욕망'과 '환상'으로 대체했기 때문에, 당시 독일어를 잘 모르던 일본인들이 '환상'을 '표상'으로 잘못 번역한 결과이다. 쇼펜하우어가 그의 책에서 수없이 사용하고 있는 'Vorstellung'은 차라리 힌두교와 불교에서 말하는 '환'(幻, Maja)에 가깝다. 원래 이 책 제목이 의미하는 요체를 말하자면, 우리 인간들은 우리가 사는 이 세계를 우리 자신의 '욕망'과 '환상'에 의해 굴절된 모습으로만 볼 수 있을 뿐이라는 것이다. 이 점에서 쇼펜하우어는 힌두교와 불교의 염세주의적 세계관의 영향을 강하게 받고 있지만, 이것은 어디까지나 쇼펜하우어 철학의 기본 바탕이 되었을 뿐, 염세주의가 쇼펜하우어 철학의 목표는 아니다. 다만, 그는 인간의 덧없는 '욕망'과 '환상'의 결과인 삶으로부터의 유일한 구원의 길을 '예술'에서 찾았다는 점에서 세기말 유미주의자들의 이론적 버팀목이 되어 준 것이다.

기를 갈망하며 '비정치적' 예술을 추구하려는 일련의 시인, 소설가들에게 지대한 영향을 끼쳤다. 토마스 만과 로베르트 무질, 스테판 게오르게, 릴케, 후고 폰 호프만스틸 등이 그들이다. 자연주의적인 투쟁이나 참여의 자세를 결여하고 있는 그들의 문학은 외적 삶으로부터 내적 정신에 관심을 기울였다. 그들은 언어를 그 일상적인 의미 영역에서 빛나는 상징의 영역으로까지 고양하고자 하였다.

반자연주의적 문학 경향들의 공통점으로 언어의 상징성에 주목하는 것은 이 때문이다. 보들레르, 발레리, 말라르메 등 대가들을 배출한 프랑스에서는 상징주의라 부르지만, 낭만주의적 전통이 강한 독일문학에서는 18-19세기 전환기의 독일 낭만주의로 회귀하려는 이런 문학 경향을 일컬어 일반적으로 신낭만주의(Neuromantik)라고 부른다.

---

2.   슈테판 게오르게

신낭만주의 문학의 근본이 되는 서정시 분야에서 선구자적 역할을 한 시인은 처음에는 리하르트 데멜(Richard Dehmel, 1863-1920)이었다. 그는 자연주의에서 출발하여 인상주의를 거쳐 신낭만주의에까지 이르는 약 30년여 년 동안 독일 문단의 주요 시인으로 활동하였다. 「그러나 사랑」(Aber die Liebe, 1893), 「여자와 세상」(Weib und Welt, 1896)과 같은 시에서 그는 감성과 관능을 중시하는 사색적인 언어를 구사하였다. 그의 시들 중 많은 작품이 슈트라

우스, 쇤베르크 등 당대의 유명한 음악가들에 의해 작곡되기도 했다. 또한 그는 토마스 만의 초기 작품들을 보고 앞으로의 성공을 예견하기도 했다.

하지만, 이 시대를 대표하는 시인은 빙엔(Bingen) 출신의 슈테판 게오르게 (Stefan George, 1868-1933)이다. 1892년에 자신이 창간한《예술을 위한 잡지》 (Blätter für die Kunst)를 통해 보들레르, 베를렌, 말라르메 유(類)이 이른바 '에 술을 위한 예술'(l'art pour l'art)을 표방하며 세기말의 유미주의적 경향을 보였 지만, 점차로 '게오르게 서클'(George-Kreis)의 리더로서 독자적인 시적, 철학 적 세계를 이루어 갔다.

게오르게는 독특한 개성의 시인으로 자신만의 독특한 구두법을 창안해 서 시를 썼으며, 성직자와 같은 복장으로 자작시를 낭송했고 낭송이 끝나 면 별실에서 청중을 개별적으로 면담하기도 했다. 시인 후고 폰 호프만스 탈과, 『셰익스피어와 독일정신』(Shakespeare und der deutsche Geist, 1911)을 쓴 하이델베르크의 유명한 독일문학자 군돌프(Friedrich Gundolf, 1880-1931) 등이 '게오르게 서클'의 일원으로 활동했지만, 결국에는 이 모임에서 자진 탈퇴 하거나 축출당하는 수모를 겪기도 했다.

극도의 찬사, 비인간적이라는 비난과 비의적(秘儀的) 풍문 등에 휩싸였던 게오르게는 시인으로서의 투철한 사명 의식과 절도, 자제력을 갖춘 언어 구사력 등 뛰어난 면모를 두루 갖추어 '게오르게 서클' 지도자가 될 수 있었 다. 그의 가장 큰 업적은 자연주의를 통해 당연시된 낡은 일상어로부터 다 시 고상한 시어를 되찾은 것이다.

그러나 1907년경부터 게오르게는 초기의 자족적인 예술관을 벗어나 점 차로 예언자적 성향을 보이기 시작한다. 이렇게 게오르게가 점점 더 권위 주의적 예언자의 행태를 보이자, 수평적인 우정 관계로 출발했던 '게오르게 서클'도 점차로 스승 게오르게를 섬기는 일군의 제자들의 사적·비의적 모 임으로 변모해 간다.

특히 1904년, 당시 16세의 소년 회원이던 막시밀리안 크론베르거 (Maximillian Kronberger)가 갑자기 요절하자 게오르게는 그를 추모하는 책을 내고 그 시문에서 '막시민'(Maximin ‹ Maximillian)이야말로 자기들의 모임에 2년간 현현했다가 다시 승천한 신의 화신(化身)에 틀림없다고 그를 경배함으로써 이상한 종교적 성향까지 보인다. 시집 『일곱 번째의 반지』(Der siebente Ring, 1907)와 『동맹의 별』(Der Stern des Bundes, 1913)에는 '막시민'을 경배하는 내용의 시들이 실려 있다. "우리에게는 너 항상 아직 시작이고 목적지이며, 또한 이 가운데에 있는 존재이다." 니체의 『차라투스트라는 이렇게 말했다』(Also sprach Zarathustra, 1883)가 연상되는 이 구절은 게오르게의 '막시민' 경배를 단순한 '사이비 목회자의 사기극' 정도로 깎아내릴 수만은 없다. 그에게 문제가 되는 것은 언제나 진정한 예술이었기에 자신을 미학적 판정관으로 자처한 것이 지나치게 권위주의적으로 보이기도 하지만, 심오한 예술 정신을 옹호하고자 했던 게오르게의 시인으로서의 사명 의식의 발로이기도 하다. 토마스 만의 단편 『예언자의 집에서』(Beim Propheten, 1904)에 희화적, 반어적으로 그려지고 있는 다니엘 추어 회에(Daniel zur Höhe)[2]라는 인물을 보면, '게오르게 서클'에 대한 동시대 독일인들의 견해를 이해하는 데에 다소 도움이 된다.

슈테판 게오르게는 서정시만을 고집한 시인이었지만, 같은 회원으로 그와 가까웠던 후고 폰 호프만스탈은 시뿐만 아니라 희곡과 산문도 아울러 쓰고자 했다. 이 사실을 못마땅하게 생각한 게오르게는 그의 성취를 인정하지 않으려 했다. 이것이 그들의 관계가 빗나가기 시작한 결정적 원인이 되었다.

---

2   같은 이름의 인물이 토마스 만의 만년의 소설 『파우스트 박사』에도 희화적으로 그려지고 있음.

20세기에 들어서면서 새롭게 드러나는 현상 중의 하나는 언어가 인간의 성찰에 있어 주제이자 매체로서 그 어느 시기보다 많은 주목을 받기 시작한 점이다. 예를 들어 학문적 성찰은 더는 사물이나 사태 그 자체가 아니라 그 사물과 사태를 표현하는 언어의 조건과 구조를 붙들고 씨름한다. 그런데 언어를 둘러싸고 나타난 이 거대한 시대적 흐름을 거슬러 올라가 보면 언어에 대한 불신과 맞닥뜨리게 된다. 왜냐하면, 언어가 성찰의 중심에 자리 잡게 된 계기 중 하나가 역설적이게도 언어회의였기 때문이다.

바로 이 언어회의를 세기 전환기 경에 포착하여 형상화한 것으로 유명한 작품이 후고 폰 호프만스탈(Hugo von Hofmannsthal, 1874-1929)의 『편지』(Ein Brief, 1902)이다. 이 작품은 1902년 베를린의 한 일간지에 게재된 직후부터 큰 반향을 불러일으켰고, 이후 '현대를 이해하기 위한 핵심텍스트', '시대를 만드는 기록' 혹은 '언어성찰적 현대의 기록' 등의 평가를 받으며 고전의 반열에 오른다. 『편지』는 현대적 언어위기에 대한 형상화의 진수로서 많은 입문서와 교과서에 실리게 되었고, 이 작품의 인물인 찬도스(Chandos)는 현대적 언어위기에 대한 아이콘으로 자리 잡는다.

『편지』는 호프만스탈의 사적인 서신이 아니라 그가 창작해 낸 허구적 편

---

3 이 글은 논문 〈남정애, 「호프만스탈의 '편지'에 나타난 언어회의와 주체의식에 관한 고찰」, 《카프카연구 제27집》(한국카프카학회, 2012), 27-47쪽)을 '언어회의'라는 주제를 중심으로 요약·정리한 것임을 밝힙니다 ─ 남정애.

지이다. 발신자는 찬도스라는 젊은 작가이고, 수신자는 그의 후원자인 베이컨이다. 발신자의 이름을 따서 흔히 '찬도스 경(卿)의 편지' 혹은 '찬도스 편지'라고도 불리는 이 글에서 찬도스는 언어위기로 인해 문학 활동이 더는 가능하지 않은 자신의 상황을 설명하고 절필을 선언하며, 이에 대해 후원자인 베이컨의 이해를 구한다.

지금까지의 연구를 통해 『편지』의 수신자가 영국 경험주의 철학자 베이컨을 지시하고 있음에는 대체로 이견이 없다. 경험주의 철학자 베이컨은 근대적 사고의 선구자이다. 그에게 있어 근대의 본질은 무엇보다 전승된 도그마를 이성과 경험으로 대체하는 것이었고, 이는 이후 서구세계를 특징 짓게 될 과학적 · 경험주의적 세계관의 밑바탕이 되었다. 이렇게 이해된 근대성에서는 중세까지의 전근대적 형이상학에서 지고한 지위를 누려 왔던 객관적 실체로서의 신이 서서히 밀려나고, 그 자리를 이성적 · 합리적 · 자율적인 주체로서의 인간이 대체하게 된다.

수신자 베이컨에 대한 맥락은 비교적 명확하지만, 발신자 찬도스에 대한 맥락은 모호한 편이다. 몇몇 연구자들이 찬도스라는 이름에 관해 추적하였으나 설득력 있는 근거는 나오지 않았다. 이는 찬도스가 수신자 베이컨과는 달리 허구성이 강하고, 과거가 아닌 호프만스탈의 당대에 토대를 두고 구상된 인물임에 기인한다. 다시 말해 호프만스탈은 자신의 시대를 대표하는, 또한 호프만스탈 자신을 상당 부분 투영시킨 젊은 작가 찬도스를 만들고, 이 찬도스가 호프만스탈의 시대에 이르기까지 그 긴 역사의 정신적 멘토를 상징하는 베이컨에게 편지를 쓰는 상황을 상정했던 것이라 하겠다. 찬도스의 이러한 성격은 『편지』의 시간적 지평을 각인하는 데 결정적 역할을 한다. 왜냐하면, 비록 『편지』에는 1603년이라는 연도가 제시되어 있지만 찬도스라는 인물은 그 성격상 1902년에서 1903년을 향하고 있고, 이를 통해 베이컨이 대표하는 정신으로 각인되는 시대와 호프만스탈의 당대가 만나는 허구적 공간이 만들어지기 때문이다. 이렇게 보자면 찬도스가 베이컨에게 보내는 편지는 호프만스탈의 시대가 근대에 보내는 편지이며, 나아가 근대와 맺고 있는 관계 및 관계단절에 대한 호프만스탈 시대의 자아 성찰이라고 말할 수 있다.

『편지』에서는 우선 작가로서의 찬도스가 겪는 창작위기가 등장한다. 찬도스는 열아홉 살의 나이에 자신이 이루어 냈던 문학적 성공에 관해 언급하고, 이 시기의 자신의 글들을 언어의 화려함 속에 비틀거리고 있는 작품들이라고 표현한다. 언어를 갈고닦아 얻어 낸 표현들과 아름답게 직조된 문장들이 이제 그에게는 공허한 기호로 느껴질 뿐이다. 역사와 고전을 통해 세계를 인식할 수 있다고 확신하며 야심만만하게 기획했던 거대한 문학 프로젝트들은 그러한 세계인식에 대한 회의 그리고 문학어에 대한 회의로 인해 미완에 머문다.

그러나 절필을 선언하는 찬도스가 단순히 창작의 위기에만 직면해 있는 것은 아니다. 그의 위기는 더욱더 근원적인 영역, 즉 언어에 그 뿌리를 두고 있다. 그저 작품을 더는 쓰지 못하게 된 것만이 아니라 "무엇인가에 관해 그 연관성을 따져서 생각하고 말하는 능력"을 상실했기 때문이다. 논리적 사유 및 언술 행위와 관련된 이 능력의 상실은 특히 개념어와 추상어의 사용에 영향을 끼친다. 그리하여 언어를 사용하여 판단을 내리려고 하면 찬도스는 "마땅히 혀 위에 올려야 할 추상어들이 입안에서 마치 썩어 문드러진 버섯처럼 뭉개져 내리는" 느낌을 받고, 결국 언어 행위 자체가 불가능해진다. 예를 들어 그는 거짓말을 한 아이에게 정직해야 한다는 훈계를 하려고 하지만 정직이라는 말을 끝내 입에 올릴 수가 없어 당황해 하는 것이다.

마땅히 사용해야 할 언어를 입에 올리지 못하는 것은 언어와 그 언어가 담고 있는 의미 사이의 결합이 찬도스에게 더는 자명하게 여겨지지 않기 때문이다. 그는 추상어나 개념어와 같은 언어가 입증할 수 없는 거짓으로 느껴진다고 고백한다. 여기서 거짓은 언어와 그 지시대상 사이의 불일치를 의미한다. 이전에 찬도스는 주어진 언어체계 안에서만 사유하고, 인식하고, 표현하느라 언어가 모든 대상을 정확하고 온전하게 의미한다고, 다시 말해 언어는 진실을 담보한다고 믿었다. 이제 그는 자신의 깊은 내면이 이 언어체계에서 벗어나 있음을 느낀다. 언어가 담보한다고 믿었던 진실이 사실은 잘 짜인 그 언어체계 내에서만 진실이고, 만약 그 체계를 벗어나게 되면 그 진실이 더는 유효하지 않음을 감지한다. 찬도스는 '연관성을 따져서 말하는 능력'을 상실했다고 토로하고 있지만, 근본적으로 그 연관성의 허약함은 이미 언어 자체에 내재하여 있는 것이다.

찬도스를 통해 드러난, 언어와 그 지시대상 사이의 불일치 그리고 언어체계 내에서만 담보되는 진실이라는 문제는 19세기 말부터 점점 더 큰 흐름으로 자리를 잡아 간 현대적 언어 담론의 근원적 문제의식이 무엇이었는지를 드러낸다. 예를 들어 니체는 은유성이 언어의 본질적 속성이고, 언어의 발생과정은 극히 주관적이고 자의적이며, 이로 인해 언어가 그 대상을 있는 그대로 인식하고 재현하는 일은 원천적으로 불가능하다고 주장하였다. 그런데도 인간은 언어가 진실을 담보한다고 믿는데, 사실 여기서 "진실하다는 것은 고정된 관습에 따라 거짓을 말하는 것"일 뿐이라고 니체는 비꼰다. 개념어가 성립하는 것도 마찬가지인데, 니체에 의하면 한 개념어는 어느 정도 유사한 경우들에서 그 상이성에도 불구하고 상응할 수 있는 포괄적인 의미를 근거로 만들어 낸 것일 뿐이다. 따라서 "모든 개념은 유사한 것들을 동일시하고, 차이성들을 망각함으로써 형성"된다.

이러한 '망각된 차이성'을 비판적으로 바라보며 이루어지던 언어 성찰로부터 이른바 '언어학적 전환'을 이끌어 낸 학자가 바로 소쉬르이다. 호프만스탈의 찬도스가 '망각된 차이성'을 거짓으로 느끼고 있다면, 소쉬르는 바로 이 '망각된 차이성'의 의미생산에 주목하였다. 소쉬르에 의하면 언어란 기호들의 체계이고, 차이를 통해 의미를 생산한다. 다시 말해, 하나의 언어 기호는 언어체계 내에서 그것이 다른 모든 기호와 달라서, 즉 차이가 나기 때문에 그 의미를 생산 및 관철할 수가 있다. 기존에는 유사성, 동일성, 일치성이 개념을 생산하는 토대라고 인식되었는데, 소쉬르는 이 인식을 전복시켜 차이가 의미를 생산한다고 본다. 소쉬르에게서 한 걸음 더 나아가 데리다는 의미가 차이에 의해 산출된다면 의미란 본질적으로 불안정한 것이고, 따라서 단일한 의미, 진리 등과 같은 것은 불가능하다고 주장한다. 데리다의 이러한 견해는 차이가 생산해 낼 수 있는 의미의 무한한 다양성이 지닌 가치를 부각한다. 이렇게 보자면 호프만스탈의 『편지』에 표출된 언어회의는 이후 펼쳐진 현대적 언어 담론의 모태가 된 근원적 문제의식을 담고 있다고 할 수 있다.

다른 한편 문학작품으로서 『편지』가 지닌 의미는 역설적이다. 호프만스탈은 이 작품에서 "글쓰기를 포기했는데, 글쓰기를 통해 자신이 왜 더는 글을 쓰지 않는지 설명해야만 하는 딜레마", 즉 글쓰기불능을 글쓰기로, 언어회의를 언어로 표현하고 이해시켜야 하는 딜레마를 붙들고 씨름한다. 그러고는 언어회의를 탁월하게 표현해 낸 언어적 산물 『편지』를 세상에 내놓는다. 실제로 사람들은 언어회의에 관해 심오하고 복합적인 사유를 펼쳐 낸 수많은 글보다 '입안에서 마치 썩어 문드러진 버섯처럼 뭉개져 내리는 말'이라는 표현에서 언어회의를 더 감각적으로 감지한다. 이렇게 보자면 호프만스탈은 언어회의를 표현하되 동시에 언어회의를 넘어서는 문학 언어의 잠재력을, 작가의 언어위기를 표현하되 동시에 작가가 지녀야 할 언어능력을 함께 확인시켜 준 셈이다. 바로 이러한 역설이 현대적 언어 성찰을 다룬 수많은 글 중에서 호프만스탈의 『편지』가 기념비적 작품으로 각인되는 데도 이바지하였다고 볼 수 있다.

현대 언어학 및 기호학의 창시자인 소쉬르의 이른바 '기표'(記標, signifiant)와 '기의'(記意, signifiè)를 올바르게 이해하는 입문으로서 남정애 교수의 위의 글만한 것이 없을 것이다. 따라서 후고 폰 호프만스탈의 시인으로서의 중요한 시대적 위상 또한 분명해진 것으로 보고, 독일 시사(詩史)의 밤하늘에서 그의 빛을 바래게 하며 새로이 떠오른 큰 별 릴케에 대한 논의로 넘어가기로 한다.

4.   라이너 마리아 릴케

20세기 초에 스테판 게오르게와 후고 폰 호프만스탈로 대표되던 독일 서정시의 주류는 차츰 라이너 마리아 릴케(Rainer Maria Rilke, 1875-1926)에게로 넘어간다. 릴케는 프라하 출신으로 시인으로서의 사명감과 카리스마에서는 게오르게에 뒤졌지만, 감정과 그 표현에서 독특한 차원을 개척하여 20세기 세계문학에서 —토마스 만이 독일 소설을 대표하듯— 독일 시를 대표하게 된다.

그는 이미 니체의 구애를 받은 바 있었던 지성적 여인 루 안드레아스-살로메(Lou Andreas-Salomé, 1861-1937)와 두 차례나 러시아여행을 하면서, 그 광막한 자연환경과 그곳 농부들의 단순하고도 소박한 경건함에 깊은 감명을 받았다. 이 러시아 체험을 바탕으로 유명한 『기도서』(祈禱書, Das Stundenbuch, 1905)[4]를 출간하고 그 결과 그는 일약 세계적 시인의 반열에 오른다. 이 시

릴케

(Mit freundlicher Genehmigung des Deutschen Literaturarchivs Marbach)

집에 담긴 시들은 그칠 줄 모르고 솟아나는 이미지와 비유로 성스럽고 만물에 깃든 '신'을 노래하고 있다. 3부작인 『기도서』의 제3권 「가난과 죽음의 책」(Das Buch von der Armut und dem Tod)에 나오는 아래 시를 읽어 본다.

> 오 주여, 각자에게 그의 고유한 죽음을 주소서.
> 그가 사랑과 의미와 곤궁을 겪었던
> 저 삶으로부터 생겨난 죽음을 죽게 하소서.
> 저희는 다만 껍데기이며 잎새일 뿐이니까요.

4 "Stundenbuch"는 12-16세기에 유럽에 널리 유행했던 '평신도 성무일도(聖務日禱)'를 가리키는 것으로, 하루의 일정 시각에 드리는 기도문을 모은 기도서이다. 릴케는 파리 센(Seine) 강변의 고서점에서 발견한 이런 기도서의 제목을 따서 자신의 시집 제목으로 삼은 것이다.

각자가 자신 속에 품고 있는 위대한 죽음은

그의 모든 활동으로 영글어지는 열매이니이다.

이렇게 릴케의 시는 게오르게식의 완결된 형식미를 선보이는 것은 아니지만, 무한히 변전해 가는 존재 자체로부터 외적으로 표현된 것 안에 숨어 있는 의미, 말로 표현할 수 없는 의미를 내포하고 있다. 이렇게 그는 파악할 수 없는 '소문으로 가득 찬' 저 세계로부터 일상적인 현실로 '신'을 불러내어 아주 가까운 거리에서 그 '신'과 대화하고자 한다.

1902년 그는 새로운 단계로 도약한다. 조각가 로댕과의 우정, 세잔과의 만남, 그리고 대도시 파리에서의 고독한 체험 등이 덧붙여져서 『신(新) 시집』(Neue Gedichte, 1907-08)과 소설 『말테의 수기』[5]가 출간된다. '사물시'(Dinggedicht)라고 불리는 『신 시집』의 시들은 시적 자아가 자신의 내면에서 빠져나와 외부 사물의 가장 깊은 곳까지 파고든다. 여기서 시인은 비밀스러운 사물의 심연을 언어로 형상화하는 것이다. 로댕의 조각술을 시(詩) 작법에 적용한 이러한 작업은 대도시 파리에서의 고독, 비인간적 죽음과 허망한 몰락을 극복해 내고자 했던 릴케 자신의 실존적 투쟁을 말해 준다. 대도시의 삶과 알지 못하는 복잡한 관계망 속에서 허물어진 삶을 어떻게 지탱할 것인가? ─ 이것이 불안과 무의미로 가득 찬 대도시에서 고독한 주인공 청년 말테가 ─ 20세기 초 대도시 파리에서의 베르터가 ─ 당면한 실존적 문제다.

---

5   라이너 마리아 릴케, 『말테의 수기』, 안문영 옮김(열린책들, 2013).

초빙집필 안문영, 충남대 명예교수

릴케의 『말테의 수기』(Die Aufzeichnungen des Malte Laurids Brigge, 1910)는 20세기 초 독일어로 발표된 최초의 현대소설이라고 일컬어진다. 그 현대성은 주로 '수기'(手記)라는 소설의 '새로운' 형식과 산업사회의 도시문명에 대한 비판적 주제라는 내용에서 아울러 지적되고 있다.

『말테의 수기』는 덴마크의 부유한 지방귀족 가문에서 태어난 28세 청년 말테 라우리츠 브리게가 대도시 파리에 와서 겪은 충격과 혼란에 대한 기록일 뿐만 아니라, 어린 시절에 대한 추억, 그리고 개인적인 체험과 역사에 대한 성찰과 재해석의 기록이다. 말테라는 허구적 일인칭 서술자가 보고하는 형식의 길고 짧은 71개의 '기록'(Aufzeichnung)들은 일기 같은 메모, 산문시, 도시풍경 묘사, 편지, 자전적 회상기, 역사적 인물들의 이야기, 예술작품이나 유적에 대한 고찰, 비유담, 철학적 성찰 등등 다양한 형식들의 몽타주를 이루고 있다. 릴케 스스로 '졸렬한 통일성'(eine schlechte Einheit)이라고 깎아내린 이 소설의 몽타주 형식은 자아와 세계의 조화로운 관계가 깨어지고, 더불어 파편화된 현대문명의 전모를 개관할 수 없음을 의식하는 주체의 단편적(斷片的) 인식을 반영하고 있다. 그러나 그 몽타주는 '보는 법을 배우기'(Sehen Lernen), 즉 새로운 관조(觀照)를 지향하는 의식 주체로서의 주인공 말테의 입장에서 릴케가 선택한 서술방식이다.

『말테의 수기』 첫 부분에는 세계문학사상 그 유례를 찾기 어려울 만큼, 문화예술 도시 파리의 명성을 한마디로 부정하는 혹독한 악평이 들어 있다: "여기서는 모두가 죽어 가는 것 같다." 말테가 대도시 파리에서 겪는 실존의 불안은 무엇보다도 죽음에 대한 공포의 체험, 특히 무의미한 죽음에 대한 인식과 불가분의 관계에 있다. 그리고 그 무의미성이 559개의 병상을 지닌 대규모병원에서 치러지는 '공장생산방식'과 같은 천편일률적인 장례절차에서 결정적으로 나타난다고 본다. "시설이 마련해 준 죽음"에 순응하는 사람들의 태도를 못마땅하게 생각하고, "자기만의 죽음을 갖겠다는 소망은 점점 줄어들고 있다"고 탄식하는 그는 여러 날 동안 집안과 마을 전체를 떠들썩하게 만들고 돌아가셨던 고향의 할아버지를 회상한다. 그에게 할아버지의 죽음은 그분이 "평생 몸 안에 지녀 길러 왔던 사악한 죽음, 제왕의 죽음"이었다.

개인의 '고유한 죽음'의 상실에 대한 말테의 탄식은, 그 죽음의 형식이 곧 삶 속에서 배태되는 것이므로, 바로 '고유한 삶'의 상실에 대한 탄식과 다르지 않다. 따라서 그가 파리에서 느끼는 죽음의 공포 또한 획일화된 대중문화 속에서 개인의 고유한 삶의 의미를 상실할 것에 대한 두려움에서 오는 것이다. 비록 자신의 내면을 사로잡아 불안에 떨게 하는 '커다란 것'의 정체를 모르고, 따라서 의사도 그를 도와줄 수 없지만, 자신이 새로운 변화에 직면해 있다는 것, 불행을 행복으로 바꾸기 위해서는 그 변화가 무섭더라도 반드시 견뎌 내야만 한다는 사실을 의식한다. 그리고 그 가능성은 삶과 죽음과 관련된 모든 것의 '새로운 해석'에 있음을 예감한다. '실존의 무서움'을 극복하기 위하여, 그리고 자신의 마지막 실존의 근거를 찾기 위하여, 남들이 가지 않은 고독과 고난의 길을 선택하기로 한다. 그의 생활 주변과 읽은 책, 또는 역사에서 찾는 인물들은 모두 그런 고독과 고난을 숙명처럼 짊어진 사람들이다.

말테의 '새로운 해석'은 '고유한 죽음'이라는 주제와 더불어 '목적 없는 사랑'의 주제로 나타난다. 평범한 사랑의 결합은 '고독의 증가'를 뜻할 뿐이라고 생각한 그에게 사랑은 능동적인 활동이며, 새로운 실존의 창조행위이다. 구체적인 상대의 응답이 없더라도 자연 전체가 사랑하는 사람과 동조한다. "사랑받는 사람의 삶은 나쁘고 위험하다." 그것은 상대에게 의존적이기 때문이다. 따라서 '사랑받기'(Geliebt Werden)보다 '사랑하기'(Lieben)로 그 태도를 바꿔야 한다. 그는 수많은 "사랑하는 사람들의 전설"을 열거한다. 사랑을 받기만 한 사람들의 미래가 텅 빈 자리로 남지만, 사랑하는 사람들의 미래는 그것이 말할 수 없는 고통일지라도 능동적인 마음이 확보한 실존의 공간으로 가득 차 있게 된다는 것이다. 릴케는 『말테의 수기』의 원고 여백에 적힌 글이라는 주석을 이렇게 달아 놓았다.

"사랑받음은 불타 버림이다. 사랑한다는 것은 소진되지 않는 기름으로 빛을 낸다는 것이다. 사랑받음은 덧없음이요, 사랑함은 지속이다."

『말테의 수기』 마지막 부분은 성서에 나오는 '돌아온 탕아'의 비유에 대한 말테의 새로운 해석이라고 할 수 있는데, 그것은 가족들의 사랑을 한사코 거부함으로써 수동적 사랑에 안주하기를 거부하고, 스스로 온 세상을 능동적으로 사랑하는 것만이 실존의 덧없음을 극복하는 길임을 깨달은 신인류의 귀향에 관한 이야기로 다시 구성되었다.

릴케는 『말테의 수기』를 1904년 2월경에 로마에서 쓰기 시작했고, 1910년 1월 27일 라이프치히의 출판인 키펜베르크(Anton Kippenberg)의 집에서 인쇄용 원고의 구술을 마쳤다. 그 후 베를린과 로마를 여행하면서 교정을 보았고, 마침내 1910년 5월 31일에 인젤(Insel) 출판사에서 간행하였다. 이 무렵 릴케는 이미 3부 연작시 『기도서』(Das Stundenbuch, 1899/1902/1903)와 『신 시집』(Neue Gedichte, 1907), 『신 시집 별권』(Der Neuen Gedichte anderer Teil, 1908)을 통하여 시인으로서 확고한 명성을 얻고 있었으나 내면적으로는 실존과 창작의 위기를 동시에 겪기 시작하였다. 『말테의 수기』는 바로 이러한 번민의 내면 풍경을 기록한 것이다. 릴케는 그것을 말테가 겪은 '고난의 어휘들'(Vokabeln der Not)이라고 했다.

평생 릴케의 문학을 연구해 온 충남대 안문영 명예교수가 난해한 작품인 『말테의 수기』를 간단명료하게 잘 설명해 주었다. 안교수는 릴케 문학의 번역과 연구 외에도 한국 독어독문학계의 내실과 세계화를 위해 큰 기여를 해 온 분으로서 자신의 바쁜 시간을 할애하여 이 글을 집필해 주었다. 필자는 이 자리를 빌려 그에게 큰 고마움을 표하고 싶다.

릴케는 『말테의 수기』 이후에도 『두이노의 비가들』(Duineser Elegien, 1923) 과 『오르페우스에 바치는 소네트』(Sonette an Orpheus, 1923)를 통해 죽음을 지고(至高)의 행복으로서 찬미하고 또한 '노래'(Gesang)야말로 이 지상에서 시인이 맡아야 할 최상의 임무라고 찬양함으로써 원숙기에 이른 자신의 시세계를 보여 준다. 하지만 릴케를 이해하고자 하는 초학자들에게는 상징으로 가득 차 있는 이런 고차원적 시들을 읽기 전에 우선 『젊은 시인에게 보내는 편지들』(Briefe an einen jungen Dichter, 1903-1908)[6]을 읽어 보기를 권한다. 습작시를 보여 주면서 시인 릴케의 충고를 구한 문학청년 카푸스(Franz Xaver Kappus)에게 응답한 10편의 편지로 릴케는 외부로부터의 도움이나 구원을 기대하기보다는 먼저 고독을 사랑하는 법을 배우고 자신의 내면으로 깊숙이 침잠해 들어가 인내심으로 내면의 열매가 저절로 성숙할 때를 기다릴 것을 주문한다.

6　라이너 마리아 릴케, 『릴케의 편지』, 안문영 옮김(지식을만드는지식, 2008). (「젊은 시인에게 보내는 편지」와 「젊은 여인에게 보내는 편지」가 함께 번역, 수록되어 있음).

5.   아르투어 슈니츨러

북부 독일 베를린에서 자연주의 문학이 한창 그 거창한 구호들을 외치고 있을 무렵 오스트리아 빈에서는 인간 영혼의 내면을 파고들며 그 심리적 과정을 세밀하고 섬세하게 묘사하는 문학이 등장했다. 여러 편의 희곡과 단편소설을 쓴 아르투어 슈니츨러(Arthur Schnitzler, 1862-1931)는 빈의 유대인 가정의 장남으로 태어났다. 이비인후과 전공 교수였던 아버지를 좇아 그도 빈대학을 거쳐 개업의가 되었지만, 젊은 시절부터 꾸준한 창작활동으로 ―후고 폰 호프만스탈과 함께― '청년 빈'(das Junge Wien)의 대표적 시인으로서 주목을 받게 된다. 젊은 시절 슈니츨러는 여배우나 빈 교외의 아름답고 발랄한 처녀들에게 매력을 느꼈으며, 문학적 주제도 주로 간통과 비밀 스캔들 또는 여성의 비극적 사랑 등이다.

그의 첫 희곡 『아나톨』(Anatol, 1893)은 인상주의적 문체의 7개 대화 장면들로 구성된 단막극으로서, 사랑에 충절이나 신의 따위는 필요 없다고 생각하는 우울한 탕아 아나톨의 여러 단계의 애정행각을 그리고 있다. 2년 뒤에 나와 대성공을 거둔 3막극 『사랑의 장난』(Liebelei, 1895)도 『아나톨』의 연장선 위에 있는 작품으로 아름다운 빈의 처녀 크리스티네가 청년 장교와 사랑에 빠지지만, 청년 장교는 다른 여자 때문에 결투하다가 죽고 마는 허무하고도 비극적인 결말을 보여 준다.

슈니츨러 희곡의 절정을 보여 준 작품은 『윤무』(Reigen, 1900)로 10쌍의 남녀가 각각 나누는 대화들(Dialoge)로 구성되어 있다. 여기서 10쌍의 남녀란 창녀와 병사, 병사와 하녀, 하녀와 주인, 주인과 젊은 부인, 젊은 부인과 그녀의 남편, 그 남편과 아름다운 처녀, 아름다운 처녀와 시인, 시인과 여배우, 여배우와 백작, 백작과 창녀. 창녀로부터 시작해서 다시 창녀에 이르러 마침내 '윤무'의 원(圓)이 완성되는 이 극은 서로 다른 여러 계층의 인간들을 섹스의 마력 앞에 꼭두각시처럼 '춤추게' 만듦으로써 세기 전환기의 오스트리아 빈 시민들의 허위의식을 적나라하게 보여 준다. 이 작품이 1920년 베를린 국립음악학교 내의 소극장에서 공연되자 프로이센 문화성은 이 작품의 공연을 금지했다. 20세기 초부터 제1차 세계대전의 발발(1914) 전까지 슈니츨러의 희곡은 독일 무대에서 가장 많이 무대에 올려졌으나, 전쟁 발발 이후에는 공연이 다소 뜸해졌다. 그것은 아마도 그가 전쟁에 대해 열광하지 않고 냉담한 지성적 태도를 보였던 사실과 무관하지 않은 것 같다.

슈니츨러는 희곡 이외에도 많은 단편소설을 발표했는데, 그중에서도 특히 『구스틀 중위』(Leutnant Gustl, 1900)가 유명하다. 이 작품에서 주인공 구스틀 중위는 시종 '내면 독백'(innerer Monolog)을 하고 있는데, 이로써 슈니츨러는 '의식의 흐름'(stream of conciousnuess; Bewusstseinsstrom)을 독일문학에 최초로 도입하는 작가가 된다. 그는 독자에게 심리적 갈등에 시달리는 주인공 구스틀 중위의 내면을 간접적으로 들여다볼 수 있게 하고, 그 결과 모르는 사이에 주인공을 억압하고 있는 사회적 기제들을 간파할 수 있도록 해 주고 있다. 이 작품이 오스트리아 군대의 명예 규범을 공격했다 하여 슈니츨러는 1901년에 예비역 군의관 직을 박탈당한다.

그의 다른 문제작 『엘제 양』(Fraeulein Else, 1924)에서도 그는 일상적, 평균적 인간의 내면에서 일어나는 심리적 과정에 초점을 맞추어 서술함으로써, 독자에게 각종 불문율, 도덕적 규범, 성적 금기 등에 시달리는 인물의 내면 심리를 내보이고 이런 심리를 불러일으키는 사회제도에 대해 성찰해 보도록 유도하고 있다.

당시 빈의 장교, 의사, 예술가, 기자, 배우, 사교계의 바람둥이들, 교외의 귀여운 처녀들의 모든 행태가 슈니츨러에게는 사회의 병리학적 증후군이기도 했다. 그가 평소에 알고 지내던 정신분석의(醫) 프로이트가 주로 인간의 무의식을 문제 삼은 것과는 달리 슈니츨러는 주인공의 내면 독백을 통해 주인공이 '반쯤 의식하고 있는 것'(Halb-Bewusstes)을 다룬다. 프로이트는 슈니츨러에게 보내는 편지에서, 자신이 애써 연구한 것을 직관—섬세한 자기관찰—을 통해 이미 체득하고 이것을 작품화하고 있는 시인 슈니츨러에게 경탄과 선망을 금할 수 없다고 고백한 바 있다.

6.   슈테판 츠바이크

슈테판 츠바이크(Stefan Zweig, 1881-1942)는 빈에서 부유한 유대인 사업가의 아들로 태어나 베를린과 빈에서 철학, 독일문학, 불문학을 공부하였다. 유대인이면서도 유대교적 영향을 거의 받지 않고 성장하며 베를렌과 보들레르의 시를 번역하고 호프만스탈과 릴케의 시에 영향을 받으며 시인으로 성장해 갔다. 하지만 제1차 세계대전과 히틀러 군대의 오스트리아 진주를 겪는 사이에 츠바이크는 세계평화주의자, 반국수주의자, 유럽통합주의자의 면모를 띠게 된다. 그리고 스위스, 영국, 미국 등을 거쳐 최종 망명지 브라질에서 자살로 삶을 마감하고 만다.

그는 1930년대 독일에서는 금지된 작가였지만, 당시 국제적으로 가장 많이 읽힌 독일어권의 작가였으며, 그의 산문작품들은 프로이트의 영향을 강하게 받은 섬세한 심리묘사와 슈니츨러와 비슷한 오스트리아적 멜랑콜리를 띠고 있다. 그의 작품들은 대개 체념과 비극으로 끝나는데, 빈의《새 자유신문》에 게재되었던 초기 단편『광란적 살인자』(Amokläufer, 1922)도 남녀 주인공들의 허망한 죽음으로 끝나고 있다.

망명지 브라질에서 유고로 발견된 단편『체스 이야기』(Schachnovelle, 1942)[7]도 이런 복잡한 심리극의 양상을 띠고 있다. 뉴욕에서 부에노스아이레스로 가는 증기 여객선 안에서 벌어지는 체스 시합이 일종의 '틀 이야기'(Rahmenerzählung)를 이루고 있고, 나치 치하의 빈에서 호텔 감방살이를 하면서 혼자 체스를 배우게 된 B박사의 고백이 '속 이야기'(Binnenerzählung)를 이루고 있다. 이로써 오직 시합과 돈밖에 모르는 무지한 '비인간적 체스기계'인 세계체스챔피언 첸토비치와 유럽적 교양시민 B박사 사이의 체스 대결이 "단순히 체스 대결사들 사이의 심리전으로서만 읽히지 않고 시대적 역사적 심리전의 의미를 내포하게" 되는 것이다. 이화여대 김연수 교수의 해석에 의하면, 자신의 정체를 "최대한 드러내지 않고 가능한 한 천천히 대응함으로써 상대를 심리적으로 불안하게 몰아대는" 첸토비치의 방식이 히틀러의 전략과 흡사하며, 이 전략이 B박사가 과거에 "호텔 감방에서 경험한 '절대 고립'이라는 게슈타포의 고문 방식"[8]과 본질적 유사성을 보임으로써 결국 B박사는 과거의 악몽에 다시 휘말리게 되어 정신적 혼란에 빠질 위험에 봉착하게 된다는 것이다. 이 작품은 전후 독일의 중등학교에서 교재로 채택되는 등 츠바이크의 가장 성공한 문학작품으로 평가된다.

---

7   슈테판 츠바이크,『체스이야기/낯선 여인의 편지』, 김연수 옮김(문학동네, 2010). 참조.
8   앞의 책, 154쪽.

1952년 슈테판 츠바이크의 제10주기 기념연설에서 토마스 만은 다음과 같이 말하고 있다. "그를 죽음으로 몰아간 이 세상조차도 사람들한테서 그가 누리고 있는 굉장한 명성에는 아무런 해도 끼칠 수 없었다는 것은 사실입니다. 그의 문학적 명성은 이 지구의 마지막 구석에까지 도달했던 것인데, 이것은 독일의 문학작품들이 프랑스나 영국의 그것에 비해 일반적으로 누리고 있는 보잘것없는 인기를 고려한다면 실로 놀라운 현상입니다. 아마도 (츠바이크가 훌륭한 연구를 남겼던) 에라스무스의 시대 이래로 슈테판 츠바이크만큼 유명한 작가는 더는 없을 것입니다. 이런 세계적 명성을 그보다 더 깊은 겸손함으로, 더 섬세한 수줍음으로, 더 진솔한 겸허함으로 마주한 사람은 지금까지 없었습니다."

본대학이 토마스 만에게 그랬던 것처럼, 나치 치하의 빈대학도 1941년에 그의 박사학위를 박탈하였다. 이 학위박탈 사건은 모든 관계자가 모두 타계한 2003년이 되어서야 비로소 무효가 되었다. 유럽문화에 깊은 애착과 조예를 지녔던 섬세한 영혼이 '실향민으로서의 오랜 방랑의 세월'에 지쳐 1942년 낯선 브라질 땅에서 자살로 생을 마감한 지 61년이 지난 시점에 그에게 다시 박사학위가 되돌려졌다.

프로이트의 심리학, 그리고 슈니츨러와 츠바이크의 섬세한 오스트리아 문학이 논의된 이 대목에서, 우리는 세기 전환기의 문학과 예술에 대해 전문적 관심을 기울여 온 서울대 홍진호 교수를 초빙하여 이 시대의 문학과 예술의 특징에 대해 알아보기로 하겠다.

다나에는 그리스 신화에 등장하는 인물로 아르고의 왕인 아크리시오스(Akrisios)의 딸이다. 아크리시오스가 외손자 손에 죽게 되리라는 신탁을 받자 그는 어린 외동딸 다나에를 청동으로 만든 지하 감방에 가둬 외손자의 출생 자체를 미리 막고자 한다. 그러나 하늘에서 아름다운 다나에의 모습을 내려다보고 한눈에 반한 제우스는 '황금의 비(雨)'로 변신하여 다나에를 범하고, 이로써 메두사의 목을 베는 영웅 페르세우스(Perseus)가 잉태된다.

황금비로 변신한 제우스가 다나에를 범하는 순간은 많은 화가가 즐겨 그린 소재이다. 마뷔즈(Jan Mabuze, 1478-1532)로부터 티치아노(1488-1576)와 렘브란트(1606-1669), 구스타프 클림트(Gustav Klimt, 1862-1918)에 이르기까지 많은 화가가 비극적인 운명과 위대한 영웅이 동시에 잉태되는 이 순간을 화폭에 담았다. 그런데 같은 소재를 다룬 많은 그림 중 1907-08년에 그려진 클림트의 「다나에」(Danae)는 다른 작품들과는 사뭇 다른 모습을 보여 준다. 이는 플랑드르의 화가 마뷔즈가 1527년에 그린 「다나에」와 비교해 보면 분명하게 드러난다. 마뷔즈의 그림에서 탑 속에 갇혀 있는 것으로 묘사되는 다나에는 제우스에게 범해지는 순간에도 무슨 일이 벌어지는지 눈치채지 못한 채, 호기심 어린 시선과 약간은 놀란 표정으로 황금의 비를 바라본다. 다나에의 이 무심하고 무감한 표정과 시선은 차분하고 무거운 색감, 특히 다나에의 몸을 감싸고 있는 짙은 파란색 옷과 함께 관능적인 상상을 불가능하게 만든다.

반면 클림트의 그림은 노골적으로 관능적인 분위기를 강조한다. 화려한

얀 마뷔즈의 「다나에」(1527)　　　　구스타프 클림트의 「다나에」(1907/1908)

색채로 인해 감상자의 눈길을 사로잡는 황금의 비는 무수히 많은 직사각형
들이(클림트의 그림에서 사각형은 남성 성기를, 원형은 여성 성기를 상징하는 것으로
알려졌다.) 뭉쳐진 덩어리로 묘사된다. 이 굵은 줄기가 그림의 중심축을 이
루며 넓은 면적을 차지하고 있는 다나에의 허벅지 아래로 쏟아져 내리는
모습은 노골적으로 성행위를 연상시킨다. 또한, 다나에의 붉어진 볼, 지그
시 감은 두 눈, 살짝 벌어진 입 등은 클림트가 이 신화 속 장면을 관능적인
이미지로 재해석하고 있다는 사실을 분명하게 알 수 있도록 해 준다. 클림
트의 그림에서 이와 같은 관능과 노골적인 성 묘사는 「다나에」에만 국한된
것이 아니다. 아시리아의 적장(敵將) 홀로페르네스의 목을 베어 유대인들을
구한 여인 유디트를 요부(妖婦)로 묘사하여 논란을 불러일으켰던 「유디트 I」
(1901), 새로 지어진 빈대학의 벽을 장식하기 위해 그렸으나 퇴폐적이라는
이유로 거부당한 「철학」(1900), 「의학」(1901), 또 소녀가 자위하는 모습을 그

린 일련의 크로키(croquis) 등 클림트의 많은 작품이 성을 노골적으로 묘사하고 있다.

시선을 돌려 19세기 말과 20세기 초의 독일어권 문학을 살펴보면 노골적인 성의 묘사가 구스타프 클림트나 회화의 영역에서만 발견할 수 있는 현상이 아님을 알 수 있다. 20세기 초반 오스트리아 문학을 대표하는 작가 아르투어 슈니츨러는 희곡『윤무』(1896/97)에서 여러 사회계층 출신의 남녀 10쌍이 비윤리적 성관계를 맺는 과정을 직설적이고 풍자적인 대화를 통해 묘사함으로써 커다란 스캔들을 불러일으켰으며, 뮌헨에서 활동한 극작가이자 연극배우 프랑크 베데킨트(1864-1918)는『봄의 깨어남』(1891)에서 마조히즘, 동성애, 혼전 임신 등을 포함한 청소년들의 성 문제를,『지령(地靈)』(1895)과『판도라의 상자』(1902)에서는 치명적인 성적 매력을 가진 여인 룰루와 그녀로 인해 몰락하는 남성들의 운명을 그로테스크하게 그려 냈다. 토마스 만은 단편 소설『벨중 가(家)의 피』(1906)에서 이란성 쌍둥이 오누이의 근친상간을 소재로 다뤘으며, 디즈니의 만화영화로 잘 알려진 동화『밤비』(Bambi, 1923)의 작가이기도 한 펠릭스 잘텐(Felix Salten, 1869-1945)은 익명으로『요제피네 무첸바허. 빈의 창녀가 직접 고백한 이야기』(Josephine Mutzenbacher, die Geschichte einer Wienerischen Dirne von ihr selbst erzählt, 1906)라는 포르노그래피 소설을 발표하여 대성공을 거두었다. 베를린에서 활동했던 폴란드 출신 작가 스타니슬라프 프쉬비셰프스키(Stanislaw Przybyszewski, 1868-1927)는 "태초에 성(性)이 있었다. 그것밖에는 아무것도 없었으니, 모든 것이 그 안에 있었다"로 시작되는 단편소설『추도미사』(Totenmesse, 1893)에서 네크로필리아(屍姦症)적 성애 장면을 묘사하기도 하였다.

이처럼 19세기 후반과 20세기 초반의 예술과 문학에서 성이 주요 주제 중 하나로 부상한 것은 일차적으로 당대의 사회·문화적 상황과 밀접한 관계가 있다. 19세기 후반에 이르러 성을 금기시하고 억압했던 빅토리아 시대의 문화가 종말을 고하고 사회의 자유화를 바탕으로 성 억압의 해체가 본격화되기 시작했기 때문이다. 그러나 보다 근본적인 이유는 인간을 자연적인 존재로 보고, 인간의 자연적 본성을 인간의 본질로 보는 새로운 인간관에서 찾아볼 수 있다. 세기 전환기는 19세기 이래 꾸준히 발달해 온 생물학이 제공해준 지식, 그리고 무엇보다도 다윈의 진화론을 바탕으로 하는 새로운 인간관이 지배적이던 시기였다. 생물학은 당대의 사람들에게 모든 생명체의 번식과 존속에 있어 성이 핵심적인 역할을 한다는 사실을 알게 해 주었으며, 다윈의 진화론은 맹목적인 성 욕망을 원천적 에너지로 하는 번식의 메커니즘이 생물의 진화에 결정적인 역할을 한다는 사실, 그리고 인간 역시 그러한 진화를 통해 현재의 모습으로 발전해 왔다는 사실을 알게 해 주었다.

이제 인간은 신이 자신의 형상을 본떠 창조한 특별한 존재가 아니라, 다른 생물들과 근본적으로 다를 바 없는 자연현상 일부로 이해되기 시작하였으며, 이는 곧 인간의 자연적 부분인 육체와 인간 고유의 영역이라고 믿어져 왔던 정신의 역학관계가 새로이 정립되는 계기가 되었다. 육체성, 자연성을 기반으로 하는 이와 같은 새로운 인간관은 자연스럽게 성에 대한 새로운 이해로 이어졌다. 성은 이제 더는 끊임없이 인간의 정신과 사회·윤리적 규범에 의해 통제되어야 할 골치 아프고 부끄러운 욕망이 아니라, 인간의 진화를 이끌어 온 원동력이자 인간의 가장 본질적인 특성 중 하나로 이해되기 시작했다. 인간의 자아를 성 욕망과 이를 억압하고 통제하려는 초자아 사이에서 불안하게 방황하는 존재로 설명하는 프로이트의 정신분석학이 세기 전환기에 등장한 것은 우연이 아니었다(정신분석학을 세상에 알린 『꿈의 해석』은 1900년에 발표되었다). 이제 성, 혹은 성 욕망은 인간의 자연적 본질을 뜻하는 것이 되었으며, 문학과 예술에서 성을 묘사하는 것은 인간의 본질을 묘사하는 것과 같은 것으로 이해된다.

이러한 관점에서 앞서 언급한 작품들을 살펴보면 성과 성 욕망이라는 자극적인 소재 뒤에 숨어 있는 작품의 본래 의미가 눈에 들어온다. 발표 당시 크고 작은 스캔들을 불러일으켰던 노골적인 성 묘사의 이면에는 윤리와 관습, 문명과 충돌하며 다양한 양상으로 나타나는 인간의 자연적 본질에 대한 성찰이 자리하고 있었다. 태초에 "하나님의 말씀"이 아니라 성이 있었다(프쉬비셰프스키, 『추도미사』)고 믿었던 시대에 불온하게도 성적 희열을 적나라하게 드러내는 다나에의 모습이 어머니의 자궁 속에서 출생을 기다리는 태아의 모습과 유사해 보이는 것은 결코 우연이 아니다.

8.　토마스 만의 『부덴브로크 가의 사람들』과 『토니오 크뢰거』

슈니츨러만큼은 아니라 할지라도, 북부 독일 뤼벡 출신의 작가 토마스 만(Thomas Mann, 1875-1955) 역시 탁월한 심리 묘사를 통하여 자연주의 문학의 무미건조하고 조악한 산문을 극복하고자 했다. 북독의 상업도시 뤼벡에서 큰 곡물상을 경영하던 명문 시민 가정의 차남으로 태어난 토마스 만은 4대에 걸친 가문의 몰락 이야기를 다룬 장편 『부덴브로크 가의 사람들』(Buddenbrooks, 1901)을 발표하여, 일약 한 시대를 대표하는 소설가로 주목을 받는다.

참정관으로 선출되고 새집을 지었다는 것은 외양에 불과한 것이야. 나는 네가 생각하지 못한 그 무엇을 알고 있어. 삶과 역사에서 난 그걸 배웠지. 행복이나 출세의 외적 표시, 즉 가시적이고 파악 가능한 상징들은 실은 그것들이 이미 내리막길에 접어들었을 때에야 비로소 바깥으로 나타난단 말이다. 이 외적인 표징들이 겉으로 나타나기까지에는 시간이 필요하거든! 그것은 마치 저 하늘 위의 별빛과도 흡사하지. 어떤 별이 지금 제일 밝게 빛나고 있는 것처럼 보일지라도 그 별이 실은 저 위에서는 이미 꺼져가고 있는 중인지도 몰라. 심지어는 이미 다 소멸된 상태일 수도 있단 말이야.

시의 참정관으로 선출되고 새집을 지어 자신과 가문의 영광을 떨치지만, 실은 자신의 심신에 이미 쇠락의 징조가 찾아와 있다는 이 고백은 깊고 오랜 여운을 남기는 토마스 만 산문의 특징을 단적으로 잘 보여 주고 있다. 한 인간의 출세와 영광이 주위 사람들에게 가시적으로 보일 때에는 그의 내면의 활력은 이미 쇠락했거나, 심지어는 이미 완전히 소멸된 상태일 수도 있다는 '삶의 진리'를 별빛과 별빛이 지상에까지 내려오는 시간 —광년(光年)— 으로 설명하고 있는 이 비유는 자연주의 소설에서는 찾아보기 힘든 상징적 은유이다. 이처럼 사실적으로 묘사되지만, 소설의 곳곳에서 상징과 은유가 숨어 있다. 독자들은 —마치 보물찾기 놀이에서처럼— 그 깊은 의미를 음미하는 즐거움을 누리게 되는 것이다.

사업가로서의 자신의 유한성을 인식한 토마스는 유약한 아들 하노(Hanno)에게 미래의 희망을 걸고자 한다. 그는 아들을 데리고 다니면서 대인관계에서의 자신의 주도면밀한 언행과 변화무쌍한 처신을 아들이 배우고 익히기를 기대한다.

일 년 중 […] 어느 특정한 날이 되면 참정관 부덴브로크는 마차를 타고 돌아다니며 지방 유지들의 집을 순회 방문하곤 하였는데, […] 이런 때에 그는 하노에게 자기를 따라나서라고 명했다. […] 이럴 때마다 그는 예절에 맞는 능숙한 솜씨로 언동을 하였으며, 아들이 찬탄 어린 눈빛으로 그를 관찰하고 있는 것을 느끼면서, 자기 아들이 이런 자기의 언동을 눈여겨 보아 두었다가 장차 잘하게 되기를 기대하는 것이었다.

그러나 어린 하노는 보아야 할 것보다 더 많은 것을 보고야 말았으니, 하노의 눈, 수줍어하고 금갈색이며 푸른색이 감도는 그 눈은 너무나도 날카롭게 그 이면을 관찰하고 있었다. 아이는 아버지가 모든 사람에게 베푸는 자신감에 찬 친절성을 보았을 뿐만 아니라, 특이하면서도 고통을 수반하는 통찰력을 지니고, 그 친절행위가 얼마나 어렵게 행해지는지를 보았고, 한 가정의 방문이 끝난 후 아버지의 핏발 선 눈 위로 눈꺼풀이 내려오고 아버지가 과묵해지고 얼굴이 창백해져서 마차 구석에 기대어 앉아 있는 모습을 꿰뚫어 보았다. […] 그리고 자신도 언젠가 공식 석상에 나타나 모든 사람이 보는 앞에서 이렇게 말하고 행동해야 한다고 식구들이 기대할 것이라는 데에 생각이 미치자, 하노는 그만 온몸이 오싹해지며 불안한 거부감이 치솟아 두 눈을 감아 버리는 것이었다.

아버지 토마스의 가르침과 간절한 소망이 어린 하노에게 오히려 역효과를 내게 되는 "그러나 어린 하노는 보아야 할 것보다 더 많은 것을 보고야 말았"다는 이 대목은 토마스 만 산문의 멋진 반어법을 유감없이 보여 준다. 현실 상황에 잘 대처해 낼 엄두를 내지 못하고 복잡한 현실 세계 앞에서는 그만 "두 눈을 감아 버리는" 아들 하노는 오페라와 음악의 몽환적 세계에 탐닉한다. 그리고 학교 공부나 실제 대인관계에서는 무능력에 가까운 유약성을 보인다. 현실적 행동 능력이 모자란 아들에게 더는 기대를 걸 수 없었던 토마스는 어느 날 대수롭지 않은 치통 끝에 진창길에 넘어져 세상을 떠난다. 병약한 제4세대 하노 부덴브로크도 얼마 가지 않아 티푸스를 앓다가 죽게 되는데, 토마스 만은 하노가 죽는 장면을 다음과 같이 묘사하고 있다.

티푸스의 증상은 다음과 같다. 신열에 들뜬 환자의 아득한 꿈속에다 대고, 불덩이처럼 뜨거운 그 절망 속에다 대고 삶이 오해의 여지없이 분명하고도 격려하는 목소리로 소리쳐 부른다. 이 목소리는, 낯설고 뜨거운 길 위에서 평화롭고 시원한 그늘을 향해서 앞으로, 앞으로 걸어가고 있는 환자의 정신에 단호하고도 신선한 자극제로서 가 닿을 것이다, 그 환자는, 자기가 멀리 두고 떠나와서 이미 잊어버린 지역으로부터 자기한테로 들려오는 이 밝고 힘차며 약간 비웃는 것 같은 목소리, 그만 몸을 되돌려 귀환하라는 경고의 목소리를 귀 기울여 듣게 될 것이다. 그러자 그의 마음속에서 비겁하게도 의무를 소홀히 했다는 느낌이나 수치심 같은 것이 일어나고, 자기가 등을 돌리고 떠나버린 저 경멸할 만한, 다채롭고도 잔인하게 돌아가는 삶의 활동에 대한 새로운 에너지, 용기, 기쁨, 사랑 그리고 소속감 같은 것이 용솟음친다면, 그가 그 낯설고 뜨거운 오솔길 위에서 얼마나 멀리 방황을 했건 간에, 그는 그만 되돌아오게 될 것이고, 따라서 살아나게 될 것이다. 그러나 그가 그 들려오는 삶의 목소리에서 공포와 혐오감을 느낀 나머지 움찔해 할 경우, 그리고 그 아련한 회상, 그 활발하고 도발적인 목소리에 대한 그의 반응의 결과로서 만약 그가 고개를 절레절레 흔들며 듣기 싫다는 듯이 한 손을 뒤로 빼면서 자기 앞에 도주로로서 활짝 열려 있는 그 길 위를 앞으로, 앞으로 계속 도망쳐 간다면 …… 아, 안 된다! 그렇게 되면 그건 자명한 일이다, 그러면 그는 죽게 될 것이다.

"낯설고 뜨거운 길 위에" 있는 열병 환자가 삶의 경고음을 무시한 채 계속 앞으로 도망쳐 간다면, 결국 그는 되돌아오지 못하고 죽게 된다는 설명은 실생활에 뿌리를 내리지 못하고 환상의 세계를 방황하던 하노가 죽는 장면으로서는 이보다 더 적절한 묘사가 없다. 이로써 하노는 부덴브로크 가계도(家系圖)에서 자기 이름 아래로는 "다시는 아무것도 더 기록할 사항이 없을 것"이라던 자신의 예언을 사실로서 입증해 보인다.

토마스 만이 원래 티푸스에 관한 어느 백과사전의 설명문을 참고해서 쓴 것으로 알려진 이 '죽음의 묘사'는 삶과 죽음의 경계선을 넘나드는 인간의 심리 상태에 대한 탁월한 병리학적, 존재론적 서술이다. "되돌아오라!"고 외치는 '삶'의 목소리를 외면하고 죽음의 오솔길을 계속 걸어가는 예술가 기질의 하노와 더불어 삼촌 크리스티안 부덴브로크한테서 이미 부분적으로 나타난 몰락의 징후들이 완결된다. 하노가 죽자 친정으로 돌아가려는 어머니 게르다와 고모 토니, 그리고 친척 등 여자들만 쓸쓸히 남아 작별의 차를 마신다. 장편 『부덴브로크 가의 사람들』의 마지막 장면은 북부 독일 시민계급의 한 가문이 어떻게 그 허무한 종말을 맞이하는가를 처절하게 보여 주고 있다.

독문으로 759쪽이나 되는 장편소설 『부덴브로크 가의 사람들』을 다 읽고 난 대부분의 독자는, 특히 동일시할 만한 서구 시민 계급으로서의 애환을 경험해 본 적이 없는 우리나라 독자들은 여기서 일말의 허무감에 사로잡히게 될 것이다. 정녕 하노마저 죽고, 살아남은 여자들도 서로 헤어져야 한단 말인가? 독자에게 남는 작가의 메시지가 아무것도 없지 않은가? — 이런 자문도 하게 될 것이다.

한때 게오르크 루카치[9]가 분석한 것처럼 자본주의 세계가 몰락하고 노동자와 농민의 세계가 도래한다는 것을 예고해 주는 것일까? 하지만 당시의 토마스 만은 아직 공산주의를 잘 알지 못하고 있었다.

작품의 종말에 와서야 새삼스럽게 작가의 뚜렷한 메시지 하나라도 찾으려 한다면, 이 소설의 의도에서 빗나간 것이다. 독자는 이미 많은 것을 자신의 것으로 받아들인 연후라야 한다. 예컨대, 인생은 무상하고 유전(流轉)·

---

9 1885년에 헝가리에서 태어나 주로 독일어로 글을 쓴 문예미학자 및 역사철학자로서 그의 사실주의 이론에서 '총체성(總體性)'을 주요 개념으로 도입하였음.

순환하며, 한 가문이 부를 축적하면 그다음 세대에는 대개 예술을 통해 고귀화, 정신화의 길을 걷게 된다는 인생의 진리를 터득했다면, 그리고 이 소설이 보여 주는 리얼리티와 상징성을 통해 세상사의 흐름을 총체적으로 통찰하는 법을 배웠다면, 더 이상 또 무슨 사소한 메시지가 필요하단 말인가!

루카치가 말하는 대로, 이 소설은 인간사회의 역사적 발전상을 그 총체성 속에서 뚜렷하게 그려 보여 주고 있다. 이를테면, 애초에 부덴브로크 가가 새집을 사서 들어갔을 때 그 이전의 소유주인 라텐캄프의 몰락이 잠시 언급된다. 나중에 예의 없는 신흥 자본가 하겐슈트룀이 부덴브로크 가의 저택을 사들이는 장면이 나오는데, 여기서 비로소 독자는 라텐캄프—부덴브로크—하겐슈트룀으로 유전하는 세상의 운행 법칙의 상징성에 주목하게 된다. 또한, 위에 든, 토마스가 누이 토니에게 털어놓는 고백 같은 것은 '열흘 붉게 피는 꽃이 없고 십년 넘는 권세가 없다(花無十日紅 權不十年)'는 동양에도 있는 지혜를 당년 25세의 작가 토마스 만이 삶과 역사에서 이미 체득하고 있었음을 보여 주는 대목이며, 소설 『부덴브로크 가의 사람들』의 도처에서 찾아볼 수 있는 빛나는 상징들 중의 하나이다.

여기서 자연주의나 신낭만주의 등의 좁은 범주에서 작가 토마스 만을 평가해서는 안 된다. 자신과 동시대를 산 많은 시인·작가들이 자연주의, 표현주의, 다다이즘, 상징주의 등 새로운 문학 유파들을 추종하고 문학의 추상성에 몰두할 때에 그는 독자가 "이해할 수 있고, 재미와 즐거움을 누릴 수 있는 이야기하기"(verständliches, interessant-genießbares Erzählen)[10]에 온 힘을 기울였다.

『부덴브로크 가의 사람들』처럼 아무 새로울 것도 없는 진부한 소재를 어

---

10 Jinsook Kim: Intermediales Zusammenspiel des Erzählens. Drei Lesarten des Romans Buddenbrooks von Thomas Mann, Freiburg i. Br., Diss., 2012, S. 102.

떻게 재미있게 이야기해 내느냐 하는 데에 전력을 경주하여, 무엇을 이야기하느냐보다 어떻게 이야기하느냐에 초점을 맞춘 것이야말로 산문작가 토마스 만의 원초적 미덕이라 할 수 있다. 후일 토마스 마이 중세의 서사시인 하르트만 폰 아우에 이래로 진부한 소재라 할 수 있는 그레고리우스 성담(聖譚)을 『선택받은 사람』이란 재미있는 이야기로 재창작해 내고 있는 것도 그의 이런 '서술자'(Erzähler)로서의 미덕이 발현된 좋은 예라 할 것이다.

초기 토마스 만을 당시의 문학사조에 비추어 보면 세기말의 유미주의에 가깝다고 볼 수도 있겠지만, 『부덴브로크 가의 사람들』에 연이어 나온 자전적 중편 소설 『토니오 크뢰거』(Tonio Kröger, 1903)에서는 이미 유미주의의 극복과정에 있었던 것으로 보인다. 작품에 나오는 토니오의 아버지 크뢰거 씨는 전형적인 북부 독일인으로서 지체와 품위를 지키려고 애쓰는 도덕적 시민으로 『부덴브로크 가의 사람들』의 토마스와 비슷하다. 토니오의 어머니 역시 게르다 부덴브로크와 비슷하여 남국적인 혈통과 기질을 지녔고 도덕적으로는 느슨하고 부박하였다. 작품의 주인공 토니오 크뢰거는 죽지 않고 계속 산 하노와 같은 인물로서 부계와 모계, 북국과 남국, 도덕과 정신, 삶과 예술, 시민 기질과 예술가 기질 사이에서 늘 갈등을 겪는 존재이다.

나[토니오 크뢰거]는 두 세계 사이에 서 있으며, 그 어느 세계에도 안주할 수 없습니다. 그래서 약간 어렵게 지내지요. 당신네 예술가들은 나를 속물이라 부르고, 또 시민들은 나를 체포하려 든답니다. …… 나는 이 둘 중에 어느 것이 나를 더 고통스럽게 하는지 모르겠습니다.

토니오 크뢰거가 뮌헨에서 작품활동을 하는 러시아 태생의 여류화가 리자베타에게 고백하고 있는 이 말은 시민성과 예술성 사이에서 갈등을 겪고 있는 토니오 크뢰거 ―초기 토마스 만― 의 고뇌를 잘 나타내고 있다. 그는 뮌헨의 예술가들 틈에 끼어 예술가 행세를 하고 있지만, '낮에는 일하고 밤에는 편히 자는' 북부 독일 고향 사람들의 떳떳한 삶을 동경한다. "훌륭한 작품이란 열악한 삶의 압박 하에서만 생겨나고 생활을 앞세우는 자는 글을 쓸 수 없으며 정말 완전한 창조자는 죽어서밖에 될 수 없다는 사실을 알지 못하는"─작품 중의 아달베르토와 같은─'예술을 위한' 예술가들을 경멸한다. 그는 당시 뮌헨의 예술가들처럼 방종한 세기말의 예술가로 되기에는 너무나 북부 독일적인 시민성을 지녔고, 고향의 속물성을 지키고 살기에는 이미 너무 예술의 세계로 깊이 들어와 있는 '길잃은 시민'(ein Bürger auf Irrwegen), '길을 잘못 든 속물'(ein verirrter Bürger)"이다.

이렇게 두 세계 사이에서 그 어느 쪽에도 완전히 속하지 못한 채 거리를 두는 작가적 태도, 또는 거기서 파생되는 서술기법을 '반어(Ironie)'라 하며, 초기 토마스 만 문학의 중요한 특징이다. 반어는 사물과 상황을 늘 좀 삐딱하게 바라보면서, 두 가지 입장 중 중간자적 시점을 택하는 태도이다. 이런 화자가 소설을 서술해 나간다면 필연적으로 인생에 대한 지침이나 방향성의 메시지가 모자라게 되는 대신에 인생이나 사물의 총체성을 보여 주게 된다. 앞서, 『부덴브로크 가의 사람들』이 뚜렷한 메시지 없이 끝나는 것도 작가의 이런 반어적 태도와 무관하지 않다.

내가 지금까지 행한 것은 아무것도 아닙니다. 보잘것없지요. 아무것도 안 한 것이나 다름없습니다. 나는 더 나은 것을 쓰겠습니다, 리자베타. ─ 이건 일종의 약속입니다.

편지에서 토니오가 앞으로 쓰겠다는 '더 나은 것'이 유미주의적 경향에서 한 걸음 더 '삶' 쪽으로 다가간 작품일 것은 분명하다.

『토니오 크뢰거』 이후의 토마스 만의 작가적 궤적에 대해서는 추후에 다시 상론할 기회가 있겠지만, 『토니오 크뢰거』까지의 초기 토마스 만 문학만해도 이미 이청준, 공지영 등 한국문학에 적지 않은 영향을 끼치고 있다.[11]

---

9.   로베르트 발저

이 시대에 로베르트 오토 발저(Robert Otto Walser, 1878-1956)라는 특이한 작가가 있다.

스위스 북서부의 호반 도시 빌(Biel)에서 태어난 발저에게 중요한 문학적 체험은 그가 빌헬름시대에 베를린에 체류하면서, 군국주의적 동상이 많은 베를린 시가를 걸어 다니면서(그는 걸어 다니기를 좋아하는 작가였다!), 소시민의 시각으로 제국주의와 식민주의에의 열망으로 가득 찬 베를린과 그 시민들의 삶을 관찰한 것이다. 이 체험이 그의 소설 『야콥 폰 군텐』(Jakob von Gunten, 1909)의 모태가 된 것으로 보인다.

대도시 한복판에 소년기숙학교가 있다. '벤야멘타 소년학교'라 불리는 이 학교에 새로 입학한 소년 야콥의 일기 형식으로 되어 있는 이 소설은 벤야멘타 오누이의 지배자적 명령과 장차 '하인'(下人)이 되기 위한 교육을 받는

---

11 이에 대해서는, 원당희: 「토마스 만의 소설 『토니오 크뢰거』와 이청준의 『잔인한 도시』에 나타난 문제적 주인공의 유형대비」, 《비교문학 12》(한국비교문학회, 1987), 5-34쪽을 참조하거나, 안삼환 외: 『전설의 스토리텔러 토마스 만』(서울대학교 출판문화원, 2011), 394쪽 이하, 또는 안삼환: 『괴테, 토마스 만 그리고 이청준』(세창출판사, 2014), 206쪽 이하를 참조.

소년 생도들의 노예적 복종이라는 역학적 공간 속에서 전개되고 있다. 소년 생도들은 미미한 존재들이고 앞으로도 각자 '섬김'(Dienen)을 사명으로 여기며 사회 각처로 나아가 미미하고도 힘없는 존재들로 이 세상을 살아갈 것이다. 이 사실을 소년 야콥은 잘 알고 있다.

학교 바깥의 두시(베를린인 것으로 보인다)에서는 자유와 평등의 이름으로 수많은 시민이 바삐 움직이고 있지만, 야콥은 그 시민들 역시 어떤 지배 이데올로기에 복종하고 있음을 간파하고 있다. 이런 도시의 경쟁에서 패배하여 큰 상처를 받은 벤야멘타 교장은 학교에서나마 지배자의 권위를 휘두르고 있다. 야콥은 교장의 이런 모습에 오히려 마음 아파한다. 벤야멘타 하인학교는 경쟁력이 없는 소년들이 모여 있는 공간이며, 이곳의 지배자인 벤야멘타 교장은 현실 세계에서 패배하여 유배된 왕과 흡사하다. 현대적 대도시라는 '독재자의 학교' 안에 또 하나의 조그만 '독재자의 학교'가 존재하는 것이다. 이 작은 '독재자의 학교' 안에서 야콥은 일기를 쓰고 있다.

"난 한 가지는 알고 있다. 우리는 기다리고 있어야 한다! 이것이 우리의 가치이다. 그렇다, 우리는 기다린다, 그리고 우리는 말하자면 바깥의 삶 쪽으로, 사람들이 세상이라고 부르는 저 공간 쪽으로, 폭풍우들이 휘몰아치는 바다 쪽으로 귀를 기울이고 있어야 한다."

여기서 야콥과 복종밖에 모르는 그의 힘없는 동료들이 과연 무엇을 기다리고 있단 말인가? 최가람은 그녀의 석사논문에서 로베르트 발저에 대해 벤야민이 쓴 짧은 글에 착안하여 '신화적 폭력'이라는 표피 아래 깊숙이 내재해 있는, 신화가 지닌 다른 긍정적 힘, 즉 ─벤야민의 말을 빌리자면─ "혁명을 위한 도취의 힘들"(Die Kräfte des Rausches für die Revolution)[12]을 간파해 낸다. 그녀의 이 주장을 받아들인다면, 야콥과 그의 친구들은 그들을 억압하고 있는 권력과 압제가 자신에게 내재한 순수한 혁명적 힘에 스스로 굴복해 오는 순간을 기다리고 있는 것인지도 모른다.

로베르트 발저는 뒤늦게 천재성과 중요성을 인정받은 작가이다. 이 소설에서 힘없는 서술자인 소년 야콥은 보기에 따라서는 전통적 '이야기꾼의 지혜'를 숨기고 있는 거인일 수도 있다. 소년 야콥의 시각은—후일 귄터 그라스의 『양철북』에 나오는 어린 서술자 오스카르 마체라트가 어리다는 이유로 어른들의 허위의식을 통찰할 수 있듯이— 납작 엎드린 '개구리의 시각'이기 때문에 오히려 이 세계의 다른 면을 보여 줄 수 있다. 바로 이 점에서 로베르트 발저는 클라이스트와 카프카를 잇는 중요한 작가로서 후일 카프카 자신도 발저의 산문을 찬탄한 것은 결코 우연이 아닐 것이다.

10.   프랑크 베데킨트

프랑크 베데킨트(Frank Wedekind, 1864-1918)는 이 시대가 낳은 극작가이자 탁월한 배우이다. 24세에 빌헬름 2세 황제에 대해 쓴 풍자시로 쫓기는 몸이 되어 파리로 망명했다가 그 이듬해인 1899년에 귀국하자 '폐하 모독죄'로 체포되어 6개월 동안 옥고를 치렀다. 하우프트만 이후 가장 주목받는 극작

---

12   최가람, 「로베르트 발저의 『야콥 폰 군텐』에 나타난 신화 담론 — 발터 벤야민의 신화 개념과 미메시스적 언어철학을 중심으로」(서울대 석사논문, 2013), 17쪽.

가로 그의 작품은 주로 시민계급과 그 위선적 도덕률을 풍자하였다. 자신도 도덕이나 인습에는 전혀 신경을 쓰지 않고 분방한 예술가적 삶을 살았는데, 뮌헨에서의 그의 장례식에는 홍등가의 여인들이 많이 참석하여 화제가 되기도 했다.

산문 5막극 『폰 카이트 후작』(Der Marquis von Keith, 1900)에는 베데킨트 특유의 극적 기법인 서로 대립하는 두 인물이 등장한다. 사기와 범죄를 불사하며 삶을 향락하고자 하는 폰 카이트 후작과 언제나 이웃을 배려하는 도덕적 이상주의자 숄츠가 그런 대립적 두 인물로 카이트의 사기극은 결국 파탄이 나고 만다. 이것은 도덕적 몰락을 눈앞에 둔 독일 시민계급에 대한 풍자이며, 베데킨트의 이런 풍자극은 카를 슈테른하임(Carl Sternheim, 1878-1942)의 표현주의적 시민풍자극 『바지』(Die Hose, 1911) 등에 큰 영향을 끼치게 된다.

표현주의

(Expressionismus, 1910-1925)

1.   표현주의 문학의 대두

　자연주의 이래의 독문학에서는 실로 많은 문학적 사조들이 명멸했지만, 그 복잡다단한 여러 갈래의 주장들은 순차적으로 등장한 것이 아니라 대개 동시다발적으로 병존하면서 부침하는 양상이었다. 이런 잡다한 문학적 경향들은 결국 제1차 세계대전(1914)의 발발이라는 거대한 세계사의 파고에 휩쓸리게 되고 그 분류(奔流)가 휩쓸고 간 자리에서 우리는 표현주의라는 문학사조의 자취와 그 남아 있는 기운을 찾아볼 수 있게 되는 것이다.

　하지만 토마스 만과 같이 아무런 사조에도 속하지 않은 채 고독하게 자신의 길을 홀로 걸어간 시인이나 작가들도 적지 않기 때문에, 표현주의 문학(1910-1925)의 시대라 해도 이 기간에 활동한 모든 시인, 작가들이 표현주의 문학의 범주 내에서 일괄적으로 다루어질 수 있는 것도 아니다. 이제부터는 표현주의, 다다이즘, 신즉물주의, 신주관주의 등 사조적 개념보다는 제1차 세계대전, 바이마르공화국, 제3제국, 망명문학, 전후문학, 동독문학, 1989년 통독 이후의 독문학 등 정치적 시대구분이 더 중요한 의미를 갖게 된다.

　그럼에도 불구하고 지금까지의 독문학사 서술의 관행에 따라, 우선 표현주의라는 사조를 짚어 보고자 한다.

　현실을 유물론적으로 재현하고자 했던 자연주의와 외적인 인상들을 주관의 개입 없이 그대로 재현하고자 했던 인상주의에 대한 반기로서, 자아가 내적으로 체험한 진실을 순전히 정신적으로 표출해 내고자 하는 예술의 경향을 표현주의라 부른다. 표현주의 운동은 우선 조형예술에서 일어났으며, 독일문학에서는 제1차 세계대전 직전의 정신적 위기의식에서 출발하여 바이마르 공화국의 초기까지인 1910년부터 1925년에 걸쳐 일어난 문학운동을 일컫는다.

이 문학의 원천적 에너지는 대도시 체험에서 나온다. 도시의 비정함과 자본주의의 메커니즘, 산업화와 비인간화, 부유한 시민계급의 안일한 자본주의 등 20세기 초 독일사회의 여러 문제점을 인식하게 된 젊은이들이 자신의 답답한 현실을 역동적으로 돌파해 나가고자 한 문학운동이다. 그래서 모든 기성 권위에 대한 도전적 성격을 강하게 띠게 되었으며, 기존 세계의 몰락에 대한 묵시록적 환영을 드러내거나 기성세대에 대한 불신을 부자간의 갈등으로 형상화하고, 인간의 존엄성과 우애와 사랑에 기반을 두어 새로운 실존의 의미를 탐구하는 긍정적 면모도 보인다. 점증하는 기계화와 건조해지는 대도시 문명에 반대하면서 인간 감정 자체의 혁명을 내세워 종교적, 신화적 자세로 흐르는 경향도 생겨났다. 공통으로 타고난 암울한 운명에 대한 공감 때문에 '나'보다는 '우리'를 앞세우기도 했다. 따라서 표현주의는 궁극적으로는 개인 영혼의 힘과 그 권리와 가치에 대한 확신을 대변한다.

독일 표현주의의 이와 같은 특징은 프랑스 등에서 발생한 미래주의나 이후의 초현실주의와도 일맥상통한다. 그래서 표현주의자들 중에서도 순수한 감정과 깊은 영혼의 가치를 중시하는 유파와 정치적·사회적 참여를 통해 사회변혁을 추구하고 ─예술을 위해서는 최선의 길이 아니더라도─ 인류의 미래를 위해서는 최선의 길을 찾으려는 지성적 행동파 두 갈래가 있다.

표현주의 시의 최초 모음집은 쿠르트 핀투스(Kurt Pinthus)가 간행한 『인류의 여명』(Menschheitsdämmerung, 1920)으로 여기에는 프란츠 베르펠, 게오르크

트라클, 엘제 라스커-쉴러, 발터 하젠클레버, 르네 쉬클레, 고트프리트 벤, 요하네스 R. 베혀, 게오르크 하임, 에른스트 슈타들러, 아우구스트 슈트람 등의 시들이 실려 있다. 표현주의의 대표적 장르는 시이다. 표현주의자들은 전통적 권위에 대해 부정적인 태도였기 때문에 전통적 미학 형식은 더는 존중되지 않는다. 특히, 표현주의의 극단적 형태로 볼 수 있는 다다이즘에서는 감탄사의 연발, 통상적 구문의 일탈 등 언어적 논리 자체가 지양되는 경향까지 보인다. 표현주의 문학에서는 자아의 고조된 파토스를 강조하기 위해 문장 형태가 의식적으로 단순화되거나 기괴하게 변형되기도 하며, 리듬과 운율로부터 자유로운 시행이 선호되거나 고함이나 비명으로까지 이어지는 고조된 도취상태를 나타내기 위해 같은 단어가 반복되고 관사가 생략되는 어법과 구두점이 남용되기도 한다.

게오르크 트라클의 우수에 젖은 비탄, 프란츠 베르펠의 환희와 도취에 젖은 찬가 등 표현주의 시들은 매우 다양하며, 요하네스 R. 베혀, 게오르크 하임, 에른스트 슈타들러 등도 표현주의의 대표적 시인들이다. 여기서는 '서구의 몰락'에 대한 비탄으로부터 표현주의 시인이 된 고트프리트 벤(Gottfried Benn, 1886-1956)을 대표적으로 고찰해 본다.

브란덴부르크의 소도시 만스펠트(Mansfeld)의 목사 아들로 태어나 군의관 양성학교를 거쳐 피부비뇨기과 의사가 된 고트프리트 벤은 광신자에 가까운 아버지와 소통 불능의 갈등을 겪는다. 이것이 표현주의 시인들에게 일반적으로 나타나는 세대 갈등의 문제로까지 발전한다.

첫 시집 『시체공시장. 그리고 다른 시들』(Morgue und andere Gedichte, 1912)에는 익사한 처녀의 배에 둥지를 튼 쥐들, 죽은 창녀의 입에 남아 번득이는 금니, 암 병동 회진 등 병원과 의사의 세계로부터 채록된 암울한 시들이 실려 있다. 이 시들에서 배어 나오는 이 세계에 대한 구토와 일상적 현상 뒤에 숨어 있는 추악한 형이상학적 자아에 대한 고백은 표현주의적 '새 인간에의 탐구'와는 큰 거리가 있어 보인다. 이것이 또한 니체처럼 모든 기존 가치를 뒤엎는다는 점에서 충격적이며 초기 표현주의의 한 경향이기도 하다.

1920년대에 그는 미래파 마리네티로 대표되는 이탈리아 파시즘에 이끌렸고 보수적 혁명이라는 주제에 관심을 둔다. 1930년에는 요하네스 R. 베허와의 논쟁을 통해 그는 모든 정치적 앙가주망과 사회개혁의 문제가 진정한 시인에게는 가치 없는 것이라는 견해를 밝혔다. 하지만 1932년에 프로이센 예술원의 문학분과 회원으로 선출되자 문화정책적 이해관계의 핵심 인물로 부상했으며 1933년부터 약 1년간 나치에 협력했다. 그의 태도가 소극적으로 변하자 당시 시인 뮌히하우젠(Börries Freiherr von Münchhausen)은 벤이 유대인의 후예라 비방하고 신문 《민족의 관찰자》(Völkischer Beobachter)는 '더러운 놈'(Schwein)으로 규정한다. 이처럼 그는 정치적으로 불분명한 태도로 많은 비판을 받았음에도 시인으로서는 제2차 세계대전 종전 뒤인 1950년대 중반에 이르기까지 독일의 대표적 시인으로 인정을 받았다.

앞서 청년독일파의 일환으로 다루어졌던 뷔히너의 드라마 『보이첵』이 그 내용 및 형식에 있어서 독일 연극사를 시대적으로 앞선 선구적 작품이라 한 바 있는데, 바로 이 『보이첵』에서 우리는 표현주의 드라마의 여러 특징이 선취되어 있음을 확인할 수 있다. 표현주의 드라마에서도 서로 무관한 듯 보이는 여러 장면이 나열되고 몽상적 이미지들이 중첩되며 인물들의 긴 내면 독백이 자주 등장한다. 표현주의자들에 의하면, 연극은 자연의 모사가 아니라 동시대적 삶의 표현이어야 한다는 것이다. 표현주의 드라마들은 조명, 배경음악, 합창, 무용, 무언극 등 20세기 초에 등장한 여러 다른 예술과 현대적 매체 및 기술의 협력을 많이 받는다. 대표적인 시인으로는 게오르크 카이저와 에른스트 바를라흐, 프리츠 폰 운루 등이며, 넓은 의미에서 하인리히 만과 브레히트도 표현주의에 가깝다고 하겠다.

게오르크 카이저(Georg Kaiser, 1878-1945)의 『칼레의 시민들』(Die Bürger von Calais, 1914)은 표현주의를 대표하는 희곡 작품이다. 카이저는 이미 유명해진 로댕의 청동조각상 『칼레의 시민들을 위한 기념비』에 영감을 받아, 100년 전쟁이 진행 중이던 1346년에 영국군이 칼레 시를 포위했을 때의 이야기를 토대로 이 3막극을 썼다. 하지만 카이저의 극은 역사적 사실과는 조금 달리 전개된다. 영국 국왕이 화평의 조건으로서 6명의 칼레 시민의 목숨을 요구하는 것은 같지만, 카이저의 드라마에서 죽음에의 길을 자원한 시민은 7명이다. 비쌍(Wissant) 형제가 동시에 지원했기 때문이다. 이들은 제비를 뽑아 누가 자신을 희생하지 않아도 될지를 결정하기로 한다.

제2장에서는 7명의 지원자가 가족들과 작별을 고하고 제비를 뽑기로 한 만찬장에 나타난다. 그들은 외스타슈의 제안으로 각자가 한 번 더 신중하게 생각할 시간을 갖고, 이튿날 아침 제일 나중에 나타나는 사람이 희생을 면하기로 결의한다.

제3장에서 외스타슈 자신이 오지 않은 것이 확인된다. 그의 배반이 의심되는 순간에 전날 밤에 이미 자살한 외스타슈의 시체가 들것에 실려 온다. 바로 그때 왕의 사자가 도착하여, 밤새 왕자가 태어나 희생 제물을 취소한다는 왕의 뜻을 전한다. 그리하여 칼레 시는 파괴를 면하고 6명의 시민의 목숨도 구제되었지만, 영국 왕이 교회의 제단에 무릎을 꿇고 기도할 때에 자살한 외스타슈의 주검 앞에도 무릎을 꿇게 된다.

이 작품에서 카이저의 메시지는 모두가 싸워서 같이 죽는 것보다는 한 개인의 희생이 공동체를 살리는 데에 더 유용하며, 진정한 용기란 명예를 위해 의미 없이 싸우다가 죽는 것보다는 공동체를 위해 의미 있는 자기희생을 하는 것이다. 이것은 빌헬름 시대의 무기력한 소시민계급에 대한 신랄한 비판으로 이해되며, 주인공들의 대사에서 간혹 나오는 고조된 격정은 표현주의적이다. 이 작품은 오늘날에도 독일의 국어시간에서 중요하게 다루어지고 있다.

산문은 표현주의 문학에서는 상대적으로 그 의미가 적다고 할 수 있지만, 알프레드 되블린(Alfred Döblin, 1878-1957)의 소설들은 표현주의 시대의 산물로서 주목된다. 특히, 그의 대표작『베를린 알렉산더 광장』(Berlin Alexanderplatz, 1929)은 출소자 프란츠 비버코프(Franz Bieberkopf)의 '삶에의 귀환'을 다룬 소설로서 지식과 재력이 없고 의지할 곳 없는 한 부랑자가 비정한 세파에 시달리다 어떤 단계를 거쳐 순명(順命)과 은총에 도달하는가를 그리고 있다. 결국, 주인공 비버코프는 어느 공장의 수위로 안착한다.

이 작품에서 되블린은 대도시와 현대 사회의 복잡성 속에서 좌절을 거듭하다가 초라하게 안착해 가는 제4계급의 '교양소설'을 썼다. 소설에서 되블린은 사건의 경과를 이미 신즉물주의적으로 정확하고도 객관적으로 묘사하고 있다. 하지만 인물의 내면에서 일어나는 환상을 보여 주거나 신문광고 등 각종 자료를 몽타주 하는 형상화 기법에서, 그리고 내면 독백과 서술자의 주석이 자주 등장한다는 점에서 이 소설은 표현주의적 요소를 다분히 갖고 있다.

하인리히 만(Heinrich Mann, 1871-1950)의 소설『오물(汚物) 선생. 혹은 한 독재자의 종말』(Professor Unrat oder Das Ende eines Tyrannen, 1905)은 빌헬름 시대의 권위주의적 김나지움 교사 라트(Raat)의 도덕적 타락과 그에 연이은 비참한 몰락을 희화적으로 그린 작품이다. '오물'(Unrat) 선생은 물론 학생들이 라트 선생을 지칭하는 별명이다. 하인리히 만의 김나지움 시절 회상으로 보이는 이 작품은 '오물' 선생이 삼류 여배우와 부적절한 관계에 빠져 자신의 권위와 위상을 잃고 비참하게 몰락하는 과정을 보여 준다. 1945년 영화화되어「푸른 천사」(Blauer Engel)로 더 알려지게 된 이 소설은 ― 이 세상 전체에 대한 허무와 구토를 표현한 고트프리트 벤의 시와는 다른 각도에서

― 독일 시민계급의 도덕적 해이와 그 몰락상을 희화화해서 보여 줌으로써 다가오는 표현주의 문학을 위해 선구적 역할을 한다.

러시아 문학을 동경한 토마스 만과는 달리 하인리히 만은 발자크와 볼테르를 모범으로 삼아, 사회의 민주적 변혁을 위한 정신적 봉사자가 되고자 했다. 그에게 중요했던 것은 문학 애호가들의 섬세한 취향을 만족하게 하는 완벽하게 세공된 작품을 창작해 내는 것이 아니라, 자유·평등·박애가 실현되는 프랑스적 민주주의를 독일 사회에 실현하는 것이다. 빌헬름 2세 치하의 프로이센적 관료 체제의 국가에서 그가 본 것은 위로는 복종하고 아래로는 전제적으로 군림하는 전근대적, 비민주적 '충복'(忠僕, 주인을 잘 섬기는 노예) 근성이었다. 이 충복 근성을 탄핵하고 몰아내기 위해 그가 의식적으로 희화화하고 풍자적으로 쓴 소설이 바로 『충복』(Der Untertan, 1918)이며, 이 소설은 빌헬름 시대 시민사회의 청산을 시도했다는 점에서 『오물 선생』의 연장선 위에 놓여 있다. 전제군주적, 출세지향적 공장주 디데리히 헤슬링(Diederich Heßling)의 허위의식과 인간적 몰락을 예리하게 희화화하고 당시의 희극적 풍속화에 대한 비판적 의식과 적극적 행동을 유도하는 언어를 구사하고 있다는 점에서 전통적 사실주의를 넘어 독특한 산문적 형상화에 도달한 표현주의적 작품이다.

『충복』이전과 이후에도 하인리히 만의 작품은 많다. 특히, 망명문학의 하나로 암스테르담에서 출간된 『앙리 4세의 젊은 시절』(Die Jugend des Königs Henri Quatre, 1935)과 『앙리 4세의 완성기』(Die Vollendung des Königs Henri Quatre, 1938)는 프랑스 앙리 4세의 일생을 그린 2권으로 된 역사소설이다. 이것은 단순한 역사소설이 아니라 권력과 인간성, 현실 정치와 인간의 자유 및 사회 정의 사이에서 고뇌하고 실천했던 위대한 앙리 4세의 이야기로 독일의 미래를 위한, 나아가서는 유럽의 미래를 위한 작가 하인리히 만의 민주적 '유언'으로도 볼 수 있다.

독일문학에 접하다 보면, 흔히 하인리히 만과 토마스 만 형제를 비교하게 되거나, 혹은 그렇게 비교하는 담화 중에 자신이 어느새 끼어들어 와 있음을 발견하게 되기도 한다. 동생 토마스는 소재와 그에 적합한 언어를 꼼꼼하게 세공하여 거의 완벽한 작품들을 남겼지만, 정치적 개안이 늦어서 여러 가지 비민주적 실수를 범했다. 형 하인리히는 토마스에 못지않은 다수의 작품을 남겼지만, 거기에는 수작과 타작이 병존한다. 하지만 하인리히는 독일 민주화 작가 대열의 선봉에 서게 된다. 나치 시대 이전에는 빌헬름 시대의 구질서를 깨뜨리는 데에 선봉을 섰으며, 나치 집권 이후에는 망명지에서 후배들과 함께 독일의 민주화를 위해 싸웠다. 하인리히 만은 문학과 정치는 둘 다 인간을 대상으로 하기에 서로 분리할 수 없다고 생각했고, 또 그러한 신념을 실천한 위대한 독일 작가이다. 독일문학이란 하늘에서 레싱, 하이네, 뷔히너, 브레히트로 이어지는 드문 성좌에 하인리히 만이란 빛나는 별을 찾아볼 수 있는 것은 독일인의 자랑으로 남는다.

한편, 영화와 라디오라는 새로운 매체가 등장함으로써 극영화와 방송극이 중요한 새 장르로 대두된 것도 표현주의 시대에 특기할 만한 사항이다.

---

2.   표현주의 시대를 거친 위대한 시인들

자신을 표현주의자로 느끼고 작품을 썼던 시인이나 작가는 드물었다. 위에서도 언급했지만, 표현주의라는 개념 자체가 미술에서부터 나왔고 문학

적 그룹이나 중심적인 모임이 있지 않았다. 그들의 유일한 공통점은 과학과 실증주의에 대하여, 그리고 기성 자본주의 사회에 대하여 강력한 반발심을 갖고 '새로운 인간', '전(全) 인류적 우애'를 갈망하고 있던 시인·작가들이었다는 점이다. 대도시 베를린의 새로운 파토스의 중심에 있었고 오늘날 표현주의의 대표적 시인으로 꼽히는 게오르크 차인조차도 처음에는 자신이 표현주의 시인인 줄을 몰랐다. 그만큼 당시의 시인·작가들은 각자 자신을 표현주의자로 의식하지 않고 있었다.

1) 헤르만 헤세

이를테면, 헤르만 헤세(Hermann Hesse, 1877-1962)를 표현주의 시인으로 규정한다면 적절하지 않다는 의견이 많이 제기될 것이다. 여기서는 다만 1919년에 나온 헤르만 헤세의 소설 『데미안. 에밀 징클레어의 젊은 날 이야기』(Demian. Die Geschichte von Emil Sinclairs Jugend)를 중심으로 초기 헤세만을 다루고자 한다.

성장기의 소년 에밀은 나쁜 친구의 유혹과 협박 때문에 집안의 돈을 훔치고 부모에게 거짓말을 하는 등 심각한 자아 정체성의 위기에 빠진다. 하지만 친구 데미안의 도움으로 자신의 진정한 내면으로 귀환한다. 또한, 에밀은 데미안의 어머니 에바 부인에게 이상적인 모상(母像) 및 사춘기적 사랑의 대상을 발견하게 된다. 무의식적 환상, 꿈, 본능적 욕망, 트라우마에 휘둘리며 절망과 허무주의에 빠진 한 소년이 자신보다 우월하다고 믿는 친구 데미안의 인도에 따라 자신이 원하는 새로운 출발점을 찾게 되는 이 과정은 당시 표현주의 젊은 시인들이 겪은 고뇌와 그들이 걸어간 길과 크게 다르지 않다. 다만 헤세는 이 길을 자신의 내면에서 찾고자 한 것이 다른 표현주의자와 차별된다.

"새는 알에서 깨어난다. 태어나고자 하는 모든 생물은 자신의 껍질을 스스로 벗기고 나오는 고통을 겪지 않으면 안 된다."—『데미안』에 나오는 이 구절과 에밀의 이야기는 제1차 세계대전에 참전했던 세대와 전후의 젊은이 들에게 큰 반향을 불러일으켰다. 헤세 자신의 심리적 방황과 아픔을 그린 이야기가 독일 젊은이들의 시대적 아픔을 대변해 주고, 또 그 아픔에 대한 치유법으로서 자신의 내면으로 돌아가는 길도 아울러 제시해 주고 있다. 『데미안』은—그리고 그 뒤에 나오는 『싯다르타』(Siddharta, 1922), 『황야의 이 리』(Der Steppenwolf, 1927) 등 헤세의 소설들은— 제2차 세계대전 종전 이후의 미국과 1960년대 이래의 한국에서도 큰 인기를 누렸다.

헤세에 대해서는 후에 다시 다루겠지만, 여기서는 다만 헤세가 표현주의 자는 아닐지 몰라도 표현주의 시대의 '신경'을 건드려 그 아픔을 형상화한 중요한 시인이라는 것만 언급해 두고 싶다. 그는 많은 서정시를 쓴 시인이 기도 했다. 특히 「안개 속에서」(Im Nebel, 1908)란 시에는—30대 초반의 시인 이 쓴 것으로는 도저히 상상할 수 없을 정도로— 자연과 삶에 대한 서정적 자아의 관찰과 예지(叡智)가 돋보이며, 오늘날에도 많은 독일인이 자신의 애송시로 제시하고 있다.

— 안개 속에서 —

이상도 해라, 안개 속을 거니는 것은!
수풀이며 돌도 모두 외롭구나.
그 어떤 나무도 다른 나무를 보지 못하고,
제각기 혼자로구나.

내 인생 아직 밝았을 땐
이 세상이 친구들로 가득 차 있었건만,

이제. 안개 내리니

아무도 보이지 않는구나.

벗어날 길 없이, 그리고 은밀하게

친구들로부터 사람을 떼어 놓는 어둠,

정말이지 이 어둠을 모르는 자

아무도 현명할 수 없지.

이상도 해라, 안개 속을 거니는 것은!

산다는 건 혼자 존재하는 것.

그 어떤 인간도 다른 인간을 알지 못하고,

제각기 고독하구나.

또한, 빼어난 화가이기도 했던 헤세는 제2의 고향으로 삼고 살았던 스위스 테신 주의 몬타뇰라의 아름다운 자연을 소재로 많은 수채화를 남겼다.

2) 프란츠 베르펠

프라하에서 부유한 유대인 상인의 아들로 태어난 프란츠 베르펠(1890-1945)은 프라하대학에서 수학하고 에른스트 로볼트출판사의 전신인 라이프치히의 쿠르트 볼프 출판사 편집부 직원으로 일했다. 발터 하젠클레버, 쿠르트 핀투스와 함께 『최후의 심판일』(Der jüngste Tag)이란 책을 내고 게오르크 트라클을 시인으로 발굴하기도 했다. 제1차 세계대전 때에는 오스트리아 군인으로서 참전했고, 제대하고서 잠시 베를린에 체류했다가 1917년부터는 빈에서 자유문필가로 활동하기 시작했다.

1933년 프로이센 예술원 문학 분과위원으로부터 제명되었고, 1938년에는 프랑스 파리로 망명했다가 나치 군대의 프랑스 진입을 피해 피레네산맥을 도보로 넘어 스페인과 포르투갈을 거쳐 1940년에 마침내 미국 캘리포니아 베벌리 힐스에 안착하였으며, 망명 작가 토마스 만의 이웃으로 살다가 1945년 8월에 사망했다. 표현주의의 비정치적인 시인으로 출발한 프란츠 베르펠은 깊은 종교적 신앙을 바탕으로 인간적, 세계동포적 사랑을 격정적으로 노래했다. 그리고 이상향을 지향하는 드라마와 독창적이고도 심리적인 소설들을 쓰기도 했다.

그의 『베르디. 오페라 소설』(Verdi. Roman der Opera, 1924)은 작곡가 베르디의 창작 위기를 다룬 예술가소설이다. 1883년 카니발에 참석하기 위해 베네치아로 온 베르디는 오페라 작곡가로서 새로이 인기와 명성을 얻고 있는 리햐르트 바그너를 만나지만, 바그너는 베르디를 알아보지 못하고 베르디는 그와 대화도 못 한 채 헤어진다. 베르디는 자신의 오페라 「리어 왕」을 완성하고자 노력하지만, 스타일이 구시대의 기법에 매여 있음을 느낀다. 친한 친구들과의 얘기에서 자신이 낡은 틀에 얽매여 창조력이 소진되어 버렸다는 사실만을 통감하게 된다. 오랫동안 성공을 거두지 못한 자신과 새로이 혜성처럼 등장한 독일인 작곡가 바그너와의 비교에 시달리다가 베르디는 이미 써 놓은 「리어 왕」 초고를 모두 불태워 버린다. 예술적 불모성에 대한 그의 고뇌는 그가 밤에 혼절하는 소동까지 일어나면서 절정에 달한다. 그 이튿날 아침 베르디는 마침내 용기를 내어 바그너를 찾아가는데, 공교롭게도 바그너가 바로 간밤에 죽었다는 것이다. 그 후 베르디는 병원에서 죽어 가는 한 가난한 음악 청년과 만나 음악에 내재해 있는 위대한 힘을 상기하게 되고, 이를 계기로 그의 다음 오페라 「오텔로」(Otello)가 나오게 된다.

이 소설에서 베르펠은 베르디의 모든 생각과 에피소드들을 보고하는 형식을 취하지 않고, 처음부터 끝까지 오직 베르디의 시점에서 서술하고 있다. 이런 서술 방식을 통해 독자들은 작곡가 베르디의 절망과 위기, 그리고 고뇌와 위대한 깨달음의 직접적인 증인이 된다. 이 소설을 통해 프란츠 베르펠은 음악가 베르디가 독일어 문화권에서 르네상스를 맞이하는 데에 크게 기여하게 되었다.

다른 소설 『베르나데트의 노래』(Das Lied von Bernadette, 1941)는 그와 부인 알마(Alma)가 함께 망명길에 일시 머물렀던 피레네산맥의 북쪽 순례지(巡禮地) 루르드(Lourdes)에서 성녀 베르나데트 이야기를 듣고 감명을 받아 미국에서 작품화하였다. 작품에 나오는 베르나데트 수비루(Bernadette Soubirous, 1844-1879)는 루르드에 살던 가난한 집안의 딸로 그녀가 14세 때 숲 속에서 나무를 하던 중에 석굴에서 성처녀 마리아와 흡사한 ─ 흰옷, 푸른 허리띠 ─ 차림의 한 여인을 만난다. 여인이 베르나데트에게 가르쳐 준 곳에서 광천수가 나오고, 후일 그곳이 많은 가톨릭 신도들의 순례지가 된다는 이야기이다.

가톨릭교도가 아니고 유대인이었지만 신과 인간성 일반에 대한 깊은 믿음을 늘 잃지 않고 있었던 프란츠 베르펠은 자신이 만약 미국에 무사히 도착한다면 제일 먼저 베르나데트의 이야기를 쓰겠다고 맹세했다고 한다. 이 작품은 망명지 미국에서 ─ 독일 망명 시인으로서는 드문 ─ 큰 상업적 성공을 거두었을 뿐만 아니라 제니퍼 조운즈(Jennifer Jones)가 주연으로 나오는 영화 「베르나데트의 노래」(The Song of Bernadette, 1943)의 저작료로 당시 미화 10만 달러의 거금을 받은 것으로 알려졌다.

유토피아적 소설 『태어나지 않은 자들의 별』(Stern der Ungeborenen, 1946)은 사후에야 출판되었지만, 이 작품은 앞으로 독일 망명문학(Deutsche Exilliteratur)의 테두리 안에서 ─ 망명 시인의 '빼앗긴 언어', 고독한 타향살이, 간절한 '소망과 꿈' 등을 아울러 고려하는 ─ 보다 심도 있는 고찰이 필요하겠기에 여기서는 다만 제목만 언급해 둔다.

프란츠 베르펠은 1945년 8월 26일 망명지 미국 캘리포니아에서 사망했다. 8월 29일 비벌리 힐즈에서 거행된 그의 영결식에는 토마스 만 등 많은 망명 독일 시인들이 참석했다. 쿠르트 핀투스의 표현주의 모음시집 『인류의 여명』(Menschheitsdämmerung, 1920)에서부터 표현주의 시인으로 출발한 그의 기구한 삶이 막을 내렸다. 오스트리아에서는 프란츠 베르펠을 기리기 위해 '프란츠 베르펠 인권상'과 '젊은 오스트리아 문학연구자를 위한 프란츠 베르펠 장학금' 등이 수여되고 있다.

3) 프란츠 카프카

초빙집필　이재황, 아주대

체코 프라하의 작가 프란츠 카프카(Franz Kafka, 1883-1924)는 20세기 초반 독일어권 문학을 대표하는 작가 중 하나로 손꼽힌다.[1] 그러나 41세로 병사한 그는 생전에 거의 무명이나 다름없었다. 세 권의 산문집 또는 단편소설집과 개별적으로 출간된 네 권의 중·단편소설이 그가 세상에 내놓은 작품 전부였다. 그중 중편인 『변신』(Die Verwandlung, 1915)과 『유형지에서』(In der Strafkolonie, 1919), 단편인 『선고』(Das Urteil, 1916) 등이 생전에 그의 이름을 어

---

[1]　당시 체코는 오스트리아-헝가리 제국에 속한 곳으로(1918년까지) 독일어 사용 지역이었으며, 사용 인구는 전체 인구의 10%도 안 되는 수였지만 부유층·중산층·지식층을 중심으로 독일어 사용이 선호되었고, 그들의 영향력이 컸기에 독일어는 특히 프라하에서 지배적 지위를 누렸다. 부유한 상인의 아들이었던 카프카 역시 독일어로 교육을 받았고 거의 모든 글을 독일어로 썼다.

카프카

———

느 정도 세상에 알린 작품들이라 할 수 있다. 카프카의 문학이 비로소 세상의 주목을 받게 된 것은 그의 막역한 친구이자 같은 유대계 작가인 막스 브로트가 원고, 일기, 편지 등을 모두 소각해 달라는 그의 유언을 어기고 출간을 결심한 덕분이다. 브로트의 이런 결단이 없었다면 카프카가 오늘날처럼 세계적인 명성을 누리는 일은 어림도 없고 아예 카프카라는 이름 자체가 묻혀 버렸을지도 모를 일이다.

카프카의 유고에는 다수의 중 · 단편소설과 함께 무엇보다도 ―비록 모두 미완성이긴 하지만― 세 편의 장편소설이 들어 있었다. 그가 죽은 이듬해부터 차례로 직접 편집을 맡은 브로트의 손에 의해 3대 장편인 『소송』(Der Prozess, 1925), 『성』(Das Schloss, 1926), 『아메리카』(Amerika, 1927)[2]가 마침내 세

2 1980년대 이후 카프카 자신의 육필 원고에 충실한 텍스트 비평본이 새로이 발간됨에 따라

상의 빛을 보게 된다.

카프카가 주로 작품을 썼던 1910년대와 20년대 초반의 십여 년은 문학사에서 바로 표현주의의 시기와 거의 일치한다. 최초의 세계대전이 발발했고, 전쟁의 와중에서 러시아 혁명이 일어나 세계 최초의 공산정권이 수립되었으며, 전쟁의 여파로 독일에서도 이른바 '11월 혁명'이 일어나 프로이센 제국과 오스트리아 제국이 동시에 몰락했고 그 제국들의 후신으로 각각 공화국이 수립되던 엄청난 파국과 혼란의 시기였으며, 서양 문명 전체의 위기와 몰락이 거론되던 시점이었다.[3] 이러한 시대적 분위기를 배경으로 표현주의 문학사조는 전쟁, 대도시, 데카당스, 불안, 자아상실, 세계몰락 등의 주제를 광기와 도취의 격정적인 언어 또는 꿈과 무아의 그로테스크한 언어로 다루었다. 표현주의 시인들은 산업화와 대도시화의 가속적인 진행으로 인한 인간의 기계화와 비인간화를 규탄하였고, 군국주의 문화의 확산으로 인한 사회 전반의 가부장적 권위주의 질서에 대해 저항하였다.

카프카의 문학도 이러한 시대적 맥락에서 크게 벗어나 있지 않았고, 비록 문체와 기법 등의 면에서는 차이가 크지만 주제 면에서는 표현주의 사조에 근접하였다. 생전에 간행된 그의 책 일곱 권 중 다섯 권이 당시 표현주의 계열의 동일한 출판사에서 발간되었다는 사실이 이를 뒷받침해 주고 있다.[4]

제목이 『실종자』(Der Verschollene)로 바뀌게 되었는데, '아메리카'라는 제목은 브로트가 임의로 붙인 것이었다.

3   계몽주의 이후 서양의 진보적 역사관을 정면으로 반박한 오스발트 슈펭글러의 역사철학서 『서구의 몰락』(Der Untergang des Abendlandes, 1권: 1918; 2권: 1922)이 발표되어 지식인 사회에 큰 반향을 불러일으켰다.

4   카프카의 책 다섯 권을 발간한 쿠르트 볼프 출판사는 당시에 주로 표현주의 작가들의 작품을 출판하였고, 그의 첫 번째 책인 산문집 『관찰』(Betrachtung, 1912)을 발간한 에른스트 로볼트출판사도 사실은 쿠르트 볼프 출판사의 전신(前身)이었다. 마지막 책으로 중·단편소설집 『단식광대』(Ein Hungerkünstler, 1924)는 그가 죽고 난 바로 다음에 베를린의 한 출판사에서 출간되었다.

문학 작품은 작가의 개인적 체험이 변형되고 가공되고 승화된 결과물이라는 정신분석학의 기본적 관점에서 볼 때 카프카의 작품들은 정신분석적 연구의 대상으로 적합하다. 그만큼 카프카의 문학에서 개인적 체험은 다른 어느 작가들보다 큰 비중을 차지하며, 특히 아버지와의 갈등 관계는 다양한 형태와 방식으로 그의 작품 속에 형상화되어 있다. 가령 『선고』에서는 시들시들한 뒷방 늙은이의 모습으로 묘사되던 아버지의 형상이 어느 순간 거인 같은 모습으로 돌변하여 아들에게 사형 선고를 내리는 폭압적인 존재가 되고, 『변신』에서도 주인공 그레고르의 변신 전에는 무기력한 노인의 모습이던 아버지가 그동안 실직한 아버지 대신 생계를 책임지며 가장 역할을 하다 벌레로 변신한 아들 그레고르에게 노골적으로 적대감을 드러내며 폭력을 행사한다. 그런 장면들에서 무의식의 은밀한 차원에서 아버지와 아들 간에 전개되는 권력관계의 역전과 반전의 드라마를 엿볼 수 있다. 카프카 자신의 삶에서 아버지는 늘 현실의 척도였으며 가부장적 세계 질서의 화신이었다. 법학 박사로서 프라하의 보험공사에 들어가 십수 년 동안 법률관계 자문 일을 했던 그는 주로 밤에 글을 썼다. 카프카는 평소 아들의 문학 활동에 대해 못마땅하게 여기던 상인인 아버지와 수시로 갈등을 겪었고 이를 몹시 고통스러워했다.

그가 남긴 편지 형식의 자전적 기록물인 『아버지에게 드리는 편지』(Brief an den Vater, 1919년 집필)는 아버지에 대한 불편한 심리와 착잡한 감정을 생생하게 묘사하며 자기분석과 자기비판의 의식을 치밀하게 표현하고 있는 일종의 고백록이다. 당시 대부분 청년 세대이고 카프카와 유사한 체험을 했던 표현주의 작가들 역시 부자 갈등의 문제를 작품으로 다루면서 '아버지'로 표상되는 기존 시민사회의 권위주의 문화와 가부장적 질서에 대한 저항의 정신을 표출하였다. 프란츠 베르펠의 단편소설 『살인자가 아니라 피살자가 유죄다』(Nicht der Mörder, der Ermordete ist schuldig, 1920), 발터 하젠클레버(Walter Hasenclever)의 드라마 『아들』(Der Sohn, 1914), 프리츠 폰 운루 (Fritz von Unruh)의 비극 『일족』(Ein Geschlecht, 1918), 아르놀트 브로넨(Arnolt Bronnen)의 충격적 드라마 『부친살해』(Vatermord, 1920) 등이 그러한 예이다. 이들은 오이디푸스 콤플렉스와 같은 프로이트의 정신분석학 개념을 익숙하게 알고 있었고 자신들의 작품의 이론적 배경으로 여겼다. 카프카도 하룻밤 만에 작품 『선고』를 쓰고 나서 일기에 '당연히 프로이트를 생각했다'고 적고 있다. 그러나 권위주의적인 아버지들에 대해 정면으로 반기를 들고 시민사회의 위선적인 도덕관념과 경직된 가치관에 대해 과도한 파토스와 유사혁명적인 제스처로 떠들썩한 효과를 노리며 저항을 시도하는 표현주의자들의 깊이 없는 작품과는 달리, 카프카의 텍스트는 그러한 세대 갈등의 억압적 현실이 개인에게 미치는 기형화의 파괴적 영향을 현미경처럼 정밀한 탐구의 눈으로 섬세하게 포착하여 단지 세밀화로 그려 보일 뿐 텍스트의 해석은 전적으로 독자의 몫으로 맡겨 버린다.

가정과 직업 생활의 틀 속에서 갑충의 형상으로 기형화된 개인이 가족의 냉대 속에서 점차 육체적 · 정신적으로 파괴되어 가는 이야기가 『변신』의 내용이라면, 『소송』(1914년 집필)과 『성』(1922년 집필)에서는 정체 모를 익명의 법과 권력이 개인을 단순한 객체로 취급하며 결국엔 파멸시켜 버리는 이야기가 전개된다. 이 장편들에서 카프카는 일상적 생활공간의 범위를 넘어 당대의 거대한 관료주의적 사회체제가 말단 조직을 통해 개인에게까지 미치는 가공할 힘과 그로 인한 불안감을 다루면서 법정과 관련 인물들, 변호사, 성의 관리와 비서, 심부름꾼 등을 등장시킨다.

『소송』에서 주인공 요제프 K는 어느 날 갑자기 체포를 당해 영문을 알 수 없는 소송에 휘말려 들어간다. 그는 끝내 고소 내용이 무엇인지 고소인이 누구인지도 모르는 채 처형을 당한다. 재판은 비밀리에 열리며 법정 역시 비밀스러운 어둠 속에 놓여 있다. 처음에는 이 사건에 개입하려고 이리저리 애를 써 보지만 전부 허사로 돌아가자 요제프 K는 아무 저항도 없이 처형을 담담히 받아들인다.

『성』에서는 토지측량사 K가 부름을 받고 성 아래의 마을에 도착해 성으로 들어가려고 하지만 기이하게도 성에 이르는 길을 찾을 수가 없다. 성의 인정을 받아 그사이 알게 된 여자와 함께 마을 주민으로 살려는 소박한 소망을 이루기 위해 그는 미로와도 같은 성의 관료 체제에 맞서 시종 집요한 노력을 펼치지만, 번번이 눈에 보이지 않는 관료 조직의 벽에 부딪혀 좌절하고 만다. 미완성인 채 끝나는 이 소설은 완전히 탈진해 버린 K의 죽음으로 끝이 날 예정이라고 전해진다.

이처럼 카프카의 문학세계는 한결같이 암울하고 부조리한 이야기들로 가득하다. 미래에 대한 어떠한 희망이나 전망도 주어지지 않는 이른바 '출구 없는 세계'이다. 마치 악몽 속의 풍경을 보는 듯 기이한 인물, 수수께끼 같은 사건, 미로 같은 왜곡된 공간 등이 수시로 출몰한다. 자연스럽게 표현주의 영화의 과장되고 그로테스크한 영상이나 표현주의 회화의 일그러진 형상과 과도한 색채표현을 연상시킨다. 이러한 비현실적이고 환상적인 세계와 함께 평범하고 일상적인 세계가 공존하면서 뒤얽힌다. 『소송』의 경우 은행 대리 요제프 K의 평범한 삶 속에 비현실적이고 괴이한 법정의 세계가 침투해 들어오고, 『변신』의 경우엔 영업사원 그레고르 일상 속으로 벌레로의 변신이라는 환상적인 사건이 덮쳐와 삶 전체를 뒤흔들어 놓는다. 반면 『성』에서는 합리적이고 정상적인 의식을 지닌 주인공 K가 뜻한 것은 아니지만 스스로 부조리하고 모순적인 세계 속으로 들어가 말도 안 되는 싸움을 벌인다.

이처럼 무수한 의문과 수수께끼를 던지는 카프카의 작품들에 대해 그동안 수많은 해석자가 나름의 답을 제시하였다. 그들은 대체로 카프카의 소설 세계를 바로 우리 자신도 속해 있는 현대적 세계의 모델 또는 알레고리로 파악하며, 주인공들이 처한 당혹스러운 상황을 곧 현대인의 보편적인 상황이라고 주장한다. 이 부조리한 상황은 더 구체적으로 자본주의의 현실이 초래하는 인간 소외 현상, 비인간적인 관료제도의 전횡, 또는 인간 실존 자체의 근원적 부조리성, 신의 구원에 대한 하염없는 기다림 등으로 설명된다. 이러한 해석들이 카프카 소설의 허구적 세계를 소설 밖의 객관적 현실 세계와 유비적인 것으로 파악하는 관점이라면, 이와는 달리 카프카의 소설 세계 전체를 주인공 또는 작가 자신의 내면적 세계의 표현으로 해석하는 입장도 있다. 주로 정신분석학적 관점에 바탕을 두고 있는 이러한 해석에 따르자면, 카프카 소설의 기이한 세계는 실제 세계의 모델이 아니라, 주인공의 내면에 놓여 있는 욕망, 공포, 불안의 표현이다. 카프카적인 인물, 상황, 사건들의 부조리성은 결국 세세 사체의 객관적 속성이 아니라 세계 속에 놓여 있는 주체의 비합리적 의식이나 무의식을 반영하고 있다는 것이다. 그 이야기들은 모두 주인공 또는 작가 자신이 꾼 악몽인 셈이다. 크게 이러한 두 가지 해석 방향으로 나눌 때 전자를 객관주의적 해석이라고 한다면 후자는 주관주의적 해석이라고 할 수 있다. 이처럼 그 해석의 다양성과 차이에도 불구하고 카프카의 작품에 대한 수많은 해석들은 대체로 이두 가지 중 하나로 귀결된다.

위에서 이재황 교수는 카프카문학에 대한 아주 간명하면서도 핵심을 찌르는 글을 선보였다. 이 같은 수많은 해석을 낳은 카프카문학을 짧은 논의로 대신할 수도 없고, 카프카에 대해서는 일평생을 연구해도 누구나 미진한 감을 떨쳐 버릴 수 없을 정도로 할 말도 많고, 또한 그의 문학에 대해서는 어떤 말을 해도 그 정곡을 찔러 핵심을 건드렸다고 보기는 어렵다. 이재황 교수의 말대로 카프카의 작품은 "표현주의 회화의 일그러진 형상과 과도한 색채표현"을 연상시킨다. 토마스 만의 정교한 소설문학이 표현주의 이전의 완벽성을 기한 회화라 한다면, 카프카의 소설은 표현주의 이래의 강력한 추상 회화에 비유될 수 있을 것이며, 물론 그것을 보는 태도와 방법도 지금까지의 전통적인 작품을 보는 것과는 달라져야 할 것이다.

4) 발터 벤야민

베를린-샤를로텐부르크에서 한 유대인 골동품상의 아들로 태어난 발터 벤야민(Walter Benjamin, 1892-1940)은 표현주의의 주변에서 눈에 띄지 않게 활동했지만, 그의 언어철학, 미학, 그리고 비평은 표현주의를 뛰어넘어 오늘날의 세계문학에 이르기까지 막강한 영향력을 끼치고 있는 이 시대의 거인이다. 그는 프랑크푸르트에서 아도르노를 만나고 한때는 공산주의에 빠져 모스크바까지 가기도 했으며 1930년대 초에는 브레히트와 함께하기도 한다. 하지만 벤야민은 ―그 자신의 말을 빌리자면― 평생 '좌파적 아웃사이더'로 머물렀다.

1933년 히틀러가 정권을 장악하자 그는 파리로 망명하여 하나 아렌트와 막스 호르크하이머의 경제적 지원을 받으며 이러운 객지생활을 보낸다. 이 무렵에 그의 유명한 논문 「기술복제 시대의 예술」(Das Kunstwerk im Zeitalter seiner technischen Reproduzierbarkeit, 1935)이 호르크하이머가 발행하는 《사회연구》(Zeitschrift für Sozialforschung) 지(誌)에 발표됨으로써, 그의 유명한 개념 '아우라'(die Aura, 사물이나 예술작품이 어떤 시공에서 해석 불가능한 채로 고유하게 발하는 참된 분위기)는 이제부터 사진과 조형예술, 문학, 아니, 모든 예술작품의 해석에 원용되는 핵심 개념으로 자리 잡게 된다. 귀국 후에도 벤야민은 나치의 수용소에 갇히는 등 여러 고초를 겪다가 1940년에 스페인으로의 탈출 길에 오른다. 간신히 국경은 넘었지만, 그는 다시 독일군에게 넘겨질지도 모르는 위험을 앞두고 의문의 자살을 함으로써 48세의 짧은 생애를 마감한다.

그의 핵심 사상은 유대적 메시아주의와 변증법적 유물론이 미학적 및 언어철학적 테제로서 만나는 지점에서 발견된다. 그의 미학을 간단히 설명해 보자면, 고립되어 나타나는 역사적 세부 사건들로부터 진실의 상(像)이 어렴풋이 드러날 수 있는데, 시인은 이 상을 이루는 점과 선분들을 모아 진실의 참모습을 해독해 내어야 한다는 것이다. 또한, 이런 생각을 그의 언어철학으로 풀어 보자면, 언어는 그에 의하면 그 '기표' 이상의 진실을 숨기고 있는데, '기표'와 '진실'이 뒤섞여 있는 이 질료로부터 예술은 '진실'을 추출할 수 있어야 한다는 것이다.

이를테면 벤야민이 로베르트 발저나 카프카 텍스트들의 거의 무의미하게 보이는 '기표'들로부터 "혁명을 위한 도취의 힘들"을 간파해 낸 것은 벤야민의 미학 및 그의 언어관의 탁월한 성과라 하겠다. 한국에서 벤야민 연구의 초석을 놓은 이화여대 최성만 교수는 다음과 같이 쓰고 있다. ─ "벤야민의 삶은 그가 각별한 친근감을 느끼면서 연구한 카프카를 두고 해석했던 것처럼 '실패한 자'의 삶일지도 모른다. 그러나 그가 해석한 카프카에게서 그렇듯이 그가 남긴 사유의 유산에서는 '구제'를 지향하는 묵시록적인 경고가 낭랑하게 울려 나오면서 동시에 '실패한 자'의 순수성과 아름다움이 빛난다."[5]

5   최성만, 『발터 벤야민. 기억의 정치학』(도서출판 길, 2014), 391쪽.

- 서사극과 생소화 효과

베르톨트 브레히트(Bertolt Brecht, 1898-1956)는 독일 아우크스부르크 출신의 시인이자 극작가, 연출가이자 연극이론가로서 다방면에 걸친 재능으로 20세기 문화지형도에 크나큰 영향을 미친 예술가이다. 브레히트의 업적은 무엇보다도 예술과 삶 사이의 간극을 좁히고자 기울인 노력에 있다고 할 수 있다. 이 노력으로 빚어진 결정체가 '삶의 예술'에 이바지하는 예술로서의 '서사극'(episches Theater)이다. '서사극'이란 명칭은 브레히트가 '서사문학의 중개하는 소통체계'를 극문학에 도입한 데서 생겨났다.

브레히트가 서사극을 창안하게 된 근본 배경은 점점 더 비인간화가 심화하는 세계 속에서 지금까지의 연극이 사회의 구조적 모순과 부조리를 제시하기는커녕 오히려 사실(寫實)적인 모방을 통해 가상(假像)과 외관만을 보여줌으로써 진실을 은폐하거나 왜곡하기 일쑤라는 인식에 있다. 그가 보기에 이 시대 연극은 인간다운 가치와 삶을 실현하는 데 이바지하는 연극이어야 한다. 따라서 역사와 연극, 삶과 세계가 부단히 변증법적 상호관계 속에 있으면서 항상 적극적인 변화와 생성을 목표로 하는 '인간적인 연극'이어야 한다는 것이 그의 생각이다.

서사적 연극은 관객이 사건진행에 몰입하지 않고 관찰자로서 거리를 두게 하여 비판적 사유를 환기하는 것을 목표로 한다. 즉 서사극은 정화(카타르시스)를 목적으로 하는 종래의 희곡적 연극과 달리 극 중 인물에 대한 관객의 정서적 동일시를 막고, 무대 위의 사건이 현실이 아니라 하나의 꾸며

베르톨트 브레히트

진 연극에 불과하다는 점을 주지시킨다. 이를 위해 다큐필름, 확성기, 현수막 등을 사용하기도 하고, 각 장면이 시작되기 전에 그 제목을 보여 주어 앞으로 전개될 사건에 대한 정치적 함의를 생각하도록 유도하는가 하면(『억척어멈』, 1장), 극 중 사건이 내포하는 주제를 설명해 주는 노래(Song)를 가수나 등장인물에게 부르게 만들기도 한다(『억척어멈』, 4장: "대(大)항복의 노래"). 이러한 다양한 서사적 기법들의 공통점은 "어떤 사건이나 인물에서 잘 알려진 것, 자명하고 명백한 것을 제거하여 놀라움과 호기심을 불러일으킴"으로써 대상에 대한 새로운 관점에서의 인식을 가능케 하는 이른바 "생소화 효과"(Verfremdungs-Effekt)를 낸다는 점이다.

『억척어멈과 그 자식들』은 내용과 형식면에서 이와 같은 브레히트의 의도가 잘 드러나 있는 대표적 서사극 중의 하나이다.

– 『억척어멈과 그 자식들』: 전쟁의 모순과 열린 결말

브레히트의 창작활동 후반에 속하는 1938-39년, 망명지인 덴마크에서 완성되고 1941년 스위스 취리히에서 초연된 『억척어멈과 그 자식들.

30년 전쟁 중의 한 연대기』(Mutter Courage und ihre Kinder. Eine Chronik aus dem Dreißigjährigen Krieg, 1941)는 그 소재를 그리멜스하우젠의 바로크 소설 『희대의 여자사기꾼 및 시골 부랑녀 쿠라주』(Die Erzbetrügerin und Landströtzerin Courage, 1670)에서 따왔다. 그러나 브레히트는 17세기에 일어난 전쟁 이야기이지만 이른 서사극이 또 다른 중요한 기법인 '역사화'(Historisierung)를 통하여 동시대와의 병치를 이끈다. 말하자면 주인공의 몰락과 끈질긴 생활력은 그대로 두면서 30년 전쟁(1618-1648) 중의 사랑과 애욕이라는 원래 주제를 전쟁과 장사라는 문제로 변형시켰다.

이 작품은 12개의 삽화(揷話) 형식으로 구성되어 있는데, '억척어멈'으로 알려진 아나 피얼링이 전쟁 중 자식을 잃는 과정을 연대기 순으로 나열한다. '억척어멈'이라는 별명도 곰팡이가 피기 시작하는 50개의 빵을 제때에 처분하기 위해 포화를 무릅쓰고 전장으로 마차를 몰고 다닌 이력 덕에 붙여진 이름이다. 군인들에게 생필품을 판매하는 이동매점의 주인인 그녀는 극이 진행되는 과정에서 때로 "전쟁터의 하이에나처럼" 탐욕스럽고 기회주의적인 성품 때문에 두 아들을 잃고 벙어리인 딸마저 잃는다. 그런데도 다시 포장마차를 이끌고 전장(戰場)으로 나서는 억척어멈은 비극의 상황을 맞고서도 아무것도 깨닫지 못하는 어리석은 소시민의 모습을 드러낸다.

이 작품에서 억척어멈은 주어진 상황과 기회를 최대한 이용하는 소시민적 장삿속을 지닌 부정적 인물로 그려지는 것과 나란히, 다른 한편에서는 민중적 전쟁관을 피력할 줄 아는 긍정적 인물로도 비친다. 지금의 전쟁이 하느님을 경외하는 데서 시작된 "믿음의 전쟁"이고, 그 때문에 "전사(戰死)야말로 신의 은총"이라고 떠들어 대는 군목(軍牧)에 맞서, 억척어멈은 "전쟁은 일종의 장사행위"이며, 전쟁으로 인한 피해는 자신과 같은 평민들에게로 돌아온다는 견해를 피력한다. 이처럼 전쟁에 관한 기존의 판에 박힌 허위의식을 폭로하는 억척어멈의 전쟁관은 주로 지배계급의 이데올로기를 대변하는 지식인의 전형인 군목과 그리고 전쟁에 부화뇌동하는 요리사와 나누는 그녀의 대화에서 뚜렷이 드러난다.

그렇다고 해서 억척어멈이 전쟁의 현실을 정확히 간파하는 긍정적 인물로만 제시되고 있는 것은 아니다. 왜냐하면, 그녀의 통찰력은 주로 자신의 처지와 행위를 합리화시키는 부정적 태도와 맞물려 있기 때문이다. 따라서 억척어멈은 항상 모순된 모습으로 나타나고, 주변 상황에 따라 그녀의 입장은 수시로 변한다. 그녀는 전쟁의 본질과 역사에 대해서는 민중적인 시각을 가지고 있지만, 자신의 상행위와 전쟁 간의 관계를 인식하지 못한다. 자신의 장사를 위해서라면, 민중이 부담을 지는 전쟁이라도 확대되기를 바란다. 그녀에게는 전쟁의 미래보다는 장사의 미래가 문제시된다. 억척어멈의 이와 같은 소시민적 입장은 그녀의 민중적 전쟁관과 대비를 이룬다. 반면에 딸 카트린은 기존 질서인 전쟁에 대하여 구체적인 행동으로 반항하고 그 대가로 죽음을 맞는다. 그녀는 자신의 희생을 무릅쓰고 할레시의 어린이들을 구출하는 '사회적 행위'를 통해서 진정한 '어머니'가 된다. 모성애와 사회적 연대의식에서 우러나온 행위로 카트린은 마침내 악순환의 고리를 끊고 어머니 억척어멈의 '대안적 인물'로 등장한다.

극의 이와 같은 결말로 브레히트가 관객과 공유하고자 하는 것은 무엇일까? 이 작품과 관련하여 브레히트는 "비록 억척어멈이 더는 아무것도 배우지 못한다 하더라도, [……] 관객은 그녀를 지켜보면서 뭔가를 배울 수 있을 것이다"라고 말한 바 있다. 이는 자신의 서사극이 변증법적으로 작용한다는 사실을 설명하는 말이다. 브레히트는 어떤 가상의 해결을 무대 위에서 섣불리 직접 보여 주는 대신, 연극 속에서 제기된 문제에 대한 해결의 실마리를 관객 스스로가 찾도록 유도한다. 그러기 위해서 작품에서처럼 부정적인 예를 무대 위에 제시함으로써 관객의 비판적 사고와 의식을 일깨우고, 더 나아가 이런 모순과 부정을 지양하기 위한 해결책을 관객 스스로 찾게끔 한다. 이러한 '부정의 부정'(Negation der Negation)이야말로 브레히트의 서사적-변증법적 연극(episch-dialektisches Theater)의 핵심 전략이다.

"막은 내려졌고, 문제는 열린 채로 남아 있다"는 브레히트의 유명한 표현은 지금까지 단순한 소비자로만 머물러 왔던 연극의 관객이 수동적이고 소비저인 자세를 버리고, 사회의 모순에 비판적으로 개입하여 사회의 변화를 위한 새로운 가치를 예술생산자들(작가, 배우 등)과 함께 적극적으로 공동 생산해 나가야 함을 의미한다. 브레히트가 자신의 예술을 "생산자예술"(Produzentenkunst)로 규정한 이유가 바로 여기에 있으며, 작품『억척어멈』의 작의 또한 바로 여기에 있다고 할 것이다.

브레히트의 서사극에 대해 오랜 학문적 온축(蘊蓄)을 쌓아 온 순천향대학 김형기 교수의 위의 글은 작품『억척어멈과 그 자식들』을 통해 브레히트의 서사극을 간명하게 잘 설명해 주고 있다. 여기서 한 가지 더 언급해 두고자 하는 것은 브레히트의 주요 개념인 'V-Effekt' 혹은 'Verfremdungs-Effekt'의 번역 문제인데, 학자들에 따라서는 아직도 '소외 효과', '낯설게하기 효과', 또는 '소격(疏隔) 효과'라고 번역하기도 하지만 한국브레히트학회에서는 2001년에 이것을 '생소화 효과'로 번역하기로 의견을 모았다.[6]

---

6 또한, 참고로 말해 둘 것은 산문문학에서도 이와 같은 'Verfremdungs-Effekt'가 있을 수 있다는 사실이다. 이를테면, 위의 빌헬름 라베의 소설에 관한 글에서 권선형 교수는 이것을 '낯설게 하기 효과'로 번역하고 있다. 아마도 한국브레히트학회의 의견이 아직은 한국독어독문학회 전체에까지 파급·관철되지는 못한 듯 보인다. 필자는 이 책에서 각 초빙집필자의 번역을 존중하고자 두 가지 번역을 통일하지 않고 각각 그대로 두었음을 밝혀 둔다.

XVI

신즉물주의

(Neue Sachlichkeit, 1910-1925)

1. 바이마르 공화국과 신즉물주의

1925년 만하임 미술관에서 전시된 '1917년 이래의 독일 회화 전시회'의 제목은 "신즉물주의 — 표현주의 이후의 독일 미술"(Die Neue Sachlichkeit — Deutsche Malerei nach dem Expressionismus)이었다. 예술가의 시선은 간명하고도 냉정해야 한다는 화가들의 이 새로운 주장은 독일 산문문학에도 받아들여져 간명함과 객관성을 내세우는 전기와 자서전, 또는 그와 유사한 작품들이 많이 나왔다.

2. 레마르크의 소설 『서부전선 이상 없다』

그중에서도 제1차 세계대전을 체험한 세대의 객관적인 보고들이 10여 년의 숙성 기간을 거친 연후에야 비로소 등장하기 시작한다. 그 대표적인 예가 에리히 마리아 레마르크(Erich Maria Remarque, 1898-1970)의 『서부전선 이상 없다』(Im Westen nichts Neues, 1929)이다. 이것은 제1차 세계대전에 참전하고 있는 한 병사의 시각에서 전쟁의 잔혹함을 그리고 있는 평화주의적 반전(反戰) 소설로서 세계적 성공을 거두었는데, 특히 1930년 할리우드의 마일스톤(Lewis Milestone)에 의해 영화화됨으로써 더욱 유명하게 되었다.

19세의 병사 파울 보이머(Paul Bäumer)의 회상에 따르면 그는 담임교사의 애국적 웅변에 감동하여 다른 친구들과 함께 군에 지원 입대한다. 그는 전선에서 살아남는 법을 터득하지만, 휴가를 얻어 잠시 집에 돌아와서야 비로소 자신이 사회에 복귀할 수 없을 정도로 비인간화되었음을 실감한다. 다시 귀대한 그는 부상, 병원 후송, 그리고 전선 재투입 등의 과정을 겪으면서 천신만고로 살아남지만, 종전 직전 ―아주 조용하고 고요한 어느 날― '서부전선 이상 없음'이라고 보고된 날에 적의 총탄을 맞고 쓰러진다. 소설에서 나타나는 신즉물주의적 특징을 열거하면, 현실에 근거를 둔 냉담하고도 객관적인 서술을 선호한다는 점, 감정이나 파토스의 노출을 사세하고 심리적 분석이나 장식적 묘사를 하지 않으며, 사실에 입각한 에피소드들을 몽타주해서 객관적으로 보고하는 점 등이다.

1931년 레마르크가 노벨평화상 후보에 오르자 독일 장교연맹은 작품이 독일군과 독일 군인들의 명예를 훼손했다며 수상을 방해했으며, 이어서 나치는 1933년 참전 독일군에 대한 배반의 책이며 국민교육에 해로운 책이라며 불태웠다.

레마르크는 1938년에 국적을 박탈당했다. 그 후 그는 1947년 미국 시민권을 얻어 미국과 스위스에서 살았다. 그는 1916년 임시 대학입학 자격시험을 치른 뒤에 ―지원 입대한 『서부전선 이상 없다』의 주인공 파울 보이머와는 달리― 징집되어 1917년에 서부전선에 투입되었으며, 유탄의 파편을 맞은 부상병으로서 뒤스부르크 군 병원으로 후송되어 치료를 받던 중 종전을 맞았다. 그는 종전 후에도 살아남았지만, 사망하기 직전에 『서부전선 이상 없다』 이전의 작품에서 나치의 아리안 인종정책에 영합한 일부 내용이 드러나 심한 비판을 받기도 했다.

하지만 그의 『서부전선 이상 없다』는 50여 개 국어로 약 2000만 부 이상 이 팔려 독일어 텍스트 중에서 가장 많이 팔린 책 중의 하나이다. '잃어버린 세대'의 병사 파울 보이머에 관한 이야기를 통해, 마찬가지로 '잃어버린 세 대'의 작가였던 레마르크는 역설적으로 대부호가 되어 마를레네 디트리히, 그레타 가르보 등과 염문을 흘리고 다니기도 했다.

3.   에리히 케스트너의 소설 『파비안』

신즉물주의에서 출발한 작가로 에리히 케스트너(Erich Kästner, 1899- 1974) 의 자전적 성격이 강한 소설 『파비안. 어느 도덕주의자의 이야기』(Fabian. Die Geschichte eines Moralisten, 1931)가 있는데, 바이마르공화국 말기와 나치 집 권 직전의 독일 사회를 그린 문학사적으로 대단히 중요한 작품이다. 소설 의 원제목은 '개들 앞으로 가는 길'(Der Gang vor die Hunde)이었다. 하지만 제 목이 출판사에 의해 『파비안』으로 바뀐 뒤에야 간신히 출간될 수 있었다.

소설은 히틀러가 정권을 장악하기 '전야'의 대도시 베를린의 사회상을 풍 자적으로 그린다. 작가 에리히 케스트너 말을 빌리자면, "도덕주의자는 자 기 시대에다 [보통의] 거울을 들이대지 않고 일그러진 거울을 들이대곤 하 기" 때문이다. 주인공 문학박사 파비안은 베를린에서 기자생활을 하면서 시대의 타락상에 완전히 휩쓸리지 않고 반어적으로 관찰하면서, 더 나은 미래가 올 것을 믿고 기다린다. 하지만 낙관주의적 친구 라부데(Labude)가 자살하고, 자신도 현실주의적 처세를 하는 여자 친구 코르넬리아에게 배신당하자 도덕주의자로서의 그의 입지는 점점 더 좁아진다. 고향도시 드레스덴으로 돌아온 그는 아직도 살아 있는 자존심과 양심의 소리 때문에 어느 보수 신문사로부터의 일자리 제안을 거절한다. 어느 날 그는 소년이 강물에 빠진 것을 보고 ─ 자신이 헤엄을 치지 못한다는 사실을 망각한 채 ─ 소년을 구하고자 무작정 물에 뛰어들지만, 소년은 물에서 간신히 살아나온 반면 자신은 익사하고 만다.

이 소설로 케스트너의 모든 작품은 나치에 의해 '외설적'이라는 이유로 '퇴화된' 예술로 분류되어 1933년 분서(焚書) 조치의 대상이 된다. 하지만 1931년 히틀러 정권 장악 2년 전에 베를린 사회의 타락한 풍속도를 그리면서 나치 정권의 도래를 예견하고 경고한 도덕주의적 시인 에리히 케스트너의 혜안이 독일문학사에 길이 남을 만하다.

오늘날 드레스덴 신도시(Dresden-Neustadt)에 '에리히 캐스트너 박물관'이 있으며, 뮌헨에 본부를 둔 '에리히 케스트너 협회'는 '시대비판적' 경향을 띤 우수작을 선별하여 '에리히 케스트너 문학상'을 수여한다. 이것은 독일인들이 자신들에게 드문 사회비판적 선각자를 잊지 않고 기억하려는 노력의 일환이라 하겠다.

XVII

고전적 현대 작가들

(Klassisch-moderne Dichter, 1925-1945)

1920년대 중반부터 표현주의 문학의 강력한 파토스가 점점 그 신선미를 잃어 가고 독일문학은 신즉물주의라는 새로운 사조에 의해 서서히 교체되는 듯이 보였다. 하지만 이 무렵의 독일문학에는 ─오늘날의 관점에서 볼 때─ 표현주의든 신즉물주의든 주류 사조에 전혀 구애되지 않은 채 독자적 글을 써 나간 위대한 시인·작가들이 많았다. 하인리히 만 및 토마스 만 형제와 헤르만 헤세를 제외한다 하더라도, 로베르트 무질, 요젭 로트, 헤르만 브로흐 등 대가급 작가들이 즐비해 있었다. 이들을 독일 망명문학(1933-1947)이나 독일 전후문학(1945-1968)과 일단 구별하기 위해 편의상 '고전적 현대 작가들'(klassisch-moderne Dichter)이라고 부르고자 한다.

1. 토마스 만의 소설 『마의 산』

초빙집필 윤순식, 덕성여대

세기말의 암울한 '데카당스'적 분위기에서 청년기를 보낸 토마스 만의 초기 작품은 거의 예외 없이 삶과 죽음, '시민성'과 '예술성'의 갈등이라는 예술적 자아의 문제를 집중적으로 다루고 있다. 또한, 후기 시민사회를 바라보는 안목의 차이로 그의 형 하인리히 만과 소위 '형제 논쟁'이 벌어졌을 때, 토마스 만은 한때이긴 하지만 분명히 국수적·보수적 태도를 보인 적이 있다. 이러한 정치적 입장이 상당한 변화를 겪은 후인 1924년에 출간된 『마의 산』(Der Zauberberg, 1924)은 이러한 그의 작가적 변화과정에서 하나의 큰 전환점을 이루는 작품이다.

'마의 산'이라니, 도대체 무슨 산인가? '마법의 산'이라고 하면 더 잘 이해가 될까? 바로 스위스 고산 지대의 소읍 다보스(Davos)에 있는 고급 호텔식 폐결핵 요양소 '베르크호프'(Berghof)를 가리킨다. 시민계급 출신인 23세의 건실한 청년 힌스 카스토르프가 1907년 한여름에 여기에 도착한다. 이제 막 조선기사(造船技士) 시험에 합격하여 곧 함부르크의 조선소에 취직하게 되어 있는 그는 본격적 사회생활을 시작하기 전에 잠시 고향 함부르크를 떠나 이곳 다보스로 올라온 것인데, 독일제국 군대의 사관생도로서 치료를 받기 위해 이미 5개월째 여기에 입원해 있는 사촌 요아힘 침센을 문병하기 위한 3주 예정의 여행길이다.

국제요양원 베르크호프는 세계 각처에서 서로 이질적인 특징을 지닌 환자들이 모여들어 완전히 별개의 한 세계를 이루는 곳으로, 진지한 삶이 지배하는 평지의 세계와는 아주 대조적인 곳이다. 이들은 언어, 지식, 교양의 정도도 천차만별이어서 주인공 카스토르프에게는 아주 낯선 새로운 세계이다.

요양원에 도착한 카스토르프는 사촌 요아힘 침센의 환영을 받지만, 대화하는 도중 '이 위의' 사람들은 '저 아래' 사람들과 시간관념이나 생각이 많이 다르다는 얘기를 자주 듣는다. 머물던 중 병원장이 카스토르프 역시 건강 검진을 받아 보는 게 좋겠다는 충고를 하자 그는 별생각 없이 검사를 받는다. 그런데 그도 폐결핵의 징후가 있어 요아힘 침센과 함께 요양 생활에 들어가게 된다. 그래서 3주 예정이던 여행계획이 변해서 그는 그 후 무려 7년 간이나 '마력의 나라' 요양원에 머무르게 되는데, 작품 속에서는 그가 러시아 출신의 환자 쇼샤 부인에게 마음을 빼앗겨 이곳에 계속 머무르는 것으로 묘사되고 있다.

환자 중 세템브리니, 나프타, 쇼샤 부인, 페퍼코른 등은 청년 카스토르프의 인간적 성장을 위한 교육자 역할을 하는 인물들이다. 여기서 각 인물의 등장 시점과 역할은 각기 다르다. 세템브리니는 이탈리아인 환자로서 진보

주의자로 자처하는 인문주의자이다. 그는 '육체는 바로 정신'이라는 일원론
자로서 죽음의 세계에 친근감을 느끼는 카스토르프를 이성과 진보에의 믿
음이 지배하는, 의무와 일의 세계인 평지로 되돌려 보내기 위하여 애쓴다.
그러나 쇼샤 부인에게 마음이 빠져 있는 카스토르프는 그의 충고를 받아들
이지 않는다. 쇼샤 부인은 키르기즈인처럼 회색을 띤 매력적인 푸른 눈과
관능적인 외모의 소유자로서 병과 죽음을 상징하는 인물이다. 카스토르프
는 산상 요양원에 입원한 지 7개월 후 사육제날 저녁에 쇼샤 부인에게 애정
고백을 하고 그날 밤 그녀와 관계를 맺는다. 하지만 그녀는 그 이튿날 요
양원을 떠나가 버린다. 또한, 카스토르프는 예수회 회원이며 반자본주의
적인 폴란드인 환자 나프타를 알게 된다. 나프타는 육체와 건강을 비인간
적인 것으로 간주하면서 오히려 병과 죽음을 찬양한다. 즉 '육체란 자연이
며, 그 자연은 정신과 대립된다'고 하는 이원론자이다. 그래서 진보주의자
세템브리니와 자주 충돌하고 카스토르프 앞에서 세템브리니와 열띤 논쟁
을 벌인다.

사촌 요아힘 침센은 요양원 생활에 지친 나머지 병이 완쾌되지도 않은 상
태로 하산하여 다시 군대로 돌아간다. 사촌을 떠나보내고 혼자가 된 카스
토르프는 요양원 생활의 단조로움과 무기력을 부끄럽게 생각하여 스키를
배울 결심을 한다. 몇 차례의 연습을 통하여 스키를 탈 수 있게 되고 그러던
어느 날 그는 스키를 타고 흰 눈이 덮인 아름다운 계곡을 따라가다가 그만
길을 잃고 눈보라에 갇혀 버린다. 생사의 갈림길에서 그는 꿈을 꾸는데, 꿈
속에서 인간이 착하고 올바르게 살기 위해서는 죽음에 대한 공감에서 벗어
나 삶을 사랑해야 한다는 것을 깨닫는다. 이것이 바로 이 소설의 축약판이
라고 할 수 있는 '눈(雪)의 장(章)'이다. 여기서 주인공은 정신을 잃은 채 쓰러
진 몽환 상태에서, "인간은 자애와 사랑을 위해 결코 죽음에다 자기 사고(思
考)의 지배권을 내어 주어서는 안 된다"는 사실을 깨닫게 된다. 이것은 카스

토르프가 바깥 세계와 차단된 '마의 산', 즉 '죽음'의 공간에서, 역설적이게도 '삶'의 중요성을 깨달았다는 의미이다.

그러는 사이에 군대에 복귀하기 위해 요양원을 떠났던 요아힘 침센이 건강 상태 악화로 다시 요양원으로 돌아오지만 얼마 가지 않아 죽고 만다. 역시 요양원을 떠났던 쇼샤 부인도 돌아오는데, 네덜란드 식민지 자바의 커피 재배업자로 동양과 서양을 동시에 대표하고 있는 인물인 페퍼코른을 데리고 온 것이다. 이 인물의 출현으로 주인공은 심각한 혼란을 경험하게 된다. 페퍼코른은 건강과 삶을 긍정하는 디오니소스적 인물로서 소설 속에서 세템브리니와 나프타를 왜소하게 만들고, 쇼샤 부인의 위험성을 중립화해 주며, 주인공 카스토르프를 강하게 만들어 주는 기능을 한다. 그러나 그는 카스토르프와 쇼샤 부인의 에로틱한 관계와 자신의 성적 무기력을 괴로워한 나머지 자살하고 만다. 쇼샤 부인은 페퍼코른의 비극에 충격을 받고 다시 베르크호프를 떠나 버린다.

이렇게 자꾸 세월만 흘러가던 중, '베르크호프' 요양원에 '한 유령이 배회하기 시작했다'. 그것은 남과 싸우고 싶어 하는 병적(病的) 상태, 일촉즉발의 짜증스런 흥분 상태를 말하며, 뭐라고 이름 붙일 수 없는 초조하고 불안한 분위기이다. '베르크호프' 요양원에는 사소한 일로 심하게 다투는 싸움, 서로의 분쟁을 호소하는 진정서 제출이 끊이지 않아 요양원 당국이 그것들을 조정하고자 애썼지만 허사였다. 이것은 물론 작가 토마스 만이 제1차 세계대전 발발 직전의 유럽의 첨예한 정치적 분위기를 형상화한 것이다. 이런 와중에 세템브리니와 나프타가 자유에 대한 논쟁을 벌이다 설전을 하고 나프타는 모욕을 당했다며 세템브리니에게 결투를 신청한다. 결투장에서 세템브리니가 하늘을 향해 권총을 쏘자 나프타는 세템브리니에게 비겁자라고 부르짖으며 자신의 머리에 권총을 쏘아 자살한다. 이때 청천벽력과도 같은 제1차 세계대전이 발발한다. 요양원이 폐쇄되자 카스토르프도 '마의 산'에서 내려와 전쟁에 참전한다. 포탄이 난무하는 전장에서 '보리수' 노래를 흥얼거리고 진흙탕 속을 행군하며 어스름 속으로 사라져 가는 그의 장래는 차츰 어두워진다. 이제 고산지대의 요양원뿐만 아니라 평지도 '죽음'의 영역이 되어 그는 '저 끔찍한 열병과도 같은 불길 속에서도 언젠가는 사랑이 솟아오르겠지?'라고 중얼거리며 독자들의 시야에서 사라져 간다.

장편소설 『마의 산』은, 토마스 만 자신의 말을 빌리면, 폐렴 증세로 다보스 요양원에서 치료 중이던 그의 부인을 문병하러 갔던 3주 정도의 실제 체험을 바탕으로 쓰였다. 그때 그곳의 의사도 토마스 만 역시 폐렴 증세가 있으니 함께 입원하여 반년 동안 치료받는 것이 현명할 것 같다는 충고를 했다고 한다. 1912년 이때의 체험을 바탕으로 토마스 만은 단편 『베네치아에서의 죽음』(Der Tod in Venedig)에 대한 '유머러스한 대칭적 작품'으로서의 단편을 구상하였다. 이렇게 구상된 작품은 집필 기간(1913-1924년)에 일어난 제1차 세계 대전으로 인해 갖가지 성찰로 가득한 방대한 장편소설 『마의 산』으로 발전하게 된다.

『마의 산』은 독일의 전통적 교양소설과 아이러니적 관계를 지닌다. 독일 계몽주의와 고전주의 시대에 형성된 교양소설은 한마디로, 현실의 궁핍함과 모순을 하나의 미적 총체성 속에서 극복하고자 했던 독일 시민계급 정치의식의 반영이다. 이렇게 교양소설에서는 소설의 외형적인 구조도 중요하지만, 사회에 대한 주인공의 관계 설정이 매우 중요하다. 이런 점에서 교양소설은 자서전적 소설 및 시대 소설, 사회소설과 서로 경계가 닿아 있기 마련이다. 그러나 『마의 산』에서는 조화로운 이상을 향하여 주인공의 내적 성장이 유도된다든지, 또는 주인공의 발전 단계가 뚜렷하게 설정되어 있지는 않다.

그래서 『마의 산』은 죽음을 통하여 인도주의로 상승하는 교양소설임은 확실하나, 전통적인 교양소설과는 다른 면모를 보인다. 즉 전통적 교양소설에서는 주인공이 이상을 향해 단계적으로 발전하고 있는 데 반해 여기에서는 폐쇄된 공간 '마의 산'에서의 연금술적 승화 작용을 통해 주인공이 죽음에의 공감에서 벗어나 삶과 사랑에의 길로 접어들게 된다. 하지만 『마의 산』에서의 주인공 한스 카스토르프가 깨닫게 된 휴머니즘적 비전도 곧 전쟁의 포화 속에 휩싸이게 된다. 이것은 주인공의 내적 자아와 사회적 현실 사이에 존재하는 간극(間隙)이 더욱 심화하여 나타난 현상이라고 할 수 있다. 한스 카스토르프가 사는 시대가 전통적 교양소설의 주인공들이 도달한 조화를 용납하지 않는 것이다. '마의 산'의 다른 이름인 고산지대의 호화스러운 요양원 베르크호프에는 제1차 세계대전 전의 유럽 자본주의사회가 반영되어 있으며, 작가 토마스 만은 전후의 시점에서 전전(戰前)의 유럽 사회를 비판하고 있다. 소설의 줄거리 전개는 1907년에서 1914년 제1차 세계대전 발발까지의 7년 동안이지만, 이 작품에서 묘사되고 있는 호화로운 요양원에서의 대화와 그 밖의 모든 성찰은 이미 바이마르공화국과 전후 유럽의 여러 사회적·문화적 문제들을 앞서 보여 주고 있다.

소설 『마의 산』은 전통적 소설, 나아가 꼼꼼한 사실주의 소설의 인상을 풍긴다. 그러나 토마스 만은 「'마의 산'으로의 안내」(Einführung in den Zauberberg)라는 연설에서, "주인공의 이야기는 틀림없이 사실주의 소설의 수법으로 전개되지만, 그것은 사실주의 소설이 아닙니다. 그것은 정신적이고 이념적인 것을 위해 사실주의적인 것을 상징적으로 고양하고 투명하게 하는 가운데 지속해서 사실주의적인 것을 뛰어넘고 있습니다"라고 밝히고 있다.

교양소설적 전통 아래에 있는 주인공 한스 카스토르프는 그를 교육하려는 세템브리니와 나프타 사이에서 그 어느 쪽에도 치우치지 않으면서 그저 고개만 끄덕이곤 한다. 여기서 그는 자신의 태도를 확정하지 않는 이른바 '유보(留保)의 아이러니'를 보여 주고 있다. 소설 『마의 산』의 핵심이 되는 '눈의 장'의 꿈속에서 주인공이 "인간은 자애와 사랑을 위해 결코 죽음에다 자기 사고의 지배권을 내어주어서는 안 된다"는 인식을 얻어 내지만, 그는 그것을 그날 저녁에 이미 까맣게 잊어버린다. 결국, 주인공은 병과 죽음이 지배하는 베르크호프 요양원에서 하산하여 전쟁에 참전하지만, 이 결과는 '교양 이상'(Bildungsideal)에 도달하지 못했다고 볼 수 있어 『마의 산』은 전통적 의미에서의 교양소설로 간주하기는 어렵고 '현대적으로 변형된' 교양소설로 볼 수 있다.

또한 『마의 산』은 작가 토마스 만의 정치적 개안(開眼) 과정에서 '하나의 큰 전환점'을 이루는 작품이기도 하다. 정치적 식견으로 볼 때에는 제1차 세계대전이 끝난 시점에도 아직 니체적 '비정치성'에 함몰되어 있던 토마스 만은 빌헬름 황제 체제와 후기 시민 사회를 바라보는 안목의 차이로 인하여 형 하인리히 만과 반목했다. 토마스 만은 에세이집 『한 비정치적 인간의 고찰』(Betrachtungen eines Unpolitischen, 1918)에서 이른바 '형제 논쟁'을 일으키면서 국수적·보수적 태도를 보였고, 민주적·현실참여적 태도를 보인 그의 형을 '문명문사'(Zivilisationsliterat)라고 비난한다.

이러한 정치적 입장이 상당한 변화를 겪은 후인 1924년, 나이 49세에 출간된 『마의 산』은 그가 죽음과 삶, 예술성과 시민성 등이 대립하는 초기의 인생관을 극복하고 한 걸음 더 진보한 사실을 기록한 작품이다. 이런 점에서 『부덴브로크 가의 사람들』 이래 그의 작품 세계가 크게 바뀌는 지점에 작품 『마의 산』이 정위(定位)된다. 즉, 토마스 만은 제1차 세계대전이 끝나고 구체적으로는 약 1922년부터 1924년까지의 기간에 소설 『마의 산』을 쓰면서 독일 낭만주의의 요체라 할 '죽음에의 공감'(Sympathie mit dem Tode)으로부터 '삶에 대한 호의'로 방향을 전환하게 된다. 이것을 정치적으로 표현하자면, 토마스 만은 이 작품과 더불어 니체적 '비정치성' 및 자신의 정치적 보수주의와 결별하고, 그가 그때까지 '문명문사'라고 비난해 오던 형 하인리히 만과 같은 민주주의자로서의 길에 들어서게 되는 것이다.

2. 로베르트 무질의『특성 없는 남자』

로베르트 무질(Robert Musil, 1880-1942)은 지금의 오스트리아 클라겐푸르트(Klagenfurt)에서 엔지니어였던 알프레트 무질(Alfred Musil)의 외아들로 태어났다. 군사실업학교와 기술군사아카데미를 거쳐 1889년 아버지가 기계제작과 교수로 있던 브륀 공대에 입학한다. 1902년 독일로 이주하여 슈투트가르트 공과대학에서 조교로 일하며『생도 퇴를레스의 혼란』을 집필하기 시작해 1905년에 완성, 1906년에 출간하는데, 이듬해에 벌써 5쇄가 나올 정도로 큰 성공을 거둔다. 1908년 그는 「마흐 학설의 평가에 대한 논문」(Beiträge zur Beurteilung der Lehren Machs)으로 박사학위를 취득한다. 1911년 빈 공대 도서관에서 실습생으로 임명되고 마르타와 결혼하며, 단편집『합일』이 출간된다. 1914년 피서 출판사의《디 노이에 룬트샤우》(Die neue Rundschau) 지(誌)의 편집자로 일하기 위해 도서관 사서 자리를 사직한다.

무질은 제1차 세계대전이 발발하자 입대하여 이탈리아 전선에 배치되었다가 1918년 12월에 전역하며, 1920년 오스트리아 국방부 전문자문위원으로 임명되지만, 월급으로는 생활할 수 없어 신문이나 잡지 기고로 생계를 유지하며 드라마『몽상가들』을 출간한다. 1924년 단편집『세 여인』을 출간하고 작업 중인 소설『쌍둥이누이』(나중에『특성 없는 남자』로 개제)를 로볼트

출판사와 출판 계약한다.

무질은 1927에 있은 한 라디오 낭독회에서 처음으로 '특성 없는 남자'라는 소설 제목을 공개적으로 언급하며, 1928년 《디 노이에 룬트샤우》지에 『지빠귀』가 실린다. 1930년 『특성 없는 남자』 제1권이 로볼트출판사에서 춘간되며, 1932년 『특성 없는 남자』 제2권 일부가 로볼트에서 출간된다.

오스트리아가 나치 독일에 합병(1938)되고 히틀러가 빈에 입성하자 무질은 취리히로 망명하고 그 결과 『특성 없는 남자』는 독일뿐만 아니라 오스트리아에서도 금서가 된다. 이듬해 무질은 다시 제네바로 이주하고 1942년 그곳에서 뇌졸중으로 사망한다. 부인 마르타가 『특성 없는 남자』 미완성 유고를 자비로 출간(1943)하고, 아돌프 프리제(Adolf Frisé)가 편집한 3권짜리 전집이 1952년부터 1957년까지 로볼트에서 출간된다.

무질의 데뷔작이자 성공작이었던 소설 『생도 퇴를레스의 혼란』(Die Verwirrungen des Zöglings Törless, 1906)은 그의 매리쉬바이스키르헨 군사실업학교의 체험을 바탕으로 한 작품이다. 이 작품에서 무질은 의식적으로 심리학적, 사실주의적 서술기법과 세기말에 호황을 누렸던 기숙학교 이야기라는 장르를 선택했지만, 사춘기 소년의 성적 위기를 모델로 하여 영적인 연관성, 즉 감정적 삶의 낯설고 반도덕적이며 무의식적이고 혼란스러운 층위를 형상화했다고 평가되며, 또한, 독재의 이미지와 시스템을 통한 폭력의 이미지를 예언적으로 그린 것으로도 해석된다. 이 작품은 1965년 슐뢴도르프(Volker Schlöndorff)에 의해서 영화화되었다.

『합일』(Vereinigungen, 1911)은 『사랑의 완성』(Die Vollendung der Liebe)과 『조용한 베로니카의 유혹』(Die Versuchung der stillen Veronika)을 묶은 단편집이다. 이 단편들에서는 『퇴를레스』에서 엿보였던 습관적이고 의식적인 인지, 합리성, 인과율과 사회적 도덕의 한계 너머에 놓인 다른 현실을 실제 현실과 통합하려는 시도가 이루어진다.

『세 여인』(Drei Frauen, 1924)은 단편집이며, 드라마 『몽상가들』(Die Schwärmer, 1921)은 발표된 지 8년이 지나서야 초연된다. 『몽상가들』은 토마스와 마리아, 레기네와 안젤름 두 쌍의 이야기로 과학자이자 합리주의자인 토마스는 현실을 넘어서는 초월적 체험을 찾고 마리아의 동생인 레기네는 토마스의 상사인 요제프와 결혼했지만, 토마스의 유년시절 친구인 안젤름과 관계를 맺고 있다. 이야기는 안젤름이 토마스의 별장에 도착하면서 시작하여 안젤름이 마리아와 함께 떠나고 직업적으로도 개인적으로도 몰락한 토마스가 그가 "야성적 누이"라고 부르는 레기네와 가까워지면서 끝난다. 이 드라마는 인물과 모티프 면에서 『특성 없는 남자』의 축소판 드라마라고 할 만하다.

무질이 생전에 출간한 마지막 책인 『생전 유고』(Nachlaß zu Lebzeiten, 1936)는 그가 주로 20년대에 신문이나 잡지에 기고한 글들을 묶은 책으로 1928년 잡지에 발표했던 단편 『지빠귀』(Die Amsel)도 여기에 실려 있다. 이 단편에는 전쟁터에서의 강철 화살 체험, 지빠귀 체험, 부모님의 죽음 등 무질의 개인적인 체험이 바탕에 깔려 있다.

소설 『특성 없는 남자』(Der Mann ohne Eigenschaften, 1930/1932)는 총 2권, 3부로 구성되어 있다. 제1권은 제1부 「일종의 도입부」(19개 장)와 제2부 「늘 비슷한 일만 일어난다」(104개 장)로 이루어져 600여 쪽에 달하며, 제2권은 미완성인 채로 부분 출판되는데 제3부 「천년왕국으로(범죄자들)」(38개 장)는 300여 쪽에 달한다.

제1부 「일종의 도입부」는 1913년 8월 어느 화창한 날, 합스부르크 왕가가 통치하는 오스트리아-헝가리 이중제국[소설에서는 '카카니엔'(Kakanien)이라 불린다]의 수도인 빈에서 시작된다. 얼마 전 외국에서 돌아온 주인공 32세 울리히(Ulrich)는 "시대가 소유한 모든 능력과 특성들을 소유하고 있지만" 이 특성들에 대한 '현실 감각'(Wirklichkeitssinn)을 갖고 있지 않은 '특성 없는 남

자'다. 대신 그는 '가능성 감각'(Möglichkeitssinn)을 소유하고 있는데 이는 "마찬가지로 있을 수 있는 모든 것을 생각할 수 있는 능력, 그리고 어떤 것의 현재 상태를 그것이 되지 못한 상태보다 더 중요하게 여기지 않는 능력"이다. 그는 정신의 힘으로 세계를 변혁하고자 수학자가 되고 낡은 도덕을 버렸지만, 새로운 도덕도 찾지 못하고 삶의 목적 또한 보지 못하자 수학자라는 직업을 버리고 "자신의 능력을 적절히 사용할 곳을 찾기 위해서" 삶으로부터 1년간의 휴가를 낸다.

고향에 돌아온 그는 가수 레오나, 유부녀 보나데아와 애정 관계를 맺고 정신병자인 연쇄살인범 모스브루거에게 남다른 관심을 보인다. 그리고 유년 시절의 친구들인 발터와 클라리세 부부를 방문한다. 이런 중에 울리히는 아버지로부터 '평행운동'이라는 오스트리아의 애국 운동에 참여할 것을 종용받는다.

제2부 「늘 비슷한 일들만 일어난다」에 등장하는 '평행운동'은 프로이센이 준비하고 있는 1918년 빌헬름 2세 취임 30주년 기념행사에 대항하기 위한 오스트리아인들의 애국 운동으로 역시 1918년 프란츠 요제프 2세 취임 70주년을 기념하기 위한 준비모임이다. 운동의 창시자이자 추동자인 라인스도르프 백작은 평행운동을 카카니엔의 서로 불화하는 여러 민족이 황제를 중심으로 다시 뭉치는 계기로 삼고자 하지만, 귀족을 전면에 내세우지 않기 위해 시민계급 출신인 외무부 국장 부인 에르멜린다 투치의 살롱을 운동 거점으로 만든다. 지나치게 부푼 이상주의 때문에 울리히가 '제2의 디오티마'라고 부르는 투치 부인은 이 운동을 합리적 이성 만능의 시대(개인적으로는 합리적이고 감정적으로 메마른 남편 투치와의 불행한 결혼생활을 의미한다)를 구원할 수 있는 하나의 이념으로 여긴다.

울리히도 현재의 시대를 메마른 합리적 이성이 지배하는 기능주의 시대로 보고, 실증주의 정신으로 인해 비록 사실들의 발견은 증가하지만, 이와 더불어 더는 인간들이 아닌 사물들과 그 연관성으로 책임이 옮겨 가 버렸기 때문에, 현재의 시대는 인간중심적 태도가 해체된 "남자 없는 특성들의 세계"라고 진단한다. 그가 연쇄살인범 모스브루거에게 보이는 관심은 지나치게 합리적인 삶에 가려 보이지 않는 삶의 다른 형상, 세계의 다른 의미를 체현하고 있기 때문이며, 이 '다른 상태'(anderer Zustand)를 울리히는 젊은 시절 소령부인과의 사랑을 통해 체험한 바 있다. 그는 평행운동 주변의 여러 인물을 통해 이 '다른 상태'가 여러 형태와 결합하여 도덕과 이상주의(디오티마), 형이상학(아른하임), 인종주의(한스), 우상숭배(라헬) 등으로 변질한 것을 목격한다. 디오티마는 평행운동에 참여한 프로이센의 대부호 아른하임과 사랑에 빠지고 두 사람은 '다른 상태'를 체험하지만 이를 실현하기에는 그들의 '현실감각'이 너무나 공고하다.

니체 숭배자인 클라리세는 '다른 상태'를 전적으로 긍정하면서 모스브루거에게서 구원의 형상을 본다. 결국, 평행운동을 통해서는 중요한 이념, 단하나의 이념은 발견되지 않고 라인스도르프의 집 앞에서 군중들의 데모가벌어진다. 평행운동은 라인스도르프의 의도와는 달리 카카니엔 여러 민족의 불화, '다른 상태'가 만들어 낸 수많은 파편적인 이념들이 하나의 구심점없이 서로 다투는 상태를 보여 주는 계기가 되었을 뿐이다. 이러한 "시대의 정신적 무질서"에 대한 처방으로 울리히는 자연과학적 사고방식에 입각한 정확한 사실 관찰과 열린 사고("정확한 삶의 유토피아"와 "에세이즘의 유토피아")를 주장하고 "올바른 삶에 대한 질문"에 대해 "모두가 참여하는 계획적해결"("귀납적 의식의 유토피아")을 구상한다. 울리히는 아른하임으로부터 자신의 기업으로 들어오라는 제안을 받지만 거부하고 그가 처한 도덕적 정지상태와 사고실험에 거부감을 느끼면서 자신이 젊은 시절에 체험했던 "소령부인의 발작"('다른 상태'의 체험)을 다시 한 번 체험하기로, 그리고 이번에는이를 정확히 관찰하기로 결심한다.

제3부 「천년왕국으로(범죄자들)」에서 울리히는 갑자스럽게 아버지의 부고를 받고 고향인 소도시로 가게 되어 거기서 오랫동안 만나지 못했던 누이동생 아가테(Agathe)를 다시 만난다. 22세인 아가테는 5년 전 첫 번째 남편이 죽은 후 유능한 교육자인 하가우어와 재혼했지만, 아버지의 죽음을 계기로 이혼할 것을 결심한다. 아가테와 울리히는 둘 다 우연히 피에로 복장과 비슷한 평상복을 입은 채 아버지의 상중(喪中)에 처음으로 대면하고 아가테는 "난 우리가 쌍둥이인 줄을 몰랐다"고 외친다. 외모와 키, 생각마저 비슷한 아가테를 본 울리히는 그녀가 "자기 자신의 꿈같은 반복이며 변형"일 것으로 생각한다. 이제 아버지가 세상을 떠남으로써 세상과의 관계가 끊어지고 "어린 시절이라는 고도"에 내팽개쳐 진 남매는 도덕에 대한 "성스러운 대화"를 시작한다. 이는 비본질적인 삶을 벗어나는 순간에 신비주의에 대해 나누는 대화이며 여기서 천년왕국에 대한 비전이 드러난다. "우리는 모든 자기욕을 포기하고 재산, 인식, 연인, 친구, 원칙들, 그리고 우리 자신에게마저 집착하지 않을 것이다." 아가테는 기존의 질서에 대한 반항으로 아버지의 관에 스타킹 끈을 집어넣고 아버지의 유언장을 자신에게 불리하게(이로써 하가우어에게 불리하게), 즉 울리히에게 유리하게 위조한다.

빈으로 돌아온 울리히는 몇 가지 변화를 알아차린다. 통합의 이념을 찾지 못한 평행운동은 이제 '행위의 필요성'과 평화주의를 주장하고(이는 힘의 균형이라는 의미에서 군비증강을 뜻하며 결국 전쟁을 예고한다), 클라리세의 집에 묵고 있는 지도자 마인가스트는 클라리세의 광기를 부추겨 '행동'할 것을 요구하며 클라리세는 감옥으로 모스브루거를 방문한다. 디오티마는 아른하임과 결별하고 이제 자신의 불행한 결혼을 심리학과 생리학으로 극복하려 한다. 울리히는 클라리세(모스브루거와 니체)로부터 거리를 두는 한편, 아가테의 범죄행위에 대해 비판적 입장을 견지한다. 그는 '다른 상태'가 반사회적인 범죄행위를 통해 일회적으로 소모되는 것을 원치 않기 때문이다. 울리히에 이어 아가테가 빈에 도착하자 울리히는 아가테의 범죄행위를 비난한다. "나는 좀도둑이 아니라 도덕의 강도를 사랑한다. 나는 너를 도덕의 강도로 만들고 싶다." 울리히에게 버림받았다고 느낀 아가테는 자살을 결심하고 방황하던 중 김나지움 선생인 린트너를 만나게 된다.

『유고』는 무질이 1937/38년 출판사에 넘겼다가 회수한 소위「인쇄판본」이라 불리는 20개 장과 1942년까지 작업했던 「인쇄판본의 수정본」6개 장을 말한다.「인쇄판본」에서 린트너의 집을 방문한 아가테는 자신이 무엇을 해야 할지 알 수 없다는 질문을 한다. 의무, 계율을 강조하고 엄격하게 규칙적인 생활을 하는 린트너는 아가테에게 이기심을 버리고 의무를 행하라고 충고한다. 그러나 아가테는 이 또한 '다른 상태'가 기독교적 도그마로 변종이 된 것에 지나지 않음을 느낀다. 이후 울리히와 아가테는 '대낮의 달빛'으로 비유되는 일련의 놀라운 체험들을 하게 된다. 아가테는 울리히의 일기장을 발견하는데, 그 일기에서 울리히는 자신들의 체험을 이론적으로 정립하려 하며 감정의 심리학을 전개한다. 평행운동은 '세계평화회의'라는 구체적 목표를 발견하고 그 지휘권이 외무부 내지는 투치의 손으로 넘어간다.「인쇄판본」에서 울리히의 일기의 형태로 제시되는 '감정에 관한 이론들'이 「인쇄판본의 수정본」에서는 대부분 아가테와의 대화 형태로 묘사된다.「인쇄판본의 수정본」에서 울리히와 아가테는 사랑에 대한 대화를 나누며 여름날 정원에서 다시 놀라운 체험을 하게 되고 아가테는 천년왕국에 도달했음을 깨닫는다. "시간은 정지했고 천 년은 눈을 뜨고 감는 것처럼 그렇게 가벼웠다. 그녀는 천년왕국에 도달했다."

무질이 스위스 망명 도중 사망한 지 7년 후《런던 타임스》지는 무질을 "20세기 전반의 가장 중요한 독일 소설가이자 이 시대의 가장 덜 알려진 작가"라고 일컫는다. 1960년『세 여인』이 로볼트에서 문고판으로 재출간되어 수많은 독자에게 알려지기 전까지 실제로 무질은 문학적인 관심이 있는 사람들 사이에서만 제임스 조이스(James Joyce)와 마르셀 프루스트(Marcel Proust)와 어깨를 나란히 할 소설가로 알려져 있었다. 무질의 동시대인이었던 토마스 만은 1939년 한 편지에서 다음과 같이 무질의 소설을 평가한다. "동시대의 어떤 독일어 작품도 내가 이 작품만큼 후대의 평가를 확신할 수 있는 작품도 없습니다. 『특성 없는 남자』는 의심할 바 없이, 우리 시대가 내놓을 수 있는 걸작들과 어깨를 나란히 하는 가장 위대한 산문입니다." 토마스 만의 예언대로 『특성 없는 남자』는 20세기 최고의 독일어 산문으로 평가받고 있다.

이 소설의 문학사적 의의는 우선 그 형식적인 특징에서 찾을 수 있다. '에세이적 서사'라는 『특성 없는 남자』의 독특한 서사 방식은 기존의 서사 방법으로는 더는 현실과 삶을 제대로 파악할 수 없다는 '이야기의 위기'에서 출발한다. 지식과 반성, 사고의 삽입이라는 에세이적 서술방식은 브로흐(Hermann Broch)나 토마스 만 등 동시대 작가들에게서도 관찰할 수 있다. 그러나 쿤데라(Milan Kundera)의 지적대로, 무질 소설의 에세이적 요소는 토마스 만의 『마의 산』에 나타나는 에세이적 요소와는 질적으로 다르다. 예를 들어 무질의 카카니엔은 토마스 만의 『마의 산』의 다보스와 같은 배경이 아니라 그 자체로 주제가 된다. 쿤데라는 "모든 것이 주제(실존적 심문)다. 모든 것이 주제가 되면 배경은 사라지고 큐비즘의 그림에서처럼 오로지 전면만 존재한다. 이러한 배경의 폐지에서 나는 무질이 이루어 낸 구조적 혁명을 본다"고 말한다. 또한, 사고와 반성이라는 에세이적 요소들이 이야기의 흐름을 끊고 선형적 이야기를 방해하는 무질의 이러한 글쓰기 방식은 소설의 내용적 측면과도 일맥상통한다. 울리히는 우리의 삶이 '이야기의 실마리'를 잃었다고 진단하며 "우리는 체험들을 더는 우리 자신과 관계시킬 수 없고, 이것이 일어난 후 저것이 일어났다는 인과율적인 일차원적 배열이 더는 불가능하다."

무질은 '삶의 추상화'와 '개인의 위기'로 요약되는 이러한 현대 인간의 실존적 문제를 소설에서 '남자 없는 특성들의 세계', '늘 비슷한 일만 일어난다'와 같은 용어로 요약한다. 나아가 그는 이 실존적 문제를 '특성 없는 남자', '가능성 감각', '유토피아주의' 등을 통해 극복하려 하였다. 특히 '정확한 삶의 유토피아', '에세이즘의 유토피아', '다른 상태의 유토피아', '귀납적 삶의 유토피아' 등 울리히의 다양한 유토피아 구상은 이 문제에 대한 해결시도라 볼 수 있다. 그 가운데서도 특히 그가 '마지막 사랑 이야기'라고 부르는 아가테와 울리히의 사랑은 '다른 상태'의 유토피아를 구현함으로써 도덕의 문제, 올바른 삶에 대한 질문에 답하고자 한다.

신지영 교수의 위의 글은 난해한 로베르트 무질의 문학을 간략하게 소개해야 하는 난제를 풀이내었다.

무질의 소설 『특성 없는 남자』를 제대로 이해하자면, 필자의 생각으로는, 우선 소설 속에서 '카카니엔'(Kakanien)으로 지칭되는 역사 · 정치 · 문화적 시 · 공간에 대한 인식이 선행되어야 한다고 본다. 즉, 1871년 비스마르크에 의한 독일통일이 복잡한 이민족 문제를 안고 있는 '오스트리아-헝가리 이중 제국'(Die Österreich-Ungarische Monarchie; Die kaiserlich-königliche Monarchie; Die k. u. k.-Monarchie)을 제외한 프로이센 중심의 소(小)독일 통일이었다는 사실을 이해해야 하고, 이 통일에서 제외된 빈(Wien) 중심의 오스트리아 제국과 다민족을 포함하고 있는 헝가리 왕국이 서로 얽히고 설켜 하나의 정치 · 경제 · 문화적 복합체를 이루고 있던 1920-40년까지의 '옛 대(大)독일의 다른 반쪽'(k. u. k.의 나라, 즉 '카카니엔')을 올바르게 이해한 위에서만, 시인 무질의 고민과 그의 위대한 소설 『특성 없는 남자』의 난해성이 제대로 풀리리라는 것이 필자의 생각이다.

이런 사정은 헤르만 브로흐나 요젭 로트의 작품들을 이해하기 위해서도 마찬가지다. 이들 오스트리아의 대가들을 제대로 이해하기 위해서는 무엇보다도 대(大)독일의 역사, 지리, 철학, 그리고 문화를 차근차근 공부하는 인문학적 인내심과 노력이 필요하다.

3.   헤르만 브로흐의 『몽유병자들』

로베르트 무질의 『특성 없는 남자』의 초판본 예매를 위해 애쓴, 같은 오스트리아 출신의 후배 작가 헤르만 브로흐(Hermann Broch, 1886-1951)는 빈의 방직공장주의 아들로 태어나 수학과 철학을 전공했다. 한때는 아버지가 운영하는 공장의 감독직을 맡기도 했으나 1927년에 공장을 팔고 그 이듬해부터는 창작에 전념한다.

그의 가장 중요한 업적은 3부작 소설 『몽유병자들』(Die Schlafwandler, 1931/32)로 여기서는 종교적 신앙과 자연과학적 이성, 무책임한 유미주의와 비열한 정치 사이의 분열과 갈등이 다루어지고 있다. 이성적 통제가 없는 비합리주의와 정신의 지나친 세분화는 곧 대중의 망상으로 치닫기 쉽다는 사실을 인식한 브로흐는 소설을 통해 자신의 시대가 안고 있는 합리적·비합리적 다성성(多聲性)을 총체적으로 파악해 낸다. 또한, 그는 모순과 갈등을 겪고 있는 여러 양극적 대립각들로부터 새로운 '종합'(Synthese)을 끌어내고자 한다. 문학은 자신의 만족을 위한 행복한 유희가 되어서는 안 되고 게몽적 활동을 통해 윤리적 영향력을 담보해야 하는 책임을 완수해야 한다는 브로흐의 생각은 표현주의자들의 구호와 어느 정도 일치한다. 이런 생각을 그는 소설 『몽유병자들』에서 ―『특성 없는 남자』에서 로베르트 무질이 그러는 것과 마찬가지로― 에세이식으로 거침없이 풀어놓는다. 소설은 브로흐에게 있어서 더는 하나의 한정된 형식의 장르에 머물지 않고 온갖 서정적 환호, 드라마적 장면, 수필적 성찰 등이 뒤섞인 혼합물이 되지만, 간혹 이미 친숙한 연상(聯想)이나 특정 상징들이 라이트모티프처럼 나타남으로써 결국에는 일종의 소설적 지속성을 갖게 된다.

『몽유병자들』은 1888년, 1903년, 그리고 1918년이란 3개 시대를 고찰하고 있다. 제1소설 「파제노 혹은 낭만주의」(Pasenow oder die Romantik)에서 프로이센의 토지귀족 파제노는 제복과 신분적 인습을 절대적 가치로 생각하지만, 회의론자 베르트란트(Bertrand)를 통해 그 호화로운 권력의 외양 뒤에 숨어 있는 무서운 허부가 드러나게 된다. 제2소설 「에쉬 혹은 무정부주의」(Esch oder die Anarchie)에서 라인란트의 회계원 에쉬는 섹스에의 모험을 통해 이 세계가 파산 직전에 있다는 사실을 잊어버리고자 한다. 현실 세계의 관찰자 에쉬에게는 베르트란트적 인식에 이르는 길은 꿈에서만 열릴 뿐이다. 제3소설 「후게나우 혹은 객관주의」(Huguenau oder die Sachlichkeit)에서는 살인과 종말론적 잔혹 행위가 거침없이 자행됨으로써 붕괴의 최종단계가 그 적나라한 모습을 드러낸다. 실제 현실을 피해 완전히 비이성적 영역으로 도망치는 브로흐의 '몽유병자들'은 그들 자신이 대붕괴의 징후들일 뿐만 아니라 그 원인 제공자들이며, 이른바 '죄 없는 죄인들'(die schuldlos Schuldigen)이다. 이 3부작 중에 나오는 유일한 이성적 인물인 베르트란트는 그의 에세이들을 통해 시대적 진단을 내리지만, 그 역시 구체적인 처방까지는 제시하지 못한다.

구경만 하고 즐기는 미학적 인간들의 도덕적 무책임성을 폭로한 『몽유병자들』의 작가 브로흐는 나치 시대와 제2차 세계대전을 거치면서 소설 『베르길리우스의 죽음』(Der Tod des Vergil, 1945)을 발표한다. 기원전 19년 아테네에서 브린디시(Brindisi)로 돌아와 이제 곧 죽음을 앞두게 된 로마의 대시인 베르길리우스가 죽음 앞의 현실, 회상, 그리고 미래에의 비전 등을 뒤섞어 18시간 동인 얼민 '네먼 독백'(innerer Monolog)은 하는 것이 이 소설의 기본 틀인데, 여기에 가끔 서술자가 끼어들어 주석을 달고 있다. 여기서 시인 베르길리우스는 가치체계의 대붕괴, 전쟁, 그리고 독재로 얼룩진 시대에서의 문학의 역할을 묻고 있다. 이것은 1938년 히틀러의 군대가 오스트리아로 진군하자 양친이 유대인이라 하여 잠시 감옥에 갇히게 되었던 브로흐 자신의 실존적 체험이 형상화된 것이기도 하다. 시인의 막중한 사명과 이 세상의 무상성은 죽음을 통해서만 신성과 영원성을 획득할 수 있다는 깨달음이 작가 브로흐 자신을 시인 베르길리우스에 투영시키도록 만들었다.

　그 후 브로흐는 영국으로 도주하여 토마스 만과 알베르트 아인슈타인의 도움으로 또다시 미국으로까지 망명하지만, 베르길리우스와 브로흐의 새로운 미학적 윤리의 탐색과 '순수한 언어'의 영원성에 대한 진지한 탐구인 『베르길리우스의 죽음』(1945)은 ―거의 2000년에 가까운 두 시인 간의 시차에도 불구하고― 불멸의 가치를 인정받아 독일 망명문학의 빛나는 한 장으로 남는다. 1951년 그는 노벨문학상 후보로 오르지만, 수상에까지 이르지는 못하고 이 해에 세상을 떠나고 만다.

4

요젭 로트의『라네츠기 행진곡』

요젭 로트(Joseph Roth, 1894-1939)는 오스트리아-헝가리왕국의 영토이던 동(東) 갈리치엔의 브로디(Brody)에서 유대인 상인의 아들로 태어나, 빈대학에서 독일문학을 전공하였다. 그는 1916년에 오스트리아-헝가리군의 병사로 복무하였고, 1924년에는 당대에 유명하던 《프랑크푸르트 신문》(Frankfurter Zeitung)의 문예란 편집자로 일하다가 1933년에 파리로 망명한다. 로트의 글쓰기는 대개 기자로서의 글이었으며, 상당 기간 기자로만 알려졌었다. 비교적 많은 소설이 있지만 대표작은 소설 『라데츠키 행진곡』(Radetzkymarsch, 1932)이다.

작품에서 폰 트로타(von Trotta) 대위는 영웅적 희생정신을 발휘하여 적탄으로부터 프란츠 요젭 황제를 구한 공으로 귀족 칭호를 받는다. 하지만 보병이었던 자신을 기병으로 바꾸는 등 자신의 영웅담을 왜곡하여 묘사하는 교과서의 배포를 막기 위해 황제와 주변 세계에 항의하고 간섭함으로써 출세 가도에 난관을 자초한다. 그의 손자 프란츠 요젭 폰 트로타 역시 할아버지와 비슷하게 처신함으로써 학창시절부터 제1차 세계대전에서 전사할 때까지의 그의 운명은 가문과 몰락해 가는 국가의 그늘 속에 파묻히게 된다.

이미 별 의미도 없는 옛날 일에 집착하며 귀족으로서의 자긍심에만 가득 찬 트로타 가의 사람들에 대해, 그리고 자긍심의 원천이기도 한 무너져 가는 오스트리아-헝가리 왕국 체제에 대해, 로트는 일종의 비애감과 반어적 거리감을 동시에 갖고서, 놀라우리만큼 세세하고도 꼼꼼하게 서술해 나가고 있다. 그의 서술에서는 역사적 사실을 보고하는 과거형과 현실을 생생하게 묘사하거나 주인공의 복잡한 생각을 보여 주는 현재형이 수시로 교차한다. 심지어는 현재형이 앞으로 다가올 미래를 선취해서 보여 주고 있는 경우도 있다.

이 방대한 소설에서 묘사된, 한 가문을 둘러싼 여대 초상화들은 이 시대의 파노라마적 풍속도로도 읽히지만, 무엇보다도 역사로부터 사라진 자신의 조국 오스트리아-헝가리왕국에 대한 요젭 로트의 향수 어린 사랑의 기록이다. 합스부르크 제국의 마지막 분신인 오스트리아-헝가리왕국의 변방 도시 브로디의 유대인이자 기자 겸 작가였던 요젭 로트는 조국이었던 이 왕국을 —그 많은 결점과 함께— 사랑하였지만, 제1차 세계대전과 더불어 그의 조국은 붕괴하여 버렸다. 소설 『라데츠키 행진곡』은 유대인, 독일인, 그리고 세계인이었던 요젭 로트의 애수에 찬 사랑의 기록이며, 언어로써 역사적 진실을 형상화해 놓은 '기념비'이다.

---

5. 엘리아스 카네티의 『현혹』

엘리아스 카네티(Elias Canetti, 1905-1994)는 오스트리아 세파르디(Sephardi) 계 유대인 상인 가문의 장남으로 태어났다. 불가리아와 영국에서 유년 시절을 보내고 빈과 프랑크푸르트에서 공부했으며, 다시 빈에서 살면서 군중과 사회심리에 관해 큰 관심을 둔다. 군중과 권력에 대한 그의 탐구는 평생

지속되었다. 1938년 히틀러 군대의 오스트리아 진군이 감행되자 카네티는 영국으로 망명, 영국 시민권을 획득하게 되었으며, 1970년대부터 죽을 때까지 스위스 취리히에서 살았다.

카네티가 독일어로 작품을 쓴 것은 대학입학 자격시험을 프랑크푸르트에서 치르고 대학 시절을 빈에서 보낸 데에 연유하지만, 그의 작품에서 독일적인 것을 찾아보기는 힘들다. 스페인어, 영어, 프랑스어, 독일어에 능통한 그는 진실의 상대성을 잘 알아 세계인적인 사고방식을 가지고 있었다. 하지만 영국에서의 망명 생활에서 적국의 언어인 독일어로 작품을 쓴다는 것은 지극히 어려운 일이었다. 수많은 독일어 단어들이 머리에 떠오름에도 불구하고 하나의 완벽한 문장으로 완결되지는 않으려는 독특한 언어 체험에 시달린 카네티의 작품에는 격언조의 단문들, 요점을 추구하는 간결한 표현들이 많다.

카네티의 대표작으로서는 소설 『현혹(眩惑)』(Die Blendung, 1935)이 꼽힌다. 이기심과 강제적 여건에 휘둘리는 한 인간이 머릿속에서 상상해 내는 수많은 이미지와 그를 둘러싸고 있는 잔인한 현실 세계 사이의 갈등, 즉 인간의 '두뇌'와 그 인간을 둘러싸고 있는 '세계'와의 갈등이 이 소설의 주제이다. 2만5천 권의 장서를 소장하고 있는 중국학자 킨(Kien)은 집안일을 돌봐 주는 집사나 가정부 같은 소시민들, 즉 1930년대에 흔히 볼 수 있었던 건실한 파시스트들에 둘러싸인 채, 차츰 현실 감각을 잃어 간다. 이처럼 혼미한 정신으로 킨은 갖가지 망상에 사로잡히는데, 그것은 '머리가 없는 인간'만이 가질 수 있는 야비하고 현란한 종말론적 환영들이다. 자기의 '고향'이며 '진정한 애인'인 서재를 상대로 연설하는 등 여러 가지 이상한 행동을 하다가 마지막에 지옥의 장면을 연상시키는 너털웃음을 터뜨리고는 자신과 서재를 불태우며 죽는다.

이 '괴물 책벌레'와 대조되는 인물은 정신과 의사인 아우 게오르게스 킨으로 —작가 카네티의 생각과 과히 다르지 않으리라고 여겨지는— 다음과 같은 성찰에 빠진다. "우리는 이른바 생존을 위한 투쟁을 하고 있는데, 굶주림과 사랑 때문에만 투쟁하는 것이 아니고 우리 자신 안에 있는 군중을 죽이기 위해 투쟁하는 것이다. …… 이따금 군중은 울부짖는 뇌우와도 같이 우리를 덮쳐오는데, 그것은 미친 듯이 날뛰는 하나뿐인 대양(大洋)이다. 그 안에서 각자는 한 방울의 물로 살면서 꼭 같은 욕망을 지니고 있다. …… 수많은 인간들은 —그들 안에 있는 군중이 특히 강력해서 만족을 모르기 때문에— 미치게 된다."

이렇게 카네티는 이익 추구와 권력 찬미로 일관된 어리석은 사람들의 시대의 고독한 이상주의자 킨의 피할 길 없는 자기 파멸을 그리고 있다. 이야기 속에서 다시 그 이야기에 대한 해석을 곁들이고 있는 카네티의 에세이적 소설기법은 무질이나 브로흐 같은 오스트리아 출신의 그의 선배들이 즐겨 쓰던 기법이기도 하다. 카네티는 1960년에 나온 그의 방대한 에세이집 『군중과 권력』(Masse und Macht)에서 다시 한 번 자신의 사회심리학적 이론을 유감없이 펼친다. 파시즘 시대를 코앞에 둔 1930년대 오스트리아 소시민들의 인간형과 그들의 처신의 유형학을 카네티만큼 품위 있는 언어로 정확하게 그려 낸 작가도 드물다.

카네티는 『허영의 희극』(Komödie der Eitelkeit, 1950) 등 탁월한 희곡도 여러 편 발표함으로써, 소시민들의 사회심리학적 유형들을 탐구하는 그의 작업을 줄기차게 계속했다. 예술과 종교, 역사와 권력, 신화와 시간, 죽음과 대결해야 하는 삶의 문제 등에 대해 깊이 있는 성찰과 수준 높은 언어를 구사한 카네티가 1981년도 노벨문학상을 받은 것은 카네티 개인의 인간 승리일 뿐만 아니라, 로베르트 무질, 헤르만 브로흐, 요젭 로트 등 전쟁 전의 오스트리아문학이란 거대한 탑 위에 마침내 내려온 큰 영광이기도 하다.

망명자 엘리아스 카네티를 독일 망명문학을 논하기 직전에 다룬 것이 다

소 마음에 걸린다. 카네티의 문학이 독일에서 주목을 받은 것은 1960년대
이지만 필자는 그의 문학의 본질을 고려해서 오스트리아 산문문학의 거장
들 직후에 지리매김해 두고자 하였다.

XVIII

나치즘과 독일 망명문학

(Nationalsozialismus und die deutsche Exilliteratur, 1933-1947)

1.   야만의 정치와 예술가들의 망명

  엘리아스 카네티 『현혹』의 출간 연대는 1936년이고 카네티의 망명 연도
가 1938년이지만, 이 작품이 독일 망명문학의 경향을 이미 반영하고 있다
는 관점도 있다. 특히, 작품에서 카네티가 파시즘의 가장 중요한 특성 중의
하나인 '군중과 권력'의 문제를 거론하고 있다는 점을 고려한다면, 독일 망
명문학의 시발점을 카네티의 『현혹』으로 잡고 논지를 전개해 나갈 수도 있
을 것이다.

  1920년대 초부터 독일 국내에서 발호하기 시작하던 히틀러의 나치당
은 1933년에 드디어 집권하기에 이른다. 제1차 세계대전 패전의 결과로
1919년에 출범한 독일 역사상 최초의 합법적 민주공화국은―괴테와 쉴러
가 고전주의 문학을 일으킨 바이마르에서 선포되었기 때문에― 바이마르
공화국이라 일컬어진다. 시민계급이 피 흘려 쟁취한 민주주의 공화국이
아니라 패전과 더불어 빌헬름 황제가 도망가자 전승국들의 '선물'로 세워
진 이 민주공화국은 애초부터 과도한 전쟁배상금과 대규모 실업사태, 그
리고 천정부지의 높은 물가에 시달리는 약체로 출발하였다. 여기에다 출
범과 더불어 유령처럼 등장하여 공화국을 괴롭힌 '시사 괴담'인 '단도(短刀)
전설'(Dolchstoß-Legende)이 나돈다. 『니벨룽엔족의 노래』에서 영웅 지크리프
트가 등 뒤에서부터 찌른 하겐의 창에 의해 죽었다는 전설을 연상시키는
이 '단도 전설'은 독일군이 일선에서는 지지 않았음에도 불구하고, 1918년
11월 11일 후방에서 일어난 '11월 혁명'이란 후방의 배반극 때문에 패전했

다는 이야기이다. 이것은 힌덴부르크(Paul von Hindenburg) 등 군부 및 우파 정치인들이 사회민주당과 유대인들을 비난하기 위해 날조한 '전설'로서 나치당과 히틀러의 정치적 논리에 교묘하게 이용되었으며, 실업 사태와 고물가에 시달리는 가운데에 누군가 원망의 대상으로서의 희생양이 필요하던 당시 독일 민중들의 군중심리에 큰 촉매제 역할을 했다. 『현혹』(1936)에 나타난 '군중과 권력'의 문제가 탁상공론이 아닌 바이마르공화국의 현실정치를 서술한 점에서 카네티의 성찰이, 지금의 시점에서 보자면, 참으로 놀랍기 그지없다.

나치당은 그 당명이 '국가주의·사회주의적 독일 노동자당'(NSDAP, Nazi; Nationalsozialistische Deutsche Arbeiterpartei)의 약자로서, '국민주의'를 앞세워 우파 정당임을 밝힘과 동시에, '노동자 정당'이라 사칭함으로써 실업과 물가고에 허덕이는 노동자들에게 살길을 제시하는 정당으로 행세했다. 그럼으로써 나치당은 '정치적 개안'이 늦고 아직 민주적 제도에 익숙하지 않은 패전 독일 민중들의 자존심과 복수심을 자극하여 그들을 제2차 세계대전으로까지 몰고 갈 수 있었다. 아닌 게 아니라 많은 노동자가 군수산업에 동원되어 일시적으로 일자리를 얻게 되었고, 수많은 독일 남자들이 '단도 전설'을 믿고 패전에 대한 복수심에 충만하여 또다시, ─또는 젊은 청년으로서 처음으로─ 전선으로 나아갔다. 오늘날의 경제사학자들은 나치 독일의 이와 같은 집권 및 전쟁 돌입 과정을 가리켜 식민지를 개척하지 못한 후발 자본주의 국가의 필연적 발전 경로로 간주하기도 한다. 아무튼, 나치당의 집권과 더불어 독일문학은 역사상 가장 비참한, 바닥 모를 깊은 나락으로 추락한다.

1933년 집권과 더불어 나치당은 제국의회 건물을 불태우고 문인들을 잡아 가두기 시작했다. 문단의 지도자 하인리히 만 등은 파리로 망명하였고, 유대인 출신의 많은 시인·작가들이 아무 죄 없이 체포, 구금되는 사태가 벌어졌다. 제국의회 방화사건, 분서(焚書), 유대인 박해, 오스트리아 및 체코 점령, 폴란드 침공 등을 거치면서 1939년 제2차 세계대전이 발발할 때까지 많은 예술인이 프랑스, 스위스, 영국, 미국 등으로 망명을 떠나게 되었다. 그리하여 1933년부터 1945년 종전까지의 독일문학을 우리는 암흑기, 또는 '갈색 문학'(braune Literatur)의 시대라 부르며, 진정한 독일문학은 망명 시인·작가들에 의해 해외 망명지에서 쓰였다고 하여 '망명문학'(Exilliteratur)이라 고 부른다.

'망명문학'과는 별도로, 베르겐그루엔(W. Bergengruen), 비헤르트(E. Wiechert) 등과 같이 국내에서 수동적으로 저항한 시인·작가들을 지칭하는 개념으로서 전후에 '국내 망명'(innere Emigration)이란 개념이 등장하기도 했 지만, 이 카테고리에 들어갈 수 있는 수준 높은 문학은 소수에 불과하다 하 지 않을 수 없다. 망명문학이든, 국내 망명 문학이든, 독자적 사조나 양식을 지녔던 것은 아니고 이것은 정치적 연대(年代)에 따라 구획되는 개념에 불 과하다. 물론, 망명문학에서 낯선 외국에서의 생활고를 견뎌 내어야 했던 체험, 모국어를 사용할 수 없는 시인의 어려움, 자신의 망명 결단이나 처신 을 변명하거나 정당화하려는 자서전적 시도, 이주한 나라에서의 이질적 문 화 체험, 조국 독일의 문화적·국제정치적 위상에 대한 성찰 등 특수한 양 상들이 나타나기는 한다. 그리고 《수집》(Die Sammlung), 《절도와 가치》(Maß und Wert), 《언어》(Das Wort) 등 해외에서 발간된 망명잡지도 있었고, 크베리 도(Querido), 드 랑(de Lange), 베르만-피셔(Bermann-Fischer) 등 망명작가들의 작 품을 출판해 주는 출판사도 있었다. 중요한 망명작가들의 이름을 들자면 베허, 벤야민, 브레히트, 브로흐, 되블린, 포이히트방어, 헤르만 헤세, 하인 리히 만, 토마스 만, 로베르트 무질, 요젭 로트, 아나 제거스, 르네 쉬클레, 카를 추크마이어 등 당대의 거의 모든 유명한 시인·작가들이다.

2. 카를 크라우스의『제3의 발푸르기스의 밤』

1874년생의 카를 크라우스(Karl Kraus, -1936)를 가로 늦게 이 자리에서 언급하고자 하는 것은 1933년 히틀러가 집권한 직후에 쓰였지만 1952년에야 출간된 그의 유작『제3의 발푸르기스의 밤』(Die Dritte Walpurgisnacht, 1952) 때문이다.

우선, 카를 크라우스에 대해 잠깐 말하자면, 그는 20세기 초에 활동한 오스트리아의 저명한 문필가이다. 부유한 유대인 상인의 아들로 태어나 빈대학에서 법학을 전공하고 나중에는 철학과 독문학도 아울러 공부한 그는 처음에는 배우가 되고자 했으나 이에 실패하자 1899년 풍자적 잡지《햇불》(Die Fackel)에 글을 쓰기 시작하며, 1912년부터 그가 죽는 1936년까지 이 잡지를 아예 혼자 발간하고 그 기사도 거의 자신의 글로 채웠다.

그가 기성 언론의 '진부한 상투적 어투'에 반기를 들고 인습에 젖은 언론인들을 '기자 천민'(Journaille)이라고 공격한 것은 유명하다.

『귀 안의 햇불』(Die Fackel im Ohr, 1980)이란 자서전을 써서《햇불》이란 잡지와 카를 크라우스를 은근히 암시하기도 한 엘리아스 카네티는 바로 이 자서전에서 카를 크라우스가 그 이름은 평범하지만 사람들을 감동시키는 비상한 언변을 갖춘 천재라고 쓰고 있다. 아무튼 카를 크라우스는 자의식이 하늘을 찌르는 문사,《햇불》이란 잡지에 풍자적 글을 써서 세상의 모든 잘못과 싸우는 독불장군, 쉼표 하나라도 정확하게 찍히지 않은 독일어 문장을 용서할 줄 모르는 지독한 언어 결백주의자, 가차 없는 인간혐오증을 아무 데나 난사하는 무차별 독설가 등등 독특한 평을 듣는 문필가, 20세기 초의 독일어권 문화계에서 굉장한 폭발력을 지닌 언어로써 좌충우돌한 특이한 문사이다.

그의 유작 『제3의 발푸르기스의 밤』(Die Dritte Walpurgisnacht, 1952)이 독일 망명문학인가 하는 데에는 그 출간연도 때문에 이론의 여지가 없지 않다. 하지만 1933년 독일에서 히틀러가 집권한 직후 충격에 사로잡힌 카를 크라우스는 『제3의 발푸르기스의 밤』을 써서 발표하려 했지만, 당시 정세를 보고 그만 출간을 포기하고 말았던 일종의 망명작품이기도 하다.

이 작품의 제목은 물론 괴테의 『파우스트』 제1부와 제2부에 나오는 두 '발푸르기스의 밤' 다음에 오는 세 번째 '악마 및 그 수하들과 함께 보내는 광란의 밤'이란 의미이지만, '제3제국'의 '광란'도 아울러 의미한다. "히틀러에 대해 말하려니 내 머릿속에는 아무 말도 떠오르지 않는다." ― 이렇게 이 책은 시작하고 있다. 작가는 나치즘의 비인간성과 그 위험성을 진작부터 인식하고 있었던 것이다. "독일인이여, 깨어나라! 유대인이여, 뒈져라!" ― 이런 나치의 구호대로 유대인이 죽어 간다면, 그때에야 비로소 독일인들은 나치즘이란 '악몽'에서 '깨어날' 것이라는 대목이 나오는데, 아우슈비츠와 부헨발트 등의 홀로코스트를 겪고 난 1945년 이후에야 비로소 '악몽'에서 '깨어날' 독일인들의 미래를 이보다 더 정확하게 예언할 수는 없다.

카를 크라우스가 1933년 5월에서 9월까지 쓴 이 작품이 1952년에야 출간된 것은 심히 유감스러운 일이다. 하지만 이런 작품도 독일 망명문학의 한 유형임에는 틀림없다.

3.   아나 제거스의 『제7의 십자가』

발터 벤야민이 1940년 프랑스를 점령한 나치의 박해를 피해 천신만고로 스페인 국경의 소읍 포르부(Portbou)에 도착했지만, 의문의 자살을 하고 만 것은 이 시대의 가장 안타까운 에피소드 중의 하나이다. 이렇게 이 암흑기의 수많은 독일 시인·작가들이 목숨을 걸고 국경을 넘고자 했고 경유국에서 통과비자 때문에 고초를 겪어야 했다. 멕시코에서 스페인어로, 보스톤에서는 영어로 출간된 아나 제거스(Anna Seghers, 1900-1983)의 소설 『통과비자』(Transit, 1944)는 독일 방명작가들의 이런 운명을 성공적으로 그려 낸 작품이다. 여기서 제거스는 주인공을 작가가 아닌 젊은 기계조립공으로 설정하고 있지만, 이 청년이 1940년 마르세유에서 경찰의 추적을 피해 외국으로 떠날 수 있는 비자를 얻기 위해 사망자 행세를 대신하는 것은 당시 정처 없는 방랑길에 나선 독일 망명작가들의 절망적 상황을 여실히 보여 주고 있다.

마인츠에서 유대인 화상의 딸로 태어난 제거스는 쾰른과 하이델베르크에서 미술사를 전공했으며 하이델베르크대학에서 「렘브란트의 작품에 나타난 유대인과 유대인 기질」이란 논문으로 박사학위를 받았다. 그녀의 첫 단편 『성(聖) 바르바라섬의 어부 폭동』(Aufstand der Fischer von St. Barbara, 1928)은 착취에 항거하는 섬 어부들의 폭동을 신즉물주의적으로 담담하게 그린 작품으로서 작가 제거스의 이름을 처음으로 세상에 알렸으며, 이로써 그녀는 하인리히 폰 클라이스트 상을 받게 되었다.

그녀의 대표작은 스페인에서 출간된 소설 『제7의 십자가』(Das siebte Kreuz,

1942)이다. 강제수용소에서 탈출 시도를 한 7명의 수감자를 처형하기 위해 수용소 마당에 7개의 십자가가 설치된다. 6명의 탈주자가 처형되지만, 제7의 십자가가 끝내 비어 있게 되자 수감자들에게는 이것이 크나큰 상징과 위안으로 작용한다. 한편, 그 탈출자는 수용소를 벗어나 도주하는 과정에서 여러 유형의 인간들과 만나게 된다. 이처럼 작품은 전체주의 국가에서 일상을 살아가고 있는 사람들의 온갖 복잡 미묘한 면모들을 담담하고 흥미진진하게 묘사한다. 이 작품은 1944년 미국에서 영화화됨으로써 독일 여류 작가 제거스를 세계적으로 유명하게 만들었으며, 이로써 나치의 만행과 독일 강제수용소의 비인간적 상황이 온 세계에 널리 알려지게 되었다.

그녀는 종전 후에 동베를린 작가동맹 의장(1952-78)이란 요직을 오래 지냈다. 그러나 1957년에 아우프바우(Aufbau) 출판사 사장 발터 얀카가 헝가리로부터 루카치를 구출해 오려다가 이른바 '반혁명재판'에서 실형을 받게 되었을 때나, 1979년 6명의 작가가 작가동맹으로부터 제명되는 위기에 처했을 때, 정의의 편에 서는 용기를 보여 주지 못했던 점은 그녀의 작가적 궤적에 큰 오점으로 남았다. 하지만 아나 제거스는 만년에도 수준 높은 산문 작품을 꾸준히 써서 동·서독으로부터 다 같이 여러 포상을 받곤 했다.

4. 헤르만 헤세의 『유리알 유희』

초빙집필 이신구, 전북대 명예교수

헤르만 헤세(Hermann Hesse 1877-1962)의 작품은 국내에서 외국 문학작품 중에 가장 많이 번역되었고, 또 가장 많이 읽히고 있다. 사춘기 시절의

(From Wikimedia Commons, File: Calw Hessestandbild.jpg)

청소년들이 자신의 정체성을 찾기 위해 방황할 때『데미안』(Demian, 1919)은 그들에게 예언의 책과도 같이 큰 위안을 주며 그들이 가야 할 길을 제시해 준다. 그리고『황야의 이리』(Der Steppenwolf, 1927)는 현대 문명을 비판하면서 자유롭게 사는 아웃사이더들에게 성서가 되기도 한다. 정신을 추구하는 영적인 사람들에게『싯다르타』(Siddharta, 1922)와『유리알 유희』(Das Glasperlenspiel, 1943)는 드높은 정신의 세계를 열어 주면서 새로운 시선으로 세상을 바라보게 한다. 그러므로 헤세의 작품들은 인간의 영혼을 치유해 주면서 더 높은 세계를 열어 주는 힐링문학이라고 할 수 있다.

헤르만 헤세는 독일 남부의 소도시 칼브(Calw)에서 선교사의 아들로 태어났다. 인도어문학자인 외조부는 인도에서 기독교 전교의 선구자였고, 어머니는 인도에서 태어나 인도에서 교육을 받았다. 아버지 역시 인도의 선교사로서 동양의 정신세계, 특히 노자에 깊은 관심이 있었다. 외조부와 아버지의 영향을 받아 헤세는 어렸을 때부터 동양을 제2의 고향이라고 할 만큼 동양에 대한 깊은 관심을 두고 성장했기 때문에 그의 영혼에는 자연스럽게 동양과 서양이라는 양극이 형성되었다. 헤세는 어머니에게서 예술적 상상력을 이어받아 어린 시절부터 시와 음악, 그림에 뛰어난 재능을 가진 환상적인 소년이었다. 시인이 아니면 아무것도 되고 싶지 않다는 어린 헤세가 거의 수도승(修道僧)과 같은 엄격한 생활을 하는 신학교(神學校)에 입학하면서 내면에는 종교적인 세계와 예술적인 세계 사이의 무서운 정신적 갈등이 시작되었다. 이처럼 서로 대립하는 두 세계의 갈등과 화해가 헤세 문학의 주요 주제가 된다.

자전적 요소가 짙은 헤세 소설은 대부분 주인공의 내적 성장을 통한 자기실현의 과정을 그린 교양소설이며, 괴테의 교양소설 『빌헬름 마이스터』를 이어받은 현대적 교양소설의 면모를 보인다. 독일 현대 작가 중에서 토마스 만과 헤세만큼 음악을 작품에 깊이 반영한 작가는 드물 것이다. 토마스 만은 자신의 모든 소설을 하나의 교향곡이며 대위법으로 구성된 하나의 작품이라고 말한 바 있다. 헤세 소설 역시 악보 없는 음악이라고 할 정도로 음악적 형식으로 구성되어 있다. 헤세의 초기 소설 『페터 카멘친트』(Peter Camenzind, 1904)와 제1차 세계대전 이후의 중기 소설 『데미안』, 『싯다르타』, 『황야의 이리』, 『나르치스와 골트문트』(Narziss und Goldmund, 1930)는 소나타 형식의 구조와 일치한다. 소설의 주인공들이 걷는 길, 즉 헤세가 언급한 인간 형성 3단계(순수단계, 죄의 단계, 신앙의 단계)는 소나타형식 구조(제시부, 발전부, 재현부)와 일치한다. 그리고 후기 소설 『유리알 유희』는 푸가 형식의 구조와 일치한다.

『유리알 유희』는 노(老) 헤세의 사상이 총체적으로 집약된 만년의 대작이다. 헤세는 몰락하고 있는 20세기 정신문화를 직시하며 2400년경에 올 유토피아적 세계를 작품에 그렸다. 음악과 수학을 기초로 동서양의 모든 학문과 예술의 내용을 서로 관련지어 공연하는 '유리알 유희'는 실제로 존재하는 유희가 아니라 단지 하나의 비유이며 상징이다.

『유리알 유희』에 고전적 인도주의 이념이 격조 높은 스타일로 예시되었다고 해서 헤세는 1946년 노벨문학상을 받게 된다. 헤세는 『유리알 유희』를 음악의 구약성서라고 하는 바흐의 「평균율 클라비어(Klavier) 곡집」 구조에 담았다. 「평균율 클라비어 곡집」은 '전주곡과 푸가'로 구성되어 있고, 헤세가 모든 서양 음악이 만들어 낸 최상의 것이며 가장 완벽하다고 강조한 푸가 예술의 극치를 이루고 있다. 『유리알 유희』는 「알기 쉽게 설명한 유리알 유희의 역사 입문서」(Das Glasperlenspiel. Versuch einer allgemeinverständlichen Einführung in seine Geschichte)와 「명인 요젭 크네히트의 전기」(Lebensbeschreibung des Magister Ludi Josef Knecnt) 그리고 「요젭 크네히트의 유고」(Josef Knechts hinterlassene Schriften)로 구성되어 있다. 미래에 공연될 유리알 유희의 성립과정을 음악사와 음악미학적 관점에서 구체적으로 설명한 「유리알 유희의 역사 입문서」는 푸가 형식으로 전개된 이 작품의 주부(主部) 「요젭 크네히트의 전기」의 전주곡이 된다.

「요젭 크네히트의 전기」를 보자면, 어린 크네히트가 라틴어학교에 다닐 무렵, 노(老) 음악명인이 새로운 시대에 이바지할 엘리트를 선발하고자 정신세계의 소(小)국가 카스탈리엔(Kastalien)의 교육촌(die pädagogische Provinz)으로부터 파견되어 크네히트를 찾아오는 것으로 시작되고 있다. 카스탈리엔의 주요 교육은 음악과 명상이기 때문에 엘리트를 음악으로 선발한다. 둘은 푸가를 연주한다. 크네히트가 바이올린으로 하나의 선율을 제시하면 음악명인은 클라비어¹로 응답한다. 음악명인이 크네히트가 제시한 푸가의 주제와 그 주제에 의한 변주를 연주할 때, 크네히트는 푸가에 담겨 있는 정

---

1 독일어로 클라비어(Klavier)는 건반악기(쳄발로, 클라비코드, 피아노)의 총칭이다. 피아노는 바로크 시대 이후에 개량된 건반악기이다. 『유리알 유희』의 음악적 배경은 바로크 시대이기 때문에 음악명인(바로크 시대의 위대한 음악가 바흐를 모델로 한 음악의 성자)이 연주한 악기를 피아노라고 하지 않고 건반악기의 총칭을 의미하는 클라비어로 번역했다 — 이신구.

신이 "법칙과 자유, 지배와 봉사의 다정한 조화"라는 것과, 그 푸가가 바로 앞으로 전개될 자신의 삶의 과정이라는 것을 예감한다.

음악명인은 언어가 아니라 순전히 음악으로 지도하면서 크네히트를 카스탈리엔으로 인도한다. 카스탈리엔의 영재학교에 진학한 크네히트는 계속에서 다음 단계인 명상을 역시 음악명인이 음악을 통해 배운다. 동양의 향기가 나는 명상은 『싯다르타』에서와 같이 침잠을 통하여 원천으로의 길, 불안과 갈등에서 안정과 조화의 길로 가는 수단이 된다. 음악명인이 클라비어로 푸가를 연주하는 가운데, 크네히트는 명상 속에서 푸가의 주제와 그 대(對)선율이 하나의 아름다운 형상으로 변하여 대립과 조화 속에서 끊임없이 발전하여 세계의 중심으로 향하고 있음을 깨닫는다. 푸가에서 주선율과 대선율이 만든 아름다운 대위법적 화성과 같이, 음악명인은 명상을 통하여 상대적인 것을 적이 아니라 친구로서, 단일한 존재의 양극 중 하나로 인식함으로써 변증법적으로 발전해 나가는 것이 삶의 유리알 유희라는 것을 가르쳐 준 것이다.

영재학교에서 음악명인을 통한 크네히트의 수업시대는 끝나고, 드디어 그는 카스탈리엔의 심장부이며 유리알 유희의 거대한 자료보관소가 있는 발트첼(Waldzell, 숲 속의 승방)에 들어서며 그의 편력시대가 시작된다. 여기서 크네히트는 악기 연습과 음악 이론, 음악사를 깊이 연구한다. 그는 음악사를 통해 진정한 음악은 정신과 자연의 종합이라는 사실을 인식한다. 이러한 음악의 양극처럼, 카스탈리엔의 손님이며 바깥세상 출신인 플리니오 데시뇨리(Plinio Designori)와 대립한다. 두 사람의 만남은 스콜라적인 정신과 혼돈적인 자연의 대립이다. 이처럼 대립하여 처음으로 정신적 위기를 맞이할 때, 음악명인은 클라비코드(Klavichord)로 바로크 음악가 가브리엘리의 소나타 연주와 명상으로 크네히트의 영혼을 치유해 준다. 그 결과 크네히트와 데시뇨리의 우정은 화해할 수 없는 두 세계의 투쟁에서 하나의 협주곡으로 승화된다.

발트첼을 떠나면서 크네히트는 자유로운 연구 기간을 맞아 대나무숲에 은둔하고 있는 노형(老兄)을 찾아간다. 명상적 삶의 전형인 은둔사 노형은 현대 서양문화의 상대 극(極)으로서 옛 중국의 지혜와 음악을 대표한다. 그는 노형 곁에서 공자, 주역 그리고 옛 중국 음악에 몰두한다. 그는 하나의 도(道)에서 유래된 옛 중국 음악을 통해 유리알 유희의 음은 세계의 가장 내면적인 신비와 상통하는 '성스러운 언어'(lingua sacra)라는 것을 깨닫는다.

카스탈리엔의 최고의 엘리트가 된 크네히트는 베네딕트회 수도원으로 —두 종단의 교류를 위해— 파견된다. 이 수도원에서 그는 야코부스 신부 [Pater Jacobus, 역사가 야콥 부르크하르트(Jacob Burckhardt)를 모델로 한 인물]를 만난다. 베네딕트회의 가장 정통적인 역사가 야코부스 신부는 그에게 역사의식을 일깨워 준다. 야코부스 신부를 통해서 크네히트는 정신만 추구하는 카스탈리엔이 절대적 가치로 영원히 존재하는 것이 아니라 언젠가는 사라질 수 있는 역사적 존재로 될 위험성이 있음을 아울러 깨닫는다.

드디어 크네히트는 토마스 폰 데어 트라베(Thomas von der Trave, 헤세가 독일 최고의 지성인으로 존경하고 있는 토마스 만을 지칭한 것임. 트라베는 토마스 만의 고향 뤼벡으로부터 트라베뮌데로 흘러드는 강)에 이어 카스탈리엔의 최상의 지위인 유리알 유희의 명인이 된다. 명인위 수여식 축하 음악이 음악명인이 참석한 가운데 파이프 오르간으로 연주된다. 명인이 된 그는 카스탈리엔의 무상성을 예감한다. 그 무상성을 카스탈리엔의 전형인 테굴라리우스(Fritz Tegularius, 니체를 모델로 한 인물)에서 발견한다. 그는 극단적인 유미주의를 추구하는 테굴라리우스에게서 카스탈리엔의 최상의 인물인 동시에 몰락을 경고하는 징조를 발견한 것이다. 유리알 유희의 명인으로 그가 해야 할 임무는 카스탈리엔을 혼자만의 정신세계로 고립시키는 것이 아니라, 외부 세계와의 활발한 합주를 촉진하는 것이란 판단 아래 그는 카스탈리엔을 떠나 현실 세계로 나간다. 세계에 나간 그는 옛 친구 데시뇨리의 아들 티토(Tito)의 가정교사가 된다. 드디어 그는 정신세계를 대표하는 카스탈리엔의 최상의 지위인 유리알 유희의 명인(Magister Ludi)이면서 티토의 봉사자(Knecht)로 지배와 봉사가 하나가 되는 완벽한 삶의 푸가를 완성하게 된다. 이러한 양극의 단일성은 크네히트가 어린 시적 음악명인과 함께 푸가를 연주할 때 이미 예감했던 것이다. 대선율에 의해 주선율이 변형, 발전되는 푸가 [라틴어 fuga는 날아다닌다는 의미로 푸가를 둔주곡(遁走曲)이라고 함]처럼 그는 데시뇨리, 노형, 야코부스 신부, 테굴라리우스를 통해 각성되어 한 단계 한 단계씩 넘으면서 자기완성에 도달하는 것이다.

노(老) 스승 크네히트에게 황금빛 명랑성을 이어받은 티토는 고산지대에 있는 호숫가에서 밝아오는 태양을 보며 마술적인 춤을 춘다. 아침 태양을 맞이하는 티토의 엄숙한 춤은 새로운 시작을 암시하는 태양에 대한 예배이자 동시에 현자이면서 음악가, 신비로운 영역에서 온 마술적 유리알 유희의 명인에게 바치는 성례(聖禮)이다. 크네히트는 티토의 황홀한 춤을 본 후, 차디찬 호수 속으로 사라지면서 전설의 단계로 넘어간다. 크네히트는 노(老) 음악명인처럼 음악으로 성화되어 어린 티토의 내면에서 지금까지 요구한 것보다 훨씬 더 위대한 것을 요구할 것이다.

헤세는 마지막 대작 『유리알 유희』로 토마스 만을 이은 독일 작가로서 노벨문학상을 받게 된다. 작품이 출간되었을 때, 헤세와 오랫동안 형제처럼 지내면서 시대적 고통을 함께했던 토마스 만은 『유리알 유희』의 서문이 마치 자신이 쓴 작품처럼 친근할 뿐만 아니라 유리알 유희의 이념과 형식 또한 자신이 구상하고 있는 작품(『파우스트 박사』)과 유사하다는 것이 몹시 놀랍다고 했다. 성향이 다른 두 작가의 만년 대작은 대위법의 음악처럼 다르면서도 같고 같으면서도 다르다. 제2차 세계대전의 참혹함 속에 집필된 두 대작은 독일의 예술가소설로서 시대비판 소설이라는 공통점을 갖고 있지만, 스타일과 기법, 시선의 방향은 정반대이다. 헤세는 유리알 유희의 이념을 미래의 새로운 세계에 두었지만, 토마스 만은 시선을 과거인 중세의 파우스트 전설에 두고 『파우스트 박사』를 창작했다. 다시 말해 토마스 만은 독일 정신의 전형을 중세의 전설적인 인물인 파우스트로 보고 괴테처럼 신학자가 아니라 음악가를 『파우스트 박사』의 주인공으로 만들었다. 토마스 만은 파우스트가 독일 정신을 대표한다면 그는 당연히 음악가이어야 한다고 생각했기 때문이다.

기법 면에서도 헤세는 과거의 전통적인 음악 기법인 바흐의 푸가 기법에 시선을 두었지만 토마스 만은 현대음악 기법인 쇤베르크의 12음 기법에 시선을 두었다. 푸가 기법이 건축적이라면 무조성(無調性)의 12음 기법은 해체적이다. 헤세는 바흐의 푸가 기법으로 주인공의 삶을 전개했고, 주인공이 유리알 유희의 명인이 되어 대규모의 공식적인 축제를 개최할 때 공자와 주역을 바탕으로 「중국인 집의 유희」를 발표해 대성공을 거둔다. 반면, 토마스 만의 주인공은 현대음악 기법인 쇤베르크의 12음 기법을 이용해 최후의 대작 칸타타 「파우스트 박사의 비탄」을 발표한 후 발작을 일으켜 쓰러진다. 이런 의미에서 『유리알 유희』는 극복과 치유의 책이고, 『파우스트 박사』는 얼핏 봐서 위험과 몰락의 책이라고 할 수 있지만, 『파우스트 박사』의 심층에는 조국 독일의 야만성에 대한 통렬한 반성과 죄 많은 조국에 대해 신의 은총을 비는 토마스 만의 깊은 마음이 담겨 있다. 이런 그의 마음은 『파우스트 박사』의 후속 작품으로서 이중의 근친상간 죄를 지은 그레고리우스가 신의 은총을 받아 교황으로까지 승화되는 과정을 그린 『선택받은 사람』에서도 엿볼 수 있다.

노년에 들어 토마스 만과 헤르만 헤세는 둘도 없는 정신적 친구요 도반이었다. 토마스 만과 헤세, 독일의 대문호로 지칭되고 있는 이 두 거장의 지혜로운 도정과 방대한 사상이 집약된 두 소설 —『파우스트 박사』와 『유리알 유희』─ 은 동·서양의 원리가 뒤섞인 가운데에 복잡다단한 21세기를 살아가고 있는 한국인의 지적 교양과 삶의 수준을 한층 더 고양하는 데에도 이바지할 것으로 생각된다.

───────────────

1943년에 나온 헤세의 대작 『유리알 유희』가 독일 망명문학의 시기에 나온 작품이긴 하지만 이 작품의 표면적 비정치성을 고려할 때, 과연 이 작품이 망명문학의 하나로서 여기에서 중요하게 다루어져야 하는지에 대해서는 이론이 있을 수 있다. 하지만 필자가 고민한 이신구 교수 원고의 배치 지점으로, 헤세 역시 스위스에 망명한 작가임에는 틀림없을 뿐만 아니라, 독일 망명문학이 모두 정치적 소재만을 다루는 작품이 아니라는 사실을 분명히 해 두기 위해서도 여기에 넣는 것이 좋을 것으로 판단했다. 물론, 토마스 만과 헤세에 대한 니체의 공통된 영향, 두 작가의 남다른 우정, 그리고 그들의 삶과 문학이 자주 비교의 대상으로 된다는 점 등도 아울러 고려하였다. 이 점에 대한 독자들의 깊은 이해를 바란다.

5.   망명작가로서의 토마스 만

이제 문제적 망명작가 토마스 만에 관해 이야기할 순서이다. 여기서 '문제적'이라는 형용사를 붙이는 까닭은 첫째, 토마스 만에게 '망명작가'란 칭호가 자연스럽게 될 때까지는 그의 삶의 행적과 처신에 다소 문제가 있었기 때문이다. 작가 토마스 만의 정치적 개안이 늦어서 제1차 세계대전이 끝날 무렵까지도 아직 그가 형 하인리히 만과 대립각을 세우면서 서구적 민주주의를 받아들일 정신적 태세를 갖추지 못한 것은 토마스 만의 작가로서의 자질이 의심되는 중대한 결함이라 하지 않을 수 없다. 둘째, 그의 소설 『파우스트 박사』(Doktor Faustus, 1947)가 본원적 의미에서 독일 망명문학을 마감하면서, 또 그 문학을 대표하는 '문제작'이기 때문이다.

앞서 윤순식 교수의 글에서도 언급된 바 있지만, '한 비정치적 인간' 토마스 만의 정치적 개안은 1922년부터 점진적으로 이루어졌다. 우선, '한 비정치적 인간'이란 개념부터가 니체한테서 빌려 온 것이며, '비정치적'이란 말 자체가 '낭만적', '독일적', '정신적으로 귀족적'이라는 어감을 풍기고 있음에 유의할 필요가 있다. 토마스 만은 자신의 이 비정치적 길이 그의 형 하인리히 만의 보편적, 민주주의적인 길과는 다르다는 사실을 한때는 자랑스럽게 생각했다. 그러던 토마스 만이 1922년부터 점차 민주주의자, 공화주의자로 변신해 간다. 1933년 히틀러가 집권하자, 그는 이듬해에 거처를 스위스로 옮겼다. 그러나 꼼꼼하고 주도면밀한 생활인이기도 했던 토마스 만은 판권, 인세수입의 은행계좌 송금, 뮌헨에 두고 온 재산 등을 고려하여 히틀러 정권을 자극하는 일체의 정치적 발언을 하지 않는다. 하지만 당시 이미 독일의 대표적 작가로 꼽히던 그가 나치 독일에 맞서 파리 등지에서 어려운 반나치 투쟁을 벌이고 있던 다른 동료 작가들(그들 중에는 자신의 형 하인리히는 말할 것도 없고 아들 클라우스와 딸 에리카도 있었다)과는 달리 언제까지나 어정쩡한 침묵을 지키고 있기만은 어려운 노릇이었다.

그러던 중 1936년 초에 스위스의 문필가 코로디(Eduard Korrodi)가 어느 일간지의 기고문에서 독일의 망명문학이란 대개 유대인 중심으로 전개된 문학이며, 예컨대 스위스에 체류 중인 토마스 만 같은 작가는 유대인이 아니므로 적극적인 의미에서의 망명작가로 보기는 어렵다는 견해를 내어놓았다. 이를 계기로 토마스 만이 단순한 외국 체류자인가, 아니면 히틀러 정권으로부터 망명한 작가인가 하는 이른바 '망명자 논란'이 촉발된다. 이에 당시 파리에서 하인리히 만과 더불어 망명활동을 벌이고 있던 딸 에리카와 아들 클라우스의 간절한 호소와 재촉으로 토마스 만은 1936년 2월 3일자 《새 취리히 신문》에 코로디에게 보내는 공개서한을 내고 자신도 망명작가의 일원임을 마침내 공개적으로 밝힌다. 이로써, '한 비정치적 인간'은 불가피하게도 '정치적' 소용돌이에 휘말리게 되고, 그해 12월 나치 정권은 그의 독일 국적을 박탈하며, 그 여파로 본(Bonn)대학은 그에게 수여했던 명예박사 학위를 취소하기에 이른다. 본대학 철학부 학장에게 보낸 토마스 만의 1936년 12월 31일자의 항의 서한은 당시 토마스 만의 정치적 견해를 기록, 입증하고 있는 유명한 자료이다. 이를 계기로 토마스 만은 명실상부한 망명작가의 일원으로 되었고, 1939년 스위스에서 다시 미국으로 망명한다.

이 무렵의 토마스 만은 구약성서 창세기에 나오는 야콥과 요젭의 이야기를 현대소설로 풀어내는 이른바 '요젭소설'(Joseph-Roman)을 집필 중이었다. '요젭소설'의 원명은 『요젭과 그의 형제들』(Joseph und seine Brüder, 1943)[2]이며, 「야콥 이야기」, 「청년 요젭」, 「이집트에서의 요젭」, 「부양자 요젭」 4부작으로 되어 있다. 1926년 12월에서 1936년 8월까지, 그리고 1940년 8월부터 1943년 1월까지 약 12년 동안에 ─총 연수로는 16년간에 걸쳐─ 집필된 작품이다.

그 사이의 기간, 즉 1936년부터 1940년까지의 4년 동안은 주로 『바이마르에서의 로테』(Lotte in Weimar, 1939)의 집필에 할애되었다. 여기서 중요한 것은 토마스 만이 1936년부터 1940년까지의 4년 동안 왜 '요젭소설'의 집필

---

2   토마스 만, 『요젭과 그 형제들, 1-6권』, 장지연 옮김(살림, 2001).

을 잠정적으로 중단하고 『바이마르에서의 로테』의 집필로 넘어가게 되었을까 하는 이유이다. '요젭소설'은 당시 자신이 보기에도 "시대와는 접점이 거의 없는 대작"이었기 때문에 그는 구약 성경 이야기를 잠시 접어 두고, 보다 독일적인 소재, 보다 시사적인 접점이 있는 괴테의 이야기를 쓰게 된다.

이 '괴테소설'은 『젊은 베르터의 괴로움』에 나오는 로테의 실제 모델 샤를로테 부프가 장성한 딸을 대동하고 괴테를 만나러 바이마르로 여행한다는 이야기를 근간으로 한다. 하지만 실은 바이마르에서의 괴테의 생각과 그의 문화적 견해를 전달하는 데에 초점이 맞추어져 있는 고도로 정치적인 작품이다. 게르만 신화를 앞세워 국수주의적 변영과 제국주의적 팽창을 기획하고 있던 히틀러 정권에 대항해서 작가 토마스 만은 이 작품을 통해 괴테와 바이마르 고전주의 시대의 인문성과 그 위대성을 보여 주고자 했다. 이것은 카를 크라우스가 『제3의 발푸르기스의 밤』(Die Dritte Walpurgisnacht)을 써서 다시 괴테를 불러온 현상과 비슷하다. 즉, 시인 자신이 전통의 편에 서서 비인간적 현재 및 천박한 동시대인들과 싸우기 위해서는 전통으로부터 중요한 사람―괴테―을 찾아 의지처로 삼아야 했던 것이다.

1937년 5월에 토마스 만은 스위스에서 《절도와 가치》(Maß und Wert)라는 잡지를 펴내고 그 창간호에 『바이마르에서의 로테』의 일부를 게재한다. 여기서 토마스 만은 잠시 '요젭소설'의 성서적 시공(時空)보다는 독일에 더 가까운, 따라서 보다 자기 시대의 문제와 직결되는 '괴테소설'에 전념하게 된다. 이 소설에서 등장인물 괴테는 다음과 같은 독백을 하고 있다.

불행한 민족! 이 민족의 끝장이 좋을 리 없어. 도무지 저 자신을 이해하려 들지 않는단 말이야! 자기 자신을 오해하면 언제나 남의 웃음거리가 될 뿐만 아니라 세계의 미움을 사고 자신을 극도로 위험한 상태에 빠뜨리는 법이지. 즉, 독일인들이 자기 자신을 배반하고 자신들의 분수를 지키지 않는다면, 운명이 그들을 벌하고 말 거란 것이지. 운명은 그들을 유대인들처럼 온 지구 위에 산산이 흩어놓을 거야. 그것도 당연한 것이 독일인들 중 가장 훌륭한 사람들은 늘 망명 중에 살았거든. 그리고 망명 중에야 비로소, 흩어져서야 비로소 그들은 자신들 속에 있는 풍부한 선성(善性)을 한껏 발휘하여 다른 민족들의 아픔을 어루만져 주면서 이 지상의 소금이 될 수 있을 것이야.

작중 인물 괴테의 이 말은 19세기 초 독일의 낭만주의자들이 편협한 애국주의로 흐르는 것을 우려하고 당시 독일의 지성인들이 문화적으로 더욱 열린 자세를 취해야 함을 역설하고 있다. 사실 여기서 토마스 만은 국제적으로 열린 괴테의 정신적 자세를 통하여 국수주의적 나치당과 독일인들의 근거 없는 인종주의적 오만과 위험한 정치적 망상을 비판하고 있는 것이며, 자기 자신을 포함한 많은 독일 작가들의 망명으로 인한 조국 독일의 정치적, 문화적 현실 상황에 대해 경종을 울리고 있는 것이다.

이처럼 토마스 만은 『바이마르에서의 로테』에서 독일인에게 긍정적 인물 괴테를 내세워 자신의 시대적 발언을 하고자 했다. 그리고 그는 잠시 중단했던 '요젭소설'로 다시 되돌아와 「이집트에서의 요젭」을 마무리하며 「부양자 요젭」의 집필에 착수한다. 그러나 '요젭소설'은 이제부터는 다른 양상을 띠게 된다. 즉, 그동안 토마스 만은 『바이마르에서의 로테』의 출간과 반응, 그리고 자신의 미국생활 체험, 특히 미국 프린스턴대학에서의 객원교수 생활, 유럽 각지의 독일망명객들을 미국으로 구출해 오기 위한 '긴급 구조위원회' 일원으로서의 활동, 영국 BBC방송의 「독일에 계신 청취자 여러분!」(Deutsche Hörer!)이란 방송연설 시리즈를 시작하게 된 경험 등을 통하여 '요젭소설'이 지닐 수 있는 시사적, 시대적 의미를 새로이 자각하게 되는 것이다.

파시즘을 지원하는 지식인들한테서 신화를 빼앗아 그 신화를 인간적으로 만들어야 합니다. 오래전부터 저[토마스 만]는 바로 다름 아닌 이 일을 해 오고 있습니다.

토마스 만의 이 말은 『바이마르에서의 로테』를 ― 그리고 나중에는 '요젭소설'을 ― 통해서 자신의 문학이 궁극적으로 추구해야 할 목표를 스스로가 뚜렷하게 의식하게 되었음을 단적으로 잘 드러내 주고 있다.

『요젭과 그의 형제들』에서의 요젭은 처음에는 토마스 만의 모든 작품에서 흔히 발견되는 예술가 기질의 나르시스로 출발한다. 나르시스가 두 번이나 '구덩이(Grube)'에 처박히는 시련을 겪고 「부양자 요젭」에 이르면, 낯선 땅 이집트에서 성공할 뿐만 아니라 고향에서 건너온 형제들의 부양자가 된다. 이리하여 요젭은 '위와 아래의 중재자', 즉 헤르메스 신의 면모를 띠게 된다. 예술가 기질의 인물이 뜻밖에도, '시민적 실천행위'까지도 훌륭히 수행해 내는 경세가로 변모하게 되는 것이다. 즉, '요젭소설'은 애초 토마스 만이 의도했던 무시간적, 초시대적, 신화적 소설에서 ―토마스 만이 미국 망명체험을 거치는 동안― 차츰 시대적, 정치적 소설로 바뀌게 된다.

'위대한 내면성'의 과정으로서의 이야기가 그 방향을 바꾸게 되었다. 그 대신에 사회적인 활동의 이야기가 나타난다. …… 이로써 이 소설의 초반에 설정되었던 이야기의 초(超)시간성도 동시에 사라진다.[3]

이와 같은 변화를 가능하게 해 준 것은 미국 망명생활의 도움이 컸다. 만

3 Klaus Schröter: Vom Roman der Seele zum Staatsroman. Zu Thomas Manns "Joseph-Tetralogie", S. 111, in: Heinz Ludwig Arnold (Hrsg.): Thomas Mann. Sonderband aus der Reihe Text+Kritik, Zweite, erweiterte Aufl., München 1982, S. 94-111.

약 토마스 만이 뮌헨에, 적어도 스위스에라도 계속 머물러 이 작품을 썼더라면, 그리고 만약 토마스 만이 미국에서 긴급 구조위원회에서 망명자들을 돕는 일을 하지 않았더라면, 그리고 루스벨트 대통령의 뉴딜정책과 경세가로서의 그의 면모를 경험하지 않았더라면, 이 소설의 이러한 변모는 상상할 수도 없는 일이다. 소설의 끝 장면에서 요젭은 그의 형제들에게 다음과 같이 말한다.

제가 심한 철부지 행동으로 형들을 자극하여 악한 일을 하도록 한 것도 다 하느님의 비호하에 있었던 일이었습니다. 그리하여 하느님께서는 이것을 물론 좋은 귀결이 되도록 섭리하시어 제가 많은 사람을 부양하고 거기다가 또 이렇게 철이 들도록 해 주신 것이지요. 만약 우리 인간들 사이에서 그래도 용서가 문제로 된다면, 용서를 빌어야 할 쪽은 바로 저입니다. 왜냐하면, 모든 것이 이렇게 잘 풀리기까지 악역을 해야 했던 쪽은 형들이니까요. 그런데 이제 제가 형들에게 사흘 동안 구덩이 안에 가뒀던 벌을 앙갚음하기 위해 파라오의 권력을 남용하란 말입니까? 그리하여 하느님께서 잘 다스려 놓으신 것을 다시금 악하게 만들란 말입니까? 제가 어떤 웃기는 남자를 보고 웃지도 못하게요? 단지 권력을 쥐고 있다는 이유만으로 정의와 이성에 반하여 권력을 남용하는 웃기는 남자가 있거든요! 만약 그자가 오늘은 아직 세상의 웃음거리가 안 되고 있다 할지라도 미래에는 꼭 그렇게 되고 말 겁니다. 그러니 이제 우리도 미래의 편에 서서 나아가십시다!

요젭의 이 말은 예술가 기질을 넘어서서 '국민의 부양자'로 발전하고 '시민성'을 다시 획득한 한 경세가의 언행이다. 특히, "제가 어떤 웃기는 남자를 보고 웃지도 못하게요?"라고 되묻고, "단지 권력을 쥐고 있다는 이유만으로 정의와 이성에 반하여 권력을 남용하는 남자야말로 사람을 웃기는 것이지요. 만약 그자가 오늘은 아직 웃음거리가 안 되고 있다 할지라도 미래에는 꼭 그렇게 되고 말 겁니다"라는 요젭의 말을 읽는 독자는 누구나 1943년 무렵의 권력자 히틀러를 연상하지 않을 수 없을 것이다.

　여기서 요젭은 더는 나르시스가 아니다. 요젭은 이집트에서 낳은 첫아들을 히브리어로 "하느님께서 나에게 내 모든 인연과 내 고향 집을 잊게 하셨도다"라는 의미인 '마나세'(Manasse)라 이름 짓고, 둘째 아들을 "하느님께서 유형의 나라에서 나를 크게 만드셨도다"라는 의미인 '에프라임'(Ephraim)이라 이름 지었다. 이는 고향을 떠나 이집트에서 크게 된 요젭의 삶을 요약하고 있을 뿐만 아니라, 망명지 미국에서 큰 인정을 받고, '긴급 구조위원회'의 일을 돕고, 수많은 강연을 통해 '독일과 독일인의 선한 진면목'을 알리기 위해 노력하는 작가 토마스 만 자신, 즉 '활동하는 작가'가 된 자신을 암시하고 있다.

　여기서 시민성과 예술성 사이에서 고뇌하던 초기 토마스 만의 '반어성'(Ironie)은 이제 '후모어(Humor)'의 경지로 드높이 상승하여, 초기 토마스 만의 모든 모순과 갈등이 고차원적으로 극복된 사실을 알 수 있다.

　뤼벡 시민계급의 후예가 '길을 잃어' '나르시스적 예술가'로 되고, 이 예술가가 다시 '실천적 작가', 즉 이국땅에서 새로운 '세계시민(Weltbürger)'으로 고양되는 것이다. 이 고양을 위해 반어적 고뇌가 있었고, 망명이라는 시련이 있었다. 그러나 토마스 만은 요젭과 마찬가지로 시련이 하느님의 '섭리' 안에 있었음을 작품과 망명지 미국에서의 연설들을 통해 입증해 보여 주었다. 그리하여 일찍이 『부덴브로크가의 사람들』을 써서 "그 자신의 둥지를 더럽히는 한 마리 슬픈 새(ein trauriger Vogel, der sein eigenes Nest beschmutzt)"로 지칭되었던 토마스 만은 결국 세계문학사에 길이 빛나는 불사조가 되어 그 자신의 '둥지' 뤼벡과 독일의 역사 및 문화 전체를 빛내고 있다.

　작가 토마스 만의 위대성은 시인 윤동주처럼 한 점 부끄러움도 없는 삶에 있는 것이 아니라, 여러 가지 인간적 단점과 오류에도 불구하고 자신의 작품들을 정성을 다해 완벽에 가깝게 세공해 낸 그 추종을 불허하는 성실성과 근면성에 있다. 그가 4부작으로 이루어진 방대한 소설 『요젭과 그의 형제들』을 탈고한 것은 1943년이었는데, 이것은 제2차 세계대전이 한창인 시점으로서 미국 내에서는 적국(敵國) 독일에 대한 비난의 여론이 들끓던 시기였다. 자신의 조국 독일과 전쟁에 돌입해 있는 미국에 망명해서 살고 있던 독일 작가 토마스 만의 이 무렵의 삶이 편치 않았을 것은 쉽게 상상할 수 있다. 지금까지 작가로서의 일상적 작업이 『요젭과 그의 형제들』을 완성하는 데에 집중되었던 만큼, 전쟁상황에서도 현실과는 동떨어진 구약성경, 이집트 등의 신화적 세계에 몰입해서 작품을 써 나가는 것이 작가로서 그에게는 속 편한 작업일 수만은 없었다.

『요젭과 그의 형제들』의 집필이 끝나자 토마스 만은 20년 가까이 줄곧 지켜 온 이스라엘과 성경의 세계, 그리고 이집트 신화의 세계에서 벗어나 작가로서 보다 독일적 소재로 되돌아오고자 했다. 당시 망명작가인 그가 다루어야 할 가장 중요하고 절실한 주제란 '히틀러 체제 아래의 독일과 독일인들'이었을 것이다. 오늘날의 시각으로 생각해 보자면, 작가로서 그가 당시에 절박하게 써야 할 소설은 후발 자본주의국가 독일의 돌파구이자, 식민지 개척에 뒤처진 제국주의 독일이 전쟁을 일으키지 않을 수 없는 필연성과 그 세계사적 의미였다.

그런데 토마스 만은 뜻밖에도 '파우스트' 소재를 택하게 된다. 괴테의 『파우스트』가 나온 지 100년도 훨씬 더 지난 시점에 또 무슨 『파우스트』가 필요하단 말인가? 괴테가 자신의 젊은 날의 여성 체험을 '그레첸비극'으로 승화시킨 데에 비하여, 토마스 만은 1587년에 민중보급판으로 나왔던 『파우스트 박사 이야기』(Historia von D. Johann Fausten)를 참고하기 위해 워싱턴 국회도서관에서 책을 대출하기까지 한다. 하지만 토마스 만이 4년간의 노력

끝에 1947년에 실제로 세상에 내어놓은 소설 『파우스트 박사』는 민중보급판의 '파우스트 전설'을 다소 참고만 했을 뿐인 일종의 '예술가소설'이었다.

『파우스트 박사. 한 친구가 이야기하는 독일의 작곡가 아드리안 레버퀸의 생애』라는 제목만 봐도 알 수 있듯이 소설은 음악가의 생애를 다루고 있는 일종의 '예술가소설'이다. 소설을 집필하기 시작할 당시, 이미 68세였던 토마스 만에게서 ―설령 그가 그동안 정치적으로 개안을 했다고 할지라도― 경제사적 분석과 국제정치적 안목을 잘 드러내는 사회소설이나 역사소설을 기대한다는 것은 지나친 요구가 될 것이다. 이것으로 그는 시대와 일상의 긴박한 요청에 따라 독일이란 시공을 초월해 있던 '요젭소설'의 신화적 세계로부터 이제 독일적 소재로 되돌아오긴 했지만, 작품의 형식으로 보자면 자신의 고유한 소설 형식인 '예술가소설'로 복귀한 데에 불과하다.

그의 소설 『파우스트 박사』의 주인공 아드리안 레버퀸은 1885년 바이센펠스 근교 오버바일러의 부헬 농장에서 태어난다. 그의 어머니는 음악적 재능을 잠재적으로 갖고 있던 수수한 농부 아낙이며, 아버지는 여가에 자연과학과 연금술 실험을 하곤 하는 농부이다. 아드리안은 8살이 되자 메르제부르크와 나움부르크 근처에 있다는 가공의 도시 카이저스아쉐른에서 김나지움에 다니게 되며 같은 학교의 차이트블롬을 알게 된다. 학교 공부 이외에도 아드리안은 크레취마르라는 교사한테서 피아노 교습, 오르간 연주 및 작곡법을 배운다. 김나지움을 졸업하자 아드리안은 모두가 기대한 음악이 아닌 신학을 전공한다. 하지만 할레에서 4학기 동안 공부하고는 다시 음악으로 전공을 바꾸면서 라이프치히로 대학을 옮긴다.

라이프치히로 오던 날, 못된 안내인을 만나 식당으로 안내되지 못하고 갑자기 홍등가에 들어선다. 여기서 에스메랄다라는 창녀를 알게 되고, 후일 아드리안의 고백록에서도 기술되는 악마의 하수인이라 할 수 있는 에스메랄다와 성관계로 매독균에 감염되어 가며 점점 더 악마와 깊은 관계에 빠져들게 된다. 아드리안은 악마에게 자기 영혼을 걸고 모든 '따뜻한 사랑'을 포기하는 대신에 24년간의 예술적 생산성을 약속받는다. 이후 그는 1930년까지 수많은 신곡을 내어 그 천재성을 인정받게 되지만, 이따금 심한 편두통에 시달리곤 한다.

그 무렵, 미남 바이올리니스트 루돌프 슈베르트페거는 끈질긴 사교성을 발휘해서 고독하고 냉담한 아드리안의 마음을 얻는 데에 성공한다. 아드리안은 그의 간절한 청을 받아들여 그를 위해 특별히 바이올린곡을 작곡해 준다. 결국, 루돌프는 아드리안과 아주 가까워져서 차이트블롬을 제외하고 말을 놓고 지내는 유일한 친구로까지 발전한다. 하지만 아드리안은 '따뜻한 사랑'을 해선 안 된다는 악마와의 약속을 지키자면 루돌프를 멀리하지 않으면 안 되었다. 그런데도 아드리안은 그들이 새로 알게 된 마리 고도라는 젊은 프랑스계 스위스 여인에게 자기를 대신해서 결혼 신청을 해 달라고 부탁한다. 그는 마리가 루돌프를 좋아하고 둘이 곧 가까워질 것을 예견하면서도 이런 부탁을 한다. 그리고 검은 눈동자의 아름다운 아가씨 마리는 무뚝뚝한 청혼자 아드리안보다는 낙천적인 대리구혼자 루돌프를 선택한다. 하지만 멋쟁이 루돌프는 극단적인 성격의 유부녀 이네스 인스티토리스와 이미 치정관계에 빠져 있었다. 이네스는 지신이 정부(情夫) 루돌프로부터 버림받은 사실을 알자 길거리에서 5발의 권총을 쏘아 배신자에게 복수한다.

친구의 처참한 죽음을 목격한 그는 사교계로부터 물러나 파이퍼링이라는 마을의 농장에서 은거한다. 마침 누이 우르줄라가 병을 얻게 되어 그는 5살 조카 네포묵(집에서 불리는 애칭은 네포 또는 에효)을 파이퍼링의 숙소로 불러 함께 지낸다. 건강에 좋은 바이에른의 시골 바람에 힘입어 아이가 홍역으로부터 완전히 건강을 회복할 수 있도록 돕기 위해서였다. 온 마을 사람들은 요정과 같은 순수한 소년 에효를 사랑하게 된다.

그는 사랑하는 어린 조카에게 악마의 손길이 미치지 않게 갖은 애를 쓰지

만년의 토마스 만

만, 악마는 사랑의 금지 조항을 어긴 그에게서 아이의 목숨을 빼앗아 가버린다. 악마의 마수로 뇌막염을 앓게 된 어린 조카 에효가 아드리안이 비통해하는 가운데 처참한 비명을 지르며 죽어 간 것이다. 아드리안은 절망하며 베토벤의 제9 교향곡을 취소해야겠다는 생각에까지 이르게 된다.

1930년, 악마와의 계약 기간이 끝나자 그는 12음계법으로 완성한 교성곡(칸타타)「파우스트 박사의 비탄」을 피아노 연주로 공개 발표하겠다며 친구와 지인들을 초대한다. 곡을 선보이기 전에 우선 자신의 '인생의 참회'를 통해 독신적(瀆神的) 오만, 창녀와의 결합, 심술궂은 간접 살인 등 자신의 죄를 낱낱이 고백한다. 손님들은 처음에는 이상하게 생각하며 주저하다가 나중에는 화를 내며 자리를 박차고 떠나 버리고, 아주 가까운 친구들 몇 명만 남는다. 그는 피아노 앞에 앉아 「파우스트 박사의 비탄」 도입부의 불협화음들을 치다가 그만 쓰러져 의식을 잃는다. 깨어난 그는 친구들을 알아보지 못하고 식물인간이 되어 버린다. 요양원에 보내졌으나 결국 그의 어머니가 그를 고향으로 데리고 간다. 그 후에도 그는 어린애와도 같은 식물인간 상태로 10년을 더 산다.

소설은 제목만 『파우스트 박사』이고 내용은 음악가의 일생(1885-1940)을 다루고 있는 '예술가소설'이다. 위에서 언급한 대로 '예술가소설'이 1943년 현재의 시의성을 지니려면, 동시에 '독일 소설'이 되어야 했다. 그래서 주의 깊게 작품 제목을 살펴보면 『파우스트 박사. 한 친구가 이야기하는 독일의 작곡가 아드리안 레버퀸의 생애』라는 제목 안에 '독일의' 작곡가라는 표현이 들어 있음을 확인할 수 있다. 그리고 아드리안 레버퀸이란 주인공 대신에 제목이 '파우스트 박사'인 것도 괴테의 파우스트, 또는 전설의 파우스트에까지도 비견되는 '독일적 문제인물'이라는 알레고리가 필요했기 때문이라는 생각도 들게 한다.

우선, 이 작품이 쓰이어진 기간을 보면 1943년 5월 23일부터 1947년 1월 29일까지로 이 시기는 제2차 세계대전이 한창 진행 중이던 시점에서부터 종전을 거쳐 전후 시대로까지 접어드는 세계사적 굴곡이 많은 기간이다. 온 세계가 독일 때문에 고통을 겪고, 또 전후에는 패전 독일을 어떻게 처리하느냐 하는 문제가 초미의 관심사이던 시기였다. 이런 견지에서 볼 때, 이 작품의 '독일 소설'로서의 의미가 무엇보다도 중요하다. 작가 토마스 만은 이 작품에서 히틀러 시대에 독일 국내에 사는 차이트블롬이란 서술자를 등장시켜 친구 아드리안의 전기를 쓰게 하고 자신의 현재 독일생활에 대해서도 이따금 보고할 뿐만 아니라 주석 및 여론(餘論)까지 달도록 설정하고 있다. 이런 이유로 소설은 1943년부터 1945년 5월 패전 직전까지의 독일을 다루고 있는 '시대소설'로도 읽힌다.

이 소설에서 가장 먼저 주목되는 점은, 전래의 파우스트 소재의 주인공들이 의사나 학자였음에 반하여, 파우스트가 음악가로 설정되어 있다는 사실이다. 파우스트가 독일적인 인물이 되려면, 의사나 학자보다는 음악가여야 한다는 것이 토마스 만의 평소 생각이다. 토마스 만은 실제로 모차르트, 베토벤, 후고 볼프, 구스타프 말러 등 많은 음악가의 삶을 조사했고, 그래도 파우스트로 내어놓을 만한 독일의 적절한 음악가 모델을 찾지 못하자, 가장 비극적인 삶을 산 독일의 철학자 니체를 '음악가 파우스트'의 모델로 삼게 된다. 실제로 '파우스트 박사'로 나오는 아드리안 레버퀸은 니체의 삶과 매우 유사한 궤적을 보여 주고 있다. 물론, 1844년에서 1900년까지라는 니체의 생몰연대와 1885년부터 1940년이란 아드리안 레버퀸의 생몰연대 사이에는 상당한 차이가 엿보이지만, 생존 시기와 레버퀸의 생년이 토마스 만 자신의 생년인 1875년에 10년 차로 근접해 있다는 것도 중요한 시사점이 될 수 있으며, 주인공이 마지막에 식물인간으로서 10년을 더 산 사실이 니체와 비슷한 것도 중요하다.

레버퀸이란 성(姓) 속에 숨어 있는 "-kühn"이란 말 자체만 보더라도 "대담하다"는 독일어 형용사를 연상시키는데, 이것이 벌써 전래의 모든 가치관을 "대담하게" 전도(顚倒)시킨 니체 철학을 암시하고 있다. 토마스 만 자신도 니체를 가리켜 "대담한 정신"(kühner Geist),[4] 즉 '정신적 모험가'로 지칭한 바 있다. 또한, 주인공 아드리안의 고향으로 묘사되고 있는 카이저스아쉐른[Kaisersaschern, '황제의 골회(骨灰)'라는 의미로서 옛 제국의 유서 깊은 도시를 연상시킴]도 니체의 고향인 나움부르크와 흡사하며, 주인공 아드리안이 친구 루돌프를 시켜 여자에게 구혼하도록 부탁하는 것까지도 니체의 구혼 에피소드에서 그대로 따온 것이 명백하다. 더욱이 아드리안이 라이프치히에서 사창가에 들게 되는 에피소드까지도 니체의 '쾰른에서의 사창가 체험'을 거의 그대로 재현하고 있다.

청년 작가 토마스 만이 가장 큰 영향을 받았던 이른바 삼태성(三台星)인 쇼펜하우어, 바그너, 니체 중에서 특히 니체는 "누가 그보다 더 독일적이었

---

4   Vgl. Th. Mann: Gesammelte Werke, Bd. 10, S. 180.

을까?"(Wer …… war deutscher als er …… ?)⁵라고 자문한 적이 있을 정도로 그에게는 '모든 독일적인 것의 화신'에 다름 아니었다. 이런 니체를 만년의 중요한 작품에서, 음악가 주인공으로, 그것도 '독일적인 파우스트'로 등장시킨 것이다.

토마스 만이 왜 이런 '독일적인, 너무나 독일적인' 주인공을 필요로 했던가는 소설 『파우스트 박사』가 집필되고 있던, 그리고 독일의 패전 직후인 1945년 5월 29일, 미국 국회도서관에서 행한 그의 연설 「독일과 독일인」(Deutschland und die Deutschen)을 읽으면 쉽게 알 수 있다. 이 강연에서 그는 '선한 독일'과 '악한 독일'이란 두 개의 독일이 각각 존재하는 것이 아니라, '하나의 독일' 안에 선과 악이 병존하고 있으며, 독일이 인류 앞에 죄를 저지르게 된 것은 "최선의 독일이 악마의 간계 때문에 악한 독일로 잘못 나타난" 결과일 뿐이라고 설명하고 있다. 이어서, "제가 여러분들에게 독일에 대해서 말하고자, 또는 대강 암시해 드리고자 시도한 것 중 어느 것도 낯설고 냉담한, 저 자신과 무관한 지식에서 나오지 않았습니다. 이런 속성을 저 자신 속에 갖고 있고, 이 모든 것을 저의 육신으로 경험한 바 있습니다"라고 고백하고 있다. 토마스 만 자신도 한때 『한 비정치적 인간의 고찰』(1919)이란 에세이집을 통해 자신의 미숙한 정치적 견해를 대중에게 공표함으로써 한동안 독일의 독자들을 오도했던 적이 있었던 것은 위에서도 이미 언급한 바이다. 여기서 토마스 만은 자신의 독일적, '비정치적' 순수성이 정치적으로는 오히려 비민주성, 비사회성, 비개명성의 다른 이름이었던 사실을 상기하고 있다. 여기서 우리는 1922년 이래의 정치적 개안이 있기 이전의 '한 비정치적 인간' 토마스 만의 고백과 참회를 간접적으로 읽어 낼 수 있다. 이런 의미에서 그가 자신의 '파우스트 소설'을 가리켜 "비밀스러운 작품이자 인

---

5   Vgl. Th. Mann: Gesammelte Werke, Bd. 9, S. 709.

생의 참회"[6]라고 말한 것은 참으로 의미심장하다.

토마스 만은 그것이 자신이든, 아드리안 레버퀸이든, 니체든, 파우스트든, '전형적으로 독일적인 인물'을 그려 보임으로써 독일의 문화사적, 정신사적 연원과 나치 독일이 생겨난 연유를 풀어서 설명하고, 세계인들의 이해와 용서를 구하려 했던 것으로 보인다. 작품 속에서 아드리안이 대학의 친구들과 나누는 대화에는 '방랑자(Wandervogel)' 모티프의 독일 낭만주의가 언급되고 있으며, 식스투스 크리트비스 박사의 집에 모이는 파시스트적 인물들의 반동적인 대화는 제1차 세계대전을 전후하여 나타나는 독일 지식인들의 편향된 국수주의적 담론들을 형상화하고 있다. 예컨대 그들은 후일 이탈리아의 파시스트 무솔리니 등에게 큰 영향을 끼쳤던 소렐(Georges Sorel)의 저서 『폭력에 대한 성찰』(Réflexions sur la violence, 1908)을 찬양하기도 한다. 서술자 차이트블롬은 거기에 참석은 하고 있었지만, 거기서 논의되는 인간모독적, 반민주적 유미주의에 경악하며 참석자들의 비인간적 교만과 인종차별주의적 방자함에 공감할 수는 없었다고 고백한다. 그런데도 차이트블롬은 크리트비스 클럽에서 전개되는 예술이론적 정보 때문에 그 모임에 나간 것으로 자신을 변명하고 있다. 또한, 전통에 대한 그들의 신랄한 비판과 전래적 예술 형식을 파기하려는 급진적 태도에서 친구 아드리안의 야심과 음악적 아이디어와의 유사성을 깨닫고는 아드리안의 예술이 이들 지식인의 담론과 아주 무관하지 않다는 암시를 하고 있다.

바로 이런 독일의 역사적, 문화적 배경 아래에 천재적 재능의 소유자이지만 인간적으로는 냉담한 아드리안 레버퀸의 음악가로서의 비극이 생겨난다는 것이 토마스 만의 논리다. 요컨대, 그의 연설 「독일과 독일인에 대해

---

6   Th. Mann: Gesammelte Werke, Bd. 11, S. 165. Vgl. auch ebda., S. 298: "dieses Lebens- und Geheimwerk".

서』와 '파우스트 소설'에서 드러내 보인 것은 악한 독일과 선한 독일을 따로 구분할 수 없고 현재 세계인들 앞에 드러난 독일인들의 추악하고 불행한 모습은 독일인들의 본성 속에 이미 내재해 있던 선성(善性)이 나쁜 지도자에 의해 정치적으로 오도된 결과임을 설명하고 있다.

위에서도 언급했지만, 니체의 '쾰른에서의 체험'이 소설에서는 바로 아드리안의 '라이프치히에서의 체험'으로 서술되고 있는데, 이것은 소설 『파우스트 박사』를 일종의 '니체소설'이라 일컬을 수 있는 주요 증거 중의 하나이다. 파울 도이센의 유명한 니체 전기[7]에 따르면, 니체가 쾰른에 도착해서 어느 관광 안내인에게 좋은 식당으로 안내해 달라고 부탁하자 정작 그가 안내된 곳은 홍등가였다. 뜻밖에도 사창가에 들어서게 된 니체는 여러 아가씨의 호기심 어린 눈길을 피해 순간적으로 그곳에 있던 그랜드 피아노 앞으로 다가가 몇 가지 화음을 쳐 보인다. 그러던 중 갑자기 몸이 다 비치는 천을 걸친 아가씨가 다가와 자신의 뺨을 그의 뺨에 비벼대자 당황하여 황급히 그곳을 빠져나온다. 나중에 니체는 자신의 순정에 이끌려 그 아가씨를 다시 찾아간다. 그녀의 경고에도 불구하고 결국 성관계를 하고 매독에 걸린다. 나중에 니체가 정신적으로 왕성한 저작활동을 할 수 있었던 것도 매독균이 뇌에까지 침범하여 식물인간으로 되기 직전까지 활성 작용을 한 때문이라는 추측이 있다.

이와 똑같이 작품의 주인공 아드리안 레버퀸도 라이프치히의 사창가에서 같은 경우를 겪게 된다. 피아노 연주, 창녀 에스메랄다와 만남, 다시금 찾아가 경고에도 불구하고 성관계를 갖는 상황이 그대로 연출된다. 여기서 토마스 만은 창녀 에스메랄다를 악마의 하수인으로 설정하고, 레버퀸이 에스메랄다와 관계를 맺는 것 자체가 곧 '악마와의 계약'을 '피로 서명하는 행

---

7   Paul Deussen: Erinnerungen an Friedrich Nietzsche, Leipzig 1901.

위'와 다름이 없는 것으로 몰고 간다. 이 '계약'을 통해 레버퀸은 자신의 음악적 창작력의 불모성을 극복하고 자기 예술을 위한 새로운 활력과 '천재성으로의 돌파구'(Durchbruch zur Genialität)를 얻게 된다. 이 과정을 토마스 만의 작의에 따라 해석해 보자면, 순수한 독일의 작곡가 아드리안 레버퀸이 악마와 결탁하게 되는 이 예술가적 비극이야말로 바로 정치적으로 미숙한 독일 민족이 악마와 같은 히틀러와 결탁하게 되는 정치적 비극을 상징해 주고 있다는 것이다.

독자에게 이와 같은 상징성을 쉽게 받아들이게끔 하는 소설적 장치가 일인칭 서술자 차이트블롬의 개입과 주석이다. 여기서 이미 전제가 되어 있어야 할 것은 물론 루터 이래의 독일역사 전체가 아드리안 레버퀸이란 한 인물로 상징되어 있다는 사실, 즉 아드리안의 삶이 니체의 일생과 비슷하긴 하지만 니체보다도 더 독일적인, 가장 전형적인 독일적 인간으로 묘사되고 있다는 사실이다. 바로 이런 사실에다 서술자 차이트블롬이 현재의 프라이징(뮌헨 근교의 도시 이름)의 자기 집과 서재에서 일어나고 있는 일들인 제2차 세계대전 중 독일 내의 여러 전시 상황을 덧붙여 서술하면서, 이것이 독자의 뇌리에 레버퀸의 삶과 서로 분간할 수 없을 정도로 뒤섞이게끔 하고 있다.

1943년 5월 23일 제레누스 차이트블롬은 독일 이자르(Isar) 강변의 프라이징에 있는 자신의 서재에 앉아 3년 전에 세상을 떠난 친구 아드리안 레버퀸(1885-1940)의 전기를 쓰기 시작한다. 그는 전기의 집필을 끝내게 되는 1945년 종전 직전까지 줄곧 자신의 아내, 두 아들, 친구들과 전쟁 상황에 대한 보고를 곁들임으로써, 전기적(傳記的) 보고에다 일상적·시사적(時事的) 보고를 덧붙이고 있다. 여기서 1885년부터 1940년까지 55년간의 이른바 '피서술시간'과, 서술자 차이트블롬이 1943년 5월부터 1945년 5월까지 약 2년간 이 전기를 쓰게 되는 이른바 '서술자의 시간'이라는 두 가지 시간을 구별할 필요가 있다. 또한, 망명작가 토마스 만이 미국에서 이 소설을 쓴 시간인 1943년부터 1947년까지의 약 4년간의 '작가의 시간'까지도 '서술자의 시간'과 구별해서 염두에 둘 필요가 있다. 예컨대, 이 소설 중 다음과 같은 대목을 읽어 보자.

나는 이러한 두 가지 시간 개념이 왜 내 주의를 끄는지 모르겠고, 내가 무엇 때문에 개인적인 시간과 객관적인 시간, 즉 서술자가 활동하고 있는 시간과 피서술시간이 다르다는 점을 애써 상기시켜 드리고 싶은지 모르겠다.

'서술자'(der Erzähler), '서술된 내용'(das Erzählte), '피서술시간'(die erzählte Zeit) 등과 같은 문학 용어들은 소설 자체에서는 일반적으로 잘 나오지 않는 전문용어들임에도 불구하고, 여기서 차이트블롬은 자신을 '서술자'로 지칭하고 '피서술시간'(작중 인물이 활동하고 있는 시간) 못지않게 '서술자의 시간'(서술자 차이트블롬 자신의 시간)도 중요하다는 점을 강조하고 있다. 예컨대, 소설 중의 다음과 같은 대목을 살펴보자.

자유. 이 말이 슐렙푸스의 입에 오르면 얼마나 이상하게 들렸던가! 하긴, 거기에는 물론 종교적인 강조점이 있었다. […] 이것은 종교심리학의 견지에서 본 자유의 한 정의였다. 그러나 자유는 지구 상의 여러 종족의 삶에서, 역사상의 여러 전쟁에서도 이미 다른 의미, 아마도 덜 심령적인, 열광도 없지 않은 의미에서 어떤 역할을 해 왔다. 자유는 바로 지금, 내가 이 전기를 쓰고 있는 동안에도, 현재 날뛰고 있는 전쟁에서도, 그리고 내가 은퇴생활을 하는 중에 생각하는 바로는, 우리 독일 민족의 영혼과 생각에서도 그런 역할을 하고 있는데, 이 민족은 대담하기 짝이 없는 자의적 지배 체제 하에서 어쩌면 생전 처음으로 자유가 무엇인가 하는 개념을 어렴풋이 느끼고 있을 것이다. 하지만 우리는 그 당시에는 아직 여기까지는 생각이 미치지 못했다. 자유의 문제는 우리들의 대학 시절에는 초미의 관심사가 못 되었다. 또는 못 되는 듯이 보였다.

여기서 서술되고 있는 것은 아드리안과 차이트블롬이 대학 시절에 들은 슐렙푸스의 신학강의와 강의 내용인 '자유'의 의미이다. 하지만 '서술자' 차이트블롬은 갑자기 '자신의 시간'(서술 현재)에 있어서의 '자유'의 개념과 독일인의 정치적 '미숙'과 '개안'에 대하여 여담을 섞어 넣고 있다.

이와 비슷한 예는 얼마든지 들 수 있다.

뒤러와 빌리발트 피르크하이머의 도시가 가공할 폭격을 당하는 것도 더는 멀지 않은 사건으로 다가왔다. 그리고 최후의 심판이 뮌헨에도 불어닥치자 나는 창백해져서, 그리고 내 서재에서 집의 벽, 문, 그리고 창문 유리창들처럼 벌벌 떨었다. 그리고는 떨리는 손으로 이 전기를 썼다. 왜냐하면, 이 손은 집필의 대상 때문에 그렇지 않아도 떨고 있었다. 그래서 나는 이미 버릇이 된 이 손 떨림 현상이 외부로부터 닥쳐온 놀라움 때문에 약간 더 심해지는 것을 그냥 묵묵히 참아 내고 있을 따름이었다.

여기서 전기적 내용의 무서움과 서술 현재 폭격의 무서움이 차이트블롬의 '손 떨림 현상'을 통해 병렬되고 있음을 볼 수 있다. 즉, 독일적 예술가의 이야기와 전쟁 수행 중인 독일의 국내 상황에 대한 보고가 독자에게 때로는 혼동될 정도로 뒤섞이고 있는 것이다. 이처럼 토마스 만은 차이트블롬이라는 서술자를 이용하여 허구적 전기 내용과 서술 현재의 독일의 시사적 상황을 병렬시킴으로써 독자가 두 이야기를 거의 동일시하도록 유도한다. 물론, 아드리안의 삶을 기술하는 전기(傳記) 작가 차이트블롬은 일단 모든 사건의 뒷전에 머물러 있어야 하는 자신의 처지를 누누이 강조한다. 이렇게 그의 임무는 일차적으로 아드리안의 삶에 대한 '걱정스러운 관찰자'의 역할에 국한되어 있는 듯이 보인다. 하지만 "나 자신을 전면에 내세울" 생각이라곤 전혀 없음을 강조하는 이 서술자도 결국에는 자신에 관한 정보들을 독자에게 많이 흘리게 된다.

무엇보다도, 그는 "유대인 문제"와 그들에 대한 정책에서 "우리들의 총통과 그의 추종자들"[8]과 의견이 완전히 같지 않았던 것도 한 이유가 되어 교직에서 일찍 은퇴해서 살고 있다는 사실을 슬쩍 고백하고 있을 뿐만 아니라, "미래의 독자"(der zukünftige Leser)[9]를 상정하고 글을 쓰고 있다는 점에서, 일종의 '국내 망명'을 연상시키는 점도 없지 않다. 이 '국내망명'이란 개념은 전후 독일 문단에서 큰 논란을 불러일으킨 개념으로서 여기서 쓰기는 조심스럽다. 하지만 국외로 망명하지 않고 국내에 머물며 나치당과 히틀러에 대해 소극적인 저항을 한 행위, 또는 그런 행위를 한 사람을 가리키는 개념이라고 할 때, 차이트블롬이 히틀러 일당과 정치적 견해를 완전히 같이하지 않음은 분명하다. 그렇다고 해서 차이트블롬을 섣불리 국내 망명자의 카테고리로 분류하는 데에는 다소 문제가 없지 않다.

이 문제는 이 소설을 올바르게 이해하는 데에 중요한 단서로 작품에서 예를 들어 보자.

오늘 아침, 내 아내 헬레네가 아침 식사를 준비하는 동안 ……, 나는 신문에서 우리의 잠수함 전쟁이 다행히도 다시 회복세를 되찾았다는 소식을 읽었다. 우리의 잠수정들이 24시간 이내에 무려 12척이나 되는 배들을 격침했다는 것이다. 그중에는 각각 영국과 브라질 소속인 두 척의 대형 증기 여객선도 포함되

---

8   Th. Mann: Gesammelte Werke, Bd. 6, S. 15 (Doktor Faustus).
9   앞의 책, 9쪽.

어 있었는데, 5백 명의 여객들이 희생되었다고 했다. 우리가 이런 성공을 거둘 수 있었던 것은 독일 기술이 제조해 낸 환상적 성능의 새로운 어뢰의 덕분이라는 것이다. 그래서 나는 아직도 여전히 활발한 우리의 발명 정신에 대한, 그 많은 반격을 당하고도 굽힐 줄 모르는 우리 국민의 능력에 대한 그 어떤 만족감을 억제하기 어려웠다. 이런 발명 정신과 국민적 능력이 아직도 이 정권을 완전히 지원하는 것이었다.

독일의 잠수정이 민간 여객선을 포함한 배들을 격침했다는 조간신문 보도에 접하여, 차이트블롬은 신종 어뢰의 개발에 관한 독일 기술의 개가에 대해 "그 어떤 만족감을 억제하기 어려웠다"는 고백을 하고 있다. 이것은 물론 '국내 망명자'가 취할 언사가 아니다. 이것은 그가 당시 국내에 있던 독일 교양시민 계층의 일반적 정치의식과 행동을 대변하는 것으로서, 아직 정치적 식견은—한때의 도마스 만과 미찬가지로— 바람직한 수준까지 성숙하지 못한 면모를 보여 주고 있다. 차이트블롬의 이 고백을 계속 읽어 가다 보면, 간헐적으로 보고되고 있는 이런 전과(戰果)들 때문에 독일인들이 "그릇된 희망"을 품게 되고 "이성적인 사람들의 견해에 따르면" 더는 이길 수 없는 전쟁을 연장하기만 하는 결과가 될까 봐 걱정하는 장면도 나온다. 하지만 그의 정치적 견해는 이웃인 힌터푀르트너 신부만큼 '이성적'이지 못하며, 그에게서는 뮌헨의 "정열적 학자"(der leidenschaftliche Gelehrte)[10]의 저항 정신 같은 것은 찾아보기 어렵다.

요컨대, 차이트블롬은 인문주의적 전통 아래에 있는 독일 교양시민 계층의 한 사람으로서 나치당에 적극적 협력도, 소극적 저항도 하지 않던 당시

10 앞의 책, 230쪽. 여기서 "정열적 학자"라 함은 이른바 '백장미 사건'의 배후자로 지목되어 처형된 뮌헨대학의 쿠르트 후버(Kurt Huber) 교수를 지칭하고 있다.

독일의 일반적 교양시민의 평균적 정치의식을 대표한다고 볼 수 있다. 이미 국제적 정치감각을 익힌 망명작가 토마스 만은 의도적으로 차이트블롬에게 작가 자신보다는 한 차원 낮은 정치적 시각에서 독일의 현실을 바라보게 하고 있다.

그런데도 제레누스 차이트블롬은 아드리안 레버퀸의 파우스트적 '악마와의 계약'과, 독일 민족이 히틀러라는 악의 화신에 오도되어 인류 앞에 큰 죄악을 저지르게 된 사실을 거의 동일시하고 있다는 점에서는 작가 토마스 만과 같은 입장이다. 요약해서 말하자면, 차이트블롬이란 인물은 이 작품에서의 '악마와의 계약'이 이의성(二義性)을 지니도록 만들기 위한 작가 토마스 만의 서술적 도구로 볼 수 있으며, 그 정치적 안목에서는 작가 토마스 만의 수준에는 훨씬 미달한다.

소설 『파우스트 박사』가 완결되고 출간된 연도는 1947년이다. 그러나 소설 내에서 이야기가 끝나는 시점은 1945년 종전 직전이다. 작품의 마지막 대목을 살펴본다.

1940년 8월 25일 여기 프라이징에 있는 나에게 한 생명의 잔재가 완전히 소멸하였다는 소식이 왔다. 사랑과 긴장 가운데에서, 그리고 경악하는 마음과 자긍심을 느끼는 가운데에서 나 자신의 인생에다 본질적인 내용을 부여했던 그 인생이 드디어 나와 유명을 달리하게 되었다는 소식이 온 것이었다. […]

그때 독일은 열에 들떠 뺨에 홍조를 띤 채 흉흉한 승리의 절정에서, 자기가 끝내 지키고자 했고 피로써 서명했던 계약의 힘을 빌려 바야흐로 온 세계를 정복하려는 욕망에 취해 비틀거리고 있었다. 그러나 오늘[1945년 종전 직전 ─ 필자 주]의 독일은 악마들에 의해 그 몸이 휘감긴 채 한쪽 눈은 손으로 가리고 다른 쪽 눈으로는 공포의 골짜기를 내려다보면서 절망 상태로부터 다른 절망의 나락으로 추락하고 있다. 이 독일이 언제 이 나라의 밑바닥에 닿을 것인가? 희망이 전혀 없는 상태로부터 언제 믿음을 초월하는 하나의 기적이 일어나고 희망의 서광이 밝아 올 것인가? 한 외로운 남자는 두 손을 합장하며 기도한다. "내 친구여, 내 조국이여, 그대들의 불쌍한 영혼에 하느님께서 은총을 베푸시기를!"

차이트블롬의 이 기도에서 '내 친구'[아드리안 레버퀸]와 '내 조국'[독일]이 동격으로 불리고 있다는 사실이 의미심장하다. 차이트블롬은 악마에게 영혼을 판 예술가 아드리안 레버퀸과 히틀러에게 오도된 나라 독일에 다 같이 하느님의 '은총'이 내려지기를 소망하고 있다. 서술자 차이트블롬과 작가 토마스 만은―이 작품 속에서 많은 사소한 차이점을 보여 주고 있음에도 불구하고― 적어도 이 기도에 실린 소망에서만은 그 "비밀스러운 동일성"을 보여 주고 있다. 즉, 토마스 만은 음악가 아드리안 레버퀸의 이야기를 통해 궁극적으로는 악마와도 같은 히틀러에 오도되어 인류 앞에 크나큰 죄악을 저지른 자신의 조국 독일에 내해 하느님의 '은총'과 세계인들의 '용서'를 빌고 있다. 이에 대해 토마스 만은 패전 직후인 1945년 미국 국회도서관에서 행한 연설 「독일과 독일인에 대해서」에서 다음과 같이 말한 바 있다.

선한 독일과 악한 독일, 이렇게 두 독일이 존재하는 것이 아니라, 그 최선의 요소가 악마의 간계 때문에 악하게 되어 버린 하나의 독일이 있을 뿐입니다. 악한 독일― 그것은 잘못된 선한 독일이며 불행에 빠지고 죄악으로 전락하게 된 선한 독일입니다. 그 때문에 독일인으로 태어난 어떤 정신적 인간이 죄악을 짊어진 악한 독일을 완전히 부정하면서 "나는 선하고 고귀하고 정의로운 백의의 독일이다. 악한 독일은 여러분께서 박멸해 주시기 바란다"라고 선언한다는 것이 불가능합니다. 제가 여러분에게 독일에 관해 설명하고 대강 암시하고자 했던 것 중 그 어느 것도 낯설고 냉담하고 무관한 지식에서 나오지 않았습니다. 저도 저 자신 속에 그것을 지니고 있고, 이 모든 것을 몸소 경험했습니다.

이 연설문에서 작가 토마스 만의 대(對) 미국인, 대(對) 세계인 '전략'이 엿보인다. 그는 나치 독일의 죄악을 덮거나 미화하지 않고 독일인의 본성에 내재해 있는 선한 독일과 악한 독일을 함께 보여 주고, 그 잘못될 수 있는 조합(組合)의 가능성을 설명해 주는 것이 상책이라고 생각했던 것 같다. 그는 이 작품 속에서도 '우총'과 '용서'가 간단히 만료 이루어질 수 있는 성길의 것이 아니라는 점을 누차 강조한 바 있다. 그런데도 독일의 작가로서 세계인들을 향해 '용서'를 빌고 있다.

일찍이 언어의 길을 택해, 자신의 아저씨로부터 "자신의 둥지를 더럽히는 한 마리 슬픈 새"라고 비난받았던 작가가 이제 망명지 미국에서 세계인들을 향해 자신의 조국과 민족을 '용서'해 달라고 발언하고 있다는 것 자체가 하나의 사건이다. 이 발언은 나르시스가 입 밖에 낼 수 있는 가장 위대한 언술 행위이다. 이것은 자기 "문화를 몸에 지니고 다니던"[11] 작가가 자기 조국과 자국의 문화를 위해 발언할 수 있던 최선의 '전략'이었으며 최대한의 활동이었다. 1945년, 독일 패전 직후에, 독일인들로 인해 상처받고 독일에 분노하고 있던 세계인들을 상대로 토마스 만 이외에 누가 감히 이런 발언을 할 수 있었을까? 아시아의 독일문학자로서 필자는 토마스 만이 그때, 그 자리에 존재하였고, 그래서 이런 발언을 할 수 있었다는 것 자체가 독일인들의 '불행 중 행운'이었다고 생각한다. 그리고 이것이야말로 한 시인의 위대성이 역사에서 실감 되는 드물고도 빛나는 순간이다.

현대 독일인들은 까다롭다. 독일인들은 이해와 용서보다는 일단 분석하고 비판하기를 좋아한다. 그래서 그들의 비판 앞에서는 괴테 이래로는―아니, 괴테까지도 포함해서― 단 한 사람의 완벽한, 존경할 만한 시인도 존재

---

11 Thomas Mann bei seiner Ankunft in New York am 21. Febr. 1938, in: The New York Times vom 22. Febr. 1938, S. 13: "I carry my German culture in me".

하기 어렵다. 토마스 만도 그들로부터 많은 상처를 입은 시인이다. 일부 독일인들은 그의 '비정치적' 전력을 용서하지 않고, 또 다른 독일인들은 그가 적국으로부디 고국의 국민에게 방송 연설(「독일이 청취자 여러분!」)을 한 것을 용서하지 않는다. 또 어떤 독일인은 그가 망명지 미국에서 동독도 서독도 아닌, 스위스로 귀환한 것을 용서하지 않는다. 또 어떤 사람은 그가 대체로 이재(理財)에 밝게 행동한 것을 결점으로 공격하기도 한다. 하지만 그들은 1947년에 나온 토마스 만의 소설 『파우스트 박사』를 잊어서는 안 된다. 비록 전후 2년 만에야 출간되었지만, 한 독일인 작가가 독일과 독일인의 죄업에 대해서 최초로 하느님에게 '은총'을, 세계인에게 '용서'를 빌었기 때문이다. 나중에는 하인리히 뵐과 귄터 그라스 등 많은 전후 작가들이 그의 뒤를 이어 더욱더 철저한 과거 극복 작업을 했으며, 이 작업이 결국 나중에 동·서독이 재통일되는 길을 열어 주었다. 하지만 그들에 앞서 책임감 있는 독일인 지도자가 전후에, 적시에, 하느님에게 '은총'을, 세계인에게 '용서'를 비는 태도를 먼저 보였어야 했다. 이처럼 누구도 못한 일을 토마스 만은 작품과 연설을 통해 적시에, 적절한 발언을 해 주었다. 이 역할을 감당해 주었다는 사실만으로도 독일인들은 그에게 영원히 감사해야 할 것이다.

XIX

전후문학

(Nachkriegsliteratur, 1945-1968)

1.

영점(零點)에서의 새 출발과 47그룹

1945년 5월 8일, 나치 독일은 연합국에 무조건 항복했다. 이로써 제2차 세계대전은 끝나고 독일의 운명이 —제1차 세계대전이 끝난 직후와 마찬가지로— 다시금 전승국들의 처분에 맡겨지게 된다. 독일 영토와 수도 베를린은 각각 미국, 영국, 프랑스, 소련 등 4개 전승국의 점령지로 분할되었다.

독일 국민으로서 보자면, 그들은 우선 당장 두 가지 큰 문제에 봉착하게 되었다. 하나는 전선에서 상처를 입거나 굶주림에 지쳐 거지 행세로 되돌아오는 패잔병 및 전쟁 포로들과 슐레지엔 등 동부 개척지에서 쫓겨 나오는 민간 피난민의 행렬들이었다. 오랜 전쟁으로 자원과 물자가 고갈된 상태에서 독일 주민들이 이 피난민들을 돕거나 수용하기에는 역부족이었다. 당장 자신들의 끼니가 걱정인 처지였기 때문이었다. 폭격을 받아 폐허로 변한 도시들에 절대 빈곤의 시대가 들이닥친 것이다. 또 다른 한 가지는 점령군정하에서 속속 드러나는 가공할 나치 범죄의 진상이었다. 자신들이 모르고 있었던, 또는 짐작하고도 모른 척하며 지내 왔던 유대인 강제수용소와 거기서 자행된 대규모 인종 학살이 만천하에 드러났다. 당장 생존 자체가 시급한 문제였던 그들에게 가난과 굶주림보다 더 견딜 수 없는 수치심과 자괴감이 찾아온 것이었다. 독일문학사에서는 이 시점을 '영점'(Nullpunkt)이라 부른다. 300만 유대인을 학살한 죄책의 자리에 선 독일인들은 자신들이 '다시 서정시를 읊는 것이 가능할 것인지'를 자문하지 않을 수 없게 된 것이다.

볼프강 보르헤르트(Wolfgang Borchert, 1921-)의 희곡 『문밖에서』(Draußen

vor der Tür, 1947)는 이 시기 최고의 시대극으로서 원래는 방송극(Hörspiel)으로 쓰여진 작품이었다. 아내에게 남자 손님이 있는 것을 알고 자기 집에 들어가지 못하고 '문밖에서' 독백에 잠겨 있는 한 귀향병의 고독과 소외, 그리고 전후 사회의 인간적 소통 부재 문제를 매우 설득력 있게 그리고 있다. 이 희곡 이외에도 보르헤르트는 『이 화요일에』(An diesem Dienstag) 등 여러 편의 탁월한 단편들을 남겼는데, 이 '짧은 이야기'(Kurzgeschichte)들에서 보르헤르트는 자신의 전쟁 체험 및 전후 사회 체험을 —자신의 감정을 자제하면서 다소 거리감을 지닌 가운데에— 간명하게 보고함으로써 전후 독일 독자들의 공감을 사고 있다.

전후 독일문학에서 가장 큰 역할을 담당한 것은 '47그룹'(Gruppe 47)이다. 우제돔(Usedom) 출신의 작가 한스 베르너 리히터(Hans Werner Richter, 1908-1993)는 전화(戰火)가 채 가시지 않은 독일 땅에서 젊은 시인과 작가들을 불러 작품 낭독 모임을 개최한다. 리히터는 작가로서 문학사에 남을 만한 작품을 남기지는 못했지만, '전후 독일문학의 산실(産室)'이라 해도 과언이 아닌 47그룹을 소집한 것은 그의 탁월한 리더십의 덕분이었다. 47그룹은 폐허가 된 독일 땅에, 그리고 의기소침한 청년 작가들에게 다시 문학의 기운을 불러일으켰다. 이 그룹은 사전에 정해진 프로그램을 가진 것이 아니라, '불협화음'을 한자리에 모아 와자지껄하고 떠들썩한 '문학 시장'이라는 이벤트 성격이었다. 그런 가운데에 시인이나 작가 개인이 —거기에 동참한 출판사 사장들이나 문예란 기자들의 눈에 띄어서— 새로이 데뷔하게 되는 것이다. 1947년부터 1967년까지 20년 동안 리히터는 하인리히 뵐(1951), 마르틴 발저(1953; 1955), 귄터 그라스(1955; 1958), 잉에보르크 바흐만(1952), 우베 욘존(1960) 등 많은 문인을 발굴해 내었지만, 파울 첼란 같은 시인의 격정적 언어와 수준 높은 운문 스타일이 47그룹의 호응을 얻지 못한 예외적 경우도 없지 않다.

후일 귄터 그라스는 30년 전쟁 말기인 1647년에 시인 지몬 다흐(Simon Dach)의 초청으로 모인 문학모임 이야기인 그의 소설 『텔크테에서의 만남』 (Das Treffen in Telgte, 1979)을 한스 베르너 리히터에게 헌정한다.

2.   파울 첼란의 시

파울 첼란(Paul Celan, 1920-1970)은 루마니아에 거주하면서 독일어를 하는 유대인 가정에서 태어났다. 양친은 유대인 집단거주지에 수용되었다가 강 제수용소로 이송된 후에 아버지는 티푸스로 사망하고 어머니는 총살당했 다. 첼란 자신도 강제수용소에 수감되었다가 소련이 점령하자 풀려났다. 하지만 그는 1947년 헝가리를 거쳐 빈으로 도주하였고, 1948년에는 파리 로 이주하였다. 유대인이라는 숙명과 나치의 천인공노할 폭력의 가공할 만 남이 시인 첼란의 삶과 시를 일관하는 문제가 된다. 1948년 빈에서 시작된 잉에보르크 바흐만과의 애정 관계는 1950년대에 파리에서도 계속되었다. 1952년에 나온 첼란의 시집 『양귀비와 기억』(Mohn und Gedächtnis)에는 바 흐만을 두고 쓴 시 「코로나」(Corona)와 그의 가장 유명한 시 「죽음의 푸가」 (Todesfuge)가 실려 있다.

「죽음의 푸가」에서 첼란은 나치의 폭력과 강제수용소의 집단살해의 가 공할 잔혹성을 드러내기 위해 경이로운 회상의 시학을 구사한다. 그의 이 러한 시가 독일 김나지움에서 읽어야 할 필수 텍스트로 추천되어 독일인과 유대인의 화해를 위해 너무 피상적으로 이용되는 것을 알게 되자, 이후 첼란의 시는 모든 확인과 단정을 거부하는, 다의적 비유의 세계로 들어간다. 이제부터 그의 시들은 섣부른 접근자들에게 문을 걸어 잠그고 노크하기 전에 더 진지한 사전 성찰과 마음의 준비를 할 것을 요구한다.

오늘날 첼란은 카프카에 버금가는 세계적 명성을 지닌 독보적 시인으로 평가받고 있는데, 그 이유는 그가 아유슈비츠에 대해 아직도 재현 리얼리즘으로 글을 쓸 수 있다는 환상에 매달리지 않은 채, 유대인에 대한 집단학살이라는 전무후무한 잔혹의 역사 속을 속속들이 삼투해 들어간 언어로써, 비장하고도 비의적인 시들을 인류에게 던져 주었기 때문이다.

"첼란의 시들은 극도의 경악을 침묵을 통해 말하고자 한다" — 이것은 최근 어느 대학에서 나온 박사학위 논문[1] 제목이지만, 첼란의 시를 이보다 더 간명하게 설명할 수는 없을듯하여 여기에 삼가 인용한다.

---

3.   한국 출신의 이민 작가 이미륵

여기서 꼭 언급해 두고 싶은 한국 출신 독일 작가가 있는데, 이미륵[Mirok Li, 본명: 이의경(李儀卿), I Ui-gyeong; 또는 Yiking Li, 1899-1950]이다.

---

[1]   Kim Teubner: "Celans Gedichte wollen das äußerste Entsetzen durch Verschweigen sagen": zu Paul Celan und Theodor W. Adorno, Technische Hochschule Aachen, Diss. 2012.

이미륵   독일 뮌헨시 근교 그레펠핑에 있는
 —   이미륵의 묘비명

    이미륵은 황해도 해주에서 위로 4명의 누나들을 둔 막내로 태어났다. 당시 양반 가문의 자제들이 일반적으로 그랬던 것처럼 이미륵도 4세부터 아버지에게 한문 교육을 받기 시작하여 6세부터는 서당에 다니며 유교적 교육을 받는다. 하지만 1905년부터는 초등학교에 입학하여 일본 식민지 교육을 받는다. 경성제대 의과대학에 재학하던 1919년에 3.1운동에 가담하였다가 경찰에 쫓기는 몸이 되자 병약한 외아들의 안위를 걱정하던 어머니의 간청에 따라 그해에 중국 상해로 떠나고 다시 유럽으로 가는 배를 타게 된다. 망명자의 고난과 지병(持病)에 시달리며 뷔르츠부르크, 하이델베르크 대학을 전전하다가 마침내 뮌헨 근교의 그레펠핑(Gräfelfing)에 정착하여 뮌헨대학에서 동물학, 식물학, 인류학을 공부한다. 그는 1925년 여름학기부터 1927년 여름학기까지 '알렉산더 폰 홈볼트 재단'의 장학생으로 뮌헨대학에서 연구하여, 1928년에 동물학 박사학위를 받는다.

이미륵은 자신의 기구한 망명 생활과 아시아의 유교적 교양인으로서의 마음의 자세를 담아 자전적 소설 『압록강은 흐른다』를 발표하며 '미륵'이란 필명을 쓴다. 그는 한국 이야기를 독일어로 쓴 최초의 이민 작가였다. 소설 『압록강은 흐른다』(Der Yalu fliesst, München: Piper 1946)는 전후 독일문학의 공백기에 독일의 독자들에게 '고요한 아침의 나라' 한국의 식민지 치하의 상황과 그 독특한 유교문화를 담담한 필치로 소개하여 극동의 지정학적 지식과 동양의 정신문화로부터의 위안을 선사한 것으로 평가된다. 그의 작품은 1950년대에 동독에서도 소개되었다 [『한국 이야기』(Korea erzählt, 1954)].

또한, 망명객 이미륵은 뮌헨대학의 후버(Kurt Huber) 교수를 중심으로 히틀러의 나치 정권에 저항한 이른바 '흰 장미 사건'에도 간접적으로 참여했던 것으로 보이지만, 이에 대해서는 더 자세한 연구가 필요하다. 그는 타고난 온유한 성품과 동양적 교양인의 풍모 및 처신으로써 독일인 동료들과 이웃들의 진심 어린 우정과 애호를 받았으며, 1949년부터 사망하기 전까지 약 2년간 뮌헨대학 동아시아학과에서 한국문학, 중국문학, 그리고 일본문학을 강의했다. 이로써, 망국의 의지할 데 없는 한 청년 망명객이 독일 땅에서 한국의 '유교적' 성실성과 정직성, 그리고 독일적 진실로 충만한 인간 승리를 거둔다. 고국을 떠난 뒤에는 불귀의 객이 된, 하지만 타국에서 '한국문화'를 스스로 체현해 보이며 한국을 빛낸 이미륵은 그레펠핑의 공동묘지에 잠들어 있다.

이미륵에 대해서는 독일문학자 정규화 교수와 최윤영 교수 등의 노력으로 번역과 연구가 어느 정도 기초를 닦아 놓은 상태이지만, 우리나라 국문학자 및 독일문학자들이 앞으로 더욱 심도 있는 연구를 지속해 나가야 할 것이다.

독일이 전후에 정치적으로 여러 지역으로 구분되었듯이, 독일문학도 우선 지역적으로도 구분되어 갔다. 전후에 서독의 문학이 자유주의의 토양 위에서 특정한 이데올로기적 목적 없이 탈정치적으로 전개되고, 동독의 문학이 점차 사회주의 건설의 동참자로서 기능한 데에 반해, 오스트리아 문학은 정치적 중립 노선에 따라 독자적으로, 그리고 '오스트리아적인 것'을 추구하기 시작했다.

따라서 전후 독일 시의 흐름을 파악하기 위해서는 독일어권 국가별 시의 경향과 시인들을 살펴보는 작업이 필요할 것이다. 하지만 1945년 이후 독일 어권 전반에서 전쟁의 폐허와 공백을 딛고 과거 극복과 새로운 출발을 도모 해야 한다는 재건의 기치는 공통의 관심사였다. 이런 맥락에서 전후 독일 시 의 흐름은 1947년 한스 베르너 리히터가 중심이 되어 결성된 47그룹과 50년 대 말에 등장한 '빈 그룹'(Wiener Gruppe)이 주도해 나갔다고 볼 수 있다. 특히 47그룹은 당시 전쟁의 폐허 위에서 새로운 문학의 출발을 표방하거나 처녀 작을 써서 낭독하는 젊은 세대들의 데뷔 무대로 활용되기도 하였다.

47그룹에 속하는 젊은 세대 시인들로서는 『유예된 시간』(Die gestundete Zeit, 1957)을 발표한 잉에보르크 바흐만과 『더 큰 희망』(Die größere Hoffnung, 1948)의 산문작가 일제 아이힝어, 68학생 운동을 거쳐 정치시인과 생태시인 으로 발전한 한스 마그누스 엔첸스베르거, 하인리히 뵐과 귄터 그라스 등 을 들 수 있다.

소설이나 드라마가 세기 전환기 문학 이후 지속적인 인기를 누렸다고 본다면 독일 현대시는 전후에야 큰 주목을 받게 되었다고 해도 과언이 아니다. 그것은 전후에 시에 대한 효용성과 현실참여를 두고 벌여 온 시인들의 논쟁[아도르노와 도민(Hilde Domin, 1909-2006)의 논쟁 등]을 통해서도 잘 알 수 있을 뿐 아니라, 당시 발표된 시인들의 시 텍스트들(귄터 아이히, 바흐만, 첼란, 도민, 프리트 등)을 통해서도 알 수 있다. 그 후 50년대 중반 독일 현대시에는 전통적인 시 형식이나 언어의 의미구성을 해체하는 구체시가 등장하여 독일 시학사에 새로운 전환기를 이룬다. 구체시의 흐름은 대개 언어가 가진 소리를 기호학적으로 표기하여 소리 효과를 강조하는 에른스트 얀들의 음성시와 시각적 효과를 표방한 곰링어의 구체시로 나누어진다.

– 구체시(1955-1960)의 세계

구체시(konkrete Poesie)는 1955년 오이겐 곰링어(Eugen Gomringer)가 구체예술(konkrete Kunst)에서 빌려 독일 현대시에 처음으로 수용한 시 형식으로 그 이후 하이센뷔텔(Helmut Heißenbüttel), 얀들(Ernst Jandl)을 비롯한 몇 명의 독일어권 시인들이 다양하게 발전시킨 새로운 시이다. 구체시는 우선 전통적 서정 형식을 부정하는 데에서 출발하고 있을 뿐만 아니라 새로운 형식으로써 언어와 문자의 시각적·청각적 효과를 거두고자 한다.

그런데도 이 시 형식은 전통적 시각에서 볼 때는 일단 단순한 언어유희처럼 보이기도 한다. 시를 숭고하고 비극적이라고 생각하거나 시를 거시적으로 보려는 사람의 눈에는 구체시가 그렇게 비치는 것은 당연할지도 모른다. 그러나 시를 일상에서 사용할 수 있고 권위적이거나 운명적인 데에서 벗어나 유쾌하고 즐거운 관찰이라고 본다면 구체시를 좀 더 다른 각도에서 이해할 수 있는 여유가 생길 것이다.

그렇게 보면 시의 의미를 중시하는 기존의 독일 시론에서 시를 해방한 것이 구체시의 업적이라면 업적일 것이다. 구체시는 이런 효과를 통해 기존의 전통적 서정시에서 독자들이 기대하던 것을 전적으로 포기하게 만든다. 따라서 구체시는 완전한 의미를 전달하는 시가 되기를 거부하며, 구성적·시각적 특성을 통해 시 자체를 독자의 연상에 맡긴다고 요약, 정리할 수 있다. 이것을 구체시인들은 시를 '구체화하는 것'이라고 말한다. 그러면 우선 구체예술을 처음으로 독일 시에 수용한 곰링어에 대해서 알아본 후 동시대 독일어권의 구체시에 대해서 더 자세히 살펴보고 그 원리를 구명해 보기로 하겠다.

— 오이겐 곰링어

먼저 오이겐 곰링어(Eugen Gomringer, 1925-)는 볼리비아의 에스페란자(Esperanza)에서 볼리비아인 어머니와 스위스 출신 아버지 사이에서 태어났다. 그의 어머니와 외할머니는 문맹이었으며 이들은 인디오의 전통을 따르고 있었다. 그가 '보편적인 것'을 추구하고 '아는 것' 대신 '보는 것'을 추구한 것은 이런 집안사람들과 의사소통을 잘하기 위한 욕구에서 나온 것으로 추측된다.

2차 대전 중에 그는 스위스에서 공부를 했고, 1944년부터 베른대학에서 정치학과 경제학을, 후에 로마대학에서 예술사를 전공한다. 학업을 마친 후 스위스에서 기자 활동을 한다. 창작 초기에는 괴테와 릴케의 시와 같은 전통시를 주로 썼다. 곰링어는 전쟁 중이었던 1944년, 이제 막 열아홉이 되던 해에 스위스의 베른대학에 등록하면서 '구체예술'이라는 첫 국제 전람회를 보게 되는데, 이것이 그에게 획기적인 예술적 체험이 되었다.

그 후 자연주의와 상징주의에 관한 강의를 들으면서 문학적 소양을 더욱 넓히게 된다. 로마 유학 시절에는 루드비히 쿠르티스와 레오 브룬과도 친분을 쌓았고 그 후 '베른의 무대'로 다시 돌아온다. 이 무렵 그는 '구체예술'에 심취하게 된다. 이렇게 서정시와 구체예술을 하나로 통일하여 받은 언어의 의미로, 그리고 나머지 반은 형식적 의미로 구성된 구체적 기호가 탄생한 것이다.

1953년 그는 마르셀 위스(Marcel Wyss), 디터 로트(Dieter Roth) 등과 친구가 되면서 아주 특별한 예술잡지 《나선》(Spirale)을 발간하였으며, 동시에 그의 처녀시 「아베니다스, 플로레스, 무헤레스」(avenidas flores mujeres(길, 꽃, 여인들), 1953)를 발표하였다. 그러나 첫 시집 『구도』(konstellationen, 1953)를 펴내면서 이런 전통적 시 형식과는 결별한다. 이 시집을 시작으로 새로운 글쓰기를 시도하고 있으며, 자신의 구체시에 대한 관점을 피력하기 위해 에세이를 쓰기도 한다.

이렇게 하여 50년대와 60년대에 그는 초기의 생각을 실천으로 옮긴 후, 현재까지도 끊임없이 이런 시 형식에 대하여 이론적인 토대를 구축하고 있다. 곰링어의 구체시 개념은 막스 빌(Max Bill)의 영향을 받았다. 곰링어는 1954년과 1958년 사이에 울름 미술대학의 막스 빌의 비서로 일하면서 얻은 기술을 구체시에 응용하였던 것이다. 그 이후 그는 스위스로 돌아와서 한 기업체의 광고담당 이사로 활약하였으며 스위스 기업연합회의 전무로서, 전문잡지의 편집인으로 그리고 산업디자이너로 활동한 바 있다. 1967년에 독일의 오버프랑켄으로 건너와 1985년까지 로젠탈 주식회사의 문화담당자로 일하였으며 여러 대학에서 강의를 맡았고, 1986년부터 밤베르크대학에서 시학 전공 교수로 재직하였다. 이런 그의 인생편력은 구체시가 실생활에 활용될 수도 있다는 점을 실천적으로 보여 주고 있으며, 사실 구체시의 시인들은 현실과 매우 밀접한 관련을 맺고 있기도 하다.

곰링어는 독일 펜클럽 회원, 베를린 예술원 회원을 위시하여 여러 단체에서 활동하였으며, 그의 책으로는 『구도』(1953), 『기도시집』(das stundenbuch, 1965), 『구체시』(Konkrete Poesie, 1972), 『가장자리에서 내부로』(Vom Rand nach Innen, 1995), 마지막으로 『구체시의 이론』(Theorie der Konkreten Poesie, 1997) 등

이 있다.

— 곰링어의 구체시

곰링어는 구체시의 대부이자 그 원조 시인이다. 그의 구체시는 시가 의미의 차원이 아닌 구상의 차원에서 가능하다는 것을 보여 준다. 다시 말해 시는 읽는 것을 넘어 보는 것이 된다. 우선 그의 대표작이라 할 수 있는 「침묵」(schweigen, 1953)이라는 시를 보자.

schweigen schweigen schweigen

schweigen schweigen schweigen

schweigen   schweigen

schweigen schweigen schweigen

schweigen schweigen schweigen

'schweigen', 즉 「침묵」이라는 시에는 침묵이라는 단어가 14번이나 등장하고 있다. 그는 이 기호를 14행을 지닌 소네트에서 가져왔다고 하는데 그것은 우리 독자에겐 별 의미가 없다. 다만 명사로 이루어져 있지만, 소문자로 된 'schweigen'(침묵)이란 시 한가운데에 빈자리가 기호학적으로 가장 핵심적인 부분이고 또 그것이 구체시의 생명이다. 여러 가지 해석이 가능하겠지만, 이 시의 보편적인 —곰링어는 이 '보편성'을 강조한다— 부분은 다름 아닌 침묵은 깨뜨림으로써 비로소 시작되는 것이라는 인식일 것이다. 다시 말해 '침묵'이라는 시에서 침묵은 중간의 빈 곳에 존재한다는 사실을 암묵적으로 말해 준다.

그러나 시인 곰링어 또한 처음부터 이런 유희에 몰두한 것은 아니다. 사실 그는 헤세나 릴케 유(類)의 시를 쓴 적도 있었다.

— 파에스툼—

(Paestum, 1947)

해변가 백사장에는 작은 손으로는 움직일 수 없는
고독이 떡 버티고 서 있구나.
그곳에 비치는 해와 달, 떨어지는 비, 그리고 부는 바람
이 모두가 그 옛날의 시간 단위에서처럼 태평이로구나.

그리고 해변을 따라 생긴 좁다란 내 발자취
다음 번 밀물 때엔 벌써 사라지겠지.
그래도 난
새하얀 조개껍질 산처럼 쌓고 있는 저 파도의 힘과 한 통속이지.

내 여기서 멀리 있는 신의 얼굴을 본다.
그러고 보니 돌 하나하나도 어쩐지 모두 낯이 익네.
마치 내가 숲의 어명 속에서
저 황금빛 신전을 함께 지어 놓고,
크나큰 마음의 평정 속에서 편안히 쉬다 깬 것 같구나.
그리곤 이 세계의 또 다른 천년을 내다본 것 같기도 하구나.

독자들은 그의 이런 서정시를 그의 구체시보다도 훨씬 더 친근하게 느낄
지 모른다. 이 소네트는 그가 시작(詩作)하던 초기에 쓴 것으로 복잡한 해석
을 요구하지 않는다. 예를 들어 독자들은 '수천 년의' 세월이 지나도 '돌 하
나하나'에 남아 있는 '파에스툼'(남이탈리아 서해안에 남아 있는 그리스인들의 유
적으로서 도리아식 포세이돈 사원), 즉 시적 공간의 영원한 흔적이 살아 있음을

느낄 수 있다. 헤세도 이 시기에 발표된 곰링어의 시를 읽고 "그가 쓴 시의 기본 정서는 고향상실이다. 그 상실에서 위로를 찾는 것이 우리가 풀어야 할 숙제이다"라고 말한 바 있다. 곰링어가 1985년에 쓴 아래의 시도 이러한 예 중의 하나라 하겠다.

> 큰 힘은 조용히 숨 쉬고
> 무심한 구름은 이리저리 떠돈다
> 작은 힘이 큰 소리를 내는 것은
> 아무도 그들을 바라보지 않기 때문이다.

위의 시는 '즉흥시'다. 그러나 이런 즉흥시는 일상적 삶과 시적 언어 사이에 커다란 거리감이 생김으로 인해서 더는 시를 진척시킬 수 없다. 이것은 말해지는 것이 아니며 종종 이해도 되지 않는다. 이처럼 기존의 이해방식으로는 명징하다는 것이 전혀 분명하지 않고 오히려 불투명해지는 일이 자주 일어난다. 그러나 빠른 의사소통을 요구하고 점점 더 빠른 소식과 정보가 있어야 하는 시대에 이런 전통적인 형상화의 수단은 거추장스럽다.

오이겐 곰링어는 축소, 합성, 뒤집기(Inversion)에 바탕을 둔 창조력의 대가이다. 그는 연상작용을 불러일으키는 핵심적 단어에 생각을 제한한다. 그렇게 하여 전혀 이질적이고 당혹감을 불러일으키는 내용과 문장을 만들어낸다. 그의 시 창작 원리인 '집중과 단순함'은 구체시의 대부인 그에게 문학의 존재 이유와도 같은 것이다. 그뿐만 아니라 그는 시각화에서 오는 여러 가능성을 이용한다. 이처럼 시각적 인지력과 그에 상응하는 이해를 연결하면서 텍스트의 효과는 한층 더 고조된다. 그렇게 함으로써 여러 가지 이형(異形)들이 생겨나고, 불분명한 부분들이 생겨나는데 이것이 궁극적으로 시적 사유의 명징함을 만들어 내는 것이다. 이런 과정을 거쳐 구도-배열 이외에도 표의문자, 즉 기호가 만들어지는 것이다. 이 두 가지 형식들이 '구체시'의 최초의 표현방법이라 할 수 있다.

곰링어가 말라르메의 후기 작품에서 빌려 온 '구도'(konstellation)라는 개념은 대개 최소한의 단어들로 구성된 텍스트를 말하며, 이 텍스트의 구성요소들은 문자, 단어, 문장성분이 다양한 결합형식들로 배열되어 있다. 곰링어는 '표의문자'를 일종의 시각적 텍스트라고 본다. 그 텍스트에는 행의 형식이 없어지는데, 예를 들면 철자나 문자들과 같은 요소들은 서술과 지시체 사이에서 하나의 연관성이 생기도록 배열된다. 이처럼 그는 시 텍스트를 명징한 이미지로 표현하기 위한 새로운 수단들을 찾고자 끊임없이 노력한다. 그가 1953년경부터 시작한 '구체시'의 표현형식들은 아르노 홀츠의 『판타주스』(Phantasus, 1898) 시들과 말라르메와 아폴리네르의 시에서 영감을 얻은 바 있다. 그는 구체시가 "전체로서, 그리고 각 부분에서 단순하고 조망할 수 있는 것"이 된다고 설명한다. 그러면 시는 관상용 사물이자 사용하는 물건, 동시에 생각할 대상이자 생각의 유희가 되어 가는 것이다.

― 동시대의 구체시

전후 독일문학에 등단한 젊은 작가들은 다른 장르보다 문단 데뷔가 비교적 쉬웠던 시를 통해 문학 활동을 시작한 경우가 많다. 그 가운데서도 대표적인 시인 그룹을 꼽으라면 게르하르트 륌(Gerhard Rühm), 콘라트 바이어(Konrad Bayer) 등이 주도하고 에른스트 얀들(Ernst Jandl)도 부분적으로 참여하고 있었던 '빈 그룹'(Wiener Gruppe)을 들 수 있다. 이 빈 그룹은 당대의 독일어권 현대시를 주도하던 아방가르드 문학운동의 대표주자들로 구성되어 있었다.

이들이 처음으로 기호시, 구체시를 토대로 문학 활동을 한 것은 우연이 아니다. 이들은 자신들의 책을 출판하기가 어려웠으므로 서적의 형식이 아니라 문화·문학·연극 잡지들에 시들을 실었다. 이들의 공통점은 언어를 질료로 실험적 시를 썼다는 점이다. 그들의 시는 대상을 해체하는 다다이즘의 전통에 서 있을 뿐만 아니라 언어의 실험을 통해 대상을 의식시키고자 한 특징도 아울러 지니고 있다. 이런 아방가르드적 문학운동의 특징은 국가와 이데올로기, 제도와 형식과 같은 억압에 저항하는 특성이 있다. 즉, 이들은 전후에 인간 존재에 대한 문제를 제기했고, 새로운 이해로서 존재의 의미를 찾고자 하였다.

이런 분위기는 곰링어의 문학적 콘센스(consense)와는 거리가 분명 있는 것 같다. 그 이유는 곰링어가 살았던 스위스는 전쟁의 피해를 당하지 않았기 때문이다. 그러므로 곰링어는 ─독일문학계의 학문적 수장(首長) 에밀 슈타이거가 그랬던 것처럼─ 아주 비정치적으로 예술활동을 전개할 수 있었다. 이 점은 에른스트 얀들을 위시한 독일어권의 구체시인들을 파악할 때 우리가 염두에 두어야 할 점이다. 정치성을 띤 구체시인들은 그들의 문학적 표현이 곧 반전사상이고 허무에 대한 자기 성찰이며 사회관습에 대한 비판이라고 생각했다. 또한, 구체시의 교묘한 조작성은 사회에 대한 풍자로 이해할 수도 있다. 얀들과 빈 그룹이 방언과 말의 소리, 소리의 모방을 체화한 데에 반해 곰링어는 언어가 가진 속성을 대비시키고 축소/환원(reduction)의 기법을 통해 시를 만들었다. 곰링어의 시, 「분기점 표시」(markierung einer wende, 1985)를 보자.

─ 분기점 표시 ─

1944   1945
전쟁   전쟁
전쟁   전쟁

전쟁　　전쟁

전쟁　　전쟁

전쟁　　오월

전쟁

전쟁

전쟁

전쟁

전쟁

전쟁

전쟁

곰링어의 이 시는—음성시인이라 할 수 있는 얀들과는 다르게— 곰링어가 시각시인이라는 점을 잘 보여 주고 있다. 제2차 세계대전을 일으킨 독일이 연합군에 무조건 항복한 시점인 1945년 5월을 역사적 '분기점'으로서 시각적으로 간명하게 보여 주고 있는 이 시는 수많은 단어의 나열보다 더 많은 의미를 시각적으로 간명하게 보여 주고 있다.

곰링어와 얀들이 이렇게 서로 다르긴 하지만 전통적 서정시의 개념을 벗어나 새로운 예술을 추구하고 비인간적 시대의 오염된 언어를 순화하려는 노력을 기울인다는 점은 이 두 시인의 공통점이기도 하다. 당시 시인들의 이런 실험적 태도는 비단 일시적 저항에 그치지 않고 꾸준한 지속성을 보여 주었으며, '시를 쓰기 힘든 시대'에 시가 존재하는 이유를 보여 준 것이라 하겠다.

─ 토마스 베른하르트

토마스 베른하르트(Thomas Bernhard, 1931-1989)는 네덜란드의 헤를렌

(Heerlen)에서 태어나 오스트리아의 그문덴(Gmunden)에서 성장하였다. 그는 미혼모의 아들로 태어나 대부분의 성장기를 당시 향토문학 작가로 알려졌던 외할아버지, 프로임비힐러(Johannes Freumbichler)의 영향을 받으며 자라났으며, 주로 극작가로서 활동했지만 실제로 문단에 알려진 것은 1957년에 발표한 시집 『지상에서, 그리고 지옥에서』(Auf der Erde und in der Hölle)를 통해서였으며, 1970년에는 게오르크 뷔히너 상을 받기도 했다.

베른하르트는 바흐만, 얀들, 부스타(Christine Busta), 아이힝어 등의 시인들과 더불어 1945년 이후에 활동을 시작한 전후 시대의 작가 세대에 속한다. 1945년 이후 독일어권의 문단에는 언어 자체에 대한 불신과 비인간적인 시대에 의해 오염된 언어를 정화하려는 젊은 시인들의 노력이 돋보였으며, 이러한 흐름은 언어를 하나의 모티프 내지는 소재로 삼는 언어 실험시로 형상화되기도 했다는 것은 위에서 구체시를 살펴보는 가운데에서도 이미 언급하였다. 토마스 베른하르트도 이런 흐름으로부터 출발한 시인이다. 그의 작품들은 주로 자서전적인 배경을 토대로 한 것으로 알려져 있는데, 그는 자신의 작품관에 대해 아래와 같이 밝히고 있다.

나는 혼자 있는 것이 가장 좋다. 근본적으로 그것은 이상적인 상황이다.

내 집은 사실 원래부터 하나의 거대한 감옥이다. 나는 그러한 것을 매우 좋아한다. 가령 가능한 한 벗겨진 벽들. 그것은 황량하고 차갑다. 그것은 또한 내 작업에 아주 좋은 효과를 가져다준다. 책들, 또는 내가 쓰고 있는 것은 내가 사는 집과도 같다.

이러한 관점에서 볼 때 그의 초기 시들은 —후기의 산문과 비교해 볼 때 주제면에서는 동일 선상에 놓여 있긴 하지만— 표현 형식과 미학적인 견지에서는 상당한 대조를 보인다. 즉, 시에서는 탄원이나 부름의 형식을 사용하고 있는 데 비해서 산문에서는 반복, 과장과 독백의 어법을 취하고 있다. 또한, 그의 소설 배경은 언제나 외부 세계와는 고립된 지역으로 춥고 어두운 공간으로 표현된다. 그러나 소설과 시 텍스트에서의 공통점은 죽음, 죄의식, 구원의 요청, 고독과 불면이 주제로 나타나고 있다는 것이다. 물론 소설에서는 시에서보다는 더욱더 과장되고 극단의 세계로 치닫고 있다. 가령 작품 대부분이 실종된 세계나 어둠으로 결말이 난다. 그의 시는 무상함과 죽음의 은유들로 채워져 있으며 시적 자아는 근본적으로 고독과 파멸의 상황 속에서 삶의 활기를 잃고 파국으로 치닫는다. 아래의 시, 「부모님의 집」(Elternhaus, 1991)에서도 추위에 떨고 있는 시적 자아가 그려지고 있다.

> 이제 그들은 더 이상 그곳에 없다.
> 담벽에 꼬리를 부벼대는 빵집 주인의 개처럼 나는 추위에 떨고 있다.
> 혹독한 추위에 잠을 청할 수도 없다.
> 나의 노래도 비탄의 소리를 바닷가로 흘려버리는 잿빛 여름의 냇물 고랑처럼
> 그렇게 바싹 말라 버렸다.

위의 시에서도 베른하르트는 부모의 집에서조차도 삶의 위로와 안식처를 찾을 수가 없다는 것을 이야기하고 있다. 심지어 그는 "우리는 부모가 없다/ 우리는 양친이 없는 고아다/ 그것이 바로 우리의 상황이며 우리는 그런 상황에서 비롯되었으므로 유럽은 그런 상황에서 벗어나지 못한다"라고 말하고 있다. 이처럼 그의 시 텍스트는 삶의 본질적 불안, 가난과 정신적 고립 등을 다층적으로 그려내고 있다. 그런데도 그는 종교 안에서는 일말의 구원의 여지가 있음을 유보하고 있다.

> 주여 내일 나는 주님 곁에 있습니다.

나를 더 이상 필요로 하지 않으며

나의 곡식을 거두지 않는

그리고 나를 속이는

나의 고통을 받아들이지 않는 이 세상으로부터 멀리 있습니다.

오 주여

나의 신

나는 이제 나의 죽음과

비를 조심스레 지켜보겠습니다.

주여

나를 이제 두려움에서 씻어 주는

나의 봄은 겨울에서 싹트고 있습니다.

주여

이미 오래전에 재가 되어 버린

항아리에서 양귀비가 검게 내게로 떨어집니다.

이 시에서 가장 중요한 부분은 제9행으로서 여기에서 시인은 스스로 깨어 있겠다는 의지를 보인다. 도입부에서는 모든 세상사를 뒤로하고 신에게 머물겠다는 다짐을 하고 마지막 시행에서 양귀비는 검은색으로 표현되어 죽음과 무덤을 상징하는 '재'와 연결되고 있다. 이는 시인이 자기 죽음의 상황을 상징적이면서도 초현실적인 표현으로 극복하고 있음을 나타내고 있다 하겠다.

– 한스 마그누스 엔첸스베르거

한스 마그누스 엔첸스베르거(Hans Magnus Enzensberger, 1929-)는 바이에른의 소도시 카우프보이렌(Kaufbeuren)에서 태어나 뉘른베르크에서 청소년기를 보냈다. 대학에서는 문학이론과 철학을 전공하였으며 에어랑엔, 프라이부르크, 함부르크, 그리고 파리의 소르본대학을 거쳐 1955년에야 비로소 클레멘스 브렌타노에 관한 학위논문으로 박사과정을 마쳤다.

1957년, 그는 알프레드 안더쉬와 함께 슈투트가르트의 남부 독일방송에서 라디오방송작가로 활동하였는데, 곧 라디오 에세이를 비롯한 다수의 미디어 및 문학평론 관련 글들을 쓰기 시작하였다. 이 해에 그는 처녀시집 『이리들의 방어』(verteidigung der wölfe, 1957)를 내었고, 이어서 『국어』(Landessprache, 1960), 『점자』(blindenschrift, 1964) 등의 시집들을 내었다. 또한, 그는 47그룹의 모임에도 여러 번 참여하였고, 1962년에는 독일 평론가상, 1963년에는 게오르크 뷔히너상, 그리고 1966년에는 뉘른베르크 시 문학상, 하인리히 뵐 상 등 많은 수상경력을 갖게 된다. 60년대의 의식산업에 대한 비판을 필두로 70년대에는 미디어이론가 및 미디어비평가, 에세이작가, 시인, 방송작가, 번역가 및 편집인 등 다양한 분야로 자신의 활동영역을 확장해 간다.

독일문학사에서 엔첸스베르거라는 시인을 빼놓을 수 없는 이유는 바로 시인으로서의 그의 역할 때문이다. 그는 다양한 영역에서 문단 활동을 해 왔고 또 지금도 하고 있지만, 그중에서도 그의 시가 얼마나 현실문제, 특히 정치적 실천의 문제에 깊이 관여해 왔는가 하는 것이 중요하다. 시에서 주거·환경 문제에서 세계의 몰락에 관한 문제에 이르기까지, 교육 문제에서 제3세계의 미래에 관한 형이상학적 문제에 이르기까지, 경제 문제와 야경국가 문제에서 유럽중심주의 등에 이르기까지 해결하기 어렵고도 심각한 문제, 또 다루기 힘든 대상들을 끊임없이 다루고 있다.

엔첸스베르거는 1957년 첫 시집 『이리들의 방어』를 발표하고 독일 문단에 화려한 첫발을 내디디면서, 언어의 아이러니와 비유로 전후에 시 다운 시에 목말라하던 독일 독자들에게 큰 반향을 불러일으켰다. 1960년대에 접

엔첸스베르거

(Mit freundlicher Genehmigung des Deutschen Literaturarchivs Marbach)

어들면서 그는 『국어』와 『점자』를 통해 과거 청산에 대한 강력한 의지를 보여 주며, 1965년에는 《쿠르스부흐》(Kursburch) 지(誌)를 창간하여 에세이스트로서 현실 참여적인 문학 활동을 활발하게 전개하는 한편, 남미, 쿠바로의 첫 여행길에 오른다. 여기서 의식 있는 좌파 지식인으로서 또는 68학생 운동을 계기로 실천적 시인으로서 '아우슈비츠 이후에 시를 쓰는 것은 야만적이다'(Nach Auschwitz ein Gedicht zu schreiben, ist barbarisch)라고 한 아도르노의 언명에 따라 한 편의 시보다는 실천적 행동을 보여 주고자 했다.

1970년대에 기록문학의 대표적인 작품으로 『아바나의 청문회』, 『무정부의 짧은 여름』, 『외도』, 『능』과 『타이타닉호의 침몰』을 발표하면서 일약 기록시 및 정치시인으로서 자리매김하였다. 내적 성찰이 개성적으로 전개되었던 신주관주의가 주도한 1970년대 독일 현대시에는 이른바 역사의 재구성이라는 기록문학의 틀 안에서 모든 지나온 것에 대한 재성찰을 요구하는 새로운 흐름이 등장하였다.

1980년대에 비교적 긴 공백기를 거친 그는 1990년대에 들어서자 『미래음악』(1991)과 『가두판매대, 새로운 시들』(1995)이라는 시집들을 연이어 발표하였다. 이런 시집에서도 그는 번뜩이는 모습으로 시단에 등장하던 1957년 당시의 본 모습을 그대로 유지하고 있기도 하지만 더욱 나아가서 아직 아무도 발을 들여놓지 못한 영역을 새롭게 개척하고자 노력하고 있다. 그것은 다름 아닌 "힘든 것을 가볍게 하고, 또 유동적으로 만들며, 미래처럼 공통분모에 귀착시킬 수 없는 것에 기초하는" 시작(詩作) 행위를 하겠다는 불굴의 의지를 보인다.

— "시는 계절이 바뀌면 갈아입는 옷": 현실에서의 실용성

엔첸스베르거는 브레히트가 그랬듯이 현실에서의 시의 실용성을 강조하고 있다. 그러나 그가 시를 통해 본 현실의 창은 바로 현실 그 자체의 부정이 되고 있다. 따라서 독일사회 내에서 그의 시에 대한 반응은 삶을 통해 실천해 온 시작(詩作)만큼이나 다양하다. 아울러 지속적인 현실참여 문학을 주도한 시인으로 엔첸스베르거는 다양하게 지칭되고 있다. "무정부적 보수주의자"로부터 "낭만적 마르크스주의자"에 이르기까지 매우 다른 층을 이루는 그에 대한 평가는 역시 시들이 정치시라는 바탕이 있기 때문일 것이다. 하지만 초기 시집들이 침체하였던 독일 현대 시단에 새로운 형식을 제시하였다는 평가만큼은 그래도 공통적이다.

20대의 '분노한 젊은이' 엔첸스베르거는 그 당시 독일 현대시를 주도하던 잉에보르크 바흐만과 파울 첼란과 같은 시풍의 대열에 서 있지 않고 브레히트 이후 독일에는 더는 존재하지 않던 정치시를 혁신해 낸 시인으로 우뚝 서 있다. 그는 언어의 실험적인 특성을 부각하려고 새로운 형식수단을 도입한다. 그 어휘들은 몽타주 형식으로 잘 짜 맞추어져 다양한 어휘들의 다양한 배치를 통해 시대 비판적인 모티프들을 제시하고 있다. 특히 초기 시에는 소시민적 이미지들이 비판의 대상이며 나아가 사회적 권력관계의

상부구조가 비판의 대상이다. 시들은 선물용이 아니라 사용해야 할 대상이라고 말하면서 전통 시학에 강한 거부를 표명했던 두 번째 시집, 『국어』에서 엔첸스베르거는 브레히트식으로 시의 사용가치를 주장하여 세 번째 시집 발표 직전에 뷔히너상을 수상한다. 세 번째 시집의 출간 후 엔첸스베르거는 약 11년 동안의 공백기를 깨고 기록극인 『아바나의 청문회』에 이어 1975년에 비로소 『능』을 발표하였다. 이 두 작품에서 기록문학이라는 형식을 통해 현실과 역사를 다시금 성찰하고 재평가할 것을 요구한다. 이것은 1950년대 현실비판이라는 출발을 기점으로 하여 1960년대 현실 참여를 체험한 후, 이제 역사의식 자체에 대한 회의를 다루는 또 하나의 새로운 시적 형식을 만들어 내고 있음을 보여 준다.

1970년대에 출간된 『아바나의 청문회』(Das Verhör von Habana)는 1961년 미국과 쿠바의 국교가 단절된 후 슈바인만(Schweinebucht) 공격에 참여했던 미국 중앙정보국 용병들에 대한 공개심문을 극 형식으로 구성한 것이다. 이러한 기록극의 형식은 역사의 인물들을 다루었던 『능』(Mausoleum, 1975)을 통해 현실 참여적 태도보다는 지나간 모든 것에 대한 회의, 즉 역사 염세주의적 차원으로 이어진다고 볼 수 있다.

여기서 엔첸스베르거는 다양한 인물들을 재평가함으로써 역사 전개과정에서 남은 정신의 흔적을 부정적 시각으로 보고 있다. 『능』에서부터 어느 정도 싹을 보이기 시작하지만, 그가 현실참여, 실천으로부터 한 걸음 물러나 유희의 영역으로 본격적으로 전환한 것은 『타이타닉호의 침몰』이라는 시를 쓰기 시작하면서부터이다. 이때부터 그의 시에는 초기 시가 보였던 강한 사회 비판적·반어적 요소들이 점차 약해지고 유희라는 새로운 차원이 나타난다.

— 몰락의 미학: 『타이타닉호의 침몰』

『타이타닉호의 침몰. 희극』(Der Untergang der Titanic. Eine Komödie)은 1978년 출판된 엔첸스베르거의 산문시집이다. 여기서 자신이 쿠바와 베를린에서 11년간 실제로 경험한 것을 시로 형상화하고 있다. 타이타닉호는 1912년 대형 참사를 일으킨 바로 그 배를 의미한다. 동시에 이 '타이타닉호'는 사람들이 절대 침몰하지 않는다고 믿었던 현대 과학기술 발전 및 그 성취의 대상징이다. 그러나 그 절대적 '상징물'이 빙하와 충돌한 후 가라앉고 마는 것이다.

엔첸스베르거는 혁명 후의 쿠바라는 '진보에 대한 절대적 신뢰'가 빙하와 충돌해서 침몰하고 있음을 이 시를 통해 알레고리화하고 있는 것 같다. 특히 그는 단테의 『신곡』을 염두에 두고 33편의 시를 쓰면서 1969년의 쿠바와 1977년의 베를린을 서로 관련짓고 있으며, 시 속의 미술과 문학에 나타난 역사적 경험들을 살려내어 사회와 역사에 대한 환멸을 표현하고 있다. 현대 문명의 성취물이라고 할 수 있는 '타이타닉호'는 엔첸스베르거의 목전에서 침몰해 간다.

> 나는 그들이 서서히 가라앉는 것을 바라본다, 그 사람들이, 그리고
> 이어지는 말들이.
> 나는 그들을 향해 소리친다. 너희가 서서히 가라앉는 것을 보노라고.
> 대답이 없다. 저 멀리 음악이 흐르는 기선에서는, 단순하고도 힘차게
> 오케스트라가 연주된다.

이 시구는 엔첸스베르거가 1960년대까지의 극단적인 현실비판과 쿠바체류와 같은 혁명적 참여의 과정을 거친 후 이제는 자신의 초기 시가 지녔던 강한 사회 비판적 요소들을 새로운 차원으로 다시 수용한 것이다. 이것이

시집 『타이타닉호의 침몰』을 통해 보여 주고자 한 '몰락의 미학'의 토대가 된다. 다시 말해 이 시를 발표하면서 그는 현실 비판과 혁명적인 실천의 단계로 여겨지던 1965년에서 1975년까지의 시풍과는 구분되는 시를 쓴다.

예컨대 이런 전환점이 이미 1975년의 담시 『능』(Mausoleum, 1975)에서 시작되었다고 볼 수 있다. 가령 초기 시가 정치 및 현실적 이슈에 대해 직접적이고 극단의 입장을 형상화하였다면, 이 시기의 시들은 비유와 알레고리를 통해 표현되고 있는 것이 특징이다. 그뿐만 아니라 이 시기의 시 『타이타닉호의 침몰』은 구성적으로나 내용적으로 크게 네 개의 다른 영역, 즉 ① 타이타닉호의 침몰을 직접 다룬 이야기, ② 화자의 직접적인 삶과 결부하여 타이타닉호의 침몰이라는 시를 쓴 동기, ③ 철학적 성찰을 통한 사회주체의 진보에 대한 의식, ④ 중세와 르네상스 시대의 그림 감상을 통한 이미지 몽타주 등으로 이루어져 있다.

그러나 이 네 영역이 분명히 구별되는 것이 아니라 여러 단편(斷片)들로 이루어져 마치 모자이크처럼 흩어져 있어서 일종의 콜라주나 몽타주라는 느낌을 준다. 이런 그의 기법은 70년대 기록문학에서도 종종 찾아볼 수 있다. 따라서 그의 시 텍스트를 하나의 의미통일체로 읽으려 애쓰는 사람은 많은 혼란을 겪게 되고 그 의미가 실체 없는 허상과 믿을 수 없는 우연성이라고 느끼게 된다. 물론 시인은 의도적으로 이것을 노리기도 한다.

이러한 그의 '몰락의 미학'도 실은 엔첸스베르거가 실체 없는 허상을 겨냥하고 있는 것이라고 볼 수 있다. 한 걸음 더 나아가 '몰락'을 통한 그의 세계 읽기는 이런 회화적, 이미지적 범주에서의 콜라주 기법을 통해 구성적 범주에서 바라본 것이라 할 수 있다. 여기서 우리는 콜라주와 몽타주 개념에 얽매일 필요는 없다. 중요한 것은 이런 기법을 통해서 시인이 붕괴하는 사회의 내면을 우리 의식의 전면에까지 인식되도록 하고 있다는 사실이다.

독일어의 'Geschichte'가 '역사'와 '이야기'라는 두 가지 의미를 지니고 있음은 결코 우연한 일이 아니다. 그것은 역사가 신화적 기원이 있음을 뜻한다. 엔첸스베르거는 거꾸로 역사에서 다시 신화를 창조하려는 의도로 이것을 그의 심미적 유희로 규정할 수 있다. 이 시에서 침몰을 소재로 다룬 내용은 진보의 역사에 대한 회의적인 시각을 발전시킨 것이다. 이 발전의 개념은 베이컨 이후로 서구 철학의 낙관론으로 볼 수 있다. 서구의 근대는 이 낙관론을 탄생시켰으며 인간의 이성으로 자연 지배가 가능해졌고 낙원을 만들어 낼 수 있다는 생각에까지 이르게 되었다. 그러나 타이타닉호의 어디를 보아도 낙원이라고는 찾아볼 수 없다. 그것은 기껏해야 배의 일등실에서 축제를 벌이고 있는 사람들에게서나 찾아볼 수 있을 뿐이다. 그들이 그러는 동안 배 밑바닥에 있는 하층계급의 사람들은 뚫린 문으로 들어오는 물과 목숨을 걸고 싸워야 한다. 아도르노의 말처럼 현대사회에서 지배계급은 사라졌으나 지배계층은 여실히 존재하고 또 낙원이란 오직 그들의 전유물일 뿐이다.

"늘 그렇듯이 제일 먼저 피부로 느끼는 사람들이 있는 맨 밑바닥에서만"(2가, 11) 일대 혼란이 일어난다. 여기에 있는 사람들은 "일등석에 있는 사람부터 먼저 기회가 주어지고/ 우유든 신발이든/ 구조선이든 모든 사람에게 다 충분하지 않다는 것"(2가 11)을 알고 있다. 이렇게 엔첸스베르거가 바라본 문명의 퇴락 또는 위기는 전체적이 아니고 부분적인 데에서, 즉 하층계급에서 직접적으로 일어나고 있다. 그러나 이런 위기를 상위 계층의 사람들은 느끼지도 못하고 그저 관심이 있는 척하거나 방관하고 있을 뿐이다.

살아남은 자는 아무것도 배우지 못했다. 종말과 파국조차도 그들의 의식에서는 아무것도 아니다. "나중에서야 그들 모두는 그것이 오는 줄을 알았다/ 죽은 우리만 알지 못했다." 진보의 궁극적 귀착점이 파국이라는 것을 회상을 통해서야 비로소 알게 된다는 것은 죽은 이들에게 알리바이를 제공해준다. 그리고 살아남은 자들에게도 과거의 참상은 아름다운 그림으로 변했고(26가), 대형 참사도 영화의 한 장면같이 그저 휘발하고 말뿐이다.

> 〈실제로는 아무 일도 일어나지 않았다.〉
> 타이타닉호의 침몰은 일어나지 않았다.
> 그것은 그저 영화장면이고, 징조이거나 환각일 뿐이다. (27가, 91)

침몰은 그저 자연사 내에서 특정한 부정으로 존재할 뿐이다. 이렇게 엔첸스베르거는 과거를 회상하며 통찰하되 역사를 통찰하는 것이 아니라 역사에 대해 이야기를 하고 있다. 그는 '타이타닉호의 침몰'을 그저 영화의 컷들처럼 존재하도록 구성하고 있다. 이것을 달리 표현하자면, 서술하는 시인은 두 가지 형식의 현실 사이를 그저 매개하고 있고 그 두 형식 사이의 차연을 중립적으로 바라보고 있을 뿐이다. 그 서술행위 내에서 진술하는 주체는 마치 "흰 목소리"(die weiße Stimme)(18가)를 내는 것처럼 보인다. 이 "흰 목소리"는 서로 다른 주체 가운데서 하나의 명확한 태도를 보이지 않고 중립적이다. 이 목소리는 형상도 없고 균등하며 자기 목소리를 내지 않는다. 그래서 시인은 타이타닉호의 침몰에 대한 이야기를 그저 서술했을 뿐, "실제로는 아무 일도 일어나지 않았다"라고 전하고 있는 것이다.

5

독일 전후문학의 작가로서는 최초로 1972년도 노벨문학상 수상의 영광을 안게 된 하인리히 뵐(Heinrich Böll, 1917-1985)은 쾰른에서 소목장(小木匠)의 아들로 태어났으며, 가톨릭계 소시민이었던 그의 양친은 나치즘을 반대하는 입장이었다. 한때 서점 점원으로 일하기도 하면서 이따금 작품을 쓰다가 1939년 여름학기에 쾰른대학에서 독일문학과 고전문학을 공부하기 시작하지만, 이해 늦여름에 징집되어 1945년 4월 미군 포로가 될 때까지 약 6년 동안 병사로서 복무한다.

이 간단한 경력으로도 알 수 있지만, 작가가 되기까지의 뵐의 체험 세계는 군대생활 및 전쟁의 경험, 그리고 전후 독일 사회의 가난이 전부였다고 해도 과언이 아니다. 1950년에 나온 단편집 『방랑자여, 그대 스파…로 가거든』(Wanderer, kommst Du nach Spa…)은 단편작가 뵐의 이름을 널리 알리는 데에 크게 이바지하였다. 특히, 책 제목으로 내건 단편 『방랑자여, 그대 스파…로 가거든』은 소년병으로 전장에 나갔던 학생이 다쳐 정신을 잃고 후송된 임시 야전병원에서 정신을 차리고 보니, 그곳이 자신이 공부하던 교실이며, 자기 자신이 습자 연습으로 써놓은 '방랑자여, 그대 스파…로 가거든'이란 문구가 아직 그대로 남아 있는 사실을 알아보게 된다는 이야기다. 소년병은 자기가 글자 크기를 너무 크게 잡았기 때문에 그 짧은 문구를 한 줄에 다 쓰지 못하고 '스파르타'(Sparta)의 마지막 '세 글자'(rta)를 생략한 사실까지 기억해 낸다. 스파르타식 군국주의를 방불케 하는 나치당의 제국주의적 침략전쟁에 희생된 어린 세대의 죄 없는 비극을 이보다 더 절절하게 묘사한 작품은 아마도 전무후무할 것이다.

1951년, 뵐은 47그룹에 초청되어 『검은 양들』(Die schwarzen Schafe)을 읽음으로써 47그룹 상을 받게 되고, 그 결과 '키펜호이어 & 비치' 출판사와 작품 계약을 맺는다. 연이어서 『아담이여, 그대는 어디에 있었나?』(Wo warst du, Adam?, 1951), 『그리고 아무 말도 하지 않았다』(Und sagte kein einziges Wort, 1952), 『아홉시 반의 당구』(Billiard um halb zehn, 1959), 『어느 어릿광대의 견해』(Ansichten eines Clowns, 1963) 등 많은 소설을 발표하였다.

특히 『아홉 시 반의 당구』는 주목해야 하는 문제작이다. 한 건축가 가정의 3대에 걸친 이야기로서, 아버지는 제국시대에 성(聖) 안톤 대수도원을 짓고, 아들은 제2차 세계대전 말에 그것을 폭파하고 손자가 그것을 재건하는 일을 돕는다. 이야기의 중심에 놓여 있는 아들은 1930년대에 인류에 대한 믿음을 잃은 까닭에 말도 안 되는 비상식적 명령을 좇느라고 아버지가 지어 놓은 수도원을 파괴한다. 이야기의 본 줄거리가 진행되는 동안, 간간이 인물들의 회상을 통해 과거의 사건들이 차츰 드러난다. 이처럼 과거의 사건들의 전모가 거의 드러나게 된 시점에, 지금까지는 회상 속에서만 등장하던 양친이 집으로 돌아오고, 수학 공식들과 당구 게임에서 도피처를 찾고 있던 아들도 집에 돌아와, 드디어 3대가 한자리에 모여 화해에 도달한다. 기독교 정신과 폭력적 권력이 서로 갈등하는 자장 속에서 진행되는 20세기 전반(前半)의 치욕적 독일정치사가 작품의 상징적 배경을 이루며 독자의 상상 세계를 따라온다.

뵐은 1970년에 독일펜클럽 회장이 되고, 1971년부터 1974년까지 국제펜클럽 회장으로 일한다. 이제부터 작가 하인리히 뵐의 위상과 행위가 더욱 중요하게 되는 시점으로 더는 단순한 작가가 아니라, 서독 복지사회에서 '낙오한 자들'의 대부로 자임하고 또 이것을 실제 행동으로 보여 주기 시작한다. 1971년에 출간된 소설 『숙녀가 있는 그룹 사진』에서 서독의 복지 사회로부터 '낙오한 자들'(die Abfälligen), 업적 위주 사회의 아웃사이더들 편에 선다. 소설이 베스트셀러가 되고 1972년 노벨문학상을 받는 데 크게 이바지하였다. 바로 이 해에 그는 적군파(Rote Armee Fraktion) 테러리스트 울리케 마인호프(Ulrike Meinhof)에 대해 《슈피겔》지(誌)에 발표한 에세이로 큰 물의를 빚게 된다. 언론재벌 악셀-슈프링어(Axel-Springer) 계열의 우파 신문들이 —특히 선정적 가판 신문 《빌트》(Bild)가— 그를 적군파 울리케 마인호프 등의 '정신적 후원자'라고 공격하고 나선 것이다. 경찰은 그들이 그의 집에 은신하고 있을 수 있다고 보고 가택을 수색하기까지 한다. 당시 서독 사회의 지성인으로서 젊은이들이 테러리스트가 된 것은 그들을 잘 인도하지 못한 기성세대에도 책임이 있다는 사실을 말하고자 했을 뿐인데, 뜻밖에도 우파 신문들의 선정·선동적인 공격에 시달리게 된 것이다.

언론사들 및 경찰 당국과의 이런 불미스러운 체험을 바탕으로 쓴 단편 소설이 바로 『카타리나 블룸의 잃어버린 명예』(Die verlorene Ehre der Katharia Blum, 1974)[2]로서, 이것은 그의 많은 작품 중에서 가장 많이 알려진 작품이며, 세계 30여 개 언어로 번역되었고 슐뢴도르프(Volker Schlöndorff)에 의해 영화화되기도 했다. 작품에서 언론에 의해 부당하게 명예를 훼손당한 한 평범한 여인 카타리나 블룸은 그녀가 부당하게 당한 갖가지 수모와 억울함 때문에 기자를 살해하게 된다. 이 '눈에 보이는 명백한 폭력'을 초래하게 된 것은 바로 다름 아닌 '눈에 보이지 않는 또 다른 폭력', 즉 언론의 폭력 때문이라는 것이 작가 하인리히 뵐의 주제임은 '폭력은 어떻게 발생하고 어떤 결과를 가져올 수 있는가'라는 이 소설의 부제만 보더라도 알 수 있다.[3] 이

---

2   하인리히 뵐, 『카타리나 블룸의 잃어버린 명예』, 김연수 옮김(민음사, 2008).

3   앞의 책(작품해설), 161쪽 참조.

작품에 언론재벌 악셀-슈프링어 계열의 황색 신문 《빌트》에 대한 비판이 담겨 있다. 이에 대해 《빌트》지(紙)를 비롯한 우파 신문들은 작가 하인리히 뵐이 '테러에 의한 폭력을 정당화'하려 한다며 시민의 안녕과 공공질서를 앞세워 그에게 견디기 어려운 집중포화를 퍼부었다.

이런 시련에도 굴하지 않고 그는 독일과 국제사회의 크고 작은 인권 문제들을 해결하기 위해 적극적으로 활동하였다. 국제펜클럽 회장으로서 한국의 김지하 시인의 석방을 위해서도 애썼고 소련 반체제인사 솔제니친을 한때 자기 집 손님으로 접대하기도 했다. 그는 가톨릭교회의 권위주의적 태도를 비판하면서 1976년에 가톨릭교회를 탈퇴하기도 했다. 그러나 그의 장례식에는 리햐르트 폰 바이체커 독일연방공화국 대통령이 참석하고 가톨릭교회 신부가 집전하였다. 죽은 하인리히 뵐이 그것까지 막을 수는 없는 노릇이었다.

6. 귄터 그라스

17세의 귄터 그라스(Günter Grass, 1927-2015)는 종전을 얼마 앞두고 징집되어 나치 '친위대'(SS, Schutzstaffel)에 배속된다. 이윽고 나치는 망하고 황폐한 국토와 굶주린 백성들만 남게 되자 카슈벤(Kaschuben) 출신의 이 청년은 폐허의 땅을 서쪽으로 계속 걸어서 마침내 라인 강변의 뒤셀도르프에 정착한다. 그리하여 그가 택한 직업은 석공이다. 하지만 1958년 47그룹에서 『양철북』(Die Blechtrommel, 1959)의 제1장을 발표하고, 이듬해에 이 소설이 출간되자, 귄터 그라스라는 이름은 전후 독일문학의 중요한 한 갈래를 대표하게 되었다. 그것은 하인리히 뵐 같은 선량하고 소박한 휴머니즘 문학이 아니라 나치 체제를 가능하게 만든 독일 소시민계급의 일상과 그 속물근성을 희화화하고 찌그러뜨려서 보여 주는 일종의 풍자문학이었다.

소설 『양철북』의 주인공 오스카르 마체라트(Oskar Matzerad)는 세 살 때 더는 성장하지 않기로 결심하고 난쟁이로 산다. 이제 30세의 애어른이 된 그는 자신이 살아온 지난 이야기를 한다. 1899년부터 시작되는 자신의 조부모에 관한 이야기, 단치히에서 보낸 유년시절, 1945년 이후 서독으로의 이주, 그리고 마침내 현재 이 감호시설에 수용되기까지의 이야기이다. 오스카르가 성장 발달이 정지된 어린이의 시각에서 아무 금기(禁忌)도 의식하지 않은 채 신기하게 묘사하고 있는 어른들의 세계는 독자들에게 나치의 집권과 만행을 가능하게 만든 20세기 초의 독일 소시민들의 거짓과 위선 그 자체로 다가온다. 난쟁이 애어른이 '낮은' 관찰자 시점에서 보고하는 온갖 이야기들이 그대로 풍자가 되고 적나라한 폭로, 또는 시대에 대한 엄정한 심판의 말로 뒤바뀌는 것이 소설의 빼어난 매력이다.

단치히라는 독일의 주변부에서 일어난 작은 일들이 작가 귄터 그라스의 독특한 서술기법을 통해 나치 발흥의 원인과 그 정치·사회적 현상의 참모습을 밝히는 열쇠가 되는 것이다. 서술이 초현실주의적 요소를 보이면서도 근본적으로는 사실주의적이며, 사건은 연대순으로 이야기되어 17세기 '악한소설'의 현대판으로 읽히기도 한다. 이 한편 소설로 귄터 그라스는 독일 전후문학의 경계를 넘어 국제적으로도 그 이름을 널리 알리게 된다. 『양철북』이래로 그라스는 여성과 요리를 중심으로 본 인류 문화사의 축약판인 대작 『넙치』(Der Butt, 1977), 47그룹의 역사적 의의를 기리기 위해 30년 전쟁 말기의 문인들의 만남을 그린 중편 『텔크테에서의 만남』(Das Treffen in Telgte,

(Mit freundlicher Genehmigung des Deutschen Literaturarchivs Marbach)

귄터 그라스

1979) 등 수많은 작품을 연달아 발표함으로써 당대 독일 최고 작가로서의 입지를 굳혔다.

작가 귄터 그라스는 이미 1960년대부터 독일의 모든 정치·사회적 현안에 대해 활발하게 발언하고 적극적으로 개입하곤 했다. 그는 사민당의 빌리 브란트와 오랜 협력 관계를 유지하였고, 특히 1965년에는 사민당과 빌리 브란트를 위해 선거 유세에 동참하기도 하였다. 후일 서독수상이 된 빌리 브란트가 1970년 12월 7일 폴란드의 유대인 묘소에 헌화하면서 갑자기 '무릎을 꿇음'(Kniefall)으로써 서독 내의 여론이 찬반으로 갈려 들끓게 되었을 때도 그라스는 여러 인터뷰를 통해 브란트가 독일민족을 대표해서 보여준 진정하고 용기 있는 사죄의 표시라며 브란트를 적극 옹호하였다. 하지만 수상이 된 현실정치가 브란트에게는 작가 그라스의 충고가 점차로 거추장스럽게 되고 그들의 관계가 점점 멀어지게 된다. 이 정도 선에서 정치에서 물러났으면 좋았으련만, 그라스는 계속 현실정치에 대해서 발언하고, 특히 독일 통일 과정에서 자신의 견해를 밝혔다. 독일 통일은 갑자기 찾아왔고 예측할 수 없는 방향으로 진전되었으며, 이미 60이 넘은 작가 그라스가 계속 감당할 수 있는 주제가 아니었다. 이 점에서 그라스는 아마도 동양적인 '절제'—또는 만년의 괴테의 '체념'(Entsagung)— 같은 것이 필요했을 것 같다. 하지만 '절제'나 '체념'을 안다면 귄터 그라스가 아니다. 그는 집시족(Sinti und Roma)의 권익 옹호를 위해 앞장선다거나 핵발전소 폐기를 위한 데모에 동참했을 뿐만 아니라 독일의 대형 출판재벌 악셀-슈프링어를 상대로 시민의 권익 옹호를 위해 공적 소송을 제기하기도 했다. 그는 계속 현실정치에 대해 발언하고 물의를 일으키고, 심한 오해를 받거나 상처를 입고도 다른 문제에 대해 또다시 다소 엉뚱한 발언을 토해 내곤 했다. 귄터 그라스에게는 그동안 수많은 문학상이 수여되었음에도 하인리히 뵐에게는 1972년에 이미 수여되었던 노벨문학상만은 — 그의 이름이 매년 후보에만 오를 뿐 — 좀처럼 수여되지 않았다. 그것은 아마도 위에서 살펴본 그의 다소 떠들썩한 좌파적 현실참여가 스웨덴 한림원의 다소 보수적인 성향과 맞지 않았기 때문이었을 것으로 짐작된다.

20세기 100년의 역사를 1900년부터 1999년까지 매년 한 편씩 독립된 대표적 이야기 100편으로 엮은 소설 『나의 세기』(Mein Jahrhundert, 1999)가 출간되고 그라스의 나이 72세에 이르러서야 스웨덴 한림원은 이 떠들썩한 좌파 작가에게도 마침내 노벨문학상을 수여하였다. 하지만 수상작은 『양철북』이나 『나의 세기』가 아니라 "쾌활하고 괴이한 이야기 속에서 역사의 잊힌 얼굴을 그려낸" 그의 모든 작품이다.

하지만 그의 소설들이 늘 호평과 절찬만을 받은 것은 아니었다. 주로 베를린을 무대로 작품을 썼던 선배작가 폰타네의 작가적 궤적을 더듬으면서 폰타네와 통독 이후의 자신의 작가로서의 입장을 비교, 성찰하고 있는 소설 『아직 남아 있는 또 다른 문제』(Ein weites Feld, 1995)는 많은 시사적 논란을 불러일으켰으며, 수용자의 정치적 입장에 따라 이 작품의 문학적 평가 또한 엇갈린다. 소설에서 그라스는 작가 폰타네에 대한 글을 쓰고자 했다기보다는 헬무트 콜 수상이 주도한 신속한 '통일'에 반대한 자기 뜻을 밝히고 싶어 했던 것으로서 통독 후 4반세기가 지난 현재이 시점에서 돌이켜 보면 이 부분에서는 아마도 그라스가 시대의 대세를 약간은 잘못 읽은 것이 아닐까 싶기도 하다.

21세기에 접어들어서도 그라스는 —또 두 번이나 더— 떠들썩한 여론의 표적이 되었다. 자신의 자전적 소설 『양파를 까면서』(Beim Häuten der Zwiebel, 2006)의 출간을 예고하는 담화에서 자신이 17세 때에 '무장 친위대'(Waffen-SS)의 대원이었다는 사실을 뒤늦게 고백한 사건이다. '전후 독일의 도덕적 심판기관'임을 자타가 공인해 온 작가로서는 이 고백이 너무 늦었다는 사실에 대해, 그리고 자신의 과거 고백을 신 작품 『양파를 까면서』를 선전하려는 방편으로 이용하기까지 했다는 인상이 짙은 데에 대해, 많은 식자가 환멸과 분노를 표했다. 심지어는 그로부터 노벨문학상과 단치히 시(市) 명예시민권을 박탈해야 한다는 여론까지 대두하였다. 이 '무장 친위대' 대원 고백 사건으로 인하여 그라스의 명예가 큰 상처를 입기는 했지만, 문학적 업적에 힘입어 이 사건이 간신히 일단락되는 것처럼 보였다. 하지만 2012년 4월 4일에 그라스는 뮌헨에서 발행되는 전국 규모의 일간지 《쥐트도이체 차이퉁》 지(紙)에다 이스라엘에 비판적인 산문시 「꼭 말해야 할 것」(Was gesagt werden muss)을 발표함으로써, 다시금 찬반양론이 들끓는 여론의 중심에 서게 된다.

이 시에서 그는 이스라엘이 자국의 핵무기로써 세계평화를 위협하고 있고 이란을 말살할 수 있는 선제공격을 계획하고 있다고 비난한다. 또한, 독일이 이러한 이스라엘에 잠수함을 공급하고 있음을 비판하면서 이제 독일은 역사적 죄책 때문에 이스라엘에 대한 모든 비판을 금기시하지 말고 비판할 것은 분명히 비판해야 할 것이라고 발언한다. 이에 독일의 여론은 찬반으로 길려 들끓이 올랐다. 독일의 유대인 단체들이 국제 펜클럽 독일본부에 그라스의 명예회장직을 박탈할 것을 건의하자 펜클럽 독일본부는 '언어의 자유'를 근거로 시의 내용에 대해 그 어떤 공식 입장 표명도 하지 않겠다고 발표했다. 이스라엘 정부는 귄터 그라스가 나치의 무장 친위대원이었던 사실을 근거로 대면서 그가 이스라엘의 '기피인물'이라며, 이스라엘 입국을 금지한다고 발표했다. 이에 대해 이스라엘의 한 일간지는 자국 정부의 이 입국금지를 '히스테릭한' 조치라는 논평을 내기도 했다.

귄터 그라스도 연일 인터뷰를 개최하고 "이스라엘에 대해 비판을 하지 않는 것이야말로 이스라엘에 가할 수 있는 최악의 행위"라며, 이스라엘의 서요르단 지역 점령 정책을 강력히 비난하고 이스라엘이 새로운 '점령국' 행세를 하도록 내버려 두어서는 안 될 것이라고 주장했다. 이처럼 그라스는 만년에 이르러서도 끊임없이 국내외 사건에 대해 자신의 의견을 거침없이 드러내어 늘 여론의 중심에 서기를 좋아했다. 폐허에서 출발한 독일 전후 문학의 기수 귄터 그라스는 그 후 약 반세기 넘게 독일문학의 중요한 작가로서 왕성한 문학 활동을 해 옴과 동시에 독일 사회의 보이지 않는 '심판기관'(Instanz)임을 자임하고 거침없이 발언을 계속하였다. 콧수염에다 돋보기 안경을 낀 그의 이미지 자체가 반세기 이상 독일 정치·사회·문화계의 한 '아이콘'으로 기능해 왔다.

단치히 출신의 이 거친 수염장이는—한국의 선비 기질과는 다소 차이가 있긴 하지만— 늘 문화비판과 토론, 그리고 술과 춤이 있는 활달한 삶을 살았다. 그는 여러 무도회에서 많은 숙녀를 한껏 휘돌려 숨이 턱에 닿게 하곤 했으며, 슈톡홀름의 노벨문학상 수상식에서는 프록코트를 입고 얌전히 구는 모습까지도 보여 줄 줄 알았다. 지인들과 친구들에게는 아낌없이 키스해 주고 헤어지거나 다시 만날 때는 즐겨 포옹해 주는 소탈한 할아버지의 모습을 보이기도 했다. 필자 또한 역자의 자격으로 괴팅엔에서 그의 넓은 가슴에 한번 안겨 본 적이 있는데, 그것은 사람에게 얼떨떨한 기분이 들게 하면서 인간적으로 감복하게 하는 그런 따뜻한 포옹이었다.

2015년 4월 13일, 향년 87세로 독일 전후문학의 큰 별이 졌다. 한국에서 그 사실에 민감하게 반응한 사람은 그의 작품을 많이 번역한 동의대 장희창 교수 등 극소수에 불과했다. 독일문학에 대한 한국 매스컴의 이런 부당한 무시와 부끄러움을 모르는 식자들의 무지한 문화 풍토가 언제 개선될지 희망조차 보이지 않는다. 그것은 세월호 사건 1주년을 넘기고도 아직 아무것도 해결되지 않은 오늘날 한국의 정치 현실과 함께 병존하는 우리의 문화적 어둠이다. 마지막 열정을 기울여 독일문학사를 집필하고 있는 한 노인은 침침해지는 눈을 잠시 지그시 감는다. 문득 과거, 현재, 미래의 수많은 동학들의 따뜻한 성원의 포옹을 느낀다. 괴팅엔에서 받은 그 포옹의 의미도 아마 이 느낌 안에 함께 들어 있지 않을까 싶다.

---

7.   마르틴 발저

남독 보덴 호반(湖畔)의 바서부르크(Wasserburg)에서 상인의 아들로 태어난 마르틴 발저(Martin Walser, 1927-)는 하인리히 뵐, 귄터 그라스와 나란히 47그룹과 전후 독일문학의 문단에 등장하였다. 당시 전후 서독문학에서 발저

는 아마도 ─적어도 초기에는─ 가장 지성적인 좌파 작가로 간주되었고, 시민계급적 가치 체계에 머물러 있던 당시 우파 비평가들의 무시와 비하 가운데에서도 양식 있는 독자들의 은근한 갈채와 촉망을 받았다. 기성사회의 권위주의와 위선에 대한 그의 반어와 풍자가 때로는 토마스 만 같은 예술가 기질을 연상시키기도 했고, 당시 서독 사회를 움직이고 있던 교묘한 정치적·사회적 메커니즘을 때로는 카프카와 같은 우의(寓意)로써 은근히 폭로해 주기도 했기 때문이다. 그는 튀빙엔대학에서 카프카에 관해 박사학위 논문(1951)을 쓰기도 한 카프카 연구가로서, 작품 의도가 쉽게 드러나지 않는 작품들을 많이 썼다.

그의 첫 장편 『필립스부르크에서의 결혼들』(Ehen in Phillipsburg, 1957)은 시골 출신의 한 청년이 필립스부르크 시에서 체험하게 된 현대인들의 부박(浮薄)한 결혼생활의 풍속도를 그리고 있는데, 언어를 수단으로 하여 인간의 의식을 포착하고자 하는 작가 발저의 예술가로서의 노력이 엿보이는 수작(秀作)이다. 발저의 초기 작품들에서는 대체로 사회적응을 하려다 자아의 정체성을 찾지 못하고 성숙한 인격체에 도달하는 데에도 실패하고 마는 패배자, 즉 '반(反)영웅'(Anti-Held)이 그려지고 있다. 이 반영웅들을 독일 중산층의 일상생활 속에 숨은 동인으로 기능하는 개인의 출세욕, 사회적 인습과 허명(虛名), 지배 계층의 교묘한 술책과 음모 등을 아웃사이더의 시각으로 관찰하는데, 이러한 서술의 기저에서 강렬한 사회비판이 읽힌다. 1949년부터 1957년까지 약 8년 동안 '남부독일방송사'(Süddeutscher Rundfunk) 기자로서 일하고 있던 발저에게 문학은 사회변혁의 책무를 지닌 작업이었으며, 그는 자신의 출신 계층과는 어울리지 않는 정치적 좌파의 길을 걸었다.

한편, 1970년대 초 빌리 브란트 영도 아래의 서독 사민당과 자민당 연립 정권은 좌파의 몇몇 개혁 프로젝트를 수용하지만, 극좌파들은 정치 일선에서 밀려나거나 이른바 '적군파'(RAF, Rote Armee Fraktion)로서 불법 좌파 테러

세력이 되었다. 극좌파에 가까웠던 발저는 1975년경의 서독작가들이 그러했듯이 신주관주의의 길을 선택했다. 이제부터 발저는 정치적 과격성을 버리고, 문학적 언어를 통해 보편적 문학작품을 쓰고자 했다. 이 무렵에 나온 그의 단편 『도망치는 말』(Ein fliehendes Pferd, 1978)[4]에서는 작가의 사회변혁 의지는 더는 찾아볼 수 없으며, 현실에 패배한 한 지식인과 스포티하고 정열적인 활동가가 토마스 만 같은 대비를 보여 주고 있다. '도망치는 말'이라는 제목과 작품 내용의 관계를 완전히 이해하기 위해서는 카프카적 우의에 대한 지식이 필요하다.

이 무렵 발저는 이미 독일 문단의 원로 작가로 성장해 있었으며, 시민계급적 문학비평가들도 마침내 발저를 주요작가로 받아들였다. 독일 보수세력의 중요한 언론매체인 《프랑크푸르터 알게마이네 차이퉁》지의 문예면 수장이던 마르셀 라이히-라니츠키(Marcel Reich-Ranicki)도 발저의 작품을 칭찬하기 시작했다. 1988년에 발저는 「자신의 나라에 대한 연설들」(Reden über das eigene Land) 중의 한 연설에서 독일이 통일되지 않고 있는 사실이 자신에게는 '고통스러운 틈'이라는 말을 함으로써, 귄터 그라스 등 좌파 지식인들과 심한 마찰을 불러일으키면서 일약 독일 문단의 중심인물로 부상하였다. 1970년대까지만 하더라도 독일 지식인들이 함부로 건드리기를 꺼리던 독일 통일문제와 유대인 학살을 둘러싼 '과거 극복'의 문제를 발저는 독일민족의 입장에서 과감히 건드리고 나선 것이다. 그는 '동·서독은 통일되어야 한다, 그리고 독일인들은 과거의 죄과에 대해 더는 계속 참회만 하고 있을 수는 없다'는 새로운 정치적 견해를 밝힌다. 이제 그는 많은 찬양자와 비판자를 동시에 갖게 되었고, 이로써 '마르틴 발저'라는 이름은 ─한때 사민당의 빌리 브란트를 도왔고, 모스크바 여행을 하는 등 독일공산당과도 가까웠

---

4   마르틴 발저, 『도망치는 말』, 안삼환 옮김(중앙일보사, 1982).

마르틴 발저

던 이 이름은— 이제 독일인과 독일민족의 새로운 정체성을 둘러싼 거대한 논쟁의 회오리 속에서 '논란의 여지가 많은' 작가의 대명사가 되었다.

1989년의 독일 통일은 —귄터 그라스 등 당시 거의 모든 다른 독일 작가들이 점진적 통합을 주장한 데에 반해— 그동안 우파적 작가로 돌아선 발저에게 승리의 체험을 안겨 주었으며, 작품들에 점점 더 보수적 성향이 강하게 나타나기 시작했다. 특히 자전적 요소가 많은 장편 『분수』(Ein springender Brunnen, 1998)에서 자신이 태어난 시민계급과 화해하는 태도를 보이며, 파시즘 시대의 자신의 유년시절을 일종의 전원시로서 묘사해 '유대인 학살' 등 나치의 범죄에 대해서는 거의 침묵하고 있다. 이 작품으로 '독일출판협회 평화상'을 받게 되자 그는 수상 연설에서 독일 나치 시대의 범죄에 대한 공적인 사죄를 단호히 거부했다. 그에게 뉘우침이나 사과라는 것은 개인의 양심에 따른 지극히 사적 행위일 뿐, 이런 문제를 공적으로 표현하는 것은 허위의식의 발로라고 규정하면서 '홀로코스트의 도구화'에 반대하고 나섰다.

많은 독일인의 잠재적 찬동을 염두에 둔 채 발언한 수상연설을 두고, 홀로코스트에서 기적적으로 살아남은 독일유대인중앙협회 회장 이그나츠 부비스(Ignatz Bubis, 1927-1999)는 '잠재적 반유대주의'이며 일종의 '정신적 방화'라며 격렬하게 항의하고 나섰다. 마르틴 발저의 소설 『어느 비평가의 죽음』(Tod eines Kritikers, 2002)[5]은 이런 문학적·사회적 논쟁의 컨텍스트에서 나온 작품이다. 발저는 이 작품에서 유대인이며 당시 유명한 텔레비전 방송 프로그램이던 '문학 4중주'의 사회자였던 비평가 라이히-라니츠키를 비판적으로 희화화하고 있다. 문단의 권력을 휘두르고 있는 막강한 비평가에게 작가가 소설로써 가한 반격으로 이런 의도의 작품들이 그렇듯 미학적으로 성공한 작품으로 볼 수는 없지만, 비평가와 작가의 관계에 대한 기록이자 현대 자본주의 사회에서의 문단, 언론, 그리고 출판시장의 작동 메커니즘에 대한 설명서로서 큰 의미를 지니고 있다.

발저의 가장 강력한 적수 및 반론자인 귄터 그라스가 타계하고 난 현재, 마르틴 발저는 독일에서 가장 명망이 높은 원로작가이지만, 또한 그를 둘러싸고 많은 논란이 끊이지 않고 있다. 이것은 그만큼 유대인 학살에 대한 독일과 독일인의 죄책의 문제가 심중하다는 간접증거이기도 하다. 달리 보면 마르틴 발저는 너무 솔직한 작가일지도 모르겠다. 하지만 이런 솔직함이 뚜렷한 역사의식을 갖추지 못한 일반 독일 독자에 대한 '영합'은 아닐까, 그리고 작가로서의 발저의 이런 태도가 독일 독자들에게 '면죄부'를 주고 그들을 '오도'할 위험성은 없을까 하는 의구심을 지울 수 없다.

---

5   마르틴 발저, 『어느 비평가의 죽음』, 안삼환 옮김(도서출판 이레, 2007) 참조.

지크프리트 렌츠

동프로이센의 마주렌 지방의 소도시 뤼크(Lyck)에서 태어나 함부르크대학에서 철학과 영문학을 전공한 지크프리트 렌츠(Siegfried Lenz, 1926-2014)는 《디 벨트》(Die Welt)의 문예란 담당 기자로 일하다가 자유문필가로 성장해 간 현대 독일문학의 주요 작가이며 2014년 죽기 전까지 함부르크에서 살았다.

영문학 전공자답게 렌츠는 헤밍웨이와 포크너를 연상시키는 빼어난 단편들을 많이 썼으며, 『등대선』(Das Feuerschiff, 1960) 등 그의 초기 소설에서 전통적 의미에서의 이야기꾼의 면모를 보여 주고 있다. 그는 날카로운 비판보다는 너그러운 이해를 택했으며, 현실을 고발하기보다는 독자에게 이 세상에는 좋은 면과 나쁜 면이 공존하고 있음을 보여 주고자 하는 침착한 인내심의 소유자였다.

대표작인 장편 『독일어 시간』(Deutschstunde, 1968)[6]만으로도 지크프리트 렌츠라는 이름은 현대 독일문학의 중요한 한 페이지를 차지하고도 남는다. 나치 시대의 '국어 시간'에 '의무'(Pflicht)라는 주제로 작문을 써야 하는 소년 '지기'(Siggi)는 자기가 존경하는 화가 아저씨와 아버지라는 두 어른의 다른 의무관의 영향으로 정신적 혼란을 일으켜 소년원에 수용된다. 소설 『독일어 시간』은 수감생 지기가 뒤늦게 쓰는 작문이기도 하다. 작품에서의 서술

---

6   지크프리트 렌츠, 『독일어시간, 1, 2권』, 정서웅 옮김(민음사, 2000).

자 지기는 여러 면에서 귄터 그라스의 『양철북』에 나오는 오스카르 마체라트를 연상시킨다. 하지만 오스카르의 기상천외하고 기괴한 풍자보다 지기는 칸트 이래 독일인들을 사로잡고 있는 '의무'라는 개념[7]을 — 오스카르 마체라트와 마찬가지로 어린이의 시각에서 — 다루고 있다. 작가 렌츠의 교육적 글쓰기로 작품을 보면, 이 소설은 제3제국 치하의 독일 시민들이 인습적 '의무'에 지나치게 함몰된 나머지 인간으로서의 진정한 '의무'를 소홀히 하게 된 역사적 과오를 지적하고 있다고 할 수 있다.

---

9.   페터 바이스

헤르만 헤세, 토마스 만, 카프카, 브레히트 등을 읽은 세대의 일원으로서 독일 전후문학에서 전위적 작가로 등장한 페터 바이스(Peter Weiss, 1916-1982)는 많은 그림과 그래픽, 그리고 실험영화들을 남겼다. 두 편의 희곡 『장 폴 마라에 대한 박해와 살해』(Die Verfolgung und Ermordung Jean Paul Marats, 1964)와 『수사』(Ermittlung, 1965), 그리고 방대한 장편소설 『저항의 미학』(Die Ästhetik des Widerstands, 1975-1981)으로 독일문학사에 이름을 남긴 인물이다.

아버지가 유대인이라는 이유로 1930년대 말부터 체코와 스위스, 스웨

---

7   안삼환, 「지크프리트 렌츠의 소설 『국어시간』에 있어서의 의무의 문제」, 『독일문학 제22집』 (한국독어독문학회, 1979), 60-88쪽 참조.

덴 등을 전전하는 망명자로서 아방가르드 미술과 현실 참여적 기록영화에 종사하던 그는 자신의 유년시절과 가정의 이야기를 다룬 단편 『부모와의 이별』(Abschied von Eltern, 1961)[8]로 독일 문단에 이름을 알리게 된다. 그리고 이듬해인 1962년에 첫 장편 『소실점』(Fluchtpunkt)으로 47그룹에 초대를 받는다.

1964년 베를린 쉴러극장에서 희곡 『장 폴 마라에 대한 박해와 살해』가 공연되어 큰 성공을 거둔다. 『마라/사드』로 약칭되기도 하는 이 희곡은 극단적인 개인주의와 사회변혁 의지 사이의 갈등을 다루고 있다. 복고적 시대였던 나폴레옹 치하의 1808년, 혁명가 마라와 극단적 향락주의자 드 사드 간의 가공적 대치와 마라가 살해되는 과정을 그리고 있는 이 연극은 세계적으로도 성공을 거두었으며, 1960년대 말에 서울대 문리대 연극반 학생들에 의해서 우리나라에도 소개된 바 있다.

그의 다음 희곡 『수사』는 프랑크푸르트의 '아우슈비츠 공판들'(Ausschwitzer Prozesse)을 다룬 '11편의 오라토리오'로 홀로코스트를 다룬 중요성 때문에 동·서독의 많은 무대에서 연속 공연되는 쾌거를 이루었다. 이 작품이 1948-1950년경에 나오지 못하고 1965년에야 비로소 출간되어 대중에게 소개된 점에 주목할 필요가 있다. 독일인들은 1940년대 후반이나 1950년대 초까지 아직은 막연한 '죄책감'에 시달렸고, 당시의 가난과 사회적 참상에서 벗어나지 못하고 있었다. 그런 이유로 독일 전후문학의 주류 경향은 정치적으로 중립성 언저리에 머물고 있었다고 보아야 할 것이다.

그의 대표작은 1975년에 제1권이 나온 그의 장편소설 『저항의 미학』(제2권: 1978; 제3권: 1981)이다. 1972년부터 그가 죽기 전인 1981년까지 약 10년 가까이 온 힘을 기울여 썼던 이 작품은 1917년에 독일 노동자의 아들로 태

---

8   페터 바이스, 『부모와의 이별』, 김수용 옮김(중앙일보사, 1982).

어난 청년이 나치 치하의 독일에서의 생활과 망명의 체험을 이야기하는 형식으로 되어 있다. 한마디로 파시즘의 탄압을 받기까지의 독일 '노동운동'의 역사적 · 정치적 경험들과 그 문학적 형상화에 대한 미학적 반성을 서술하고 있는 소설이다. 하지만 '피압박자의 자기 해방'을 목표로 하는 이 가공적 이야기를 흥미롭게 이끌어 가는 뚜렷한 '끈'이 없다든가, 소련 공산당에 대한 지나친 충성심을 드러내 보인다는 등 독일 비평계의 따가운 비판을 받았다. 오늘날 독일의 참여문학을 고찰하려 하는 문학도에게 ─또는 독일 노동운동의 역사적 궤적을 살펴보고자 하는 비문학적 독자에게도─ 바이스의 『저항의 미학』은 '필독의 책'이라 하지 않을 수 없다.

10.   스위스 출신 극작가 프리쉬와 뒤렌마트

전쟁이 휩쓸고 간 '영점'에서 연극이 꽃을 피우기는 어려운 노릇이다. 더욱이 연극을 뒷받침하는 텍스트인 좋은 희곡이 나오기는 더욱 어렵다. 전후의 독일 연극이 스위스 출신의 두 극작가로 인해 그 명맥을 유지하게 된 것은 그나마 다행스러운 일이다.

1) 막스 프리쉬

막스 프리쉬(Max Frisch, 1911-1991)는 취리히에서 건축가의 차남으로 태어났다. 아버지의 실직으로 생활고를 겪게 된 젊은 날의 프리쉬는 예술가로 살아가는 것과 생활인이 되는 것이 결코 양립될 수 없음에 고민하며 독일문학 공부를 중지하고 건축을 전공하여 건축사무소를 연다. 하지만 이런 중에도 그는 끊임없이 일기, 신문 기사, 희곡, 소설 등을 써 오다가, 소설 『슈틸러』(Stiller, 1954)가 마침내 대성공을 거둔다. 『슈틸러』의 주인공 아나톨 루트비히 슈틸러는 딴 사람 행세를 하지만 소송과정에서 자신이 실은 스위스의 조각가임을 인정하지 않을 수 없게 된다. 그리고 이전에 버리고 떠났던 부인과 ―그녀가 죽을 때까지― 재결합해서 산다. 범죄소설적 요소와 신빙성을 더해 주는 일기 풍의 문체가 흥미진진하게 결합한 이 소설은 많은 독자를 얻었을 뿐만 아니라 비평가들에 의해서도 자전적인 경험들을 철학적 인식의 경지로 끌어올렸다는 찬사를 받았다.

소설에서 프리쉬는 오랜 문학적 주제였던 자신의 정체성에 대한 문제를 다루고 있으며, 그의 문학의 또 하나의 주요 주제인 예술과 삶의 불합치성에 대해서도 독자들의 공감을 불러일으키는 성찰을 보여 주고 있다. 『슈틸러』가 대성공을 거두자 작가로서의 확고한 자신감을 얻은 프리쉬는 마침내 건축사무소를 닫고 자신의 가정생활도 청산한 다음, 소읍에 은거하면서 창작에 전념한다.

다음 소설 『기술적 인간. 한 보고서』(Homo faber. Ein Bericht, 1957)는 순전히 기술적이고 에누리 없이 합리적인 세계관을 지녔다고 스스로 굳게 믿는 기사(技士) 발터 파버의 이야기이다. 그는 여행 중에 엘리자벳을 만나 월식이 진행되는 로맨틱한 야경에 서로가 끌려 하룻밤을 함께 보내게 된다. 그녀가 뱀에 물리고 절벽에서 떨어져 위급한 상황을 맞게 되어서야 그녀가 자신의 딸임을 알게 된다. 그로 인해 딸을 잃고 자신도 위암에 걸려 대수술을 앞두자 자신의 자연과학적인 행동과 처신이 잘못된 것임을 깨닫는다. 그것은 임신한 애인 하나(Hanna)를 버린 자신의 과거사를 심리적으로 '추방'(Verdrängung)해 버리기 위한 변명에 불과하였다.

프리쉬의 말에 따르면 주인공 파버의 '기술적 인간'은 실은 '기사'가 아니라 자신이 '기사'라는 상(像)을 만들어 진정한 정체성을 찾지 못하고 좌절한 인간이며, 자신의 유능함을 입증하려다가 인생을 놓치고 마는 현대 기술 만능 및 자본주의 사회의 전형적 표본이다. 책은 출간되자 금방 베스트셀러의 반열에 올랐고, 현재 스위스 및 독익의 중등학교에서 교과서로 대접받고 있을 뿐만 아니라, 프리쉬의 작품 중에서 가장 많이 읽히고 있다.

일기와 소설 이외에 희곡 작가로서도 그는 세계적 명성을 누리고 있다. 두 개의 비유담적(比喩譚的, parabelhaft)인 희곡 『비더만과 방화자들』(Biedermann und die Brandstifter, 1958)과 『안도라』(Andorra, 1961)가 대성공을 거둔 덕분이다.

우선 『비더만과 방화자들』부터 살펴보기로 하자. 세발제(洗髮劑) 제조업자 고트리프 비더만은 방화자들에 대한 신문 보도를 보고 격분한다. 방화자들이 갈 곳 없는 나그네라며 다락방에서 하룻밤 재워 줄 것을 청한 다음, 그 집에다 뻔뻔스럽게도 불까지 지른다는 것이었다. 때마침 비더만은 요제프 슈미츠라는 한 방문객을 맞는다. 그는 자기가 의지할 데 없는 몸인데, 방화자일지도 모른다며 아무도 자기를 재워 주지 않기 때문에 하룻밤 묵어가기를 호소한다. 조금 전에 크네히틀링이란 직원을 매정스럽게 해고했던 비더만은 자비를 베풀 생각으로 슈미츠에게 다락방을 내어 준다. 이윽고 화재보험회사 직원이라며 또 한 사람의 나그네가 찾아오는데, 우연하게도 그는 슈미츠의 친구라는 사실이 밝혀진다.

갑자기 두 사람의 수상한 나그네를 자기 집에 재우게 된 비더만은 크네히틀링의 자살을 알리기 위해 찾아온 경찰관이 다락방을 가득 채우고 있는 통들이 무엇이냐고 묻자 세발제라고 거짓말까지 한다. 이렇게 경찰을 따돌린 비더만은 슈미츠가 이미 방화자임을 눈치챘지만 그들의 환심을 사기 위해 저녁식사와 포도주를 대접한다. 요란한 소방 사이렌 소리가 밖에서 들려오는 데에도 자기 집임을 애써 부정하며 방화범들이 다른 집에 불을 지른 것으로 믿는다.

이 작품에서 특이한 것은 소방수들로 구성된 합창대가 때때로 비더만에게 경고를 보내 주기도 하고 상황 설명을 해 주기도 하는데, 이것은 브레히트의 '생소화 효과'의 영향이다. 이 연극의 비유담적 줄거리는 1948년 체코 공화국이 소련군의 점령하에서 체코인민공화국으로 뒤바뀐 사실을 암시할 수도 있고, 히틀러 영도 아래의 나치에게 정권을 내어 준 독일국민들의 행태와 그 결과를 비유하는 것일 수도 있다. 여기서 '비더만'(Biedermann)이란 주인공의 이름이 '비더마이어'(Biedermeier), 즉 독일 보수주의적 의미에서의 '건전한' 시민을 의미하며, 막스 프리쉬적 의미에서의 '젤트빌라의 사람들'(고트프리트 켈러) 중의 하나라는 것도 쉽게 유추할 수 있다. 스위스[독일]의 한 시민이 폭력 앞의 불안감과 비겁한 노예근성 때문에 결국 어떠한 비극적 결과를 자초하게 되는지가 이 '비유담'(Parabel)에서도 잘 드러나 있다.

프리쉬의 다른 성공작 『안도라』 역시 일종의 '비유담'으로 청년 주인공 안드리(Andri)의 아버지는 안드리를 '검은 나라' 사람들의 반유대주의 박해로부터 보호하기 위해 '양자'로 삼은 것이라 변명하지만, 실은 이웃 나라의 '검은 여인'과 혼외 자식으로 낳은 자기 아들이다. 하지만 안도라의 주민들은 안드리에게서 유대인으로서의 여러 특성을 발견하게 되고, 심지어 안드리 조차도 ─자신의 진짜 혈통이 밝혀진 뒤에조차도─ 자신에게서 유대인적 특성들을 발견하게 된다. 결국, 안드리가 안도라를 침략한 '검은 사람들'에 의해 인종주의적 살해를 당하자 이것에 동조하고 묵과한 안도라의 주민들은 자신들의 그릇된 행동과 비겁한 처신을 관객들 앞에서 변명하기에 여념이 없다.

이 작품의 가장 중요한 메시지는 인간 개개인이 지니고 있는 유일무이한 정체성의 강조이며, 우리가 어떤 이웃에게도 상(像)이나 편견을 가져서는 안 된다는 것이다. 나아가서는 이 작품에 인종주의에 대한 적극적 반대 메시지와 독일어 문화권의 모든 사람이 나치의 범죄와 절대 무관하지 않다는 강력한 메시지가 들어 있다. 이런 점에서 프리쉬의 비유담적인 두 연극작품, 즉 언제, 어디서나 보편적인 호소력을 지닌 『비더만과 방화자들』과 『안도라』는 전후 독일문학에서 가장 돋보이는 연극적 성과이다.

2) 프리드리히 뒤렌마트

막스 프리쉬의 뒤를 이어 프리드리히 뒤렌마트(Friedrich Dürrenmatt, 1921-1990)도 전후 독일 희곡문학에 크게 이바지했다. 이 둘의 활약은 마치 독일 계몽주의 문학의 개화를 위해 스위스에서 보트머와 브라이팅어가 크게 이바지했던 사실을 연상시킨다. 독일 연극이 아직 전후의 폐허를 딛고 일어서지 못하고 있던 시점에 스위스의 두 작가가 브레히트의 바통을 이어받아 독일 연극을 세계적 수준으로 끌어올린 것이다.

뒤렌마트는 스위스 베른 주의 소읍 코놀핑엔(Konolfingen)에서 목사의 아들로 태어나 베른에서 유년시절을 보냈다. 베른대학에서 철학, 자연과학의 여러 기초 분야들, 그리고 독일문학을 전공하였으며, 한때 화가가 되려 했지만, 25세 되던 무렵에 자유문필가가 되기로 결심한다. 여러 습작 끝에 희곡 『로물루스 대제』(Romulus der Große, 1949)가 처음으로 주목을 받았고, 희곡 『미시시피 씨의 결혼』(Die Ehe von Herrn Mississipi, 1950)이 첫 성공작이 되었다. 하지만 뒤렌마트라는 스위스의 한 극작가를 세계적으로 유명하게 만든 것은 『노(老)부인의 방문』(Der Besuch der alten Dame, 1956), 『물리학자들』(Die Physiker, 1962), 그리고 『별똥별』(Der Meteor, 1966)이었다.

위의 세 작품 중에서 희곡 『노부인의 방문』은 한국에서도 자주 공연되고 있는 수작으로서 전후 독일 연극을 대표한다고 해도 과언이 아니다. 그 줄거리를 간단히 소개하자면, 전력이 의심스러운 대부호의 미망인으로서 큰 부자인 클레레 차하나시안(Claire Zachanassian) 부인이 자신이 한때 클라라 베셔(Klara Wäscher)라는 이름으로 어린 시절과 젊은 시절을 보냈던 기난한 소도시 컬렌(Güllen)을 방문한다. 그녀는 누군가 알프레드 일(Alfred Ill)을 죽인다면 컬렌 시를 위하여, 정의 실현의 대가로 10억을 내어놓겠다고 선언한다. 45년 전에 자신을 임신시켜 놓고도 아기의 아버지임을 부인하고 증인들을 매수하여 재판에서 승리한 알프레드 일에 대한 차하나시안 부인의 공식적 복수극이 막을 연 것이다. 그녀는 암암리에 미리 치밀한 계획을 세워 컬렌 시의 경제를 파탄 지경에 빠트려 놓았기 때문에 시는 그녀의 지원과 투자가 절대적으로 필요한 상황이다. 처음에는 '시장'과 '목사' 등 컬렌 시의 지도자들이 그런 비인간적 복수극에는 절대 동조할 수 없다고 단호히 선언한다. 그런데 그녀의 방문으로 시에 생긴 한 가지 특이한 현상은 이제 시민들이 ―무엇을 믿고 그러는지는 몰라도― 은행에서 돈을 빌리고 고가의 물품을 사들이면서 적극적인 소비생활을 시작한 것이다. '교사'는 이런 현상을 보고 뭔가 불길한 예감을 하고 진실을 말하고자 하지만, 술에 취해서만 하는 그의 말을 아무도 귀담아듣지 않는다.

양심의 가책과 생명에 대한 위협과 불안에 쫓긴 알프레드 일은 오스트레일리아로 도주하려 하자 컬렌 시민들이 기차역에서 그를 에워싸 도주를 포기한다. 한편 '시장'은 기자들 앞에서 젊은 날의 연인이었던 알프레드 일의 주선으로 차하나시안 부인이 컬렌 시를 위해 거금을 내어놓았다고 발표한다. 알프레드 일은 마침내 죽지만, 언론에서는 그가 너무 기쁜 나머지 심장마비로 죽은 것으로 보도한다. 노부인은 약속대로 컬렌 시장에게 10억의 수표를 건네주고 일의 시체를 싣고 그를 장사 지내 주기 위해 카프리로 떠난다.

이 복수극은 냉혹한 자본주의 경제의 속성을 적나라하게 보여 주고 있을 뿐만 아니라 하나의 사회 체제가 자본의 법칙에 의해 기능하는 양상과 그 앞에서 무력하게 굴복할 수밖에 없는 개인들의 양심과 죄책의 문제를 관중들에게 여실히 보여 주고 있다.

뒤렌마트의 희곡에서 베르톨트 브레히트의 서사극과 '생소화 효과'의 영향을 찾아보는 것은 어렵지 않다. 브레히트에서와 마찬가지로 뒤렌마트도 연극의 관객들에게 무대 위에서의 사건에 대해 거리감을 느끼도록 하고 있다. 관객은 연극의 수동적인 소비자의 역할에서 벗어나 독자적인 사고를 하도록 유도되고 있다. 하지만 뒤렌마트는 브레히트처럼 마르크시즘이란 이데올로기에 얽매여 있지는 않다. 그에 의하면, 오늘날 비극적인 것을 표현할 수 있는 유일한 연극 형식은 희극과 비극의 혼합형식인 '희비극'(Tragikomödie)이며, 현대에 필적할 수 있는 유일한 양식은 '부조리 풍(風)'(die Groteske)이 될 수밖에 없다는 것이다. 현대라는 세계가 더는 쉽게 조감되지 않아서 죄책의 문제가 희석되고 엉뚱한 사람에게 전가되기 쉽기 때문이다.

11. 독보적 독행자 아르노 슈미트

전후 독일문학에서 아르노 슈미트(Arno Schmidt, 1914-1979)만큼 기이한 독행자(Einzelgänger)는 찾아보기 힘들다. 함부르크에서 경찰관의 아들로 태어난 슈미트는 1958년부터 '뤼네부르크의 황야'(Lüneburger Heide)에 있는 외딴 마을 바르펠트(Barfeld)에 은거하면서 주로 시골풍경과 에로스라는 두 가지 주제를 앞세워 글을 썼는데, 그 뒤에 숨어 있는 그의 진정한 문학적 주제는 아마도 반전(反戰)과 반권위주의적 '자유'가 아닐까 싶다.

제임스 조이스, 에드거 앨런 포, 한스 헤니 얀(Hans Henny Jahn), 프로이트 등의 영향이 엿보이는 그의 글은 장르의 경계를 넘어, 서정적인 동시에 냉혹한 풍자이기도 하다. 또한, 학문적 정확성을 띤 논술의 양상을 띠는가 하면, 독백 또는 대화일 때도 있고, 당장 무대에 올려도 좋을 대화체의 장면극일 수도 있는, 연상과 성찰로 점철된 복잡한 문학적 구조물이다. 그리고 외국어, 방언, 은어, 학술적 전문용어, 외국어 인용문 등 여러 층위의 언어를 자의적으로 사용하고, 삶과 문학의 파편들을 임의로 몽타주하는 유희를 즐긴다. 언뜻 보기에 그에게는 단지 세부사항과 순간만이 중요한 것으로 보이기도 한다.

슈미트의 산문에서는 서술적 자아조차도 갑자기 펼쳐지는 부채와도 같이 순식간에 다른 사람으로 돌변해 가는 일이 비일비재하다. 그래서 아르노 슈미트의 책의 내용을 요약하거나 그 작의를 해설하는 것은 또 하나의 창작이 되기 일쑤이다. "해석하지 말고 배우고 묘사하라. 미래를 도모하지 말고 존재하라. 그리고 야심 없이 죽어라. 그대들은 ―기껏해야 호기심을 가득히 가지고― 죽은 존재에 불과하다. 영원성은 ―레싱에도 불구하고!― 우리들의 것이 아니다." 단편소설 『포카혼타스가 있는 호수의 풍경』(Seelandschaft mit Pocahontas, 1959)에 나오는 이 구절은 '독신'(瀆神)과 '외설'이라며 독자들의 고소까지 당한 작품이다.

이 작품의 일인칭 서술자 요아힘 보만(Joachim Bomann)은 제2차 세계 대전 참전자, 동부의 고향에서 추방된 자인 동시에 작가, 자르(Saar) 강변의 거주자, 아데나우어 시대의 복고적 경향에 대해 반감을 지닌 자, 철저한 무신론자, 심지어는 안경을 끼고 있다는 점에서도 작가 아르노 슈미트와 비슷하다. 여행 중에 알게 된 자신의 애인 젤마(Selma)에게 인디언족의 공주 포카혼타스란 애칭을 부여하고 있는 이유도 불분명하고, 이 둘의 애정행각이 '외설물'을 방불할 정도로 야하게 묘사되어야 할 필연성도 수수께끼이지만, 선의로 해석해 보면, 당시까지도 군사문화의 잔재로서 억압되어 있던 인간의 정신적, 육체적 자유에 대한 자유분방한 찬미로 이해될 수 있다.

슈미트의 많은 작품 중 대작 『메모 용지의 꿈』(Zettels Traum, 1970)은 주목되는 작품이다. 우선 '1350장의 큰 용지'(350쪽 정도의 보통 책 약 20권의 분량)에 타자로 치어져 있는 그 형식부터가 시선을 끌며, '메모 용지'를 의미하는 '체텔'(Zettel)은 셰익스피어의 『한 여름밤의 꿈』(Ein Sommernachtstraum)의 주인공 이름이기도 하다. 제임스 조이스의 『율리시즈』의 경우와 마찬가지로 단 하루의 경과를 세밀하게 묘사하고 있는 이 작품에서는 시인이며 성직자인 다니엘 파겐슈테허가 에드거 앨런 포의 역자 야코비를 맞이하여 포에 관해 대화를 나눈다. 야코비가 함께 데리고 온 부인과 16세의 딸도 여성으로서 가끔 대화에 끼어들고 있다.

이 작품에서 슈미트는 독특한 표기법을 사용한 문장을 씀으로써 독자에게 이중의(二重義)적 연상작용을 하도록 만든다. 한 여자가 다음과 같이 말하고 있다 ― "내게 호의를 베풀어 줘요!"(tu-Mir dehn Gephallen!). 하지만 이 문장은 그 기괴한 표기법 때문에 "내게 음경을 좀 더 길게 뻗어 줘!"라는 의미로 읽히기도 한다. 자신의 독특한 기법을 총동원하여 문장들의 곳곳에서 독자에게 '에로틱하거나', 사변적인, 또는 상호텍스트적인 연상작용을 일으킨다. 더욱이 작품은 그 형식면에서도 독특하다. 한 쪽은 세 개의 칸으로 나누어져 중간에서만 소설 인물들의 현실적 행위, 체험 및 말이 전개된다. 왼쪽에는 인물들이 그때마다 연상하고 있는 포의 작품들에서의 인용문들이 적혀 있고, 오른쪽에는 주인공 파겐슈테허의 연상, 착상, 사고 유희가 적혀 있다. 당시의 조판 및 인쇄 기술로는 이것을 실현해 내기 어려워 타자본을

A3 용지의 사진 복사판으로 출간했다. 2010년에야 독일의 주어캄프 출판사에서 제대로 된 책을 새로 출간해 낸다.

독행자 아르노 슈미트에 대한 평가는 오늘날에도 찬반양론이 팽팽하다. 그가 예술가의 고독한 작업을 사랑하고 인간의 의식 속에 환상의 형태로서 단속적으로 명멸하는 세계상을 가능한 한 사실적으로 표현하고자 했던 줄기찬 노력은 높이 사야 하겠지만, 슈미트가 만년에 ―이를테면 프랑크푸르트 시의 1973년도 괴테상 수상연설에서― 보여 준 동·서독의 대중들에 대한 경멸적 태도 등은 예술가의 고독한 자긍심이 안하무인의 오만함으로 나타난 모습이기도 하다. 서구적 예술가에게서 동양적 하심(下心)을 요구한다는 것 자체가 아마도 무리일 듯하다.

12.　　　　　　　　　독일 분단 문제를 천착한 우베 욘존

우베 욘존(Uwe Johnson, 1934-1984)은 1959년 동독에서 서독으로 넘어온 작가로서, 동과 서로 분단된 독일과 그 양쪽에서 살아가고 있는 분단 독일인들의 문제를 일관되게 다루었다. 그렇다고 해서 욘존의 문학을 동독문학의 하나로 간주하기는 어려운데, 왜냐하면 소설을 쓰고 문제를 제기하는 그의 미학적 태도가 이미 서독 작가들의 수준을 넘어서 있기 때문이다.

포메른(Pommern) 지방의 카민(Cammin)에서 농장주 겸 공무원의 아들로 태어난 욘존은 로슈톡과 라이프치히에서 독일문학을 전공하였고, 로슈톡대학에서는 대학당국과 통합사회당(SED)의 학생 인권 침해에 대해 집단항의를 벌이다가 한때 퇴학처분을 당했다. 라이프치히대학으로 옮겨서는 당대의 유명한 독일문학자 마이어(Hans Mayer)의 강의를 듣기도 했다. 라이프치히대학에서의 그의 학위논문은 표현주의적 조각가 및 작가 에른스트 바를라흐(Ernst Barlach)의 산문에 대한 고찰이었다.

퇴학의 전력 때문인지 욘존은 고정된 직장을 얻지 못하면서 작품을 쓰다가 1959년 서베를린으로 이주한다. 이 해에 유명한 소설『야콥에 대한 추측들』(Mutmaßungen über Jakob, 1959)이 서독 주어캄프사에서 출간된다. 주인공 야콥의 사망 원인을 규명하려다가 분단국가의 다른 체제 때문에 추측들에 머물고 만다는 이 이야기는 내용에서는 독일 최초의 의미 있는 분단문학이다. 하지만 형식에서는 야콥의 죽음에 대한 갖가지 추측들을 뒷받침하는 여러 목소리를 병렬시킴으로써 토마스 만적인 반어성(Ironie)을 카프카적 서술양식으로 구현함으로써 서독의 전후문학을 하인리 뵐 같은 단순한 휴머니즘의 복구 단계로부터 고도의 성찰문학으로 한 단계 끌어올렸다 할 수 있다. 이어서 나온 소설들『아힘에 대한 세 번째 책』(Das dritte Buch über Achim, 1961)과『두 개의 견해』(Zwei Ansichten, 1965)에서도 욘존은 전혀 다른 두 체제 아래에서 진실의 실체를 찾는 일은 고사하더라도 우선 일치된 언어를 찾는 작업이 얼마나 어려운가를 독특한 반어적 서술을 통해 이야기한다.

욘존의 필생의 대표작은 장편소설『1년 366일』(Jahrestage, 1970, 1971, 1973, 1983)이다. 1966년부터 68년까지 욘존은 가족과 함께 뉴욕의 맨해튼 서안(西岸)에 살았고, 소설의 주인공 게지네 크레스팔(Gesine Cresspahl)과 11살 딸 마리(Marie)가 사는 곳도 바로 이 주소로 설정되고 있다. 소설의 틀은 어머니 게지네가 딸 마리에게 외조부모에 대해서, 그리고 아버지 야콥의 원인이 불분명한 죽음에 관해서 이야기해 주는 것으로 되어 있다. 게지네는

1967년 8월 21일부터 1968년 8월 20일까지 366일 동안 딸과의 대화 내용을 매일 일기식으로 기록했다. 그렇지만 이야기는 비단 366일 동안의 시간에만 머무르는 것이 아니라, 그녀가 대화 중에 회상하는 시간까지 포함되어 있다. 이것은 그녀의 친정아버지 출생연도인 1888년부터 1968년 8월 20일, 즉 체코 민중봉기가 바르샤바조약국들의 군대에 의해 무자비하게 강제 진압되던 해까지 약 80년 동안의 독일역사가 아울러 고찰되고 있다. 결국, 이 소설은 빌헬름 2세 황제가 즉위하던 해로부터 제1차 세계대전의 발발과 종전, 바이마르공화국, 제2차 세계대전의 발발과 종전, 독일의 분단을 거쳐 동독 정권이 망하기 20여 년 전까지의 시점을 시대사적 배경으로 다룬다. 또한, 그 소용돌이 속에서 원인 불명으로 사망한 '미미한' 남자 야콥 압스(Jakob Abs)에 대한 이야기이며, 11살의 딸을 데리고 6년 전부터 뉴욕에서 혼자 사는 미망인의 이야기이다.

작품은 역사적 배경뿐만 아니라 그 독특한 서술형식 때문에 주목된다. 서술자는 동독을 탈출하여 현재 뉴욕에 살고 있지만, 조국 동독이 '인간적 얼굴을 한 사회주의'(Sozialismus mit menschlichem Antlitz)를 건설하기를 바라고 있기도 하다. 세계의 메트로폴인 뉴욕에 거주하는 이 주인공은 《뉴욕 타임즈》의 기사를 원용하는 것은 물론이고, 그 기사들로부터 온갖 연상, 상상, 회상을 하고 있다. 뉴욕의 어떤 신문 기사는 그녀에게 즉각 예리효(Jerichow)에서의 옛일을 상기시킨다 [여담이지만, 소도시 클뤼츠(Klütz)의 시민들은 뤼벡과 비스마르(Wismar)의 중간쯤에 있는 것으로 추정되는 가상의 소도시 예리효가 자기들의 고향 같다면서 2006년에 클뤼츠에 '우베 욘존 문학기념관'을 세웠다]. 흑인들에 대한 인종 차별 기사에 접하고는 문득 나치 독일의 유대인 박해가 연상되기도 하고, 어떤 회상 속에서는 죽은 사람들까지도 그녀에게 말을 걸고 심지어는 작가 우베 욘존 역시 '작가 동무'라는 호칭으로 소설에 등장한다.

이렇게 소설에 등장하는 욘존은 주인공 게지네 크레스팔이 자신의 가족사를 딸에게 이야기해 줄 수 있기 위한 독일 사회사에 대한 조사와 연구를 대행해 주고 그녀의 위탁으로 가족사를 글로 적어 주는 역할을 떠맡았다는 것이다. 김연수 교수에 의하면, "작가와 등장인물 간의 허구적 계약관계를 통해 실제 작가는 소설의 허구세계로 들어가고, 소설의 허구적인 인물은 작가가 서 있는 실제 바깥세계로 나옴으로써", 이 이야기가 믿을 만하다는 "그 신빙성의 정도"[9]가 강조되고 있다는 것이다. "조사된 사료를 바탕으로 역사적 담론을 주로 담당하는" 작가 화자와 "그녀의 가족사를 기억하며 이야기하는 역할을 주로 담당하는" 인물화자 게지네 크레스팔은 일종의 '서사 공동체'를 형성하고 있으며, 이로써 "두 화자의 목소리가 혼종화되어 있고, 이런 혼종화에는 두 목소리의 '대화성'이 기저에 깔려 있다."[10]

작품에서 우베 욘존은 개인적인 이야기의 서술과 문학 작품 속에서의 실제 역사 서술이라는 복잡한 문제를 넘나들면서 '인물 시각적 서술'과 '전지적 서술' 등 온갖 서술기법을 동원하면서 30여 년 전에 그의 선배 토마스 만이 『요젭과 그의 형제들』에서 보여 준 자유자재의 서술 경지에 도달하고 있다. 무려 1891쪽에 달하는 이 4권으로 된 소설은 토마스 만의 4부작 소설 『요젭과 그의 형제들』과 그 분량을 두고도 서로 다투고 있지만, 욘존은 이것을 '4부작'(Tetralogie)이라고 부르지는 않는다. 그에 의하면, 이 작품이 '네 번에 걸쳐 배본된 소설'(Roman in vier Lieferungen)로서 독자가 '한꺼번에 읽어야 할' 책이라는 것이다. 이 소설의 독자는 앞서 나온 욘존의 소설들까지도 ―예컨대 『야콥에 대한 추측들』까지도― 이 소설과 함께 읽는 기분에 사로잡히게 된다. 원인 불명의 죽음을 죽은 남자의 이름도 같은 야콥이고, 그

9 김연수, 「우베 욘존의 혼종화 된 서사방식. 허구와 역사적 담론 사이의 역사소설 『기념일들』」, 《독일문학 48》(한국독어독문학회, 2007), 155쪽.
10 앞의 논문, 156-157쪽.

의 아내 이름도 같은 게지네 크레스팔이며, 예리효란 소읍을 둘러싼 많은 정황 역시 이전 작품들로부터 계승된 것을 알게 된다. 이로써 독자는 독일 분단의 문제가 어느 사이엔가 독일 현대사의 문제로 확대되어 있는 듯한 느낌을 받게 된다.

우베 욘존은 평생 한 작품을 쓴 셈이다. 이 점에서 욘존은 토마스 만의 끈기와 면밀함을 훨씬 능가하는 작가일지도 모르며, 토마스 만을 이어 독일 문학사에 길이 남을 시인일지도 모른다. 토마스 만과 우베 욘존이 같은 북부 독일 사람들이며 그들의 고향 뤼벡과 카민이 지리적으로 다같이 북부 해안에 있다는 사실 또한 아주 우연은 아니다. 명확하고 냉담한 서술은 반어를 낳고, 점잖은 북부 독일기질은 아주 은밀하고 은은한 후모어(Humor)에 도달하기 마련이던가?

동독문학

(Literatur der DDR, 1945-1990)

1.　　　　　　　　　　　독일 땅에서의 첫 '노동자와 농민의 나라'

　제2차 세계대전이 끝나자 1945년 7월 연합국들은 포츠담에서 만나 독일과 그 수도 베를린을 각각 4개의 점령지역으로 나누고 연합국 '통제위원회'를 두어 점령지역을 공동 통치하기로 합의하였다. 하지만 전후에 새로 등장한 냉전체제로 미국과 소련이 사사건건 의견 충돌을 일으켜 '통제위원회'는 무력화되고 결국 각국은 자국 점령지역만을 독자적으로 통치하게 되었다. 그 결과 서방측 3개 점령지역에서는 미국, 영국, 프랑스의 공동보조로 어느 정도 공동통치가 가능하였지만, 소련 점령지역은 그야말로 소련의 '피점령국'이 되어 버렸다.

　소련 점령지역 내의 당시 분위기는 공산주의 치하라고 해서 반드시 비관적인 것만은 아니었다. 1933년 이래 히틀러 독재를 피해 망명의 길을 떠났던 ―요하네스 R. 베혀와 아나 제거스 등 시인·작가들을 포함한― 많은 좌파 인사들이 속속 소련 점령지역으로 귀환했다. 이제 그들은 소련의 비호하에 그들의 오랜 꿈인 사회주의 민주독일, 즉 '독일 땅에서의 첫 노동자·농민의 나라'를 건설할 기회가 도래했다고 믿었다. '소련 점령지역'에서도 1945년 5월 이래 많은 정당이 생겨났는데, 공산당과 사민당 외에도 기독민주당과 자유민주당 등도 허가되어 있었다.

　하지만 이해 7월에 소련 점령당국은 정당 활동을 제한하고, 1946년에는 사민당과 공산당을 강제 통합하였다. 말이 통합이지 이것은 바이마르공화국 이래 독일 정치무대에서 전통적으로 가장 중요한 좌파 민주세력이었던 사민당 계열의 인사들이 동독의 정치무대에서 사실상 거세되고 소련계 공산당원 울브리히트(Walter Ulbricht)의 친소체제가 서서히 그 윤곽을 드러내게 되는 과정이다. 이른바 '독일 사회주의 단일당'(die Sozialistische Einheitspartei Deutschlands, SED)[1]이라는 일당 독재체제로 이행되는 이 모든 과정은 미소 분할점령으로 남북이 사실상 갈라지고 박헌영 등 전통적 노동당 세력이 김일성을 앞세운 소련 공산당 세력에 의해 제거되는 한반도 사정과 대동소이하다.

2.   사회주의 리얼리즘

동독문학이 울브리히트 정권의 시녀 노릇에서 벗어날 수 없었던 것은 가혹한 현실의 질곡이었지만, 그렇다고 그 체제가 아무런 전통적 맥락도 없이 전후 동독에서 정치적 명령으로 급조되었다고 할 수만은 없다. 전후의 동독문학은 독일 사회주의 운동의 역사적 계보에다 자신의 적자성을 제대로 정위시키고자 하였고, 하인리히 만, 베르톨트 브레히트, 아나 제거스 등 많은 좌파 해외 망명인사들을 동독 쪽으로 규합하고자 하였다. 따라서 동독 당국과 동독의 작가들은 독일의 패전을 사회주의 운동의 최종승리로 해

---

1 국내 사회과학계에서는 'SED'를 '사회주의 통일당'으로 번역해 왔으나, 여기서 'Einheit'는 동·서독 통일을 지향한다는 식의 '통일'이 아니라, 공산당과 사회당을 '사회주의'라는 기치 아래 '단일화'했다는 의미임이 분명하다. 따라서 이하에서는 두 정당을 '단일화한 사회당'이라는 의미로서 '통합사회당'으로 약칭한다.

석하였다. 농민전쟁(1524-1525)과 비스마르크의 사회주의 탄압조치 이래 독일 땅에서 꾸준히 지속하여 온 노동자·농민의 항쟁이 마침내 성공을 거두어 '독일 땅에서의 첫 노동자·농민의 나라'를 세웠다는 자긍심으로 충만한 가운데 신생 '독일민주주의공화국'(Deutsche Demokratische Republik, DDR)을 역사의 진보라는 이름으로 힘차게 밀고 나가고자 했다.

1951년 당 중앙위원회 제5차 회의에서는 스탈린의 정책을 모범으로 삼아 '사회주의 리얼리즘'(sozialistischer Realismus)을 모든 예술의 원리로 채택하고 문학에 대해서도 사회주의적 진보를 위한 도구가 될 것을 요구한다. '사회주의 리얼리즘'이란 원래 루카치의 문학이론에 근거한 것으로서 1932년 소련작가동맹 창립총회에서 강령으로서 포고되었었다. 이에 따르면, 예술가는 "혁명적 발전도상에 있는 현실을 진실하고도 구체적으로 묘사해야" 하며, 이로써 "노동자들을 사회주의 정신에 따라서 변화시키고 교화시키는 임무"를 수행해야 한다는 것이었다. 이러한 임무 부여는 당시 동독의 시인, 작가들에게 의미 있는 협업으로 큰 호응을 얻기도 했다. 이처럼 교조적이고 기능적인 문학관은 그 무렵까지 사회주의적 선각자로서 추앙을 받아 오던 하인리히 만조차도 노선과 전망이 충분히 선명하지는 못한 작가로 보이게 만들고, 브레히트도 형식주의자로 공격을 받는 일까지 생기게 만들었다.

이제부터 문학은 사회주의 국가 건설이라는 분명한 목적을 제시해야 하며, 신생 공화국의 독자들이 자신의 미래상과 동일시할 수 있는 그러한 미래지향적, 긍정적 주인공을 그려내어야 하는 것으로 요청되었다. 이와 같은 요청에 부응하여 이른바 '건설문학'(Aufbauliteratur)이 생겨났으며, 주인공이 사회주의자로서의 각성과 변화를 겪게 되는 과정을 그리는 이른바 '변화의 문학'(Wandlungsliteratur)이란 새로운 '교양소설'도 나타나게 된다.

1959년에 일어난 이른바 '비터펠트 노선'(Bitterfelder Weg)이란 운동도 정치적 필요성에서 문학의 경향성을 요구하는 운동이다. 이것은 중부 독일의 공업도시 비터펠트에 150여 명의 작가와 300여 명의 노동자가 모여 '예술'과 '삶'의 거리를 좁히고 나선 일종의 관제 정치적 선언이다. 즉, 작가들이 노동자의 사회주의적 의식을 고취하기 위해서는 생산공장에 직접 들어가 같이 일하면서 노동실태를 현장에서 배워야 한다는 것이며, 또한 노동자들도 펜을 들어 생산을 위한 열성적 일과와 그들이 달성한 기술적 진보를 기록으로 남김으로써 사회주의적 국민문화의 주역이 되어야 한다는 것이다. "동료여, 펜을 잡아라! 사회주의 국민문학이 그대를 부른다" 등의 슬로건 아래 '작업조 일기'(Brigadentagebuch)와 같은 새로운 장르가 한때 빛을 발하기도 했다.

3.   '발터 얀카 사건'과 문학의 정치적 예속

하지만 이런 외적 성공 속에서도 문학은 차츰 당에 예속되어 갔으며, 당에 의해 자의적으로 이용되고 있었다. 1956년에 스탈린이 실각하자 그해 10월에 헝가리에서 민중봉기가 발발하여 혁명정부가 구성되었고, 루카치가 그 각료의 일원으로 발표된다. 하지만 소련군이 헝가리에 진주하여 헝가리의 '10월 혁명'은 실패로 끝나고 루카치의 생명이 위험하게 되었다.

루카치의 오랜 친구인 요하네스 R. 베혀 문화부 장관과 아나 제거스 작가동맹 의장은 동독 국영 문예출판사 사장 발터 얀카를 불러 출국 허가 여권,

헝가리 입국 비자, 구출 공작금 용의 미국 달러화 등을 마련해 주면서 루카치 구출 작전을 위해 헝가리로 들어가 달라는 요청을 하자 얀카는 이에 기꺼이 응한다. 하지만 베혀 장관이 울브리히트의 최종 허락이 떨어지지 않는다면서 얀카에게 전화로 출국 보류를 지시한다. 이로써 루카치 구출작전은 불발 에피소드로 묻혀지는 것처럼 보였다.

하지만 불과 몇 달 후인 1957년 여름, 발터 얀카는 헝가리의 "반혁명의 정신적 수괴를 독일민주공화국으로 모셔 오려 했다"며 반국가음모죄로 체포되어 1957년 7월, 동독 대법원에 의해 5년형을 선고받는다. 마치 우리나라 박정희 독재정권 때에 인혁당 사건 공판과도 흡사한 동독 지성인들 전체에 대한 겁박을 목적으로 하는 그 공판에는 모든 시인·작가들이 임석하지 않으면 안 되었으며, 그 자리에 있으면서도 침묵을 지킨 베혀와 제거스는 "진실을 위해 과감하게 나서야 할 기회"를 놓쳤다.

이로써 당과 시인·작가들의 공조는 사실상 깨어지고 동독이란 국가는 급격하게 억압과 정보정치의 내리막길을 치달리게 된다. 나중에 이 사건을 회고하는 발터 얀카의 책 『진실을 둘러싼 어려움들』(Schwierigkeiten um die Wahrheit)[2]이 1989년 서독에서 출간되자 그 메아리가 동독으로까지 울려 퍼지게 된다. 동독 민중들의 정당한 항거를 더는 무력으로 진압하지 말 것을 간절히 호소하는 발터 얀카의 베를린 연설이 동독의 무혈 '10월 혁명'의 힘찬 끝내기가 되었다.

2　발터 얀카, 『진실을 둘러싼 어려움들』, 안삼환 옮김(예지각, 1990).

동독의 희곡 발전에 큰 영향을 끼친 작가는 말할 것도 없이 베르톨트 브레히트이다. 그는 오랜 망명생활에서 1948년 동독으로 귀국하여 극단 '베를린 앙상블'(Berliner Emsemble)을 창단, 동독 연극의 발전을 위한 초석을 놓았다.

하지만 브레히트의 시련은 동독 당국이 정책적으로 내세운 사회주의 리얼리즘과의 마찰이었다. 사회주의 리얼리즘은 원래 루카치의 반영이론과 낙관적 전망의 선취에 기반을 둔 것인데, 이것이 소설이론에는 어느 정도 타당성이 있다 하더라도 갈등 요소가 심한 연극에도 맞는 이론인지는 논란의 여지가 많았다. 특히 브레히트의 문학이론과는 애초부터 맞지 않았다. 그의 『억척어멈과 그 자식들』의 주인공 억척어멈이 온갖 고난을 겪고도 끝끝내 아무것도 깨닫지 못하고 있는 것은 독자에게 그 사실을 비판적으로 보고 스스로 깨닫게 하려는 그의 서사극 이론의 기본정신인데, 이에 대해 동독의 문화정책 당국은 억척어멈이 종국에 가서는 그래도 각성에 도달해야 하지 않을까 하고 이의를 제기하기도 했다. 그러나 브레히트는 갈등의 해소와 조화를 과시하는 대신에 현실의 모순과 갈등을 드러내는 실험 정신을 고수하고자 노력했으며, 동독이란 문화적 풍토에서 자기 뜻을 관철하려다 보니 자연히 현재와 직접적인 연관이 비교적 적은 역사적 소재를 많이 다루었다. 렌츠의 『가정교사』(Hofmeister, 1950), 괴테의 『파우스트 초고』(Urfaust, 1952), 몰리에르의 『동 후앙』(Don Juan, 1954) 등의 연출 작업에 몰두한 것이 그것이다.

브레히트 이후 동독 연극계에서 단연 두각을 나타낸 희곡작가는 하이너 뮐러(Heiner Müller, 1929-1995)다. 그의 '생산극'(Produktionsstück) 『저임을 감수하는 노동자』(Der Lohndrücker, 1956)는 동독의 모범적 노동자 한스 가르베의 실화를 극화한 것으로서, 여기서 뮐러는 주인공이 선구자적 인품과 행동에 역점을 두기보다는 그의 행동이 동독의 실제 현장에서 노동자들 사이에 구체적으로 어떻게 받아들여지고 있는가에 초점을 맞추고 있다. 이 작품으로 뮐러는 동독의 새로운 제도의 규준과 실제 노동자들의 개인적 욕구 사이에 존재하는 모순들을 파헤치는 데에 주력하였다.

이후로 뮐러는 노동현장에서의 갖가지 갈등을 조화롭게 해결하는 초기 '생산소설', 또는 '생산극'의 틀을 벗어나, 관객에게 연극 속의 모순과 문제점에 대하여 계속 성찰하고 이 성찰에서 나온 인식을 자신의 상황에 대입시켜 생각해 볼 수 있도록 유도한다. 이런 모습에서 뮐러는 어김없는 브레히트의 제자이며 후계자라 하겠다.

동독 전후 시에서 가장 주목되는 시인은 동프로이센 출신인 요하네스 보브로브스키(Johannes Bobrowski, 1917-1965)다. 그는 쾨니히스베르크를 중심으로 한 '동프로이센 지역과 독일인'이라는 쉽사리 씻지 못할 피로 얼룩진 역사의 언저리를 감수성이 예민한 언어로 집요하게 파헤치고 있다.

나무 거리에 면한 집들에는
격자 울타리, 그 위엔 라일락의 수풀.
새하얗게 되도록 문지방을 훔치고
조그만 층계 아래까지 문질러 닦았지.
그 당시, 그대도 왜 알잖아,

핏자국!

사람들아, 그대들의 말이: '잊자!'

젊은 사람들이 오고

그들의 웃음이 라일락 수풀처럼……

사람들아, 라일락 나무는

죽으려 하네.

그대들의 건망증 때문에.

「핏자국」이란 시에서 발췌한 위의 두 연이 보여 주듯이, 보브로브스키의 시어들은 어려운 이미지들과 복잡다단한 연상의 끈을 숨긴 사회주의 리얼리즘과는 가장 거리가 먼 동독문학의 한 유형이다. 하지만 그의 문학을 단순히 예술주의적인 자연시나 동프로이센을 취급한 향토시로 치부할 수도 없다. 그의 시는 건망증에 사로잡히기 쉬운 독일인들의 '기억을 되살리려는 투쟁'이며, 이런 의미에서 서독 전후문학에서의 '과거 극복'의 문제와 그 맥을 같이하고 있다. 그의 소설 『레빈의 물방앗간』(Levins Mühle, 1964)도 동독판 '과거 극복' 문학의 선구적 작품이며, 나중에 크리스타 볼프의 『유년시절의 모범인물들』(Kindheitsmuster, 1976) 등 동독문학에서 '과거 극복'의 문제가 본격적으로 대두되기 전까지 젊은 작가들에게 큰 영향을 끼쳤다.

또 다른 대표적 시인은 베를린 태생의 귄터 쿠너트(Günter Kunert, 1929-)로 그는 강렬한 인상을 주는 간결한 문체로 하이네와 투홀스키(Kurt Tucholsky, 1890-1935)의 전통을 잇는 풍자적이고도 공격적인 시를 발표하였다.

사람들이

그 작자를

폭격당한 자기 집

폐허로부터

끌어내어 주었을 때

그는 몸을 떨면서 말했다:

'전쟁은 결코 두 번 다시 일어나선 안 돼!'

'어쨌든 곧 다시 일어나서는 안 되지!'

「목숨을 건진 몇 사람에 대하여」라는 제목의 이 시는 사회주의적 리얼리즘 같은 문학 강령에는 조금도 개의치 않고 쓰이어진 것으로 보인다. 사회를 보는 쿠너트의 이러한 예리한 시각과 날카로운 언어감각은 점차로 동독 당국에 대한 그의 관계를 어렵게 만들어 갔다. 1979년에 서독으로 넘어온 그는 1986년도 하인리히 하이네 상을 받았다.

위에서 살펴본 바와 같이 역사에 남을 만한 동독문학은 동독 문화정책 당국이 내세운 '생산문학'이나 '도달문학'(Ankunftsliteratur)(주인공이 사회주의적 일상에 '안착'하는 과정을 그린 초기 동독문학의 한 장르이며, 일종의 사회주의적 교양소설로서 장려된 바 있음), 또는 동독 당국이 내세운 사회주의 리얼리즘이란 문학 강령과는 좀 거리가 있는 문학이었다.

신주관주의 문학의 전개

1961년 8월 13일 동독 당국은 동·서베를린 경계선에다 장벽을 쌓고, 이것을 '반파시즘적 보호 장벽'이라 칭하였다. '서쪽의 자본주의적 영향'으로부터 동독 국민을 보호하기 위한 장벽이라는 명목을 내세웠지만, 실은 이른바 '공화국 탈주'를 막으려는 것이었다. 이 장벽으로 인해 동독 국민은 비록 심리적일지라도 답답한 공간에 갇힌 듯한 열패감을 느끼게 되었고, 특히 시인·작가들은 더는 그들의 주인공들에게 동·서독이란 공간을 자유로이 왕래할 수 있게 그릴 수 없게 되었다. 그리고 젊은이들의 사회주의에로의 '변화'와 '도달'을 열렬하게 그려낼 수 없었다. 사회주의 조국 건설 이래로 끓어오르던 그들의 열광은 베를린 장벽에 걸려 급속도로 냉각되었고 이 냉각과 더불어 새로운 각성이 찾아왔다.

이런 각성을 더욱 부추긴 정치적 상황 변화로 통합사회당이 1963년의 제6차 전당대회에서 경제의 효율화를 위해 이른바 '신경제체제'를 도입한 결과가 그것이다. 즉, 지금까지 노동자들 중심의 생산체제 대신에 기술자, 과학자, 경제학자 등 소위 계획수립자와 지도자들의 역할이 강조되는 일종의 '신자본주의적' 경향이 들어서게 됨으로써, 시인·작가들도 이제 이 지도자들의 대열에 동참하여 기술경제의 새로운 혁신에 이바지해야 한다는 요청을 받는다.

삶과 예술, 즉 노동자와 작가들의 거리를 좁혀야 한다는 기치 아래 출범했던 '비터펠트 노선'조차도 '신경제체제'하에서는 빛이 바래지기 시작했고, 노동자들은 이제 동독사회의 주인공이 아니었으며, 동독 사회의 여러 곳에서 기술관료들을 중심으로 일종의 비민주적, 권위주의적 요소가 나타나기 시작했다. 이에 시인과 작가들은 —적어도 문학을 진지하게 생각하는 한— 더는 기술관료들을 보좌하는 기능적 역할에 만족하지 않고 사회와 국가라는 거대한 체제하에 불행해지는 개인들, 그들의 삶과 감정에 관심을 두고 '비영웅적이거나' 신경제체제에 좌절한 주인공들을 그려 내기 시작했다. 1960년대 초반에서 1970년대 말까지 이어지는 동독문학의 이러한 흐름을 일반적으로 '신주관성' 또는 '신주관주의'(die neue Subjektivität)의 문학이라 칭한다.

1963년, 에르빈 슈트리트마터(Erwin Strittmatter, 1912-1994)의 소설 『올레 빈코프』(Ole Bienkopp)는 이와 같은 흐름의 원류이다. 1952년부터 1959년 사이 동독의 농촌을 배경으로 하는 이 작품은 변혁기 동독 농촌의 한 선구적이고도 열성적인 농부 올레 한젠(별명: 꿀벌 치는 올레)의 노력과 갈등 그리고 파멸을 그리고 있다. '농업 생산 공동체'의 창립을 위해 헌신적이고도 몽상적인 노력을 기울이는 이상적 사회주의자 올레는 당과 당료들의 관료적 현실주의와 아직 미숙한 민중의 몰이해에 직면하여 혼자 삽을 들고 고군분투하던 중 탈진해 죽는다. 오랫동안 지원 요청을 해 온 불도저는 그가 죽은 다음 날에야 도착한다. 사회주의 동독사회가 어째서 건설적 개혁가이며 선구적 행동파인 올레와 같은 인물을 좌절시키고 죽음으로 내몰게 되었는가 하는 의문은 비록 사회주의 동독 체제에 대한 정면 도전은 아니라 할지라도 긍정적 주인공의 실패와 좌절을 그리고 있다는 점에서 당시 동독문학으로서는 획기적이다.

하지만 사회주의 리얼리즘의 교조적 원칙을 진지한 작가의식과 수준 높은 작품으로 깨고 마침내 그것을 탈피한 작가는 누구보다도 크리스타 볼프(Christa Wolf, 1929-2011)이다. 그녀는 바르테(Warthe) 강변의 란츠베르크

(Landsberg)에서 태어나 파시즘과 전쟁을 소녀로서 체험하고 스무 살에 통합사회당에 입당하여 동독의 건국과 함께 성장하였다. 첫 작품 『모스크바 이야기』(Moskauer Novelle, 1961)는 동독의 여의사와 소련군 장교 출신의 남자 사이의 사랑을 그리고 있다. 작가 자신이 나중에 이 작품을 가리켜 사회주의적 원칙과 도덕을 위한 논문식의 글이라고 혹평한 바 있다. 그녀의 다음 작품 『분단된 하늘』(Der geteilte Himmel, 1963) 역시 아직도 사회주의 리얼리즘의 도식성 및 '비터펠트 노선'의 영향을 채 벗어나지 못한 일종의 '생산문학'이긴 하지만 동독 신세대 문학의 새로운 가능성을 엿보이게 한 최초의 괄목할 만한 작품이다. 작품에서 리타 자이델은 서베를린으로 넘어간 애인 만프레트 헤르푸르트를 찾아갔다가 그곳에 계속 남을 수 있는 절호의 기회를 버리고 그녀의 동료들이 기다리고 있는 사회주의 동독으로 자진 귀환한다. 그녀의 선택은 도식적이지만, 이른바 '공화국 탈주자'인 만프레트의 탈주 동기가 자본주의 사회에 대한 동경에서 비롯된 것이 아니라, 그의 개선안을 수용하지 못하는 사회주의 체제의 비민주적 경직성에 좌절한 나머지 서쪽으로 건너가는 것으로 묘사됨으로써, 종래 동독문학의 도식적 선악의 대비를 한 걸음 벗어나 있다.

볼프의 이런 비판적 경향은 다음 작품 『크리스타 T에 관한 추념』(Nachdenken über Christa T., 1968)에서 비로소 확연히 드러난다. 일인칭 서술자의 학교 동창생이고 나중에 한 수의사의 아내로서 두 아이의 어머니가 된 크리스타 T는 결코 모범적인 인물은 아니었지만, 자신을 둘러싸고 있는 사회와의 합일점을 찾고자 성실과 열성을 다하여 노력한 여성이다. 그러나 그녀는 동독 사회가 자신과 같이 성실과 완전성을 추구하는 인간보다는 잘 적응할 줄 아는 기계적 '나사'로서의 기능적 인간을 더 필요로 한다는 것을 인식하자 40도 채 안 되는 나이에 백혈병으로 죽어간다. 이에 작가와 거의 동일시될 수 있을 듯한 여성 일인칭 서술자는 죽은 친구에 대한 갖가지

성찰과 주석을 덧붙이는 등 온갖 서구적 현대 서술기법들을 한껏 시험하고 있다.

"사람들은 자신들이 들고 다니는, 제 몸보다 훨씬 더 큰 마분지 흑판에 가려 그만 자기 앞조차 못 보게 되지 않았는가 말이다. 아주 이상한 노릇이지만 우리는 결국 그 흑판에 익숙하게까지 되어 버렸다."―『크리스타 T에 관한 추념』에 나오는 서술자[또는, 크리스타 볼프]의 이 말은 사회가 표방하는 목표와 실제 개인 생활 사이의 괴리가 너무 벌어진 동독의 현실에 대한 고통스러운 인식의 표현이며, 동독과 같이 문학이 당에 의해 통제되고 있는 나라에서 이와 같은 인식에 도달하여 이 인식을 글로 표현할 수 있는 작가가 그 제도 안에서 자생적으로 성장했다는 것 자체가 놀라운 일이다.

6.   유렉 베커의 소설 『거짓말쟁이 야콥』

오늘날의 시점에서 보아 동독문학에서 앞으로 독일문학사에서 의미 있는 문학작품으로서 살아남을 수 있는 작품들을 꼽자면, 거기에는 아마도 유렉 베커(Jurek Becker, 1937-1997)의 소설 『거짓말쟁이 야콥』(Kakob, der Lügner, 1969)[3]도 한 자리를 차지할 것이다.

폴란드 바르샤바 남서쪽에 있는 작은 도시 루지(Łódź)에서 유대인으로 태

---

3   유렉 베커, 『거짓말쟁이 야콥』, 장영태 옮김(중앙일보사, 1990).

어난 베커는 여섯 살 때 작센하우젠(Sachsenhausen)의 강제수용소에서 지내기도 했다. 그의 첫 소설이자 대표작이기도 한『거짓말쟁이 야콥』은 제2차 세계대전 중 유대인의 게토에서 일어난 일을 다루고 있다. 순진하고 유별나게 똑똑하지도 않은 게토의 수용자 야콥은 사령관 숙소의 라디오에서 우연히, 소련의 붉은 군대가 서쪽으로 진격하고 있음을 알게 된다. 게토에 갇힌 채 강제노역에 시달리는 유대인들에게는 이 소식이 큰 희망과 삶에의 새로운 의지를 줄 것이 틀림없기에 그는 이 소식을 미샤에게 털어놓는다. 하지만 미샤가 야콥의 이 말을 믿지 않으려 하자 야콥은 자기가 라디오를 갖고 있다고 거짓말을 한다. 게토 주민이 라디오를 소지하고 있으면 사형에 처하기 때문에 이것은 위험하기 짝이 없는 거짓말이다. 하지만 야콥은 다른 사람들의 인정을 받고 싶기도 하고, 또 게토 주민들에게 삶의 희망을 북돋우어 주기 위해 소련군의 진격에 대해 라디오가 전하는 소식이라며 계속 조금씩 거짓말을 덧붙임으로써 작은 거짓말이 점점 큰 거짓말이 된다.

이야기는 표면상으로는 새롭지 못한 게토 이야기에 불과하지만 야콥이 사망한 20여 년이 지난 시점에 이웃 가운데서 유일하게 살아남은 사람으로서, 거리감을 둔 채 일인칭 서술자에 의해 이야기되고 있다. 여기서 일인칭 서술자는 1960년대 말 현재 동독에서의 결혼생활, 우정, 정치적 억압 등도 아울러 언급, 또는 암시하고 있다. 유렉 베커는 이 작품을 유대인의 박해를 다룬 이른바 '과거 극복'의 이야기 차원에 머물게 하지 않고 이 이야기를 극적 한계상황에 부닥치게 된 인간들의 보편적 이야기로 승화시키고 있다. 카프카와 막스 프리쉬의 영향이 크다는 사실을 고백하면서도, 베커는 카프카가 유대인이라는 사실에 아무런 긍지도 느끼지 않으며, 프리쉬가 유대인이 아니라서 서운할 것도 없다고 말한다. 이것은 그가 유대인 고유의 운명과 상황을 다룬 작가라기보다는 인간 일반의 보편적 문제를 다룬 작가이고자 한 사실을 잘 말해 준다. 바로 이 점이 유렉 베커를 동독 작가 중에서 크게 돋보이게 한다.

베커는 1976년 비어만 사건에 대한 항의 서한에 서명했다가 이듬해에 20년 동안 당적을 갖고 있던 통합사회당(SED)에서 축출당하자 동독작가연맹으로부터는 자진 탈퇴하였다. 1977년 말, 그는 동독당국의 허가 아래 서베를린으로 이주하였다.

7.　　1970년대 초의 짤막한 해빙기와 '볼프 비어만 사건'

1971년 5월에 울브리히트가 물러나고 이해 6월의 통합사회당 전당대회에서 에리히 호네커(Erich Honecker)의 시대가 출범하였다. 서독의 브란트/셸 연립정부가 서독만이 독일 땅에서의 유일한 합법정부라는 역대 서독 정부의 공식 입장을 포기함으로써 세계 각국이 동독 정부를 승인하게 된다. 호네커도 이에 부응하여 예술과 문학에 대한 당의 고삐를 조금 늦추지 않을 수 없었으며, 12월에 열린 통합사회당 제4차 중앙위원회에서는 "확고한 사회주의적 입장이 전제되어 있다면, […] 예술과 문학의 영역에서 금기사항들이란 있을 수 없다"고 천명한다.

호네커의 이 천명은 정책적 전망이라기보다는 이미 시행되고 있는 사실에 대한 추인에 불과하였다. 즉, 사회주의 리얼리즘의 갖가지 요청들은 이미 지켜지지 않은 지 오래였다. "문학의 영역에서 금기사항들이 있을 수 없다"는 이런 일시적 자유 분위기 하에서 울리히 플렌츠도르프(Ulrich Plenzdorf, 1934-2007)의 극작품(1년 뒤에는 소설로도 출간) 『젊은 W의 새로운 고뇌』(Die neuen Leiden des jungen W., 1972)가 동독의 극장들을 석권하고, 곧이어 서독의 연극계에도 대거 소개되었다. 화가 지망생의 젊은이 에트가르 비보(Edgar Wibeau)는 동독판 삼각관계에 빠져든다. 기성 동독 사회의 고정관념과 인습에 대하여 국외자인 젊은이가 동독의 경직된 사회 조직 내에서 자아실현의 길을 찾지 못한 채 기술적 실험 중에 죽어 간다. 크리스타 T의 죽음을 괴테의 『베르터』에 기대어 통속화한 이 죽음은 사회주의 국가 안에 아직도 남아 있는 속물근성과 출세주의에 대한 신랄한 비판과 풍자이다.

이렇게 크리스타 볼프, 울리히 플렌츠도르프, 폴커 브라운, 하이너 뮐러 등이 체제 안에서의 비판을 조심스럽게 가동하고 있을 무렵, 이들보다 더 큰 목소리로 공산 동독의 당료 지배체제의 억압적 성격과 비민주적 경직성을 날카롭게 공격하는 시인이 나타났다. 그가 바로 1970년대 중반의 동독 문학계에 큰 풍파를 몰고 온 볼프 비어만(Wolf Biermann, 1936-)이다.

> 한때는 기관총 앞에서도 늠름한 태도를 견지했던 사람들이
> 내 기타 앞에서 벌벌 떠네.
> 내가 입을 열면 깜짝깜짝 경기(驚氣)를 일으키고,
> 내 노래를 듣고자 청중들이 가득 모이면
> 정치국 거인들의 콧잔등엔 공포의 땀방울 송글송글.
> 정말이지 내가 무슨 괴물이거나 페스트인 게지.
> 마르크스·엥엘스 광장에 한 마리 공룡이 나타난 게지.

이것은 1965년 서독에서 출간된 『철사 하프』(Die Drahtharfe)란 시집에 수록된 「가수의 취임 연설」 중의 한 구절로서, 동독 공산주의 체제에 대한 그

의 공격과 효능을 잘 묘사하고 있다. 함부르크의 유대계 공산주의자 집안에서 태어난 그는 서독의 자본주의 체제에 만족하지 못하고 1953년 자진해서 동독으로 넘어갔다. 하지만 기타 반주를 곁들인 풍자적 시와 노래 때문에 점차로 동독 당국에 거북한 존재로 부상하였고, 1965년에는 마침내 공연금지조치를 당했고, 이 조치는 1971년의 유화적 분위기 하에서도 풀리지 않았다. 그의 비판적 음반과 시들이 『철사 하프』(1965), 『마르크스와 엥엘스의 혀로써』(Mit Marx- und Engelszungen, 1965), 『내 동지들을 위하여』(Für meine Genossen, 1972) 등의 표제를 달고 연달아 서독에서 출판되었다. 그리고 그의 샹송이 때마침 서독의 좌파적 대학생 세대에 큰 인기를 얻게 되자 이 반향이 동독으로 다시 메아리쳐 들어왔다. 이에 동독 당국자들의 귀가 고통을 느끼게 되었다. 그런데도 그들은 비어만을 함부로 체포하기를 주저하였는데, 그것은 비어만이 동독을 자신의 조국으로 선택해 입국한 사회주의자의 입장을 언제나 견지하고 있기 때문이었다. 1976년 시낭송회를 해 달라는 서독 금속노조의 초청을 받게 되자, 동독 당국은 뜻밖에도 선선히 출국허가를 내주고는 그가 서독 쾰른의 공연에서 열광적인 환영을 받자 그가 "국민으로서의 의무들을 크게 위반했다"며 11월 16일 동독 시민권을 박탈하고 재입국을 금지하였다.

이로써 동독 당국의 1970년대 초반의 유화적 태도가 한계성을 드러내고 말았고, 비어만의 시민권 박탈을 계기로 동독 작가들이 다음날 국가평의회 의장 호네커에게 이 조치를 취소해 줄 것을 청원하는 공개서한을 보냈다. 이들은 슈테판 헤름린을 필두로 자라 키르쉬, 크리스타 볼프, 폴커 브라운, 프란츠 퓌만, 슈테판 하임, 귄터 쿠너트, 하이너 뮐러, 롤프 슈나이더, 게르하르트 볼프, 유렉 베커, 에리히 아렌트 등 당시 동독문학을 대표한다 할 수 있는 12명이다. 이어서 귄터 드 브륀, 토마스 브라쉬, 클라우스 포헤 등 다른 작가들과 연극인, 미술가 등 모두 100명에 가까운 동독 지성인들이 이 서한의 내용에 동의한다는 추가 선언을 하고 나섰다. 이것이 유명한 '볼프 비어만 사건'이며, 이를 계기로 동독 정부의 출범과 더불어 자랑스럽게 내세워졌던 당과 문인들의 공조가 ─ 이미 그 조짐을 보여 오긴 했지만 ─ 이제 마침내 깨어지게 되었으며, 많은 문인과 예술가들이 ─ 정부의 묵인 속에, 또는 비공식적 루트를 통해 ─ 서독으로 떠나게 되었다. 이 사건은 1970년대 초의 짤막한 해빙기를 종식했을 뿐만 아니라 동독 출범 당시 작가들의 자신만만하고 꿈에 부풀어 있던 정체성에 심각한 의문을 제기하게 되었다.

비어만 사건보다 한 해 전인 1975년에 동독의 《의미와 형식》(Sinn und Form) 지(誌)에 발표된 폴커 브라운(Volker Braun, 1939-)의 중편 소설 『미완성의 이야기』(Unvollendete Geschichte)는 이미 비어만 사건을 문학적으로 미리 보여 주고 있는 듯하다. 신문기자 수련생인 방년 18세의 카린은 고위직 당료인 아버지로부터 남자 친구 프랑크와의 관계를 즉각 끊으라는 명령을 받게 된다. 프랑크가 과거에 불량소년으로서 소년원에 수용된 적이 있고 현재 별거 중인 그의 부모들 역시 모범적인 공화국 국민이 아니라는 이유 이외에도 최근 정보에 의하면 프랑크가 모종의 중대한 범행을 꾸미고 있다는 것이었다. 모범생 카린은 부모의 뜻에 일단 순종하지만 어두운 과거를 청산하고 새 사람으로서의 길을 걷고 있음에도 불구하고 서독으로 건너간 친구한테서 온 사소한 편지 구절 때문에 '공화국 탈주'를 기도하고 있다는 혐의를 받고 있는 프랑크와의 관계를 차마 끊지 못하고 불행한 그에게 오히려 더 깊은 사랑에 빠지게 된다.

부모의 비호 아래 사회주의에의 확신을 지니고 신문기자 지망생으로서의 안정된 길을 걷고 있던 카린은 '금기 인물'과 교제하고 있다는 사실 한 가지로 인하여 갑자기 가정과 직장으로부터 심한 질타와 문책을 받게 되며, 감수성이 예민한 프랑크는 자살을 기도하다 미수로 그치지만, 식물인간이 될 위기에 처하게 된다.

　깨어 있는 의식으로 인민을 수호한다 ― 말은 그럴듯하지. 그러나 나는 지금
까지 과연 무엇을 수호했던가? 내 자식을 잃게 되고 또 다른 한 청년이 정말 죽
게 된 이 마당에, 내가 수호한 게 도대체 뭐란 말인가?

　고위 당직자인 카린의 아버지가 자신에게 묻고 있는 이 질문은 작가 브라
운이 동독 당국에 신랄하게 묻고 있는 질문이기도 하다. 선량한 젊은이들
이 비인간적 체제의 바퀴 밑에서 아픔을 겪는 공화국 현실이야말로 사회주
의에 충실해지려던 작가 브라운이 주목하는 중요한 관심사이다. 잡지에 실
렸던 이 작품은 동독에서는 책으로 출간되지 못하는 비운을 겪다가 1977년
서독의 주어캄프 사에서 출간되어 서독의 독자들에게 큰 반향을 불러일으
켰다.
　이처럼 동독의 시인, 작가들은 그들이 지금까지 적으로 돌려 왔던 자본주
의적 서독 독자들이 뜻밖에도 그들의 작품에 이해와 관심을 보여 오고 있
는 새로운 현상에 직면하여, 자신들의 관점과 입장을 새로이 정립하지 않
을 수 없게 되었다. 말하자면, 그들은 자신들이 '진실'의 편에 머무른다면,
더는 당의 출판허가에 매달리지 않고도 '동독의 작가'로서는 아니지만, '독
일어로 작품을 쓴 작가'로서 독일문학사에 남을 가능성까지도 서서히 인지
하게 된 것이다.
　예컨대 원로작가 슈테판 하임(Stefan Heym, 1913-2001)은 동독에서 발표되었
으나 연이어 서독에서 출판된 그의 소설 『콜린』(Collin, 1979)에서, 이제 죽음
을 앞두고 자신이 살아온 삶을 결산하는 공산주의자 콜린의 회고와 성찰을
통해 동독 정치 지도층의 편협성을 가차 없이 심판하고 있다. 동독 당국은
소설이 서독에서 출판된 것을 외환관리법으로 다스려 9천 마르크의 벌금형

을 과하는 등 제재를 가하고 나섰으나, 이미 한번 크게 눈뜨게 된 동독 작가들의 각성과 인식을 더는 권력으로는 막을 수 없었다.

1980년대에 접어들자 당시 동독문학의 대표 주자라 할 크리스타 볼프는 당과 문인들의 깨어진 '공조'를 복원하고 독일 땅에서 처음으로 세워진 사회주의 공화국의 파멸을 막고자, 1982년에 '카산드라의 외침'을 부르짖게 된다. 그녀는 망해 가는 트로이왕국의 패망을 막기 위해 아버지 프리아모스와 그의 정보기관에 대해 거짓과 억압을 그만두고 진실로써 현실에 임할 것을 외친 옛 신화적 인물 카산드라의 상황을 동독 당국에 대한 자신의 처지에 견주어 『카산드라』(Kassandra, 1982)라는 소설을 발표한다. 이것으로 그녀는 기울어져 가는 동독의 현실정치에 '카산드라의 경고'를 보낸 것이다. 하지만 동독 정권은 이제는 그 호소를 받아들일 여유와 여력이 없었고, 그들이 1961년에 설치했던 '반파시즘 보호장벽'은 28년 만에 허망하게 무너져 내리고 만다.

---

8. 크리스타 볼프의 『카산드라』

1929년 지금의 폴란드령 란츠베르크에서 태어나 2011년 타계한 크리스타 볼프는 명실공히 동독문학을 대표하는 작가이다. 그녀가 동독의 건설에서부터 붕괴에 이르기까지의 전 과정을 자신의 문학에 담아냈다고 해도 과언이 아니다. 동독의 현실 사회주의가 그 이상으로부터 멀어지면서 동독체제에 대한 비판은 불가피한 일이 되었지만 그렇다고 해서 장벽 너머의 자

크리스타 볼프

(Mit freundlicher Genehmigung des Deutschen Literaturarchivs Marbach)

본주의 체제가 볼프에게 대안이 될 수는 없었다. 그리하여 개혁사회주의자로서 체제 비판적인 시각을 견지하면서 볼프는 끝까지 동독에 남아 그 체제와 운명을 같이했다. 그렇다고 볼프의 문학이 동서독 분단과 관련해서만 평가될 수 있는 것은 아니다. 로고스 중심주의 비판, 여성적 자아, 문명사회에 대한 성찰 등 그녀의 문학은 계몽과 근대 전반에 대한 문제를 두루 다루고 있다. 『카산드라』(Kassandra, 1982)는 그 대표적 예라 할 수 있다.

그리스 신화 속의 카산드라는 트로이의 왕 프리아모스의 딸로 아폴론의 사랑을 받지만, 그 사랑을 거부함으로써 축복과 저주를 동시에 받은 인물이다. 즉, 미래를 예언할 수 있는 축복과 함께 그녀의 말을 아무도 믿어 주지 않는 저주가 동시에 내려진 것이다. 그래서 오늘날까지도 '카산드라의 외침'(Kassandras Ruf)이라면 진실을 말하지만 아무도 들어주지 않는 외침, 또는 예언을 의미한다.

볼프는 이 신화 속 인물과 배경을 빌려 오되 새로운 문맥에서 가공한다.

배경은 그리스와 트로이의 전쟁. 소설은 카산드라가 그리스 왕 아가멤논에 의해 포로로 잡혀 자기 죽음을 예견하는 가운데에 내면 독백을 통해 그녀의 나라와 전쟁에 대해 회상하는 형식으로 이루어져 있다. 조국 트로이에서 카산드라는 그리스와의 전쟁을 멈추라고 몇 차례 경고하지만 아무도 이 말을 듣지 않는다. 왕자 파리스가 세상에서 가장 아름다운 여인 헬레네를 그리스에서 데려왔다는 것으로 전쟁 구실로 삼고 있지만, 실제로 헬레네는 망령으로만 존재할 뿐이고 실은 경제적, 정치적 이유로 전쟁이 수행되고 있었다. 흑해에서의 해상권을 둘러싼 이해관계가 전쟁의 본래 목적임을 간파한 카산드라가 반전(反戰)을 외치지만 아폴론의 저주대로 아무도 그 말을 들어주지 않는 비극적인 상황이 벌어진다. 결국, 카산드라는 자신의 나라에서 이방인으로 취급당하고, 언어로 말하지 못한 진실은 육체적 발작으로 표현될 따름이다. 궁 안에서 고립되고 언어를 잃어 가던 카산드라는 궁 밖, 스칸만드로 강변의 공동체에서 삶의 대안을 찾기도 하지만, 결국 트로이는 전쟁에 패하고 카산드라는 죽음이 예고된 그리스로 끌려오게 된다.

이 작품을 위해 볼프는 다양한 문헌작업을 통해 여러 판본의 신화를 섭렵하는 한편 이 신화들을 오늘날의 시각으로 재가공한다. 그 가운데 볼프는 동독 작가로서의 자신의 역할을 트로이의 카산드라에 투영한다. 동독사로 보자면, 1976년 볼프 비어만의 시민권 박탈 이래로 많은 작가가 서독행을 택했음에도 볼프는 동독을 떠나는 대신 두 체제 사이에서 겪는 긴장을 문학적으로 승화시키려 했다. 동독체제와의 불편한 관계는 카산드라가 겪는 자국 내 이방인의 자리에 잘 반영되어 있다. 그래서 볼프는 신화적 인물을 무엇보다 고향에 대한 감정과 그것의 상실 속에서 조명한다. '고향에 대한 감정이 사라진 시점이 언제였던가' 하는 질문이야말로 동독체제와 작가의 관계를 짐작게 하는 대목이다. 트로이의 패망을 목전에 두었을 때, 카산드라는 자신의 애인 아이네이아스로부터 이다 산으로 퇴각하여 새로운 나라를 건설하자는 제의를 받지만 거절한다. '왜 그를 따르지 않았는가?' 하는 물음이 작품 속에서 반복되는데, '그런데 어디로, 어떤 배를 타고 가야 한단 말인가' 하는 체념에서 그 대답을 미루어 짐작해 볼 수 있다. 그뿐만 아니라 이방인 칼햐스의 모습에는 조국을 떠난 망명자를 바라보는 작가의 시선이 투영되어 있다. 트로이를 등지고 그리스군으로 넘어간 칼햐스의 눈에서 카산드라는 불타는 향수를 볼 뿐이다. 망명의 길이 아니라 '증인으로 남겠다'는 카산드라의 다짐은 곧 동독 사회에서 볼프 자신이 스스로 설정한 역할을 말해 준다. 역사의 증인으로 감당해야 할 볼프의 역할은 바로 글쓰기 그 자체이다. 그래서 동독을 떠나는 대신 동독에 남아 그 몰락 과정을 보는 것이야말로 그녀에게는 글쓰기의 추동력으로 작용하는 것이다.

다른 한편, 이 소설은 이성과 남성 중심의 계몽 과정에 대한 반성적 성찰을 담고 있다. 궁궐 내의 가부장적 질서, 관료주의, 계산적 합리성으로 귀결되는 이성 중심의 사고 등은 남성 중심의 트로이를 특징짓고 있는데, 이런 면에서는 그리스군 진영이라고 별로 다르지 않다. 소설의 전체 흐름은 카산드라가 궁궐을 중심으로 한 기존의 질서에서 벗어나 그 대안으로서의 삶, 요컨대 '여성적 삶'을 찾아가는 이야기로 요약될 수 있다. 이질적인 소수 민의 집합체인 스칸만드로 강변의 공동체를 작가는 유토피아적인 시각으로 그려 낸다. 여기서는 계급 간의 위계질서도 존재하지 않고 사람들은 자연과 친화된 삶을 누린다. 도구적 이성이 지배적인 궁궐과는 대조적으로 이곳은 인간 본연의 감정에 충실하며, 여성들의 격렬한 춤동작에서 보이는 것처럼 문자 이전 단계의 세계를 대변한다. 물론 판토스의 야만적인 살해를 예로, 작가는 감정이 제어되지 않을 경우 이것이 광기로 흐를 위험성이 있다는 점에 대해서도 경계를 하고 있다. 그런데 여기서 볼프는 여성성을 말하는 데 있어 육체와 이미지, 몸짓, 소리 등 오늘날 젠더담론의 주요 개념들을 선취하고 있다. 카산드라가 이후 겪는 도정은 궁궐을 중심으로 한 기존의 언어질서를 벗어나 새로운 공동체에서 몸과 이미지의 의미를 발견해 가는 과정이라고도 할 수 있다. 여기에는 남성적 언어질서에 의해 지금까지 억압된 것을 되찾고 복원하려는 작가의 의도가 깔려 있다. 이 이상적인 공동체가 남성중심의 사회가 형성되기 전, 가능했을지도 모를 사회의 한 원형을 그리고 있는 한에서, 볼프의 이 작품을 '여성의 목소리에 대한 고고학'이라도 칭할 수 있다. 또 볼프는 이른바 남성성의 영역으로 치부되던 이성, 견고함, 냉철함을 카산드라에게 부가함으로써 새로운 여성성을 모색하고 있다. 그래서 카산드라로 대변되는 여성성은 도구적 이성에 대한 비판임과 동시에 또한 이를 극복한, 진정한 의미의 계몽을 가리키고 있다.

크리스타 볼프의 이 작품이 남성적 지배체제의 위선적, 억압적 양상을 비판하고 '여성성'에서 새로운 가능성을 모색하고 있다는 정미경 교수의 해석은 전적으로 타당하며, 여성문학으로서의 중요성을 지적하고 있다는 점에서 이 분야에 관심 있는 독자들의 주목을 요한다.

하지만 동독문학사를 주마간산 식으로 일별하려는 측면에서 볼 때에는, 이 작품에서 보이는, "망명의 길이 아니라 '증인으로 남겠다'는 카산드라"의(또는, 동독의 대표적 작가 크리스타 볼프의) 처신도 주목된다. "동독을 떠나는 대신 동독에 남아 그 몰락 과정을 목도하"겠다는 크리스타 볼프의 이러한 태도 때문에, 그리고 젊은 시절 잠시 동독 국가보안처에 협력한 전력 때문에 그녀는 통독 직후에 많은 시련을 겪게 된다. 특히 장벽이 무너진 뒤인 1990년 여름에 발표된 그녀의 단편 『변치 않고 남는 것』(Was bleibt, 1990)은 많은 논란과 물의를 불러일으켰다. 작가 크리스타 볼프와 거의 동일시될 수 있는 동독의 한 여류작가가 슈타지의 공공연한 감시를 받는 자신의 상황을 ─그녀의 일과 중의 불안, 신념의 흔들림, 혼란스러운 '내면 독백'을 통해― 전달하고 있는 이 작품은 그녀가 실은 1979년에 쓴 것인데, 장벽이 무너진 뒤인 1990년에 서랍 속에 있던 원고를 다소 고쳐서 발표한다는 것이었다. 당시 서독 언론과 공격적인 비평가들은 작가적 권위와 신빙성을 두고 그녀에게 감당하기 어려운 비난과 공격을 퍼부었다.

하지만 동독이란 체제에서 작가가 된다는 것은 그 출발부터 일단 당과 보조를 함께한다는 것을 전제했다는 사실이 간과되어서는 안 될 것이며, 많은 갈등을 겪으면서도 끝까지 사회주의 공화국을 지키려 했던 작가가―그것도 주요 작가가― 한 사람이라도 있었다는 사실은 긍정적이든 부정적이든 동독문학사의 올바른 이해를 위해 매우 중요하다 하지 않을 수 없다. 동독이 몰락하고 약 4반세기가 더 지난 지금 동독문학을 회고할 때, 분명한 사실은 시와 정치란 결코 화기애애한 가운데에 나란히 한 길을 갈 수는 없다는 것이다. 언젠가 그들은 서로 싸우게 된다. 정치는 늘 현실적이고 문학은 늘 이상주의적이고 비판적이기 때문이다.

현대 독일문학의 여러 새로운 면모들

(Neue Aspekte der modernen deutschen Literatur, 1960-1989)

1945년 이후의 전후 독일문학으로부터 1990년 동·서독이 통일되기까지의 약 반세기 동안의 독일 현대문학의 대주제를 한마디로 규정한다면, 지난 양차 세계대전을 통해 독일인들이 범한 가공할 죄과에 대한 성찰, 속죄, 새로운 삶의 길에 대한 모색, 즉 '과거 극복'(Vergangenheitsbewältigung)의 문제이다. 통일 이후의 독일문학에서도 이 '과거 극복'의 문제는 아직도 '극복되지 않은' 문제로 남아 있으며, 심지어는 여러 소주제로 분화되어 나타나고 있기도 하다.

앞장에서는 전후 독일문학에서 출발하여 통독이 되는 1990년까지의 독일문학을 대강 살펴보았다. 이 고찰에도 많은 틈이 있음을 인정하지 않을 수 없다. 아직 완결되지 않은 현재진행형인 동시대적 독일문학의 여러 시인·작가와 여러 문학적 현상들 및 흐름을 제시하고, 그에 대한 논의를 전개한다는 것이 ―특히 필자와 같은 아시아 독일문학자에게는― 지극히 어려운 과업일 것임은 말할 나위도 없다. 이하에서는 하인리히 뵐, 귄터 그라스, 마틴 발저 등 전후 세대 이후에 새로이 주목을 받은 독일어권 시인·작가들을 선별적으로 고찰하여 그들이 현대 독일문학의 주요 흐름을 어떻게 대표하고 있는지를 아울러 논의해 보기로 하겠다.

1. 한스 요아힘 쉐틀리히
― 비밀경찰에 관한 고찰

한스 요아힘 쉐틀리히(Hans Joachim Schädlich, 1935-)는 동베를린 훔볼트

대학과 라이프치히대학에서 독일문학과 언어학을 공부하였고 라이프치히대학에서 언어학 박사학위를 취득한 동독의 지성인으로서, 1959년부터 1976년까지 동베를린 학술원 직원으로 일했다. 일찍부터 작품 활동을 시작하였지만, 동독 당국에 대한 그의 숨김없는 비판 때문에 출판은 번번이 거절당했다. 동독에서의 작가 활동은 귄터 그라스가 동베를린에서 개최했던 동·서독 작가들의 공동대화 모임에 1974년부터 참여한 것 정도라 할 수 있다. 이 모임에서 쉐틀리히가 비공개리에 읽었던 작품이 2015년에 이르러서야 『카트』(Catt, 2015)라는 단편(斷片)으로 발표된다. 이 작품에서 쉐틀리히는 동베를린에서 택시 기사로 일하는 카트라는 이름의 한 여류작가의 입을 빌려 당시 동독의 일상을 소재로 한 여러 비판적 에피소드들을 전하고 있다. 이 작품이 당시 동독 당국의 출판 허가를 받을 수 없었던 것은 너무 당연하게 보인다.

이런 가운데에 1976년 볼프 비어만의 국적 박탈에 항의하는 서한에 서명하자 쉐틀리히는 동베를린 학술원에서의 일자리를 박탈당하고 당으로부터 압력과 공격이 거세어져 번역으로 간신히 연명하는 처지에 내몰렸다. 1977년에 귄터 그라스의 추천으로 동독 정권에 비판적인 글들의 모음집인 『접근 시도』(Versuchte Nähe)가 서독 로볼트출판사에서 출간되었다. 현실에 맞추어 살고자 하는 동독 시민의 자기 고민과 유혹을 다룬 이 책이 서독 비평계의 극찬을 받자, 동독작가연맹은 그를 공화국을 모독한 이적(利敵) 분자로 규정하였다. 1977년 12월에 쉐틀리히는 드디어 동독 당국으로부터 가족과 함께 서독으로 이주해도 좋다는 허락을 받게 된다.

한스 요아힘 쉐틀리히의 본격적 작품활동은 나이 51세가 되는 해에 출간된 첫 장편소설 『탈호퍼』(Tallhover, 1986)로부터 시작된다. 여기서 쉐틀리히는 19세기 중엽으로부터 20세기 중엽까지, 국가는 변해도 봉직의 형태는 변치 않는 비밀경찰로 살아온 인물 탈호퍼의 삶을 다루고 있다. 우선, 탈

한스 요아힘 쉐틀리히와 필자

호퍼는 프로이센의 비밀경찰로서 《라인 신문》 공판 사건에서 카를 마르크스에 불리한 증언을 할 수 있는 증인을 찾는 것으로 자신의 임무를 시작한다. 나치 정권의 하수인을 거쳐서, 나중에 동독에서는 국가보안처(슈타지, Ministerium für Staatssicherheit; Stasi)에서 근무한다. 중요한 것은 탈호퍼가 이 모든 정권을 거치는 동안 전혀 변모할 필요가 없이 당국의 편만 들면 된다는 점이며, 당국에 대한 바로 이 맹목적인 충성과 봉사가―작가 쉐틀리히가 보기에는― 큰 문제점이다. '독일 비밀경찰의 관행적 역사'라고도 할 수 있는 이 작품은 한 인간이 국가에 충성한다는 명목으로 자신의 양심을 맹목적으로 국가에 팔아 버림으로써 파생되는 갖가지 비극을 다루고 있다. 이런 점에서, 세상에 비밀경찰이 존재하는 한, 작가 요아힘 쉐틀리히를 당분간 중요한 작가의 반열에 올려놓지 않을 수 없을 것이다.

일찍이 동독 슈타지에 의해서 '해충'(Schädling)이라는 암호로 사찰대상으로 지목되었던 '쉐틀리히'(Schädlich)는 결국 비밀경찰의 삶을 다루고 있는

『탈호퍼』를 썼다. 그리고 통일 이후에 그는 네 살 위의 형이며 동독의 역사학 교수였던 카를하인츠 쉐틀리히(Karlheinz Schädlich)가 슈타지의 비공식적 정보원으로서 동생인 자신에 관한 정보를 모아 보고했다는 사실을 통독 후인 1992년에 슈타지 문서 열람을 통해서 알게 된다. 그는 이런 형제 이야기를 『ㅎ(兄: 필자 주)의 일에 대하여』(Die Sache mit B., 1992)란 단편소설로 쓰게 된다. 이처럼 그의 삶과 작품은 온통 비밀경찰을 둘러싼 공방으로 점철되어 있다.

여담이지만, 귄터 그라스는 쉐틀리히의 인물 탈호퍼를 자신의 소설 『아직 남아 있는 또 다른 문제』(Ein weites Feld, 1995)에 '호프탈러'(Hoftaller)라는 이름의 슈타지 요원으로 등장시켜, 1990년 통일을 전후해 동독 민중들을 위해서 노력하는 변모한 탈호프의 모습으로 그리고 있다. 물론 그라스는 비슷한 인물을 자기 작품에도 나오게 하겠다고 쉐틀리히의 사전 허락을 받았다. 하지만 나중에서야 쉐틀리히는 그라스가 민중을 괴롭혀 온 인물 탈호퍼를 뜻밖에도 통독 후에는 민중을 위해서 일할 줄도 아는 인물로 왜곡 및 변질시켰다며 불만을 티뜨린 바 있다. 이로써 그라스와의 인간관계에도 금이 가게 되었지만, 아무튼 '탈호퍼'와 '호프탈러'의 같은 점과 다른 점, 또는 이 인물의 대변신 가능성 등에 관해서는 앞으로 문학연구자들에 의해 자세한 별도의 연구들이 나올 것으로 예상된다.

쉐틀리히는 비록 출발은 늦었지만, 최근까지 왕성한 작품 활동으로 귄터 그라스 타계 이후 마틴 발저와 더불어 가장 중요한 원로작가 중의 한 사람으로 꼽히고 있다. 평생 권력에 타협하지 않은 그의 불굴의 용기도 이런 평가에 좋은 원인이 된 것 같다. 최근작 『궁정 어릿광대의 삶』(Narrenleben, 2015)은 18세기 전반기에 드레스덴의 작센왕궁에서 우스개 어릿광대로 봉직했던 요젭 프뢸리히(Joseph Fröhlich, 1694-1757)의 삶을 다룬다. 권력자와 비권력자 사이, 또는 힘을 가진 자와 정신을 소유한 자 사이의 협력과 긴장 관게에서 마치 줄타기 광대와도 같이 살아야 했던 18세기 초반의 절대왕정사회 속의 '궁정 어릿광대들'(Hofnarren)의 삶이 그의 간명하고도 객관적인 필치를 통해 그려져 있다.

이 작품에서 쉐틀리히는 18세기 초반의 절대왕권의 궁정에서 이른바 '오락 고문관'(Lustiger Rat) 역할을 하던 인물들을 문제 삼고 있다. 그는 페터 프로쉬(Peter Prosch)라는 가공 인물을 통해 자기와 같은 어릿광대는 '권력자가 차고 노는 공'에 불과하며, "내가 많이 참으면 참을수록 내 수입은 더 는다"고 고백하게 한다. 또한, 요젭 프륄리히와 페터 프로쉬 이외에도 프로이센의 '군인왕'(Soldatenkoenig) 프리드리히 빌헬름 치하에서 어릿광대 노릇을 한 역사학자 군들링(Jacob Paul von Gundling, 1673-1731)까지도 등장시켜 군들링이 요젭 프륄리히와 대면하는 장면까지 연출해 내고 있다. 군들링은 자신의 주벽(酒癖), 허영심, 타고난 비굴성 때문에 즐겨 '군인왕'의 놀림감이 되지만, 그 결과 프로이센 학술원 원장으로까지 임명되어 적지 않은 업적까지 남긴 역사적 인물이다. 또 다른 성격의 '어릿광대'였지만, 쉐틀리히는 두 인물을 대비시킴으로써 독자들에게 '어릿광대'의 서로 다른 모습들을 보여 주고 있다.

여기서 그가 그리고 있는 인물 요젭 프륄리히는 아마도 토마스 만의 패러디적 예술가소설 『사기사 펠릭스 크룰의 고백』에 나오는 펠릭스 크룰과 비슷하게 읽혀져서는 안 될 것 같다. 불필요한 코멘트 없이 간명하고도 사무적인 필치로 이들 '오락 고문관들'을 보여 주고만 있지만, '권력의 그늘'에서 영화를 누린 옛 동독 지성인들에게 질타를 보내는 면에서 이 작품을 예술가소설로 볼 수는 없다. 예컨대 울브리히트 권력의 시녀로서 문화부 장관을 지낸 시인 요하네스 R. 베혀의 '불가피하지 않았던' 굴종, 권력에 대한 정신의 '자발적' 투항과 봉사에 대한 비판과 경종으로 볼 수도 있을 것이다.

2.

잉에보르크 바흐만
— 여성적 글쓰기

여류시인 잉에보르크 바흐만(Ingeborg Bachmann, 1926-1973)을 여기서 다시 다루려는 것은 젊은 날의 빛나는 서정시들의 금자탑 옆에 또한 결코 소홀히 지나쳐 버릴 수 없는 그녀의 산문문학의 '비원(祕苑)'이 아직 남아 있기 때문이다.

바흐만의 가장 유명한 초기 산문 작품은 『운디네는 간다』(Undine geht, 1961)로 '운디네'는 프리드리히 푸케(Friedrich Fouqué)의 낭만적 예술동화 「운디네」(1811)에서 유래한 이름이다. 운디네는 기사(騎士)에 대한 이룰 수 없는 불행한 사랑을 앓는 물의 요정이다. 바흐만의 운디네도 "너희들 인간들, 너희 괴물들이여! 너희 한스라는 이름의 괴물들이여!" 하고 외치는 여성적 존재이다.

10년이란 긴 시간이 지난 뒤에 나온 장편소설 『말리나』(Malina, 1971)도 결국 『운디네는 간다』의 연장선 위에 놓여 있는 여성적 글쓰기로 보인다. 원래 3부작으로 계획된 소설 『죽음의 종류들』(Todesarten)의 제1부로 구상된 장편소설 『말리나』에는 성명이 밝혀지지 않은 여성 일인칭 서술자가 작품의 중심을 이루고 있다. 그녀는 20세기 후반, 빈의 웅가르가세에 거주하고 있는 지성적 여인이다. 제1장 「이반과의 행복」(Glücklich mit Ivan)에서 그녀는 '이반'(Ivan ← Naiv)과 겉보기에는 행복한 생활을 하고 있지만, 이반은 사랑을 자신의 생활까지도 희생시킬 수 있는 절대적 가치로 보지 않기 때문에, 그녀는 이반에게서 이따금 소외감을 느낀다. 이때 그녀는 '말리나'(Malina ←

Animal)라는 군사문제 전문가와 대화를 나눈다. 여기서 말리나는 남성으로 나오나 여성 일인칭 서술자의 '제2의 자아'로 해석된다. 제2장 「제3의 사나이」(Der dritte Mann, 1949년의 Carol Reed의 동명의 영화를 암시)에서는 '아버지'가 압제적, 파괴적 역할을 하는 악몽이 그려진다. 여기서 '아버지'는 남성 중심석 나치 체세의 공포에 대한 상징으로 이해된다. 이로써 이 일인칭 서술자의 악몽을 이루고 있는 뿌리 깊은 내적 갈등이 가부장적 사회체제와 그 체제의 억압성에 기인하고 있음이 드러나 '제3의 사나이'가 이 작품의 핵심 주제임을 짐작할 수 있다. 제3장 「최후의 일들에 관하여」(Über die letzten Dinge)에서는 여성 일인칭 서술자가 이반과의 관계가 더는 지속 불가능함을 깨닫고 자신을 벽의 틈새로 사라지게 만드는 과정을 보여 주고 있다. 그것은 일종의 '자살'이기도 하고 동시에 '살해'이기도 하다. 즉, '서술되는 자아'(das erzählte Ich)는 '벽 속에서' 사라지지만, '서술하는 자아'(das erzählende Ich)는 현실의 영역에서 ―잉에보르크 바흐만이라는 작가로서, 그리고 이 세상의 수많은 여성으로서― 계속 살아남는 것이다.

3개의 장에는 일인칭 서술자의 서술 이외에도 수많은 전화통화, 편지, 대화, 인터뷰, 동화적 모티프들이 아울러 삽입되고 있다. 이런 모든 글쓰기를 통해 바흐만이 밝히고자 하는 사실은 가부장적 사회체제에서는 남자들에게 부당한 우선권이 부여되어 있다는 뼈아픈 인식이다. 그녀가 인식한 것을 다른 말로 표현하자면, 그것은 아마도 우리의 일상에서 아주 은밀하게 진행되는 남성적 테러인, 잘 드러나지 않는 사적인 파시즘의 구체적 모습이다.

잉에보르크 바흐만은 어느 인터뷰에서 "모든 죽음의 종류 중 가장 고통스러운 죽음은 글쓰기"라고 말한 바 있지만, 소설 『말리나』도 여류작가 바흐만의 특수한 자서전, 즉 '가장 고통스러운 죽음'과도 비견되는 그녀의 여성적 글쓰기에 다름 아니다. 이런 의미에서 1991년에 나온 영화 「말리나」

의 시나리오를 베르너 슈뢰터와 함께 엘프리데 옐리넥이 쓴 것은—장차 엘리넥이 바흐만의 '여성적 글쓰기'를 훨씬 더 도발적으로 재현해 낼 것(아래의 엘프리데 옐리넥 장 참조)을 감안한다면— 결코 우연이 아니다.

잉에보르크 바흐만은 지난 세기 독일어권 최고의 여류 시인이자 문제적 여류 작가였다. 그녀의 출생지인 오스트리아의 클라겐푸르트에서는 그녀의 문학적 업적을 기리기 위해 1977년부터 매년 '잉에보르크 바흐만상'(Ingeborg-Bachmann-Preis)을 시상하고 있는데, 이 상은 '게오르크 뷔히너 상'과 더불어 독일어권의 가장 중요한 문학상으로 간주되고 있다.

3.   하이나르 키파르트
— 과학자의 사회적 책임

하이나르 키파르트(Heinar Kipphardt, 1922-1982)의 삶만큼 복잡다단하고 기구하기도 어려울 것이다. 그는 작센 지방의 소도시들과 크레펠트, 본, 동베를린, 뒤셀도르프, 서베를린, 뮌헨 등을 전전하며 의학도, 종군 의사, 기록극의 작가로서 살았다. 또한, 전후 서독 사회에 만족하지 못하고 동독으로 들어갔고, 동독의 정치가 경직되자 다시 서독으로 넘어왔다. 이런 그의 복잡한 삶의 행보에서 일관되게 지켜진 한 가지 덕목은 그가 현실에 안주하지 않고 언제나 더 나은 사회를 꿈꾸며 살았다는 사실이다.

이런 그의 복잡다기한 인생행로와 사회참여적인 여러 행위가 42세에 나온 연극작품 『J. 로버트 오펜하이머 사건』(In der Sache J. Robert Oppenheimer,

1964)에서 마침내 하나의 초점으로 응집되어, 뜨겁고도 빛나는 생산적 불꽃을 일으킨다. 하인리히 뵐보다 5년 뒤에, 귄터 그라스보다 5년 전에 태어난 그가 그들보다 훨씬 뒤에 독일문학사라는 영예의 전당에 자신의 이름을 올리게 되는 이유이기도 하다.

작품 『J. 로버트 오펜하이머 사건』의 배경에는 우선 실명의 미국이 물리학자 오펜하이머의 삶이 있다. 그는 1942년 원자탄 제조를 위한 소위 '맨해튼 프로젝트'의 단장으로 일했던 인물로서 미국 과학계의 영웅이다.

문제는 냉전 시대인 1950년대에 이르러 소련과의 무기경쟁에 돌입하게 된 미국이 수소폭탄의 신속한 제조가 필요하게 된 시점에 일어났다. 수소폭탄 제조에 대한 오펜하이머의 태도가 소극적 내지는 부정적이었기 때문에 매카시 의원 등을 위시한 강경파들은 오펜하이머의 미온적 태도를 비난하기 시작했다. 오펜하이머의 친공산주의적 전력을 두고 그가 국가 안보에 관한 중대사에 참여할 자격이 있는지 재검토가 필요하다는 고발이 들어왔다. 이에 미국 원자력위원회는 특별위원회를 구성하여 미국의 안보 문제가 걸린 국가 중대 업무를 과학자 오펜하이머에게 계속 맡길 수 있는가 하는 사안을 심의하게 된다. 결국, 이 심의위원회의 심의 결과 그는 국가 안보를 위한 중대한 정부 프로젝트에 참여할 수 있는 자격을 잃게 되며, 그 후 1963년에야 케네디 대통령에 의해 복권이 이루어진다.

키파르트의 작품 『J. 로버트 오펜하이머 사건』에서는 1954년 4월 12일 미국 원자력위원회의 소위원회가 소집되어 오펜하이머에게 국가 안보에 관한 중대한 일을 맡길 수 있는지를 심의하는 내용은 기본적으로 실제 있었던 사실과 같게 그려진다. 증인으로 나온 오펜하이머는 자신의 미국에 대한 충성심은 원자탄 개발 때와 변함이 없지만, 수소폭탄 개발을 반대하는 자신의 현재 입장도 미국의 국익을 위하는 충성심에서 비롯된 것이라며, 수소폭탄 개발의 포기를 국제적으로 선언하는 것이 인류 문명사회 전체를 위해서 이로울 것이라는 견해를 밝힌다. 극 중의 오펜하이머의 입장 또한 실제인물 오펜하이머의 입장과 큰 차이가 없다.

이 작품에서 작가 키파르트는 기본적으로 '기록극'의 형식을 취하고 있다. 그는 연극적 효과를 고려하여 오펜하이머에 대한 약 3000페이지의 FBI 기록을 요약·선별하고, 증인의 수를 줄인다든지 짤막한 중간 장면이나 인물들의 독백을 창작해서 집어넣기는 하지만, 역사적 심의 과정이나 증인 청문 과정 등을 가능한 한 재현하고자 노력한다. 주인공 오펜하이머도 초인적 영웅으로 그려지고 있지 않다. 그는 미국에 대한 충성심과 인류 전체의 복지를 위한 학자적 양심 사이에서 심한 갈등을 느끼는 가운데에서 바람직한 발언만 가려 하지도 못하며, 주저하거나 부적절한 발언을 해서 심문 시간이 불필요하게 길게 연장되는 데에 일조하기도 한다. 그는 불손하고 냉담한 태도로 조사에 임하며 특위의 권위와 조사 방법의 타당성은 인정하지 않는다는 태도를 보인다.

실제 특위에서는 없었던 최종발언 장면에서 오펜하이머는 한 달이 넘는 심문과정에서 자신도 죄가 없지 않음을 인식했다고 고백하고 있다. 그것은 물리학을 국방 및 군사적 목적을 위해 국가에 헌납한 행위가 잘못되었다는 것이다. 즉, 오펜하이머의 깨달음이란 자신이 간첩 행위로 인한 반국가행위를 저질렀다는 혐의가 중요한 것이 아니라, 본의 아니게 '학문에 대한 배반'을 저지르게 되었다는 것이다.

우리 물리학자들이 느끼게 되는 것은 우리가 지금까지 이렇게까지 중대한 의미를 지닌 적이 없었고 또한 우리가 이렇게까지 무력한 적도 없었다는 사실입니다.

제가 이 자리에서 저의 인생을 돌이켜 보건대 저는 이 위원회의 견해에 따르면 잘못되었다는 저의 행위가 사람들이 저에게 인정하는 공적보다도 과학의 이념에 더 가까운 것이었음을 알게 됩니다. 그 결과 저는 이 위원회와는 전혀 별도로 저 자신에게 ―우리 물리학자들이 우리 정부에 대해 때로는 너무 과다한 충성심, 너무 경솔한 충성심을 보인 것은 아닐까 하고― 자문해 보게 됩니다.

학문의 연구 결과가 예전에는 인류 전체를 위한 것이었지만, 지금은 그 결과를 국가가 어떻게 사용하느냐에 달려 있음으로써, 과학자들은 '자기 의사를 관철할 수 없는 국가의 하인들'(willenlose Diener des Staates)로 전락했다는 것이다. 이 작품을 통해 하이나르 키파르트는 매카시 선풍으로 들끓던 냉전 시대에 과학자로부터 맹목적 충성을 요구하는 국가와 인류 공동의 번영을 위해야 하는 진정한 과학자의 책임 사이의 갈등을 보여 주는 데에 성공한다. 이리하여 키파르트는 『갈릴레이의 삶』(Leben des Galilei, 1943)을 쓴 브레히트, 『먼지 무지개』(Staubwolke, 1959)를 쓴 한스 헤니 얀(Hans Henny Jahnn; 원래 이름: Hans Henry Jahn, 1894-1959), 그리고 『물리학자들』(Die Physiker, 1962)을 쓴 뒤렌마트에 이어 과학자의 책임 문제를 구체적으로 다룬 중요한 현대 작가들의 반열에 들게 되었으며, 앞으로 나타날 반핵, 친환경 문학의 선구자로도 인정받게 된다.

4

알렉산더 클루게
─ '새 독일 영화'의 주역

하르츠 지방의 할버슈타트에서 의사의 아들로 태어난 알렉산더 클루게 (Alexander Kluge, 1932-)만큼 다재다능한 문인도 드물 것 같다. 그는 프라이부르크, 마르부르크, 프랑크푸르트대학에서 법학을 공부하고 법학박사 학위까지 취득한 법학도였지만, 중간에 문학과 영화로 길을 바꾸어 '새 독일 영화'(Neuer Deutscher Film, od: Junger Deutscher Film; 약어: JDF)의 최선봉으로 활약하였다. 지금도 독일 영화와 텔레비전 방영물 제작 분야의 원로로서 활동하고 있다.

'새 독일 영화'란 1960년대 및 70년대 서독 영화계에서 알렉산더 클루게를 비롯해서 벤더스(Wim Wenders), 슐뢴도르프(Volker Schlöndorff), 헤어초크(Werner Herzog), 파스빈더(Rainer Werner Fassbinder) 등 유명한 영화감독들이 불러일으킨 새로운 영화 스타일을 일컫는다. 그들은 일반 오락영화와는 달리 영화에다 정치 및 사회에 대한 비판을 담고자 했다. 영화는 관객을 즐겁게 하는 것보다 관객에게 비판적 사고의 단서를 제공해야 한다는 것이 그들의 공통된 생각이었으며, 이런 점에서 베르톨트 브레히트의 서사연극의 영향 아래에 있었을 뿐만 아니라 68세대의 시대 비판적 물결과도 그 궤를 같이 하고 있었다.

알렉산더 클루게는 1962년 오버하우젠에서 개최된 서독 단편영화 대회에서 발표된 이른바 '오버하우젠 선언'의 주창자 중의 일원으로서, '새 독일 영화'의 미학적, 정치적 독립을 선언하고 나섰으며, 1966년에 영화 『어제와의 이별』(Abschied von gestern)을 발표함으로써 '새 독일 영화'의 명실상부한 주역으로 부상하였다. 『어제와의 이별』이란 영화가 나오기 4년 전에 이미 그는 1950년대 말에 실제로 있었던 어떤 법정 사건을 토대로 해서 『인생 역정(歷程)』(Lebensläufe, 1962)이란 작품을 발표한 바 있었는데, 이 작품은 '새 독일 영화'의 선언과 주창에 맞게 영화화된 것이다.

동독에서 서독으로 도주해 온 한 젊은 유대인 아가씨 아니타 게(Anita G.)는 서독 사회에 발을 붙이지 못하고 절도범이 되어 도망 다니는 신세가 된다. 간신히 회사에 취직해서 상사의 애인이 되지만, 그 상사는 아내의 마음에 들고자 그녀를 경찰에 고발해 버린다. 그녀는 간신히 몸을 피해 다른 곳에서 다시 취직하지만 결국 절도 전력 때문에 쫓겨나고, 대학에서 공부하고자 해도 자격 미달이 탄로가 나서 실패한다. 고급 관료의 애인이 되어 그의 아기를 임신하자, 그 관료는 100마르크를 주면서 그녀와의 관계를 청산하려 한다. 출산을 앞두고 갈 곳이 없게 된 그녀는 결국 경찰에 자수한다. 출산한 아기를 빼앗긴 채 그녀는 감방에서 자신에게 돌아올 판결을 기다리고 있다.

젊은 여성의 인생 역정을 그려낸 작품으로 각본, 감독, 제작을 모두 맡은 알렉산더 클루게는 기구한 역정들의 각 장면을 독립적으로 하나하나 제시하면서, 사건들을 냉담하고도 세밀하게 보여 주고 있다. 헤센 주의 현직 검찰총장 프리츠 바우어가 영화에 등장하여 법정의 민주화를 설파하는가 하면, 실제로 대학에 근무하던 조교가 아니타의 앞길을 막는 역할을 맡아 하는 등 실로 깜짝 이벤트들을 종횡무진 선보인 영화이다.

1966년도 베네치아 영화제에서 은사자상을 받은 이 작품은 관객의 감정적 동정을 목표로 하지 않고 사회에 적응하지 못하고 방황하는 젊은 여성의 역정에서 사회 자체의 구조적 모순을 직시할 것을 요청하고 있다. 클루게는 아니타의 절망과 방황, 그리고 그녀의 애타는 갈구가 점철된 모든 역정에 냉철하고도 미시적인 카메라를 들이댐으로써 관객들이 사회 비판적 안목을 얻도록 유도한다.

이 영화 이외에도 알렉산더 클루게는 『감정들의 힘』(Die Macht der Gefühle, 1983) 등 수많은 영화와 텔레비전 방영물들을 내어놓음으로써 독일 미디어 사회에서 아직도 크게 주목받고 있는 현역 예술가이다. 영화와 텔레비전 방영물 이외에도 그는 『감정들의 연대기』(Chronik der Gefühle, 2000), 『악마가 용인하는 틈새』(Die Lücke, die der Teufel lässt, 2003), 『다른 삶과 나란히』(Tür an Tür mit einem anderen Leben, 2006) 등 재기가 번득이는 짧은 산문들을 모은 작품집도 계속 내고 있다.

『다른 삶과 나란히』는 무려 630쪽에 가까운 방대한 책으로서 350개의 새로운 이야기들을 싣고 있다. 그중 이 방대한 책의 제목이 된 짤막한 이야기 『다른 삶과 나란히』의 전문을 소개하면 다음과 같다.

"그녀한테 사기꾼 기질이 숨어 있던 것은 아니다." 그녀가 새로운 정체성을 찾아 나섰던 것은 아니고, 자기 자신의 정체성을 찾으려 했던 것인데, 그 정체성이란 것이 여러 가지가 있었던 것이다. 한 여대생으로서 파리에서 사는 그녀의 삶, 그리고 고향 집에서의 그녀의 삶, 그리고 또 아직도 그녀를 기다리고 있는 많은 다른 가능한 삶들과 나란히 달리고 있는 한 가지 삶을 그녀 자신의 또 다른 정체성으로 생각하면 될 것이었다.

이런 정신적 자세를 지닌 채 그녀는 샹젤리제에 있는 킹 조지 5세 호텔로 들어 갔다. 그리고는 3층으로 가는 엘리베이터를 탔다. 거기서 그는 마치 호텔 투숙객처럼 웰니스 센터로 들어갔다. 그전에 그녀는 자기 나이 또래의 한 젊은 여성이 묵고 있는 방 번호를 알아 두었던 것이고, 거기서 그 번호를 댈 수 있었다.

그녀는 거기 놓여 있는 수영 가운 중의 하나를 몸에 걸쳤다. 그리고는 부유한 사람들을 위해 거기 비치된 갖가지 향수들을 몸에 뿌리고는 자기와 이웃하여 나란히 달리는 삶 속으로 빠져들어 가는 네 시간 동안의 환상 여행을 떠났다. 한 천사를 만날 수도 있으리라. 사냥감을 노리는 한 사업가를 만나, 그 다른 삶을 사는 여자로 혼동되어 …… 그렇게 되었더라면 그녀는 "항구로 들어가듯" 새로운 삶 안으로 들어갈 수 있었으련만! 이윽고 그녀는 저녁 6시경에 다시 그 일류 호텔의 정문을 빠져나와 모든 사람을 동일하게 만드는 거리로 걸어 나왔다.

전형적인 클루게 산문인 이 짤막한 이야기는 과연 무엇을 말하고 있는 것일까? 그가 책의 서문에서 평행선으로 달리고 있는 두 가지 삶에 대해 언급하고 있는 것을 보면, 아마도 그는 현대를 살아가는 인간들의 불가피한 두 가지 삶에 관해 이야기하고 싶었던 것으로 보인다. 진보를 너무 믿다가 인류를 절멸시키려는 삶도 현실이 되어 있고, 낭떠러지로 떨어지고 있다고 걱정하며 인간성의 회복을 외치는 삶도 마찬가지로 현실이 되어 있다. 그래서 우리는 어쩔 수 없이 문 하나를 사이에 두고 나란히 달리는 이 두 가지 삶을 살아가고 있다. 350개나 되는 이야기들에다 최대공약수에 해당하는 큰 제목 하나를 붙이자면, 그에게는 이 제목이 그래도 제일 타당할 것으로 보였던 것 같다.

알렉산더 클루게는 고령임에도 불구하고 아직도 현대 독일의 디지털화된 미디어 사회를 이끌어 가는 가장 영향력 있는 지성인 중의 한 사람으로 꼽힌다.

5

베른바르트 베스퍼
— 의회 바깥에서의 저항

베른바르트 베스퍼(Bernward Vesper, 1938-1971)는 나치 찬양 시인 빌 베스터 (Will Vesper)의 아들로 태어나 니더작센의 전원시적 장원 트리앙엘(Triangel) 에서 유년시절을 보냈다. 튀빙엔대학에서 역사학, 독일문학, 사회학을 공 부하면서, 발터 옌스와 랄프 다렌도르프의 강의를 들었다. 1963년에 그 는 동거녀 구드룬 엔슬린(Gudrun Ensslin, 1940-1977)과 더불어 '새 문학 작업 실'(Studio Neue Literatur)이라는 소형 출판사를 차리고 원자탄에 반대하는 독 일 작가들의 목소리를 실은 『죽음에 항거한다』(Gegen den Tod)라는 책을 편 찬해 내기도 했다.

엔슬린과 더불어 자유베를린대학으로 학교를 옮긴 베스퍼는 1965년의 선거에서 빌리 브란트를 지지하는 작가들의 선거운동에 참여하고, 1967년 에 엔슬린과의 사이에서 아들 펠릭스를 얻는다. 루디 두취케(Rudi Dutschke, 1940-1979)와 안드레아스 바더(Andreas Baader, 1943-1977)를 알게 된 엔슬린이 1968년에 그를 떠난 데에 이어 곧 체포되자, 베스퍼는 아들 펠릭스를 잠시 맡아 기르기도 하지만 그 역시 정신병원을 전전하다가 약물 과다복용을 통 해 자살하고 만다.

베스퍼가 남긴 수필에 가까운 미완성의 소설 『여행』(Die Reise, 1977)은 친 나치적 시인 아버지에 대한 베스퍼의 관계, 정치적 신념, LSD 복용 과정 등 이 상세하게 기록되어 68학생 항거운동의 전개 과정에 대한 소중한 문학적 기록으로 평가되고 있다. 여기서 베른바르트 베스퍼를 '의회 바깥에서의 저항'(APO)의 한 작가로서 언급하는 이유는 문학적 가치보다는 그의 삶과 문학이 68학생 항거운동의 동인과 전개과정에 대한 기록적 가치를 지니고 있기 때문이다. 즉, 베스퍼의 삶과 문학을 이야기함으로써 구드룬 엔슬린, 루디 두취케, 안드레아스 바더, 울리케 마인호프 등과 그들이 60년대 말, 70년대 초의 독일 사회에서 어떤 의미를 지니는가를 설명할 수 있을 것이기 때문이다.

이 컨텍스트를 잘 이해하기 위해서는 1960년대 후반 독일사회에 대한 많은 선지식이 필요하다. 우선, 기민당과 사민당이 합작하여 만든 이른바 '대연정'(Große Koalition, 1965-69)을 아는 것이 중요하다. 당시의 젊은이들은 사민당과 그 대표 빌리 브란트가 사회정의를 실현하고 그들 자신을 대변해 줄 것으로 믿어 왔다. 그런데 브란트가 보수 기민당과 이른바 '대연정'이라는 연립 정부를 결성하자 그들은 큰 환멸과 소외감을 느끼게 되었다. 이 무렵 마침 문제가 된 것이 '독일 비상사태법'(Deutsche Notstandsgesetze, 1968. 5. 30)인데, 이것은 연합국의 지배로부터 완전히 독립하기 위해서는 비상사태 아래에서 독일 국민의 권리가 제한을 받을 수도 있다는 법으로서, 이 법의 의회 통과를 앞두고 루디 두취케를 비롯한 당시 좌파 학생들은 반미 및 독일시민권 수호 운동을 전개했다.

양대 다수당인 기민당과 사민당이 연정을 이루고 있는 상황에서 이 법의 통과를 저지하기 위해서는 '의회 바깥에서의 야당'(APO, außerparlamentarische Opposition) 활동, 즉 대학생들의 시위를 통한 저항이 필수적이었으며, 당시에는 주로 '사회주의적 독일 대학생연맹'(SDS: Sozialistischer Deutscher Studentenbund)이 그 주축을 이루었다. 이들 좌파 대학생들은 비단 '독일 비상사태법'만을 반대한 것이 아니라, '박사학위 가운 밑에 천 년 묵은 곰팡이 냄새!'라는 구호를 내걸고 독일대학의 구조적 민주화를 요구하고 베트남에서의 제국주의적 전쟁을 결사반대하며, 모택동과 호지명의 노선을 지지하는 가두시위를 주도하면서 연일 전국의 대학가를 휩쓸었다.

통틀어 '68학생운동'(68er Studentenbewegung)이라 불리는 이 운동의 여러 세력 중에서도 특히 극단적인 일군의 젊은 대학생들이 1968년 4월 2일 프랑크푸르트 백화점에 방화한 사건이 일어났다. 안드레아스 바더, 구드룬 엔슬린, 토르발트 프롤(Thorwald Proll), 호르스트 죈라인(Horst Söhnlein) 등이 그들이다. 이들 젊은 남녀 대학생들은 소가족주의야 말로 자본주의의 온상이라며 이른바 '숙식 공동체'(Wohngemeinschaft)에서 함께 생활하면서 극단적 좌파 이념을 실천해 나가고 있었다. 그들의 반제국주의적 테러의 일차 목표는 자본주의의 상징인 백화점이었다. 바더의 애인이며 기자였던 울리케 마인호프(Ulrike Meinhof)는 이들에 대한 재판을 보도하다가 나중에 자신도 과격 테러리스트가 되었으며, 유명한 테러 조직 '적군파'(赤軍派, RFA, Rote Armee Fraktion)의 창립 구성원이다. 그녀는 다음과 같은 말을 한 바 있다.

물론 우리는 경찰관들을 더러운 돼지라고 부른다. 우리는 제복을 입은 이런 유형의 인간을 돼지라 부르고 인간으로 취급하지 않는다. 이렇게 우리는 그들과 대적 관계에 있다. 즉, 우리는 그들과 대화할 필요가 없으며 도대체 이런 인간들과 이야기한다는 것 자체가 그릇된 생각이다. 그리고 물론 총을 발사할 수도 있다. 왜냐하면, 이 체제의 범죄들을 보호하고 이 체제의 범죄성을 옹호하고 대표하는 것이 그들의 기능이고 그들의 직무인 한에서 그들도 인간이라는 사실 따위는 우리에겐 전혀 문제가 되지 않기 때문이다.

1960년대 말 무렵의 독일 적군파 테러리스트들의 생각을 이보다 더 정확하게 표현한 말도 드물 것이다. 주로 1940년을 전후하여 출생한 독일의 젊은이들이 이렇게 과격한 길을 가게 된 데에는 독일 기성세대들의 책임이 없지 않다. 그들의 본보기로 작용했던 빌리 브란트와 사민당 지도자들이

기민당과의 대연정을 통하여 현실정치에서 타협과 상생의 길을 택하자, 전통적 사회주의적 사고 속에서 정의와 민주주의의 조속한 실현을 열망하던 젊은이들이 과격한 반응을 하고 나선 것이다. 울리케 마인호프 등에 의한 죄수 안드레아스 바더의 탈옥 방조 사건과 적군파에 의한 독일경제인협회의장 힌스 마르틴 슐라이어(Hanns-Martin Schleyer)의 납치 및 사살 사건은 전후 서독 사회의 최대의 위기를 초래했다.

독일인들이 이 위기를 법치주의와 자기비판 정신으로 훌륭히 극복해 낸데에는 그들을 무조건 적대시하는 대신에 이해심과 관용으로써 포용하고 선도하고자 노력한 독일연방대통령 구스타프 하이네만, 작가 하인리히 뵐 등 당시 기성세대의 지도적 인사들의 헌신적 노력에 힘입은 바 컸다. 민주와 복지의 모범을 이룩한 독일사회에도 한때 이런 위기가 있었다. 그렇지만, 거기에는 이처럼 훌륭한 지성인들의 넓은 아량과 문제해결을 위한 적극적 앙가주망이 또한 있었던 것이다.

6.
페터 슈나이더
— '신주관주의'와 독일의 분단문학

페터 슈나이더(Peter Schneider, 1940-)는 뤼벡에서 음악가의 아들로 태어났지만, 유년시절을 쾨니히스베르크와 작센에서 보냈고, 프라이부르크, 뮌헨, 베를린대학에서 독일문학, 역사학 및 철학을 공부했다. 1965년 선거 때에는 작가들과 함께 빌리 브란트의 당선을 위해 선거운동에 동참했으며, 베

를린의 68학생운동에 주도적으로 참여하면서 다소 과격한 노동운동가의 면모를 보였다.

슈나이더는 노동을 실제로 체험하기 위해서 재벌 보쉬(Bosch)의 공장에서 임시노동자로 일하기도 했다. 1972년 국가시험에 통과되어 수습교사로서의 실습을 받게 되었을 때, 베를린 교육청은 정치적 활동을 이유로 그에게 수습교사 자리를 지정해 주지 않았다. 이 조치는 1976년에야 비로소 베를린 행정법원의 판결을 통해 파기되었지만, 그 사이에 자유문필가로 활동하기 시작한 슈나이더는 다시는 교직으로 돌아가지 않았다.

그의 단편소설 『렌츠』(Lenz, 1973)는 뷔히너의 『렌츠』와 마찬가지로 '폭풍우와 돌진' 시대의 천재적 시인 야콥 미햐엘 라인홀트 렌츠를 다시 1960년대 말의 독일적 현실로 불러온 작품으로서, 한 젊은 지성인이 노동운동에 참여하는 가운데에 겪게 되는 동료들에 대한 실망과 자기반성을 그리고 있다. 페터 슈나이더의 렌츠는 자기 침대 위에 걸려 있는 마르크스의 초상을 보고 묻는다 ― "아는 척했던 분, 당신의 꿈은 무엇이었나요? 밤에 꾼 꿈 말입니다. 정말 당신은 행복했나요?" 그는 동료들과의 천편일률적 토론, 자신의 위장취업 등을 조금 거리를 두고 성찰할 수 있기 위해 갑자기 로마로 여행을 떠난다. 거기서도 그는 이탈리아 친구들을 만나 정치적 운동을 하다가 급기야 체포되어 독일로 압송된다. 다시 베를린에 도착하자 렌츠는 여기가 자신이 있을 곳임을 실감한다.

이 작품에는 68학생운동 세대의 이상과 방황, 그리고 좌절이 잘 묘사되어 있다. 특히 꿈과 반항이 현실에 부딪혀 좌절되고 크나큰 환멸을 맛본 70년대 초반 좌파 젊은이들이 가장 찬양하는 책이 되었다. 당시 가장 영향력이 있던 문학비평가 라이히-라니츠키(Marcel Reich-Ranicki)는 1970년대 초반에 다시 '내면'으로 성찰해 들어가는 이와 같은 문학적 경향을 가리켜 '신주관주의'(Neue Subjektivität)라 불렀다. 하지만 사회참여를 부르짖다가 다시 '내면성'(Innerlichkeit)를 추구하게 되는 이런 시대적 경향은 무슨 영향을 서로 주고받았다기보다는 문학이 시대의 흐름과 함께 자신의 흐름을 스스로 조정해 가는 지극히 자연스러운 현상이기도 했다.

서독문학의 니콜라스 보른(Nicolas Born, 1937-1979)이 『날조』(Die Fälschung, 1979)에서, 동독문학의 크리스타 볼프가 『크리스타 T에 대한 추념』(Nachdenken über Christa T., 1968)에서, 그리고 오스트리아의 페터 한트케가 『왼손잡이 여자』(Die linkshändige Frau, 1976)에서 보여 주고 있는 '내향적', 성찰적 경향도 이런 경향의 하나로 이해하면 좋을 것이다. 하지만 이 작품들이 내향적, 성찰적 경향을 띤다고 해서 갑자기 보수적 성향을 보이는 것은 아니고, 투쟁적 경향에서 성찰적 경향으로 한 걸음 정도 물러난 모습을 보인다는 것이 올바른 평가가 될 것이다. '신주관주의' 문학을 이해할 때 주의해야 할 대목이다.

한국인에게 가장 중요한 페터 슈나이더의 작품이라면 아마도 『장벽을 뛰어넘는 사람』(Der Mauerspringer, 1982)이 아닐까 싶다. 이 단편소설은 —작가 페터 슈나이더가 격렬한 참여와 비판 문학에서 신주관주의 문학으로 방향을 바꾸는 전환기의 성찰적 작품에 불과할지는 몰라도— 독일의 분단과 베를린 장벽을 소재로 하고 있다는 점에서 현대 독일문학에서 상당한 '희소가치'를 지니고 있기 때문이다. 즉, 현대 독일문학에서 독일의 분단 자체를 다룬 작품이 의외로 드문데, 슈나이더의 이 일인칭소설이 거의 유일하게 동서 분단으로 생긴 여러 가지 문제점에 대해 상당히 의미 있는 성찰을 하고 있는 것이다.

이 작품이 나온 1980년대 초반의 많은 독일인은 "중국의 만리장성 다음으로 달에서 육안으로 확인되는 지구상의 유일한 건축물"인 베를린 장벽을 그들의 일상생활에서 거의 의식하지 않고 살아가고 있었다. 서베를린에 사는 '나'는 "분단된 도시에 관한 이야기들"을 수집하기 위해 자주 동베를린을 방문한다. '나'는 동독 출신의 친구 로베르트가 동독 정권을 격렬히 비난하는 대신에 대개는 침묵을 지키는 이유를 궁금해 하고, 동베를린의 쇠네펠트 비행장에서 동·서독인들이 보이는 행동, 옷차림, 그리고 그들의 말투가 어떤 점에서 공통적이고 어떤 점에서 서로 다른가를 주의 깊게 관찰하기도 한다. '나'는 또한 동독의 '노래하는 저항시인' 볼프 비어만의 집을 방문하기도 하고, 나중에 그의 시민권이 박탈되자 그것을 취소해 달라고 청원한 시인·작가들이 비어만에 대해 절도를 지키지 않았다며 비난하는 소리를 직접 듣기도 한다. '나'의 이 이야기 속에는―마치 극중극처럼― 카베(Kabe)라는 40대 남자의 이상한 에피소드도 들어 있다.

실직자로서 사회보장 연금을 받고 사는 서베를린 시민 카베는 서쪽으로부터 장벽을 뛰어넘어 동베를린으로 넘어갔다. 그가 장벽 근처에 쌓여 있던 쓰레기 더미를 이용해서 장벽을 넘었다는 추측도 있고, 화물운송용 자동차의 지붕을 도약의 발판으로 삼았으리라는 추측도 있다. 아무튼, 카베는 잠시 장벽 위에 서서, 서독 순찰병들이 달려와 동서 경계선을 분명히 설명해 주는 것에 전혀 아랑곳하지 않고 잠시 뒤에 동쪽으로 뛰어내렸다. 하지만 그는 동독 경찰에게 그 어떤 정치적 망명 의사나 동쪽에 머물 의사도 표하지 않았다. 왜 월경 검문소를 이용하지 않았느냐는 질문을 받자 그는 자기 집이 바로 근처에 있어서 직선거리를 취했을 뿐이라고 대답했다. 동독 당국이 카베를 3개월 동안 정신병원에 수용한 뒤에 그를 주(駐)동베를린 서독대표부에 인계했기 때문에 카베는 다시 서베를린의 자기 집에 돌아온다.

서독의 어느 화보 잡지는 카베가 동독 국가보안처의 돈을 받고 담을 넘었을 것이라는 기사를 내기도 했다. 항상 '공화국 탈주자들'의 등덜미만을 보아 오던 동독 당국이 마침내 자국으로 넘어오는 그와 같은 사람도 필요로 했기 때문이리라는 추측이다. 특히, 동에서 돌아온 그가 침대차로 파리 여행을 하고 거기서 사회보장 연금생활자로서는 과분한 지출을 했다는 사실이 이러한 추측을 입증한다는 것이다. 하지만 사실 그는 정신병원에 수용되었기 때문에 통장에 고스란히 남은 연금으로 자신의 오랜 꿈이었던 파리여행을 단행한 것뿐이었다. 돈이 떨어지자 카베는 또다시 담을 넘었다. 여기에 그를 범죄스로 다루려던 서베를린 당국의 시도는 실패로 돌아갔다. 서독 정부의 견해에 따르면 동서베를린 사이에는 '국경'이 존재하지 않는데, 이것을 넘은 그가 유죄일 수가 없다는 해석이었다. 또한, 서독 헌법학자들의 해석에 의하면, 그는 이동(移動)의 자유라는 권리를 행사했을 뿐이었다. 독일연방공화국이 카베 같은 사람 때문에 '수치의 장벽'을 '국경'으로 인정할 수는 없으니, '금치산자' 정도로 사건을 해결하고자 하는 당국의 의사표명에도 불구하고, 의사는 그를 정신이 온전한 사람이라는 진단을 내렸다. 이렇게 카베는 서독의 정신병원에서 퇴원하자마자 곧바로 또 담을 넘는다. 이후로도 무려 열다섯 번에 걸쳐 동독으로 넘어간다.

이런 황당한 '이야기 속의 이야기'를 통해 페터 슈나이더는 독자들에게 분단된 독일의 우스꽝스러운 현실에 대해 ―해학적인 태도로― 주의를 환기하고 있다. 현재 동·서독은 통일되었지만, 이 작품을 통해서 작가는 분단독일에 관한 독자들의 진지한 성찰을 유도했다고 평가된다.

분단에다 동족상잔의 비극까지 겪은 한국은 아직도 통일이 요원할 뿐인데, 페터 슈나이더 류의 이런 회화적 작품이 우리의 처절하고도 심각한 '분단문학'과 어떻게 비교될 수 있을까. 이 작품은 이제 독일 독자들에게는 지난날의 사소한 에피소드에 불과하게 되었지만, 우리 한국인에게는 아직도 많은 시사점을 주고 있다.

7.

페터 한트케
— 진부한 언어를 깨려는 새로운 연극적 실험

페터 한트케(Peter Handke, 1942-)는 케른텐의 작은 마을에서 유년시절을 보내고 클라겐푸르트에서 대학입학자격을 획득하였다. 이어서 그는 그라츠 대학에서 법학을 공부하는 동안, 영화와 록음악, 축구 등에 몰두하기도 했으며, 그라츠의 방송이나 문단에 진출하여 작품을 낭독하기 시작했다.

한트케의 초기 작품에 속하는 『관객 모독』(Publikumsbeschimpfung, 1966)과 『페널티 킥 앞에 선 골키퍼의 불안』(Die Angst des Tormanns beim Elfmeter, 1970)은 1960년대 후반에 그를 세계적인 작가로 끌어올렸다. 이처럼 유명하게 된 것은 1966년 프린스턴에서 열린 47그룹 회의에 24세의 젊은이로 참가하여 기성 문단 및 문인들을 공격하고 나섰고, 같은 해에 도발적이고도 신선한 '연극적 텍스트'(Sprechstück) 『관객 모독』을 발표함으로써 참신한 신인으로서 주목을 받았기 때문이다.

그는 작품 『관객 모독』을 통해 —기록물적 자료에 근거하여 교육적 의도를 살리려는 브레히트의 '서사연극'과는 정반대로— 극장과 연극 자체에 대한 생각을 근본적으로 다시 해야 한다는 주장을 펼친다. 물론, 이것 또한 크게 보자면 브레히트의 영향 아래에 있음은 부인할 수 없다. 『관객 모독』이란 연극은 객석을 밝은 조명 아래에 둔 채 이름을 밝히지 않는 4명의 배우가 특별한 분장도 하지 않은 채 무대 위에 등장하여 다음과 같은 말을 하는 것으로 시작된다.

여러분은 연극을 보지 못하게 될 것입니다.

구경하려는 여러분의 욕망은 채워지지 않을 것입니다.

여러분은 극을 보지 못할 것입니다.

여기서는 연극이 공연되지 않을 것입니다.

관객들은 연극의 시작과 동시에 공연 불가를 알리는 당혹스러움을 겪게 된다. 이어서 관객들은 "배불리 저녁을 잘 드시고 여기에 무엇 때문에 오셨느냐"는 등 심한 공박을 받아야 하고, 1933년부터 1945년까지의 독일인의 치부를 연상시키는 '당신들 전쟁을 일으킨 사람', '당신들 인간 이하의 사람들'과 같은 욕설을 들어야 한다. 물론, 연극의 끝에 배우들이 부디 편안한 밤을 보내시기 바란다는 인사를 하는 통에 관객들이 박수를 치지 않을 수 없기는 하지만 말이다. 이처럼 새로운 실험을 통하여 연극의 전통에 대해 다시 생각하게 만듦으로써 페터 한트케란 이름은 세계 연극사에 지워질 수 없이 되었다.

한트케의 『페널티 킥 앞에 선 골키퍼의 불안』은 일종의 범죄소설로 주인공이 카프카 소설의 인물을 연상시키는 심리소설이다. 전에 유명한 골키퍼였으나 현재는 건축 조립기사로 일하고 있던 요젭 블로흐(Josef Bloch)는 어느 금요일 아침에 해고된 듯한 기분에 건축 현장을 나와 빈의 길거리를 헤맨다. 거리에서 영화관 매표소 직원인 게르다라는 여자를 만나 그녀와 하룻밤을 함께 보낸 뒤 그녀를 목 졸라 죽인 다음, 버스를 타고 남부 국경지대의 어느 마을에 사는 친구를 찾아간다. 하지만 불안에 사로잡혀 이리저리 돌아다니다가 경찰이 그를 추적하고 있다는 정황을 확인하게 된다. 작품은 그가 아직 경찰에 체포되지 않은 채 끝난다.

이 작품을 이해하는 중요한 열쇠는 페널티 킥과 블로흐의 범죄와의 느슨하기 짝이 없는 연관성이다. 독자는 "골키퍼가 완전한 심리적 안정을 찾은 모습을 보일 때만 키커가 그의 두 손안에 공을 차 넣어 준다"는 작품 속의 짤막한 언급과 정신분열적 불안 증세를 보이는 가운데에 끊임없이 움직이고 있는 주인공 사이에 얽혀 있는 수수께끼 같은 의미망을 스스로 풀어야만 한다. 이렇게 그의 작품들은 상식적 틀을 벗어나 있음으로써 안이하고 낡은 사고방식 안에 갇혀 있는 독자들에게 쉽지 않은 과제를 부여하는 것이 특징이다.

페터 한트케는 1967년에 처음으로 수상한 게르하르트 하우프트만 상을 필두로 하여 수많은 문학상을 받았다. 그의 문학은 68해방운동 세대의 정치적 경험이 내밀하게 서술되고 있다는 점에서, '신주관주의'(Neue Subjektivität), 또는 '신 내면성'(Neue Innerlichkeit)의 문학의 대표주자로 불린다. 하지만 그의 문학적 내면성이 인습에 젖은 시민문화에 대한 반기를 내포함으로써 이전의 '신낭만주의'(Neuromantik)의 내면성과는 판이하다.

요컨대 한트케는 주로 현대인이라는 주체와 그 외적 조건들 사이의 괴리 및 소외를 다루되, 현대인들의 틀에 박힌 언어와 그 의식 속에 숨어 있는 위선과 거짓을 폭로하고 있는, 현대 독일어권의 중요한 시인이다.

---

8.   보토 슈트라우스
               — 아도르노를 넘어서려는 지성적 미학의 탐색

보토 슈트라우스(Botho Strauß, 1944-)는 니체의 고향이기도 한 나움부르크에서 태어났다. 쾰른과 뮌헨에서 독일문학과 연극학, 사회학을 공부하

지만, 학업을 중도에 그만두고 1967년부터 1970년까지《오늘날의 연극》(Theater heute) 지(誌)에서 기자로 일한다. 1975년까지는 서베를린의 유명한 극단 '할레 강변의 연극무대'에서 드라마 종합기획 일을 하는 동시에 『우울증 환자들』(Die Hypochonder, 1973) 등의 극작품을 직접 쓰기 시작했다.

1977년 유명한 평론가 마르셀 라이히 라니츠키는 보토 슈트라우스의 재능을 높이 평가하여 그를 가리켜 "우리 문학의 큰 희망"이라고 지칭한 바 있다. 극단 '할레 강변의 무대'에서 페터 슈타인의 감독으로 초연된 극작품 『대인과 소인』(Groß und klein, 1978)은 로테라는 한 여성의 실존적 고독을 주제로 하고 있는데, 그녀는 누군가 자신의 마음을 터놓고 지낼 수 있는 사람을 갖고자 하지만 피상적인 친교를 넘어서는 관계에까지 이르지는 못한다.

보토 슈트라우스는 68운동 세대의 환멸을 그리면서 고독한 단독자의 길을 걸어갔다는 점에서, 그리고 언론에 모습을 잘 드러내지 않으면서 열정적이고 고고한 문학관을 유지하고 있다는 점에서, 페터 한트케와 비슷한 면모를 보인다. 하지만 그는 순수한 이야기에 집중하고 있는 한트케와는 달리 철학적 성찰과 사회에 대한 지성적 비판에도 큰 비중을 둔다. 아도르노에게 많은 것을 배운 시인이지만, 헤겔적 사회발전의 목적론적 법칙성을 더는 신뢰할 수 없다며, 문학에서 아름다움과 숭고함을 추구하는 자신의 고유한 미학을 보여 주고 있다.

단편(斷片)과 잠언, 생각의 편린들과 관찰 및 성찰의 기록 등 여러 종류의 짧은 글들을 모은 산문집 『짝들, 통행인들』(Paare Passanten, 1981)을 관류하는 주제는 현대 서독인들의 행태에 대한 날카로운 문화비관주의적 관찰이다. 여기서 그가 보여 주고 있는 것은 1980년대 초반의 서독사회 구성원들의 관계망이다. 그것은 행복 지상주의적 환영을 좇아 자유롭게 작동하는 듯 보이지만, 실은 아무런 실질적 내용이나 지속성 및 전망성이 없는 요지경과 같은 허상으로 점철된 관계들에 불과한 것으로 드러나고 있다.

변증법이 없다면 우리의 사고는 일거에 더 어리석어진다. 그러나 다른 길이 없다. 우리는 이제 변증법 없이 살아야 한다.

이것이 문학적 수필가 슈트라우스가 이 산문집 안에 숨겨 놓은 뼈아픈 인식이다. 시인은 짝들의 세계에서 분리된 존재로서 일반적 합의를 하지 않는 독특한 언어를 탐색하는 작업을 해야 한다는 것이 슈트라우스의 생각이다. 이 산문집의 마지막 장에서 아도르노의 죽음이 묘사되는 것은 의미심장하다.

그는 관광객들이 떼거리로 출몰하는 어느 카페의 한가운데의 한 탁자 앞에 혼자, 사람들로부터 버림받은 채, 앉아 있었다. 그래서 나는 그를 응시하게 되었으며, 나는 그 사람이 내가 그렇게도 많이 내 마음속에서 생각해 왔던 바로 그일 것이라고 확신하게 되었다. 얼마 지나지 않아 나는 신문에서 그가 바로 그 여름날에, 아마도 내가 베네치아에서 그를 보았던 바로 그날에 스위스의 한 의료시설에서 죽었다는 기사를 읽게 되었다.

'나'는 이제 무엇인가 새로운 것이 시작되어야 한다고 느끼지만, 그것이 무엇인지 구체적으로 밝히지는 못하고 있다. 그의 현대(Moderne)에 대한 거부와 새로운 전망의 부재를 이보다 더 확실히 보여 줄 수는 없을 것이다. 그가 1993년 2월 8일 자 《슈피겔》지에 발표한 글 「숫양의 점점 커지는 울음소리」(Anschwellender Bockgesang) 역시 현대 독일 사회의 황금만능주의와 매스미디어에 도취한 대중들의 실상을 적시하면서, 이 사회가 앞으로 필요로 하게 될 희생양의 —즉, 시인의— 점점 커지는 울음소리를 전하고 있다.

다가오는 비극의 구체적 모습에 대해서는 우리는 아무것도 모른다. 우리는 단지 우리들의 행동의 심층에서 점점 더 커지는 비밀스러운 소음, 즉 숫양의 울음소리를 들을 수 있을 따름이다. 우리가 저질러 놓은 행위의 내부에서 점점 더 부풀어 오르는 희생양의 노랫소리 말이다.

보트 슈트라우스를 완전히 이해하기는 쉽지 않다. 하지만 그의 글을 읽으면 현대 독일 사회의 비극적 참모습들이 간혹 섬뜩하게 다가올 때가 많다. 그래서 그는 많은 독자를 지닌, 중요한 시인이다.

---

9. 파트릭 쥐스킨트
— 오락인가, 예술인가?

파트릭 쥐스킨트(Patrick Süskind, 1949-)는 독일 바이에른의 홀츠하우젠 (Holzhausen)이란 마을에서 자라났다. 그의 아버지는 작가 및 남부독일신문의 기자였고, 동생도 기자이다.

쥐스킨트는 뮌헨대학에서 역사를 공부했고 프랑스 프로방스 지방에 유학했으나 공부를 끝마치지는 않았다. 그는 자신의 소설 『향수. 한 살인자의 이야기』(Das Parfum. Die Geschichte eines Mörders, 1985)가 세계적인 성공을 거둔 뒤에도 공개 석상에 잘 나타나지 않는 것으로 유명하며, 자기 사진도 세상에 내어놓지 않을 뿐만 아니라 여러 문학상의 수상까지도 거부하고 있는 괴팍한 인물이다. 하지만 그의 책 『향수』가 9년 동안 《슈피겔》지의 베스트셀러 리스트에 오르고, 독일 판매 550만 부를 기록하고 있을 뿐만 아니라,

세계 48개 국어로 번역되어 세계 판매 2000만 부를 기록함으로써 '독일문학의 최신 세계수출품'이 되고 있다.

『향수』에 대해서는 수준 높은 예술가소설과 오라소설을 합성한 포스트모던한 소설이라는 설명이 있는가 하면, 재미있는 '살인자의 이야기'에다 미학적 수준이 갖추어진 범죄소설이라든가, 프랑스 초기 계몽주의를 소재로 한 역사소설, 천재 살인자에 관한 교양소설, 부도덕한 사회의 희생자들을 다룬 사회소설, 서구 계몽주의의 부정적 면을 다룬 우의화 등 여러 해석이 뒤따르고 있다.

> 18세기 프랑스에 한 남자가 살았는데, 그는 천재적이고 혐오스러운 인간들이 부족하지 않았던 이 시대의 가장 천재적이고도 가장 혐오스러운 인간 중의 하나였다. 여기서 그의 이야기를 하고자 한다. 그의 이름은 쟝-밥티스트 그르누유로서……

『향수』의 위와 같은 시작부터가 클라이스트의 『미햐엘 콜하스』의 첫머리를 연상시키고 있다. 이처럼 이 작품 속에는 수많은 상호텍스트적 연관성이 암시되고 있는데, 주인공 쟝 그르누유가 죽은 여자의 피부를 훔치고 있다면, 작가 쥐스킨트는 '죽은 시인들의 글'을 훔치고 있다는 평이 있을 정도로, 이 작품 속에는 고전적 시인들한테서 따온 인용문들이 ─독자가 알게, 또는 모르게─ 곳곳에 숨겨져 있다.

하지만 이 작품을 탁월하게 만드는 것은 이런 상호텍스트성만이 아니고, 무엇보다도 작가 쥐스킨트의 빼어난 문장력 덕분이다. 우선 다음과 같은 대목을 읽어보자.

> [그 아이는] 나무 위에 머무는 저 흡혈(吸血) 진드기와도 흡사하였다. 삶은 이

진드기에게 겨울나기 이외에는 아무것도 더는 제공하지 않는다. 그 조그맣고 추악한 진드기는 외부세계에 가능한 한 적은 면적의 몸을 노출하기 위해 자신의 납 회색 신체를 동그랗게 구부린 채, 자기 몸에서 아무것도 빠져나가지 않도록, 그리고 극히 미량의 기력도 바깥으로 빠져나가지 못하도록 자신의 피부를 매끌매끌하고 단단하게 만든다. 그 진드기는 아무도 자신을 보거나 짓밟지 못하도록 특히 작게, 눈에 띄지 않도록, 잔뜩 몸을 웅크리고 있다. …… 그 진드기는 나무에서 툭 떨어져 여섯 개의 작은 다리로 2-3밀리미터 정도 이리저리 기어 다닐 수 있고 나뭇잎 아래에 붙어서 죽은 듯이 숨어 있을 수도 있다. 그것이 죽는다 한들 정말이지 아무도 아쉬워하지도 않을 것이다. 그러나 그 진드기는 고집스럽게, 끈질기게, 그리고 구역질 나게도 몸을 오그린 채 목숨을 유지하면서 기다린다. 지극히 드문 우연에 의해 어떤 동물의 피가 바로 그 나무 아래에서 순환하게 되는 순간을 기다리는 것이다. 그러다가 그 순간이 오면 그는 비로소 은신을 그만두고 툭 떨어져 그 낯선 육체를 콱 거머쥐고 구멍을 뚫어 피를 빠는 것이다.

그 아이 그르누유는 이런 진드기였다. 그는 자신의 껍질 속에 갇혀 살면서 더 나은 시간이 오기를 기다리고 있는 것이었다.

위의 문장을 읽으면, 토마스 만의 빈틈없는 산문이 연상되기도 하고, 카프카의 괴기스러운 주인공들이 연상되기도 한다. 1738년 6월 17일 파리 공동묘지 근처 어시장의 악취투성이의 생선조리대 밑에서 태어나 어머니한테서 버림을 받았지만, 주위 사람들에 의해 구조된 아이 장 밥티스트 그르누유는 ―어머니가 영아 유기범으로 처형되었기 때문에― 유모와 보육원을 전전하며 마치 '흡혈 진드기'처럼 끈질긴 생명을 이어가면서 자신의 때가 오기를 기다린다. 천재적 후각을 지녔으나 자신은 체취가 없는 인간임을 알게 된 그는 남프랑스의 도시 그라스에서 24가지 향기를 수집하기 위해 24명의 처녀를 죽이는 연쇄살인범이 된다.

그가 드디어 체포되어 사형 집행일이 되지만, 그 장면을 구경하기 위해 모인 군중들이 그르누유의 향기에 취해 그를 연모하는 대군중 축제가 벌어지고, 무고한 사람이 범인으로 지목되어 처형되면서, 그르누유는 결국 무죄 방면되어 1767년 6월 25일 파리의 그 공동묘지 근처로 다시 되돌아온다. 마침 부랑자들이 모닥불을 쬐고 있자 그들 앞에서 자기 몸에 향수를 뿌린다. 그러자 그 부랑자들은 —그르누유가 원하던 그대로— 그의 아름다움에 도취, 열광한 나머지 그의 몸을 모두 뜯어먹어 버린다.

'진드기' 같은 한 인간이 모두 25명의 처녀를 죽인 끝에 결국은 이렇게 허무하게 죽어 간다는 이야기인데, 이 작품을 도대체 어떻게 이해해야 할 것인가? 혹자는 이것을 독일 교양소설의 패러디로 읽어야 한다 하고, 또 어떤 사람은 재미있는 범죄소설 이상도 이하도 아니니, 그저 재미있게 읽었다면 그것으로 충분하다고 한다. 하지만 고비마다 주석을 가하고, 앞서 말한 주석을 뒤집기도 하고 주인공과 사건들에 대해 언제나 싸늘한 반어적 거리감을 유지하는 이 탁월한 전지적 서술자만 보더라도 정말이지 범상한 작품이 아니다. 작품 여기저기에 산재해 있는 괴테, 클라이스트, 그리고 토마스 만의 작품을 연상시키는 상호텍스트성을 생각하더라도 범죄소설이나 쓰는 범속한 작가로 치부할 수도 없다.

이 작품이 2006년에 튀크버(Tom Tykwer) 감독에 의해서 영화화된 것을 보자면, '한 살인자의 이야기'가 '한 고독한 인간의 비극'으로 해석되고 있음을 알 수 있다. 물론, 이 해석도 이 작품의 여러 가지 해석 가능성 중의 하나에 불과하다. 하지만 독자에게 그 어떤 동일시도 허용하지 않는 이 추악하고 냉혹한, 편집증 및 자폐증 환자에 가까운 그르누유의 가공할 범행과 그의 자살에 가까운 죽음이란 종말을 서로 연결해 그 어떤 인문적 의미망을 구성해 보고자 하는 평범한 독자의 모든 선의의 노력을 결국 수포가 되게끔 하는 작가 쥐스킨트의 작의는 과연 무엇이란 말인가? 현대의 서사 이론으로써는 논리적 설명이 되지 않기 때문에 이 소설을 소설의 기존 작법을 해체한 포스트모던한 소설로 이해하려는 시도들이 많이 제기되는 것도 우연이 아니다.

성신여대 김륜옥 교수는 필자가 한국토마스만독회의 뒤풀이 자리에서 『향수』에 숨어 있을 법한 작가 쥐스킨트의 메시지를 잘 모르겠다고 푸념을 늘어놓자― 25명의 처녀를 살해한 '흡혈 진드기' 그르누유가 그레첸과 오막살이 노부부를 죽게 한 파우스트, 600만 유대인을 살해한 나치 등 인류역사상의 모든 남성의 화신이 아니겠느냐는 의견을 제시하였다. 남성적 "천재의 창조성이 발현되기까지 얼마나 자주 타인들의 희생이 요구되는지를" 쥐스킨트가 그의 『향수』에서 "적나라하게 보여 주고 있다"[1]는 것이다. 주인공 그르누유가 마지막에 자기 의사로 죽음을 택하는 것은 또 어떻게 해석해야 하겠느냐는 필자의 연이은 질문에 김 교수는 그것은 예수 수난에 대한 대담한 패러디로 이해될 수 있다는 말을 했는데, 필자로서는 아직도 석연찮은 기분을 떨쳐 버릴 수가 없다. 쥐스킨트는―그가 앞으로 작가로서 획기적인 변모를 보여 주지 않는 한― 우리에게 확연한 메시지를 주지 않은 채 많은 의문점만을 던져 준 포스트모던한 작가로서 기억될 것이다.

---

1 김륜옥, 「파우스트적 천재 이데올로기가 지닌 두 얼굴의 변용 추이. 시각적 욕망에서 청각적 묵시록을 거쳐 후각적 자기해체까지」, 《헤세연구 24》(한국헤세학회, 2010), 217-240쪽.

발터 켐포브스키
― 일기, 자서전, 편지묶음에 파묻힌 작가

동독의 로슈톡에서 선주(船主)의 아들로 태어난 발터 켐포브스키(Walter Kempowski, 1929-2007)는 반항아적 기질 때문에 일찍 학교를 그만두고 방랑 청년으로서 함부르크의 로볼트출판사에서 일하고자 했다. 그러나 그것마 저도 서류 미비로 성사되지 않자 비스바덴의 미군 PX에서 일하다가 CIC의 정보원이 되기도 했다. 1948년 어머니를 방문하고자 들린 로슈톡에서 소련 점령군에 의해 간첩죄로 체포되어 동독의 바우첸 교도소에서 8년간 복역하 고 1956년에야 석방된다. 그는 가장 열심히 일기를 쓰는 작가로 유명하다. 『수감동(收監棟)에서. 옥중생활 보고서』(1969)라는 첫 장편소설을 비롯한 모 든 작품이 거의 모두 자신의 '일기'를 기초로 한 것이다.

무려 9권에 달하는 소설 연작 『독일 연대기』(Deutsche Chronik, 1978-84)를 통해 그는 20세기 독일 시민계급 몰락의 역사를 다루고 있다. 여기서 그는 자신의 가족사를 근간으로 하고, 거기에다 "히틀러를 보신 적이 있으십니 까?", "그 사실을 알고 계셨습니까?" 등의 설문에 대한 독일 시민들의 대답 을 삽입하는 방식으로, 20세기 독일 시민계급의 도덕적 타락을 문제 삼고 있다.

그의 대표작 『음파 탐지』(Echolot, 1993-2005)는 1933년부터 2005년까지 많 은 독일인이 쓴 자서전, 일기, 편지묶음들을 정리, 배열, 재조정한 일종의 집단기록의 콜라주이다. 작가 켐포브스키가 여기에다 해양 탐사에서 사용 되는 개념인 '음파 측량'이라는 제목을 붙인 것은 '독일 최근세사'라는 '바다'

의 표면에서가 아니라 '바다'의 깊은 밑바닥에서 과연 무슨 일이 일어나고 있었던가를 탐지하는 것을 자신의 과업으로 삼았음을 시사하고 있다. 그는 마치 합창대의 지휘자처럼 복잡다단한 시대의 많은 독일 시민들의 목소리들을 정리, 기록하고 그 조각들을 모자이크 삼아 현대 독일사를 재구성해 놓았다. 그 때문에 이 소설은 "우리 세기 문학의 가장 위대한 성과 중의 하나"(eine der größten Leistungen der Literatur unseres Jahrhunderts)(평론가 프랑크 쉬르마허의 말)로 꼽힌다.

켐포브스키는 어느 땐가 자신의 어릴 적 소원이 교사, 작가, 그리고 문서보관소 관리자였다고 고백한 바 있다. 사실 그는 괴팅엔대학에서 교육학을 공부한 뒤에 탁월한 국어 교사가 되었고, 또 그와 동시에 50여 편의 책을 쓴 작가도 되었다. 하지만 무엇보다도 중요한 것은 그가 독일 시민들의 수백만 장의 일기, 자서전, 편지, 사진 등 독일현대사의 생생한 사료(史料)의 수집가가 됨으로써 우리 시대 최고의 '문서보관소 관리자'가 되었다는 사실이다. 그는 자신이 모은 이 기록물들을 2007년에 베를린 예술원에 기증하였다.

2007년 베를린 예술원에서 열린 '켐포브스키의 인생역정'이란 전시회의 개회사에서 당시 독일연방대통령 호르스트 쾰러(Horst Köhler)는 —대장암을 앓고 있어서 그 자리에 참석할 수 없었던— 그를 가리켜 '민중의 시인'(Volksdichter)이라고 찬양한 바 있다. 민중 독자들이 작가 켐포브스키를 신뢰하여 그에게 자신들의 비밀스러운 기록물들이나 자신들의 귀중한 소장품들을 아낌없이 우편으로 보내 주었다는 점에서, 그리고 켐포브스키가 그 민중들의 소리를 콜라주로 엮어 내어 민중들의 소리가 처음으로 역사의 무대에 올려졌다는 점에서 이 명칭의 타당성이 없지 않다고 하겠다.

이 자리에서 기념연설에 나선 후배 작가 모제바흐(Martin Mosebach, 1951-)는 "작가가 늙게 되면 독자를 잃는 경우가 많다. 켐포브스키는 작가로서의 그의 도정 중 그 어느 시점에도 독자가 없어서 걱정일 때는 없었지만, 만년에 이르러서야 비로소 그의 소중한 가치를 알아보는 독자들을 얻게 되었다"면시, 신배 작가에 대한 크나근 경의를 표했다. 이것은 아마도 켐포브스키가 아직 생존해 있을 때—병석에서 간접적으로 전해—듣게 된 가장 큰 찬사였을 것이다.

발터 켐포브스키가 불후의 작품을 남겼다고 말하기는 어렵다. 하지만 그는 작가가 평생 해낼 수 있는 이상의 큰 업적을 남겼으며, 작가의 새로운 '존재 방식'을 보여 주었다.

통독 이래의 동시대 독일문학

(Gegenwartsliteratur seit der Wende, 1990-)

1989년 11월 9일 저녁 드디어 베를린 장벽이 무너졌다.

1970년 12월 7일 독일 수상 빌리 브란트가 폴란드의 유대인 묘소 앞에서 무릎을 꿇고 나치 독일의 만행을 공개 사죄한 일(Kniefall)이래로 독일에 대한 서구 열강들의 경계심이 풀린 것도 독일 통일이 이루어진 원인 중의 하나일 것이다. 나치 독일로부터 망명함으로써 나치의 죄책에서 벗어나 있던 정치인 빌리 브란트는 —개인적으로 죄업이 없음에도 불구하고— 독일 수상으로서 바르샤바 근교의 유대인 희생자 묘소 앞에서 무릎을 꿇고 공개 사과한 것이다. 당시 독일 국민의 48%가 이 무릎 꿇은 일을 과장된 것이라고 하고 41%가 타당하다고 했으며 11%가 무응답자였다는 사실을 고려하면, 브란트가 얼마나 선구적인 정치인인가를 실감할 수 있다. 제2차 세계대전 종전 이후 47그룹의 회원들을 비롯한 많은 시인·작가들이 나치 독일의 죄업을 극복하고자 노력해 왔지만, 브란트와 같은 정치인이 존재하여 이런 독일문학의 정신을 함께 대표해 주었다는 사실이 우리에게는 —무엇보다도 국민을 정신적으로 선도해 주는 정치인이 아쉬운 우리 현실에서는— 뼈아프게 부러운 일이 아닐 수 없다.

1989년 소련의 미하일 고르바초프가 글라스노스트(Glasnost, 개방)와 페레스트로이카(Perestroika, 개혁)를 표방하며 냉전체제를 종식하고 동구권 여러 국가에 운신의 폭을 넓혀 준 것도 독일 통일의 직접적 요인으로 꼽힌다.

이렇게 독일의 통일은 아무도 예견하지 못한 가운데에 세찬 돌풍처럼 순식간에 찾아왔다. 많은 국민이 동독 정부를 버리고 국경을 넘으려 하는 데에는 장벽도, 탱크도, 총칼도 소용이 없었다. 동독의 작가 크리스타 볼프나 서독의 작가 귄터 그라스 같은 사람들이 —동독의 당시 정권 자체는 무너지더라도— 사회주의 인민공화국의 장점을 살려 다시 이상주의적 공화국을 재건함으로써 동독 흡수적 통일을 다소 늦추어 보고자 애를 썼지만, 배급경제에 신물이 나서 바나나 한 송이라도 마음대로 사 먹을 수 있는 슈퍼마

켓을 향해 몰려드는 군중들을 제지하기에는 시인·작가들의 이상주의적 언어는 이미 더는 효력이 없었다.

이렇게 동독이 서독 체제에 병합되는 형식으로 1990년 10월 3일 독일통일은 완성되었다. 이제 동독의 모든 제도와 기관들이 서독의 체제에 병합, 또는 순응되는 과정을 겪어야 했고, 이런 과정에서 동독 국민은 때로는 고통과 굴욕을 감내하지 않으면 안 되었다. 동독 외교관들이나 동독의 대학 교수들은 전망을 잃고 좌절을 겪어야 했으며, 동독의 국영기업들도 자본주의적 기업 경영의 합리적 규칙에 따라 채산성이 없으면 문을 닫아야 했다. 특히 슈타지(Stasi: Staatssicherheitsdienst; 동독 국가보안처)의 비밀문서 창고가 공개 열람됨에 따라 옛 동독 독재정권의 감시체제와 그것을 뒷받침해 주고 있던 약 18만9천 명의 '비공식적 정보원'(IM: Inoffizieller Mitarbeiter)의 정체가 백일하에 드러남에 따라 많은 인간관계가 극심한 위기에 봉착하게 된다. 한스 요아힘 쉐틀리히의 형제 비극(한스 요아힘 쉐틀리히의 『ㅎ의 일에 대하여』참조)이 그 좋은 예이다.

그동안 통독을 두고 많은 독일 내 논쟁들과 인간적 희비쌍곡선이 교차하였지만, 통독 25주년이 지난 지금 통독의 개연성이나 타당성 자체를 부정적으로 보는 독일인은 드물다. 다만 독일 통일은 그 형식과 절차에서 다소의 문제점을 남겼으며, 한반도가 통일될 때에는 되풀이되지 말아야 할 사항들이 적지 않게 지적되고 있다. 결과적으로 통일은 주제 면에서 다소 단조롭던 독일문학을 풍성하고 다양하게 만들었다. 실험적 고급문학이나 아도르노 등의 문학이론으로부터 다소 자유로운, 오락문학에 가까운 문제작들이 많이 나오고 있는 것도 통독 이후 독일문학의 특징이라 하겠다.

이하에서는 통독 이래 오늘날까지의 동시대 독일문학에서 문제시되는 여러 유형의 시인·작가들과 그들의 작품들을 개관해 보기로 하겠다.

1.

토마스 브루시히
— '전환기'의 동독 상황

토마스 브루시히(Thomas Brussig, 1964-)는 동베를린에서 태어나 동독의 초·중등교육과정과 여러 직장 경험을 거쳤으나 통독 이후인 1990년부터 자유 베를린대학에서 사회학 공부를 시작했다. 1993년부터는 포츠담의 영화전문대학으로 옮겨 2000년에 영화학 석사학위를 취득하였다.

첫 성공작은 소설『우리 같은 영웅들』(Helden wie wir, 1995)로 이것은 동독의 몰락을 다룬 경쾌한 풍자극이다. 동독 국가보안처에서의 출세를 꿈꾸던 청년 클라우스 울취트(Klaus Uhltzscht)는 자신도 모르는 사이에 동독 정권의 몰락을 견인하는 인물이 된다. 그는 자신의 큰 물건을 자랑하다가 동독 국경경비원의 정신을 혼미하게 만들었다는 것인데, '치유된 물건'(Der geheilte Pimmel)이란 소제목만 보더라도 크리스타 볼프의 유명한 소설『분단된 하늘』(Der geteilte Himmel)에 대한 장난기 어린 '야유'임이 분명하다. 이것은 그가 동독에서 인정받아 오던 전통적 문학을 그다지 존중하지 않는다는 점도 아울러 암시하고 있다.

폭소를 자아내는 사춘기 소설이란 이 작품의 겉모습 뒤에는 전환기 동독의 정치적 배경이 시커먼 먹구름처럼 깔렸다. 외설적이고 비속한 일인칭 서술자 울취트의 조야한 이야기에 비하면, 브루시히의 다음 소설『존넨알레의 짧은 쪽 구석에서』(Am kürzeren Ende der Sonnenallee, 1999)의 주인공 미햐엘 쿠피쉬(Michael Kuppisch)는 얌전하고 순정적이다. 그의 사춘기 동무들이 '미샤'라고 부르는 이 인물은 클라우스 울취트보다 통일된 독일 독자들에게 더 많은 사랑을 받고 있다. 통독 전후의 '전환기' 동독사회를 생생하게 잘 보여 주는 것으로 평가받고 있는 이 소설은 1970년대 말과 1980년대의 초에 베를린 장벽의 바로 동쪽에 살고 있던 사람들의 애환을 다루고 있다. 존넨알레는 오늘날에는 베를린 시의 노이쾰른 구(區)와 바움슐렌베크 구를 연결시키는 한 평범한 가로수 길에 불과하지만, 당시에는 서쪽이 길고 동쪽이 짧게 동·서베를린을 가르고 있던 길로서, '공화국 탈주'와 '발포 명령', 그리고 '죽음의 경계선'을 연상시키던 길이기도 하다.

이 길의 동쪽 구석의 동독 주민들은 비좁은 공간을 분점해서 살고 있다. 그래서 15세의 주인공 미샤는 동아리 '잠재력'의 동무들과 주로 길거리에서 논다. 여기에 어머니와 함께 새로 이사 온 예쁘고 사교적인 소녀 미리암이 등장하여 소년들의 우상이 된다. 미샤도 미리암을 좋아하지만, 문제아로서 어머니의 소망대로 당과 국가에 충성하는 사람이 되는 것조차 장담할 수 없다. 그래서 감히 미리암을 차지하기 위한 소년들의 무한경쟁 대열에 낄 엄두조차 내지 못한다. 그와 친구들은 록(Rock) 음악에 취하고 각종 사소한 사고들을 쳐서 마을담당 당 책임자와 갈등 관계에 빠져들기도 한다.

작품은 미샤와 미리암의 해피엔드로 끝이 나는 일종의 사춘기 소설 같은 외양을 갖고 있다. 하지만 토마스 브루시히는 동독 주민들의 소박한 일상생활에서 일어나는 사소하지만, 그냥 웃어넘기기에는 너무 진지한 갖가지 에피소드들을 재치있게 삽입시킨다. 자신의 동독 체험에서 나온 동독 주민들과 국가 체제 사이의 사소한 마찰들과 그 해결 과정을 회상한다든가, 서독에서 온 친척 방문객이나 관광객들의 언행 등을 언급함으로써, 전환기 직전에 동베를린에 살던 평범한 동독인들의 일상을 그리는 데에 성공한다. 그 결과, 존넨알레라는 동베를린의 한 골목 동네가 이따금 동독이란 공간 전체를 상징하는 데에까지 이른다. 따라서 이 소설은 결국 동독 주민들도—국가 체제의 보이지 않는 억압과 감시에도 불구하고— 인간적이고도 절실한 자신들의 삶을 살아가고 있었음을 드러내고 있다. 이 작품에서 브루시히는 청소년들의 은어, 베를린 방언을 거리낌 없이 사용하고 복잡한 복문을 피하고 간결하면서도 재치 있는 문장들을 선보인다. 특히, 그는 자신의 회상이나 언급에서 객관적인 거리감을 보이지 않고 서술에서 '우리'란 대명사를 가끔 끼워 넣음으로써 작가 자신이 인물들과 시공을 함께하고 있음을 숨기지 않는다.

작품은 영화감독 하우스만(Haußmann)과 공동으로 만든 동명의 영화 시나리오를 나중에 작품으로 쓴 것이기 때문에, 소설로 나오기 전에 벌써 영화 「존넨알레」(Sonnenallee)를 통해서 널리 알려졌다. 세계 각국에서, 특히 동구권 여러 나라에서 번역되어 토마스 브루시히라는 이름은 '전환기'의 동독 주민들의 풍속도를 유머러스하게 그리는 작가로 알려진다. 하지만 통합사회당 체제의 권위주의적 억압과 슈타지의 감시하에 시달리던 당시 동독 주민들의 사실적이고 비극적인 삶을 외면하고, '과거 동독에 대한 향수'(DDR-Nostalgie)를 불러일으키고 있다는 따가운 비판을 받기도 했다.

2.   볼프강 힐비히
                                  ― 권력과 언어의 긴장관계

볼프강 힐비히(Wolfgang Hilbig, 1941-2007)는 라이프치히 부근의 모이젤비츠(Meuselwitz)에서 태어났다. 그의 아버지는 1942년 스탈린그라트 진입 직전에 실종되었고, 제1차 세계대전이 끝나자 폴란드 쪽에서 이주해 들어온 외

조부모와 어머니 슬하에서 자라나게 되었다. 동독 당국은 힐비히를 '노동자 시인'이라며 추켜세웠다가 1985년에 결국 서쪽으로 이주하는 것을 승낙하고 말았다.

대표작이라 할 수 있는 소설 『나』(Ich, 1993)의 일인칭 서술자 '나'는 작가로 슈타지의 지령을 받고 이적행위가 의심된다는 다른 작가를 감시하는 임무를 맡게 된다. '나'는 자신의 작품을 쓰는 일과 슈타지에 올리는 보고서를 쓰는 일 사이에서 자신의 정체성에 혼란을 일으키게 된다. 이 소설의 중심적 주제는 슈타지와 플렌츨라우어베르크(동베를린의 예술가 집단거주 구역)의 예술가들의 공생 및 긴장 관계이다. 서로가 필요와 존재 이유가 되기도 했던 이 양자는—동독이라 나라가 이 세계의 지도로부터 사라지자— 이름 모를 괴수와도 같은 환영(幻影)으로 전락하고 말았는데, 이 지점에서 작가 힐비히의 자아 상실의 고통과 동독 국민으로서의 분노가 시작된다. 한없는 파토스와 고도의 반어 사이를 오가며 자신의 정체성을 묻고 있는 이 처절한 '나'(암호명: Cambert)의 '자아 상실'에 대해 통독 직후의 많은 독일 독자들이 공감과 찬사를 아끼지 않았다.

첫 소설 『전이(轉義)』(Eine Übertragung, 1989)로부터 마지막 작품 『정의로운 자들의 잠』(Schlaf der Gerechten, 2002)에 이르기까지 그의 모든 인물은 믿음을 갖지 못하는, 심지어는 자기 자신의 현존에 대해서도 믿지 못하는 불안정한 존재들이다. 눈에 보이는 것은 그들에게는 단지 빙산의 일각일 뿐이며, 그 아래에, 또는 그 뒤에는 늘 예감할 수 없는 그 어떤 무서운 비밀이 숨어 있을 수 있다.

'비터펠트 노선'과 더불어 이른바 "노동자로서 붓을 들게" 된 이 작가의 엄청난 성장과 자기 계발은 만약 동독 정권이 건재했더라면 동독문학을 새로운 카프카적 현대성으로까지 끌어올렸을지도 모른다. 하지만 힐비히의 문학은 —'노동자와 농민의 나라'를 표방하고 출발한 동독의 체제와 그 아래에서 노동자로서, 그리고 동시에 작가로서 이중생활을 했던— 한 동독 국민의 '고통과 분노의 기록'으로서 독일문학사에 남을 것이다.

3.

헤르타 뮐러
— 반독재의 카프카적 형상화

2009년도 노벨문학상은 엄격하고도 아름다운 독일어로 독재체제 국가의 테러에 대해 소설을 쓴 루마니아 태생의 여류작가 헤르타 뮐러(Herta Müller, 1953-)에게 돌아갔다. 루마니아 안에 있는 한 독일인 거주지 니츠키도르프 (Nitzkydorf)에서 태어난 그녀는 정치적 침묵이 강요되던 니콜라에 차우셰스쿠(Nicolae Ceauşescu) 치하의 루마니아 인민공화국 체제에서 유년시절을 보냈다. 트랙터 공장에서 통역사로서 일하던 그녀는 어느 날 루마니아 정보기관 '국가보안처'(Securitate)의 직원이 나타나 '정보원'으로 일해 달라는 요청을 해 왔다. 그녀가 이 요청을 단호히 거부하자 그녀는 '국가의 적'으로서 직장을 잃게 되었지만, 주위 사람들은 그녀가 '정보원'일 것이라고 믿었다. 바로 그녀 자신이 거부했던 그 정보원으로 의심받는 처지가 된 그녀는 1987년 루마니아를 떠나 베를린으로 이주한다.

그녀의 첫 소설집 『낮은 곳』(Niederungen, 1982)에 실린 작품들은 —아직은 독재 체제와는 무관하게— 그녀의 고향에서 사는 독일인들의 일상적 관습과 문화를 다루고 있다. 그러나 헤르타 뮐러의 고향에 대한 묘사는 향수나 애정 따위와는 거리가 멀다.

헤르타 밀러

이 마을의 모든 살아 있는 사람들과 죽은 사람들한테서는 개골개골 개구리 우는 소리가 났다.

이주해 들어올 때 각자가 개구리 한 마리씩을 갖고 들어왔다. 그들이 여기에 온 이래 그들은 자기들이 독일인인 것을 자랑스럽게 말하면서, 그들의 개구리 들에 대해서 말하는 적은 전혀 없다. 그리고 그들은 그것에 대해 말하기를 거부 하면서 그것이 없다고 믿는다.

......

어머니도 러시아로부터 개구리 한 마리를 갖고 왔다.

그리고 나는 어머니의 독일 개구리가 우는 소리를 잠자리에 들어서까지 듣 는다.

이 소설집의 제목이 되기도 한 단편 『낮은 곳』의 끝 무렵에 나오는 위와 같은 서술은 냉정하고 비판적이기만 하다.

단편 『슈바벤식의 목욕』(Das Schwäbische Bad)은 온 식구가 토요일 저녁에 한 욕조의 물을 사용하여 차례로 목욕하는 이야기다. 그녀는 '더럽고 식어 빠진' 목욕물을 묘사한 이 이야기 때문에 바나트(Banat)의 슈바벤 출신 독일인들로부터 자신들의 고향의 명예를 더럽혔다고 비난을 받기도 했다. 심지어는 그녀의 얼굴에 침을 뱉으려는 사람까지 있었다. 하지만 독일에서는 매우 재미있는 작품으로 여겨졌다. 아무튼, 1980년대 초에 '더럽고 식어빠진' 목욕물에 대해 글을 쓴다는 것은 루마니아의 사회주의적 독재체제를 달갑게 보지 않는 자신을 노출시키는 행위였기 때문에, 이 단편은 초기 헤르타 밀러의 작가적 용기를 증거하고 있기도 하다.

장편 『마음속의 짐승』(Herztier, 1993)은 그 제목에서 이미 헤르타 밀러가 조어(造語)의 대가임을 보여 주고 있다. 이 단어는 침묵과 발언의 어지러운 분수령 위에서 '머릿속의 혼돈과 방황'을 조정하는, 사람의 마음속에 가장 깊이 도사리고 있는 '불안한 짐승'으로서, '왕'(König)의 반대 개념이다. 이 작품은 차우셰스쿠 치하의 루마니아에서 국가보안처에 의해 감시와 탄압을 받던 일련의 남녀 친구들의 루마니아 탈출과 그 좌절의 이야기이다. 헤르타 밀러는 여기서 독재정권 하의 모든 거짓, 간계, 배반, 그리고 그 아래에서 오래 지속될 수 없는 우정과 사랑을 다루고 있다. 실제로 헤르타 밀러의 남자친구 롤란트 키르쉬는 목을 맨 채 발견되었는데, 자살인지 국가보안처에 의한 살해인지는 끝내 밝혀낼 수 없었다. 롤프 보세르트(Rolf Bossert)의 경우에는 자살이었지만, 서독으로 넘어온 이후 임시수용소에서의 자살이었던 만큼 이미 경계선을 넘은 뒤에도 '왕'의 영향력이 도주자에게는 아직도 치명적일 수 있음을 보여 주는 대목이기도 하다.

장편 『그때 이미 여우는 사냥꾼이었다』(Der Fuchs war damals schon der Jäger, 1992)[1]는 정보 통제와 감시가 자행되는 국가 체제 하에서 불안과 불신이 지

---

1   헤르타 밀러, 『그때 이미 여우는 사냥꾼이었다』, 윤시향 옮김(문학동네, 2010) 참조.

배하는 일상생활을 다루고 있다. 그녀의 최근작이며 대표작인『숨그네』(Atemschaukel, 2009)[2]는 루마니아가 나치와 동조한 데에 대한 대가로 1945년에 8만 명에 달하는 루마니아 거주 독일인들이 소련의 강제노역장으로 끌려간 사실에 대한 기록으로서, 그녀가 존경하는—2006년도 게오르크 뷔히너 문학상 수상 시인으로서 수상식 직전에 타계한— 파스티오르(Oskar Pastior)와 그녀 어머니의 호송 및 강제노역의 경험에 바탕을 두고 있다. 이 작품에서 그녀는 굶주림과 추위, 중노동과 모욕감에 시달리는 사람들의 한계상황을 형상화해 내는 데에 성공하고 있다. 그녀의 독일어는 명징하되, 그 언어는 루마니아어에서 따온 독특한 이미지의 조어(造語)들과 불협화음을 자아냄으로써 차마 말할 수 없거나 도저히 이름할 수 없는 인간의 상황과 고통까지도 형상화해 낸다. 이때, 언어에 대한 작가 자신의 불신의 결과로 독자들은 어딘지 모르게 당혹감과 불만을 느끼게 되고, 그들은 하는 수 없이 자기 자신들의 상상력을 동원해서 텍스트를 보충해 가면서 읽게 됨으로써 비로소 이 텍스트의 이해에 도달하게 되는 것이다.

헤르타 밀러의 작품을 읽는 것은 마치 프란츠 카프카의 작품을 읽는 것과 흡사하다. 다만, 주인공으로 하여금 불안을 느끼도록 만드는 실체가 헤르타 밀러의 작품에서는 보다 구체적인데, 그것은 바로 '독재체제'이다.

---

2 헤르타 밀러,『숨그네』, 박정희 옮김(문학동네, 2009) 참조.

4.

엘프리데 엘리넥
— 여성의 도발적 글쓰기

1970년대의 독일문학에서 특기할 만한 한 가지 현상은 여성문학이다. 많은 여류작가가 가부장적 사회체제 하에서 굴종과 고통을 강요당하는 여성들의 문제를 다루었다. 여성문학의 이런 경향은 어떤 의미에서는 동시다발적, 동어반복적인 목소리였기 때문에 의식 있는 독자라 해도 차츰 싫증을 내지 않을 수 없었다. 이런 시점에 문득 혜성과도 같이 등장하여 다소 수그러들던 여성문학에 다시금 불꽃 튀는 논란을 불러일으킨 여류작가가 바로 엘프리데 엘리넥(Elfriede Jelinek, 1946-)이다. 그녀는 오스트리아 슈타이어마르크 지방의 뮈르츠추슐라크에서 태어나 엄격한 수도원 학교에 다녔으며 야심 찬 어머니에 의해 '음악적 신동'으로 길러졌다.

첫 희곡 『노라가 그녀의 남편을 떠나고 난 뒤에 일어난 일』(Was geschah, nachdem Nora ihren Mann verlassen hatte, 1978)을 통해 엘리넥은 남자들이 관념적으로 만들어 놓은 '해방적 여성인물들'을 여성의 시각에서 새로이 점검하고 동시대적 사건들을 여성의 입장에서 새로이 무대에 올리고자 시도했다.

독일의 로볼트출판사에서 나온 엘리넥의 소설 『내쫓긴 아이들』(Die Ausgesperrten, 1980)[3]은 전후 재건시대의 빈을 살아가는 4명의 빗나간 청소년들을 그리고 있다. 이 작품은 주인공이 자유로이 자아를 계발시키고 "자아실현을 하면서 사회에 적응하고 통합되어 가는 성장 과정을 다루는 교양소

---

3   엘프리데 엘리넥, 『내쫓긴 아이들』, 김연수 옮김(문학사상사, 2006).

설에 대한 끔찍한 패러디"[4]로서, 기성세대로부터 '내쫓긴' 청소년들의 방황과 그들이 범죄를 저지르게 되는 경위를 묘사하고 있지만, 실은 정치적, 사회적으로 아직 파시즘을 극복하지 못한 채 비정한 자본주의의 길에 들어서고 있는 독일어권 사회 전체에 대한 '당신들은, 아니, 우리는 어떻게 아이들을 키울 것인가?' 하는 엘리넥의 날카로운 질문이기도 하다.

1983년에 나온 그녀의 장편 『피아노 치는 여자』(Die Klavierspielerin)[5]는 피아노 교습을 하는 에리카와 그녀의 어머니와의 상호의존 및 갈등 관계를 그리고 있는데, 여기서 보이는 어머니에 예속된 딸의 문제는 그녀의 자전적 요소로 해석되기도 한다. 엘리넥은 자신에 대한 어머니의 간섭과 독재에 어쩔 수 없이 순종해야만 했던 젊은 날의 자신을, "때리는 주인의 품에 다시 기어드는 애완동물"과 다름이 없었다고 말한 적도 있다.

하지만 엘리넥의 작품에 나오는 이야기를 작가의 전기적 사실과 직결시키는 것은 문제가 많은 해석을 낳기 쉽다. 그것은 그녀의 서술 방식과 서술 태도가 반어적이고 다의적이기 때문이다. 『피아노 치는 여자』의 근본 주제는 차라리 음악과 문화를 사랑한다는 빈 시민들의 일상에 숨어 있는 허위의식의 폭로이며, 빈 사회 구석구석에서 작동하고 있는 보이지 않는 음성적(陰性的) 권력에 대한 비판이라고 보는 것이 옳을지도 모른다. 문제는 그녀가 이 작품에서 구사하는 단어, 관용구, 비속어 등 언어가 빈 사회의 권력 구조적 특성을 총체적으로 보여 주고 있다는 데에 있다.

그녀의 다음 작품 『욕망』(Lust, 1989)에서는 가부장적 남성 중심의 권력 체제에 대한 그녀의 도발적 비판이 —우선 책이 나오기 전 몇 주 동안 엘리넥의 선정적 인터뷰 모습을 통해 사전 기획됨으로써— 증폭된다. 그녀 자신이

---

4   앞의 책, 378쪽.
5   엘프리데 엘리넥, 『피아노 치는 여자』, 이병애 옮김(문학동네, 1997).

아예 마돈나의 모습을 하고 유리 재떨이에 시가릴로(cigarillo)의 재를 떨면서 도발적인 인터뷰를 했기 때문이다. 이런 반어적 행동이 일부에서는 너무 곧이곧대로 받아들여지기도 해서, 이 책은 '외설'이라는 비판을 받으며 큰 화제를 불러일으켰다. 그 결과 그녀의 작품들 가운데 가장 많이 팔리기도 했지만, 이 책을 끝까지 다 읽었다는 독자를 만나기도 쉽지 않다.

『욕망』의 줄거리는 아주 단순하다. 제지 공장의 사장 헤르만은 에이즈가 창궐하는 세상이다 보니 다시 자신의 아내 게르티(Gerti)만 상대하게 되고 하루에도 몇 번씩 단순 기계적 동작으로 자신의 욕망을 채운다. 참다못한 게르티는 대학생과 바람을 피워도 보지만 대학생 역시 자기 남편과 다를 것이 없는 '남자'임을 발견하게 된다. 그런 남성성에 질려 버린 그녀는 결국, 자신의 어린 남자아기를 살해하고 만다. 그 아기한테도 역시 '남자'의 특성이 잠재해 있을 것이기 때문이다.

줄거리는 이렇게 단순하지만, 분량은 책 한 권으로서, 모두 엘리넥의 독특하고도 신랄한 언어로 가득 차 있으며, 그 중심에 제지 공장 사장이 자기 아내를 정복하는 성행위가 자리 잡고 있다.

> 그 대신 이 여자에게는 일상적 부엌살림을 위해 매달 현금이 탁자 위에 쨍그랑 소리를 내며 들어오는 것이다. 이렇게 해서 그녀는 자신의 삶을 살 수 있는 것이다. 내일 그녀는 또다시 학교에서 돌아오는 아이를 위해 삶의 문을 열어 줄 것이다. 남자는 이 멋진 삶의 노래도 산 것이다. 그리고 그는 그녀의 난로 속, 체모와 살결로 반죽이 된 약간 벌어진 나뭇잎 모양의 다식판(茶食板)에다 자신의 묵직한 소시지를 구울 것이다.

엘리넥의 이 가공할 '언어의 성찬'은 '신사님들의 소시지들'과 '숙녀님들의 혹들'을 비롯한 비어로부터 횔덜린과 괴테로부터의 인용문들, 비속한 잡지들에서 따온 상스러운 말투까지 온통 잡동사니 언어들의 일대 몽타주이다. 이리하여 교회와 자본가들도 남성을 상징하는 권력의 원천 및 핵심으로서 그녀의 날카로운 반어적 공격의 표적이 되는 것이다.

엘리넥의 독자층은 대개 세 부류로 분류될 수 있다. 첫째는 그녀의 작품들이 보여 주는 일차적 외설성으로부터 작가 개인의 전기적 스캔들을 찾고 싶어 하는 통속적 독자들이다. 다음에는 오스트리아의 보수적 언론 및 시민들로서, 그들은 엘리넥을 가리켜 오스트리아의 명예를 훼손하였다 하여 '자신의 둥지를 더럽힌 여자', '외설녀', '좌파', '남자의 적', '고향을 증오하는 여자' 등으로 부른다. 엘리넥만큼 오스트리아 보수 언론 및 선정적 화보 잡지들로부터 심한 공격을 많이 받은 작가도 드물다. 세 번째는 문학연구가, 언어학자, 문화학자, 여성학자 등으로 그들은 엘리넥의 아방가르드적, 미학적 서술기법을 긍정적으로 평가하고 그녀의 콜라주 및 몽타주 기법에 주목한다. 그들은 라캉, 데리다, 푸코, 아감벤 등의 현대적 문학 및 사회학 이론을 동원하여 엘리넥 텍스트의 상호텍스트성과 해체주의적 성격, 그리고 몸과 성(性), 그리고 폭력에 대한 담론을 펼쳐 내기 위한 엘리넥 텍스트의 중요성을 지적한다.

중요한 것은 엘프리데 엘리넥이 걸어온 좌파 지성인으로서의 정치적 태도에서 전후나 표리가 맞지 않는 어떤 흠결을 찾아보기 힘들 뿐만 아니라, 사적으로는 자신을 숨기며 작가로서의 늠름한 '독행자'의 길을 걸어온 그녀의 태도에서도 그 어떤 결점을 발견하기 힘들다는 점이다.

스웨덴 한림원은 "유례를 찾아보기 힘든 정열적 언어로써 사회적 상투어들의 부조리한 강제성을 폭로하고 있는 여러 소설과 극작품에서 목소리들과 그 반대 목소리들의 흐름을 음악적으로" 훌륭히 묘사해 낸 공을 인정하여 엘프리데 엘리넥에게 2004년도 노벨문학상을 수여하였다.

엘리넥은 이 수상식에 참석하지 않고 비디오 영상을 보내어 수상연설을 대신하도록 했다. 매스미디어의 크나큰 관심에도 불구하고 옐리넥은 자신을 공중 앞에 드러내기를 삼감으로써 그녀의 독특한 작가적 면모를 다시금 보여 주었다. 일부에서는 정신병적 징후를 이 은둔의 이유로 추측하기도 했다. 하지만 아마도 그녀에게는 노벨문학상 수상 연설을 하고 있는 성공한 자신의 모습이 과대 선전되는 장면 자체가 싫었을 수도 있을 것 같다. 어쩌면 옐리넥은 그 성공한 자신의 모습이 너무 단순하고 진부하게 보일 것을 꺼려 한 것인지도 모른다. 그녀는 남성 중심의 사회에서 한 여성이 온몸으로 지켜온 페미니즘적 실천이 성공의 각광 하에서 진부하게 공표되는 것보다는, 차라리 사람들이 이 여인이 받은 아픈 상처들, 수많은 좌절의 순간들을 단 한 번이라도 상상해 보기를 바랐을 것이다. 왜냐하면, 그것은 이 지구 상에서 지금까지 살아온, 지금 살고 있는, 또 앞으로 살아갈 수많은 여성 및 약자들의 고통과 수난의 모습이기도 하겠기 때문이다.

옐리넥의 문학을 여성문학으로 단순화시키는 것은 금물이다. 그녀는 인류 사회가 이런 식으로 계속 나아갈 수는 없을 것이라는 어떤 구조적 모순을 ―예리한 여성적 시각으로, 그리고 디지털 시대의 안목으로― 날카롭게 파악하고 깊이 인식한 대단히 시성적인 작가로 평가되어 마땅하다.

5

제발트의 '산문 픽션'[6]

초빙집필 이경진, 서울대

빈프리트 게오르크 제발트(Winfried Georg Sebald, 1944-2001)의 문학을 산문 (散文)의 문학이라 불러 보면 어떨까. 산문을 운문의 반대개념 정도로만 생 각한다면 이는 너무나 광범위한 규정이며 따라서 그의 문학에 대해 거의 아무것도 말해 주지 못하는 참으로 공허한 규정이라 할 수 있다. 게다가 그 는 몇 권의 시집도 냈다. 그런데도 제발트의 문학을 산문의 문학이라 부르 는 것 이상으로 알맞은 이름이 없다고 생각한다. '흙을 산'과 '글월 문'이 합 쳐진 '산문(散文)'의 이런저런 뜻이 그의 작품 세계를 폭넓게 형용해 줄 수 있다고 보기 때문이다. 그는 자신의 주요 작품 『현기증, 감정들』(Schwindel, Gefühle, 1990), 『이민자들』(Die Ausgewanderten, 1992), 『토성의 고리』(Die Ringe des Saturn, 1995), 『아우스털리츠』(Austerlitz, 2001)[7] 등 네 권의 책을 '소설 (Roman)'이라 부르기를 거부하고 '산문 픽션(Prose fiction)'[8]이라 부르고자 했 다. 그의 작품은 '직설적이고 건조하다'라는 뜻을 가진 영어의 '프로즈'나 독 일어의 '프로자(Prosa)'보다 한자에서 비롯된 우리말의 '산문'과 보다 큰 친화

---

6 이 글은 원래 《문학동네, 제76호》(2013. 가을)에 「제발트의 다섯 가지 산문(散文)」이라는 제목 으로 발표되었던 것입니다. 원래의 원고를 정성껏 고치고 다듬었음을 밝힙니다. ─ 이경진.

7 W. G. 제발트, 『아우스털리츠』, 안미현 옮김(을유문화사, 2009).

8 '산문 픽션'이라는 다소 복잡한 이 명명은 소설과 에세이를 각각 겨냥하고 있다. 즉 산문이면 서 픽션인 것은 종래의 장르론에서 보면 '소설'밖에 없는데 제발트는 자신의 작품을 소설과 구분 짓기 위해 '산문 픽션'이라고 이름 지은 것이다. 또한, 제발트의 작품은 언뜻 보기에는 에세이와 비슷해 보인다. 하지만 에세이는 논픽션 장르에 속하므로 제발트는 '산문'에 굳이 '픽션'이란 개념을 덧붙임으로써 자신의 작품을 에세이와도 구분 지으려 하였다.

성을 보이는 것 같다.

― 이산(離散)

　제발트는 독일의 바이에른 토박이로 자라났지만, 유대인의 '이산' 경험을 사발적으로 몸소 겪어 내고 그 체험을 기록함으로써 그들의 고통 을 애도하고자 한 독특한 이력의 작가이다. 근대 이후의 세계사는 대규모 이주의 역사이지만 특히 20세기 초중반의 유럽사는 반유대주의의 확산과 나치스의 집권으로 수많은 망명자, 실향민, 국외자들을 양산했다. 그러다 보니 20세기 중반의 서구역사에서는 ―물론 세계 현대사가 다 그렇지만― 자기 집에 편히 있을 수 있는 것이 하나의 특권이자 부도덕이 되었다. 그 때문에 아도르노가 미국 망명 시절에 깨달은 바대로 이러한 특권을 포기하는 상태, 즉 자기 집이 없는 것, 나아가 자기 집에 있지 않은 것이 도덕의 일부가 되었던 시대였다.[9] 제발트는 이런 망명의 모럴리티를 ―에드워드 사이드의 표현에 따르면 망명의 윤리적 주체성[10]을― 자신의 삶과 문학으로 입증한 작가이다.

　제발트는 1944년 독일 바이에른 주의 외진 산골 베르타흐(Wertach)에서 태어나 전쟁의 참화를 모르고 자랐다. 그러나 그는 독일의 과거를 알게 된 후부터 자신의 고향에 대단한 반발심을 갖게 되었다고 한다. 알프스 산자락에 위치하여 목가적인 풍경을 자랑하는 바이에른 지방은 전통을 중시하고 변화를 꺼리는 향토적이고 보수적인 지방색을 갖고 있다. 그에게 자기 고향 사람들의 아늑하고 평화로운 세계를 유지하려는 노력은 제2차 세계대

9　Theodor W. Adorno, Minima Moralia, Suhrkamp, 1980, p.43 참조.

10　Edward W. Said, Reflections on Exile, Reflexions on Exile and Other Essays, Harvard University Press, 2002, pp.173-186 참조.

전과 유대인 학살, 무차별 폭격이라는 끔찍한 현실을 도외시하고 은폐하는 기만적인 행태로 여겨졌다. 같은 이유에서 그는 독일의 많은 소시민계층이 그리했듯 히틀러에게 무비판적이었던 아버지가 지어 준 이름 대신 '막스'라 불리기를 원했다. '빈프리트 게오르크'란 이름은 너무나 독일적으로 들렸기 때문이다. 아마도 그는 독일적인 것을 좀처럼 견딜 수 없지 않았나 싶다. 그가 기억하는 독일인들의 이미지는 유대인들의 묘지 옆 캠프장에서 별생각 없이 바비큐 파티를 즐기는 그런 무감각하고 몰염치한 사람들이었다.[11]

제발트가 대학을 다니던 60년대 중반까지만 해도 독일 전후 사회의 움직임은 나치 과거를 청산하려는 노력과는 거리가 멀었다. 오히려 제2차 대전 중에 저지른 만행에 대해서는 철저한 침묵을 지키고 패배의 수치를 경제적 기적으로 씻어 내겠다는 암묵적 합의가 독일 사회를 이끌어 가고 있었다. 독일에서의 이른바 '68혁명'은 이러한 보수적이고 파렴치한 기성세대에 대한 반발이기도 했다. 당대 독일의 이러한 사회 분위기로 인해 그는 1965년 독일을 떠나 영국, 스위스 등 외국에서 독문과 강사로 일하다가 결국 영국에 정착한 것으로 보인다. 예컨대, 『이민자들』에 실린 「막스 페르버」는 그가 어떤 우울한 상태에서 독일을 떠나 영국 맨체스터로 오게 되었는지를 짐작하게 한다.

이러한 '자발적 망명'의 경험은 제발트 문학에 결정적인 영향을 미친다. 작가의 관심은 한곳에 뿌리를 내리며 사는 사람들이 아니라 정처 없이 떠돌고 외로이 겉도는 사람들을 향한다. 그는 자신이 영국을 떠날 수 없었던 이유 중 하나로 당시 영국에서 이민자들 내지는 망명자들과 많이 교류할 수 있었던 점을 꼽는다. 그의 대표적인 작품들이라 할 수 있는 네 권의 산문

---

11 W. G. Sebald / Carole Angier, Who is W. G. Sebald?. In: L. S. Schwartz (ed.): The Emergence of Memory. Conversation with W. G. Sebald, A Seven Stories Press, 2007, p.68 참조.

픽션 중에서 『이민자들』과 『아우스털리츠』는 바로 이런 경험이 잘 반영된 작품이다. 두 작품 모두 독일을 떠나 사는 서술자 '나'가 자신이 만난 망명자들의 단절과 상실의 아픔을 전달하고 그들의 삶을 추적하고 애도하는 내용이다. 두 작품에서 얘기되는 이민자 내지 망명자들은 모두 심각한 우울증에 시달리고 있으며 스스로 삶을 포기함으로써 이 고통으로부터 영원히 해방되고자 한다. 그중에서도 『아우스털리츠』의 중심인물 아우스털리츠와 「막스 페르버」의 중심인물 페르버는 홀로 살아남았다는 유대인 생존자의 죄책감을 이기지 못하고 죽음과 다를 바 없는 '산 죽음'의 삶을 살고 있다.

눈에 띄는 점은 서술자의 역할이다. 서술자는 쇼아(Shoah, 유대인 대학살)의 당사자나 관련자가 아니다. 그렇다고 사명감에 불타는 기자나 역사가도 아니다. 그는 자신도 명확히 설명할 수 없는 어떤 도의적 책임감 때문에 망명자들의 삶의 흔적을 추적하며 길 위에서 서성이고 있다. 예컨대 『이민자들』에 실린 「파울 베라이터」에서 서술자 '나'는 초등학교 은사의 부고를 접한다. 그 부고는 베라이터 선생이 철로 위에서 자살했다는 충격적인 소식만이 아니라 그가 제3제국 시절 교직을 박탈당한 적이 있다는 사실도 알린다. '나'는 이 부고를 읽고 도저히 집에 있을 수 없어 오랜만에 고향을 찾는다. 그리고 자신의 옛 학창시절의 기억을 끄집어내는 한편 스승의 친지들을 찾아다니며 잘 알려지지 않은 그의 삶의 비극적 궤적을 조사하고 정리한다. 서술자를 이렇게 움직이게 한 것은 평범치는 않았던 베라이터 선생의 독특한 생활태도가 유대인 박해와 밀접한 관련이 있을 것으로 추측되는 부분이 있었기 때문이다. 서술자는 비단 쇼아 생존자들의 삶과 고통을 전달하는 데 그치지 않고 그들이 보았을 법한 것들, 느꼈을 법한 것들을 희미하게나마 보고 느끼기 위해 번거로운 여행도 마다치 않는 윤리적 주체성을 보여준다.

제발트에게는 기억의 결과보다는 기억의 과정, 추적의 결과보다는 추적의 과정이 더 중요하다. 따라서 잊히고 삭제된 역사의 흔적을 찾아서 떠나는 그 고단한 과정이 작품의 중요한 주제가 된다. 이것이 제발트 작품에 등장하는 이민자들과 망명자들, 그리고 이들의 여정을 쫓아가는 서술자들이 좀처럼 집에서 쉴 수 없는 이유이다.

─ 산보(散步)

제발트의 서술자들은 언제나 길 위에 있다. 그의 이야기는 늘 어딘가로 향하는 그 시점에서 시작한다. 『아우스털리츠』에서 서술자는 영국에서 벨기에로 가고 있으며, 『현기증, 감정들』에 실린 중편 「외국에서」(All'estero)에서는 이십오 년이나 살았던 영국을 잠시 떠나 빈으로 향하고 있다. 심지어 이야기 속 인물들도 그렇다. 「K박사의 리바 온천 여행」에서는 카프카도 빈으로 가고 있으며, 「벨 또는 사랑에 대한 기묘한 사실」에서는 나폴레옹의 군대와 함께 스탕달도 이동하고 있다. 그의 작품에서 이동은 이야기의 원천이자 동력이 된다.

그중에서도 특히 걷는 행위는 제발트의 작품에서 특별한 위치를 차지한다. 제발트 자신이 산보자였으며 그는 로베르트 발저와 같은 산보자들에게 많은 관심을 기울이기도 했다. 물론 산보는 그가 쫓는 이민자들의 고난의 여정을 설명하기에는 너무 한가로운 데가 있는 말이다. 그러나 목적을 딱히 정하지 않고 발길이 이끌리는 대로 내딛는 것, 그것이 그의 문학이 닮고자 하는 산보의 미덕이다. 그의 문학은 "당신이 걷는다면 무언가를 발견하게 될 것이다"[12]라는 모토를 따른다. 걷는 것 자체가 사유를 진작시킨다. 옛 기억을 끌어내기도 하고 새로운 인식에 도달하기도 한다. 수전 손택은 제

---

12 W. G. Sebald / Joseph Cuomo, A Conversation with W. G. Sebald. In: L. S. Schwartz (ed.): The Emergence of Memory. Conversation with W. G. Sebald, A Seven Stories Press, 2007, p.94 참조.

발트가 '고독한 산보자'의 전통을 잇고 있다고 간파했다.[13] 루소는 『고독한 산책자의 몽상』에서 자기 영혼의 평상상태를 그려 보는 최상의 방식이 "고독한 산책과 그 산책 도중에 수시로 솟아오르는 몽상을 충실히 기록하는 것"[14]에 있다고 썼다. 제발트의 산문도 이러한 산보의 현상학을 따르는 듯하다. 물론 산보 중에 떠오르는(혹은 그렇게 연출된), 수많은 독자를 매료시킨 그만의 인간과 역사에 대한 깊이 있는 성찰은 작가의 광범위한 독서 편력과 꼼꼼한 사전·사후 조사가 없었더라면 불가능했을 것이다. 그러나 아무리 깊이 있는 독서와 탐구가 뒷받침되었다 하더라도 걷기가 열어 주는 사색의 리듬에 몸을 맡기지 않았더라면 산책하는 듯한 그의 독특한 산문체는 나올 수 없었을 것이다. 제발트의 작품에서는 산보의 무질서한 움직임이 서술의 모델이 된다.

『토성의 고리』에서 서술자는 이렇게 말한다. "아마도 낯선 도시에 가면 자주 그렇듯이 그날도 나는 길을 잘못 택했을 것이다."[15] 그의 산보자들은 버려진 곳, 잊혀진 곳, 쇠락한 곳을 찾아내는 희한한 재능이 있다. 루소의 산보가 온갖 고달픈 세상사로 흐트러지기 쉬운 자기 내면에 침잠하는 방식이었다면 제발트의 산보는 인간 역사의 내면에 침잠하는 방식이다. 그의 작품에서 산보는 주로 폐허를 답사하는 모습을 띤다. 아니 실은 그가 가는 곳마다 그 장소에 숨어 있던 파국성이 깨어난다는 편이 더 맞는 표현일 것이다. 예컨대 유럽연합의 수도 브뤼셀은 제국주의 시대의 전리품 전시장으로서 그 추악한 위용을 드러낸다. 새로 지은 파리의 미테랑 국립도서관도 열람자를 위한 장소가 아니라 국가 원수의 사적 명예욕의 산물, 기념비주

---

13 Susan Sontag, A Mind in Mourning, Where the stress falls, Farrar, Straus and Giroux, 2001, p.42
    참조.
14 장 자크 루소, 『고독한 산책자의 몽상』, 박규순 옮김(혜원출판사, 1992), 23쪽.
15 제발트, 『토성의 고리』, 이재영 옮김(창비, 2011), 104쪽.

의적 정신이 만들어 낸 무시무시한 폐허로 드러난다. 제발트만큼 발터 벤야민의 '결을 거슬러 읽기'의 문화사를 심오한 사색과 해박한 지식으로 펼쳐 보이는 작가는 찾아보기 어려울 것이다.

─ 산포(散布)

제발트의 산문을 한눈에 보여 주는 비유(Sinnbild) 중의 하나가 바로 플로베르의 모래알이다. 제발트 문학에서는 사하라 사막에서 지중해를 건너 보바리 부인의 겨울옷 솔기에 스며든 모래알처럼 사유 알갱이가 흩어지고 멀리 퍼져나가 예기치 않은 곳에까지 이른다. 이러한 산포의 산문술이 정점에 이른 작품이 『토성의 고리』이다. 『토성의 고리』가 쓰이기 시작할 때 서술자가 처한 상태는 육신의 마비이다. 그는 일 년간의 도보여행으로 몸과 마음이 완전히 소진되어 병원 신세를 지게 되고 "불쌍한 그레고르"[16]처럼 침대에 몸이 묶여 있는 상태에 처한다. 그러나 그가 보여 주는 사유의 움직임은 더없이 우아하고 가뿐하다. 물론 그것은 납골 항아리에 안치된 골회(骨灰)가 흩날리는 듯 스산하고 덧없는 풍경을 그려낸다.

상념은 꼬리에 꼬리를 물고 이야기의 가닥은 계속 풀려 어지럽게 나부낀다. 예컨대 서술자가 입원해 있던 병원은 알고 보니 토머스 브라운의 두개골이 소장되어 있다고 전해지는 곳이고, 토머스 브라운은 알고 보니 렘브란트가 그려 유명해진 튈프 박사의 해부학 강의가 열렸던 당시의 레이텐(Leiden)에서 의학을 공부하고 있었다는 식이다. 이야기는 계속 비약하여 청말 서태후의 누에 사랑으로까지 이어진다. 비단과 양잠업의 복잡다단한 사회사 및 문화사가 얘기된 뒤에 토머스 브라운이 다시 비단장수의 아들로

---

16 제발트, 『토성의 고리』, 12쪽: 여기서 그레고르는 물론 카프카의 소설 『변신』의 주인공 그레고르를 가리킨다.

매끄럽게 등장하게 되면 우리는 이 상념의 꼬리가 만들어 낸 어지러운 궤적에 가벼운 현기증을 느끼게 된다.

이러한 점에서 그가 선보이는 이야기꾼으로서의 재능은 너무나 특별하다. 이를테면 『토성의 고리』에서 보스니아의 '인종청소'에 협력했던 한 젊은 법률가가 이후 승승장구하여 국제연합의 사무총장직을 맡게 되고 인류를 대표하여 외계인들에게 보낼 인사말을 녹음하였으며 "그 인사말은 지금 인류의 다른 기념물과 함께 우주탐사선 보이저 2호에 실려 태양계 바깥지역을 향하고 있다"[17]는 부분을 읽어 보자. 문장이 쌓여 나갈 때마다 아득한 우주로 무한히 상승하는 동시에 역사의 심연으로 무한히 하강하는 듯하다.

상념의 이러한 산포 운동은 전통적인 소설의 서사구조에서 나타나는 시간의 흐름을 이탈한다. 그는 자신의 문학을 일컫는 '산문 픽션'이란 개념을 '소설'과의 대립적 의미에서 사용했다. 그에게 소설은 무엇보다도 '시간의 예술'이다. 특히 근대 소설은 기승전결이라는 단선적이고 발전적인 시간관 속에서 성장한 장르인데, 제발트 문학이 주로 지나가 버린 것, 잊혀진 것, 놓친 것에 대한 회한으로 고통받는 망명자들과 멜랑콜리스트들에 대해서 이야기하고자 한다면 과거를 '있었던 것'으로만 파악하는 진보적 역사관의 틀 속에 그들의 이야기를 전하는 것은 적당하지 않을 수 있다. 따라서 그는 연속적으로 진보하는 시간에서 벗어나는 이야기 방식을 시험하였다. 그는 이야기의 비약과 산포의 운동을 통해서 이야기에 시간을 흘려보내는 대신 공간을 틔운다. 예컨대 『토성의 고리』에서 얘기되는 것들은 질서정연하게 정리되어 있지는 않지만, 백과사전과 같은 공간을 형성한다. 그것은 한 표제어 아래 모인 단어들은 또다시 다른 표제어가 되고 그 표제어들끼리 또 서로 연결되는 하이퍼텍스트의 구조이다.

---

17 제발트, 『토성의 고리』, 121쪽.

그렇기에 아주 사소해 보이는 세부사항도 그에게는 중요한 의미가 있다. 그 세부사항이 어떻게 다른 것과 연결될지 모르기 때문이다. 따라서 『토성의 고리』에서 서술자의 친한 동료이자 플로베르 연구자 재닌이 플로베르에 관해 얘기하는 바는 제발트에게도 그대로 해당한다. "플로베르는 엠마 보바리의 겨울옷 가장자리에 묻은 한 알의 모래에서 사하라 사막 전체를 보았고 미세한 모래알을 아틀라스 산맥만큼이나 무겁게 느꼈다."[18] 이처럼 그에게는 아주 무가치해 보이는 것도 역사의 심연을 들여다볼 수 있는 하나의 자그마한 만화경이 될 수 있다. 그렇기에 그는 "완전히 무가치한 것이 나의 관심을 끈다"[19]라고까지 말한다.

─ 산집(散集)

제발트의 문학은 흩어진 것들을 모으고 다시 흐트러뜨리는 글이다. 그것은 일단 수집에서 시작된다. 수집은 그에게 발견의 과정이다. 그는 고서점, 벼룩시장을 돌아다니면서 옛 사진들을 찾아다닌다. 뭔가 묘한 사진들, 롤랑 바르트 식으로 말하면 그를 감정적으로 쿡 찌르고 사로잡는 사진들을 찾는 것이다. 이러한 '푼크툼'(Punktum, 사진에서 감상자를 감정적으로 끌어당기는 우연적인 어떤 것)의 요소는 그의 문학에서 '슈투디움'(Studium, 사진에 담긴 객관적이고 문화적인 정보에 대한 관심)의 계기가 된다.

그는 어떤 사진은 보는 사람에게 그 사진이 전달하는 바를 이야기로 채워 넣어 달라고 호소한다고 생각했다. 이러한 서사적 호소에 응하는 것도 작가의 의무이다. 그가 크리스티안 숄츠와의 유명한 인터뷰에서 밝힌 바에

---

18 제발트, 『토성의 고리』, 16쪽.

19 Gordon Turner, Introduction and Transcript of an Interview given by Max Sebald. In: S. Denham and M. McCulloh (ed.): W. G. Sebald. History ─ Memory ─ Trauma, Walter de Gruyter, 2006, p.25 참조.

따르면 사진에는 '실재의 핵'이 들어 있지만 거대한 '무'의 공간이 그 핵을 에워싸고 있다.[20] 따라서 그 공간을 있을 법한 이야기들로 채워 넣음으로써 사진의 핵을 보완하는 것이 사진을 제대로 사용하는 법이 된다. 그래서 그는 "나는 사진으로 들어가면서 글을 쓰고 사진에서 나오면서 글을 쓴다"고 말한다.[21]

하나를 찾으면 다른 하나를 발견하게 된다. 그는 "당신이 제대로 가고 있다면, 인용들은 와서 자신을 바칠 것이다. 당신은 그것을 굳이 찾을 필요가 없다"는 아도르노의 말을 신조로 삼았고 자신은 그런 인용문 수집에 운과 재능이 있는 것 같다고 말한다.[22] 예컨대 그가 잡지를 뒤적이면 보스니아 학살 사건의 숨은 역사가 공개되고 텔레비전을 틀면 로저 케이스먼트라는 아일랜드 해방운동가이자 반식민주의자의 생애사가 펼쳐진다. 사실 그에게만 그런 행운이 찾아오는 것은 아니다. 우리도 매일같이 전 세계에서 쏟아지는 온갖 폭력과 야만의 소식들을 접한다. 문제는 소식들에 어떻게 반응하는가이다. 그는 케이스먼트에 관한 BBC다큐를 보다 잠에 빠져들었지만 "잠에 빠져 놓쳐 버린 이 이야기를 사료를 통해 재구성"[23]하기로 한다. 즉 제발트 문학이 시작되는 것이다.

그는 이를 위해 온갖 텍스트와 이미지 자료들을 모은다. 예컨대『토성의 고리』는 멜랑콜리에 대한 토머스 브라운, 앨저넌 스윈번, 샤토브리앙, 조지프 콘래드, 보르헤스, 피츠제럴드 등 유명한 작가들의 텍스트 모음으로 볼

20 Sebald / Christian Scholz, Aber das Geschriebene ist ja kein wahres Dokument. Ein Gespräch mit dem Schriftsteller W. G. Sebald über Literatur und Photographie, Neue Züricher Zeitung, 26./27. 02. 2000, p.77 참조.
21 같은 곳.
22 Turner, pp.25-26 참조.
23 제발트,『토성의 고리』, 126쪽.

수 있다. 책 속에서 조지프 콘래드의 아버지가 빅토르 위고의 『바다의 노동자』를 두고 한 말, "그건 고향상실자들, 추방당하고 실종된 개인들, 운명으로부터 지워진 사람들, 고독하고 기피당한 사람들에 관한 책이야"[24]는 제발트 문학에 그대로 해당한다. 특히 『토성의 고리』에는 멜랑콜리를 겪고 있는 다양한 사람들의 사례가 모여 있으며, 그와 관련된 단상들도 함께 수집되어 있다.

그렇다고 이런 수집이 체계적인 자료 조사는 아니다. 그는 서로 무관하게 떨어져 있는 것들이 실은 하나의 희미한 끈으로 연결되어 있다는 생각에 사로잡혀 있었다. 모든 것들은 서로 다 관계를 맺고 있으며 그 관계를 인지하는 순간 현기증이 인다. 예컨대 「공중전과 문학」에서 그는 자신과 2차대전 간의 관계를 설명하면서 자신이 태어났을 무렵 유럽 전역의 하늘이 폭격의 결과이든 유대인 소각의 결과이든 연기로 뒤덮여 있었을 것이라 말한다. 이어서 그는 코르시카 섬에서도 수용소로 이송되어 살해당한 이들이 있었고 그 코르시카의 모로살리아 교회당에는 자기 부모님의 침실에 걸려 있던 성화가 있었으며, 그 성화를 아버지는 밤베르크에서 사들였고 아버지는 그곳에서 나치 군인이었으며 유명한 나치 대령 슈타우펜베르크도 그곳에서 아버지보다 십 년 전에 군 생활을 시작했다는 일련의 상념들에 휩싸이고 만다. 그리고 그는 이렇게 말한다. "역사의 심연들은 그런 식이다. 모든 것이 역사 속에서 뒤섞여 있고 그 속을 들여다보려 하면 소름이 끼치고 현기증이 난다."[25] 이러한 현기증은 결국 모든 역사적 과오와 비극이 자신과 무관하지 않다는 역사적 책임의식의 발로이다.

제발트는 어떻게 보면 망상에 가까울 정도의 집요함과 예민함으로 사소

---

24 제발트, 『토성의 고리』, 130쪽.
25 제발트, 『공중전과 문학』, 이경진 옮김(문학동네, 2013), 102쪽.

하고 무가치해 보이는 것들을 모아 그것들 간의 관계를 숙고하고자 한다. 마치 어지럽게 널브러져 있는 사물들 사이에서 턱을 괴고 골똘히 생각에 잠긴 뒤러의 멜랑콜리아의 천사처럼 말이다. 그의 수집은 벤야민이 새로운 역사서술방식을 구상할 때 생각했던 '구제'의 이념을 따른다.

벤야민의 미완의 작업 '파사주 작업'(Passagenwerk)[26]을 보자면, 그것은 벤야민이 파리 망명 시절 부지런히 읽었던 책들에서 발췌한 '인용문의 거대한 더미'이다. 그리고 그것은 인용문들이 뜻하지 않은 곳에서 서로가 서로와 연결되어 숨어 있던 의미를 저절로 드러내는 해방의 공간이기도 했다. 벤야민에게 인용은 문장들을 과거의 의미망에서 해방해 새로운 의미망에 집어넣음으로써 그것들을 '구제'할 수 있다는 벤야민적 사유의 중요한 한 방법이었다. 따라서 그는 완전히 인용으로만 쓰인 책을 쓰겠다는 꿈을 꾸기도 했다. 그런데 '파사젠베르크'는 그 저자가 스스로 목숨을 끊음으로써 완성되지 못하는 바람에 저자의 꿈을 얄궂게도 실현하고 말았다.

사유의 조각들을 몽타주함으로써 새로운 의미의 점화를 꾀했던 벤야민처럼, 제발트 역시 사소하고 무가치해 보이는 것들이 새로운 의미연관망에 늘어섬으로써 그것들에 숨어 있던 의미가 드러날 수 있다고 본다.

그렇다면 그에게도 이렇게 수집한 것들을 어떻게 배치할 것이냐가 중요한 문제가 된다. 그는 벤야민의 역사적 유물론적 글쓰기를 자신만의 방식으로 실현해 나간 작가라 할 수 있다. 벤야민이 그 오랜 시간 동안 파리의 국립도서관에 앉아 수많은 문헌을 베끼고 정리한 것은 그 인용들이 형성하는 성좌(星座, Konstellation) 자체가 직접 말을 하는 역사서술방식을 꿈꾸었기 때문이었다.

---

26 영어권에서는 '아케이드 프로젝트'로 번역되어 있기도 하지만 여기서 중요한 것은 다양한 '연결로'를 통한 새로운 의미망의 구축이라는 벤야민적 사유의 전달이다.

그의 사진 수집도 이러한 맥락에서 이해될 수 있다. 『토성의 고리』에는 매우 인상적인 두 사진이 있다. 서술자는 로우스토프트 지역에 들어서면서 한때는 "자연의 근본적인 절멸 불가능성의 주요 상징"[27]이었으나 이제는 화학비료의 독이 바다로 흘러들어 가면서 개체 수가 급감하고 있는 청어의 자연사를 늘어놓는다. 그는 먼저 청어의 엄청난 번식력에 관해 이야기한다. 거기에는 사진 하나가 실려 있는데 그 사진은 로우스토프트 지역의 어부들이 새벽에 잡아 수북이 쌓아 놓은 하얀 청어의 야트막한 산을 보여 준다. 몇 페이지를 넘기면 서술자는 어느새 해변을 떠나 청어 이야기를 마치고 다음 이야기로 넘어가는데, 그 사이에 책 두 면을 가득 채우는 사진 하나가 실려 있다. 그 사진은 충격적이게도 숲 속에 수북이 쌓인 인간 시체를 보여 준다. 그 앞뒤로 아무리 텍스트를 열심히 읽어 봤자 이 사진에 대한 설명은 나오지 않는다. 그저 이 사진 하나만 실려 있을 뿐이다. 그런데 그 시신들은 몇 페이지 전의 청어 사체처럼 하얗게 빛을 발하고 있다. 작가는 이 사진을 바로 청어의 자연사 바로 뒤에 배치함으로써 서로 전혀 상관이 없을 것 같은 청어와 인간을 병치시키고 있는 것일까. 멸종 위기에 처한 청어의 자연사는 유대인의 역사에 대한 알레고리로 읽힐 수도 있고 그렇게 두 몰살의 역사는 서로가 서로를 거울 쌍처럼 반영하고 있을 수 있다.[28] 물론 이 사진 이미지는 홀로코스트뿐만 아니라 책에서 언급되는 수많은 몰살의 역사, 예컨대 보스니아 학살 등을 상기시킬 수도 있으며 그 의미는 무한히 열려 있다고 할 수 있다.

이러한 점에서 그에게 나열은 핵심적인 문학 기법이 된다. 나열은 모든

---

27 제발트, 『토성의 고리』, 69쪽.

28 Christian Moser, The Anatomy of Torture. W. G. Sebald and the Representation of the Agonized Body. In: The Germanic Review: Literature, Culture, Theory, 87:1, pp.67-68 참조.

세부사항을 정확하게 밝힘으로써 그 세부사항 간에 잠재되어 있을 관계를 열어 놓는 방식이다. 『토성의 고리』는 토머스 브라운의 '봉인된 박물관'에서 다룬 것들을 줄줄이 늘어놓고 또 『아우스털리츠』는 수용소에서 시행된 강제노동의 종류를 일일이 나열하기도 한다. 후자의 경우 나열은 수용소에서 숙은 이들의 이름을 하나하나 불러 주는 애도의 방식이기도 하다. 그렇기에 그는 절대로 간명하게 글을 쓰지 않는다. 읽기 어려울 정도로 끊임없이 부문장을 삽입하여 최대한 정확하고 상세하게 복잡다단한 사실관계들을 빠짐없이 전달하고자 한다.

정확성에 대한 이러한 강박은 실은 거짓에 대한 숨겨진 불안을 의미할 수도 있다. 그는 작품 내외에서 기존의 문학 언어로 재현할 수 없는 미증유의 역사적 현실을 어떻게 오롯이 서술할 것인가에 대한 고민을 수차례 토로한 바 있다. 그의 작품은 자신의 예술이 현실을 왜곡하지는 않을까 노심초사하는 작가들과 예술가들의 사례를 많이 인용한다. 그의 논쟁서 『공중전과 문학』(Luftkrieg und Literatur, 1999)도 이와 같은 문제의식에서 제2차 세계대전 중 연합군의 독일 공습이란 참담한 현실을 어떻게 문학적으로 기술해야 하는가 묻는다. 그는 지금까지 공습을 다룬 몇 안 되는 독일문학 작품들을 비판적으로 검토하면서 알렉산더 클루게가 시험하였던 유사 다큐멘터리적 수법만이 현실을 왜곡하지 않는 문학의 본령에 그나마 부합할 수 있지 않나 생각한다. 이런 고민에서 제발트는 사진이 실린 독특한 픽션을 선보이는 것이다.

─ 산란(散亂)

제발트 문학세계의 가장 눈에 띄는 점은 사실과 허구의 어지러운 유희를 보여 주고 있다. 그의 작품을 처음 접하는 사람들은 작품이 소설인지, 에세이인지, 그중에서도 여행기인지, 보고문인지 종잡을 수 없다. 그의 작품 자체가 이러한 구분에 저항하기 때문이다. 예컨대 『아우스털리츠』를 보자. 책 표지 사진에는 네다섯 살 남짓한 소년이 보인다. 『아우스털리츠』가 당연히 소설이겠거니 하고 책을 집은 사람에게는 이 소년의 존재가 상당히 미심쩍게 느껴질 수 있다. 흔히 소설의 표지에는 작가의 초상이 실려 있거나 작품의 의미나 분위기를 짐작하게 하는 삽화가 실리기 마련이기 때문이다. 물론 『아우스털리츠』가 전기와 같은 논픽션으로 분류될 수 있는 에세이라면 우리는 이 소년이 곧 '아우스털리츠'이거나 어쨌든 글에 언급되는 실존인물의 초상일 것으로 생각하고 넘어갈 수 있다. 그러나 그렇게 책표지를 무심코 넘기게 된다 하더라도 책 곳곳에서 텍스트의 내용을 증명하는 듯보이는 스냅 사진들을 마주하게 되면 텍스트의 정체에 대해 의문이 들지 않을 수 없다. 『토성의 고리』에는 작가의 사진이, 『현기증, 감정들』에는 심지어 밀라노에서 새로 받은 작가의 여권이 복사되어 실려 있기도 하다.

이쯤 되면 그는 왜 이런 식으로 사진 자료들을 텍스트에 삽입하여 자기 글의 실제성을 끊임없이 증명하려 드는 것일까, 또 이 사진들은 어떤 종류의 것들인가 묻지 않을 수 없다. 이 사진 중 많은 수는 제발트 본인이 찍은 것이다. 그런데 이 사진들은 산문집에 곧잘 실리곤 하는 아름다운 사진들이라 말하기 어렵다. 전문 사진작가가 찍었거나 아니면 적어도 그런 사진작가들이 들고 다닐 법한 카메라 장비로 찍은 사진들이 아니다. 그렇다고 여행기에서 흔히 발견하게 되는 여행 욕구를 불러일으키는 수려한 사진들이나 특별한 순간을 전하는 그런 것들도 아니다. 오히려 사진 대부분은 첫눈에 보기엔 지극히 평범해 보이며 그 가운데 많은 것들은 텍스트의 도움이 없다면 피사체가 무엇인지도 분간하기 어려울 정도로 흐릿한 상태이다. 또한, 그 흑백 사진들에는 사진 제목이나, 촬영된 일시, 장소 등 사진에 대한 아무런 정보도 병기되어 있지 않다. 책 어디에도 도감 목록은 실려 있지 않다.

이처럼 그가 이미지를 사용하는 방식을 사진 등 시각 자료를 보조 자료로 사용하는 다큐멘터리 수법으로 이해하기에는 부족함이 있다. 물론 우리는 사진의 실제 효과로 인해 사진이 텍스트의 사실성을 증명해 주고 있다고 믿는다. 즉 『아우스털리츠』에 실린 사진들은 아우스털리츠라는 인물의 실제성과 그 인물이 겪은 경험의 진실성을 증언하는 힘을 갖는 듯 보인다. 그런데 여기에 큰 함정이 있다. 사진의 조작 가능성은 차치하고라도 사진이 말해 주는 진실성이란 생각보다 피상적인 수준의 것이다. 그 표지사진은 어떤 소년이 장미 여왕의 기사 시동 분장을 하고 그때 그 자리에서 사진을 찍었다는 것 말고는 말해 주는 것이 사실상 아무것도 없다. 우리는 작가에 대한 신뢰를 바탕으로 그 소년이 아우스털리츠 본인일 것이라 믿을 뿐이다. 그런데 우리는 픽션을 쓰는 작가를 어디까지 믿을 수 있을까? 그는 자신이 사용하는 사진들의 구십 퍼센트가 진짜라고 주장한 바 있다.[29] 그런데 나머지 십 퍼센트의 허구란 또 무엇이고 그 구십 퍼센트가 입증한다는 사실의 층위는 또 어느 정도까지인가?

제발트 연구자들이 밝혀낸 바에 따르면 그가 사실이라고 주장하는 그 사진들은 꼭 사실과 일치하지는 않는다. 서술자가 이야기하는 사람들은 그가 직간접적으로 만났거나 알고 있는 사람들이라 하지만 그 사람들의 인생 여정을 증명하는 사진들 일부는 작가가 고서점이나 벼룩시장에서 우연히 발견한 것들이다. 즉 작가는 자신이 이야기하고자 하는 비슷한 느낌과 분위기를 전할 수 있을 만한 사진을 골라서 사용한 것이다. 사진이 일종의 미장센 역할을 한다고 할 수 있다. 『이민자들』같은 경우에는 주로 30-40년대에 촬영된 부르주아 계층의 초상사진들이 많이 사용되었다. 그렇다면 이는 실

---

29 Elenor Wachtel, Ghost Hunter. In: L. S. Schwartz (ed.): The Emergence of Memory. Conversation with W. G. Sebald, A Seven Stories Press, 2007, p.41 참조.

제 사진이 허구적 이야기를 증명하는 데 쓰인 것이며, 또 실제 이야기라 하더라도 그와는 기실 무관한 사진들이 그 이야기의 사실성을 증명하고 있다. 이처럼 사진과 텍스트의 관계가 픽션과 논픽션의 질서 자체를 어지럽히고 있다.

여기에는 여러 가지 해석이 가능하다. 제발트가 여러 인터뷰에서 공공연하게 밝혔던 대로 그가 '나이브하게도' 사진의 강력한 증거력을 믿었을 수 있다. 바르트가 글로 쓰인 어떤 것도 사진만큼 확실성을 주지는 않는다고 (여기에 글쓰기의 고통과 환희가 있다며) '절망'했던 것처럼 제발트 역시 자신의 글쓰기가 사람들에게 확신을 주기에는 부족하다는 점을 알았을 것이다. 즉 그는 자신의 이야기가 그럴 법하지 않을 때도 사진만 있다면 그 이야기가 진실로 여겨지게 된다는 것을 알고 사진을 활용한 것이다. 그에 따르면 어떤 유대계 소년이 어린 시절 부모님의 품을 떠나 홀로 기차를 타고 영국으로 건너와 살아남았다는 사실이 중요하지, 그 유대계 소년의 실제 이름이 무엇이었는지, 그 부모님의 직업이 무엇이었는지는 중요치 않은 것이다. 따라서 이러한 중요치 않은 세부 사실들까지 일치할 필요는 없으며, 그것은 얼마든지 문학을 위해 연출할 수 있다. 그는 『이민자들』과 『아우스털리츠』에 나오는 중심적인 내용 중 지어낸 것은 없다고 주장한다. 그러나 이러한 수법은 그의 의도와는 달리 구십 퍼센트의 사실성을 십 퍼센트의 허구성이 잠식하는 결과를 낳을 수도 있다.

혹은 그가 인터뷰에서 밝히는 바와는 달리 독자와 일종의 '다른 그림 찾기' 놀이를 즐기고 있는 것일 수도 있다. 「외국에서」에서 작가 제발트라 생각되는 서술자 '나'는 오스트리아 작가 에른스트 헤르벡(Ernst Herbeck, 1920-1991)을 만나러 간다. 헤르벡은 스무 살 때부터 정신분열에 시달려 서른네 해를 정신병원에서 치료받다가 1980년 가을부터 시험적으로 퇴원하여 양로원에서 여생을 보내고 있었다. 서술자가 만난 헤르벡은 자그마한 중절

모 하나를 쓰고 있었는데 날이 더워지면 모자를 벗어 한 손에 들고 다녔다. 서술자는 이 모습이 꼭 자신의 할아버지가 여름날에 산책하실 때의 모습과 닮아 있었다고 말한다. 이 서술 밑에는 나이가 꽤 지긋한 한 남자가 신사복을 갖춰 입고 한 손에 모자를 들고 있는 흑백사진이 하나 실려 있는데 이 남자의 어깨 윗부분이 살러서 있어 이 남자의 얼굴을 볼 수는 없다.

여기에서 우리는 이 얼굴 없는 신사가 서술자가 바로 위에서 서술한 에른스트 헤르벡이거나 서술자의 할아버지일 것으로 생각하고 계속 읽어 나간다. 그런데 바로 여기에 아주 재미있는 제발트의 트릭이 숨겨져 있다. 호프만과 로제가 밝혀낸 바에 따르면 이 얼굴이 잘린 남자는 실은 로베르트 발저이다.[30] 그가 사랑했던 스위스 작가 로베르트 발저도 이렇게 모자를 손에 들고 다니는 습관이 있었다 한다. 『시골집에서의 숙식』(Logis in einem Landhaus, 1998)에 실린 로베르트 발저에 대한 에세이 「고독한 산보자. 로베르트 발저를 추억하며」에서 그는 발저의 사진들을 볼 때면 자신의 조부를 보는 듯한 착각이 든다고 쓰고 있다. 발저는 그의 조부와 외관만 닮은 것이 아니라 중절모를 한 손에 들고 걷는 습관까지 닮았다고 한다.[31] 이쯤 되면 제발트 텍스트의 복잡다단한 무늬가 조금은 도드라져 보일 것이다. 제발트의 산문은 멀리서 보면 얼기설기 짜인 것 같아도 꼼꼼히 들여다보면 단어들과 이미지들이 촘촘한 의미망을 이루며 독특한 무늬를 그려내고 있다. 에른스트 헤르벡에 관해 말하다가 발저의 사진을 보여 주고 다시 헤르벡에 대해서 말하는 수법은 첫째, 이 텍스트가 주장하는 '사실성'이 실은 꾸며진

30 Thorsten Hoffmann/Uwe Rose, Quasi jenseits der Zeit. Zur Poetik der Fotografie bei W. G. Sebald. In: Werner Besch et al. (hg.): Zeitschrift für deutsche Philologie, Bd. 125, 2006, pp.590-592.

31 W. G. Sebald, Le promeneur solitaire. Zur Erinnerung an Robert Walser, Logis in einem Landhaus, Fischer, 2003, pp.135-137.

것임을 나타내는 신호이며, 둘째, 헤르벡과 발저 사이에 모종의 친연성이 있을 것이라는 암시이다. 발저 역시 정신분열에 시달렸던 것은 잘 알려진 사실이다.

이렇듯 제발트의 작품에서 사진은 단순히 실재를 입증하는 기능으로 쓰이는 것만이 아니라 텍스트와의 독특한 긴장관계 속에서 새로운 의미망을 창출해 낸다. 『아우스털리츠』에서 서술자 '나'가 아우스털리츠란 인물을 만나기 전 보았던 야행성 동물관의 올빼미들의 시선을 보여 주는 두 장의 사진은 "순수한 직관과 순수한 사고를 통해 우리를 둘러싸고 있는 어둠을 꿰뚫어 보려는 특정 화가거나 철학자들에게서나 볼 수"[32] 있다며 예시한 두 장의 사진과 평행관계를 이루고 있다. 우리는 이 시선의 주인공이 누구인지 몰라도 시선이 주는 강렬한 인상에 충분히 매료될 수 있다. 그러나 이 시선의 주인공들이 화가 얀 페터 트립과 철학자 비트겐슈타인이라는 것을 알게 되면 이 두 인물이 아우스털리츠와 맺는 관계에 대해 더 풍부하게 사유할 수 있게 된다.

앞서 언급한 헤르벡이 제발트의 할아버지처럼 모자를 손에 들고 다닌다는 부분은 그 자체로는 별 의미가 없을 수 있다. 그러나 그것은 그 텍스트의 우주의 다른 부분과의 관계에서 새로운 의미를 얻게 된다. 이처럼 제발트 텍스트는 다른 텍스트들과의 상호텍스트성은 물론, 그 자신의 텍스트와도 상호텍스트성을 보이며 그 의미를 무한히 열어 두고 있다. 또한, 이러한 상호텍스트성만이 아니라 텍스트와 이미지 간의 상호매체성이 제발트 텍스트의 심원한 우주를 형성하고 있다. 마치 보르헤스의 도서관을 열람하는 듯하다. 문제는 이러한 그의 수법을 알아차리는 것이 거의 암호를 해독하는 것과 다름없을 정도로 어렵다는 것이다. 그러나 이러한 점이 수많은 지

---

32 W. G. 제발트, 『아우스터리츠』, 안미현 옮김(을유문화사, 2009), 8쪽.

적인 독자들을 끌어들이는 제발트 산문의 매력이기도 하다.

이경진 박사의 위의 글은 제발트뿐만 아니라 발터 벤야민, 로베르트 발 지 등 현대 독일문학 전반에 관한 착실한 학문적 성취가 있어야 쓸 수 있는 성질의 것으로서, 한국 독일문학 70년의 발전과 성취를 보여 주는 것 같다. '초빙집필'이라는 관례가 없는 형식을 이 독일문학사에 도입한 필자로서는 그 이유와 장점을 어느 대목에선가 꼭 설명하고 싶었는데, 여기서 그것이 자연스럽게 드러나 기쁘다.

6. 독일 팝문학
— 90년대 특유의 문화적 현상

초빙집필 정항균, 서울대

1990년대의 독일문학은 주로 정치적, 역사적 맥락에서 논의되곤 한다. 한편으로 나치의 지배와 2차 세계대전을 체험한 세대가 점차 사라져 가는 시점에서 독일의 과거사에 대한 기억을 문학이라는 매체를 통해 전수할 필 요성이 생겨났다. 그리하여 나치 시대를 문학적으로 형상화한 작품들과 이 를 둘러싼 문학논쟁이 일어난다. 다른 한편으로 독일통일과 함께 동독의 과거사를 어떻게 재조명하고 통일로 인해 새롭게 발생한 문제들을 어떻게 극복할 것인가 하는 문제가 제기되면서 이를 주제로 다룬 전환기 문학이 생겨난다.

그런데 문학사를 이렇게 역사적, 정치적 관점에서 서술하는 것은 동시대의 또 다른 중요한 문화적, 문학적 현상을 간과할 수 있는데, 독일 대중문화와 독일 팝문학이 그런 현상이다. 1989년은 베를린 장벽이 무너진 역사적인 해이기도 하지만 동시에 1990년대 독일문화를 대표하는 현상인 러브 퍼레이드가 시작된 해이기도 하다. 동·서독 분단이 냉전으로 인해 정치적 긴장과 불안을 고조시켰다면, 독일통일은 이러한 정치적 긴장을 해소하고 국민의 심리적 안정을 가져오는 계기가 되었다. 이러한 시대적 배경 아래에서 독일의 젊은이들이 역사적, 정치적 부담에서 벗어나 현재의 행복을 추구하는 통로로 대중문화를 누리게 되면서, 이를 형상화한 독일 팝문학이 주류문학으로 등장하게 된다.

독일문학사를 거슬러 올라가면 이미 1960년대에 독일의 대중문화를 주제로 다룬 독일 팝문학이 등장했다. 특히 롤프 디터 브링크만(Rolf Dieter Brinkmann, 1940-1975)은 미국의 포스트모더니즘 문화와 비트문학을 적극적으로 수용하고 관련 서적을 번역하기도 하면서 독일 팝문학의 선구자가 된다. 브링크만이 보수적이고 고루한 60년대 독일사회를 대중문화의 관점에서 비판하기는 했지만, 그렇다고 대중문화를 일방적으로 옹호한 것만은 아니다. 오히려 브링크만은 대중매체를 통해 확산하는 성문화와 소비문화를 비판하면서 대중문화의 양면성에 주목한다. 특히 브링크만은 문자텍스트 외에 사진이나 만화, 엽서 등 다양한 시각적 이미지를 활용하면서 상호매체적인 실험을 수행한다. 물론 동시대의 대표적인 독일 팝문학 작가인 후베르트 피히테(Hubert Fichte, 1935-1986)가 문학과 음악의 상호매체성의 관점에서 작업하기는 했지만, 60년대의 독일 팝문학은 주로 시각적인 매체들의 영향을 받았다고 할 수 있다.

이에 반해 1990년대의 독일 팝문학은 압도적으로 음악의 영향을 받았다. 특히 1990년대 중반에 주류 음악으로 떠올라 각종 음악방송 순위를 점령했던 테크노 음악은 러브 퍼레이드를 통해 독일 대중문화 속에 확고히 자리를 잡았을 뿐만 아니라, 동시대 독일 팝문학 작가들의 글쓰기 방식에도 지대한 영향을 미쳤다. 독일 팝문학 작가 중 주어캄프 3인방으로 불리는 라이날트 괴츠(Rainald Goetz, 1954-), 토마스 마이네케(Thomas Meinecke, 1955-), 안드레아스 노이마이스터(Andreas Neumeister, 1959-)가 모두 음악을 적극적으로 자신들의 작품 주제로 다루었다는 점에서 공통점을 지닌다. 보통 팝문학 작가는 대중문화를 소재로 다루며 대중의 욕구에 영합하는 통속적인 작품을 쓰는 것으로 간주되곤 하지만 위의 작가들은 자신의 작품을 주어캄프 출판사에서 출판한 것에서 알 수 있듯이 문학적인 능력도 인정받았다. 괴츠는 역사학과 의학 분야에서 박사학위를 받았고, 마이네케도 자신의 작품에서 인종담론, 젠더담론 등을 다룬다는 점에서 엘리트 작가로서의 면모를 갖고 있다. 그러나 다른 한편 괴츠는 디제이(DJ)들과 어울리며 순회공연을 함께하기도 하였고, 마이네케 역시 디제이 활동을 하는 등 대중문화와의 연결고리를 끊지 않으면서 엘리트적인 작가적 성찰과 대중문화적인 향유를 서로 연결하고자 노력하였다.

　라이날트 괴츠는 '오늘 아침'이라는 프로젝트에서 『레이브』(Rave, 1998), 『제프 쿤스』(Jeff Koons, 1998), 『음모 폭로』(Dekonspiratione, 2000), 『파티』(Celebration, 1999), 『모든 이를 위한 쓰레기』(Abfall für alle, 1999)라는 모두 다섯 권의 책을 발표한다. 이 중 중편소설 『레이브』와 인터뷰 및 에세이 모음집인 『파티』는 테크노 음악을 중심주제로 삼고 있는 작품이며, 그 밖의 다른 작품들에서도 테크노 음악이 주제로서나 글쓰기방식으로 부분적으로 다루어지고 있다. 그의 작품에서 나타나는 연속적으로 이어지는 짧은 문장이나 갑작스러운 문단의 교체는 테크노 음악의 빠른 비트를 글쓰기방식으로 전환한 결과로 볼 수 있다. 예를 들면 『모든 이를 위한 쓰레기』의 첫 페이지에 이런 테크노적인 글쓰기방식으로 쓰인 '쓰레기' 같은 문장들이 나열된다.

오늘 아침, 알베르트에게

큐비(Kyubi)라는 이 글자는 '미의 추구'를 의미해

공중장소에서 알몸으로 수영하기

간략한 스케치

나의 형제 호르스트. 하나의 유언장

우리는 울었지 늙은 여자들처럼

알베르트[33]

또한, 직접적 체험과 참여를 강조하며 현재시제로 서술하는 방식 역시 음악에 맞춰 춤을 추며 신체로 즉각 반응하게 하는 테크노 음악의 특성을 빌린 것이다.

토마스 마이네케의 작품에서도 테크노 음악은 중심주제이다. 그가 『톰보이』(Tomboy, 1998)에서 주로 젠더담론을 의상 문제와 연관 지어 다루었다면, 『바다색』(Hellblau, 2001)에서는 인종담론을 테크노음악과 연결한다. 테크노음악은 1970년대 독일에서 생겨나서 그 후 미국의 디트로이트나 시카고에서 발전한 다음, 1990년대에 다시 독일로 역수입된다. 따라서 테크노음악은 어떤 한 인종의 음악이 아니며 그 자체로 혼성적인 특성이 있는 음악 장르이다. 이러한 혼종성은 인종담론을 둘러싼 엘리트담론으로 이어져, 인종 문제가 결코 객관적으로 규정될 수 있는 성질의 것이 아니며 오히려 구성적인 성격을 띠고 있다는 인식을 낳는다. 더 나아가 마이네케는 『음악』(Musik, 2004)이라는 작품에서 테크노음악을 넘어서 보다 포괄적으로 대중음악을 다루며 엘리트 담론과 연결하기도 한다. 마이네케는 특히 기존의 음반에서 음원 일부를 빌려 새로운 곡에 편집해 넣는 음악의 샘플링(sampling)

---

33 Rainald Goetz: Abfall für alle. Frankfurt a. M. 2003, S. 13.

기법을 문학적으로 활용한다. 이에 따라 그는 다양한 작품을 인용부호 없이 자신의 작품에 인용하는데, 이는 완전히 새로운 작품이란 존재하지 않으며 모든 작품은 기존 담론들의 그물망에서 생겨나는 상호텍스트성의 산물이라는 포스트모더니즘적 문학인식을 보여 준다.

안드레아스 노이마이스터 역시 『충분히 큰 소리로』(Gut laut, 1998)라는 작품에서 음악을 다룬다. 이 작품에 등장하는 익명의 주인공이자 화자인 디제이는 자신의 사회화과정이 팝음악을 통해 이루어졌다고 밝힌다. 특히 그가 좋아하는 음악이나 같이 음악을 들었던 친구들을 이야기하는 가운데 뮌헨을 거점으로 한 팝음악사가 재구성된다. 노이마이스터는 마이네케와 유사하게 테크노음악의 특성인 속도와 샘플링을 자신의 글쓰기 방식으로 활용한다. 테크노 음악이 빠른 비트에 기반을 두고 있듯이, 노이마이스터의 작품 역시 빠르게 흘러가는 연상들로 이루어져 있다. 또한, 그의 작품은 샘플링기법과 마찬가지로, 독창적인 창조를 시도하기보다는 서술된 내용이 인위적으로 구성된 것이며 기존의 것의 반복임을 드러낸다.

테크노 음악과 함께 1990년대 독일 팝문학의 중요한 특성 가운데 하나인 현재성이 두드러진다. 그러나 사실 독일 팝문학의 현재적 특성은 먼저 역사적, 정치적 상황과 연결되어 언급되었다. 플로리안 일리스(Florian Illies, 1971-)는 『골프 세대』(Generation Golf, 2000)에서 통일과 더불어 정치적인 부담을 벗어던진 젊은 세대가 현재에 탐닉하는 현상을 독일 팝문학이 묘사하고 있다고 주장한다. 그는 자신의 세대가 학창시절에 지겹도록 나치 과거를 기억하도록 강요받았으며, 이로 인해 오히려 역사에 무관심하게 되었다고 말하기도 한다. 또한, 그것이 정치적 긴장완화와 맞물려 이 세대가 역사로부터 멀어지고 현재에 탐닉하게 되면서 대중문화가 발전하는 계기가 된 것으로 해석한다. 이러한 해석은 과거에 대해 비판적으로 성찰하는 엘리트문학과 대비되는 독일 팝문학의 특성으로 현재 탐닉적인 성격을 든다. 그러나 '회상문학'과 '현재문학'이라는 이러한 이분법적 구분은 독일 팝문학 작품 가운데에도 토마스 브루시히(Thomas Brussig, 1964-)의 『존넨알레의 짧은 쪽 구석에서』(Am kürzeren Ende der Sonnenallee, 1999)나 안드레아스 만트(Andreas Mand, 1959-)의 『그로버의 발명』(Grovers Erfindung, 2000) 같은 과거를 회상하는 형식의 작품이 있다는 점을 고려하면 반드시 옳지는 않다. 그리고 독일 팝문학이 주로 현재를 다룬다 할지라도 그것이 반드시 체제 순응적이며 현재 탐닉적인 의미만을 갖는 것은 아니다. 오히려 현재를 기록하는 팝문학 작가들은 서로 아주 다르며 그 다양한 스펙트럼을 '현재에 대한 탐닉'으로 환원시키는 것은 지나친 단순화이다.

현재시제를 주로 사용하되, 그것을 회상적 서술과 연결한 대표적인 팝문학 작가로 크리스티안 크라흐트(Christian Kracht, 1966-)와 벤야민 폰 슈툭라트-바레(Benjamin von Stuckrad-Barre, 1975-)를 들 수 있다. 크라흐트와 슈툭라트-바레는 요아힘 베싱(Joachim Bessing, 1971-), 에크하르트 니켈(Eckhart Nickel, 1966-), 알렉산더 폰 쇤부르크(Alexander von Schönburg, 1969-)와 함께 베를린 아들론 호텔에 모여 음악, 돈, 매체 등 다양한 주제를 토론하였는데, 이를 계기로 이들은 팝문학 5인방으로 불리기도 한다. 이들 가운데 특히 크라흐트와 슈툭라트-바레는 90년대 독일 팝문학을 대표하는 작가이다. 크라흐트의 첫 번째 소설 『파저란트』(Faserland, 1995)는 1990년대 독일 팝문학의 시작을 알리는 효시로 간주되곤 하는데, 그 이유는 이 작품에 무수히 많은 상품명과 대중음악명이 나오기 때문이다. 이미 소설 첫 장에서부터 다양한 상품명이 열거된다.

그러니까 나는 거기 피쉬고쉬에 서서 예버 맥주를 마시고 있다. 좀 춥고 서풍이 불어서, 안감을 넣은 바버 재킷을 걸친 채로 나는 마늘소스를 얹은 새우 요리를 벌써 두 접시째 먹는 중이다.[34]

하지만 크라흐트가 이 작품에서 대중문화 일반에 대해 비판적인 태도를 보이고 이 작품 이후로 대중문화를 본격적인 주제로 다루고 있지 않기 때문에, 이 작품을 90년대 독일 팝문학의 효시로 보기 힘들다는 주장도 있다. 그러나 팝문학이 반드시 대중문화에 대한 긍정적 태도를 지닐 필요는 없으며 내중문화를 주제로 삼고 그것과 대결하는 작품으로 정의될 수 있다면, 『파저란트』는 팝문학으로 분류될 수 있을 것이다. 이 작품에서 화자이자 주인공인 나는 소비문화에 빠져 있고 대중문화에 탐닉하는 인물로 등장한다. 이 작품은 이러한 화자의 시점에서 현재시제로 쓰이지만, 종종 원치 않은 불쾌한 개인적, 역사적 기억들이 떠올라 그의 현재의 쾌락을 방해하기도 한다.

슈툭라트-바레는 『솔로앨범』(Soloalbum, 1998)이나 『라이브앨범』(Livealbum, 1999) 같은 제목에서 알 수 있듯이, 동시대 팝문학작가들과 마찬가지로 대중음악의 영향을 많이 받았다. 여자 친구와 헤어지고 난 후 방황하는 한 청년의 생활을 묘사한 『솔로앨범』은 주로 현재시제로 서술된다. 그러나 크라흐트의 소설에서와 마찬가지로 이 작품에서도 모든 것을 잊고 현재에 탐닉하려는 수인공이자 화자인 나의 시도는 헤어진 애인에 대한 기억으로 인해 방해받는다. 여기서 현재는 결코 과거를 조망하는 화자가 현재 서 있는 우월한 지점이 아니라, 현재 일어나는 사건에 직접 참여하고 있는 미성숙하고 불완전한 화자의 위치를 나타낸다. 대중적으로 성공한 유명작가의 낭독회 여정을 보여 주는 작품 『라이브앨범』은 제목에서 기대할 수 있는 것과 달리 주로 과거시제로 서술된다. 작품주인공의 낭독회는 전통적인 낭독회에서와 달리 팝음악 공연처럼 진행된다. 그 이유는 단순히 작품만 낭독한다면 굳이 관객과 만날 필요가 없으며 각자 집에서 책을 읽으면 되기 때문

---

34 크리스티안 크라흐트, 『파저란트』, 김진혜/김태환 옮김(문학과지성사, 2012), 13쪽.

이라는 것이다.

그날 밤 친구인 크리흐트와의 공동낭독회가 계획되어 있었다. 우리는 둘 다 조지 마이클 비디오의 열렬한 숭배자였는데, 이 비디오에서 조지 마이클은 가수 엘튼 존의 노래를 자신의 버전으로 관객들에게 불러 준다. 그런데 그가 한참 노래를 부르다가 갑자기 '친애하는 신사 숙녀 여러분, 엘튼 존 씨입니다'라고 소개할 때, 관객들은 거의 미친 듯이 환호를 보낸다. 이 소개 후에 엘튼 존이 무대로 올라오고, 조지 마이클과 함께 듀엣으로 노래를 부르면, 관객은 열광하게 되는 것이다. 이런 식의 무대연출이 우리가 생각한 낭독회 콘셉트였다.[35]

이로써 낭독회에서의 현재적 체험이 중요해진다. 그런데 이러한 관객의 현재적 체험은 진정성을 보여 주기보다는 오히려 기획 연출된 공연의 허구적 특성에서 비롯된 것으로 폭로된다. 회상적 서술은 현재적 체험을 목표로 삼는 팝'공연'과 달리 팝'문학'으로서 일어난 사건에 거리를 둘 수 있으며 이로써 비판적 성찰을 가능하게 한다.

이처럼 크라흐트나 슈툭라트-바레의 작품에서 현재에의 탐닉이나 현재적 체험이 주로 부정적 맥락에서 언급된다면, 이와 달리 괴츠나 마이네케의 작품에서는 현재가 긍정적인 의미를 지닌다. 괴츠의 '오늘 아침' 프로젝트는 궁극적으로 현재라는 순간을 문학적으로 포착하려는 시도라고 말할 수 있다. 특히 5부작의 대표작이라고 할 수 있는 『모든 이를 위한 쓰레기』는 인터넷 일기로서 일상에서 벌어지는 일들이나 작가가 순간마다 느낀 것을 기록한 작품이다. 하루에 일어난 사건을 회상하며 쓰는 전통적인 일기와 달리, 괴츠의 인터넷 일기는 매 순간 자신이 느끼고 체험한 사건을 곧바

---

35 Benjamin Stuckrad-Barre: Livealbum. Köln 2005, S. 117.

로 기록하기 때문에 하루에도 몇 번씩 작성된다. '쓰레기'로 비유되는 말들은 체계적으로 정돈되고 사유되지 않은 말들, 즉 문법과 사고의 질서에 지배받지 않은 말들이다. 이성적인 사고에 의해 강요받지 않고 신체가 현재 느끼고 머릿속에서 지금 이 순간 떠오른 것을 기록하는 언어는 의미 없는 쓰레기들을 양산할 수 있지만, 괴츠는 그러한 쓰레기 중에 진정한 의미를 포착하는 것들도 있을 수 있다고 생각한다. 팝문학은 그러한 진정한 신체적 체험에 입각한 글쓰기를 지향한다는 것이다.

괴츠가 '모든 이를 위한 쓰레기'로 언급한 것은 팝문학 자체를 지칭하는 것으로 해석할 수도 있다. 팝문학 전문가인 모리츠 바슬러(Moritz Baßler, 1962-)는 팝문학이 동시대 대중문화를 저장하고 보존하는 기록물보관소로서 기능하고 있다고 주장한다. 엘리트 작가들이 다루기를 거부했던 소재들이 가치전도를 거쳐 문학적으로 형상화되고, 기존의 문학사에서 배제되었던 팝문학작품들이 문학사 속으로 들어올 수 있게 되면서, 팝문학은 '쓰레기'의 지위를 벗어나게 된다. 비록 2001년 911사태를 전환점으로 독일 팝문학이 다시 급격히 쇠퇴하는 흐름을 확인할 수 있지만, 대중문화와 엘리트문화의 이분법적 구분을 지양하는 포스트모더니즘의 흐름 속에서 독일 팝문학은 현재에도 꾸준히 그 명맥을 유지하고 있다.

7.

베른하르트 슐링크
— '감정유산'의 문제

베른하르트 슐링크(Bernhard Schlink, 1944-)의 소설 『책 읽어 주는 남자』(Der Vorleser, 1995)는 국제적 베스트셀러가 되어 최근 독일문학에서는 드문 성과로 볼 수 있다.

하이델베르크대학과 자유베를린대학에서 법학을 전공한 슐링크는 하이델베르크대학에서 박사학위를, 프라이부르크대학에서 교수자격을 취득하고 1992년부터 2009년까지 본대학, 프랑크푸르트대학, 베를린 훔볼트대학에서 공법학 교수로 재직했다. 법대 교수로 재직하면서 그는 처음에는 탐정소설들을 썼지만, 1995년 『책 읽어 주는 남자』를 출간함으로써 미국에서 베스트셀러가 되고 여러 국제적 문학상과 동명의 영화가 나오는 등 일약 세계적인 작가로 인정받게 된다. 그의 핵심적 주제는 법과 정의의 문제로 『책 읽어 주는 남자』에서도 문맹녀로서 나치의 하부 조직원이 되어 홀로코스트에 가담했던 여인 하나(Hanna)의 죄와 책임, 그리고 그녀에 대한 판결의 타당성 문제가 중심적 주제가 되고 있다.

이 소설에서 하나라는 여인이 자신이 문맹임을 숨기기 위해 전범(戰犯) 재판의 판결에 부정적인 영향을 미칠 것이 뻔히 예견됨에도 불구하고 자신이 보고서를 썼다고 위증함으로써 종신형을 받게 된다. 여기서 법이 정의를 바람직하게 실현하고 있지 못함이 드러난다. 하지만 이 작품이 인기를 누리는 것은 법과 정의의 문제 이외에도 다른 이유가 있다. 지난날 그녀에게 책을 읽어 주며 사춘기적 사랑에 빠졌던 미햐엘 베르크가 그때를 회상해 가며 이야기를 기록하는 서술 태도 때문이다. 그의 다소 어정쩡한 이 서술태도가 결과적으로 독자에게 함께 생각해 보기를 유도한다. 하나에 대한 미햐엘의 죄책감은 작품 속에서는 물론 피상적으로는 '오해'로 밝혀진다. 하지만 문제는 기성세대인 하나의 수치심과 죄책감이 나치와는 아무 상관도 없는, 스무 살이나 차이가 나는 다음 세대 미햐엘에게까지 부지불식간에 전해지고 '상속'된다는 것이다. 성균관대 박희경 교수는 이것을 '감정유산'의 상속 문제로 보고자 하였다.[36]

'감정유산'(Gefühlserbschaften)이란 개념은 프로이트 심리학이나 현대 정치심리학(Politische Psychologie)에서 가끔 논의되어 오긴 했지만, 이 개념이 현대독문학에까지 그 영역을 넓혀 오는 것은 나치와 홀로코스트 문제가 전후 독일문학이나 통독 전후의 독일문학만 지배한 것이 아니라 앞으로 다음 세대들에게도 그 논의가 지속될 조짐이 있기 때문이다. '과거 극복'(Vergangenheitsbewaeltigung)의 문제가 이제는 '감정유산'의 처리와 그 극복 문제로까지 발전한다. 이것은 독일문학의 중요하고도 의미 있는 경향이다. 나치 범죄와 홀로코스트는 세대가 바뀐다고 잊히고 또 극복되는 문제가 아니라는 증좌이다. 바로 여기에서 우리는 현대 독일문학이 현대 일본문학과 근본적으로 다른 점을 발견할 수 있다.

베른하르트 슐링크의 다음 문제작은 장편 『귀향』(Die Heimkehr, 2006)이다. 출판사 편집 일을 하는 법학도 페터 데바우어(Peter Debauer)는 이사를 한 뒤에 할아버지가 남긴 서류 중에서 우연히 단편(斷片)으로 남은 교정지를 발견한다. 그것은 누군가가 한 독일 병사의 귀향에 대해 글을 쓰고 있는 내용이다. 데바우어는 이 글을 이탤릭체로 소개하면서, 이것이 아마도 호메로

---

36 박희경, 「베른하르트 슐링크의 소설 『책 읽어 주는 남자』에 나타난 죄와 수치의 유산」, 《뷔히너와 현대문학 44》(한국뷔히너학회, 2015), 157-182쪽. 159쪽 및 178쪽 참조.

스의 유명한 귀향 신화 『오디세우스』의 내용을 모방한 것이라는 자신의 추측까지 친절하게 독자에게 덧붙여 주고 있다.

이제 데바우어의 — 따라서 독자의 — 최대 관심사는 이것이 과연 누구의 글일까 하는 점이다. 그는 곧 탐색에 들어가고 그 과정에서 바르바라라는 여성을 알게 된다. 그는 그녀를 사랑하게 되지만, 뜻밖에도 오랫동안 자취를 감추었던 그녀의 남편이 다시 나타난다. 그래서 그는 그만 바르바라를 잃게 되고, 따라서 자신의 탐색 작업에 대한 흥미도 아울러 잃게 된다.

그사이에 다른 형태의 '귀향'이 삽입되는데, 그것은 데바우어가 1989년에 장벽이 무너진 뒤의 폐허에 가까운 동베를린을 돌아다니며 자신의 유년시절을 회상하는 장면이며, 이것이 또한 그가 서독 법학자로서 동베를린 훔볼트대학의 강좌를 맡을 것을 수락하는 계기가 되기도 한다.

슐링크 특유의 냉담하고도 차분한 서술은 이렇게 귀향 모티프 속에서 미로를 헤매다가 갑자기 일대 전기를 맞이하게 된다. 그 교정지 글을 쓴 사람이 페터 데바우어의 아버지인 요한 데바우어, 즉 나치의 추종자였다가 현재 미국에 사는 존 드 바우르(John de Baur)라는 것이 드러난 것이다. 그러니까 아들은 아버지가 자신의 개인적 죄책으로부터 벗어나려는 시도로 그 글을 쓴 것임을 알게 된다. 아들 데바우어는 미국으로 가서 익명으로 아버지의 강의실에 숨어들어 간다. 그는 자신의 아버지가 학생들에게 그들이 폭력과 배반을 저지를 수 있는 유혹에 빠질 가능성을 보여 주는 실험을 하는 현장을 목격하게 된다.

이 작품에서도 독자는 『책 읽어 주는 남자』와 마찬가지로 아버지 세대의 죄책의 문제가 아들 세대의 '감정 유산'으로까지 이어지고 있음을 인지할 수 있을 것인가? 뚜렷한 인지라고 하기는 어렵지만 다소 비슷한 점은 느낄 것 같다. 이런 의미에서 베른하르트 슐링크의 새 소설 『귀향』(2006)은 전작 『책 읽어 주는 남자』(1995)로의 '귀향'이기도 할 것이다. 두 작품이 10여 년의 시차를 두고 있는 만큼, 이 '귀향'이 퇴보를 의미하는 것인지, 섬세한 진보를 내포하고 있는 것일지, 또는 그냥 제자리걸음에 불과한 것일지에 대해서는 이 작가의 다음 작품을 좀 더 두고 볼 일이다.

베른하르트 슐링크는 2014년 9월 24일 제4회 박경리문학상을 받았다.

8. 독일의 이민문학과 다와다 요코

초빙집필   최윤영, 서울대

최근 들어 독일문학계에 독일 출신이 아닌, 그렇지만 독일에 와서 살면서 독일어로 글을 쓰는 작가군이 부상하고 있다. 이들의 문학을 이민문학, 이민자문학, 외국인문학, 상호문화적 문학 등의 이름으로 부르지만 글 쓰는 성향이나 주제, 문체들이 매우 다양하여 통일적 특징으로 묶기는 쉽지 않다. 그러나 한편으로는 독일 사회에 소속되려 노력하면서 다른 한편 다른 경험을 바탕으로 독일적 한계에서 벗어나 더욱 넓은 시각에서 독일사회를 바라보는 '이방인'(사회학자 짐멜(Georg Simmel, 1858-1918) 참조)의 시각을 견지한다는 데에서 이 문학의 특징을 찾을 수 있다.

샤미소나 폰타네 같이 프랑스에서 이주해 온 작가나 한국 출신의 이미륵도 넓은 의미에서는 이러한 이민문학 작가라 할 수 있지만, 전후 외국인 노동자들이 대거 독일에 유입되고 그들의 자녀들이 자라나면서 새로운 사회계층이 생겨나고 80년대에 《남쪽바람》(Südwind)이라는 이름으로 일어난 문학잡지운동과 '다국적문학예술연합'(PoLiKunst-Verein: Polynationaler Literatur- und Kunstverein) 운동이 현대 독일 이민문학의 모태라 할 수 있다. 초기 작품들은 모국어로 쓰여져 독일에 별로 소개가 되지 않았지만, 작가들이 독일어로 글을 쓰기 시작한 이후로는 점차 알려지기 시작했고 프랑코 비온디(Franco Biondi, 1947-)와 라픽 샤미(Rafik Schami, 1946-)가 그 대표자라 할 수 있다. 이들은 각기 다른 나라에서 왔지만 유사한 경험과 체험을 글로 썼는데, 타지에서의 외로움, 낯섦, 고국에 대한 향수, 문화 차이 등이 그 주제를 이룬다.

그러나 90년대 이후 이민문학 작가들은 자신을 이민자 그룹의 대표자라기보다는 한 명의 문학 작가라 여기기 시작했고 각자 개인적인 문학적 궤적을 밟아 나갔다. 이들의 문학은 새 활로를 찾지 못하는 독일문학에 여러 측면에서 새로운 활기를 불어넣었다. 무엇보다도 독일어와 독일문학에다 자신들이 떠나온 고국의 문화를 섞어 혼종적인 문학, 양문화적·다문화적 문학을 생산해 냈다. 떠나온 고향에서의 유년시절을 담은 작품들은 이국적인 특색으로 인하여 널리 읽혔고 러시아계 유대인 이민자 블라디미르 카미너(Wladimir Kaminer, 1967-)나 아라비안나이트를 연상케 하는 글을 쓰는 시리아 출신의 샤미는 그만의 독특한 시각, 문체, 소재, 유머, 풍자를 통해 독일에서 가장 많이 읽히는 인기 작가가 되었다.

샤미는 청중과 하나의 공동체를 이루는 '이야기꾼'(Erzähler)의 사라진 전통을 독일의 일방적인 작가낭독회 문화에 접맥하기도 하였다. 이민문학 작가들은 한편으로는 낯선 독일어나 독일문화를 자기 것으로 습득하면서도 다른 한편 이에 대해 거리를 두고 성찰함으로써 이제까지 자명했던 많은 현상에 대해 의문을 제기하고 더 나아가 이를 자국문화에 역투영하기도 하였으며 여성작가들은 고국에서의 젠더 문제와 타지에서 다르게 나타나는 젠더 문제를 심도 있게 다루기도 했다. 막심 빌러(Maxim Biller, 1960-) 같은 작가는 유대인 후손으로 전후의 안락한 현실에 안주한 독일인과 유대인 모두를 면도칼처럼 신랄하게 비판한다. 이민 작가들은 대체로 터키나 동구권 출신이 많으며 오타 필립(Ota Filip, 1930-), 아라스 외렌(Aras Ören, 1939-), 에미네 세브기 외즈다마르(Emine Sevgi Özdamar, 1946-) 등이 대표자라 할 수 있다. 또한, 2009년 노벨문학상을 받은 헤르타 뮐러(Herta Müller)도 이 그룹에 편입시킬 수 있겠다. 그녀는 루마니아의 바나트(Banat) 지방의 독일인 마을에서 태어나 사회주의 루마니아에서 작가활동을 했던 자신의 독특한 과거 체험을 독일에서 쓰는 자신의 작품에 투영하고 있다.

이러한 1세 이민 작가들이 자신들의 유년시절을 보낸 모국 문화의 영향을 깊이 받았다면, 최근에는 독일에서 태어나고 자란 2세 작가군이 등장하였다. 이들은 특정한 민족적 정체성에 고착되지 않고 자신들의 혼종된 '지역 정체성'을 주장하면서 젊고 새롭고 창의적인 문화를 만들어 내고 부모세대와 독일사회 양측에 다 같이 날카로운 지적과 비판을 하고 있다. 이민자들의 은어로 쓰이어진 『카낙의 언어』(Kanak Sprak, 1995)로 대표되는 페리둔 차이모글루(Feridun Zaimoglu, 1964-)가 그 선두주자이다.

이민 작가 중 특히 눈에 띄는 사람이 바로 일본계 작가 다와다 요코(Yoko TAWADA, 多和田葉子, 1960-)이다. 그녀는 일본에서 유년시절을 보냈고 와세다대학에서 러시아문학을 전공하고는 19세에 시베리아철도를 타고 독일에 와서 함부르크에 자리를 잡았다. 그녀는 자신이 기차에서 물을 바꿔 마시며 조금씩 낯선 문화에 적응했다고 자주 언급하는데, 형체가 고정되지 않은 '물'은 작가로서의 정체성, 문학관을 대변하는 사물이기도 하다. 그녀는 처음부터 낯선 언어인 독일어에 지대한 관심을 표명하였고 독일어를 일본어와 비교해 가며 습득하는 과정에서 두 언어의 차이에 주목하였다. 더 나아가 언어가 대상 및 세계와 맺는 관계, 언어와 언어 저편의 세계에 대해 새롭고 낯선 인식을 담은 수필집, 소설집을 꾸준히 내어놓았다. 함부르크대학, 취리히대학에서 독일문학을 전공하여 독일문학에 나타난 인형에 대한 논문으로 문학박사 학위를 취득하였다. 이 과정에서 클라이스트, 카프카,

벤야민, 첼란 등의 지대한 영향을 받았으며, 낯선 언어와 낯선 세계가 주는 인식을 놓치지 않기 위해서 영어, 프랑스어, 남아프리카어 등 늘 새로운 언어를 더 배우기를 주저하지 않았다.

또한, 그녀는 일본어와 독일어 두 가지 언어로 번갈아가며 글을 쓰는 작가이며 이 중에서 『오비드를 위한 아편』(Opium für Ovid, 2000), 『벌거벗은 눈』(Das nackte Auge, 2004), 『보르도의 매제』(Schwager in Bordeaux, 2008) 등의 작품은 본인이 독일어로 쓰고 나서, 본인이 또 일본어로 옮기면서 '원본 없는 번역'(Übersetzung ohne Original)이라는 개념으로 글쓰기 행위와 번역 행위의 근본적 의미에 대하여 숙고하였다. 함부르크대학에 새로 설치된 '상호문화적 시학'(interkulturelle Poetik)이란 교수 자리에 제일 먼저 초빙되었으며, 양국의 주요 문학상을 거의 모두 받았고 현재에도 새로운 작품집을 발표하는 등 꾸준히 글을 쓰고 있다. 독일에서는 일본문학의 영향을 독일문학에 심은 작가로, 혹은 두 나라 문학을 섞으면서 새로운 문학세계와 언어 지평을 얻었다는 긍정적인 평가를 받고 있다. 일본에서는 일본이라는 민족적 틀을 벗어난 실험적 문학을 시도하는 선구자라는 평가이다.

많은 작품집 중 국내에 『목욕탕』(Das Bad, 2010),[37] 『영혼 없는 작가』(Erzähler ohne Seelen)[38]가 2011년에 번역되어 나와 있다. 『목욕탕』은 아시아계 젊은 여주인공이 독일로 건너와 의식적이고 이성적 언어의 자동화된 사고 세계를 벗어나면서 무의식적이고 원초적인 세계로 넘어가게 되고 그 가운데 새로운 인식을 얻는 과정을 그린 환상적 초현실적 소설이다. 이와는 달리, 『영혼 없는 작가』는 작가의 주특기를 살려 주변 일상 세계를 침착하게 관찰하고 이를 성찰하면서 언어로 옮기고 이 언어로 옮기는 과정 자체가 특정 문

---

37 다와다 요코, 『목욕탕』, 최윤영 옮김(을유문화사, 2011).
38 다와다 요코, 『영혼없는 작가』, 최윤영 옮김(을유문화사, 2011).

화에 이미 깊이 침윤되어 있음을 재치 있고 날카롭게 드러내는 수필집이다. 다와다 요코는 같은 한자문화권에 속하는 한국 독자들로서도 쉽게 다가갈 수 있는 이민 작가이다.

이처럼 세계화가 본격화되고 국경을 넘어가는 것이 일상화되면서 대량으로 이주하는 시대의 산물인 독일 이민문학은 앞으로도 더욱 다양화되고 활성화될 전망이다.

---

9.   두르스 그륀바인
      ― 드레스덴과 베를린의 새 역학으로부터 나온 서정시

통독 직후는 어수선하고 갈피를 잡을 수 없는 시기였다. 이때 독일 문단에서는 새로운 것, 새 시대를 대변할 만한 시인이 필요했고, 그것도 되도록 옛 동독 쪽에서 그런 인물이 나왔으면 했다. 이 무렵에 혜성과도 같이 나타난 젊은 시인이 두르스 그륀바인(Durs Grünbein, 1962-)이다. 드레스덴 태생의 이 서정시인은 작품 활동을 하자마자 통독을 맞이하게 된, 전환기의 첫 동독 출신 시인이다.

첫 시집 『아침의 회색지대』(Grauzone morgens, 1988)는 드레스덴 근교의 공장지대 풍경을 다루고 있다. 회색의 공허한 풍경, 그리고 "집에서 석탄을 때지 않아도 되는 장점" 때문에 도서관에서 새벽까지 "동아시아의 철학, 현대공학, 단테"에 관한 책을 읽는 청년의 일상을 보여 주고 있는데, 이런 이미지들을 보건대, 이 젊은 시인이 말기에 이른 동독 체제에 자신을 순응시키

두르스 그륀바인

고 있는 것 같지는 않다.

동독의 젊은 시인 그륀바인이 맞이한 1989년은 그야말로 실존적 대전환기다. 두 번째 시집 『해골 저변의 가르침』(Schädelbasislektion, 1989)은 정체된 드레스덴으로부터 새로운 기운으로 꿈틀거리는 대도시 베를린에로의 이주를 기록한다. "네가 어떤 존재인지는 해부학적 도면의 / 가장자리에 적혀 있다"는 시구는 이 시집의 핵심을 이루고 있는 것처럼 보인다. 이 시집의 서정적 자아는 동독이란 체제가 붕괴하면서 일으키는 몰락의 불꽃을 오래전부터 잘 알고 있는 익숙한 현상으로서 별다른 감정의 동요 없이 담담히 기록한다.

제3시집 『주름과 몰락』(Falten und Fallen, 1994)에서의 서정적 자아는 동물원에 갇힌 동물처럼 자신이 대도시 베를린에 갇혀 있는 것처럼 느끼고, 자신이 그 거대한 교통의 흐름에 함께 실려 가는 극미한 하나의 물 분자처럼 느끼고 있다. 하지만 그의 시는 프로이트적 심리학의 파이프를 거친 주관의 배설물이 아니라 차라리 스탈린적 시인 개념인 '영혼의 공학도'(Ingenieur der Seele)에 의해 조합되는 언어적 구조물에 가깝다. 부차적인 것은 사라지고 명징한 언어만 남는다.

범행 현장은 도처에 있었다, 회색 지역은. 두피를 가진

한 차가운 지구의가 목덜미와 이마 위에서 자라났다.

안면 신경은 비로 말미암아 씰룩거리고

드디어 체내로부터 솟구치는 소리를 듣게 된다, 동독이란 소리,

납으로 오염된 강들, 평원들, 혹한이 지속되는 이 지구!

위대했던 모든 것은 없어졌다, 저 멀리 울라디보스톡에 이르기까지.

이것은 포스트모던한 유희가 아니라, 동독 드레스덴 출신의 한 자아가 온몸으로 겪어 내어야 하는 자기 확인이며 사회적 성찰을 곁들인 강력한 사유의 언어적 기록이다. 시인은 여러 면에서 젊은 시절의 엔첸스베르거를 연상시킨다. 신선하고 빛나는 진술을 해 놓고는 새 먹잇감을 찾아 달려드는 저널리즘 앞에 금방 자신의 모습을 감추어 버릴 줄 아는 신묘한 젊은 시인이다.

그륀바인은 1992년에 마르부르크 문학상, 1993년에 니콜라스 보른 상을 받은 데다 그의 세 번째 시집 『주름과 몰락』으로 1995년에 게오르크 뷔히너상을 받았다. 33세에 이 상을 받은 시인으로는 엔첸스베르거와 한트케뿐이다. 시집 『풍자가 있은 뒤』(Nach den Satiren, 1999)의 끝에 그는 이렇게 쓰고 있다 ─ "풍자가 있은 뒤에 고약한 그늘이 되돌아 왔으니, 조롱하는 소리가 그것이다. …… 도처에 뼈다귀와 트림뿐! 그리고 아름다운 시절은 지나가 버렸다." 여기서 '아름다운 시절'이란? 혹시 동독의 사회주의적 꿈을 말하는 것일까?

하지만 이 시집에 실린 「죽은 시인에게 보내는 편지」(Brief an den toten Dichter, 1996년 1월)에는 다음과 같은 신랄한 구절도 보인다.

당신은 언제부터 알고 있었던가,

아침 일찍 공장문을 통해 들어가는 노동자들은 아무도 몰라야 했던 그 비밀,

철조망 뒤에서는 망할 날짜만 헤아리고 있었다는 사실을?

높은 자리에 앉아 일을 태만히 하고 박해하던 그자들은

실은 그들의 계도에 갇혀 박해받는 사들이었다는 사실,

독방에 격리 수감된 자들, 제3 제국의 상이군인들이었다는 사실을?

브레히트에게 묻는 말일 수도, 요하네스 R. 베허에게 묻는 말일 수도 있는 이 물음은 대단히 정치적이고도 신랄하다. 그의 다른 시에서는 다음과 같은 구절도 보인다.

비유들이란 해변으로부터 바다를 향해 던지는,

물 표면에 붙어 동그라미를 그리는 저 얄팍한 조약돌들. 팔팔 물을 튀기면서

셋, 넷, 다섯, 행운일 때에는 여섯, 그러다가 해수면을 뚫고 무겁게 가라앉는

계측의 추. 시간을 꿰뚫어 틈새를 내는 금들.

'비유들'이 세계를 계측하는 시인의 언어라면, 거대한 해수면이란 시간에 틈새를 내며 금을 긋는 그 행위는 여기서 너무 연약하게 묘사된 것은 아닐는지? "행운일 때에는 여섯 번" 수제비를 그리다가 바다 밑으로 가라앉고 마는 것이라면 동·서독의 통일이란 충격에서 오는 서로 다른 두 체제의 충돌 역학으로부터, 즉 드레스덴과 베를린 사이에서 분출되는 새로운 에너지 속에서 시를 써 가야 하는 그륀바인의 궤적이 우리 시대를 넘어 어떻게 문학사에 기록될지는 아직은 알 수 없는 일이다. 하지만 그는 오늘날 독일 문단에서, 다시 서정시를 통해, 아직도 자아와 세계의 관계를 나름대로 보여 주고자 노력하고 —그리하여 독자들한테서 긍정적 반향을 얻고— 있는 시인이다.

10.

잉오 슐체
— 통독 이후의 동독의 일상에 대한 담담한 보고

그륀바인과 마찬가지로 동독 드레스덴 출신의 잉오 슐체(Ingo Schulze, 1962-)는 『33개의 행복한 순간들』(33 Augenblicke des Glücks, 1994)로 통독 문단에 데뷔했다. 필자를 알 수 없는 텍스트가 여러 우회로를 거쳐 편찬자에게 전달되고, 출판을 다소 주저한 편찬자는 독자들에게 읽을거리를 제공할 결심을 한다. 소설의 도입부를 이렇게 설정하는 것은 흔히 보아 온 수법인데, 잉오 슐체의 첫 소설도 이런 식으로 평범하게 시작된다. 책을 읽어 감에 따라 독자는 러시아를 여행하는 독일인이 상트페테르부르크의 어느 독일 경제인 거주지에서 보고 들은, 때로는 자기도 끼어든 이야기들을 기록한 것임을 알게 된다. '33개의 순간'은 말하자면 러시아와 독일 경제인들의 일상에서 나온 대화와 에피소드 등을 기록한 것이다. 대개는 현대판 장편(掌篇) 소설들처럼 엉뚱한 결말로 빠진다. 여기서 슐체는 마치 동독의 멸망과는 아무 관계도 없는 사람처럼 태연히 러시아의 여러 현실적 단면들을 초시대적으로 묘사해, 바로 이 점에서 그의 작가적 저력이 엿보인다. 독자들은 결국 호프만이라는 이름의 여행자와 그의 텍스트를 입수하여 간행한다는 편찬자 'I. S.'(잉오 슐체)가 1인 2역의 분신임을 알게 되며, 따라서 이 소설 전체는 '사회주의 체제의 몰락'에 대한 작가의 반어적 기록이라는 것도 — 아주 한참 지나서야 — 깨닫게 된다.

그의 다음 책 이름은 『단순한 이야기들』(Simple Storys)로서, 라이프치히와 드레스덴 사이에 있는 알텐부르크에서 일어나는 29개의 '이야기'로 되어 있다. '동독 변방에서 나온 한 소설'(Ein Roman aus der ostdeutschen Provinz)이라는 부제가 말해 주듯이, 이 책은 말하자면 29개의 에피소드로 구성된 '소설'이란 의미로 전체 에피소드들을 일퀸히고 있는 이떤 인물이나 사건은 찾아볼 수 없다. 한 중소도시를 배경으로 하는 이야기들인 만큼 물론 서로 연관되는 수가 있기 마련이지만, 그 드문 연관성이 중요한 것이 아니라 이 소설에서 중요한 것은 각 인물과, 그 인물이 하는 말이, 센세이션을 불러일으키지는 않지만, 있을 곳, 있을 시간에 있다는 점이다. 이를테면, 29개의 에피소드 중의 하나인 「눈과 쓰레기」(Schnee und Schutt)는 택시회사를 하는 라파엘(Raffael)의 이야기이다. 그는 동독 시절에 만약의 어려운 때를 대비하여 석탄 난로를 버리지 않고 거실에 그냥 두고 있다가 통독 이후 어느 날 드디어 그 난로를 ―타일 조각들, 내화(耐火) 벽돌들, 배기 연통, 받침대, 양철, 난로의 문, 쇠창살 등으로 분해하여― 자기 집 지하실에 버린다. 그러자 이웃에 살던 무명작가 하인리히 프리드리히도 역시 난로를 쓰레기 공동하치장에 버리고 난 뒤에 갑자기 자살한다. 하인리히 프리드리히가 버린 쓰레기가 너무 무거워 쓰레기 수거차 위로 들어 올려지지 않자, 동네 사람들이 라파엘의 난로에서 나온 쓰레기로 잘못 알고 그것을 라파엘에게 해결하라고 요구해 온다. 마침 눈이 내리는 가운데에 라파엘은 죽은 사람이 남긴 쓰레기를 혼자서 삽으로 퍼 올린다.

여기서 잉오 슐체의 작가로서의 특징이 드러나는데, 라파엘이 구동독 시대의 유물인 난로를 치우다가 겪는 이 해프닝은 통독 후에 동독의 일상에서 일어난 ―얼른 보기에 아주 사소한― 일에 불과하다. 그는 아무런 주석도 없이 아주 냉정한 언어로 이 에피소드를 서술하고 있으며, 거의 고통스러울 정도로 정확한 기록만 하는 그의 글은 아무것도 주장하거나 떠벌리지 않는다. 이것은 옛 동독에 대한 비판도, 향수도 아니다. 바로 여기에 잉오 슐체라는 작가의 장점이 있다.

11.

마르틴 모제바흐
— 현대판 '쓸모없는 인간'

마르틴 모제바흐(Martin Mosebach, 1951-)는 마인 강변의 프랑크푸르트에서 의사의 아들로 태어나, 프랑크푸르트대학과 본대학에서 법학을 공부했으며, 1980년부터 자유문필가로서 프랑크푸르트에서 살고 있다. 가톨릭교도인 어머니와 신교도인 아버지 사이에 태어난 그는 일찍부터 종교적 갈등을 겪었다. 또 하나의 특징은 그의 대부분 작품이 고향도시 프랑크푸르트를 배경으로 하고 있다는 점인데, 프랑크푸르트라는 도시에 대한 그의 '애증'은 작품을 이해하는 데에 중요한 열쇠가 된다.

구체적인 작품을 예로 들어 설명해 보자면, 2007년에 나온 장편소설 『달과 아가씨』(Der Mond und das Mädchen)는 여러 인종과 다양한 유형의 인간들이 모여 사는 복잡한 현대 도시 프랑크푸르트에서 신접살림을 차린 한 쌍의 젊은이들이 겪는 희비극을 다루고 있다.

이르마 폰 클라인 여사는 그녀의 딸 이나(Ina)가 아주 멋진 신랑감을 만나 아름다운 도시에서 생활할 수 있기를 소망해 왔었지만, 미국계 은행에 대리로 취직해서 프랑크푸르트에서 신혼 생활을 시작하는 사위 한스에 대해 큰 불만을 지닐 필요까지는 없었다. 신부가 홀로 된 어머니를 위로하기 위해 어머니와 함께 이탈리아의 섬으로 휴가를 떠난 동안 신랑 한스는 신접살림을 할 방을 혼자 구하러 돌아다니다가 그만 지쳐서 프랑크푸르트 역 근처에 있는 지붕 밑 방 하나를 구한다. 홍등가 근처인 것이 좀 마음에 걸렸지만, 직장이 가깝고 마인 강가의 산책로가 멀지 않다는 장점도 있었다.

모제바흐

그리고 무엇보다도 잠시 머물 임시 숙소이기에 조금 아쉬운 대로 그냥 견
딜 만하리라 생각한 것이었다. 그 건물의 모로코인 수위 압달라 수아드는
우크라이나인 일꾼들을 동원하여 한스네 집의 부엌을 말끔히 치우고, 벽을
새로 칠한 다음 지하 창고에 있던 침대 매트리스를 한스네 침실로 옮기도
록 한다.

이나가 여행에서 돌아온 첫날, 한스 부부는 이웃들과 함께 유쾌한 야외
소풍을 다녀온다. 그러나 그들이 집안에 들어오자 침대가 새똥으로 더럽혀
져 있고 방안에 죽은 비둘기 사체가 발견된다. 아마도 갓 칠해 놓은 집에 비
둘기가 날아든 줄을 모르고 수위가 비바람을 막기 위해 창문을 닫는 통에
비둘기가 창밖으로 나가지 못해 날아다니다 죽은 것으로 추측되었지만, 이
나는 너무 놀란 나머지 이웃들을 피하고 집안에 틀어박혀 히스테리성 경련
을 일으키곤 한다. 한스는 이런 걱정스러운 상황에서 벗어나고자 퇴근 후
에는 자주 건물 1층의 간이식당에 들러, 주로 이주 경험담을 나누는 외국인
들의 자리에 끼곤 한다.

어느 날 저녁 외출했다가 돌아오는 계단에서 한스가 친하게 지내는 한 층

아래에 사는 비트킨트 내외와 마주친다. 비트킨트가 한스 부부에게 자기 집에서 한잔하자고 제안하자, 이나는 거절하고 한스만 그 초대에 응한다. 밤이 깊어 귀가한 한스는 자신이 집 열쇠를 갖고 있지 않음을 알고 자기 집 초인종을 누르지만, 귀마개를 하고 자던 이나는 벨 소리를 듣지 못한다. 이때 비트킨트의 아내 브리타(Britta)가 한스를 유혹한다.

첫 외박을 하고 집으로 돌아온 한스는 양심의 가책에 시달리고 이나는 자신이 문을 열어 주지 않아서 층계참에서 잤다는 남편의 말에 몹시 미안해한다. 하지만 이런 식으로 한번 꼬이기 시작한 그들의 신혼은 여러 주변 인물들과 번잡한 주위 환경에 의해 걷잡을 수 없는 파경으로 치닫는다. 그러자 이나는 집을 나가 프랑크푸르트의 이 거리 저 거리를 헤맨다. 그리고 길거리에서 털모자를 쓴 한 맹인 여자를 만난다. 이나는―사람들이 그 맹인 여자에게 씌워 준 털모자처럼― 자신도 이 도시에서 한스라는 남편과 그렇게 초라하게 사는 것이나 아닐까 하는 비참한 생각에 잠긴다. 그러다가 그녀는 초승달을 보면서 절망적인 기분이 되어 귀가한다. 그리고는 함부르크의 어머니에게 돌아가고자 짐을 싸 보지만 아무것도 손에 집히지 않는다. 그녀는 때마침 아무런 죄의식도 없이 비트킨트와 회희낙락하면서 건물로 들어서고 있는 한스에게로 다가가 맥주병으로 그의 머리를 힘껏 후려친다.

프랑크푸르트역 근처의 이민 거주 구역으로 셋방을 잘못 구해 들어온 신혼부부가 겪게 되는 이 현대판 희비극은 모제바흐가 쓴 다섯 번째의 장편소설이다. 북부 독일의 전통적이고 잘 정돈된 일상에서 살아온 젊은이들에게 있어서 프랑크푸르트 역 근처에서의 다문화적 삶은 너무나 생소하였다. 그것은 한스에게는 호기심을 발동시키는 새로운 세계였고 이나에게는 불안하고도 꺼림칙한 세계였다. 두 사람의 신혼은 이 새로운 세계에 부딪혀 깨어지고 좌초한다.

하지만 이 소설의 에필로그를 보자면, 이나는 아버지의 유산으로 프랑크푸르트의 전원주택지 타우누스에 근사한 저택을 구해 두 아이를 기르며 잘 살고, 남편 한스도 ―맥주병으로 그렇게 강타당하고도 죽지는 않았는지― 더 가정적으로 되어 독서를 많이 하는 것으로 되어 있다. 아마도 그들의 가정생활은 친정어머니 이르나의 지휘에 따라 이나가 주도해 나가는 것으로 보이며, 한스가 독서를 많이 한다는 것은 아마도 유식한 남자들과의 대화를 꺼리는 장모님에 대한 한스의 은밀한 복수 정도로 해석될 수도 있을 것이다.

이 소설의 내용은 언뜻 보기에 전혀 새롭지 못한 진부한 것으로 보인다. 전지적 서술자에 의해 거의 차례대로 보고되고 있는 구태의연한 소설 형식을 보더라도 아무 새로울 것이 없다. 어떤 비평가는 모제바흐가 19세기적 독일 소설의 전통을 그대로 답습하고 있다고 비난하기도 한다. 그러나 자세히 살펴보면 그의 소설은 결코 전통을 그대로 답습하고 있는 것이 아니라 복잡다기한 현실을 전통적인 형식 안에 편안히 담고 있을 뿐이다. 그는 주인공들 각자의 시점은 물론, 전지적 서술자의 시점까지 동원해서 한 가지 사건을 여러 각도에서 볼 수 있도록 독자들을 교묘하게 잘 인도하고 있다.

모제바흐의 지금까지의 작품들을 통틀어 보건대, 그의 주인공들은 독일 중류사회의 온건한 중립적 가치체계로부터 이탈한 자들이다. 『침대』(Das Bett, 1983)의 주인공 스테판 코른은 독일로 가서 가업(家業)을 다시 일으키도록 하라는 아버지의 말은 귓가로 흘리고 미국으로부터 독일에 들어와서는 어린 시절의 유모의 침대에서 게으른 딴전을 부리고 있다. 『베스트엔트』(Westend, 1992)에서의 알프레트 라본테는 임신한 아내와 자신의 의심스러운 과거를 뒤로하고 카누를 타고 사라지며, 『어느 긴 밤』(Eine lange Nacht, 2000)의 대학생 주인공은 시험에서 낙방하자 부모의 교양시민적 세계를 떠나 상인들의 세계에서 성공하고자 무모한 경쟁의 대열에 뛰어든다. 『터키 여자』

(Die Türkin, 1999)에서는 이제 막 박사가 되어 뉴욕에서의 출세가 훤히 열렸는데도 세탁소에서 한 터키 여자와 싸우다가 서로 눈이 맞아, 미국행이 아닌 터키행 비행기를 타고 그녀의 고향으로 따라가는 청년을 그리고 있다. 그리고 『안개의 왕』(Nebelfürst, 2001)의 테오도로 레르너(Theodor Lerner)는 기자로서의 길을 중단해 버리고 사기꾼의 길로 접어든다

이렇게 모제바흐의 주인공들은 마치 아이헨도르프의 '쓸모없는 인간'(Taugenichts)이나, 토마스 만의 펠릭스 크룰, 또는 로베르트 무질의 '특징 없는 남자'와 비슷한 인물들로 기성 사회에 대한 '비타협자'(Nonkonformist)의 면모를 지니고 있다. 그는 말하자면 현대적 '쓸모없는 인간들'에 대해 애정 어린 관심을 보인다. 문학비평가 우베 비트슈톡의 표현을 빌리자면, "썩기 시작하는 시체를 해부하는 한 정열적인 법의학자와도 같이 그는 피곤을 모르는 탐구자의 희열을 갖고서 이 시대의 문화라는 몸에서 형형색색의 기이한 형태로 번지는 몰락의 징후들을 관찰하고 있"는 것이다.

아마도 모제바흐는 아무도 진리의 유일한 소유자일 수 없으며 누구나 자신과 함께 사는 사람들에게 참을성, 이해, 배려를 베풀 줄 알아야 한다는 평범한 진리를 아주 쉽고 온화한 언어로써 전달하고 있는 작가일지도 모르겠다. 한 작가에게 이보다 더 많은 것을 기대할 수 있을까? 그래서 모제바흐는 어쩌면 현재 활동하고 있는 독일 작가 중에서 가장 중요한 한 사람일 것 같다. 하지만 그는 가톨릭 신자로서 정치적으로 지나치게 보수적이며 신성모독 행위나 다른 종교의 유입이나 확산에 대해 너무 경직된 태도를 보이는 단점을 지적받고 있다.

12. 아르노 가이거
— 한 가족사에 투영시킨 20세기 오스트리아 역사

아르노 가이거(Arno Geiger, 1968-)는 오스트리아의 브레겐츠(Bregenz)에서 태어났고 인스브룩과 빈에서 독일문학, 역사학, 비교문학을 전공했다. 1993년부터 자유문필가로서 빈에서 거주해 온 그는 2005년에 반어적 제목의 소설 『우리들은 잘 있어요』(Es geht uns gut)로 프랑크푸르트의 서적상협회 문학상을 받음으로써 비로소 독일어권의 주요 현대 작가로 인정받게 되었다.

소설은 21개의 장으로 구성되어 있는데, 그중 13개 장이 2001년 4월 16일부터 6월 20일까지의 내용이고, 8개 장이 1938년부터 1989년까지의 내용이다. 그러니까 소설이 서술 현재의 이야기와 회고되고 있는 부분으로 나누어져 전개되고 있는 것이다. 여기서 펼쳐지고 있는 것은 —토마스 만의 『부덴브로크 가의 사람들』과 같은— 가족사로서, 이 작품에서는 3대에 걸친 가족사이며, 부계가 아닌 모계 가족사이다.

제1대는 리햐르트 슈테르크(Richard Sterk, 1901년 생)와 그의 아내 알마, 제2세대는 알마의 딸 인그리트(Ingrid)와 그녀의 남편 페터(Peter Erlach), 그리고 제3세대는 그들의 자녀 지시(Sissi)와 필립이다.

제1대인 알마(1907년 생)는 리햐르트와 결혼하자 의학 공부를 중단하고 주부로 집안에 들어앉아 관리가 된 남편을 잘 보필하고 아들 오토와 딸 인그리트를 키우는 데에 전념한다. 리햐르트는 오스트리아 정부의 장관으로까지 승진하지만, 하녀 및 여비서와 불륜 관계에 빠지는 등 죄과가 없지 않은 가부장적 생활을 함으로써 알마를 강요된 전원 및 독서 생활 속에 가두는 결과를 초래한다. 알마는 그 후에 리햐르트가 식물인간의 상태로 병상에 눕게 되자 비로소 자신이 남편에게 할 말이 참 많음을 느낀다.

제2대인 인그리트는 6살 위인 페터와의 관계 때문에 고루한 아버지와 불화하게 되고 가출까지 한다. 그녀는 결국 페터와의 결혼을 관철하지만 그의 안일하고도 남성 중심적 태도가 결혼 생활의 불행을 더하다. 두 아이한테서 유일한 행복감을 느꼈던 그녀는 결국 도나우강에서 허무하게 익사한다.

제3대로서 외할머니한테서 저택을 물려받은 36세의 필립은 우크라이나 출신의 불법 노동자들을 데리고 물려받은 저택의 대청소 작업을 실시한다. 그들은 몽상적이고 가사 노동에 서투른 그를 도울 수 있도록 여자 친구 요하나가 임시로 고용한 것이다. 그들 노동자가 지붕 밑 방의 쓰레기를 청소하는 동안 그는 고무장화와 선글라스를 한 자신의 모습을 거울에 비추어 보면서 경탄하고 있다.

필립은 이기적이면서도 자신의 인생을 위해 아무런 계획도 갖고 있지 않고 즉흥적 욕구에 따라 행동하는 몽상적 인간이다. 그는 요하나의 몸을 갈구하면서 그녀와 몸을 섞지만, 생산적 불모 상태에 빠진 예술가 남편을 쉽게 떠나지 못하는 그녀의 고민을 전혀 이해하지 못하면서 집배원 여자와도 틈틈이 사랑을 나눈다. 그는 아무 의미도 없는 일에 몰두하기도 하고, 비겁하게도 어떠한 위험에도 처하지 않으려 거의 모든 적극적인 일에서 발을 빼곤 한다. 마침내 그는 우크라이나 노동자 중의 한 사람의 결혼식에 참석하기 위해 그들을 따라 우크라이나로 떠나기로 한다.

필립은 곧 자기 조부모의 집 합각머리 위에서 이 세상 바깥으로, 이 의외로 활짝 열린 장애물경마 코스를 향해, 말을 타듯 날아갈 것이다. 모든 준비는 다 되었다, 지도들도 다 보았다, 모든 것이 중지되었고, 치워졌고, 찢어졌고, 밀어 젖혀졌고, 옮겨졌고, 단단히 무장되었다. 그는 여행할 것이다, 그의 동반자들과 함께. 그들에게 그는 낯선 자이며, 낯선 자로 머물 것이다. 그는 곧 우크라이나 남해의 단단하지 못한 길을 가게 될 것이다. 그 길은 금방 습지와 심연 위를 달리게 될 것이다. 그는 평생 그를 따라다니던 그 도둑들의 추적을 받게 될 것이다. 하지만 이번에는 그가 그 도둑들보다 더 빠를 것이다. 그는 그 사자들, 용들의 머리를 발로 짓밟으면서, 노래를 부르고 고함을—고함 정도는 틀림없이—지를 것이며, 그리고 굉장히 크게 웃어젖힐 것이고(그래? 확실해?), 빗물을 마시고(그건 가능한 일이지!), 그리고 아마도 사랑에 대해 생각하게 될 것이다.

그는 작별의 손을 흔든다.

이 가족사 소설의 특징은 가족끼리의 접촉과 대화가 빈번하지 못하고, 기껏해야 부모로부터의 경제적 도움이 필요할 때에 잠깐 방문한다든가 전화 통화를 하는 등 가족들 간의 의사소통이 대단히 껄끄러운 양상을 보인다는 점이다. 이런 가족 구성원들의 불행이 나치에 의한 오스트리아의 점령과 러시아군에 의한 해방, 그리고 오스트리아 중립화를 위한 협상 등 오스트리아 정치사와 긴밀히 연관되어 묘사되고 있다는 점이 또한 중요한 시사점으로 남는다. 리하르트의 중립적인 정치적 처신이 나중에 그를 장관으로 출세하게 하기도 했지만, 아들 오토에게 히틀러 소년단에 들어가도록 방관함으로써 결국은 아들을 전사하게 한다.

그리고 이 가문의 마지막 후계자 필립이 마지막에 자기 외가의 용마루 위에 앉아 우크라이나로 떠난다고 꿈꾸는 장면은—토마스 만의 하노 부덴브로크가 티푸스로 죽는 장면보다 훨씬 더—충격적이라 하지 않을 수 없다. 과거 역사에 대한 진정한 반성과 극복이 선행되지 않은 한 가문의 후예가 어떻게 파멸되어 가는지를 이보다 더 비극적으로 보여 줄 수는 없다.

여기서 또한 주목되는 것은 알마-인그리트-지시로 이어지는 모계 3대로 2대에 걸친 여성의 헌신과 희생이 있었고, 제3대의 여성 지시는 이 가문을 떠나 뉴욕에서 기자와 주부로서 살아가고 있다는 점이 그래도 이 작품에서 끄집어낼 수 있는 유일한 희망의 빛이다. 제3대의 남자 상속자 필립의 몰락 은 2대에 걸친 남성 가장들의 가부장적 무관심에서 그 근본 원인을 찾을 수 있다.

가이거는 3대에 걸친 오스트리아의 한 가정의 이야기를 20세기 오스트리 아 정치사와 연결해 가면서 너무나 생생하게, 훤히 속이 다 들여다보이듯 이 묘사하고 있다. 그는 이 소설의 21개의 장에서, 장마다 한 인물을 선택하 여 그 인물의 시각과 인물 특유의 언어와 사고방식을 통해 각 에피소드를 이야기한다. 나중에는 전체 21개 장의 이야기들이 일종의 모자이크를 만들 어 오스트리아 현대사를 배경으로 한 가문의 역사가 직관적으로 훤히 보이 도록 묘사하고 있다. 주인공 필립은 몽상에 빠져 아무 목표도 없이 심심풀 이로 글을 쓰는 인물로 나오지만, 이와 달리 작가 아르노 가이거는 비범한 기법을 보여 주고 있다.

소설 『망명 중의 늙은 임금님』(2011)이 2011년 라이프치히의 서적전시회 상을 받음으로써 가이거의 이러한 글쓰기가 세상의 인정을 받고 있음을 확 인할 수 있다.

---

13. 우르줄라 크레헬
— 과거 극복은 아직도 진행 중

홀로코스트에 대한 독일인의 죄책의 문제가 이제 다음 세대의 문제로 완

전히 전이되어 버린 것은 아니다. 우르줄라 크레헬(Ursula Krechel, 1947-)의 소설 『지방법원』(Landgericht, 2012)이 대성공을 거두어 프랑크푸르트 독일서 적상협회 대상을 받은 것이 이 사실을 입증한다.

크레헬은 1947년 트리어에서 태어났으며, 쾰른대학에서 독일문학, 연극학, 예술사를 공부했다. 쾰른의 서부독일방송사에 기고 활동을 하면서 서정시, 방송극, 소설 등 장르를 가리지 않고 글을 써 왔으며, 68운동 이래의 독일 여성운동에 관한 책을 내기도 했다.

작품 『지방법원』은 나치 독일로부터 강제 퇴직을 당하고 쿠바의 하바나로 망명했던 유대인 판사 리햐르트 코르니처(Richard Kornitzer) 박사가 1948년 3월에 귀국하여 독일인 부인과 재회하고는 법관으로서 자신의 명예를 회복하고자 노력한다. 하지만 전후 독일의 경직된 분위기에 시달리며 살아가다가 끝내 좌절하고 마는 이야기를 다룬다. 이 작품에서는 '파시즘의 희생자'가 전후 독일사회에 다시 진입하는 데에 구체적으로 어떤 난관을 겪게 되는가가 세밀하고도 냉철한 필치로 그려지고 있다.

보덴제 호반의 린다우 시로 귀국한 유대인 망명객 리햐르트 코르니처는 자신이 전직 판사로서, 독일에서 다시 일하고 싶다는 소망을 말하지만, 자꾸만 이 관청 저 부서로 보내지고 그때마다 담당자들이 자신의 책임을 다른 부서로 떠넘기는, 전후 독일 관료들의 무책임하고도 냉담한 행태를 체험한다. 망명과 더불어 그의 독일 국적이 상실되어 1948년 현재 더는 판사로 복직하기 어려우며, 그가 복직할 만한 그런 고위직이 없다는 것이다. 하지만 그는 그런 고위직에 자신을 이 나라로부터 몰아냈던 나치 정권의 판사들이 계속 앉아 있는 것을 목격한다. 그것으로 그는 나라의 민주적 재건에 이바지하겠다는 꿈을 안고 귀국한 자신의 설 자리가 없고 이 나라에서의 복직조차 쉽지 않을 것임을 예감한다. "도착은 떠남과 마찬가지로 일종의 충격이었다."

그는 '파시즘의 희생자'로서 간신히 마인츠 법원에서 임시직을 얻기는 하지만, 전쟁 중에, 그리고 전후에도 영국에서 고아원과 양부모들의 슬하를 전전하고 있는 아들과 딸을 언젠가는 데려오고 보덴호반에 사는 부인도 데려와 함께 살 수 있는 올바른 숙소조차 구하지 못한 채 간신히 셋집을 구해 임시로 혼자 살아간다. 그리고 전후 독일인들이 전쟁의 원인은 생각하지 않고 전쟁의 결과인 가난과 궁핍만을 한탄하고 있음을 관찰한다.

그의 아내 클레레는 영국에 있는 아들 게오르크와 딸 젤마를 만나러 가지만, 자녀들로부터 무시당하며 양부모들은 아이들의 장래를 위해 데려갈 생각을 포기하는 것이 좋을 것임을 은근히 시사한다. 그녀는 자신과 남편이 아이들에게 심판을 받았으며 자신들을 더는 변호하거나 방어할 수도 없게 되었음을 실감하고 쓸쓸히 귀국한다.

이 소설에 나오는 이산가족의 아픔과 비극은 1938-39년에 독일 전역의 유대인 아이들을 영국으로 피난시킨 이른바 '어린이들 수송'(Kindertransport) 작전을 통해 서로 헤어지게 된 실존 인물 미햐엘리스(Robert Bernd Michaelis)와 그의 딸 루트(Ruth Barnett)의 비극[39]에 기초해 있다.

그동안 코르니처는 갖은 난관에도 불구하고 법관으로서 열심히 일한 결과 법원장으로 임명되고 마인츠에 새집을 지어 마침내 아내와 합쳐 살 계획을 세운다. 하지만 중풍에 걸린 아내를 간호하는 한편, 게슈타포에 의해 압류된 베를린의 옛 재산반환 청구소송에 신경을 쓰는 사이에 그의 심신도 지쳐 간다.

코르니처 부부가 둘 다 죽고 나서, 그의 아들 조지 코르니처는 1974년에 한 통의 편지를 받는다. 고(故) 리햐르트 코르니처 박사를 『1933년 이후 독일

---

[39] Ruth Barnett: Person of No Nationality. A Story of Childhood Separation, Loss and Recovery, London 2010.

인 망명자 사전(事典)』에 싣고자 하니, 초고에 기재된 부친의 인적 사항에 관해 확인해 주고 혹시 수정할 데가 있으면 바로잡아 달라는 사전 편집 담당자의 공문이었다. 그는 "아버지의 고통과 자존심에 대한 증인"이 되어 주기를 거부한다. 그 결과 리햐르트 코르니처라는 이름은 그 사전에 오르지 못한다.

리햐르트 및 클레레 코르니처의 이 기구한 사연을 길고도 상세하게 풀어 쓰는 우르줄라 크레헬의 서술태도는 놀랄 만큼 냉정하고 중립적이다. 거기에는 코르니처의 법관으로서의 신분상의 자존심, 부인의 사회활동에 대한 그의 시대착오적인 견제, 클라이스트의 미햐엘 콜하스를 연상시키는 소송과 정의감에의 광적 집착 등등 주인공의 약점들조차도 조금의 미화나 여과도 없이 그대로 노출되고 있다. 코르니처라는 이름이 『독일인 망명자 사전』에 오르지 못하게 되는 결말조차도 너무나 냉정하게 서술되어 있어서, 독자에게 허망한 느낌마저 주고 있다. 아마도 그녀는 이런 허망한 결말을 통하여 독일과 독일인들의 '과거 극복'의 문제가 아직도 완전히 극복되지 못한 현재 진행형이라고 말하고 싶었던 것 같다.

14. 크리스토프 란스마이르
― 현대적 '종말의 예고자'

크리스토프 란스마이르(Christoph Ransmayr, 1954-)는 고지 오스트리아의 벨스(Wels)에서 교사의 아들로 태어났으며, 빈대학에서 철학과 문화인류학을 공부했다. 그는 진작부터 오스트리아의 여러 잡지사에서 문화담당 기자로 일해 왔으며, 1982년부터 자유문필가가 되었다.

> 그들은 몇 주일 동안 어느 바위의 뾰족한 꼭대기를—날마다 면적이 조금씩 작아지는 그 섬을— 점령하고 있었다. 그리고는 이미 도달할 수 없는 강변을 향해 찍찍거리며 그들의 경악을 외쳐대고 있었다. 그들은 자꾸만 더 위로 기어 올라갔고 사라져 가는 피난 공간의 한 점을 얻기 위해 서로 싸웠다. 그러다가 그들은 마침내 서로 뒤엉킨 채 떨어져 내렸다. 밀물이 천천히, 그리고 탁하게 그들의 뒤를 덮쳤다.

이것은 『수라바야로 가는 길』(Der Weg nach Surabaya, 1997)이라는 르포르타주 작품에서 작가 란스마이르가 제방 공사로 인해 수면이 점점 높아지자 옛 무덤 안에 살고 있던 쥐들의 필사적 도주와 그들의 묵시록적 최후를 묘사하고 있는 장면이다. 그에 의해 묘사되고 있는 것이 비록 쥐들의 최후이긴 하지만, 이것은 훼손되어 가는 지구 위에서 오늘날을 살아가고 있는 모든 인류에게 경종을 울리고 있는 무서운 장면이다.

"까마귀처럼 끊임없이 '메멘토 모리'(memento mori)만 외치는 것은 기껏해야 사람들의 웃음거리가 될 뿐이다." 이것은 『한 관광객의 고백』(Geständniss eines Touristen, 2004)이란 란스마이르의 작품에 나오는 말이지만, 이 작가의 지금까지의 모든 작품은—오스트리아 작가들의 멜랑콜릭한 전통을 이어받은 탓인지는 몰라도— 이런 '탈출구 없는 몰락'을 주제로 하고 있다. 그의 이런 몰락, 멸망, 종말, 사라짐에 대한 주제는 이미 그의 출세작인 『최후의 세계』(Die letzte Welt, 1988)에서부터 시작되었다. 소설의 주인공 코타(Cotta)는 실종된 시인 나소(Naso)—로마의 역사가 오비디우스— 의 유배지를 찾아 토미(Tomi)로 간다. 그는 호화로운 건축, 강력한 지배 체제, 번성하는 도시의 활발한 삶이 있는 로마를 떠나 황량하고 죽은 듯한 정적이 지배하는 지구의 끝으로 들어가는 것이다. 사치와 권력이 지배하고 시간이 빨리 가는 문명사회의 중심으로부터 시간이 한없이 늦게 흐르고 쇠락해 가는 힘없는 변방으로 들어가는 것이다.

이것은 마치 토마스 만의 『마의 산』에서 주인공 한스 카스토르프가 시민사회의 중심지인 저지대의 대도시 함부르크를 떠나 스위스 고산지대의 요양원 베르크호프로 들어가는 것을 연상시킨다. '거기 아래'를 떠나온 한스 카스토르프에게 '여기 위에서'의 시간은 이제 한없이 늦게 갈 것이며, 그가 여기서 경험하는 것은 몰락과 죽음의 세계가 될 것이다. 하지만 현대 작가 란스마이르는 토마스 만의 이 단순한 '저지'와 '고지'의 구도를 넘어 『마의 산』과 흡사한 몰락의 이야기에다 '이 현대 사회 전체의 유행'의 궤도와 그 법칙을 그려내었다. 다음 작품들 『얼음과 암흑의 공포들』(Die Schrecken des Eises und der Finsternis, 1984)과 『나는 산』(Der fliegende Berg, 2006)도 각각 북극탐험과 7천 미터의 티베트 고산 푸르 리 등반 이야기인데, 이 두 작품의 모험적 주인공들은 각각 남극의 바다와 설산을 표류하면서 문명사회를 떠난 변방을 경험한다. 그들의 이런 변방에서의 경험은 그들에게—그리고 란스마이르의 독자들에게— 이미 극복한 것으로 믿었던 과거에로의 무서운 재추락을 체험시키고 있으며, 또 그 위험성을 경고하고 있는 것으로 보인다.

『마의 산』을 통해 토마스 만이 경고하고자 했던 것과 란스마이르가 21세기 초에 경고하고자 하는 것은 물론 같은 것일 수는 없다. 하지만 그가 작가로서 인류 전체의 현대적 생존 방식에 대한 재고를 요구하고 있는 것만은 틀림없다. 그래서 란스마이르는 오스트리아적 문학 전통에 있는 가장 고전적인 현대 작가라 할 수 있다.

15.

율리 체
— 디지털 정보에 의한 국가권력의 감시와 통제

율리 체(Juli Zeh, 1974-)는 본(Bonn)에서 태어난 법학자 겸 작가로서 정보화 사회에서의 전산 감시에 대한 그녀의 정치적 앙가주망을 통해, 그리고 이 문제에 대한 그녀의 작품들을 통해 명성을 얻게 되었다. 그녀에 의하면, 인간은 —설사 동물이라 하더라도 마찬가지로— 관찰되고 있음을 의식할 때에는 행동과 처신이 달라지며, 따라서 감시를 받는 인간은 이미 자유롭다고 말할 수 없다는 것이다.

그녀의 작품 『범행기록 전산자료』(Corpus Delicti, 2009)에 의하면 미래의 국가는 단지 '방법'밖에 모르게 되는데, 즉 국민의 건강을 지키기 위해 단 한 개비의 담배를 피우는 것도 범죄 기록에 올리게 된다는 것이다. 율리 체가 불가리아 태생의 독일 작가 일리야 트로야노(Ilija Trojanow, 1965-)와 함께 낸 책 『자유에 대한 공격: 안보 망상, 감시 국가 그리고 시민권의 축소』(Angriff auf die Freiheit: Sicherheitswahn, Überwachungsstaat und der Abbau bürgerlicher Rechte, 2010)는 국가가 테러를 예방한다는 핑계로 점점 더 국민의 사적 영역을 침해하고 있음을 비판하고 있다. 또한, 두 저자는 "숨길 것이 없는 사람은 걱정할 것도 없다"는 안이한 인식을 가진 법치국가의 시민들에게도 "보안을 확보하기 위해 자유를 포기하는 사람은 결국 둘 다 잃게 될 것이다"라며 아울러 경종을 울리고자 한다. 이 텍스트는 소설이라기보다는 선전 삐라나 경고문에 가까우며, 율리 체도 자신이 '허구와 현실의 구별'을 사소하고도 부차적인 문제로 보고 있음을 숨기지 않고 아주 공언하고 나설 정도이다.

베를린 예술대학 교수로서 한국계 철학자인 한병철(Byung-Chul Han, 1959-)은 그의 문화비평적 에세이집 『투명하게 다 들여다보이는 사회』 (Transparenzgesellschaft, 2012)와 『심리정치』(Psychopolitik, 2014)에서 디지털 자료를 이용한 국가와 대자본의 감시와 통제가 앞으로 전산화 및 전지구화된 국가 및 국제사회에서 중대한 인권문제로 드러날 것을 설파하고 있다. 따라서 율리 체와 같이 국제법에 조예가 있는 작가가 이런 새로운 국제사회 문제에 적극적인 관심을 두고 계속 이 문제를 천착하고 있음은 문학적으로 당연히 있어야 할 시대적 응전(應戰)에 속한다 하겠다. 실제로 율리 체는 미국 국가안전보장국(National Security Agency)에 의한 전지구적 규모의 감청 및 감시 사건이 터지자 2013년 7월에 앙엘라 메르켈 독일연방공화국 수상에게 이 사건에 대한 적절한 대응에 나서 주기를 촉구하면서 그 도청 및 감시에 대한 진상을 국민에게 숨김없이 공개할 것을 요구하였다. 그녀는 약 20명의 작가와 6만7천 명의 시민들이 서명한 공개서한을 동년 9월 18일에 연방정부 공보처에 제출하기도 했다.

기성 시인 한스 마그누스 엔첸스베르거도 '독일 제1방송'(ARD)에서의 한 인터뷰에서 앙엘라 메르켈 독일연방공화국 수상의 안이한 대응을 비판하면서, 현재의 독일 사회가 인간의 기본권에 속하는 사적 영역을 지킬 수 없는 '탈(脫) 민주주의적 상태'(postdemokratische Zustände)에 돌입했다고 개탄해 마지않았다. 그에 의하면, 현재 정보기관들과 미디어 재벌들이 시민들을 '행동을 예견할 수 있는 소비 기계들'로 간주하고 '통제 가능한 대상'으로 취급하고 있는데도 다수 시민은 이에 대해 아무런 문제의식도 갖고 있지 않은 것은 정말 위험천만한 현상이라는 것이다. 다음 해인 2014년에 엔첸스베르거는 《프랑크푸르터 알게마이네 차이퉁》 지(紙)에 「여러분, 저항하시라!」(Wehrt Euch!)라는 글을 써서, 디지털 시대의 보이지 않는 '착취'와 '감시'에 대비할 수 있는 10개 항의 행동 수칙을 발표하기도 했다.

율리 체와 엔첸스베르거 이외에도 베를린 태생의 건축가 겸 작가인 프리드리히 폰 보리스(Friedrich von Borries, 1974-)도 소설 『1WTC』(1WTC, 2011)에서 이런 감시 및 통제 사회의 희생으로 전락하는 주인공들을 그리고 있다. 오스트리아 빈에 거주하면서 1999년부터 독일어로 시와 산문을 발표해 두 번째 장편소설 『얼어붙은 시간』(Die gefrorene Zeit, 2008)으로 2012년도 'EU문학상'을 수상한 한국계 여류작가 아나 김(Anna Kim, 1977-)도 주목된다. 그녀는 '스노우든(Edward Joseph Snowden, 1983-) 사건'으로 세인의 큰 관심을 끈, 공권력에 의한 감시와 사적 영역에 대한 개인의 권리 사이의 갈등 문제를 소설 『가시적 적』(Der sichtbare Feind, 2015)에서 자신의 새로운 주제로 다룬다. 작품에서는 고대로부터 최근의 독재 체제, 그리고 전산 자료를 통한 글로벌한 현대의 감시체제에 이르기까지 공권력에 의한 감시에 대한 계보학적 탐구를 시도하고 있다.

2013년의 '스노우든 사건' 이래로, 그리고 여자감독 로라 포이트라스(Laura Poitras)의 다큐 영화 「시티즌 포」(Citizen Four, 2014)가 큰 성공을 거둔 이래로 앞으로 디지털 시대의 '빅 데이터'(big data)를 둘러싼 국가 및 대자본의 감시체제와 그에 따른 개인의 인권 침해 문제는 21세기 진반기의 가장 뜨거운 문학적 주제로 부상할 것으로 전망된다.

16

다니엘 켈만
— 과학자들의 '전능적 망상'에 대한 비판

다니엘 켈만(Daniel Kehlmann, 1975-)은 뮌헨에서 태어나 오스트리아에서 성장하였고, 빈대학에서 철학 및 독일문학을 공부하였으며, 오늘날에도 빈과 베를린에서 사는 오스트리아 및 독일의 작가이다. 그의 장편소설 『세계 측량』(Die Vermessung der Welt, 2005)은 출간 후 37주 동안 《슈피겔》지의 베스트셀러 리스트에 올랐고, 40여 개 국어로 번역되었으며, 독일 비평가들에 의해 1945년 이래의 현대 독일문학 작품 중 가장 큰 성공작으로 꼽히고 있다. 독일에서만 230만 부 이상이 팔리고 세계적으로 600만 부 이상 팔린 것으로 추산된다.

작품은 자연과학자 알렉산더 폰 훔볼트(1769-1859)와 수학자 겸 토지측량사 카를 프리드리히 가우스(Carl Friedrich Gauß, 1777-1855)의 이야기이다. 이 소설은 1828년에 훔볼트의 초대로 '수학의 왕' 가우스가 괴팅엔으로부터 '독일 자연과학자 학술대회'에 참석하기 위해 베를린으로 여행하는 것으로 시작되고 있다. 가우스는 유난히 이 여행을 귀찮아하면서 기분이 썩 좋지 않은 나머지, 함께 따라나선 아들 오이겐에게 괜한 심술을 부린다. 독자들은 이런 가우스한테서 오히려 진정한 과학자로서의 꾀까다로운 면모를 보게 된다. 역사적으로 실증되는 이 두 과학자의 만남은 이렇게 베를린에서 시작된다. 그들은 베를린의 학회에서 만난 이후에도 간혹 서로 편지를 교환하고 자신들의 연구계획에 관한 정보를 교환하는 정도의, 아주 빈번하지는 않은 교제를 한다.

다니엘 켈만

(Mit freundlicher Genehmigung des Deutschen Literaturarchivs Marbach)

이런 빈약한 실화에다 켈만은 가시적인 세계의 탐험에 나선 훔볼트의 기이한 모험들과 불가시적인 수(數)의 세계를 측정하는 가우스의 연구들을 둘러싼 수많은 에피소드를 끼워 넣음으로써, 결국에는 새로운 시대를 열어가는 두 과학자의 이야기로 엮어 낸다. 켈만 특유의 이 마술적 사실주의를 따라가다 보면, 과학의 발달로 도래할 것이라는 그들의 —특히 훔볼트의— 낙관주의적 미래상이 반어적 고찰의 대상이 되고 있음을 알 수 있다

이 소설에서 가장 눈에 띄는 점 중의 하나는 이야기가 간접화법으로 서술되어, 독자의 상상력의 공간이 그만큼 넓어져 그 결과 의심스러운 많은 에피소드가 우스꽝스럽고도 기이한 반어적 효과를 내게 된다는 점이다.

훔볼트의 새 대학은 —하고 오이겐의 옆에서 걸어오던 대학생이 말했다 — 세계에서 가장 좋은 대학이지, 다른 대학과는 달리. 이 나라에서 가장 이름 있는 학자들을 초빙해 왔거든. 국가는 지옥을 무서워하듯 이 대학을 두려워하고 있지.

훔볼트가 대학을 설립했다고?

형 훔볼트 말이야 ―하고 그 대학생이 대답했다― 괜찮은 훔볼트 쪽이지. 전쟁 기간을 파리에서 숨어 지낸 그 프랑스인 추종자가 아니고. 그의 형이 무기를 들고 싸우자고 그에게 공개적으로 요구했는데도, 조국이 아무것도 아닌 것처럼 행동했다지. 점령 기간에 그는 수하들을 시켜 자기의 베를린 궁성 입구에다 표지판을 내어 걸도록 시켰다는 거야 ― '약탈하지 말 것! 이 성의 소유자는 파리 한림원 회원'. 역겨운 짓거리가 아닌가!

가우스의 아들 오이겐에게 베를린의 한 대학생이 말해 주고 있는 이 내용이 물론 알렉산더 폰 훔볼트에 대한 비난으로만 이해되어서는 안 된다. 이것은 당시 애국적이던 베를린 대학생들의 시각에 비친 알렉산더 폰 훔볼트의 한 '비정치적 면모'이다. 켈만은 이런 반어적 스케치를 삽입해서 과학밖에 모르고 정치적으로는 기인 행세를 했던 알렉산더 폰 훔볼트의 한 단면을 보여 주고 있다. 또한, 알렉산더 폰 훔볼트의 과학자로서의 낙천주의적 면모를 보여 주기 위해 과학자 대회에서의 그의 연설을 소개한다.

얼마 안 있어 곧 ―하고 그[알렉산더 폰 훔볼트]는 예언하였다 ― 우주의 신비가 드러날 것입니다. 불안, 전쟁, 착취 등 인류 시초의 모든 난관이 과거사로 물러날 것입니다. …… 과학은 복지의 시대를 도래시킬 것입니다. 그리고 어느 날엔가는 과학이 심지어는 죽음의 문제까지도 해결해 주지나 않을지 누가 알겠습니까?

여기서 드러나는 알렉산더 폰 훔볼트의 '완벽한 조화 속에 있는 세계상'과 과학에 대한 완전한 낙관주의적 신뢰를 아무런 유보도 없이 받아들일 현대의 독자는 없을 것이다. 이런 식으로 그는 독자들에게 훔볼트의 낙관주의와 상대적으로 비관주의에 가까운 가우스를 비교하게 함으로써, '복지의 시대'를 예언한 훔볼트의 예언을 비판적으로 돌아볼 것도 아울러 유도하고 있다.

이런 과정에서 그는 소설 주인공들의 언행과 처신이 그 시대의 역사적 사실과 맞지 않는다는 사학자들의 비난과 비판을 감수하지 않을 수 없게 된다. 하지만 프랑크푸르트 시학 강의(2014) 등을 거치면서 미학적 이론으로 단단히 무장하고 있는 켈만은 '현실에 없는 그 무엇'에 관심을 가지는 것이 작가라며 사학자들의 이런 비판에는 전혀 아랑곳하지 않는 입장이다. '역사적 진실'에 대하여 그는 '문학적 진실'을 내세우고 싶어 한다. 그래서 그의 소설은 결국 '시와 진실'을 두고 독자와 더불어 진지한 '놀이'를 하는 일종의 장기판이 되는 것이다.

그의 다음 소설은 『명성. 아홉 개의 이야기로 된 소설』(Ruhm. Ein Roman in neun Geschichten, 2009)로 여기서 '명성'이란 제목은 『부덴브로크가의 사람들』을 낸 토마스 만이 일약 세계적 명성을 누리게 되어 단편 「토니오 크뢰거」를 쓰면서 느낀 그런 자긍심을 의미하는 것 같다. 작품이 나오자 사람들은 그가 『세계 측량』으로 '명성'을 얻더니, 갑자기 오만해진 것이 아닌가 하며 이죽거리기도 했다. 이에 켈만은 작가가 반어적으로 쓴 작품 제목도 이해하지 못하는 사람들이야말로 자신을 얕잡아 보고 모욕하는 행동이라고 일침을 놓았다.

작품에 나오는 9개의 에피소드가 거의 '명성'과 관계가 있는 이야기들이긴 하다. 우선 첫 이야기부터가 '명성'에 관한 이야기라고 할 수 있다. 기술을 신뢰하지 않는 한 기술자가 휴대전화를 사자 하필이면 받은 번호가 판매원의 실수로 인기 영화배우의 휴대전화 번호여서, 여러 사람한테서 전화가 걸려 오는 것이었다. 처음에는 자기가 그 배우가 아니라고 버텼지만, 자꾸 사업상 중요한 전화들, 그리고 무엇보다도 여자들한테서 구애하는 전화가 걸려오는 통에 아무렇게나 마구 받아 주게 된다. 하지만 뜻밖에도 자기가 이런 '명성'을 누리고 있는 사람의 역할을 잘 해내는 데에 스스로 놀란다.

다른 이야기 중 3개의 에피소드도 레오 리히터라는 인기 작가에 관한 이 야기들이다. 그는 세계 각국에 있는 독일문화원을 돌아다니며 작품 낭독회 를 하다가 여행 중에 만난 인물들을 자신의 작품의 주인공으로 삼는 버릇 이 있었다. 로잘리에라는 젊은 여성이 작품의 줄거리 상 죽게 되자, 그녀가 죽기를 거부하는 일이 벌어진다. 그래서 결국 작가 레오 리히터는 그녀에 게 그만 해피엔드를 선사하면서 자기를 창조한 작가도 언젠가는 자신에게 이와 같은 은총을 내려 주기를 바란다고 말한다. 여기서 작가 켈만과 작품 속의 작가인 레오 리히터, 그리고 작품 속 로잘리에의 관계는 그야말로 3차 원의 관계로 독자들에게 웃음을 선사하는 '이야기 중의 이야기'이다.

켈만은 사람들이 비난했던 것처럼 '명성'을 얻은 자신의 자전적 보고서를 쓴 것이 아니라 갑자기 큰 '명성'을 얻게 된 자신의 경험을 재치있게 예술적 으로 형상화한 것이다. 언뜻 보기에 서로 관계없는 것처럼 보이는 9개의 독 립된 이야기를 서로 밀접하게 연관되는 그물망 안에 집어넣고, 자신의 이 상한 처지를 반어적으로 희화화할 줄 아는 재능만 보더라도, 그가 앞으로 이 시대의 중요한 독일 작가로 남게 될 것은 거의 확실시된다.

17. 라인하르트 이르글
— 가장 암울한 동시대적 문제 작가

라인하르트 이르글(Reinhard Jirgl, 1953-)은 동베를린에서 태어났으나 유년

시절은 알트마르크 지방의 잘츠베델에서 보내다가 11살에 다시 동베를린으로 돌아와 동독 훔볼트대학에서 전자공학을 공부했다. 하이너 뮐러의 추천을 받아 첫 소설 『어머니-아버지 소설』(MutterVater Roman)을 당시 동독 국영 아우프바우출판사에서 출간하고자 했으나 이데올로기적 이유로 거부당했다. 나중에 통일 이후 서독에서 출간되는 이르글의 작품을 보면, 이데올로기적 내용보다는 일차적으로 그 형식, 어떤 타협도 거부하는 이르글 문학의 그 독특한 형식 때문이었을 것으로 짐작된다. 동독에서의 출판을 포기한 이르글은 1978년 전기 기사로서의 공직을 사임하고 동베를린 '인민무대'의 13번째 조명기사로 일하며 생계를 이어 간다. 1989년 통독의 전환기에 그의 서랍 안에 여섯 묶음의 두꺼운 원고 뭉치가 모여 있었다고 한다.

하지만 그가 마침내 독일 문단의 주목을 받은 것은 이 원고 뭉치로부터 나온 것이 아니라, 새로 쓴 장편소설 『적들로부터의 작별』(Abschied von den Feinden, 1995)을 통해서였는데, 이때 그의 나이가 이미 42세였다. 이 소설은 동독이 이미 시체로 누운 토양에서 비극적으로 자라난 작품임엔 틀림없다. 그러나 일차적으로는 동독이란 국가 체제에 대한 거시적 비판에서 출발하지 않고 한 동독 소시민 가정의 타율적 파탄과 그 생지옥과도 같은 비극을 몸소 겪은 형제의 이야기에서 미시적으로 출발하고 있다. 형제의 트라우마는 동시에 동독 당국으로부터 버림받은 작가 이르글의 트라우마이기도 할 것이다.

트라우마를 앓는 사람들이 흔히 그러듯이 작가 이르글도 일단 자신의 독자들을 향해 '정신적 바리케이트'를 쌓는다. 그는 일반적 관행을 엄청나게 벗어나는 자기만의 정서법과 특유의 구두법을 사용함으로써, 상업적 출판사와 재미삼아 작품을 읽어 보려는 독자들을 아예 멀리 쫓아버리고자 한다. 조그만 틈새만 열어 두고서 주의력을 총집중해서 읽을 준비가 되어 있는 독자에게만 장내 입장을 허락하는 그런 모양새다. 이르글의 세계 안으로 들어온 독자가 그렇다고 그 어떤 구체적인 이야기를 쉽게 파악할 수 있는 것도 아니다. 서로 적대적인 형제의 이야기지만, 때로는 형의 시각에서, 때로는 동생의 시각에서, 때로는 주민들의 시각에서 서술되고 있는 이 작품의 줄거리가 얼른 쉽게 파악되는 것도 아니다. 한마디로 말해서 독자는 인물들의 여러 회상이 서로 중첩되고 회상과 몽상, 그리고 현실이 서로 뒤섞이는 바람에 정체 모를 무서운 회오리바람에 휩싸여 방향감각을 상실하고 헤매는 느낌을 받는다. 무섭고 불쾌하지만, 서사가 펼쳐내는 이미지의 일면들이 너무나 어둡고 처절하게 비관적이기에 그냥 무심하게 책을 덮어버릴 수도 없다.

형제의 아버지는 히틀러 친위대원이었고 전후에는 도피 중이었는데, 이런 아버지와 아직도 연락을 취하고 있을 것이라는 혐의로 어머니가 동독 경찰에 의해 체포되자, 형제는 보육원에 맡겨진다. 때마침 주데텐지방에서 추방되어 온 어느 노부부가 형제를 입양하여 기른다.

후일 형제는 한 여자를 사랑하게 된다. 하지만 형이 1984년에 서쪽으로 떠나자 그녀는 동베를린의 출세 지향적인 의사와 결혼한다. 그녀가 결혼하고도 동생과의 관계를 끊지 않자 남편은 아내가 공화국탈주자의 동생과 치정 관계에 있는 사실이 출세에 지장을 초래할 것을 염려하여 아내를 정신병원에 처넣는다. 정신병원을 전전하며 서쪽으로 갈 수 있는 방도를 모색하던 그녀는 결국 매춘과 알코올 중독에 빠져 혼미한 삶을 살다가 통일 직후에 의문의 피사체로 발견된다. 1992년 봄, 그녀의 사망 소식을 들은 형제는 각각 서독과 동베를린에서 출발하여 전 동독 땅 북부의 한 마을로 귀환한다.

여기는 형제가 함께 유년시절을 보내고 어릴 적의 체험을 공유하던 곳이다. 과거, 마을에 불이 나서 말들이 갈기에 불이 붙은 채 놀라 달아나는 일이 벌어졌다. 그중 한 마리 말이 동·서독 경계선의 철조망 안에 걸려들었다. 불이 붙은 채 말이 철조망을 벗어나고자 발버둥 치자, 지뢰가 폭발해서 말의 배를 두 동강 내고 말았다. "우리는 망원경을 통해 말의 배에서 창자가 쏟아져 나오는 것과 말이 발굽으로 철조망을 차는 것을 보았다. …… 그런데 도 그 자동 발포 장치가 아직도 말을 향해 계속 사격을 가하고 있었다." 이런 끔찍한 체험을 공유한 그들은 삶 가운데에 빠졌을 때에도 저대저이면서도 서로 의지하고 있었고, 서로에게 분신과도 같은 존재임을 잘 알고 있었다.

지난 과거인 1984년 형은 동독을 떠나면서 그녀를 데리러 다시 오겠다고 말했지만, 자신의 아버지가 어머니에게 그랬던 것처럼 그 약속을 지키지 않았다. 그리고 형은 서독 사회에서 비정치적으로 사는 법을 배워 거기에 서 정착한다. 이제 그는 39세의 서독 변호사로서 자신의 옛 삶의 자취를 추적해 보고자 동독으로 들어왔다. 동독의 한 황량한 국경 마을, 여기서 그들의 양부모가 그들을 보육원에서 빼어내어 따뜻한 가정의 품으로 감싸 주었다. 얼마 안 있어 자신들의 생모가 나타나 양부모와도 이별하는 크나큰 충격을 겪게 되었던 것도 바로 이곳이다.

형이 서쪽으로 떠나고 난 다음 그 여자는 기계공으로 생계를 이어 가고 있는 동생의 여자 친구가 된다. 이 관계는 그녀가 의사와 결혼하고 나서도 정신병원에 가기 전까지 계속된다. 서쪽으로 간 형 때문에 압력을 받은 동생은 그녀를 보호하기 위해 국가보안처에 정보원으로 협력하겠다는 서명을 하게 된다. 그리고 동생은 그녀와의 관계를 지속시키기 위해 그녀의 수용시설이 있는 소도시로 뒤따라가지만, 심한 욕설이 섞인 거부의 말만 듣게 된다.

결국, 동생은 낭떠러지로부터 해변에 떨어져 중상을 입고 병상에 드러누워 아무 말도 못 하고 듣고 느낄 수만 있는 존재가 된다.

이제 나는 말하기 시작한다. 형의 잘못을 받아 줄 함정을 파기 시작하는 것이다. 그는 자신의 언어로써 나를 만들어 내었다. 나를 그 언어 속으로 처넣었다. 그 낭떠러지 밑으로 나를 밀쳤다. 그래서 난 밑바닥으로 굴러떨어졌다. 그는 나를 끝없는 속삭임의 영역 속으로, 그의 언어의 무한한 유혹 속으로 나를 처넣은 것이다. 그 언어가 자기 자신의 언어인 줄도 모르고서. 자기 자신의 분신한테! 볼 수도 없고 말도 못하는. 움직일 수도 없는. 오직 들을 수만 있도록 저주받은. 나를 통해 그는 그 '여자'의 소식을 알고 싶어 한다. 그는 자신의 말로 된 내 언어가 '비밀'을 말해 줄 것으로 기대하고 있다. 그를 위한 비밀. 언어가 알게 될 비밀을. 언어는 '그녀'에게 접근했다. 바깥으로부터. 가깝게 다가왔다. 지금까지 한 번도 이렇게까지는 접근하지 못했을 정도로 가깝게. 그의 언어를 들으며 나는 이 가까움, 일종의 사랑을 포괄함이 틀림없는 이 가까움을 알게 될 것이다. 나의 거리는 그의 가까움이다.

이제 죽음을 앞두고 갖가지 고통과 환각 속에서 '오직 들을 수만 있는' 동생은 위와 같은 '내면 독백'을 생각 속에서만 되씹고 있는데, 언뜻 보기에 종잡을 수 없는 난해한 내용이다. 하지만 형과 아우가 실은 서로 분리될 수 없는 '분신'이라는 사실, 그리고 이 이야기를 '언어'로써 쓰고 이 이야기에 결말을 내어야 하는 쪽은 결국 형일 수밖에 없다는 사실을 아울러 생각한다면, 죽어가는 동생의 이 '내면 독백'이 다소는 이해될 것이다. 이렇게 이르글의 독자들은 카프카를 읽고 있는 것 같기도 하고, 아르노 슈미트를 읽는 것 같기도 하고, 때로는 우베 욘존을 읽는 것과 흡사한 기분을 느끼게 된다.

여기서 한 여자를 두고 서로 적대적인 관계에 빠진 형제는 동·서로 분단되었던 독일의 양면성을 상징하는 형제로도 이해되는데, 그것은 마치 한국의 분단문학에서 형과 아우가 각각 좌우 양대 이데올로기를 상징하는 인물로 나오는 것과 유사하다. 하지만 그는 그런 단순한 상징적 비교에 머물지 않고, 쉴러의 『도적들』에서의 적대적 형제 이래 상대방의 분신에 가장 가까운, 또 하나의 적대적 형제의 비극을 그리고 있다. 이 작품은 1992년에 나온 이른바 전환기 소설로서, 그 배경에 동·서독의 오랜 적대적 관계와 이제 그들의 앞에 새로운 과제로 가로놓인 통합과 상호 이해의 문제가 이르글답게 복잡하고도 추상적으로 다루어지고 있는 것으로 보인다.

그의 다음 소설 『개의 밤들』(Hundsnachte, 1997)에서도 옛 동·서독의 경계선에 있는 어떤 황량한 폐허에서 간신히 식물적으로 연명해 가면서 글을 쓰고 있는 한 남자의 괴이한 행태를 묘사하고 있다. 이 남자는 주민들에게는 한 '허깨비'와 다름없는 존재로 여겨진다. 또 한 사람의 이상한 남자가 그 '허깨비'의 숙소 안으로 들어가 보고자 시도하는데, 그 입구를 막아 놓은 창살 밑 오른쪽 아래의 귀퉁이에 조그만 개구멍이 있어서, 그는 그 개구멍을 통해 그 안으로 들어갈 수 있었다는 것이고, 나중에는 그 역시 그 '허깨비'와 마찬가지로 글을 쓰게 된다는 것이다.

여러 가지 면에서 볼 때 『적들로부터의 작별』의 연장선 위에 있는 것으로 보이는 이 작품에서, 특히 우리의 주목을 요하는 것은 그 '허깨비'가 '창살'이란 '바리케이트'의 오른쪽 아래의 귀퉁이에 '개구멍'을 열어 놓고 있다는 사실이다. 이것은 독자를 향해 바리케이트를 쳐놓고 있음에도 불구하고 들어오고자 하는 독자에게는 '개구멍'을 열어 놓고 있는 이르글의 작가적 태도를 상징하고 있는 것이 아닐까 싶다.

2000년에 나온 『대서양의 장벽』(Die atlantische Mauer)에서는 그가 동·서독 문제에 집착해 온 지금까지의 자신의 지평을 미국을 포함한 세계적 범위로 넓히고자 노력하고 있는 것으로 이해된다. 물론 그는 뉴욕에서도 '속물근성'을 발견하며, '대서양의 장벽'에서도 '불행의 역사'를 발견할 뿐만 아니라, 개성을 잃었던 동독이란 체제와 서독 자본주의의 황량한 몰개성의 사회가 뜻밖에도 비슷한 얼굴을 하고 있음에 놀라기도 한다. 『대서양의 장벽』은 그의 작가적 발전 과정으로 볼 때에는 아무래도 과도기적 소설일 수밖에 없을 것 같다.

『미완성자들』(Die Unvollendeten, 2003)에 이르러서야 비로소 이르글은 줄거리가 있는 소설을 내었다. 1945년 늦여름 주데텐 지방에서 시작되고 있는 이 이야기는 4대에 걸친 한 가정의 이야기인 동시에 주데텐 독일인들이 겪은 비극을 중점적으로 다루고 있다. 체코슬로바키아 당국은 당시에 아직 거기에 살고 있던 독일인들이 무자비하게 추방되는 사태를 묵과하고 있었다. 『적들로부터의 작별』에 나오는 형제의 양부모를 통해서 잠깐 취급한 바 있던 주데텐 지방으로부터의 피난민 문제를 다시금 건드린 것이다. 전후에 4명의 여인이 고향도시 코모타우(Komotau)로부터 어떻게 쫓거나 어떻게 이리저리 밀리며 방황을 거듭한 끝에 소련점령지역의 맨 끝 변방 알트마르크(Altmark)에 정착하게 되는지를 이야기하고 있는 이 소설은 '바리케이트' 투성이의 이르글 소설 중에서 그래도 가장 독자 친화적인 작품이라 하겠다. 『배신자들』(Abtrünnig, 2005)은 현재 베를린에서 사는 동독 출신과 서독 출신의 두 인물의 삶을 나란히 비교하는 작품으로서, 『적들로부터의 작별』의 연장선 위에 있는 작품이다.

라인하르트 이르글은 통독 이후에야 본격적으로 작품을 발표하기 시작한 늦깎이 작가이지만, 2010년도 게오르크 뷔히너 상의 수상작가일 뿐만 아니라, 훔볼트대학 독문과 오스터캄프(Ernst Osterkamp) 교수의 평에 의하면, "독일 작가 중에 찾아볼 수 있는 어두운 인간 유형 중에서도 가장 암울한 작가"[40]이다. '암울한' 작가가 반드시 훌륭한 '시인'(Dichter)으로서 역사에 남는다는 것은 아니지만, 이르글은 다 같은 동독 출신으로서 다소 낙천적이라 할 토마스 브루시히와는 너무나 대조적이다. 독일의 문학적 전통으로

---

40 Vgl. Ernst Osterkamp: Die Wölbung einer bloßen Brust in sonniger Hülle, in: FAZ, 21. März 2000.

미루어 볼 때, 시류와 시장에 흔들리지 않고 참을성 있게 긴 시간을 기다릴
줄 아는 진지한 작가가 문학사에 불후의 이름을 남긴 것만은 사실이다.

18. 동시대 독일문학의 여러 경향들

초빙집필 위르겐 포르만, 독일 본대학 교수

옮긴이 진숙영, 이화여대[41]

현재의 독일문학은 고도의 다양성을 보여 주고 있다. 양적으로 볼 때에도
벌써 만만치 않다. 증권거래소 등록 독일서적상협회의 통계에 따르면, 순
수문학 부문에서만도 매년 약 1만5천 권의 신간이 시장에 쏟아져 나온다.
그러나 다양성은 비단 이렇게 많은 신간 서적의 수량에서 저절로 나타나는
결과는 아니고, 그것은 새 천년의 벽두에 급속히 변해 가는 전 지구화된 세
계의 일부로서 독일이 처하게 된 상황에서의 새 양식들, 역사적 건덱스드,
매체의 혁신과 그에 따른 새로운 대처 방안 등에서 긴장과 흥미를 유발하
는 혼종 현상이 생겨난 결과이기도 하다. 1999년부터 2009년까지 독일어권
문학은 세 번이나 노벨문학상(1999년의 귄터 그라스, 2004년의 엘프리트 엘리넥,
2009년의 헤르타 뮐러; 그전에도 1972년의 하인리히 뵐과 1981년의 엘리아스 카네티가
있음)을 받음으로써 국제적 관심을 집중시키는 특별한 초점이 되기도 했다.
　동시대 독일문학의 위상을 규정하기 위해서는 문학작품들의 특성에 따

---

41 지면을 빌려 지도교수님의 글을 우리말로 번역하여 주신 진숙영 박사님께 깊은 감사의 뜻을
　표합니다.

른 선별작업이 불가피하다. 개별적인 문학 텍스트가 성공하기 위해서는 작품의 문학적인 질 이외에도 작가들과 출판사들, 편집 작업, 문예란 기사들, 그리고 문학싱(예컨대 게오르크 뷔히너 상, 독일서적상협회 상, 잉에보르크 바흐만 상 등)을 선정하는 심사위원들, 그 외에도 예컨대 '페를렌타우허'(www.perlentaucher.de)[42] 같은 인터넷 사이트들, 그리고 독자들 등 주체들 간의 상호작용이 아주 중요하다. 또 다른 한편으로 이렇게 얻어진 문학적 지형도의 윤곽은 다시금 작품들을 선별하여 정전(正典, Kanon)으로 삼는 과정을 거쳐서야 비로소 후대에 전승된다. 정전으로 자리 잡는 이 과정 또한 문학사 집필 작업, 초·중등학교 수업 및 대학 강의, 그리고 독일문화원(Goethe-Institut), 독일학술교류처(DAAD) 등 대형 매개기관이나 기타 연구기관들의 작업을 통해 점진적으로 진행되는 것이다.

현재 독일문학의 이러한 다양한 모습을 대강 간추려 정리하는 데에는 적어도 '다섯 가지 측면'이 고려되어야 할 것이다. 첫째는 동시대적 독일문학을 그 역사적인 관계 속에서 보는 것이다. 말하자면 '과거사의 현존'(I)이라는 측면에서 독일의 역사로부터 현재 독일의 실상을 추적하려는 시도이다. 둘째는 '문화 전이(轉移)의 새 공간'(II)이란 관점인데, 이것은 동시대적 독일문학을 대체로 동유럽의 독일어권 지역의 문학으로만 한정하지 않고 이주의 경험을 담은 일종의 보편적 문학으로까지 확대하여 해석하고자 하는 관점이다. 셋째는 문학작품이나 문학 프로젝트의 '시적 및 시학적 발전'(III)이라는 측면인데, 이런 특성은 유럽 아방가르드적 혁신 정신을 계승하는 여러 후속 유파들과 독자에게 강력히 호소하는 '서사의 귀환'(니콜라우스 피르스

---

42 '진주조개 채취 잠수부'란 의미의 독일문화 관련 사이트 이름으로서, 주로 독일의 신간을 소개한다.

터, 1999)[43] 사이에 정위되는 여러 문학작품이나 문학 프로젝트들에서 찾아 볼 수 있다. 넷째는 '양식의 전이'(IV)라는 측면에서 우리 시대 독일문학을 파악해 보려는 관점으로 여기서는 장르의 주제적 요소나 연작적인 요소, 그리고 고도로 혁신적인 문학적 표현 등 여러 층위의 양식이 의식적으로 혼종되고 있음으로써, 결국 아주 다양한 형식들을 낳는 결과를 가져온다. 그리고 마지막으로 다섯째는 컴퓨터 네트워크라는 큰 맥락 안에서의 '문학 매체의 새로운 입지와 자리매김'(V)이라는 측면인데, 이를테면 웹문학의 대 두가 이에 해당할 것이다.

'과거사의 현존'(I)이라는 측면은 1990년 이후 본질적으로 네 가지 특징을 보여 주고 있다. 첫째는 광범위한 의미에서 '독일이란 무엇인가?'라는 주제 와 연관되는 역사적인 대전환점들에 관한 탐구다. 예컨대 알렉산더 클루게 의 『감정들의 연대기』(Chronik der Gefühle, 2000) 같은 작품에서 이런 역사적 전환점들이 문학적으로 잘 형상화되어 있다. 이 작품은 독일사 전체를 조 감하고자 한 기획으로서 역사에 대한 여러 세대의 작업 결과이기도 하다. 귄터 그라스의 소설 『아직 남아 있는 또 다른 문제』(Ein weites Feld, 1995) 또한 독일의 포괄적인 역사적 모습을 스케치하고 있다. 베를린 장벽의 붕괴로 인하여 야기된 독일의 새로운 상황, 즉 분단의 종식과 함께 찾아온 여러 변 화가 이 작품의 중심을 이루고 있다. 하지만 다른 한편으로는 1848년 이래

---

43 니콜라우스 푀르스터(Nikolaus Förster)는 저널리스트로 독일 본대학에서 '서사의 귀 환'(Wiederkehr des Erzählens)이란 제목으로 박사학위를 취득했다. 그는 80년대와 90년대 독 일문학을 분석하면서 미학적 모더니즘이 한때 폐기했던, 주인공을 중심으로 한 특이한 세계 에서의 모험을 그리는 서사가 파트릭 쥐스킨트, 크리스토프 란스마이르, 로베르트 슈나이더 같은 작가들한테서 아이러니와 유희 등의 방식을 통해 재발견되면서 독자들에게 긴장감 넘 치는 흥미를 불러일으킨다고 평가하였다.

의 독일의 역사가 또 하나의 차원으로서 동시에 현존함으로써 현재와 과거가 복합적으로 얽히는 또 다른 관계의 마당이 생겨날 수 있게 된다.

그러나 보통은 비교적 가까운 시대의 역사나 혹은 최근의 역사 속에서 일어난 사건들과 관련된 이야기를 서사적으로 묘사하는 경우들이 대부분이다. 따라서 둘째로는 1933년과 1945년 사이 독일의 역사, 즉 나치 시대의 역사와 그 역사적 유산의 극복에 관련된 작품들을 들 수 있다. 이에 관련된 예로는 마르셀 바이어(Marcel Beyer, 1965-)의 성공적인 소설 『박쥐들』(Flughunde, 1995)이 있고, 이 밖에도 특히 발터 켐포브스키의 광범위한 작품인 『음파 탐지. 집단적 일기』(Echolot. Ein kollektives Tagebuch, 1993-2005)를 들 수 있다. 켐포브스키의 이 작품은 1941에서 1945년 사이의 시기를 비판적으로 조명해 보려는 시도로서 이 시기를 겪은 독일인들의 자서전, 일기 등을 인용하거나 그들의 그림, 사진 등을 콜라주 기법으로 배열하고 있다. 디터 포르테(Dieter Forte, 1935-)의 3부작 『내 어깨 위의 집』(Das Haus auf meinen Schultern, 1999) 또한 광범한 시기에 걸쳐 두 가족의 운명을 서술하고 있는 작품으로 이탈리아 출신 프랑스인과 폴란드인 두 가족의 독일로의 도주, 그리고 나치의 테러와 전쟁 직후의 궁핍한 시기를 두루 아우르는 방대한 이야기이다.

특히 많은 주목을 받은 작품으로는 1945년 이른바 피난선 빌헬름 구스틀로프호 침몰사건을 출발점으로 삼고 있는 귄터 그라스의 단편소설 『게걸음으로』(Im Krebsgang, 2002)와 나치 친위대에 자원입대하여 죽은 형을 소재로 삼은 우베 팀(Uwe Timm, 1940-)의 자전적 소설 『내 형의 경우』(Am Beispiel meines Bruders, 2003)를 들 수 있다. 많은 독자를 사로잡은 율리아 프랑크(Julia Franck, 1970-)의 소설 『한낮의 여자』(Die Mittagsfrau, 2007)에서도 종말로 치닫는 전쟁과 자신의 아이를 의식적으로 유기하는 한 여인의 이야기가 자전적 회상의 근간을 이루고 있다. 그리고 우르줄라 크레헬의 소설 『지방법원』

(Landgericht, 2012)에서도 제2차 세계대전이 끝난 후에 망명지에서 독일로 귀환한 한 판사의 이야기가 사건의 중심이 되고 있다.

제발트의 마지막 소설 『아우스털리츠』(Austerlitz, 2001)는 나치를 피해 영국으로 이주해 간 한 유대인의 운명을 서술한다. 자크 아우스털리츠라는 미술사가의 지리적인 여정과 인생 역정의 여러 단계가 서술되는 가운데에 결국 아우스털리츠 자신도 몰랐던, 그가 유대인 출신이었다는 사실이 점진적으로 조금씩 드러나게 된다. 또한, 토마스 휘를리만(Thomas Hürlimann, 1950-)의 소설 『사십 송이의 장미』(Vierzig Rosen, 2006)도 나치 시대의 한 유대인 여류 피아니스트의 삶의 도정과 망명, 그리고 중립국 스위스의 역할을 형상화하고 있다. 이 소설은 개별적인 운명에 초점을 맞추는 것을 넘어서 최근 자주 소설의 중심으로 부각되곤 하는 가족의 이야기를 다루고 있다. 이러한 가족의 이야기로는 아르노 가이거의 소설 『우리들은 잘 있어요』(Es geht uns gut, 2005)가 대표적이라 할 수 있는데, 이 작품은 나치 시대와 전후 시기 사이에 전개된 오스트리아의 한 가족의 이야기이다. 역시 이와 같은 맥락에 놓을 수 있는 작품들로는 역시 광범위한 가족 이야기 형식으로 옛 동독지역 그리고 그 지역으로부터의 피난과 추방에 관해 서술하는 작품들을 꼽을 수 있겠다. 그 대표적인 작품으로는 타냐 뒤커스(Tanja Dückers, 1968-)의 『천체』(Himmelskörper, 2003), 라인하르트 이르글의 『미완성자들』(Die Unvollendeten, 2002/2003)과 울리케 드레스너(Ulrike Draesner, 1962-)의 『세상의 가장자리로부터의 일곱 번의 도약』(Sieben Sprünge vom Rand der Welt, 2004) 등을 들 수 있다. 마지막 예인 드레스너의 소설 『세상의 가장자리로부터의 일곱 번의 도약』은 우베 욘존의 유명한 장편소설 『1년 366일』(Jahrestage, 1970-1983)에 대한 일종의 대응 작품으로도 읽힐 수 있다. 지금까지 예로 든 것들은 동시대 독일문학 작품 중에서 주로 1933년에서 1945년까지의 시기와 그 후속 결과와 관련된, 광범위한 스펙트럼을 지닌 작품들이다.

루트 클뤼거(Ruth Klüger, 1931)의 『계속해서 살아가기』(weiter leben, 1992)와 같이 자서전적 요소가 강한 텍스트나 혹은 홀로코스트 생존자들의 자서전들은 다양하게 논의의 대상이 되고 있고 현재 큰 공적 반향을 불러일으키고 있다. 이는 특히 마르셀 라이히-라니츠키의 『나의 인생』(Mein Leben, 1999)처럼 저명인사의 자서전적 기록일 경우에는 더욱 그러하다.

이 같은 작품들은 ―비단 독일 역사를 다루는 데에 그치지 않고 아울러 독일 과거사 극복 문제에 대해서까지도 보편적인 논의를 펼치고자 할 경우에는― 큰 논란의 대상이 되기도 한다. 이런 경우를 우리는 이미 마르틴 발저의 『분수』(Ein springender Brunnen, 1990)에서 볼 수 있다. 특히 1998년 프랑크푸르트 파울 교회에서 있었던 독일 서적상협회 평화상 수상에 대한 그의 답례 연설 「일요 연설문을 쓰면서 떠오르는 경험들」(Erfahrungen beim Verfassen einer Sonntagsrede)이 그런 예이다. 이 연설에서 발저는 나치 인종학살의 암호로써 아우슈비츠를 자주 상기시키는 것은 실제로 체험한 기억문화를 올바르게 유지하는 데에 '반(反)생산적'이라고 천명한다. 발저의 이러한 입장에 대해 여론은 비판적이었다. 또한, 그의 소설 『어느 비평가의 죽음』(Tod eines Kritikers, 2002)에 대해서도 비판적인 여론이 들끓었다. 유명한 문학 평론가 마르셀 라이히-라니츠키를 암시하고 있음을 어렵잖게 알아챌 수 있는 이 소설은 몇몇 대목에서 반유대주의적 색채가 드러난다는 토론이 전개되었다. 이와 대조적으로 바르바라 호니히만(Barbara Honigmann, 1949-)의 서사적 작품들은 1945년 이후의 독일인과 유대인의 관계에 대한 이런 담론을 ―말하자면 해석학적 의미에서 이중으로 '낯설게' 하는 방식으로― '망명지'로부터 관찰하는 서술 특징을 띠고 있는데, 예컨대 『천상의 빛』(Das überirdische Licht, 2008)이라는 작품에서 작가는 뉴욕이라는 '망명지'에서 독일 과거사 극복 문제를 고찰하고 있다.

'과거사의 현존'이라는 측면의 셋째 관점으로 들 수 있는 것은 1989년 이후에 행해지는 동독 역사에 관한 성찰이다. 이와 관련된 예로는 크리스타 볼프의 『변치 않고 남는 것』(Was bleibt, 1990)과 관련된 격렬한 논쟁 외에, 폭넓은 파노라마의 서술기법을 보여 주는 예로서 라인하르트 이르글의 『어머니-아버지 소설』(Mutter Vater Roman, 1990), 모니카 마론(Monika Maron, 1941-)의 『고요한 거리 6번지』(Stille Zeile sechs, 1991), 봄프강 힐비히의 『나』(Ich, 1993), 토마스 브루시히의 기이하고 경쾌한 소설들 『우리 같은 영웅들』(Helden wie wir, 1995)과 『존넨알레의 짧은 쪽 구석에서』(Am kürzesten Ende der Sonnenalle, 1999)와 우베 텔캄프(Uwe Tellkamp, 1968-)의 『탑』(Der Turm, 2008) 등을 들 수 있다.

마지막으로 네 번째의 관점은 1968년, 즉 이른바 68세대에 관한 논의를 들 수 있는데, 이 시기에 대한 성찰은 여러 층위에서 계속 행해지고 있다. 최근의 작품으로는 2015년 독일 도서 상을 받은 소설인 프랑크 비첼(Frank Witzel, 1955-)의 『1969년 여름 조울증을 앓는 한 십 대 소년의 적군파 창안』(Die Erfindung der Roten Armee Fraktion durch einen manisch depressiven Teenager im Sommer 1969, 2015)이 있다.

'과거사의 현존'과 병행하여 혹은 그와 상응해서, 이민이 고도로 활발히 이루어지고 있는 글로벌 사회라는 상황에서 '문화 전이(轉移)의 새 공간'(II)이 형성되고 있다. 이러한 글로벌 사회에서 국가와 국가의 관계는 개인 인생역전의 운명을 테두리 짓거나 혹은 심지어 그 운명을 결정하는 요소가 되기도 하며, 이를 통해 새로운 사회적인 상황이 생성되고 이러한 경험이 문학적으로 형상화된다. 이렇게 출신 국가와 도착 국가 사이에 공명 관계가 생겨나고 이는 다시 두 나라의 문화적인 환경과 문학적인 표현형식의 변화로 이어진다. 이런 현상은 특히 두 문화가 서로 상호적으로 반영됨으로써 형성되는 점이지대(漸移地帶), 즉 전이의 공간에서 나타난다. 이것은

1989년 이후의 시기에 이미 나타난 특징이었지만, 특히 2000년 이래의 현재 시기에 두드러지고 있는 특징이다.

이런 사례로 제일 먼저 생각할 수 있는 것은 노벨문학상 수상작가 헤르타 뮐러의 작품들이다. 여기서는 루마니아에서 그녀의 경험들이 독일문화라는 맥락 속에서 성찰되고 있는데, 이때 루마니아는 그녀의 작품 속에서 —예컨대 그녀의 최근작 『숨그네』(Atemschaukel, 2009)에서— 언제나 중요한 연관성을 지닌 배경적 요소로 기능하는 것이다.

헤르타 뮐러와 마찬가지로 라픽 샤미(Rafik Schami, 1946-) 역시 새 고국(독일)에서 옛 고국(시리아)에 관한 지극히 밀도 있는 성찰을 하고 있다. 또한, —그가 쓴 동화들에서 잘 볼 수 있듯이— 책과 근동적인 구술 서사 전통 사이를 서로 잘 결합할 줄 아는 능숙한 솜씨를 보여 주고 있다.

특히 주목되는 것은 이주를 통하여 생겨나는 새로운 공간들로서, 말하자면 문화적으로나 사회적으로 혼합된 새로운 공간들이다. 이러한 새로운 문화적 혼종 공간들은 블라디미르 카미너(Wladimir Kaminer, 1967-)의 『러시아 사람들의 디스코』(Russendisko, 2000)나 『쉰하우저 거리』(Schönhauser Allee, 2001)에서 —러시아와의 관련성 하에서— 그 특징이 분명히 드러난다. '전쟁이 몰아치고 있는 나라' 유고슬라비아와 관련해서는 테레지아 모라(Terézia Mora, 1971-)의 『하루, 또 하루』(Alle Tage, 2004)에서, 터키 이민자들과 관련해서는 특히 페리둔 차이모글루(Feridun Zaimoglu, 1964-)의 첫 책 『카낙의 언어. 사회의 변두리로부터 울려나오는 불협화음』(Kanak Sprak. Misstöne vom Rande der Gesellschaft, 1995)이래의 여러 작품에서 이러한 특징이 두드러진다.

'문화 교류'의 전혀 다른 형식을 우리는 일본 출신 여류작가 다와다 요코에게서 볼 수 있다. 예컨대 그녀의 문학에세이 『언어경찰과 다언어 화자의 언어유희』(Sprachpolizei und Spielpolyglotte, 2007)의 경우처럼 그녀는 두 문화(일본문화와 독일문화)의 미학적 원칙들과 문학적 묘사형식들을 아주 생산적으로 서로 연결하는 데에 성공하고 있다.

이와 같은 기법은 동시대 독일문학의 세 번째의 큰 특징인 '시학적 발전과 문학적 성찰'(Ⅲ)의 문제, 즉 표현과 표현 가능성의 문제로 바로 연결된다. 이 문제는 한편으로는 20세기 초 유럽 아방가르드 예술에 대한 지속적인 관심과 관련되어 있을 뿐만 아니라, 다른 한편으로는 예컨대 1970년대에 구체시를 창출했던 실험적 표현 정신을 계승하는 식으로 전개되었다. 이러한 경향을 지닌 탁월한 주역 중의 한 인물은 ―새 천년 벽두인 2006년에 사망하기 직전까지도 크게 활동한 작가― 오스카르 파스티오르(Oskar Pastior, 1927-2006)였다. 그는 형식의 여러 측면 그 자체를 글쓰기의 대상으로 삼고 이 과정을 동시에 문학적 퍼포먼스로 연출하는 데에 성공하였다. 이러한 시도는 노라 곰링어(Nora Gommringer, 1980-)의 정교한 예술로 이어진다.

동시대 독일문학 중에서의 이러한 분파는 시학적인 표현 가능성을 끊임없이 새로이 시도해 보는 것을 그 특징으로 하고 있다. 이러한 예를 들자면 두르스 그륀바인의『해골 저변의 가르침』(Schädelbasislektion, 1991), 비르비리 쾰러(Barbara Köhler, 1959-)의『새로운 발견의 땅』(Neufundland, 2012), 토마스 클링(Thomas Kling, 1957-2005)의 작품 중 특히 그의 사후에 출간된 책『이중부호화. 맨하탄 글쓰기 현장』(Zweitcodierung. Manhattan Schreibszene, 2013) 등이 있으며, 몇 가지 예를 더 든다면 환상적·반어적인 추측의 사례로서 지빌레 레비챠로프(Sibylle Lewitscharoff, 1954-)의『블루멘베르크』(Blumenberg, 2011),[44] 시간에 대한 다양한 시도의 사례로서 예니 에르펜벡(Jenny Erpenbeck, 1967-)

---

44 뮌스터대학의 유명한 철학과 교수였던 한스 블루멘베르크(Hans Blumenberg, 1920-1996)를 말한다.

의 『모든 날의 저녁』(Aller Tage Abend, 2012), 그리고 반어적·자서전적 기획으로서 펠리치타스 호페(Felicitas Hoppe, 1960-)의 『호페』(Hoppe, 2012) 등이 있다. 이러한 실험적 작품들에는 의식적으로, 그리고 동시에 유희적으로 고대 그리스와 로마의 형식과 모티프를 다시 수용하려는 경향이 다시금 중요한 역할을 하고 있다. 두르스 그륀바인의 『고대적 성향』(Antike Dispositionen, 2005)이나 다와다 요코의 『오비드를 위한 아편』(Opium für Ovid, 2000)이 이런 예에 속한다.

인공적 형상화를 지향하는 이런 문학적 경향은 작가가 자신을 대중사회의 경향들의 일부로 생각해야 할까, 아니면 그 경향들에 맞서야 할까 하는 '작가의 역할' 문제에 대한 논의와도 연결된다. 이런 논의는 우선 보토 슈트라우스의 『숫양의 점점 커지는 울음소리』(Anschwellender Bockgesang, 1993)라는 작품이 중심을 이루고 있다. 또한, 페터 한트케나 마르틴 모제바흐 같은 일련의 다른 작가들한테서도 이러한 논의가 발견되는데, 특히 모제바흐한테서는 보수적인 가치관과 가톨릭 신앙에 근거해 있는 확신들이 뚜렷한 특징으로 나타나고 있다.

일련의 텍스트에서는 '읽기' 자체가 (주인공의 인생편력을 기술할) 언어를 찾아가는 도구가 되고 있다. 예를 들면 베른하르트 슐링크의 『책 읽어 주는 남자』(Der Vorleser, 1995)나 한스-요제프 오르타일(Hanns-Josef Ortheil, 1951-)의 『인생의 발견』(Die Erfindung des Lebens, 2009) 같은 경우가 그러하다. 이런 실험적 표현형식들의 추구와 함께 동시대 독일문학은 이미 1980년대부터 '서사의 귀환'이란 흐름을 지속해 가고 있다. 이 흐름은 인공적인 표현방식을 '단순한 서사'(einfaches Erzählen)로 대체시키는 방식을 택하는 것이 일반적이다. 잉오 슐체의 『단순한 이야기들』(Simple Storys, 1998)이란 소설제목이 이 흐름을 강령적으로 표현한 예가 되겠다. 단순한 서사라는 이 모범적 사례는 즉각 폭넓은 독자층을 얻게 되었다. 특히 성공적인 예를 둘만 들자면 유디트 헤르만(Judith Hermann, 1970-)의 『여름별장, 그 후』(Sommerhaus später, 1998)와 다니엘 켈만의 『세계 측량』(Die Vermessung der Welt, 2005)이다.

대개 이중적 구조[45]로 서술되는 신화들에 대한 흥미나 현재 상황에 맞춘 역사적인 소재에 대한 흥미가 지속되는 것과 관련되어 단순한 서사의 이야기 시장이 크게 생겨나고 있다. 이런 이야기들은 보통 '판타지소설'(Fantasy) 또는 '역사소설'(Historischer Roman)이란 장르로 지칭되는 가운데에 시장에 등장하여 '범죄소설'(Kriminalroman)과 더불어 문학적 생산품들의 주종을 이루고 있다.

이런 작품들은 그 자체가 '양식적 전이'(Ⅳ)의 결과로 나타난 것이기도 하다. 이 '양식의 전이'라는 개념은 레슬리 피들러(Leslie Fiedler, 1917-2003)의 프라이부르크대학에서의 유명한 강연 「경계를 넘고 간극을 메우며」(Cross the border, close the gap, 1968)[46]라는 강연을 통해 조명된 바 있는데, 말하자면 포스트모던한 기법뿐만 아니라 연작적 기법, 주제상의 기법의 틀 안에서(또는 이러한 기법들의 파괴라는 측면에서도), 인위적인 묘사형식과 대중적인 묘사형식을 혼합하는 양식을 지칭한다. 독일에서 이러한 팝 문학을 일으킨 선구자는 당연히 롤프 디터 브링크만이다. 우리 시대의 독일문학에서는 토마스 마이네케가 샘플링(sampling) 기법으로 쓴 『톰보이』(Tomboy, 1998)와 특히 2015년도 게오르크 뷔히너 상 수상자 라이날트 괴츠의 『정신병자들』(Irre, 1983)과 『레이브』(Rave, 1998)에서 이러한 특징이 극명하게 드러난다.

팝 문학의 이러한 방향과 구별되어야 할 것은 의식적으로 정치적 경향

---

45 신과 인간, 하늘과 땅, 선과 악, 삶과 죽음, 탈향과 귀향 같은 이항 대립적 신화구조를 말한다.
46 미국의 문학비평가 레슬리 피들러는 1968년 프라이부르크대학에서 행한 이 강연에서 고급문학과 통속문학의 경계를 뛰어넘을 것을 요구한 바 있다.

을 탈피하고 일상생활과 소비를 중심에 두는 이른바 '골프 세대'(Generation Golf)가 추구하는 양식인데, 플로리안 일리스(Florian Illies, 1971-)의 『골프 세대』(Generation Golf, 2000)라 책 제목이 이 세대의 명칭이 되었으며, 이에 속하는 작품으로 벤야민 폰 슈툭라트-바레의 『솔로앨범』(Soloalbum, 1998), 크리스티안 크라흐트의 『파저란트』(Faserland, 1995), 그리고 요아힘 베싱(Joachim Bessing, 1971-)을 주축으로 하는 그룹의 공동 작품인 『트리스테스 로얄』(Tristesse Royale, 1999)을 들 수 있다.

이렇게 비정치성을 명백히 드러내는 문학과 뚜렷한 대조를 이루는 것은 언제나 다시금 동시대의 정치적 논쟁에 개입하려는 여류작가 율리 체의 작품들, 예컨대 『범행기록 전산자료』(Corpus Delicti, 2009)와 같은 소설이다. 그 외에도 장르들이나 연작 형식들을 두고 반어적 유희를 벌이는 경향도 나타난다. 발터 뫼르스(Walter Moers, 1957-)의 해박한 문학적 지식으로 점철된 다양한 형태의 작품들이나 범죄소설을 능숙하게 패러디하고 있는 볼프 하스(Wolf Haas, 1960)의 작품들이 여기에 속한다.

노벨문학상 수상자 엘프리데 옐리넥은 그녀의 산문이나 드라마 작품에서 언어유희적 콜라주를 시도하되, 여기에 대중매체적, 연작 형식의 요소들을 받아들여서 그 요소들을 독특하게 재구성하는 기술을 통해 일종의 아방가르드적 프로젝트로 개발시킬 줄 아는 작가이다. 그녀의 이러한 기획은 동시대를 광범하게 포괄하는 몽타주를 만들고자 하는 전위적 프로젝트이다. 이러한 시도를 통해 문학이 '매체로서 새로이 정초(定礎)되는 것'과 '문학의 디지털 네트워크로의 전환'(V)이 이루어지는 것은 당연한 귀결이라 하겠다. 이와 동시에 중요해지는 것은 최신의 텍스트들을 거의 웹상에서만 발표하고 그와 동시에 네트워크의 구조들을 그대로 모방하거나 그 구조를 드러내어 보여 주려고 시도하는 '매체적 프로젝트'이다. 비록 이렇게 광범위한 규모로 이루어지지는 않았지만 이와 비슷한 시도가 이미 라이날트 괴츠의 『모든 이를 위한 쓰레기』(Abfall für alle, 1999)에서 행해진 바 있다. 위의 예들은 아주 급속도로 변화하는 복합적 환경 속에서의 단지 두 개의 예에 불과하다. 따라서 '웹문학'(Netzliteratur)이 앞으로 어떻게 발전해 갈 것인지는 급속히 이루어지는 기술적인 변화 때문에 현재로서는 예측하기 힘들다.

이렇게 우리의 동시대 독일문학은 긴장감이 넘치는 다양성을 보여 주고 있으며, 그 주제들과 기법들은 독일사, 유럽의 역사, 그리고 세계사에 대한 통찰을 가능하게 해 주고 있다. 그래서 독일의 현재 문학은 문학적으로나 지성적으로 우리의 현시대를 형상화하는 지극히 생산적인 '실험실'이기도 하다.

위르겐 포르만(Jürgen Fohrmann) 교수의 위의 글을 보면, 잡다한 동시대 독문학 작품들을 다섯 가지 유형으로 명료하게 분류해서 설명하고 있는 그의 학문적 온축(蘊蓄)과 혜안이 돋보인다. 마침 그와 소중한 인연이 닿아 그에게 간곡히 부탁한 결과, 값진 신고(新稿)를 받아낼 수 있었다. 그는 본(Bonn) 대학 총장을 지낸 독일문학자로서, 연임해 달라는 주위의 간곡한 소망을 뿌리치고 자신의 학과로 복귀하여 의연히 연구실을 지키고 있는 당대 독일의 가장 훌륭한 독문학자들 중의 한 사람이다. 이 문학사의 마지막 장을 그의 글로써 매듭지을 수 있게 된 것이 필자로서는 그나마 다행이다.

현재를 살아가고 있는 독일의 시인·작가들 중에 누가 문학사에 살아남을 것인지는 아무도 모른다. 필자도 그것을 확인해 볼 수 있을까 해서 2015년 10월 다시 독일에 갔지만, 독일 사람들도 모르기는 마찬가지였다. 짧은 체류 기간 동안에 도움을 받아 보고자 여러 사람을 만나고 많은 책들을 새로이 읽었다.

　라인강은 예나 다름없이 유유히 흐르고 저 건너 쾨니히스빈터(Königswinter)의 드라헨펠스(Drachenfels)는 옛적과 다름없이 우뚝 솟아 있건만, 강이 내다보이는 본 대학 중앙도서관의 옛 자리에 앉은 노(老) 학생은 유학 시절과는 달리 문득 어서 서울로 되돌아가고 싶은 충동을 느꼈다.

　이 세상 누구도 자신의 과업을 완벽하게 마무리하기는 정말 어려운가 보다. 비록 독문과 선배인 이청준과 같은 작가는 못 되었지만, 적어도 그의 성실한 자세만은 한사코 본받고자 했다. 실제로 한두 번은 문득 그런 경지에 드디어 이른 것 같은 환각이 찾아와 행복한 순간들도 더러 있었지만, 깨달았다 하여 하산했으나 속세의 티끌만 잔뜩 뒤집어쓴 '땡중'의 꼴을 자각하는 더 깊은 나락으로 다시 떨어지곤 했다.

　아무튼 이 독일문학사도 이제 여기서 그만 끝을 내어야 할 것 같다. 문득 독자 여러분의 용서를 빌고 싶은 심정이다. 처음에는 큰마음으로 자못 호기롭게 시작했으나, 결국 이렇게 미진한 심정으로 총총 마무리를 지어야 하니 말이다.

Balzer, Bernd / Mertens, Volker (Hrsgg.): Deutsche Literatur in Schlaglichtern, in Zusammenarbeit mig weiteren Mitarbeitern und Meyers Lexikonredaktion, Mannheim/Wien/Zürich 1990.

Böttiger, Helmut: Nach den Utopien. Eine Geschichte der deutschsprachigen Gegenwartsliteratur, Wien 2004.

Bohley, Johanna (Hrsg.): s. Schöll, Julia.

Boor, Helmut de: Höveschheit. Haltung und Stil höfischer Existenz, in: Günter Eifler (Hrsg.): Ritterliches Tugendsystem, Darmstadt 1970, S. 377-400.

Braun, Michael: Die deutsche Gegenwartsliteratur. Eine Einführung, Köln / Weimar / Wien 2010.

Dilthey, Wilhelm: Das Erlebnis und die Dichtung, Stuttgart 1957.

Durzak, Manfred (Hrsg.): Deutsche Gegenwartsliteratur. Ausgangspositionen und aktuelle Entwicklungen, Stuttgart 1981.

Ehrismann, Gustav: Die Grundlagen des ritterlichen Tugendsystem (1919), in: Günter Eifler (Hrsg.): Ritterliches Tugendsystem, Darmstadt 1970, S. 1-84.

Eifler, Günter (Hrsg.): Ritterliches Tugendsystem, Darmstadt 1970.

Erb, Andreas (Hg.): Baustelle. Gegenwartsliteratur. Die neunziger Jahre, Westdeutscher Verlag 1998.

Frenzel, Herbert A. und Elisabeth: Daten deutscher Dichtung. Chronologischer Abriß der deutschen Literaturgeschichte, Bd. I: Von den Anfängen bis zur Romantik, 4. Aufl., München 1967.

_____: Daten deutscher Dichtung. Chronologischer Abriß der deutschen Literaturgeschichte, Bd. II: Vom Biedermeier bis zur Gegenwart, 3. Aufl., München 1966.

Fricke, Gerhard: Geschichte der deutschen Dichtung, Hamburg u. Lübeck 1961.

Fricke, Gerhard / Schreiber, Matthias: Geschichte der deutschen Literatur, Paderborn 1988.

Glaser, Horst A. (Hrsg.): Deutsche Literatur zwischen 1945 und 1995. Eine Sozialgeschichte, Bern · Stuttgart · Wien 1997.

Goltschnigg, Dietmar / Steinecke, Hartmut (Hrsgg.): Heine und die Nachwelt. Geschichte seiner

Wirkung in den deutschsprachigen Ländern. Texte und Kontexte, Analysen und Kommentare, Band 3: 1957-2006, Berlin: Erich Schmidt Verlag, 2011.

Hage, Volker: Letzte Tänze, erste Schritte. Deutsche Literatur der Gegenwart, München: Deutsche Verlags-Anstalt 2007.

Hinderer, Walter: Arbeit an der Gegenwart. Zur deutschen Literatur nach 1945, Würzburg 1994.

Jeßing, Benedikt: Neuere deutsche Literaturgeschichte, 2. überarbeitete und erweiterte Aufl., Tübingen: Narr Verlag 2014.

Kammler, Clemens / Pflugmacher, Torsten (Hrsgg.): Deutschsprachige Gegenwartsliteratur seit 1989. Zwischenbilanzen — Analysen — Vermittlungsperspektiven, Heidelberg 2004.

Kim, Jinsook: Intermediales Zusammenspiel des Erzählens. Drei Lesarten des Romans Buddenbrooks von Thomas Mann, Freiburg i. Br., Diss., 2012.

Martini, Fritz: Deutsche Literatur im bürgerlichen Realismus 1848-1898, Stuttgart, vierte, mit neuem Vorw. u. erweit. Nachw. verseh. Aufl., 1981.

_____: Deutsche Literaturgeschichte von den Anfängen bis zur Gegenwart, elfte Aufl., Stuttgart 1961.

Osterkamp, Ernst: Die Wölbung einer bloßen Brust in sonniger Hülle, in: FAZ, 21. März 2000.

Pütz, Peter (Hrsg.): Erforschung der deutschen Aufklärung, Königstein/Ts. 1980.

Ruffing, Reiner: Deutsche Literaturgeschichte, München: Wilehlm Fink 2013.

Scheitler, Irmgard: Deutschsprachige Gegenwartsprosa seit 1970, Tübingen; Basel 2001.

Schlaffer, Heinz: Die kurze Geschichte der deutschen Literatur, Köln: Anaconda 2013.

Schnell, Ralph: Geschichte der deutschsprachigen Literatur seit 1945, 2., überarbeitete und erweiterte Auflage, Stuttgart 2003.

Schöll, Julia / Bohley, Johanna (Hrsgg.): Das erste Jahrzehnt. Narrative und Poetiken des 21. Jahrhunderts, Würzburg 2011.

Sørensen, Bengt Algot (Hrsg.): Geschichte der deutschen Literatur 1. Vom Mittelalter bis zur Romantik, 2., durchgesehene Aufl., München 2003.

Sprengel, Peter: Geschichte der deutschsprachigen Literatur 1870-1900. Von der Reichsgründung bis zur Jahrhundertwende, München 1998.

Wapnewski, Peter: Deutsche Literatur des Mittelalters, Göttingen 1960.

Wittstock, Uwe: Nach der Moderne. Essay zur deutschen Gegenwartsliteratur in zwölf Kapiteln über elf Autoren, Göttingen 2009.

고영석: 19세기 독일 리얼리즘의 특징과 폰타네의 소설 '얽힘과 설킴'. 현대독문학의 이해, 김
　　　광규 편, 민음사, 1984.

곽복록 옮김: 테오도르 폰타네: 사랑의 미로, 범조사, 1979.

권혁준 옮김: 알프레드 되블린: 베를린 알렉산더 광장, 을유문화사, 2012.

_____: 카프카: 성, 창비, 2015.

김경연 옮김: 예르민 브고크: 몽 유 병기들, 상·하권, 현대소선사, 1992.

김광규 편: 카프카, 문학과지성사, 1978.

김기선 옮김: 클라우스 만: 메피스토, 지식을만드는지식, 2016.

김래현 옮김: 괴테: 친화력, 민음사, 2001

김륜옥: 파우스트적 천재 이데올로기가 지닌 두 얼굴의 변용 추이. 시각적 욕망에서 청각적 묵
　　　시록을 거쳐 후각적 자기해체까지,《헤세연구 24》(한국헤세학회, 2010), 217-240쪽.

김륜옥 옮김: 토마스 만: 파우스트 박사 1, 2, 문학과지성사, 2019.

김미란 옮김: 괴테: 성난 사람들, 지만지드라마, 2023.

_____: 괴테: 자연의 딸, 지만지드라마, 2023.

_____: 야콥 렌츠: 가정교사, 지식을만드는지식, 2016.

_____: 야콥 렌츠: 군인들, 지식을만드는지식, 2014.

_____: 조피 폰 라 로슈: 슈테른하임 아씨 이야기, 시공사, 2012.

김수용 옮김: 괴테: 파우스트. 한 편의 비극, 1·2권, 책세상, 2006.

_____: 하인리히 하이네: 루테치아, 문학과지성사, 2015.

김연수: 우베 욘존의 혼송화 뇐 서사방식. 허구와 역사적 팀론 사이의 역사소설 『기념일들』,
　　　실린 곳:《독일문학, 48》(한국독어독문학회, 2007), 145-165쪽.

김연수 옮김: 슈테판 츠바이크: 체스이야기/낯선 여인의 편지, 문학동네, 2010.

_____: 엘프리데 옐리넥: 내쫓긴 아이들, 문학사상사, 2006.

_____: 하인리히 뵐: 카타리나 블룸의 잃어버린 명예, 민음사, 2008.

김용민: 문학생태학, 연세대 대학출판문화원, 2014.

김용민 옮김: 괴테: 젊은 베르터의 고뇌, 시공사, 2014.

김영주 옮김: 에피 브리스트, 중앙일보사, 1982.

김종대: 독일문학사. 문학이론 및 사조, 법문사, 1978.

김주연: 노발리스 읽기(1). 철학에서 문학을 찾다, 실린 곳:《본질과 현상, 봄호》, 2015, 72-90쪽.

김주연 옮김: 노발리스: 파란꽃(Heinrich von Ofterdingen), 열림원, 2003.

김진숙: Jinsook Kim 참조!

김진혜/김태환 옮김: 크리스티안 크라흐트: 파저란트, 문학과지성사, 2012.

김철자 옮김: 토마스 만: 파우스트 박사, 상·하권, 학원사, 1982.

김태환 옮김: 카프카: 변신, 선고 외, 을유문화사, 2015.

김현진 옮김: 토마스 만: 선택받은 사람, 나남, 2020.

김홍진 옮김: 그리멜스하우젠: 모험적 독일인 짐플리치시무스, 문학과지성사, 2020.

남정애: 호프만스탈의 '편지'에 나타난 언어회의와 주체의식에 관한 고찰,《카프카연구 제27
    집》(한국카프카학회, 2012), 27-47쪽.

박광자: 괴테의 소설, 충남대 출판부, 2004.

박광자 옮김: 로베르트 발저 작품집, 민음사, 2016.

_____: 에두아르트 뫼리케: 프라하로 여행하는 모차르트, 민음사, 2017.

_____: 테오도르 폰타테: 얽힘 설킴, 부북스, 2017.

박찬기: 독일문학사, 일지사, 1965.

박희경: 베른하르트 슐링크의 소설 『책 읽어 주는 남자』에 나타난 죄와 수치의 유산,《뷔히너
    와 현대문학 44》(한국뷔히너학회, 2015), 157-182쪽.

손대영 옮김: 우베 욘존: 야콥을 둘러싼 추측들, 민음사, 2010.

송동준 편: 토마스 만, 문학과지성사, 1977.

신지영 옮김: 로베르트 무질: 생전 유고/어리석음에 대하여, 워크룸프레스, 2015.

_____: 로베르트 무질: 특성 없는 남자 1~5, 나남, 2022.

안문영 옮김: 라이너 마리아 릴케: 말테의 수기, 열린책들, 2013.

_____: 라이너 마리아 릴케: 릴케의 편지, 지식을만드는지식, 2008.

안미현 옮김: W. G. 제발트: 아우스터리츠, 을유문화사, 2009.

안삼환: 괴테, 토마스 만 그리고 이청준, 세창출판사, 2014.

안삼환 옮김: 괴테: 문학론, 민음사, 2010.

_____: 괴테: 빌헬름 마이스터의 수업시대, 1·2권, 민음사, 1996.

_____: 괴테: 젊은 베르터의 괴로움, 부북스, 2019.

_____: 귄터 그라스: 텔크테에서의 만남, 민음사, 2005.

_____: 마르틴 발저: 도망치는 말, 중앙일보사, 1982.

_____: 마르틴 발저: 어느 비평가의 죽음, 도서출판 이레, 2007.

_____: 발터 얀카: 진실을 둘러싼 어려움들, 예지각, 1990.

_____: 폴커 브라운: 미완성의 이야기, 중앙일보사, 1990.

안삼환 외: 전설의 스토리텔러 토마스 만, 서울대학교 출판문화원, 2011.

안삼환 외 옮김: 토마스 만 단편 전집1, 부북스, 2020.

염승섭 옮김: 릴케: 두이노의 비가. 오르페우스에게 바치는 소네트, 부북스, 2022.

_____: 테오도어 슈토름 단편. 익사한 아이 외, 부북스, 2018.

원당희: 토마스 만의 소설 「토니오 크뢰거」와 이청준의 「잔인한 도시」에 나타난 문제적 주인
    공의 유형대비, 《비교문학, 12》(한국비교문학회, 1987), 5-34쪽.

윤도중 옮김: 고트홀트 레싱: 에밀리아 갈로티, 지식을만드는지식, 2009.

윤순식 옮김: 토마스 만: 사기꾼 펠릭스 크룰의 고백, 아카넷, 2017.

이경진: 슐라이어마허 번역론의 난제들, 《괴테연구 27》(한국괴테학회, 2014), 57-78쪽.

이동승 옮김: 쿠르트 로트만(Kurt Rothmann): 독일문학사, 탐구당, 1981.

이병애 옮김: 엘프리트 옐리넥: 피아노 치는 여자, 문학동네, 1997.

이원양 옮김: 프리드리히 쉴러: 메리 스튜어트, 지식을만드는지식, 2015.

_____: 하인리히 폰 클라이스트: 하일브론의 케트헨, 지식을만드는지식, 2017.

이재황 옮김: 안나 제거스: 통과비자, 2014.

임호일 옮김: 헤르만 헤세: 데미안, 서연바람, 2020.

임홍배: 괴테가 탐사한 근대. 슈투름 운트 드랑에서 세계문학론까지, 창비, 2014.

임홍배 엮고 옮김: 모든 이별에 앞서가라. 독일 대표시선, 창비, 2023.

장영태 옮김: 유렉 베커: 거짓말쟁이 야콥, 중앙일보사, 1990.

장지연 옮김: 토마스 만: 요셉과 그 형제들, 전(全) 6권, 살림, 2001.

장희창 옮김: 귄터 그라스: 양철북, 1, 2권, 민음사, 1999.

정서웅 옮김: 지크프리트 렌츠: 독일어시간, 1, 2권, 민음사, 2000.

정항균: 메두사의 저주. 시각의 문학사, 문학동네, 2014.

지명렬 편: 독일문학사조사, 서울대학교 출판부, 2002(개정 증보판).

진일상 옮김: 하인리히 폰 클라이스트: 버려진 아이 외, 책세상, 1998.

최가람: 로베르트 발저의 『야콥 폰 군텐』에 나타난 신화 담론. ─ 발터 벤야민의 신화 개념과
    미메시스적 언어철학을 중심으로, 서울대 석사논문, 2013.

최문규: 문학이론과 현실인식. 낭만주의에서 해체론까지, 문학동네, 2000.

최민숙/이온화/김연수/이경희: 독일문학사, 지식을만드는지식, 2023.

최성만: 발터 벤야민. 기억의 정치학, 도서출판 길, 2014.

최순봉: 토마스 만 연구, 삼영사, 1981.

최윤영/이재원/황승환/권혁준: 독일, 민족, 그리고 신화. 『에다』에서 〈베른의 기적〉까지, 서울
    대 출판문화원, 2015.

최윤영 옮김: 다와다 요코: 목욕탕, 을유문화사, 2011.

_____: 다와다 요코: 영혼없는 작가, 을유문화사, 2011.

편영수/임홍배 옮김: 카프카 단편선. 변신/단식광대 등, 창비, 2020.

허창운 옮김: 볼프람 폰 에쉔바흐: 파르치팔, 한길사, 2005.

홍성광: 독일명작 기행, 연암서가, 2015.

홍성광 옮김: 토마스 만: 마의 산, 상권+하권, 을유문화사, 2008.

_____: 토마스 만: 부덴브로크 가의 사람들 1, 2, 민음사, 2001.

_____: 하인리히 하이네: 독일. 어느 겨울 동화. ─카를 마르크스/프리드리히 엥엘스: 공
　　산당 선언, 연암서가, 2014.

홍진호: 욕망하는 인간의 탄생, 21세기북스, 2019.

황승환 옮김: 릴케: 베네치아 여행, 문학판, 2017.

황윤석: 횔덜린연구, 삼영사, 1983.